GOLDMANN

Buch

London zur Zeit Königin Viktorias: Hester Latterly, Krankenschwester mit kriminalistischer Passion, wird von ihrer Freundin Edith Sobell um Hilfe in einer sehr privaten, aber äußerst dringenden Angelegenheit gebeten. Es geht darum, eine allem Anschein nach Unschuldige vor dem Galgen zu retten: Am Abend zuvor ist Ediths Bruder, General Thaddeus Carlyon, bei einer Dinnerparty der adligen Familie auf tragische Weise ums Leben gekommen. Er stürzte über das Treppengeländer aus dem ersten Stock hinunter in die Halle und wurde von der Hellebarde einer dort aufgestellten alten Ritterrüstung durchbohrt. Ein unglücklicher Unfall, so scheint es. Da behauptet plötzlich Alexandra, die attraktive Witwe des Toten, ihren Mann ermordet zu haben – aus Eifersucht. Doch Hester und der ehemalige Police-Inspector William Monk glauben weder an das Schuldbekenntnis noch an das Motiv. Die aristokratische Familie, die nichts mehr fürchtet als einen Skandal, hat eine Mauer des Schweigens um den Fall errichtet. In fieberhaften Nachforschungen gelingt es Hester Latterly und William Monk, der furchtbaren Wahrheit, die in den dunklen Geheimnissen des Ermordeten begraben liegt, auf die Spur zu kommen – während der Tag der Urteilsverkündung immer näher rückt …

Autor

Anne Perrys Spezialität sind spannende Kriminalromane, die im viktorianischen England spielen. Mit ihren Helden, dem Privatdetektiv Monk oder dem Detektivgespann Thomas und Charlotte Pitt, begeistert sie mittlerweile ein Millionenpublikum. Anne Perry lebt in Portmahomack in Schottland.

Außerdem bei Goldmann:

Gefährliche Trauer. Ein Krimi aus dem viktorianischen England (41393)

Im Schatten der Gerechtigkeit. Ein Kriminalroman aus dem viktorianischen England (41550)

Das Gesicht des Fremden. Roman (42425)

Anne Perry

Eine Spur von Verrat

ROMAN

Ein Krimi aus dem
viktorianischen England

Aus dem Englischen von
Carla Blesgen

GOLDMANN VERLAG

Die Originalausgabe erschien unter dem Titel
„Defend and Betray“
bei Fawcett Columbine, Ballantine Books, New York

Umwelthinweis:
Alle bedruckten Materialien dieses Taschenbuches
sind chlorfrei und umweltschonend.
Das Papier enthält Recycling-Anteile.

Der Goldmann Verlag
ist ein Unternehmen der Verlagsgruppe Bertelsmann

Genehmigte Taschenbuchausgabe 7/96

Umschlaggestaltung: Design Team München
Umschlagmotiv: SV Bilderdienst, München
Satz: Uhl + Massopust, Aalen
Druck: Elsnerdruck, Berlin
Verlagsnummer: 43428
JP · Herstellung: sc
Made in Germany
ISBN 3-442-43428-9

3 5 7 9 10 8 6 4 2

Für meinen Vater

Mit herzlichem Dank an Jonathan Manning,
Bachelor of Arts,
für seinen Rat in Gesetzesinhalten
bezüglich Totschlag, Fehlurteilen etc.
im Jahre 1857.

ERSTES KAPITEL

Hester Latterly stieg aus dem Hansom. Der jeweils für eine Fahrt mietbare Zweisitzer war eine nagelneue, ausgesprochen praktische Erfindung, durch die das Reisen wesentlich erschwinglicher wurde als mit den alten, riesigen Kutschen, die man für den ganzen Tag bezahlen mußte. Sie fischte das entsprechende Geldstück aus ihrer Börse, gab es dem Fahrer und marschierte dann mit flottem Schritt am Brunswick Place vorbei in Richtung Regent's Park, wo sich voll aufgeblühte Narzissen in goldenen Streifen gegen den dunklen Erdboden abhoben. So sollte es auch sein. Man schrieb den einundzwanzigsten April; genau ein Monat war seit Frühlingsanfang 1857 ins Land gegangen.

Sie sah sich forschend nach der großen, ziemlich eckigen Gestalt ihrer Freundin Edith Sobell um, mit der sie hier verabredet war, konnte sie jedoch nirgends unter den umherschlendernden Paaren entdecken. Die weiten Reifröcke der Frauen schienen den feinen Schotter auf den Wegen fast zu streifen, ihre hocheleganten Begleiter hatten etwas leicht Großspuriges an sich. Der schwache Wind trug die Bläserklänge einer Kapelle durch die Luft, die irgendwo in der Ferne einen flotten Marsch spielte.

Hester hoffte, daß Edith sich nicht verspäten würde. Sie hatte um dieses Treffen gebeten und gemeint, ein Spaziergang unter freiem Himmel wäre wesentlich angenehmer, als in einem Kaffeehaus zu sitzen oder in einem Museum – beziehungsweise einer Galerie – herumzulaufen, wo sie möglicherweise auf Bekannte stieß und das Gespräch mit Hester unterbrechen mußte, um höflichen Unsinn auszutauschen.

Edith konnte den lieben langen Tag mehr oder minder tun, wonach ihr der Sinn stand; laut ihren eigenen Worten hatte sie sogar mehr Zeit als genug. Hester indes war gezwungen, ihren Lebensunterhalt zu verdienen. Gegenwärtig arbeitete sie als Krankenschwester bei einem pensionierten Offizier, der gestürzt war und sich den Oberschenkelknochen gebrochen hatte. Im Krankenhaus, in dem sie nach der Rückkehr von der Krim ihre erste Stellung gefunden hatte, war ihr gekündigt worden, weil sie die Dinge selbst in die Hand genommen und einen Patienten in Abwesenheit des Arztes auf eigene Faust behandelt hatte. Seitdem war es ihr glücklicherweise immer wieder gelungen, eine Beschäftigung in Privathäusern zu finden. Lediglich ihren Erfahrungen in Skutari, wo sie bis vor knapp einem Jahr gemeinsam mit Florence Nightingale die Verwundeten betreut hatte, war zu verdanken, daß sie überhaupt weiterhin arbeiten konnte.

Ihr momentaner Arbeitgeber, ein gewisser Major Tiplady, erholte sich gut und hatte ihr bereitwillig den Nachmittag frei gegeben. Doch trotz des herrlichen Wetters paßte es ihr ganz und gar nicht, ihn im Regent's Park in endloser Warterei auf eine Bekannte zu verbringen, die nicht kam. Während des Krieges hatte sie so viel Inkompetenz und Verwirrung erlebt und so viel sinnloses Sterben gesehen, das hätte verhindert werden können, wären Stolz und Ineffizienz einmal beiseite gelegt worden. Deshalb konnte sie nur noch wenig Geduld aufbringen, wenn sie derartige Fehler irgendwo zu erkennen glaubte, und reagierte zum Teil recht hitzig darauf. Ihr Verstand arbeitete schnell, ihre Interessen waren intellektueller geartet, als bei einer Frau gemeinhin gefragt war, ihre Ansichten – ob nun richtig oder falsch – wurden mit zuviel Überzeugung vertreten. Edith würde sich einen wirklich guten Grund einfallen lassen müssen, um ihre Verspätung zu erklären.

Hester wartete eine weitere Viertelstunde, während der sie rastlos zwischen den Narzissenbeeten auf und ab lief und zunehmend gereizter und ungeduldiger wurde. Was für ein rücksichtloses Benehmen, zumal der Treffpunkt extra zu Ediths Bequemlichkeit ausgesucht worden war; sie wohnte in Clarence Gardens, kaum mehr als einen halben Kilometer entfernt. Hesters Erbitterung stand womöglich in keinerlei Verhältnis zu dem tatsächlichen Affront. Obwohl sie sich dessen bewußt war, konnte sie weder verhindern, daß ihr Unmut immer größer wurde, noch daß sich ihre behandschuhten Hände zu Fäusten ballten oder ihr Schritt sich beschleunigte und ihre Absätze grimmig über den Boden klapperten.

Sie wollte die Verabredung gerade endgültig vergessen, als sie Ediths linkische, auf seltsame Art ansprechende Gestalt erblickte. Zum Zeichen der Trauer um ihren verstorbenen Mann trug sie nach wie vor überwiegend Schwarz, obwohl er bereits seit fast zwei Jahren tot war. Sie hastete mit bedenklich wehenden Röcken über den Weg, die Haube derart weit auf dem Hinterkopf, daß sie jeden Augenblick vollends hinunterzurutschen drohte.

Hester war erleichtert, daß sie doch noch gekommen war. Sie ging Edith entgegen, ohne es sich allerdings nehmen zu lassen, sich insgeheim eine passende Bemerkung hinsichtlich der verschwendeten Zeit und der groben Rücksichtslosigkeit zurechtzulegen. Doch dann sah sie Ediths Miene und wußte sofort, daß etwas nicht stimmte.

»Was ist passiert?« fragte sie, als sie sich auf einer Höhe befanden. Ediths intelligentes, exzentrisches Gesicht mit dem weichen Mund und der leicht gebogenen Nase war leichenblaß. Das blonde Haar hing unordentlicher unter der Haube heraus, als der Wind und ihr überaus hektisches Vorwärtseilen gerechtfertigt hätten. »Was ist los?« wiederholte Hester beunruhigt. »Bist du krank?«

»Nein . . .«, stieß Edith atemlos hervor. Impulsiv nahm sie Hesters Arm, ohne stehenzubleiben, und zog diese mehr oder minder hinter sich her. »Mir geht's soweit ganz gut – wenn ich auch ein Gefühl habe, als hätte ich tausend Schmetterlinge im Bauch, und keinen klaren Gedanken fassen kann.«

Hester hielt abrupt an, ohne ihren Arm zu befreien. »Warum? Was ist denn nur passiert? Nun sag schon.« Ihr Ärger war völlig verflogen. »Kann ich dir irgendwie helfen?«

Ein reumütiges Lächeln glitt über Ediths Züge und war sofort wieder verschwunden.

»Nein – abgesehen davon, mir eine Freundin zu sein.«

»Das bin ich sowieso«, versicherte Hester. »Was ist geschehen?«

»Mein Bruder Thaddeus – General Carlyon – hatte gestern abend während einer Dinnerparty bei den Furnivals einen Unfall.«

»Herrje, das tut mir leid. Nichts Ernstes hoffentlich. Ist er schwer verletzt?«

Fassungslosigkeit und Verwirrung stritten in Ediths Gesicht um die Vorherrschaft, was es noch bemerkenswerter aussehen ließ, als es ohnehin schon war. Zwar konnte es in keiner Hinsicht als schön bezeichnet werden, doch die rehbraunen Augen verrieten Humor, der Mund eine gute Portion Sinnlichkeit, und der Mangel an Ebenmäßigkeit wurde durch die unübersehbaren Anzeichen eines blitzschnellen Verstandes mehr als ausgeglichen.

»Er ist tot«, verkündete sie, als wäre ihr das Wort selbst völlig fremd.

Hester, die im Begriff gewesen war, sich wieder in Bewegung zu setzen, blieb wie angewurzelt stehen. »Großer Gott! Mein aufrichtiges Beileid. Was ist ihm denn zugestoßen?«

Edith runzelte die Stirn. »Er ist die Treppe hinuntergestürzt«, sagte sie langsam. »Deutlicher ausgedrückt: er fiel über das Geländer, landete frontal auf einer Ritterrüstung und bohrte sich, soweit ich weiß, deren Hellebarde in die Brust . . .«

Hester konnte nichts weiter tun, als erneut ihr Mitgefühl kundzutun.

Edith hakte sich schweigend bei ihr ein. Sie machten kehrt und gingen noch einmal zwischen den leuchtenden Blumenbeeten entlang.

»Er war auf der Stelle tot, heißt es«, fuhr Edith nach einer Weile fort. »Was für ein unglaublicher Zufall, daß er ausgerechnet so auf diesem unglückseligen Ding landen mußte.« Sie schüttelte kurz den Kopf. »Eigentlich sollte es doch möglich sein, hundertmal dagegenzufallen, es lediglich umzustoßen und sich dabei ein paar schlimme blaue Flecken zu holen – vielleicht sogar gebrochene Knochen –, aber nicht gleich von der Hellebarde aufgespießt zu werden!«

Ein eleganter Herr in Uniform spazierte an ihnen vorbei. Die schimmernde goldene Tresse und die blanken Knöpfe seines Rotrocks funkelten im Sonnenlicht. Er machte eine leichte Verbeugung, was sie mit einem mechanischen Lächeln quittierten.

»Ich selbst war noch nie bei den Furnivals«, sagte Edith, als er verschwunden war. »Infolgedessen habe ich auch keine Ahnung, wie hoch die Galerie über der Halle liegt, aber ich nehme an, es müssen vier bis fünf Meter sein.«

»Viele schwere Unfälle passieren auf der Treppe«, bestätigte Hester in der Hoffnung, die Bemerkung möge tröstlich und nicht salbungsvoll klingen. »So etwas kann leicht ein fatales Ende nehmen. Habt ihr euch sehr nahe gestanden?« Sie dachte an ihre eigenen Brüder: an James, den jüngeren, lebhafteren, der auf der Krim gefallen war, und an den ernsthaften, ruhigen und ein wenig aufgeblasenen Charles, das jetzige Familienoberhaupt.

»Nicht besonders«, gab Edith mit gekrauster Stirn zurück. »Er war fünfzehn Jahre älter als ich und hatte das Haus noch vor meiner Geburt verlassen, um auf die Kadettenschule zu gehen. Ich war erst acht, als er heiratete. Damaris hat ihn besser gekannt.«

»Deine ältere Schwester?«

»Ja. Sie ist nur sechs Jahre jünger als er.« Nach kurzer Pause berichtigte sie: »War.«

Hester machte einen raschen gedanklichen Zahlenüberschlag. Damit mußte Thaddeus Carlyon achtundvierzig gewesen sein; noch lange kein alter Mann, aber doch ein gutes Stück im mittleren Lebensabschnitt vorgerückt.

Sie drückte Ediths Arm. »Es war nett von dir, daß du extra hergekommen bist. Ich hätte vollstes Verständnis gehabt, wenn du lediglich einen Lakaien mit einer Nachricht vorbeigeschickt hättest.«

»Ich wollte lieber selbst mit dir sprechen«, erwiderte Edith mit schwachem Achselzucken. »Helfen kann ich nicht viel, außerdem war ich zugegebenermaßen ganz froh, einmal aus dem Haus zu kommen. Mama geht es verständlicherweise gar nicht gut, aber sie zeigt ihre Gefühle wie üblich kaum. Du kennst sie nicht, aber ich glaube manchmal, sie hätte einen besseren Soldaten abgegeben als Papa oder Thaddeus.« Sie lächelte, um deutlich zu machen, daß die letzte Bemerkung nicht ganz ernst gemeint war, eher eine indirekte

Umschreibung von etwas, das sie nicht Worte kleiden konnte. »Sie ist unglaublich stark. Man kann lediglich raten, welche Gefühle sich hinter ihrer enormen Würde und Selbstbeherrschung verbergen.«

»Was ist mit deinem Vater?« erkundigte sich Hester. »Er gibt ihr doch bestimmt Halt.«

Die Sonne schien hell und warm. Nur ganz selten zupfte ein schwacher Wind an den strahlendgelben Blumenköpfen. Ein junger Hund sprang ihnen aufgeregt japsend zwischen die Füße, jagte den Weg entlang und schnappte dabei nach dem Spazierstock eines vornehmen Herren – zu dessen sichtlichem Verdruß.

Edith holte Luft, um Hester die erwartete Antwort zu geben, änderte dann jedoch ihre Meinung.

»Nicht sehr, fürchte ich«, gab sie trübsinnig zu. »Es ärgert ihn, daß die Angelegenheit einen derart lächerlichen Beigeschmack hat. Nicht ganz dasselbe, wie auf dem Schlachtfeld umzukommen, was?« Ihr Mund verzog sich zu einem schwachen, traurigen Lächeln. »Es fehlt die heroische Komponente.«

Von dieser Seite hatte Hester es bisher noch nicht betrachtet. Sie war nur zu gut mit der harten Realität von Tod und Verlust vertraut, nachdem sie den jüngeren Bruder und beide Elternteile innerhalb eines Jahres auf tragische Weise verloren hatte. Jetzt machte sie sich das volle Ausmaß von General Carlyons Unfall klar und wußte genau, wovon Edith sprach. Bei einer Dinnerparty über das Geländer zu stürzen und von einer Hellebarde aufgespießt zu werden entsprach kaum den Vorstellungen vom heldenhaften Tod eines Soldaten. Es hätte schon einer größeren Persönlichkeit als der seines Vaters, Colonel Carlyons, bedurft, um nicht eine gewisse Verbitterung zu empfinden und den Stolz der Familie geschmälert zu sehen. Hester behielt es für sich, aber sie konnte sich des Verdachts nicht erwehren, daß der General zum Zeitpunkt seines Todes vielleicht nicht ganz nüchtern gewesen war.

»Seine Frau muß in einem fürchterlichen Zustand sein«, sagte sie statt dessen. »Hatten sie Kinder?«

»Allerdings, zwei Töchter und einen Sohn. Beide Töchter sind schon älter und verheiratet. Die jüngere war ebenfalls auf der Party, was das Ganze erheblich verschlimmert.« Edith schniefte geräuschvoll, und Hester konnte nicht genau sagen, ob es sich dabei um einen Ausdruck ihres Kummers oder ihrer Wut oder lediglich um eine Reaktion auf den Wind handelte. Dieser strich mittlerweile eindeutig frischer über das Gras, nachdem sie den schützenden Schatten der Bäume hinter sich gelassen hatten.

»Laut Peverell, Damaris' Ehemann, gab es Streit«, fuhr Edith fort. »Ihm zufolge war die Party sogar ausgesprochen scheußlich. Jeder schien furchtbar gereizt zu sein und wäre dem andern am liebsten an die Kehle gesprungen. Sowohl Alexandra, Thaddeus' Frau, als auch Sabella, seine Tochter, stritten über den Tisch hinweg mit ihm herum – und mit Louisa Furnival, der Gastgeberin.«

»Hört sich nicht gut an«, bestätigte Hester. »Aber Familienstreitigkeiten wirken oft wesentlich ernster, als sie tatsächlich sind. Ja, ich weiß, es macht den Kummer noch schlimmer, weil es die späteren Schuldgefühle zwangsläufig verstärkt. Trotzdem bin ich sicher, die Toten wissen genau, daß man nicht alles so meint, wie man es sagt, und daß sich unter der Oberfläche eine Zuneigung verbirgt, die wesentlich tiefer geht als ein momentaner Wutausbruch.«

Edith drückte dankbar ihren Arm.

»Ich verstehe sehr gut, was du mir damit sagen willst, Hester, und ich weiß es zu schätzen. Ich muß dich in nächster Zeit unbedingt mit Alexandra bekannt machen. Sie würde dir gefallen – und du ihr. Sie hat jung geheiratet und sofort ein Kind nach dem anderen bekommen, so daß sie keinerlei Erfahrungen mit dem Alleinleben sammeln konnte oder auch nur entfernt in den Genuß der Abenteuer gekommen ist, die du erlebt hast. Trotzdem hat sie sich eine so große geistige Unabhängigkeit bewahrt, wie es ihre Lebensumstände erlauben, und es mangelt ihr ganz gewiß nicht an Mut oder Phantasie.«

»Wenn der geeignete Moment dafür gekommen ist, wäre es mir eine Freude«, sagte Hester, obwohl sie in Wirklichkeit nicht besonders erpicht darauf war, ihre äußerst kostbare Freizeit mit einer frisch verwitweten Frau zu verbringen, wie mutig diese auch sein mochte. Ihr Beruf brachte sie mit mehr als genug Kummer und Leid zusammen. Auf der anderen Seite wäre es sehr unfreundlich gewesen, das in diesem Moment auszusprechen, außerdem mochte sie Edith wirklich gern und hätte so manches getan, um ihre Lage zu erleichtern.

»Ich danke dir.« Edith schaute sie von der Seite her an. »Würdest du es sehr gefühllos finden, wenn ich das Thema wechsle?«

»Aber nein, ganz und gar nicht! Hast du etwas Bestimmtes im Sinn?«

»Ich habe mich hier mit dir verabredet, statt dich zu uns einzuladen, weil du der einzige Mensch bist, bei dem ich mir vorstellen kann, daß er es versteht und vielleicht sogar helfen kann. Selbstverständlich wird man mich nach dieser schrecklichen Geschichte demnächst zu Hause brauchen, aber dann . . .«

»Ja?«

»Oswald ist inzwischen zwei Jahre tot, Hester, und wir haben keine Kinder.« Ein gequälter Ausdruck glitt über ihr Gesicht. In dem harten Licht der Frühjahrssonne wirkte sie plötzlich verwundbar und um einiges jünger als dreiunddreißig. Doch die Schwäche war sofort wieder verflogen und machte Entschlossenheit Platz. »Ich langweile mich zu Tode«, erklärte sie mit fester Stimme, während sie unwillkürlich die Schritte beschleunigte. Sie bogen zu einer Brücke ab, die über ein schmuckes Bächlein zum botanischen Garten führte. Ein kleines Mädchen warf den Enten Brotbrocken zu.

»Außerdem habe ich nur sehr wenig eigenes Geld«, fuhr Edith fort. »Oswald hat mir nicht annähernd genug hinterlassen, um den Lebensstil weiterzuführen, an den ich gewöhnt bin. Folglich bin ich voll und ganz von meinen Eltern abhängig – der einzige Grund übrigens, warum ich noch im Hause Carlyon lebe.«

»Du hast vermutlich nicht vor, noch einmal zu heiraten?«

Edith warf ihr ein rabenschwarzes Lächeln zu, dem es nicht an Selbstironie fehlte.

»Ehrlich gesagt halte ich das für ziemlich unwahrscheinlich«, gab sie offen zu. »Auf dem Heiratsmarkt wimmelt es von Mädchen, die jünger und hübscher sind als ich und über eine ansehnliche Mitgift verfügen. Meine Eltern sind ganz glücklich dabei, daß ich wieder zu Hause bin, sozusagen als Gesellschaft für Mutter. Sie haben mir einen passenden Ehemann besorgt, und damit ist ihre Pflicht getan. Daß er auf der Krim fallen mußte, ist mein persönliches Pech; sie sind nicht verpflichtet, mir einen anderen zu suchen – was ich ihnen nicht im geringsten nachtrage. Ich glaube, es wäre ein extrem schwieriges, wenn nicht gänzlich fruchtloses Unterfangen. Außerdem bin ich überhaupt nicht bereit, wieder zu heiraten, es sei denn, ich würde eine tiefe Zuneigung zu einem Mann fassen.«

Sie gingen nebeneinander über die Brücke; unter ihnen plätscherte kühles, trübgrünes Wasser dahin.

»Du meinst, dich verlieben?« hakte Hester nach.

Edith lachte. »Du bist ja eine richtige Romantikerin! Das hätte ich von dir gar nicht erwartet.«

Hester ignorierte die Anspielung. »Mir fällt ein Stein vom Herzen. Einen Moment lang hab ich schon befürchtet, du würdest mich bitten, dich mit jemandem bekannt zu machen.«

»Na, wohl kaum! Wenn du jemanden kennen würdest, den du mir guten Gewissens empfehlen kannst, würdest du ihn vermutlich selbst nehmen.«

»So, glaubst du!« erwiderte Hester ein wenig spitz.

Edith schmunzelte. »Ist denn das so schlimm? Wenn er gut genug für mich ist, ist er dann nicht auch gut genug für dich?«

Hester entspannte sich. Ihr wurde allmählich klar, daß man sie ganz sanft aufzog.

»Falls ich zwei derart göttliche Wesen auftreiben sollte, laß ich's dich wissen«, räumte sie großzügig ein.

»Ich bin entzückt.«

»Nun sag mir aber, was ich sonst für dich tun kann.«

Sie schlenderten die leichte Steigung am anderen Ufer hinauf.

»Ich bin auf der Suche nach einer Stellung, die meinen Interessen entspricht und mir etwas Geld einbringt, damit ich finanziell unabhängiger bin. Mir ist natürlich klar«, warf Edith hastig ein, »daß ich kaum genug verdienen werde, um völlig selbständig für mich zu sorgen. Aber schon ein kleiner Zuschuß zu meinem gegenwärtigen Taschengeld würde mir sehr viel mehr Freiheit verschaffen. Der Hauptgrund ist allerdings, daß ich es einfach nicht länger aushalte, zu Hause zu sitzen und Stickereien zu machen, die niemand braucht, Bilder zu malen, für die es weder Platz noch gute Gründe zum Aufhängen gibt, und endlose, idiotische Banalitäten mit Mamas Gästen auszutauschen. Ich vergeude damit nur meine Zeit.«

Hester antwortete nicht sofort. Sie begriff Ediths Situation vollkommen. Sie war auf die Krim gegangen, um ihren Teil zum Kriegsgeschehen beizutragen, um es den Männern etwas erträglicher zu machen, die da frierend, hungernd und an ihren Wunden und Infektionen sterbend in Sewastopol dahinsiechten. Und sie war überstürzt nach Hause zurückgekehrt, als sie von dem tragischen Tod ihrer Eltern erfahren hatte. Kurz darauf war ihr klar geworden, daß kein Geld mehr vorhanden war. Und obwohl sie die Gastfreundschaft ihres noch lebenden Bruders und seiner Frau dankend angenommen hatte, konnte dieses Arrangement nicht von Dauer sein. Charles und Imogen hätte es nichts ausgemacht, aber für Hester war die Situation unhaltbar. Sie wollte ihren eigenen Weg finden und sich in der ohnehin schwierigen Lage der beiden nicht noch als zusätzliche Last aufbürden.

Mit Feuereifer hatte sie bei ihrer Heimkehr das Krankenpflegewesen in England reformieren wollen, wie Miss Nightingale es auf der Krim getan hatte. Die meisten Frauen, die an ihrer Seite gedient hatten, waren für dieses Ziel eingetreten, und das mit der gleichen Inbrunst.

Doch wie das Leben so spielte, hatte Hesters erste und einzige Anstellung in einem Krankenhaus mit fristloser Entlassung geendet. Das Medizinalwesen war nicht besonders erpicht darauf, reformiert zu werden, am wenigsten von überheblichen jungen Frauen, sprich von Frauen allgemein. Machte man sich klar, daß noch keine Frau jemals Medizin studiert hatte und ein solcher Gedanke auch völlig unvorstellbar war, war dieser Umstand nicht weiter verwunderlich. Schwestern hatten im großen und ganzen von nichts eine Ahnung; sie wurden lediglich eingestellt, um Verbände zu wechseln, Handlangerfunktionen auszuführen, Staub zu wischen, zu kehren, Feuerstellen anzuheizen, Exkremente zu beseitigen, für gute Laune und über jeden Zweifel erhabene Moral zu sorgen.

»Was meinst du dazu?« riß Edith sie aus ihren Gedanken. »So aussichtslos kann dieser Kampf doch gar nicht sein.« Ihr Ton klang heiter, aber ihr Blick war ernst; er enthielt sowohl Hoffnung als auch Furcht, und Hester sah deutlich, wie wichtig es ihr war.

»Nein, natürlich nicht«, sagte sie nüchtern. »Aber es ist nicht einfach. Die meisten Stellungen, die für Frauen zugänglich sind, sind so beschaffen, daß du einer Gängelung und Gönnerhaftigkeit ausgesetzt wärst, die du wahrscheinlich nicht aushalten würdest.«

»Du hast es geschafft«, gab Edith zu bedenken.

»Nicht wirklich. Und die Tatsache, daß du nicht von der Anstellung abhängig bist, wird deinen Worten die Schärfe nehmen, die meine hatten.«

»Was bleibt mir dann?«

Sie standen wieder auf dem Kiesweg, der durch die Blumenbeete führte. Ein paar Meter links von ihnen tollte ein Kind mit einem Reifen herum, rechts spielten zwei kleine Mädchen in weißen Trägerröcken.

»Ich weiß nicht genau, aber ich werde mich damit auseinandersetzen«, versprach Hester. Sie betrachtete Ediths blasses Gesicht, sah den bekümmerten Ausdruck in ihren Augen. »Es gibt bestimmt etwas. Du hast eine schöne Schrift, außerdem sprichst du doch fließend Französisch, nicht? Stimmt, das hast du mir mal erzählt. Ich werde mich umhören und dir in einigen Tagen Bescheid geben. Sagen wir, in einer Woche. Nein, vielleicht brauche ich etwas länger, denn ich möchte, daß die Antwort so befriedigend wie möglich ausfällt.«

»Übernächsten Samstag?« schlug Edith vor. »Das wäre der zweite Mai. Komm doch zum Tee zu uns.«

»Soll ich wirklich?«

»Ja, natürlich. Wir werden unsere gesellschaftlichen Aktivitäten zwar noch nicht wiederaufgenommen haben, aber du kommst schließlich als Freundin. Dagegen kann niemand etwas sagen.«

»Gut, ich werde kommen. Vielen Dank.«

Ediths Augen weiteten sich einen Moment, wodurch sich ihre Miene sichtlich erhellte, dann drückte sie kurz Hesters Hand und machte auf dem Absatz kehrt. Sie verschwand zwischen den leuchtenden Narzissen in Richtung Pavillon, ohne sich noch einmal umzusehen.

Hester ging noch eine halbe Stunde spazieren und genoß die milde Frühlingsluft. Dann erst kehrte sie zur Straße zurück, um einen Hansom anzuhalten, der sie wieder zu Major Tiplady und ihren Pflichten bringen sollte.

Der Major saß, wie immer widerstrebend, auf einer Chaiselongue. Seiner Ansicht nach war dieses Möbelstück bei weitem zu weibisch, andererseits liebte er es aber, die Fußgänger vor dem Fenster beobachten und gleichzeitig das verletzte Bein hochlegen zu können.

»Na?« fragte er, sobald Hester das Zimmer betrat. »War der Spaziergang schön? Wie geht es Ihrer Freundin?«

Hester strich mechanisch seine Decke glatt.

»Lassen Sie das Gefummel!« fuhr er sie heftig an. »Ich warte auf eine Antwort. Sie waren doch mit einer Freundin verabredet, oder nicht?«

»Ja, das war ich.« Hester versetzte dem Kissen einen demonstrativen Knuff, damit es wieder in Form kam, wohl wissend, daß er hartnäckig ihren Blick suchte. Die Situation war typisch für das neckische Scharmützel zwischen ihnen, das sie beide sehr genossen. Seit er entweder an sein Bett oder einen Stuhl gefesselt war, machte ihm nichts soviel Spaß, wie Hester zu provozieren, und er hatte mittlerweile beträchtlichen Gefallen an ihr gefunden. Da er den größten Teil seines Lebens in der Gesellschaft von Männern verbracht und immer wieder zu hören bekommen hatte, das weibliche Geschlecht wäre in jeder Hinsicht anders und bedürfe einer Behandlung, die eben nur ein einfühlsamer Mann verstehen könne, machten ihn Frauen für gewöhnlich nervös. Doch zu seinem Entzücken mußte er feststellen, daß Hester intelligent war, nicht zu Ohnmachtsanfällen neigte oder sich grundlos beleidigt fühlte, nicht ununterbrochen auf der Lauer nach Komplimenten lag und sich sogar für Kriegsstrategien interessierte – ein Segen, den er nach wie vor kaum fassen konnte.

»Und wie geht es ihr?« wiederholte er scharf, während er sie aus leuchtenden, hellblauen Augen wütend anfunkelte und sich sein weißer Schnurrbart zu sträuben begann.

»Nicht gut«, erwiderte Hester. »Möchten Sie Tee?«

»Warum?«

»Weil Teezeit ist. Pfannkuchen auch?«

»Ja, bitte. Warum geht es ihr nicht gut? Was haben Sie zu ihr gesagt?«

»Daß es mir sehr leid tut.« Hester, die mit dem Rücken zu ihm stand, griff feixend nach dem Klingelzug. Das Zubereiten von Speisen gehörte nicht zu ihren Aufgaben – Gott sei Dank, denn auf diesem Gebiet war sie nicht allzu bewandert.

»Weichen Sie mir nicht aus!« rief er hitzig.

Hester läutete, wandte sich wieder zu ihm um und setzte eine nüchterne Miene auf. »Ihr Bruder hatte gestern abend einen tragischen Unfall. Er fiel über das Treppengeländer und war auf der Stelle tot.«

»Großer Gott! Sind Sie sicher?« Sein Gesicht wurde augenblicklich ernst. Wie üblich wirkte die blaßrosa Haut wie frisch geschrubbt und makellos.

»Ja, absolut. Leider.«

»War er Trinker?«

»Ich glaube nicht, jedenfalls kein exzessiver.«

In dem Moment tauchte das Mädchen auf. Hester bestellte Tee und warme Pfannkuchen mit Butter. Als sie wieder gegangen war, fuhr Hester fort: »Er prallte auf eine Ritterrüstung. Die Hellebarde bohrte sich fatalerweise mitten in seine Brust.«

Tiplady starrte sie entgeistert an. Offenbar war er immer noch nicht sicher, ob sie sich nicht nur auf seine Kosten einen bizarren weiblichen Scherz erlaubte. Doch dann kam er zu dem Schluß, daß der Ernst in ihrem Gesicht echt war.

»Du meine Güte. Wie entsetzlich.« Er runzelte die Stirn. »Sie dürfen mir nicht übelnehmen, daß ich anfangs an Ihren Worten gezweifelt habe. Was für ein grauenhafter Zufall!« Er zog sich ein wenig auf der Chaiselongue hoch. »Haben Sie eine Vorstellung, wie schwierig es ist, einen Menschen mit einer Hellebarde aufzuspießen? Er muß mit unglaublicher Wucht daraufgefallen sein. War er überdurchschnittlich groß?«

»Das weiß ich nicht.« Sie hatte bisher noch nicht drüber nachgedacht, mußte sich seinem Urteil nun aber anschließen. Mit solcher Heftigkeit und derart zielsicher so auf die Spitze einer Hellebarde zu fallen, die von einer leblosen Rüstung gehalten wurde, daß das Metall durch die Kleidung ins Fleisch eindrang und sich zwischen den Rippen einen Weg ins Körperinnere bahnte, war in der Tat ein unglaublicher Zufall. Der Winkel mußte absolut präzise gewesen, die Hellebarde felsenfest im Panzerhandschuh verkeilt, der Aufprall, wie er meinte, in der Tat sehr vehement gewesen sein. »Möglich wäre es schon. Ihn kannte ich nicht, aber seine Schwester ist groß, wenn auch ziemlich dünn. Vielleicht war er kräftiger gebaut als sie. Er war Soldat.«

Major Tipladys Brauen schossen nach oben. »Ach ja?«

»Ja. General, soweit ich weiß.«

In des Majors Gesicht zuckte es amüsiert, was er nur schwer verbergen konnte, obwohl er sich der Geschmacklosigkeit einer solchen Gemütsregung durchaus bewußt war. In letzter Zeit hatte er einen Sinn für das Absurde entwickelt, der ihm zu denken gab. Er führte es darauf zurück, daß er fast ausschließlich im Bett lag, kaum etwas anderes tun konnte als lesen und sich zu oft in Gesellschaft einer Frau befand.

»Was für ein Unglück«, sagte er, den Blick zur Decke gewandt. »Hoffentlich lassen sie nicht in seinen Grabstein meißeln, er hätte schließlich den Tod gefunden, indem er sich selbst mit einer Waffe pfählte, die in der Hand einer leeren Ritterrüstung steckte. Das wäre wahrhaftig ein Abstieg nach einer glänzenden Karriere beim Militär und hätte nun doch einen zu lächerlichen Beigeschmack. So etwas einem General!«

»Ich finde es gar nicht so abwegig für einen General«, entgegnete Hester grimmig. Sie dachte an das eine oder andere Fiasko im Verlauf des Krimkriegs, wie zum Beispiel die Schlacht an der Alma; nachdem man die Männer zunächst in die eine, dann in die andere Richtung geschickt hatte, waren sie zu guter Letzt im Fluß in die Falle gegangen und zu Tausenden sinnlos gestorben. Und von Balaklawa ganz zu schweigen, wo die Elite der englischen Kavallerie, die »Light-Brigade«, ihren Angriff direkt in die Mündungen der russischen Gewehre gestartet hatte und wie Gras niedergemäht worden war. Diesen blutigen Alptraum mit den darauffolgenden Wochen voll unermüdlicher Arbeit, Hilflosigkeit und Seelenqual würde sie wohl nie vergessen.

Thaddeus Carlyons Tod erschien ihr mit einem Mal bedauerlicher, wirklicher und zugleich weniger wichtig.

Sie konzentrierte sich wieder auf den Major und begann die Decke über seinem Bein zu glätten. Er wollte protestieren, bemerkte jedoch ihren völlig veränderten Gesichtsausdruck und fügte sich wortlos in sein Schicksal. Unvermittelt war sie von der netten, tüchtigen jungen Frau, die er recht gern hatte, zur Lazarettschwester geworden, die sie noch vor kurzem gewesen war. Tag für Tag hatte sie dem Tod ins Gesicht gesehen, sich seiner Macht und Sinnlosigkeit grausam bewußt.

»Er war General, sagen Sie?« Zwischen Tipladys Brauen bildete sich eine tiefe Furchte. »Wie war sein Name?«

»Carlyon«, erwiderte Hester, während sie die Decke fest unter ihm einschlug. »Thaddeus Carlyon.«

»Bei der indischen Armee?« fragte er und sagte dann, ehe sie antworten konnte: »Hab mal von einem Carlyon da draußen gehört. Ein harter Bursche, aber sehr beliebt bei seinen Leuten. Glänzender Ruf, soll niemals vor dem Feind gekniffen haben. Ich persönlich habe ja nicht viel für Generale übrig, trotzdem ist es ein Jammer, daß er auf diese Art sterben mußte.«

»Es war ein schneller Tod«, gab Hester mit verzerrtem Gesicht zurück. Die nächsten Minuten machte sie sich mit größtenteils unwichtigen Handgriffen im Zimmer zu schaffen, doch ihre Bewegungen wirkten mechanisch, als käme ihr Ausharren in diesem Raum eher einer Gefangenschaft gleich.

Endlich kamen der Tee und die Pfannkuchen. Als sie in den knusprigen, warmen Teig biß und die geschmolzene Butter von ihrem Mund wischte, damit sie nicht am Kinn hinunterlief, entspannte sie sich wieder und kehrte in die Gegenwart zurück.

Sie lächelte Tiplady an.

»Lust auf eine Partie Schach?« Sie war geschickt genug, ihm ein gutes Spiel zu liefern, ohne ihn zu schlagen.

»O ja«, stimmte er begeistert zu. »Und wie!«

Hester verbrachte ihre Freizeit in den folgenden Tagen wie versprochen mit der Erkundung von Ediths Sobells Möglichkeiten. Sie glaubte nicht, daß im Bereich der Krankenpflege etwas für sie zu finden war. Eine solche Tätigkeit hätte Edith vermutlich weder gefallen, noch wäre sie ihr überhaupt zugänglich gewesen. Krankenpflege wurde eher als Geschäft denn als Beruf betrachtet, und die meisten Männer und Frauen, die in diesem Bereich arbeiteten, kamen aus einer niedrigen sozialen Schicht und besaßen eine äußerst fragwürdige Bildung; dies wiederum führte dazu, daß sie mit geringem Respekt und entsprechend schlechter Bezahlung belohnt wurden. Wer indes mit Miss Nightingale – die man mittlerweile als Heldin der Nation feierte und beinah so sehr verehrte wie die Queen – auf der Krim gewesen war, hatte einen völlig anderen Status, aber in diesem Sinne konnte Edith sich jetzt nicht mehr qualifizieren. Selbst Hester, die diesbezüglich bestimmt hochqualifiziert war, fand nur schwer eine Anstellung und mußte immer wieder feststellen, wie wenig Wert man auf ihre Meinung legte.

Doch es existierten noch andere Betätigungsfelder, besonders für jemanden wie Edith. Sie war intelligent und belesen, sowohl in englischer als auch in französischer Literatur. Sicher ließ sich ein vornehmer Herr auftreiben, der eine Bibliothekarin oder Assistentin suchte, um für ihn das Wissensgebiet zu erforschen, das gerade seine Aufmerksamkeit fesselte. Es gab immer jemanden, der eine Abhandlung oder eine Monographie verfassen wollte und einen wortgewandten Gehilfen brauchte, der die Ideen in lesbare Form brachte.

Die meisten Frauen, die eine Gesellschafterin aus gutem Hause suchten, waren unerträglich schwierig und brauchten im Grunde nur eine Abhängige, die sie nach Belieben herumkommandieren konnten – weil eventueller Protest der Betroffenen außer Frage stand. Dennoch gab es Ausnahmen; Damen, die gern reisten, zum Beispiel, dies aber nicht allein tun wollten. Manche dieser furchteinflößenden Matronen konnten ausgezeichnete Arbeitgeberinnen sein, die über jede Menge Interessen und Persönlichkeit verfügten.

Außerdem bestand die Möglichkeit des Unterrichtens – eine in höchstem Maße lohnenswert Angelegenheit, sofern die Schüler wißbegierig und intelligent genug waren.

Hester lotete all diese Bereiche zumindest so weit aus, daß sie Edith etwas Definitives berichten konnte, wenn sie sich am zweiten Mai zum Tee bei den Carlyons einstellen würde.

Major Tipladys Wohnung lag am südlichen Ende der Great Titchfield Street, also ein gutes Stück vom Haus der Carlyons in Clarence Gardens entfernt. Wäre sie zu Fuß gegangen, hätte sie fast eine halbe Stunde gebraucht und sich schließlich überhitzt und in vermutlich halb aufgelöstem Zustand bei ihren Gastgebern eingefunden. Und die Aussicht auf eine Tasse Tee mit der älteren Mrs. Carlyon machte sie mehr als nur ein bißchen nervös, wie sich Hester mit einem Anflug von Sarkasmus eingestehen mußte. Es hätte ihr weniger ausgemacht, wäre Edith nicht ihre Freundin gewesen, denn dann würde sie keinerlei emotionellen Schaden davontragen, gleich ob Erfolg oder Mißerfolg. Wie die Situation allerdings war, hätte sie lieber einer Nacht im Militärlager vor Sewastopol entgegengeblickt als dieser prekären Verabredung.

Da es sich jedoch nicht mehr ändern ließ, schlüpfte sie in das beste Musselinkleid, das sie besaß. Es war nicht gerade umwerfend, aber es war gut geschnitten, hatte eine betonte Taille und ein hübsch plissiertes Oberteil; nicht ganz der letzte Schrei, doch das würde ohnehin nur einer dieser Modepuppen auffallen. Das Manko lag einzig und allein auf dem Gebiet der Zutaten, und eine Krankenschwester konnte sich keinen großen Luxus leisten. Als sie sich von Major Tiplady verabschiedete, machte der jedenfalls einen recht begeisterten Eindruck. Von Mode hatte er nicht die geringste Ahnung, ganz abgesehen davon, daß außergewöhnlich schöne Frauen ihm sowieso eher angst machten. Er fand Hesters ausgeprägte Gesichtszüge überaus ansprechend und hatte auch an ihrer sowohl etwas zu großen wie auch ein wenig zu dünnen Statur nicht das mindeste auszusetzen. Sie bedrohte ihn nicht mit aggressiven weiblichen Formen, außerdem funktionierte ihr Verstand beinah wie der eines Mannes, was ihm sehr gefiel. Er hätte niemals für möglich gehalten, daß eine Frau eine Art Freund werden konnte, und hatte sich eines Besseren belehren lassen müssen. Eine Erfahrung, die ihm in keiner Weise zuwider war.

»Sie sehen wirklich . . . schmuck aus«, meinte er mit leicht geröteten Wangen.

Aus jedem anderen Mund hätten diese Worte sie auf die Palme gebracht. Sie verspürte nicht den leisesten Wunsch, schmuck auszusehen; Hausmädchen waren schmuck und auch von ihnen nur die jüngeren. Selbst Stubenmädchen durften hübsch sein – es wurde sogar von ihnen erwartet. Sie wußte jedoch, daß er es nicht böse meinte, und hätte es unverzeihlich grausam gefunden, Anstoß an seiner Formulierung zu nehmen, wie sehr sie auch Ausdrücke wie *ausgesprochen gut* oder *ganz reizend* vorgezogen hätte. Auf ein *wunderschön* konnte sie ohnehin nicht hoffen. Imogen, ihre Schwägerin, war wunderschön – und ganz reizend obendrein. Das hatte Hester auf recht eindrucksvolle Weise feststellen müssen, als Monk, dieser unglückselige Polizist, ihr im vergangenen Jahr während der Geschichte am Mecklenburg Square mit Haut und Haaren verfallen war. Doch Monk war ein völlig anderes Thema, das nicht das geringste mit dem heutigen Nachmittag zu tun hatte.

»Ich danke Ihnen, Major Tiplady«, erwiderte sie mit aller Anmut, zu der sie fähig war. »Und geben Sie bitte gut auf sich acht, während ich fort bin. Ich habe die Glocke in ihre Reichweite gestellt, falls Sie etwas brauchen sollten. Versuchen Sie ja nicht aufzustehen, ohne sich von Molly helfen zu lassen. Tun Sie es doch«, sie fixierte ihn mit todernstem Blick, »und fallen noch einmal hin, dürfen Sie höchstwahrscheinlich weitere sechs Wochen im Bett verbringen!« Diese Drohung war wesentlich effektiver als die Aussicht auf neuerliche Schmerzen, was sie sehr gut wußte.

Er zuckte zusammen und stieß ein gekränktes »Ganz bestimmt nicht!« aus.

»Gut!« Hester drehte sich um und ging, felsenfest überzeugt, daß er bleiben würde, wo er war.

Sie winkte einen Hansom herbei und ließ sich die Great Titchfield Street hinunter über die Bolsover und Osnaburgh Street nach Clarence Gardens fahren, eine Strecke von etwa eineinhalb Kilometern. Um kurz vor vier kam sie an. Groteskerweise hatte sie das Gefühl, kurz vor der Offensivattacke bei einer Schlacht zu stehen. Sie mußte sich zusammennehmen. Das schlimmste, was ihr passieren konnte, war, in Verlegenheit zu geraten, und damit sollte sie eigentlich fertig werden. Was war das schließlich schon – ein akuter Anfall von gedanklichem Unwohlsein, mehr nicht. Weitaus besser als Schuldgefühle oder seelischer Schmerz.

Sie atmete tief durch, streckte die Schultern, marschierte die Stufen zur Haustür hinauf und zerrte bei weitem zu heftig am Klingelzug. Dann trat sie hastig einen Schritt zurück, um nicht direkt auf der Schwelle zu stehen, wenn die Tür aufging.

Was fast im selben Moment geschah. Ein hübsches Dienstmädchen blickte ihr mit ansonsten ausdrucksloser Miene fragend ins Gesicht.

»Sie wünschen, Ma'am?«

»Miss Hester Latterly. Ich glaube, Mrs. Sobell erwartet mich.«

»O ja, das tut sie, Miss Latterly. Bitte treten Sie ein.« Die Tür öffnete sich ganz, und das Mädchen trat beiseite, um Hester vorbeizulassen. In der Halle nahm sie ihr Haube und Umhang ab.

Die Halle war genauso gewaltig, wie Hester erwartet hatte. Die Eichenholztäfelung erreichte eine Höhe von fast zweieinhalb Metern und war mit düsteren Porträts bedeckt, die in vergoldeten Bilderrahmen mit Laubverzierung und allerlei Schnörkeln steckten. Sie schimmerten im Schein des Kronleuchters, der trotz der frühen Stunde brannte, weil der Raum durch das viele Holz in dämmriges Halbdunkel getaucht lag.

»Wenn Sie mir bitte folgen wollen . . .«, sagte das Mädchen und schritt vor ihr über das Parkett. »Miss Edith ist im Boudoir. In einer halben Stunde wird der Tee serviert.« Mit diesen Worten führte sie Hester die breite Treppe hinauf zu einem Wohnzimmer im ersten Stock, das ausschließlich den Damen des Hauses vorbehalten war und infolgedessen Boudoir genannt wurde. Sie öffnete die Tür und kündigte Hester an.

Edith starrte durchs Fenster auf den Platz hinaus. Sobald sie Hesters Namen hörte, drehte sie sich mit freudiger Miene um. Sie trug ein schwarz eingefaßtes, pflaumenfarbenes Kleid. Die Krinoline war recht schmal, und Hester schoß augenblicklich durch den Kopf, um wieviel vorteilhafter das aussah – ganz zu schweigen davon, um wieviel praktischer es war, als ständig ungeheure Stoffmassen und eine Unmenge starre Reifen durch die Gegend schwingen zu müssen. Vom Zimmer selbst bekam sie, abgesehen von einem ausgesprochen hübschen Rosenholzschreibpult an der Stirnwand sowie einer Dominanz von Rosa und Gold, nicht viel mit. Es fehlte ihr die Zeit dazu.

»Ich bin so froh, daß du gekommen bist!« sagte Edith rasch. »Außer den Neuigkeiten, die du vielleicht mitbringst, muß ich unbedingt mal wieder über normale Dinge mit jemanden sprechen, der nicht zur Familie gehört.«

»Warum? Sind neue Probleme aufgetaucht?« Hester sah sofort, daß etwas geschehen sein mußte. Edith wirkte noch angespannter als bei ihrem letzten Treffen. Ihr Körper war verkrampft, ihre Bewegungen ruckartig und unbeholfener als sonst, obwohl sie selbst in ihren Sternstunden keinen allzu anmutigen Anblick bot. Das Auffälligste waren allerdings ihre offenkundige Erschöpfung und das völlige Fehlen ihres gewohnten Humors.

Edith schloß kurz die Augen und riß sie dann weit auf.

»Die Umstände von Thaddeus' Tod sind wesentlich schlimmer, als wir zunächst geglaubt haben«, erklärte sie leise.

»Wirklich?« Hester war verwirrt. Was konnte schlimmer sein als der Tod?

»Du verstehst nicht – aber wie solltest du auch. Ich habe mich nicht klar genug ausgedrückt.« Edith holte tief Luft. »Sie sagen, es war gar kein Unfall.

»Sie?« fragte Hester verblüfft. »Wer behauptet so etwas?«

»Die Polizei, wer sonst.« Edith blinzelte, das Gesicht aschfahl. »Sie sagen, Thaddeus wurde ermordet!«

Hester war einen Moment lang wie betäubt, so als ob der luxuriös eingerichtete Raum plötzlich in weite Ferne gerückt und ihr Sehfeld an den Rändern in Nebel gehüllt wäre. Ediths Gesicht prangte scharf umrissen im Zentrum und prägte sich ihr unauslöschlich ein.

»Großer Gott, das ist ja furchtbar! Haben sie einen Verdacht, wer es war?«

»Genau das ist der Punkt«, bekannte Edith. Sie löste sich aus ihrer Erstarrung und ließ sich auf einem verschwenderisch gepolsterten, rosafarbenen Sofa nieder.

Hester setzte sich ihr gegenüber in einen Sessel.

»Es waren nur wenige Personen anwesend, und einen Einbrecher gab es nicht«, fuhr Edith fort. »Es muß einer von ihnen gewesen sein. Abgesehen von Mr. und Mrs. Furnival, den Gastgebern, waren die einzigen, die nicht zur Familie gehören, Dr. Hargrave und seine Frau.« Sie schluckte heftig und versuchte ein Lächeln; es wirkte grauenhaft verzerrt. »Ansonsten waren nur Thaddeus und Alexandra dort, ihre Tochter Sabella mit ihrem Mann Fenton Pole, meine Schwester Damaris und mein Schwager Peverell Erskine. Sonst niemand.«

»Was ist mit den Dienstboten?« warf Hester mutlos ein. »Es steht wohl außer Frage, daß einer von ihnen in Betracht kommt?«

»Mit welchem Motiv? Weshalb sollte einer von den Dienstboten Thaddeus umbringen?«

Hesters Gedanken überschlugen sich. »Weil er den Betreffenden beim Stehlen erwischt hat vielleicht?«

»Beim Stehlen wovon – auf der Galerie im ersten Stock? Er fiel schließlich dort über das Geländer. Von den Kammerzofen einmal abgesehen, halten sich die Dienstboten zu dieser Zeit am Abend gewöhnlich unten auf.«

»Schmuck?«

»Woher hätte er von dem Diebstahl wissen sollen? Wenn es in einem der Schlafzimmer geschehen ist, konnte er es nicht wissen. Und selbst wenn er sie hätte herauskommen sehen, hätte er lediglich angenommen, daß sie ihrer Arbeit nachgingen.«

Das war absolut logisch und ließ nicht den geringsten Einwand zu. Hester zerbrach sich vergeblich den Kopf nach einer beruhigenden Bemerkung.

»Wie steht's mit dem Arzt?« meinte sie schließlich.

Edith gab ihr mit einem kläglichen Lächeln zu verstehen, daß sie ihre Bemühungen zu schätzen wußte.

»Dr. Hargrave? Ich weiß nicht, ob er in Frage kommt. Damaris hat mir die Ereignisse jenes Abends geschildert, aber sie machte keinen besonders klaren Eindruck. Offen gesagt war sie sogar ziemlich daneben und redete recht unzusammenhängendes Zeug.«

»Schön, also wo hat sich jeder einzelne aufgehalten?« Hester war bereits in zwei Mordfälle verwickelt gewesen; in den ersten im Zusammenhang mit dem Tod ihrer Eltern, in den zweiten aufgrund ihrer Bekanntschaft mit dem Polizisten William Monk. Mittlerweile stellte er private Nachforschungen für Leute an, die auf der Suche nach Familienangehörigen waren, diskret einen Diebstahl aufgeklärt haben wollten oder andere persönliche Anliegen hatten, um deretwillen sie entweder nicht das Gesetz bemühen wollten, oder bei denen kein offenkundiges Verbrechen vorlag. Wenn sie jetzt ihre Intelligenz benutzte und ein wenig logisches Denkvermögen walten ließ, müßte sie eigentlich etwas Hilfreiches zutage fördern können.

»Da man zunächst von einem Unfall ausging«, sagte sie laut, »muß er zwangsläufig allein gewesen sein. Wo befanden sich die andern zum fraglichen Zeitpunkt? Auf einer Dinnerparty wandeln die Gäste normalerweise nicht einzeln im Haus herum.«

»Das ist es ja gerade«, sagte Edith mit wachsendem Unbehagen. »Aus Damaris war kaum ein vernünftiges Wort herauszukriegen.

Ich habe sie noch nie so ... so völlig kopflos erlebt. Sogar Peverell schaffte es nicht, sie zu beruhigen – sie hörte ihm nicht mal zu.«

»Vielleicht hatten die beiden ...« Hester sann nach einer freundlichen Umschreibung. »Unterschiedliche Ansichten? Ein Mißverständnis womöglich?«

Edith verzog belustigt den Mund. »Wie nett formuliert. Du meinst, ob sie Krach miteinander hatten? Das bezweifle ich. Dafür ist Peverell nicht der Typ. Er ist ein ganz reizender Mensch, außerdem ziemlich verrückt nach ihr.« Sie schluckte wieder und lächelte in einem unvermittelten Anflug von Traurigkeit, als würde sie flüchtig an andere Dinge, vielleicht andere Menschen erinnert. »Er ist nicht im geringsten schwach«, fuhr sie fort. »Früher glaubte ich das, aber er hat einfach eine ganz bestimmte Art, mit ihr umzugehen, und sie kommt normalerweise immer wieder zu sich – letzten Endes. Wesentlich befriedigender, als die Leute herumzukommandieren. Zugegeben, er ist nicht gerade ein Ausbund an Leidenschaft, aber ich mag ihn – je länger ich ihn kenne, desto mehr. Und ich glaube, Damaris geht es nicht anders.« Sie schüttelte entschieden den Kopf. »Nein, ich weiß noch genau, in welchem Zustand sie an diesem Abend war. Ich glaube nicht, daß Peverell etwas damit zu tun hatte.«

»Was hat sie gesagt, wo sich die restlichen Personen aufhielten? Thaddeus – entschuldige, ich meine natürlich General Carlyon – stürzte über das Geländer im ersten Stock beziehungsweise wurde hinuntergestoßen. Wo waren die anderen in dem Moment?«

»Hier und dort«, erwiderte Edith resigniert. »Es ist mir nicht gelungen, mir einen Reim darauf zu machen. Vielleicht kannst du es. Ich habe Damaris gebeten, sich zu uns zu setzen und uns zu erzählen, woran sie sich erinnert. Aber sie scheint seit dem besagten Abend leider nicht mehr zu wissen, was sie tut.«

Hester hatte Ediths Schwester zwar noch nicht kennengelernt, jedoch schon eine Menge über sie gehört. Entweder war sie seelisch nicht besonders stabil und in gewisser Weise undiszipliniert oder aber ungerecht beurteilt worden.

Wie um alle Gerüchte über sie Lügen zu strafen, tat sich in dem

Augenblick die Tür auf, und eine der atemberaubendsten Frauen, die Hester je gesehen hatte, stand auf der Schwelle. In diesem ersten Moment wirkte sie sagenhaft schön, groß – größer noch als Edith oder Hester, und sehr schlank. Ihr dunkles, von Natur leicht gewelltes Haar entsprach ganz und gar nicht der gegenwärtigen Manier, nach der es streng aus dem Gesicht gekämmt getragen wurde, ein oder zwei Ringellöckchen über den Ohren. Ihr Modebewußtsein schien ohnehin nicht stark ausgeprägt. Der Rock war eher zweckdienlich, etwas, in dem man arbeiten konnte, und wurde nicht durch die üblichen Reifen verunstaltet. Ihre Bluse war allerdings wunderschön bestickt und mit einem weißen Seidenband verwoben. Sie hatte etwas Jungenhaftes an sich, wirkte weder kokett noch geziert, einfach unglaublich offen. Ihr Gesicht war länglich, ihre Züge derart beweglich und reaktionsfreudig, daß sie jeden ihrer Gedanken widerspiegelten.

Sie trat in den Raum, schloß die Tür hinter sich und blieb einen Moment lang mit auf dem Rücken verschränkten Händen dagegengelehnt stehen. Ihr Blick ruhte mit unverhohlenem Interesse auf Hester.

»Sie sind also Hester Latterly?« fragte sie, obwohl die Frage eindeutig rhetorisch gemeint war. »Edith hat bereits angekündigt, daß Sie heute nachmittag kommen würden. Schön, daß Sie da sind. Seit sie mir erzählt hat, daß Sie mit Miss Nightingale auf der Krim waren, brenne ich darauf, Sie kennenzulernen. Sie müssen unbedingt noch einmal herkommen, wenn wir uns wieder gefaßt haben, und uns alles darüber berichten.« Ein strahlendes Lächeln erhellte ihr Gesicht. »Mir jedenfalls. Papa hat vermutlich nichts dafür übrig und Mama wahrscheinlich auch nicht. Viel zu unabhängig, so was. Erschüttert die Grundfeste der Gesellschaft, wenn Frauen nicht wissen, wo ihr Platz ist – zu Hause am Herd natürlich, um für den Rest für uns die Zivilisation aufrechtzuerhalten.«

Sie schlenderte zu einem kleinen Rokokosofa und ließ sich ausgesprochen lässig hineinplumpsen. »Indem sie dafür sorgen, daß wir uns auch schön jeden Tag die Zähne putzen; unseren Reisauflauf essen, uns richtig ausdrücken, niemals die Infinitive durcheinanderschmeißen, eine steife Oberlippe behalten, egal welchen Schicksalsschlägen wir uns ausgesetzt sehen, und überhaupt allzeit ein leuchtendes Beispiel für die unteren Klassen abgeben – die exakt aus diesem Grund auf uns angewiesen sind.« Sie thronte seitlich auf den Polstern, was bei jedem anderen ziemlich unmöglich ausgesehen hätte, bei ihr jedoch eine gewisse Anmut besaß, weil es aus ganzem Herzen geschah. Es kümmerte sie offensichtlich nicht sehr, was andere von ihr dachten. Trotz dieser gesammelten Sorglosigkeit ging dennoch eine schlecht verborgene Anspannung von ihr aus, und Hester konnte sich die frenetische Gemütsverfassung, von der Edith gesprochen hatte, lebhaft vorstellen.

Mit plötzlich wieder düsterer Miene sah Damaris Hester an.

»Edith hat Ihnen von unserer Familientragödie erzählt, nehme ich an? Daß Thaddeus tot ist und man inzwischen behauptet, es sei Mord gewesen?« Die Falte zwischen ihren Brauen vertiefte sich. »Wenn ich auch beim besten Willen keinen Grund weiß, weshalb jemand Thaddeus umbringen sollte.« Sie wandte sich zu Edith um. »Du etwa? Gut, er war zwar manchmal ein fürchterlicher Langweiler, aber das sind schließlich die meisten Männer. Sie finden immer die falschen Dinge schrecklich interessant. Oh, tut mir leid, ich meine wirklich nur die meisten, nicht alle!« Sie merkte plötzlich, daß sie Hester möglicherweise beleidigt hatte, und war aufrichtig zerknirscht.

»Nein, nein, ich bin ganz Ihrer Meinung.« Hester schmunzelte. »Und ich wage zu behaupten, daß sie das gleiche von uns denken.«

Damaris zuckte zusammen. »Touché. Hat Edith Ihnen davon erzählt?«

»Von der Dinnerparty? Nein, sie hielt es für besser, wenn Sie das tun, weil Sie dabei gewesen sind.« Hester hoffte, besorgt und nicht über die Maßen neugierig zu klingen.

Damaris schloß die Augen und ließ sich noch tiefer ins Sofa rutschen.

»Es war ein grauenhafter Abend. Ein komplettes Fiasko, fast von der ersten Minute an.« Sie riß die Augen wieder auf und starrte Hester voll ins Gesicht. »Wollen Sie es wirklich hören?«

»Wenn es für Sie nicht zu schmerzhaft ist...« Das entsprach keineswegs der Wahrheit. Sie wollte es um jeden Preis wissen, aber ihr Sinn für Anstand und ein gewisses Mitgefühl hinderten sie daran, zu sehr darauf zu pochen.

Damaris zuckte die Achseln, wich Hesters Blick jedoch aus. »Es macht mir nichts aus, darüber zu sprechen – ich muß sowieso die ganze Zeit daran denken. Teilweise kommt es mir inzwischen gar nicht mehr real vor.«

»Fang ganz von vorn an«, riet Edith, während sie die Füße anzog. »Nur so gelingt es uns vielleicht, uns einen Reim darauf zu machen. Thaddeus wurde allem Anschein nach tatsächlich ermordet. Es wird ziemlich unangenehm werden, bis wir herausgefunden haben, von wem.«

Damaris erschauerte. Sie warf ihrer Schwester einen säuerlichen Blick zu und konzentrierte sich wieder auf Hester.

»Peverell und ich waren die ersten. Sie kennen ihn noch nicht, aber er würde Ihnen gefallen.« Sie sagte es völlig unbefangen und keineswegs effektheischend; es war eine bloße Feststellung. »Zu diesem Zeitpunkt waren wir noch guter Dinge und freuten uns auf den Abend.« Sie verdrehte die Augen zur Decke. »Können Sie sich das vorstellen? Kennen Sie Maxim und Louisa Furnival? Nein, wahrscheinlich nicht. Edith sagt, Sie verschwenden Ihre Zeit nicht in der Londoner Gesellschaft.«

Hester musterte schmunzelnd ihre im Schoß gefalteten Hände, um Ediths Blick nicht begegnen zu müssen. Was für eine charmante Umschreibung. Aus dem heiratsfähigen Alter war sie mit ihren weit über fünfundzwanzig Jahren eindeutig heraus, und dabei war fünfundzwanzig noch wohlwollend geschätzt. Zudem besaß sie weder eine stattliche Mitgift, da ihr Vater kurz vor seinem Tod das gesamte Vermögen verloren hatte, noch einen gesellschaftlichen Hintergrund, der irgend jemanden hätte reizen können. Zu guter Letzt erfreute sie sich noch einer unbequem direkten Art und hatte zu viele eigene Meinungen, die sie sich obendrein nicht scheute kundzutun.

»Ich habe viel zuwenig Zeit, um welche verschwenden zu können«, erwiderte sie laut.

»Und ich viel zuviel«, warf Edith ein.

Hester brachte sie zum Thema zurück. »Bitte, erzählen Sie mir von den Furnivals.«

Der unbekümmerte Ausdruck in Damaris' Gesicht löste sich schlagartig in Luft auf.

»Maxim ist im Grunde ganz umgänglich – auf eine grüblerische, schwermütige Art. Er ist geradezu furchterregend anständig und schafft es dabei noch, nicht verknöchert zu wirken. Ich hatte schon öfter den Eindruck, er könnte regelrecht interessant sein, wenn ich ihn näher kennen würde. Es erscheint mir nicht einmal besonders abwegig, mich unsterblich in ihn zu verlieben – nur um herauszufinden, was in ihm steckt –, wäre ich Peverell nicht bereits begegnet. Ob das Ganze einer engeren Beziehung allerdings standhalten würde, weiß ich beim besten Willen nicht.« Sie vergewisserte sich mit einem kurzen Blick auf Hester, ob diese auch richtig verstand, und fuhr dann fort, die Augen auf die bemalte Stuckdecke geheftet: »Mit Louisa verhält es sich vollkommen anders. Sie ist auffallend schön – auf unkonventionelle Art, wie eine große Katze. Eine aus dem Urwald, kein zahmes Haustier; sie spielt für niemanden das Schmusekätzchen. Ich habe sie schon immer beneidet.« Ein wehmütiges Seufzen. »Louisa ist ziemlich klein. Sie kann überaus feminin sein und scheinbar zu jedem x-beliebigen Mann aufblicken, während ich auf mehr herabsehe, als mir lieb ist. Und dann verfügt sie an genau den richtigen Stellen über die verführerischsten Kurven – ganz anders als ich. Sie hat ziemlich hohe, breite Wangenknochen, aber wenn ich einmal gerade nicht neidisch war und sie mir genauer ansah, mußte ich feststellen, daß mir ihr Mund überhaupt nicht gefällt.«

»Über ihren Charakter verrät das alles nicht besonders viel, Ris«, gab Edith zu bedenken.

»Sie sieht nicht nur aus wie eine Katze, sie benimmt sich auch so«, gab Damaris konsequenterweise zurück. »Sie ist sinnlich, räuberisch und auf den eigenen Vorteil bedacht, kann aber überzeugend charmant sein, wenn sie es darauf anlegt.«

Edith schaute Hester vielsagend an. »Jetzt weißt du immerhin, daß Damaris Louisa nicht besonders mag – beziehungsweise daß sie mehr als nur ein bißchen neidisch ist.«

»Du bringst mich vom Thema ab«, sagte Damaris etwas gestelzt. »Als nächstes kamen Thaddeus und Alexandra. Er war wie immer höflich, etwas hochtrabend und ziemlich geistesabwesend, aber Alex sah blaß aus und wirkte eher beunruhigt als zerstreut. Ich dachte damals, sie hätten wegen irgend etwas gestritten und Alex hätte wie gewohnt den kürzeren gezogen.«

Fast hätte Hester sich erkundigt, warum »wie gewohnt«, doch dann wurde ihr klar, daß es eine dumme Frage war. Frauen zogen immer den kürzeren, besonders in der Öffentlichkeit.

»Dann trafen Sabella und Fenton ein«, fuhr Damaris fort. »Thaddeus' jüngste Tochter und ihr Mann«, fügte sie erklärend hinzu. »Sabella benahm sich von Anfang an reichlich unverschämt Thaddeus gegenüber, was wir anderen geflissentlich übersahen. Es ist das einzige, was man tun kann, wenn man unfreiwilliger Zeuge eines Familienzwists wird. Das Ganze war ziemlich peinlich, und Alex sah . . .«, sie suchte nach dem rechten Wort, »sah außerordentlich strapaziert aus, als ob sie jeden Moment die Kontrolle über sich verlieren würde, wenn man ihr noch weiter zusetzte.« Ein schwacher Schatten glitt über ihr Gesicht. »Dr. Hargrave und seine Frau waren die letzten.« Sie veränderte die Stellung, so daß sie Hester nicht mehr frontal gegenübersaß. »Der Abend verlief ungemein höflich, nichtssagend und überaus gekünstelt.«

»Du hast gesagt, es wäre grauenhaft gewesen.« Edith hob irritiert die Brauen. »Das soll doch jetzt wohl nicht heißen, ihr hättet die ganze Zeit damit verbracht, unterkühlte Höflichkeiten auszutauschen. Du hast mir erzählt, daß Thaddeus und Sabella Streit miteinander bekamen und Sabella sich ganz fürchterlich aufgeführt hat, daß Alex weiß war wie die Wand – was Thaddeus entweder tatsächlich nicht merkte oder aber vorgab, nicht zu sehen – und daß Maxim ständig um Alex herumscharwenzelte, was Louisa schier auf die Palme trieb.«

Damaris runzelte die Stirn; ihre Schultern verkrampften sich. »Das war auch mein Eindruck. Aber es kann natürlich sein, daß

Maxim sich als Hausherr einfach verantwortlich fühlte und versuchte, ein bißchen nett zu Alex zu sein, damit es ihr besserging. Was Louisa dann in den falschen Hals bekommen hat.« Sie schaute Hester an. »Sie steht gern im Mittelpunkt. Es gefällt ihr überhaupt nicht, wenn sich jemand so intensiv mit einer anderen Person befaßt. Sie war den ganzen Abend über ziemlich kratzbürstig zu Alex.«

»Gingen Sie alle gemeinsam zum Essen?« fragte Hester, immer noch auf der Suche nach den Fakten des Verbrechens, sofern die Polizei recht hatte und eins vorlag.

»Wie?« Damaris schaute mit gerunzelter Stirn zum Fenster hin. »Ach so – ja sicher, jeder an genau dem Arm, der zu diesem Zweck auserkoren worden war, ganz im Sinne der guten alten Etikette. Stellen Sie sich vor, ich weiß nicht mal mehr, was es gab.« Die Schultern unter der bildschönen Bluse hoben sich leicht. »Nach dem zu urteilen, was ich geschmeckt habe, hätte es Brotsuppe sein können. Nach dem Dessert begaben wir uns in den Salon, um Unsinn zu reden, während sich die Herren der Schöpfung ihren Portwein zu Gemüte führten, oder was immer Männer im Speisezimmer tun, wenn die Frauen weg sind. Ich habe mich schon oft gefragt, ob sie überhaupt etwas Hörenswertes zu sagen haben.« Sie warf Hester einen raschen Blick zu. »Sie nicht auch?«

Hester lächelte flüchtig. »Doch, das habe ich. Aber ich denke, es ist einer dieser Fälle, in denen die Wahrheit enttäuschend wäre. Es sollte besser ein Geheimnis bleiben. Kamen die Männer später auch in den Salon?«

Damaris verzog das Gesicht zu einem eigenartigen, halb ironischen, halb wehmütigen Lächeln. »Sie meinen, ob Thaddeus zu der Zeit noch lebte? Ja, das tat er. Sabella ging nach oben, weil sie ihre Ruhe haben beziehungsweise – wenn Sie mich fragen – weil sie schmollen wollte, aber ich weiß nicht mehr genau, wann das war. Jedenfalls bevor die Männer hereinkamen, denn ich dachte noch, daß sie die Absicht hatte, Thaddeus aus dem Weg zu gehen.«

»Abgesehen von Sabella befanden sich also alle im Salon?«

»Ja. Die Unterhaltung war überaus gestelzt. Noch mehr als sonst.

Fruchtlos ist sie immer. Louisa ließ boshafte kleine Spitzen gegen Alex los, selbstverständlich alle mit einem liebenswürdigen Lächeln auf den Lippen. Dann stand sie auf und schlug Thaddeus vor, nach oben zu gehen und Valentine einen Besuch abzustatten...« Sie stieß ein jähes Keuchen aus, als hätte sie sich an etwas verschluckt, und ließ es in einem geschickten Hüsteln ausklingen. »Alex war außer sich. Ich erinnere mich noch so deutlich an ihren Gesichtsausdruck, als ob es erst eine Minute her wäre.«

Hester wußte, daß Damaris über eine Sache sprach, die sie zutiefst aufwühlte, hatte aber weder eine Vorstellung weshalb, noch um welche Gefühle genau es sich dabei handelte. Ließ sie die Angelegenheit nun allerdings auf sich beruhen, konnte sie es gleich ganz sein lassen.

»Wer ist Valentine?«

»Valentine ist der Sohn der Furnivals. Er ist dreizehn, fast vierzehn.« Damaris' Stimme klang rauh.

»Und Thaddeus hatte ihn gern?« fragte Hester ruhig.

»Ja, sehr gern.« Ihr Ton hatte etwas derart Endgültiges, ihr Gesicht einen so völlig leeren Ausdruck, daß es Hester unmöglich war, weiter in sie zu dringen. Edith hatte ihr von Damaris' Kinderlosigkeit erzählt, und sie besaß genug Feingefühl, um sich die Emotionen vorstellen zu können, die die knappe Antwort möglicherweise verbarg. Sie kehrte zum unmittelbaren Thema zurück.

»Wie lang war er fort?«

Damaris schenkte ihr ein seltsam schmerzliches Lächeln.

»Für immer.«

»Oh.« Die Antwort brachte Hester mehr aus der Fassung, als sie erwartet hatte. Sie war regelrecht entsetzt und bekam einen Moment lang keinen Ton heraus.

»Tut mir leid«, sagte Damaris rasch, während sie Hester mit riesengroßen, dunklen Augen ansah. »Ich weiß nicht genau, wie lang. Ich war zu sehr in meine Gedanken vertieft. Eine ganze Weile. Es war ein ständiges Kommen und Gehen.« Sie lächelte wieder, diesmal, als besäße die Vorstellung für sie eine Art strafenden Humor. »Maxim verschwand, um irgend etwas zu holen, Louisa kehrte allein zurück, dann ging auch Alex – vermutlich auf Thaddeus' Fersen – und kam wieder. Schließlich verschwand Maxim zum zweitenmal, nun in die Eingangshalle. Ach ja – ich hätte Ihnen sagen sollen, daß sie die Hintertreppe zu dem Flügel nahmen, in dem Valentines Zimmer liegt. So kommt man schneller hin.«

»Sie sind dort gewesen?«

Damaris wandte den Blick ab. »Ja.«

»Maxim verschwand in die Eingangshalle?« soufflierte Hester.

»Ja – richtig. Und als er zurückkam, sah er ganz erbärmlich aus und meinte, es hätte einen Unfall gegeben. Thaddeus wäre über das Geländer gefallen und schwer verletzt, bewußtlos. Heute wissen wir natürlich, daß er tot war.« Sie hatte Hester die ganze Zeit über sorgfältig beobachtet, schaute nun aber weg. »Charles Hargrave sprang auf der Stelle auf und ging nachsehen. Wir blieben zurück und schwiegen uns an. Alex war weiß wie die Wand, aber das war sie schon den ganzen Abend gewesen. Louisa wurde ungewöhnlich still; nach kurzer Zeit meinte sie, sie würde Sabella herunterholen. Schließlich müsse sie wissen, daß ihr Vater verletzt sei. Ich kann mich wirklich nicht mehr erinnern, was dann geschah, bis Charles – Dr. Hargrave – zurückkam und uns sagte, Thaddeus wäre tot, wir müßten es sofort melden und dürften nichts berühren.«

»Ihn einfach so liegen lassen?« fragte Edith erschüttert. »Auf dem Fußboden in der Halle, in eine Ritterrüstung verstrickt?«

»Richtig...«

»Es blieb ihnen nichts anderes übrig.« Hester sah von einer Schwester zur anderen. »Und wenn er tot war, konnte es ihm nicht mehr weh tun. Es ist nur die Vorstellung...«

Edith schnitt ein Gesicht, sagte jedoch nichts und zog lediglich die Beine fester an.

»Ganz schön absurd, nicht wahr?« meinte Damaris kaum hörbar. »Ein General der Kavallerie, der überall auf der Welt gekämpft hat, kommt schließlich dadurch ums Leben, daß er über ein Treppengeländer in eine Hellebarde fällt, die von einer Ritterrüstung gehalten wird. Armer Thaddeus – er besaß nie den geringsten Sinn für Humor. Ich glaube nicht, daß er die Komik daran erkannt hätte.«

»Nein, ganz gewiß nicht.« Edith versagte einen Moment lang die Stimme, dann holte sie tief Luft und fuhr fort: »Und Papa auch nicht. Ich an deiner Stelle würde in seinem Beisein so etwas nicht sagen.«

»Um Gottes willen!« brauste Damaris auf. »Ich bin schließlich keine komplette Närrin. Natürlich tue ich das nicht! Aber wenn ich nicht drüber lache, weiß ich wirklich nicht, wie ich mit dem Weinen aufhören soll. Der Tod ist oft absurd. Die Menschen sind absurd. Ich bin absurd!« Sie richtete sich kerzengerade auf und fuhr auf dem Sofa herum, bis sie Hester wieder direkt gegenübersaß.

»Irgend jemand hat Thaddeus ermordet, und es muß einer von uns gewesen sein – einer von denen, die an jenem Abend dort waren. Das Ganze ist grauenhaft. Die Polizei sagt, er könnte unmöglich so auf die Spitze der Hellebarde gefallen sein. Sie hätte seinen Körper niemals durchdrungen, sie wäre einfach abgerutscht. Er hätte sich Genick oder Wirbelsäule brechen und deshalb sterben können, aber so war es nicht. Er überstand den Sturz ohne einen einzigen Knochenbruch. Ja, er schlug sich den Kopf an und erlitt mit ziemlicher Sicherheit eine Gehirnerschütterung, aber es war diese Hellebarde in der Brust, die ihn tötete – und die wurde hineingestoßen, als er bereits auf dem Boden lag.«

Ein Zittern durchlief ihren Körper. »Das ist zutiefst entsetzlich – und hat auch nicht im entferntesten etwas Komisches an sich. Ist er nicht albern, dieser reichlich widerwärtige Drang, über die schlimmsten und tragischsten Dinge zu lachen? Die Polizei war bereits hier und hat alle möglichen Fragen gestellt. Es war furchtbar, richtig unwirklich – wie in einer von diesen Laterna-magica-Vorstellungen, nur daß sie dort selbstverständlich nicht mit derartigen Geschichten aufwarten.«

»Und die Polizei ist zu keinem Ergebnis gekommen?« drang Hester gnadenlos in sie, doch wie hätte ihre Intervention sonst irgendeinen Sinn gehabt? Mitleid brauchten diese Leute nicht; das bekamen sie überall.

»Nein.« Damaris' Miene verfinsterte sich. »Anscheinend hatten gleich mehrere von uns die Gelegenheit, und sowohl Sabella als auch

Alex waren offensichtlich erst kurz vor seinem Tod mit ihm aneinandergeraten. Vielleicht noch jemand – wer weiß.« Sie stand unvermittelt auf. »Gehen wir jetzt zum Tee«, rief sie gezwungen fröhlich. »Mama ist bestimmt verärgert, wenn wir zu spät kommen, und das würde nur alles verderben.«

Hester setzte sich bereitwillig in Bewegung. Von der Tatsache einmal abgesehen, daß sie das Thema »Dinnerparty« zumindest für den Augenblick ausgeschöpft hatten, war sie sehr auf Ediths Eltern gespannt und einer Tasse Tee in der Tat nicht abgeneigt.

Edith entwirrte ihre Beine, strich ihre Röcke glatt und folgte ihnen die Treppe hinab durch die geräumige Halle in den Hauptsalon des Hauses, wo der Tee eingenommen wurde. Es war ein faszinierender Raum. Hester konnte ihn leider nur kurz auf sich wirken lassen, da sowohl ihre Neugier als auch ihre guten Manieren verlangten, daß sie sich voll und ganz auf die Hausherren konzentrierte. Sie nahm jedoch flüchtig in Brokat gekleidete Wände wahr, an denen Gemälde in Blattgoldrahmen hingen, eine wunderschöne Stuckdecke, in dekorative Falten gelegte Vorhänge aus weinrotem Samt, die von goldfarbenen Schärpen zusammengehalten wurden, und einen in etwas dunklerem Ton gemusterten Teppich. Ihr Blick fiel kurz auf zwei große Bronzestatuen in überladenem Renaissancestil sowie einige Terrakottazierstücke in der Nähe des Kaminsimses, dann wandte sie sich den Carlyons zu.

Colonel Randolf Carlyon saß völlig entspannt, fast wie im Schlaf, in einem der stattlichen Lehnstühle, ein großer Mann, den das Alter träge gemacht hatte. Sein frisch aussehendes Gesicht lag zur Hälfte unter einem weißen Schnurrbart und weißen Koteletten verborgen, die hellblauen Augen blickten müde in die Welt. Er machte Anstalten aufzustehen, als Hester das Zimmer betrat, doch der Versuch endete in einer halben Verbeugung, die gerade noch ausreichte, der Etikette Genüge zu tragen.

Felicia Carlyon erweckte einen vollkommen anderen Eindruck. Sie war vielleicht zehn Jahre jünger als ihr Mann, um die Fünfundsechzig etwa, und strahlte nicht die Spur von Passivität oder Resignation aus, wenn ihre Züge auch eine gewisse Anspannung verrieten, ihr Mund etwas hart wirkte und sich schwache Schatten unter ihren großen, tiefliegenden Augen abzeichneten. Schlank und kerzengerade stand sie vor dem Tisch aus Walnußholz, auf dem zum Tee gedeckt war; um ihre erstklassige Körperhaltung hätte sie so manche jüngere Frau beneidet. Wegen der Trauer um ihren Sohn trug sie selbstverständlich Schwarz, ein Schwarz allerdings, das überaus hübsch und lebendig wirkte. Ihr Kleid war mit wunderschöner Perlenstickerei besetzt und in schwarze Samtborte eingefaßt, das schwarze Spitzenhäubchen ähnlich elegant.

Sie rührte sich nicht vom Fleck, als die drei Frauen hereinkamen, aber ihr Blick richtete sich sofort auf Hester, welche die Stärke ihrer Persönlichkeit augenblicklich spürte.

»Guten Tag, Miss Latterly«, sagte Felicia freundlich, jedoch ohne Wärme. Sie hielt sich mit ihrem Urteil über Menschen zurück; ihre Hochachtung mußte man erst verdienen. »Wie freundlich von Ihnen, daß Sie gekommen sind. Edith hat nur Gutes über Sie erzählt.«

»Guten Tag, Mrs. Carlyon«, gab Hester gleichermaßen förmlich zurück. »Ich muß mich bedanken, daß Sie mich trotz dieser schweren Zeit empfangen. Darf ich Ihnen bitte mein aufrichtiges Beileid ausdrücken.«

»Danke.« Felicias vollendete Haltung und die Knappheit ihrer Antwort ließen jedes weitere Wort taktlos erscheinen. Sie hatte offensichtlich nicht den Wunsch, dieses Thema näher zu erörtern. Es war bei weitem zu persönlich, und ihre Gefühle gingen niemanden außer sie selbst etwas an. »Es freut mich, daß Sie uns beim Tee Gesellschaft leisten wollen. Bitte, machen Sie es sich bequem.« Auch ohne eine einladende Geste ihrerseits lag die Aufforderung auf der Hand.

Hester bedankte sich nochmals und setzte sich – nicht im mindestens bequem – auf das dunkelrote Sofa, das am weitesten vom Kamin entfernt stand. Edith und Damaris ließen sich ebenfalls nieder, dann wurden die Begrüßungsfloskeln, zu denen Randolf Carlyon lediglich soviel beisteuerte, wie die Höflichkeit von ihm verlangte, zu Ende gebracht.

Bis das Mädchen endlich die allerletzten Teehäppchen gebracht hatte, wurden ausschließlich Banalitäten gewechselt. Es gab hauchdünne Sandwiches mit Gurke, Brunnenkresse, Frischkäse und niedlich arrangierten Eischeibchen, französische Pasteten und Sahnetorte mit Marmeladenfüllung. Hester betrachtete das Aufgebot mit hellem Entzücken und wünschte sich, dies wäre eine Gelegenheit, bei der man herzhaft zulangen konnte – was selbstverständlich überhaupt nicht in Frage kam.

Nachdem der Tee eingeschenkt und weitergereicht worden war, schaute Felicia Hester mit höflichem Interesse fragend an.

»Laut Edith sind Sie viel in der Welt herumgekommen, Miss Latterly. Waren Sie auch in Italien? Dieses Land hätte ich selbst gern einmal besucht, aber als es für mich noch durchführbar gewesen wäre, hatten wir leider Krieg. Hat es Ihnen dort gefallen?«

Hester fragte sich verzweifelt, was zum Teufel Edith gesagt haben konnte, aber sie wagte es nicht, die Freundin anzuschauen, und Felicia Carlyon wartete auf eine Antwort. Auf keinen Fall durfte Edith unglaubwürdig erscheinen.

»Vielleicht habe ich mich Edith gegenüber nicht klar genug ausgedrückt.« Sie zwang sich zu einem Lächeln. Fast hätte sie »Ma'am« hinzugefügt, als spräche sie mit einer Herzogin, was natürlich vollkommen absurd war. Diese Frau stand gesellschaftlich nicht besser da als sie – oder zumindest als ihre Eltern. »Meine Reisen fanden bedauerlicherweise im Rahmen des Krieges statt und hatten nicht das geringste mit kultureller Bildung in Italien zu tun. Obwohl ich tatsächlich einmal kurz dort gewesen bin, weil mein Schiff einen Hafen anlaufen mußte.«

»Wirklich?« Felicia wölbte die Brauen, war jedoch weit davon entfernt, ihre guten Manieren auch nur eine Sekunde zu vergessen. »Hat der Krieg Sie dazu gezwungen, von zu Hause fortzugehen, Miss Latterly? Leider gibt es im Augenblick anscheinend in vielen Teilen des Empires Probleme. Und dann hört man neuerdings auch noch Gerüchte über Unruhen in Indien, obwohl ich nicht weiß, ob sie ernstzunehmen sind.«

Hester schwankte zwischen Ausflüchten und der Wahrheit, entschied dann aber, daß die Wahrheit auf lange Sicht sicherer war. Felicia Carlyon war niemand, dem ein fehlender Zusammenhang oder kleinere Ungereimtheiten entgingen.

»Ich war mit Miss Nightingale auf der Krim.« Der magische Name reichte gemeinhin vollauf, um die meisten Leute zu beeindrucken, und war gleichzeitig die beste Referenz.

»Gütiger Gott!« stieß Felicia aus und nippte vornehm an ihrem Tee.

»Wie ungewöhnlich!« preßte Randolf zwischen seinen Koteletten hervor.

»Ich finde es faszinierend.« Zum erstenmal seit ihrer Ankunft im Salon sprach Edith ein Wort. »Eine ausgesprochen sinnvolle Art, sein Leben zu verbringen.«

»Mit Miss Nightingale auf Reisen zu gehen nimmt kaum ein ganzes Leben in Anspruch, Edith«, erwiderte Felicia kühl. »Es mag ja recht abenteuerlich sein, aber es ist gewiß nur von kurzer Dauer.«

»Zweifellos aus edlen Motiven heraus geschehen«, fügte Randolf hinzu. »Nichtsdestotrotz ungewöhnlich und nicht ganz schicklich für eine – eine ...« Er verstummte.

Hester wußte, was er hatte sagen wollen. Mit dieser Einstellung war sie schon oft konfrontiert worden, besonders von seiten älterer Kriegsdiener. Nicht schicklich für eine Dame von Stand. Weibliche Wesen, die sich der Armee anschlossen, waren entweder die Ehefrauen der angeworbenen Soldaten, Wäscherinnen, Mägde oder Huren – von den Damen der meisten höheren Offiziere einmal abgesehen, doch das war etwas völlig anderes. Sie wußten, daß Hester nicht verheiratet war.

»Die Krankenpflege ist in den letzten Jahren um einiges besser geworden«, sagte sie lächelnd. »Sie gilt inzwischen als Beruf.«

»Nicht für Frauen«, entgegnete Felicia ausdruckslos. »Obwohl Ihre Arbeit zweifellos ehrenvoll war und ganz England das zu schätzen weiß. Was tun Sie jetzt, wo Sie wieder zu Hause sind?«

Hester hörte, wie Edith die Luft anhielt, und sah, daß Damaris den Blick rasch auf ihren Teller senkte.

»Ich betreue einen Offizier im Ruhestand, der sich einen komplizierten Beinbruch zugezogen hat«, erklärte sie, krampfhaft bemüht, sich auf die Komik der Situation zu konzentrieren, nicht auf das Demütigende. »Er braucht jemanden, der mehr Erfahrung im Umgang mit Verletzungen hat als ein Dienstmädchen.«

»Sehr lobenswert«, meinte Felicia mit einem leichten Nicken und nahm noch ein Schlückchen Tee.

Hester erahnte intuitiv, was sie nicht hinzugefügt hatte, daß es nämlich gut war für Frauen, die ihren Lebensunterhalt selbst verdienen mußten und aus dem heiratsfähigen Alter heraus waren. Nie würde sie zulassen, daß ihre eigenen Töchter in einen solch grauenhaften Engpaß gerieten, nicht solange sie noch ein Dach über dem Kopf hatten und auch nur ein einziges Kleidungsstück besaßen, das man ihnen überstülpen konnte.

Hester war die Liebenswürdigkeit in Person.

»Danke, Mrs. Carlyon. Es ist wirklich überaus befriedigend, einem anderen Menschen helfen zu können, und Major Tiplady kommt aus sehr guter Familie. Sein Ruf ist ausgezeichnet.«

»Tiplady –?« Randolf krauste die Stirn. »Tiplady? Kann mich nicht erinnern, je von ihm gehört zu haben. Wo, sagten Sie, hat er gedient?«

»In Indien.«

»So was! Thaddeus – mein Sohn, wissen Sie – hat viele Jahre in Indien gedient. Ein herausragender Mann, General ist er gewesen. In den Sikhkriegen von '45 bis '64 und dann wieder '49. Bei den Opiumkriegen '39 in China war er auch dabei. Ein prachtvoller Bursche – da können Sie jeden fragen! Ganz, ganz prachtvoll, wenn ich so sagen darf. Ein Sohn, auf den jeder Mann stolz gewesen wäre. Wüßte nicht, daß er jemals den Namen Tiplady erwähnt hat.«

»Ich glaube, Major Tiplady war in Afghanistan, während der afghanischen Kriege von '39 bis '42. Manchmal erzählt er mir davon; es ist immer sehr interessant.«

Randolf betrachtete sie mit milder Nachsicht, als wäre sie ein altkluges Kind.

»Unsinn, meine liebe Miss Latterly. Es besteht nicht der geringste Grund, Interesse an militärischen Aktionen zur Schau zu stellen, nur um uns einen Gefallen zu tun. Mein Sohn ist erst vor kurzem ums Leben gekommen –«, sein Gesicht umwölkte sich, »– auf äußerst tragische Weise. Edith hat Ihnen bestimmt davon berichtet, aber wir bemühen uns, den Verlust tapfer zu tragen. Es ist nicht nötig, derart übertriebene Rücksicht auf unsere Gefühle zu nehmen.«

Hester wollte spontan erwidern, daß ihr Interesse nicht im mindesten mit Thaddeus Carlyon zusammenhing und schon lange, bevor sie überhaupt von ihm gehört hatte, vorhanden gewesen war, doch dann überlegte sie, daß man es weder verstehen noch glauben, sondern höchstwahrscheinlich als beleidigend empfinden würde.

Sie entschloß sich zu einem Kompromiß.

»Geschichten über Mut und großen persönlichen Einsatz sind immer interessant, Colonel Carlyon. Ihr Verlust tut mir aufrichtig leid, aber ich hatte nicht einen Moment die Absicht, ein Interesse oder eine Hochachtung zur Schau zu stellen, die nicht vorhanden sind.«

Für einen Augenblick schien er die Fassung zu verlieren. Seine Wangen färbten sich dunkelrot, sein Atem ging stoßweise, doch als Hester einen raschen Seitenblick auf Felicia warf, entdeckte sie einen Anflug von Anerkennung sowie eine Art finstere, schmerzliche Belustigung. Der Eindruck war allerdings zu flüchtig, als daß sie mehr tun konnte als staunen.

Ehe eine Erwiderung zwingend nötig wurde, tat sich die Tür auf, und ein Mann kam herein. Auf den ersten Blick erweckte sein Verhalten einen beinah ehrerbietigen Eindruck, doch man merkte bald, daß er weder auf Beifall noch auf Bestätigung wartete. Er strahlte einfach nicht die geringste Spur von Überheblichkeit aus. Nach Hesters Schätzung war er nur wenige Zentimeter größer als Damaris, was für einen Mann immer noch ein ansehnliches Maß bedeutete. Er hatte eine durchschnittliche Figur, etwas runde Schultern vielleicht, ein unauffälliges Gesicht mit regelmäßigen Zügen, dunkle Augen und einen Schnurrbart, der die Lippen verdeckte. Er besaß die Aura eines unerschütterlich gutgelaunten Menschen, als würden ihn keinerlei heimliche Sorgen belasten und als wäre Optimismus ein fester Bestandteil seines Lebens.

Als Damaris ihn erblickte, hellte ihre Miene sich schlagartig auf.

»Hallo, Pev! Du siehst ganz verfroren aus – komm, trink eine Tasse Tee.«

Er drückte im Vorbeigehen sanft ihre Schulter und ließ sich auf dem Stuhl neben ihr nieder.

»Eine gute Idee, danke.« Er schaute lächelnd zu Hester hinüber, offensichtlich in der Erwartung, daß man sie ihm vorstellte.

»Mein Mann«, sagte Damaris rasch. »Peverell Erskine. Pev, das ist Miss Latterly, Ediths Freundin. Sie war mit Florence Nightingale auf der Krim.«

»Ich freue mich, Sie kennenzulernen, Miss Latterly.« Er neigte den Kopf und sah sie interessiert an. »Hoffentlich langweilt es Sie nicht, immer wieder gebeten zu werden, von ihren Erlebnissen zu berichten. Wir wären Ihnen dennoch dankbar, wenn Sie es uns zuliebe täten.«

Felicia schenkte Tee für ihn ein und reichte ihm die Tasse. »Später vielleicht, falls Miss Latterly uns wieder einmal besuchen sollte. Hattest du einen erfolgreichen Tag, Peverell?«

Er schluckte die Abfuhr ohne jede ersichtliche Spur von Groll, fast als wäre sie ihm entgangen. Hester hätte sich herabgekanzelt und zurückgewiesen gefühlt – was wesentlich unergiebiger gewesen wäre, wie ihr mit gelinder Überraschung klar wurde, während sie Peverell Erskine beobachtete.

Der nahm ein Gurkensandwich und aß es genüßlich auf, ehe er antwortete.

»O ja, Schwiegermama, danke. Ich habe einen faszinierenden Mann kennengelernt, der vor zehn Jahren in den Maorikriegen gekämpft hat.« Sein Blick schwenkte zu Hester. »Das war in Neuseeland, wußten Sie das? Ja, natürlich wissen Sie es. Dort gibt es die phantastischsten Vögel – einzigartig auf der ganzen Welt und wirklich wunderschön.« Sein nettes Gesicht war voll Enthusiasmus. »Ich liebe Vögel, Miss Latterly. So eine Vielzahl! Ich mag sie alle, angefangen beim Kolibri, der nicht größer ist als mein kleiner Finger und scheinbar reglos in der Luft steht, um den Nektar aus einer Blüte zu saugen, bis hin zum Albatros, der mit einer Flügelspannweite über die Weltmeere gleitet, die zweimal so groß ist wie ein Mensch.« Er strahlte regelrecht angesichts dieser Wunder, die ihm zuteil geworden waren, und Hester verstand genau, weshalb Damaris ihn immer noch liebte wie am ersten Tag.

Sie erwiderte sein Lächeln und meinte: »Ich schlage Ihnen einen Handel vor, Mr. Erskine. Ich sage Ihnen alles, was ich über die Krim und Florence Nightingale weiß, wenn Sie mir alles über Vögel erzählen.«

Peverell stieß ein fröhliches Lachen aus. »Eine hervorragende Idee, aber ich muß Ihnen leider gestehen: Ich bin nur ein blutiger Laie.«

»Um so besser. Ich möchte es hören, weil es Spaß machen soll, nicht um belehrt zu werden.«

»Mr. Erskine ist Anwalt, Miss Latterly«, sagte Felicia mit hörbar eisigem Unterton, dann wandte sie sich an ihren Schwiegersohn: »Bist du bei Alexandra gewesen?«

Sein Gesichtsausdruck blieb unverändert. Hester überlegte kurz, ob er Felicia nicht gleich informiert hatte, weil sie so rüde mit ihm umgesprungen war. Es wäre immerhin ein harmloser, aber wirkungsvoller Weg, sich zu behaupten, so daß sie ihn nicht vollständig unterbügeln konnte.

»Ja.« Er warf das Wort achtlos in den Raum, ohne sich beim Teetrinken stören zu lassen. »Heute morgen. Sie ist verständlicherweise ziemlich bedrückt, aber sie trägt es mit großer Tapferkeit und Würde.«

»Etwas anderes hätte ich von einer Carlyon auch nicht erwartet«, bemerkte Felicia verhältnismäßig scharf. »Das brauchst du mir nicht zu sagen. Verzeihen Sie, Miss Latterly, aber es geht hier um eine Familienangelegenheit, die Sie kaum interessieren dürfte. Ich möchte wissen, wie es um sie steht. Geht es ihr gut? Hat sie alles, was sie braucht? Ich nehme an, Thaddeus hat alles geregelt und gut organisiert zurückgelassen?«

»Einigermaßen . . .«

Sie hob die Brauen. »Einigermaßen? Was in aller Welt meinst du damit?«

»Ich meine, daß ich alle vorbereitenden Maßnahmen getroffen habe und es von daher nichts gibt, das nicht zufriedenstellend geregelt werden könnte, Schwiegermama.«

»Zum gegebenen Zeitpunkt verlange ich, mehr darüber zu erfahren.«

»Dann wirst du Alexandra selbst fragen müssen, denn ich kann dir nicht mehr sagen«, erwiderte er mit einem ausdruckslosen und völlig unkommunikativen Lächeln.

»Mach dich nicht lächerlich! Natürlich kannst du!« Ihre großen blauen Augen starrten ihn durchdringend an. »Du bist ihr Anwalt. Du mußt über alles Bescheid wissen.«

»Selbstverständlich.« Peverell stellte die Tasse ab und wich ihrem Blick nicht mehr ganz so nachhaltig aus. »Aber genau aus diesem Grund darf ich ihre Angelegenheiten mit niemand anderem diskutieren.«

»Er war mein Sohn, Peverell. Hast du das vergessen?«

»Jeder ist irgend jemandes Sohn, Schwiegermama«, gab er sanft zurück. »Was weder sein eigenes noch das Recht seiner Witwe auf Privatsphäre außer Kraft setzt.«

Felicias Gesicht war leichenblaß. Randolf zog sich tiefer in seinen Lehnstuhl zurück, als hätte er von alldem nichts gehört. Damaris saß reglos da. Edith behielt jeden von ihnen im Auge.

Doch Peverell ließ sich nicht aus der Ruhe bringen. Offenbar hatte er sowohl ihre Frage als auch seine Antwort darauf vorhergesehen. Ihre Reaktion kam für ihn nicht überraschend.

»Ich bin sicher, Alexandra wird alles, was die Familie betrifft, mit dir besprechen«, fuhr er fort, als wäre nichts geschehen.

»Die ganze Geschichte betrifft die Familie!« stieß Felicia mit angespannter, schneidender Stimme aus. »Die Polizei hat sich eingeschaltet. So absurd es auch scheinen mag, irgendwer in diesem unglückseligen Haus hat Thaddeus ermordet. Meiner Meinung nach war es Maxim Furnival. Ich habe ihn noch nie gemocht. Ich finde, es mangelt ihm in mancher Hinsicht an Selbstbeherrschung. Er hat Alexandra viel zuviel Aufmerksamkeit zukommen lassen, und sie war nicht vernünftig genug, ihn in seine Schranken zu verweisen! Manchmal kam es mir direkt so vor, als ob er sich eingebildet hätte, in sie verliebt zu sein – was auch immer das für einen Mann wie ihn bedeutet.«

»Ich habe nie mitbekommen, daß er etwas Anstößiges oder Hitziges getan hat«, warf Damaris ein. »Er mochte sie einfach.«

»Sei still, Damaris«, wies ihre Mutter sie zurecht. »Du weißt nicht, wovon du sprichst. Ich meine seinen Charakter, nicht seine Taten – das heißt, jedenfalls bis heute.«

»Wir wissen doch gar nicht, daß er ›heute‹ etwas getan hat«, appellierte Edith an ihre Vernunft.

»Er hat dieses Warburton-Weib geheiratet – das allein war schon ein beispielloser Beweis für seinen Mangel an Geschmack und Urteilskraft«, schimpfte Felicia. »Viel zu emotional. Kein bißchen Selbstbeherrschung.«

»Louisa?« erkundigte sich Edith bei Damaris, die zustimmend nickte.

»Und?« Felicia konzentrierte sich wieder auf Peverell. »Was treibt die Polizei die ganze Zeit? Wann nehmen sie ihn endlich fest?«

»Ich habe keine Ahnung.«

Ehe sie zum Antworten kam, wurde die Tür zum zweitenmal geöffnet. Mit todernster Miene, aber kein bißchen verlegen, schritt der Butler ins Zimmer, in der Hand ein silbernes Tablett mit einem Zettel darauf. Er brachte ihn nicht zu Randolf, sondern zu Felicia – vielleicht, weil Randolfs Augen nicht mehr die besten waren.

»Miss Alexandras Lakai hat das soeben gebracht, Ma'am«, sagte er kaum hörbar.

»Sieh an.« Sie nahm die Botschaft und las sie schweigend durch. Kurz darauf war auch der letzte Rest Farbe aus ihrem Gesicht gewichen, so daß sie nur mehr steif und wachsbleich dasaß.

»Es gibt keine Antwort«, meinte sie heiser. »Sie können gehen.«

»Sehr wohl, Ma'am.« Der Butler machte sich gehorsam davon und zog die Tür leise hinter sich ins Schloß.

»Die Polizei hat Alexandra wegen Mordes an Thaddeus festgenommen«, erklärte Felicia mit tonloser, mühsam beherrschter Stimme, sobald er verschwunden war. »Sie hat offensichtlich ein Geständnis abgelegt.«

Damaris wollte etwas sagen, schien sich jedoch an ihren Worten zu verschlucken und mußte würgen. Peverell nahm sofort ihre Hand und drückte sie fest.

Randolf starrte verständnislos mit weit aufgerissenen Augen im Zimmer umher.

»Unmöglich!« protestierte Edith fassungslos. »Das kann nicht sein! Nicht Alex!«

Felicia stand langsam auf. »Es hat keinen Sinn, die Wahrheit zu leugnen, Edith. Anscheinend ist es so. Sie hat gestanden.« Sie streckte die Schultern. »Wir wären dir sehr dankbar, wenn du die Angelegenheit in die Hand nehmen würdest, Peverell. Wie es aussieht, war sie nicht mehr Herr ihrer Sinne und ist in einem Anfall von geistiger Umnachtung zur Mörderin geworden. Vielleicht können wir das privat regeln, da sie sich der Anklage nicht widersetzt.«

Ihr Ton gewann allmählich an Selbstvertrauen. »Wir werden schon eine passende Anstalt für sie finden. Cassian kommt selbstverständlich zu uns, das arme Kind. Ich werde ihn selbst abholen, am besten gleich heute abend. Er kann nicht mutterseelenallein in diesem Haus bleiben.« Sie griff nach dem Klingelzug und sagte dann zu Hester: »Sie sind Zeugin unserer Familientragödie geworden, Miss Latterly. Bestimmt werden Sie begreifen, daß wir nicht länger in der Lage sind, selbst die engsten Freunde und Bekannten zu empfangen. Ich danke Ihnen für Ihren Besuch, aber Edith wird Sie nun zur Tür begleiten und Sie verabschieden.«

Hester stand auf. »Selbstverständlich. Es tut mir wirklich aufrichtig leid.«

Felicia nahm ihre Worte mit einem kurzen Blick zur Kenntnis, sonst nichts. Weitere Bemerkungen waren hinfällig; es blieb Hester nichts anderes übrig, als sich bei Randolf, Damaris und Peverell zu entschuldigen und zu gehen.

Sobald sie die Halle erreicht hatten, packte Edith ihren Arm. »Mein Gott, das ist furchtbar! Wir müssen irgendwas tun!«

Hester blieb stehen und schaute sie an. »Aber was? Vielleicht ist der Einfall deiner Mutter gar nicht schlecht. Wenn sie wirklich den Kopf verloren hat und gewalttätig geworden ist ...«

»Quatsch!« explodierte Edith mit überraschender Heftigkeit. »Alex ist nicht verrückt. Wenn ihn tatsächlich jemand von der Familie ermordet hat, dann ihre Tochter Sabella. Sie ist wirklich ... ausgesprochen seltsam. Seit der Geburt ihres Kindes hat sie schon des öfteren gedroht, sich umzubringen. Ach, die Zeit ist jetzt zu knapp, um es dir näher zu erklären, aber glaube mir, über Sabella gibt es viel zu erzählen.« Ihr Griff war derart fest, daß Hester keine andere Wahl hatte, als zu bleiben. »Sie hat Thaddeus gehaßt«, fuhr Edith eindringlich fort. »Sie wollte niemals heiraten, sie wollte unbedingt Nonne werden, aber Thaddeus hatte dafür keinerlei Verständnis. Sie haßte ihn, weil er sie zum Heiraten zwang, und tut es immer noch. Die arme Alex hat bestimmt nur gestanden, um sie zu decken. Wir müssen ihr helfen. Fällt dir denn gar nichts ein?«

»Tja ...« Hesters Gedanken schlugen Purzelbäume. »Also, ich kenne da eine Art Privatdetektiv, der hin und wieder Aufträge übernimmt – aber wenn sie wirklich gestanden hat, wird sie vor Gericht gestellt werden. Einen hervorragenden Strafverteidiger kenne ich zwar auch, aber Peverell ...«

»Nein«, fiel Edith ihr hastig ins Wort. »Er ist Rechtsanwalt, kein Strafverteidiger – er erscheint nicht vor Gericht. Ich schwöre dir, daß er nichts dagegen hätte. Er will bestimmt nur das Beste für Alex. Manchmal hat es den Anschein, als ob er nach Mamas Pfeife tanzen würde, aber das tut er nicht wirklich. Er lächelt sie einfach an und geht seinen eigenen Weg. Bitte, Hester, falls du irgend etwas tun kannst ...?«

»In Ordnung«, versprach Hester und drückte ihre Hand. »Ich will es versuchen.«

»Danke. Jetzt geh aber, bevor jemand kommt und uns hier findet. Bitte!«

»Sicher. Laß dich nicht unterkriegen.«

»Ich werd' mir Mühe geben – und nochmals danke.«

Hester drehte sich schnell um, nahm dem wartenden Mädchen

ihren Umhang ab und ging zur Tür. Ihre Gedanken überschlugen sich immer noch, ihr Inneres befand sich in einem einzigen Aufruhr, und vor ihrem geistigen Auge prangte klar und deutlich das Konterfei von Oliver Rathbone.

ZWEITES KAPITEL

Als Hester zurückkam, sah Major Tiplady – der wenig anderes zu tun hatte, als aus dem Fenster zu starren – ihr sofort an, daß etwas Beunruhigendes geschehen war. Es stand ohnehin bald in allen Zeitungen, folglich bedeutete es für sie keinen Vertrauensbruch, ihm davon zu erzählen. Indem sie es vor ihm verheimlichte, schloß sie ihn nur unnötig aus und erschwerte es sich selbst erheblich, ihm zu erklären, warum sie in Zukunft öfter freihaben wollte.

»Du liebe Zeit«, sagte er, als er die Neuigkeiten erfuhr. Er saß kerzengerade auf seiner Chaiselongue. »Das ist ja schrecklich! Glauben Sie, die Ärmste hat tatsächlich den Verstand verloren?«

»Welche?« Sie stellte sein Teetablett, das das Mädchen noch nicht abgeräumt hatte, auf den kleinen Beistelltisch. »Die Witwe oder die Tochter?«

»Wieso...« Dann wurde ihm plötzlich klar, was sie meinte. »Keine Ahnung. Wahrscheinlich könnte es jeder von beiden passiert sein. Bedauernswerte Geschöpfe.« Er sah sie bekümmert an. »Was schlagen Sie vor? Mir fällt nichts ein, aber Sie scheinen eine Idee zu haben.«

Hester bedachte ihn mit einem kurzen, unsicheren Lächeln. »Ich weiß nicht genau.« Sie klappte sein Buch zu und legte es neben ihn auf den Tisch. »Ich kann versuchen, den besten Anwalt für sie aufzutreiben – den sie sich leisten kann.« Sie verstaute seine Schuhe ordentlich unter der Chaiselongue.

»Kümmert sich ihre Familie denn nicht darum?« fragte er. »Großer Gott, setzen Sie sich doch endlich, gute Frau! Wie soll man sich konzentrieren können, wenn Sie ständig auf und ab laufen? Sie machen mich ganz nervös.«

Sie blieb abrupt stehen, drehte sich um und schaute ihn an.

Mit für ihn untypisch rascher Auffassungsgabe runzelte er die Stirn. »Sie müssen sich nicht ununterbrochen beschäftigen, nur um Ihre Stellung zu rechtfertigen. Es reicht vollkommen, wenn Sie meine Wünsche erfüllen. Und jetzt verlange ich von Ihnen, daß Sie stillstehen und mir vernünftige Antworten geben – wenn Sie nichts dagegen haben.«

»Ihrer Familie wäre es recht, wenn man sie mit so wenig Aufhebens wie möglich einsperren würde«, gab Hester zurück. Sie stand mit verschränkten Armen vor ihm. »Nach einem Mord verursacht das wohl den geringsten Skandal.«

»Ich gehe davon aus, daß sie jemandem anderen die Schuld in die Schuhe geschoben hätten, wenn das möglich gewesen wäre«, sagte er nachdenklich. »Aber diese Möglichkeit hat sie durch ihr Geständnis wohl zunichte gemacht. Ich weiß allerdings immer noch nicht, was Sie bei dem Ganzen tun können, meine Liebe.«

»Ich kenne einen Anwalt, der in aussichtslosen Fällen Wunder vollbringt.«

»Tatsächlich?« Tiplady schien skeptisch. Er saß nach wie vor kerzengerade da und schaute etwas beklommen drein. »Und Sie glauben, er übernimmt den Fall?«

»Ich weiß es nicht, aber ich werde ihn fragen und mein Möglichstes tun.« Sie blieb stehen und wurde rot. »Das heißt – wenn Sie mir freigeben würden, um ihn aufzusuchen?«

»Selbstverständlich. Aber ...« Er wirkte ein wenig befangen. »Ich wäre Ihnen sehr dankbar, wenn Sie mich über den Stand der Dinge auf dem laufenden halten könnten.«

Sie schenkte ihm ein strahlendes Lächeln.

»Sicher. Diese Sache stehen wir gemeinsam durch.«

»O ja«, sagte er überrascht und mit wachsender Befriedigung. »Das machen wir.«

Infolgedessen hatte Hester keine Schwierigkeiten, am nächsten Tag ein weiteres Mal ihre Pflichten vernachlässigen zu dürfen. Gleich nach dem Frühstück fuhr sie mit einem Hansom zur Kanzlei von Mr. Oliver Rathbone, den sie während der Ermittlungen im Mordfall Grey kennengelernt und einige Monate später, im Fall Moidore, wiedergetroffen hatte. Sie hatte ihm per Boten einen Brief geschickt (beziehungsweise Major Tiplady, denn er hatte den Boten bezahlt), in dem sie ihn bat, sie in einer äußerst wichtigen Angelegenheit anzuhören. Per Rückantwort wurde ihr mitgeteilt, Mr. Rathbone sei um elf Uhr am kommenden Morgen in seiner Kanzlei und könne sie zu dieser Zeit empfangen.

So saß sie nun also um Viertel vor elf mit wild klopfendem Herzen in der Kutsche. Sie versuchte, die aufsteigende Nervosität niederzukämpfen. Was sie sich da herausnahm, war in der Tat dreist – nicht nur Alexandra Carlyon gegenüber, der sie noch nie begegnet war und die ihrerseits vermutlich auch kaum von ihr gehört hatte, sondern besonders bezüglich Oliver Rathbones. Ihre eigenartige Beziehung war im Grunde geschäftlicher Natur, denn sie war zweimal als Zeugin bei Fällen aufgetreten, in denen er die Verteidigung übernommen hatte. Im zweiten Fall, der von der Polizei bereits als abgeschlossen zu den Akten gelegt worden war, hatte Wiliam Monk die Untersuchungen weitergeführt. Zu beiden Fällen war Oliver Rathbone hinzugezogen worden.

Die Verständigung zwischen ihm und ihr hatte zuweilen erstaunlich gut funktioniert, da sie für etwas eingetreten waren, woran sie beide zutiefst glaubten. Doch es waren auch Probleme aufgetaucht – immer dann nämlich, wenn ihnen bewußt wurde, daß sie ein Mann und eine Frau waren, die außerhalb der von der Gesellschaft vorgeschriebenen Verhaltensregeln ein gemeinsames Ziel verfolgten; nicht Anwalt und Klientin, nicht Arbeitgeber und Arbeitnehmer, nicht befreundete Mitglieder derselben Klasse, und er ganz gewiß nicht ein Mann, der einer Frau den Hof macht.

Dennoch ging ihre Freundschaft tiefer als die, die sie mit anderen Männern verbunden hatte, inklusive der Armeeärzte in Skutari; die einzige Ausnahme bildete vielleicht Monk, zumindest in den kurzen Pausen zwischen ihren Auseinandersetzungen. Zudem konnte sie eins nicht vergessen: Rathbones überraschenden, zärtlichen Kuß, an den sie immer noch mit einer Mischung aus wohligem Kribbeln und abgrundtiefer Einsamkeit zurückdachte.

Wegen des starken Verkehrs auf High Holborn mußte die Kutsche immer wieder anhalten. Es war ein einziges Gewirr von Hansoms, Rollwagen und allen erdenklichen anderen Gefährten.

Gebe Gott, daß Rathbone den rein geschäftlichen Hintergrund ihres Kommens sah. Er durfte auf keinen Fall denken, daß sie es auf ihn abgesehen hatte und eine Freundschaft erzwingen wollte, daß sie in seinen Kuß etwas hineininterpretierte, das von ihm nicht beabsichtigt war. Ihre Wangen brannten bei dem Gedanken an die furchtbare Demütigung. Sie mußte geschäftsmäßig auftreten, sich bemühen, nicht den leisesten Hauch von ungebührlichem Einfluß auszuüben, und noch weniger durfte es nach einem Flirt aussehen. Was eigentlich kein Problem sein sollte, denn selbst wenn ihr Leben davon abhinge, würde sie im Flirten eine absolute Versagerin sein – was ihr ihre Schwägerin bereits unzählige Male bestätigt hatte. Könnte sie bloß wie Imogen sein, die durch ihre niedliche Hilflosigkeit stets erreichte, daß die Männer ihr helfen wollten. Es war ja gut und schön, selbständig zu sein, aber es brachte auch Nachteile mit sich, wenn man dieses Bild so überaus eindeutig vermittelte. Außerdem wirkte es nicht sonderlich anziehend – weder auf Männer noch auf Frauen. Männer hielten es für unschicklich, und Frauen empfanden es als diffuse Beleidigung.

An diesem Punkt wurde sie in ihren Grübeleien unterbrochen, da der Hansom die Vere Street und somit Oliver Rathbones Kanzlei erreicht hatte. Sie stieg aus und bezahlte den Kutscher. Da sie nur noch fünf Minuten Zeit hatte, ging sie gleich nach oben und kündigte sich an.

Wenige Minuten später tat sich die Tür auf, und Rathbone kam heraus. Er hatte sich überhaupt nicht verändert; die Präzision, mit der er ihrer Erinnerung entsprach, verblüffte sie sogar sehr. Er war eher durchschnittlich groß, hatte blondes, an den Schläfen leicht ergrautes Haar und dunkle Augen, die zwar sein Gespür für das Absurde und seinen Sinn für Humor verrieten, aber auch unvermittelt einen wütenden oder mitfühlenden Ausdruck annehmen konnten.

»Wie schön, Sie wiederzusehen, Miss Latterly«, sagte er lächelnd. »Möchten Sie nicht in mein Büro kommen und mir verraten, was Sie zu mir führt?« Er trat einen Schritt zurück, um sie einzulassen, folgte ihr, zog die Tür hinter sich ins Schloß und bot ihr einen der großen, bequemen Sessel an. Auch das Büro war, wie beim letzten Mal, geräumig und erstaunlicherweise ohne das beklemmende Gefühl zu vieler Bücher. Durch das helle Licht, das durch die Fenster fiel, wirkte es eher wie ein Ort, von dem aus man die Welt beobachtet, als einer, an dem man sich vor ihr versteckt.

»Vielen Dank«, Hester nahm Platz, ohne große Rücksicht auf das Durcheinander ihrer Röcke zu nehmen. Er sollte gar nicht erst auf die Idee kommen, daß es sich um einen Freundschaftsbesuch handeln könnte.

Er ließ sich hinter seinem Schreibtisch nieder und musterte sie interessiert.

»Wieder ein hoffnungsloser Fall von Justizirrtum?« fragte er mit leuchtenden Augen.

Hester fühlte sich augenblicklich in die Defensive getrieben und hatte den Eindruck, aufpassen zu müssen, daß nicht er den Verlauf des Gesprächs diktierte. Sie machte sich hastig klar, daß es sein Beruf war, Leute so auszufragen, daß sie sich durch ihre Antworten verrieten.

»Es wäre dumm, mir im voraus ein Urteil zu bilden, Mr. Rathbone«, gab sie mit ähnlich liebenswürdigem Lächeln zurück. »Wenn Sie krank wären, würde es mich auch ärgern, wenn Sie mich erst zu Rate zögen und sich dann selbst die Medizin verschrieben.«

Jetzt war seine Erheiterung unverkennbar.

»Falls ich Sie eines Tages tatsächlich konsultieren sollte, Miss Latterly, werde ich mich an Ihre Worte erinnern. Obwohl ich es vermutlich nicht wagen würde, Ihrem Urteil zuvorzukommen. Glauben Sie mir, wenn ich krank bin, dann bin ich in einer wirklich bemitleidenswerten Verfassung.«

»Auch Leute, die eines Verbrechens beschuldigt werden und dem Gesetz ohne Rechtsbeistand oder wenigstens kompetente Vertretung ausgeliefert sind, haben Angst und sind verletzlich, ja bemitleidenswert«, gab sie zurück.

»Und Sie glauben, daß ich der Richtige für diese besondere Aufgabe bin?« fragte er. »Ich fühle mich geehrt, wenn auch nicht direkt geschmeichelt.«

»Sie wären es vielleicht, wenn Sie mehr darüber wüßten«, erwiderte sie etwas spitz.

Er verzog den Mund zu einem breiten, vollkommen offenen Lächeln. Seine Zähne waren wunderschön.

»Bravo, Miss Latterly. Ich sehe, Sie haben sich nicht verändert. Bitte, sagen Sie mir, worum es sich handelt.«

»Haben Sie von dem kürzlichen Tod eines gewissen Generals Thaddeus Carlyon gelesen?« Besser, sie formulierte es als Frage. Vermutlich wußte er es längst.

»Ich habe den Nachruf in der Zeitung gelesen. Wenn ich mich recht entsinne, kam er bei einem Unfall ums Leben, nicht wahr? Ein Sturz, als er irgendwo zu Besuch war. Handelt es sich etwa nicht um einen Unfall?« Er wirkte gespannt.

»Nein. Mit dem Sturz scheint etwas nicht zu stimmen. Jedenfalls hätte er dadurch normalerweise nicht ums Leben kommen können.«

»In dem Nachruf wurde auf die Art der Verletzung nicht näher eingegangen.«

Sie erinnerte sich an Damaris' Worte und meinte trocken: »Nein – natürlich nicht. Der Vorfall war ja auch zu absurd. Er ist über das Geländer einer Galerie auf eine Ritterrüstung gestürzt.«

»Und hat sich das Genick gebrochen?«

»Nein! Bitte, unterbrechen Sie mich nicht dauernd, Mr. Rathbone. Der Sachverhalt ist zu kompliziert, als daß Sie ihn erraten könnten.« Sie ignorierte seinen leicht überraschten Blick angesichts ihrer Dreistigkeit und fuhr fort: »Es ist wirklich zu lächerlich. Er fiel auf diese Rüstung und wurde dabei angeblich tödlich von der Hellebarde durchbohrt. Die Polizei erklärte denn auch prompt, daß es sich so nicht abgespielt haben kann. Sie wurde ihm vorsätzlich in die Brust getrieben, als er bereits bewußtlos auf dem Boden lag.«

»Ich verstehe.« Rathbone heuchelte Zerknirschung. »Also war es Mord; diesen Schluß darf ich sicher ziehen?«

»Sie dürfen. Die Polizei hat eine Weile ermittelt, zwei Wochen lang, um genau zu sein. Es passierte am Abend des zwanzigsten April. Und nun hat die Witwe, Mrs. Alexandra Carlyon, die Tat plötzlich gestanden.«

»Das wiederum, Miss Latterly, hätte ich durchaus erraten können. Bedauerlicherweise ist es weder ein ungewöhnliches noch ein absurdes Ereignis, denn alle zwischenmenschlichen Beziehungen haben ihre burlesken und lächerlichen Seiten.« Er zerbrach sich nicht länger den Kopf über den Grund ihres Kommens, blieb jedoch weiterhin kerzengerade sitzen und schaute sie erwartungsvoll an.

Hester, die eine eigenartige, tragikomische Belustigung in sich hochsteigen spürte, unterdrückte mit Mühe ein Lächeln.

»Gut möglich, daß sie schuldig ist«, sagte sie statt dessen. »Was mich stutzig macht, ist allerdings die Tatsache, daß Edith Sobell, General Carlyons Schwester, fest an ihre Unschuld glaubt. Edith ist sich ganz sicher, daß Alexandra nur gestanden hat, um ihre Tochter Sabella Pole zu decken, die außerordentlich labil zu sein scheint und ihren Vater gehaßt hat.«

»Und auch anwesend war?«

»Ja. Laut Damaris Erskine, der anderen Schwester des Generals, die sich ebenfalls auf der unglückseligen Dinnerparty befand, gab es gleich mehrere Personen, die ihn über die Brüstung hätten stoßen können.«

»Ich kann Mrs. Carlyon nicht vertreten, wenn sie es nicht will«, gab Rathbone zu bedenken. »Die Carlyons verfügen zweifelsohne über einen eigenen Rechtsberater.«

»Peverell Erskine, Damaris's Gatte, fungiert als Familienanwalt. Edith versicherte mir, daß er nichts dagegen hat, den besten verfügbaren Strafverteidiger zu engagieren.«

Der Hauch eines Lächelns spielte um seinen feingeschnittenen Mund. »Vielen Dank für das unterschwellige Kompliment.«

Sie ignorierte die Bemerkung aus purer Verlegenheit.

»Wären Sie bereit, sich mit Alexandra Carlyon in Verbindung zu setzen und sich den Fall zumindest durch den Kopf gehen zu lassen?« fragte sie ernst; die Dringlichkeit der Angelegenheit half ihr, ihre Unsicherheit zu überwinden. »Ich fürchte, andernfalls steckt man sie bis zu ihrem Lebensende in eine psychiatrische Anstalt für geistesgestörte Verbrecher, damit der gute Name der Familie nicht besudelt wird.« Sie beugte sich ein wenig vor. »Diese Anstalten sind die Hölle auf Erden – und für jemanden, der geistig völlig gesund ist und lediglich versucht, seine Tochter zu schützen, um einiges schlimmer als der Tod.«

Das amüsierte Leuchten in Rathbones Augen war wie weggeblasen. Er wußte, welche grauenhaften Zustände in derartigen Einrichtungen herrschten, und dieses Wissen stand ihm deutlich ins Gesicht geschrieben. Sein Entschluß stand fest.

»Ich werde mich mit der Angelegenheit auseinandersetzen«, versprach er. »Wenn Sie Mr. Erskine bitten, mich einzuweisen und offiziell damit zu beauftragen, bei Mrs. Carlyon vorzusprechen, gebe ich Ihnen mein Wort, daß ich mich nach Kräften bemühen werde. Obwohl das natürlich nicht bedeutet, daß ich sie überreden kann, mir die Wahrheit zu sagen.«

»Vielleicht könnten Sie Mr. Monk für zusätzliche Ermittlungen engagieren, falls Sie ...« Sie brach jäh ab.

»Auch darüber werde ich mit Sicherheit nachdenken. Bisher haben Sie mir aber noch nicht gesagt, was ihr Motiv war. Hat sie eins angegeben?«

Die Frage traf Hester vollkommen unvorbereitet. Sie hatte ganz vergessen, sich danach zu erkundigen.

»Ich habe nicht die leiseste Ahnung«, gab sie betreten zurück, selbst baß erstaunt über ihre grobe Nachlässigkeit.

»Notwehr kommt wohl nicht in Frage.« Er schürzte die Lippen. »Und Mord im Affekt wird schwer zu beweisen sein, abgesehen davon, daß es nicht als Entschuldigung gilt – schon gar nicht für eine Frau. Die Geschworenen würden es äußerst ... unschicklich finden.« Da war er wieder, dieser Sinn für schwarzen Humor, als sei er sich der Ironie des Ganzen deutlich bewußt. Es war eine für Männer untypische Eigenschaft und nur einer der zahllosen Gründe, weshalb sie ihn mochte.

»Der Abend muß eine einzige Katastrophe gewesen sein«, fuhr sie fort, während sie sein Gesicht aufmerksam beobachtete. »Alexandra war anscheinend schon vor ihrer Ankunft furchtbar aufgebracht, so als wären sie und der General aus irgendeinem Grund aneinandergeraten. Und Damaris meinte, Mrs. Furnival, die Gastgeberin, hätte ziemlich offen mit dem General geflirtet – was mir allerdings weniger spektakulär erscheint. Es gibt nicht viele Menschen, die dumm genug sind, daran Anstoß zu nehmen. Mit solchen Dingen muß man eben leben.« Sie registrierte das schwache Kräuseln seiner Mundwinkel und übersah es beflissen.

»Ich sollte besser warten, bis Mr. Erskine an mich herantritt«, sagte er plötzlich wieder ernst. »Dann kann ich selbst mit Mrs. Carlyon sprechen. Ich gebe Ihnen mein Wort darauf.«

»Vielen Dank. Ich bin Ihnen sehr verbunden.« Hester stand auf, woraufhin er ihrem Beispiel automatisch folgte. Siedend heiß fiel ihr ein, daß sie ihm für seine Zeit Geld schuldig war. Er hatte ihr fast eine halbe Stunde geopfert, und sie war hierhergekommen, ohne überhaupt über die Bezahlung nachzudenken. Sein Honorar verschlang gewiß einen ganz erheblichen Teil ihres recht schmalen Budgets. Was für ein blöder und peinlicher Fehler!

»Ich werde Ihnen die Rechnung schicken, wenn der Fall abgeschlossen ist«, sagte er, scheinbar ohne ihre Konfusion bemerkt zu haben. »Sie werden verstehen, daß alles, was Mrs. Carlyon mir erzählt, vertraulich behandelt werden muß – falls sie mich engagiert und ich den Fall übernehme. Aber ich werde Sie natürlich wissen lassen, ob ich sie verteidigen kann oder nicht.« Er umrundete seinen Schreibtisch und ging zur Tür.

»Selbstverständlich«, erwiderte sie ein wenig steif und vor Erleichterung ganz überwältigt. Zum Glück war ihr erspart geblieben, einen kompletten Narren aus sich zu machen. »Ich wäre froh, wenn Sie helfen könnten. Ich fahre sofort zu Mrs. Sobell und gebe ihr Bescheid – Mr. Erskine natürlich auch.« Daß Peverell Erskine noch völlig im dunkeln tappte, erwähnte sie wohlweislich nicht. »Guten Tag, Mr. Rathbone – und herzlichen Dank.«

»Es war mir ein Vergnügen, Sie wiederzusehen, Miss Latterly.«

Er hielt ihr die Tür auf und wartete, bis sie hinausgegangen war. Dann blieb er noch einige Sekunden stehen und schaute ihr nach.

Hester begab sich auf direktem Weg zum Haus der Carlyons und fragte das Stubenmädchen, ob Mrs. Sobell zu Hause sei.

»Ja, Miss Latterly«, antwortete sie hastig. Ihr Gesichtsausdruck ließ darauf schließen, daß Edith Hesters Kommen bereits angekündigt hatte. »Wenn Sie mir bitte in Mrs. Sobells Wohnzimmer folgen wollen, Ma'am«, fügte das Mädchen hinzu, warf einen kurzen Blick in die Halle, hob trotzig das Kinn, lief blitzschnell über das Parkett und die Treppe hinauf – alles im Vertrauen darauf, daß Hester ihr auf den Fersen blieb.

Auf dem Treppenabsatz im ersten Stock bog sie in den Ostflügel ab. Dort angelangt, öffnete sie die Tür zu einem kleinen, sonnendurchfluteten Raum, der mit mehreren Lehnsesseln, einem mit geblümtem Stoff bezogenen Sofa sowie ein paar dezenten Aquarellen ausgestattet war.

»Miss Latterly, Ma'am«, sagte sie leise und zog sich unauffällig zurück.

Edith sprang erwartungsvoll auf.

»Hester! Hast du mit ihm gesprochen? Was hat er gesagt? Wird er den Fall übernehmen?«

Hester mußte unwillkürlich schmunzeln, obwohl das, was sie zu berichten hatte, kaum Anlaß zur Freude bot.

»Ja, ich habe mit ihm gesprochen, aber natürlich kann er einen Fall erst dann übernehmen, wenn der Rechtsbeistand der betroffenen Person ihn darum bittet. Bist du sicher, daß Peverell Alexandras Vertretung durch Rathbone zustimmen wird?«

»Völlig – nur leicht wird es nicht, zumindest befürchte ich das. Peverell scheint der einzige zu sein, der bereit ist, sich für Alex einzusetzen. Aber falls er Mr. Rathbone darum bitten sollte, übernimmt er den Fall dann? Du hast ihm doch gesagt, daß sie gestanden hat, oder?«

»Natürlich hab ich das.«

»Gott sei Dank. Hester, ich bin dir wirklich schrecklich dankbar für alles. Komm, setz dich doch.« Sie kehrte zu ihrem Sessel zurück, rollte sich darin zuammen und deutete einladend auf den anderen. Hester ließ sich nieder, wobei sie ihre Röcke so zurechtlegte, daß es möglichst bequem war. »Und wie geht es jetzt weiter? Er wird selbstverständlich mit Alex sprechen, aber was ist, wenn sie bei dem Geständnis bleibt?«

»Dann wird er eine Art Privatdetektiv anstellen, der die Ermittlungen für ihn weiterführt«, erwiderte Hester und gab sich alle Mühe, überzeugter zu klingen, als sie war.

»Was kann der schon tun, wenn sie ihm nichts erzählt?«

»Ich weiß es nicht, aber er ist besser als die meisten Polizisten. Wieso hat sie es eigentlich getan, Edith? Ich meine, was hat sie gesagt?«

Edith biß sich auf die Lippen. »Das ist das allerschlimmste. Angeblich aus Eifersucht wegen Thaddeus und Louisa.«

»Oh – ich . . .«, Hester war völlig verdutzt.

»Ich weiß.« Edith saß da wie ein Häufchen Elend. »Es ist wirklich erbärmlich, nicht? Und unangenehm glaubhaft, wenn man Alex kennt. Sie ist unkonventionell genug, um auf einen solchen Einfall zu kommen. Ich kann mir nur beim besten Willen nicht vorstellen, daß sie Thaddeus jemals mit solcher Intensität geliebt haben soll. Und wenn doch, dann bestimmt nicht in letzter Zeit.«

Einen Moment lang schien ihre Offenheit ihr peinlich zu sein, doch dann gewann das Wissen um die Dringlichkeit und Tragik der Situation wieder die Oberhand. »Bitte, Hester, laß dich durch deine verständliche Abneigung gegenüber solchen Verhaltensweisen nicht davon abbringen, dein Möglichstes zu tun, um ihr zu helfen. Ich denke nicht, daß sie ihn getötet hat. Ich halte für wesentlich wahrscheinlicher, daß Sabella diejenige war – Gott vergebe ihr – oder vielleicht sollte ich sagen, Gott helfe ihr. Bei ihr kann ich mir tatsächlich vorstellen, daß sie den Verstand verloren hat.« Ihr Gesicht nahm einen düsteren Ausdruck an. »Und daß Alex die Schuld auf sich nimmt, hilft niemandem. Sie werden eine Unschuldige hängen, und Sabella wird in ihren lichten Momenten noch mehr leiden – verstehst du, was ich meine?«

»Natürlich verstehe ich das«, stimmte Hester zu, obwohl sie es im Grunde nicht für gänzlich ausgeschlossen hielt, daß Alexandra Carlyon ihren Mann auf genau die von ihr geschilderte Art und Weise getötet hatte. Es wäre jedoch grausam und zwecklos gewesen, Edith ausgerechnet jetzt davon in Kenntnis zu setzen, wo sie so felsenfest von Alexandras Unschuld überzeugt war – oder es zumindest leidenschaftlich gern sein wollte. »Hast du eine Ahnung, warum Alexandra Grund zur Eifersucht zu haben glaubte?«

In Ediths Blick lagen Hohn und Schmerz zugleich.

»Du kennst Louisa Furnival nicht, sonst würdest du nicht fragen. Sie ist der Typ Frau, der jeden eifersüchtig machen kann.«

Ihr ausdrucksvolles Gesicht war voll Abneigung, spöttischer Verachtung und noch etwas anderem, etwas, das fast an Bewunderung grenzte. »Es ist die Art, wie sie geht, ihre Ausstrahlung, ihr Lächeln, das dich glauben läßt, sie hätte etwas, was du nicht hast. Selbst wenn sie nicht das geringste tut und dein Mann sich nicht die Spur für sie interessiert, könntest du dir mit Leichtigkeit das Gegenteil vorstellen, einfach wegen ihrer Art.«

»Das klingt nicht gerade ermutigend.«

»Andererseits wäre ich wirklich überrascht, wenn Thaddeus ihr jemals mehr als einen flüchtigen Blick geschenkt hätte. Er war in keiner Weise ein Charmeur, nicht einmal in bezug auf Louisa. Er war...« Sie zuckte andeutungsweise mit den Achseln, um ihre Hilflosigkeit zu demonstrieren. »Er war voll und ganz Soldat, ein Mann in einer Männerwelt. Stets höflich den Frauen gegenüber, das zweifellos, aber ich glaube nicht, daß er sich in unserer Mitte je richtig wohlgefühlt hat. Im Grunde wußte er nicht, worüber er mit uns reden sollte. Natürlich hat er wie jeder kultivierte Mann gelernt, Konversation zu betreiben, aber es war eben angelernt, wenn du verstehst, was ich meine.« Sie schaute Hester fragend an. »Er war brillant im Gefecht, unerschrocken, entscheidungsfreudig und urteilsstark; und er konnte mit seinen Soldaten gut umgehen, genau wie mit jungen Männern, die sich für die Armee interessierten. In diesen Situationen blühte er richtig auf; ich habe seinen Blick gesehen und weiß, wieviel es ihm bedeutet hat.«

Sie seufzte. »Er ist stets davon ausgegangen, daß Frauen sich bei solchen Themen nur langweilen, aber das ist einfach nicht wahr. Ich hätte mich nicht die Spur gelangweilt – doch das spielt jetzt wohl keine Rolle mehr. Was ich sagen will, ist, daß es sich im Rahmen eines Gesprächs über Gefechtsstrategien und die relativen Vorzüge eines Gewehrs gegenüber einem anderen vermutlich schlecht flirten läßt. Und schon gar nicht mit jemandem wie Louisa. Selbst wenn er es aller Wahrscheinlichkeit zum Trotz doch getan haben sollte, begeht man deshalb noch langen keinen Mord, das wäre ja . . .« Sie verzog das Gesicht zu einer vielsagenden Grimasse. Hester überlegte flüchtig – und unvermittelt schmerzlich berührt –, wie Oswald Sobell wohl gewesen sein mochte. Hatte Edith im Verlauf ihrer kurzen Ehe selbst gelegentlich unter Eifersucht gelitten, die eine oder andere Kränkung hinnehmen müssen? Doch dann wurde sie sich der Dringlichkeit der Gegenwart wieder bewußt und kehrte zum Thema Alexandra zurück.

»Ich nehme an, es ist besser, wenn die Wahrheit ans Licht kommt, egal wie sie aussieht«, sagte sie laut. »Und ich könnte mir durchaus vorstellen, daß weder Alexandra noch Sabella ihn umgebracht haben, sondern ganz jemand anders. Vielleicht flirtet Louisa Furnival wirklich gern und hat Thaddeus schöne Augen gemacht. Dann könnte ihr Ehemann doch mehr hineininterpretiert haben, als da tatsächlich war, und selbst der Eifersucht anheim gefallen sein.«

Edith legte die Hände vors Gesicht, beugte sich vor und stützte die Ellbogen auf die Knie.

»Ich hasse das!« stieß sie erbittert aus. »Alle Beteiligten gehören entweder zur Familie oder sind Freunde. Und einer von ihnen muß es gewesen sein.«

»Ja, es ist furchtbar«, pflichtete Hester ihr bei. »Soviel weiß ich noch von den anderen Verbrechen, deren Aufklärung ich miterlebt habe: Man lernt die Menschen kennen, ihre Träume und Sorgen, ihre Kränkungen – und egal wer es ist, es tut einem weh. Man kann sich nicht einfach abgrenzen und sagen ›die‹, nicht ›wir‹.«

Edith nahm die Hände vom Gesicht und blickte überrascht auf. Sie schien einen Streit vom Zaun brechen zu wollen, doch dann ließ ihre Empörung nach. Sie hatte anscheinend akzeptiert, daß Hester jedes Wort ehrlich meinte.

»Schauderhaft!« Sie atmete langsam aus. »Irgendwie bin ich immer davon ausgegangen, daß es eine Schranke gibt zwischen mir und den Leuten, die zu so etwas fähig sind. Sich vorzustellen, daß mich das Elend einer ganzen Klasse von Menschen nicht betrifft...«

»Das gelingt nur mit einer Portion Unaufrichtigkeit.« Hester stand auf und trat zu dem hohen Bodenfenster, das auf den Garten hinausging. Es bestand aus drei verschiebbaren Teilen, deren oberer und unterer geöffnet waren. Der sonnenlichtgetränkte Duft von Goldlack stieg ihr in die Nase. »Über all dem Tumult infolge der schlimmen Nachrichten habe ich beim letztenmal ganz vergessen, dir zu sagen, daß ich mir Gedanken über eine passende Tätigkeit für dich gemacht habe. Ich denke, als Bibliothekarin wärst du am besten aufgehoben.« Sie beobachtete, wie der Gärtner mit einem Tablett voller Setzlinge über den Rasen lief. »Oder als Forschungsassistentin bei jemandem, der eine Abhandlung oder Monographie schreiben möchte. Dein Lohn wird kaum ausreichen, um ein völlig unabhängiges Leben zu führen, aber du kämst wenigstens tagsüber aus dem Haus.«

»Als Krankenschwester nicht?« Edith konnte nicht verhindern, daß sich ein enttäuschter und verlegener Ton in ihre Stimme schlich. Hester wurde mit einem Mal beschämend klar, wie sehr Edith sie bewunderte. Was sie wirklich wollte, war, das gleiche zu tun wie Edith, nur hatte sie sich bisher gescheut, es zuzugeben.

Mit brennenden Wangen rang sie nach einer Antwort, die zugleich ehrlich und nicht taktlos war. Ausweichen kam nicht in Frage.

»Nein. Es ist sehr schwer, eine Privatanstellung zu finden, selbst wenn man hochqualifiziert ist. Es wäre wesentlich besser, deine persönlichen Stärken zum Einsatz zu bringen.« Sie mied Ediths Blick; die Freundin brauchte nicht zu merken, daß sie durchschaut war. »Es gibt wirklich faszinierende Leute, die einen Bibliothekar, einen wissenschaftlichen Assistenten oder einfach einen sprachbegabten Menschen suchen, der ihre Arbeiten niederschreibt. Vielleicht findest du sogar jemanden, der sich mit einem Thema beschäftigt, das dich reizt.«

»Zum Beispiel?« Edith klang alles andere als begeistert.

»Nun, da gibt's doch jede Menge.« Hester setzte eine betont fröhliche Miene auf und wandte sich zu ihr um. »Archäologie, Geschichte, Forschungsreisen . . .« Sie hielt inne, denn in Ediths Augen flackerte endlich echtes Interesse auf. Zutiefst erleichtert begann sie zu lächeln; sie spürte ein völlig irrationales Glücksgefühl in sich hochsteigen. »Warum nicht? Frauen spielen neuerdings häufiger mit dem Gedanken, in die exotischsten Länder zu reisen – nach Ägypten, in die Magrebwüste, ja sogar nach Afrika.«

»Afrika! Ohhh . . .«, hauchte Edith kaum hörbar. Ihr Selbstvertrauen kehrte zurück, die Niedergeschlagenheit verwandelte sich in Optimismus. »Ja. Genau das werde ich tun, wenn diese Geschichte hier vorbei ist. Vielen Dank, Hester – du glaubst nicht, wie sehr du mir geholfen hast!«

In diesem Moment wurden sie unterbrochen, denn die Tür tat sich auf und Damaris kam herein. Diesmal bot sie einen ganz anderen Anblick. Die bunt zusammengewürfelte, jedoch eindeutig feminine Aufmachung vom letztenmal war durch Reitkleider ersetzt worden, in denen sie dynamisch und knabenhaft wirkte wie ein hübscher junger Bursche aus südlichen Gefilden. Hester wußte auf Anhieb, daß der Effekt absolut beabsichtigt war.

Sie mußte unwillkürlich schmunzeln. Sie war schon wesentlich weiter in solche verbotenen Bereiche rauher Männlichkeit vorgestoßen als Damaris, hatte rohe Gewalt, Krieg und Ritterlichkeit gesehen. Sie hatte ehrliche Freundschaften erlebt, in denen es keine Schranken gab zwischen Männern und Frauen, in denen die Gespräche nicht von gesellschaftlichen Normen, sondern von aufrichtigen Gedanken und Gefühlen bestimmt wurden, in denen man Seite an Seite für eine gemeinsame Sache kämpfte, wo nur Mut und Können zählten. Es stieß sie keineswegs vor den Kopf, daß Damaris auf diese Art und Weise gegen die bestehenden Gesellschaftsstrukturen rebellierte, und beleidigt fühlte sie sich erst recht nicht.

»Guten Tag, Mrs. Erskine«, rief sie munter. »Es freut mich sehr, daß Sie trotz der schweren Zeiten so blendend aussehen.«

Damaris' Gesicht verzog sich zu einem breiten Grinsen. Sie machte die Tür hinter sich zu und lehnte sich gegen die Klinke.

»Edith hat gesagt, Sie würden zu einem befreundeten Anwalt gehen, der absolut erstklassig ist. Stimmt das?«

Hester, die keine Ahnung gehabt hatte, daß Damaris eingeweiht war, fühlte sich ein wenig überrumpelt.

»Ähm – ja.« Ausflüchte halfen jetzt gar nichts. »Glauben Sie, Mr. Erskine könnte etwas dagegen haben?«

»I wo, bestimmt nicht. Bei Mama bin ich mir allerdings nicht so sicher. Bleiben Sie doch zum Lunch, dann können Sie uns Genaueres berichten.«

Hester warf Edith einen verzweifelten Blick zu und hoffte, sie würde sie aus dieser mißlichen Lage befreien. Sie hatte Edith lediglich über Rathbones Worte informieren wollen, so daß es ihr überlassen blieb, Peverell Erskine zu unterrichten; der Rest der Familie konnte es dann von ihm erfahren. Nun sah es so aus, als ob sie ihnen allen am Mittagstisch gegenübersitzen müßte.

Edith indes schien nichts von Hesters Dilemma zu bemerken. Sie sprang auf und lief zur Tür.

»Eine gute Idee. Ist Pev zu Hause?«

»Ja – der Zeitpunkt wäre perfekt.« Damaris drehte sich um und drückte die Klinke hinunter. »Wir müssen so bald wie möglich handeln.« Sie strahlte Hester an. »Das ist wirklich sehr nett von Ihnen.«

Das Speisezimmer war mit erheblich zu vielen und bei weitem zu stark verschnörkelten Möbelstücken ausstaffiert, das hochmoderne türkisfarbene Eßservice überreich gemustert und vergoldet. Felicia und Randolf saßen bereits, er selbstverständlich am Kopfende der Tafel. Im Gegensatz zu dem schlaffen und unauffälligen Eindruck, den er zuletzt beim Tee gemacht hatte, wirkte er diesmal wesentlich größer und eindrucksvoller. Sein Gesicht war bedrückt und von tiefen Falten durchzogen, die eine aus Sturheit und Resignation geborene Unbeweglichkeit verrieten. Hester versuchte, ihn sich als jungen Mann vorzustellen. Wie war es wohl gewesen, in ihn verliebt zu sein? Hatte er umwerfend ausgesehen in Uniform? War damals wenigstens eine Spur Humor oder gar Witz in seinen Zügen zu finden gewesen? Menschen verändern sich mit den Jahren; sie werden enttäuscht, ihre Träume zerschlagen. Zudem traf sie zu einem denkbar ungünstigen Zeitpunkt mit ihm zusammen. Sein Sohn war soeben ermordet worden, und das – was weitaus schlimmer war – höchstwahrscheinlich von einem Mitglied der eigenen Familie.

»Guten Tag, Mrs. Carlyon. Colonel Carlyon«, sagte sie höflich und versuchte krampfhaft, die Gedanken an die Auseinandersetzung, die bei der Erwähnung von Oliver Rathbones Namen förmlich vorprogrammiert war, zumindest vorübergehend aus ihrem Geist zu verbannen.

»Guten Tag, Miss Latterly«, erwiderte Felicia steif. Zum Zeichen ihrer Verwunderung zog sie die Brauen gerade so weit hoch, wie es ihr Gefühl für Anstand erlaubte. »Wie reizend, daß Sie uns Gesellschaft leisten. Welchem Umstand verdanken wir diesen zweiten Besuch innerhalb so kurzer Zeit?«

Randolf murmelte etwas Unverständliches. Ihr Name war ihm offenbar entfallen, folglich hatte er außer einer kurzen Zurkenntnisnahme ihrer Anwesenheit nichts zu sagen.

Peverell wirkte gutmütig und liebenswürdig wie immer, lächelte sie jedoch lediglich stumm an.

Felicia wartete demonstrativ auf eine Antwort; es war anscheinend doch keine rein rhetorische Frage gewesen.

Damaris steuerte mit schwachem Hüftschwung auf ihren Platz zu und ließ sich nieder, ohne auf den mißbilligenden Blick ihrer Mutter zu achten.

»Sie ist hier, um mit Peverell zu sprechen«, verkündete sie in unbekümmertem Tonfall.

Felicias Verärgerung wuchs.

»Beim Lunch?« fragte sie mit eisiger Verblüffung. »Wenn sie Peverell tatsächlich sprechen möchte, kann sie doch einen Termin vereinbaren und ihn in seiner Kanzlei aufsuchen, so wie jeder andere auch. Sie wird ihre Privatangelegenheiten kaum in unserer Runde diskutieren wollen, und das obendrein beim Essen. Du mußt dich irren, Damaris. Oder ist das wieder dein seltsamer Sinn für Humor? Falls ja, ist er völlig unangebracht. Ich verlange, daß du dich entschuldigst und so etwas in Zukunft unterläßt.«

»Es war kein Scherz, Mama«, entgegnete Damaris schlagartig ernüchtert. »Es soll Alex helfen, und deshalb erscheint mir eine Diskussion in dieser Runde vollkommen geeignet. Schließlich ist die ganze Familie in gewisser Hinsicht betroffen.«

»Wirklich?« Felicias Blick blieb unerbittlich auf ihre Tochter gerichtet. »Und was, bitte, kann Miss Latterly für Alexandra tun? Daß Alexandra tragischerweise den Verstand verloren zu haben scheint geht nur uns etwas an.« Die Haut über ihren Wangenknochen straffte sich, als rechnete sie mit einem Schlag. »Dagegen kennen auch die besten Ärzte kein Mittel – und nicht einmal Gott kann das Geschehene ungeschehen machen.«

»Aber wir wissen doch gar nicht genau, was passiert ist, Mama«, gab Damaris zu bedenken.

»Wir wissen, daß Alexandra den Mord an Thaddeus gestanden hat«, sagte Felicia marmorkalt, um den tiefen Schmerz zu verbergen, der hinter den Worten lag. »Wir können sehr wohl auf eigene Faust Ärzte finden, die dafür sorgen, daß Alexandra in eine entsprechende Anstalt eingewiesen wird – zu ihrem Wohl, und zum Wohl der Gemeinschaft.« Zum erstenmal, seit das Thema zur Sprache gekommen war, wandte sie sich direkt an Hester. »Möchten Sie ein wenig Suppe, Miss Latterly?«

»Ja, gern. Vielen Dank.« Mehr fiel Hester nicht ein; keine Entschuldigung, keine Erklärung – nichts. Das hier übertraf ihre schlimmsten Erwartungen! Sie hätte die Einladung einfach ablehnen, mit Edith das Notwendigste durchgehen und den Rest Peverell überlassen sollen. Leider war es dazu jetzt zu spät.

Felicia nickte dem Mädchen zu, das daraufhin die Terrine brachte und von Totenstille umgeben die Suppe servierte.

Nach einigen Löffeln sagte Randolf: »Nun, Miss Latterly – wenn Sie uns keinen Arzt empfehlen wollen, was wollen Sie dann?«

Felicia blickte ihn scharf an, doch er beschloß kurzerhand, sie zu ignorieren.

Hester hätte ihm am liebsten gesagt, daß es eine Sache zwischen ihr und Peverell war, aber sie wagte es nicht. Ihr fiel keine Erwiderung ein, die auch nur annähernd höflich gewesen wäre. Sie schaute ihn wortlos an, und sein bitterböser Blick ging ihr durch Mark und Bein.

Die Tischgesellschaft hüllte sich in Schweigen. Niemand kam ihr zu Hilfe, als hätte auch die anderen plötzlich der Mut verlassen.

»Ich . . .« Sie holte tief Luft und setzte ein zweites Mal an. »Ich kenne einen erstklassigen Strafverteidiger, der schon die aussichtslosesten Fälle übernommen und gewonnen hat. Ich dachte – ich dachte, Mr. Erskine würde vielleicht seine Dienste für Mrs. Carlyon in Anspruch nehmen wollen.«

Felicias Nasenflügel bebten; in ihren Augen blitzte kalte Wut. »Herzlichen Dank, Miss Latterly, aber ich dachte eigentlich, ich hätte mich bereits unmißverständlich ausgedrückt. Wir brauchen keinen Strafverteidiger. Meine Schwiegertochter hat den Mord gestanden; es wird keine Verteidigung geben. Wir müssen lediglich dafür sorgen, daß sie so diskret wie möglich in die am besten geeignete Anstalt eingewiesen wird.«

»Aber sie ist vielleicht unschuldig, Mama«, warf Edith vorsichtig ein; ihr Ton hatte jegliche Kraft und Begeisterung verloren.

»Und warum hat sie die Tat dann zugegeben, Edith?« fragte Felicia, ohne sie eines Blickes zu würdigen.

Ediths Gesicht wurde hart. »Um Sabella zu decken. Alex ist nicht verrückt, das wissen wir alle. Aber Sabella vielleicht . . .«

»Unsinn!« sagte Felicia scharf. »Nach der Geburt ihres Kindes war sie emotional ein wenig instabil. Das passiert manchmal. Und geht wieder vorbei.« Resolut brachen ihre Finger über einem Teller zu ihrer Linken ein Stück dunkles Brot entzwei. »Während dieser depressiven Verstimmungen kommt es gelegentlich vor, daß Frauen ihre Kinder umbringen, aber doch nicht ihre Väter. Du solltest nicht über Dinge reden, von denen du nichts verstehst.«

»Sie hat Thaddeus gehaßt!« So leicht gab Edith sich nicht geschlagen. Zwei hektische roten Flecken prangten auf ihren Wangen. Hester wurde plötzlich klar, daß die Anspielung auf Ediths Unerfahrenheit im Umgang mit Geburt und Mutterschaft ein gezielter Schlag unter die Gürtellinie gewesen war.

»Mach dich nicht lächerlich!« fuhr Felicia sie an. »Sie war rebellisch und unglaublich eigensinnig. Alexandra hätte viel strenger mit ihr sein sollen. Aber gemeingefährlich ist wohl doch etwas anderes.«

Peverell lächelte gewinnend. »Das spielt jetzt wirklich keine Rolle, Schwiegermama, weil Alexandra mir ihre Wünsche ohnehin mitteilen wird und ich mich dementsprechend zu verhalten habe. Wenn sie eine Weile darüber nachgedacht hat und erkennt, daß es nicht darum geht, in ein leidlich annehmbares Pflegeheim gesperrt, sondern gehängt zu werden . . .« er kümmerte sich nicht darum, daß Felicia der Atem stockte und sie unter seinen krassen Worten zusammenzuckte, ». . . nimmt sie das Geständnis eventuell zurück. Und dann wird sie einen Verteidiger brauchen.« Er nahm einen Löffel Suppe. »Du wirst verstehen, daß ich sie natürlich über sämtliche Alternativen aufklären muß.«

Felicias Gesicht verfinsterte sich. »Mein Gott, Peverell, bist du denn nicht in der Lage, die Angelegenheit mit etwas Anstand und Diskretion zu behandeln?« fragte sie verächtlich. »Die arme Alexandra ist durchgedreht. Sie hat sich von ihrer krankhaften Eifersucht in einen Zustand wahnsinniger Wut treiben lassen. Es ist niemandem gedient, wenn sie dem öffentlichen Spott und Haß ausgesetzt wird. Ich kann mir wirklich kein absurderes Verbrechen vorstellen. Wo kämen wir denn hin, wenn jede Frau, die glaubt, daß ihr Mann einer anderen Frau zuviel Aufmerksamkeit schenkt – und das muß in etwa halb London sein! –, gleich zur Mörderin wird? Die Gesellschaft und alles, was damit zusammenhängt, würde schlicht und einfach zugrunde gehen.« Sie holte tief Luft und fuhr dann in sanfterem Ton fort, als hätte sie ein kleines Kind vor sich: »Kannst du ihr, wenn du sie siehst, nicht klarmachen, daß sie eine Verantwortung ihrer Familie und vor allem ihrem Sohn gegenüber hat, der schließlich noch recht klein ist? Was glaubst du wohl, welche Auswirkungen dieser Skandal für ihn haben würde! Wenn sie ihre

Eifersucht – die weiß Gott auf Gründen basiert, die lediglich in ihrem armen kranken Gehirn existieren können – öffentlich eingesteht, wird sie Cassians Zukunft ruinieren und ihre Töchter zumindest in eine ausgesprochen peinliche Situation bringen.«

Peverell war nach wie vor höflich und ließ ein gewisses vordergründiges Verständnis für Felicia durchscheinen, blieb ansonsten jedoch ungerührt.

»Ich werde sie auf alle in Frage kommenden Vorgehensweisen und deren von mir vorhersehbaren Folgen hinweisen, Schwiegermama.« Er tupfte sich mit einer Serviette die Lippen ab. Seine Miene wirkte dabei so teilnahmslos, als ginge es um den Verkauf einiger Morgen Farmland; die Tragik der Ereignisse schien ihn vollkommen kalt zu lassen.

Damaris beobachtete ihn erstaunt. Edith schwieg. Randolf konzentrierte sich auf den Verzehr seiner Suppe.

Felicia war derart verärgert, daß es ihr schwerfiel, ihre Mimik unter Kontrolle zu halten, und ihre Finger verkrallten sich an der Tischkante um die Serviette. Unter keinen Umständen würde sie sich anmerken lassen, daß er dieses Duell gewonnen hatte.

Randolf legte seinen Löffel beiseite. »Ich nehme an, du weißt, was du tust«, sagte er mit unheilvollem Blick. »Ich persönlich halte allerdings nicht viel davon.«

»Ja, ich weiß, bei der Armee herrschen andere Sitten und Gebräuche.« Peverell erweckte nach wie vor einen interessierten und ungetrübt geduldigen Eindruck. »Doch auch die Rechtsprechung ist eine Form des Kriegs; Auseinandersetzung, sich bekämpfende Parteien. Nur die Waffen sind anders, und man muß sich an die Regeln halten. Alles eine Frage des Verstands.« Er lächelte in sich hinein, als amüsiere er sich über etwas, das den anderen verborgen blieb; seine Belustigung war jedoch weniger heimlicher als eher privater Natur. »Auch bei uns geht es um Leben und Tod, um die Inbesitznahme von Eigentum und Land – aber unsere Waffe ist das Wort, und der Schauplatz sind die Gedanken.«

Randolf murmelte etwas Unverständliches, doch seine verärgerte Miene sprach Bände.

»Manchmal klingst du wirklich sehr von dir überzeugt, Peverell«, bemerkte Felicia spitz.

»Ja.« Peverell blieb die Ruhe selbst und schaute lächelnd zur Decke. »Damaris sagt, ich bin aufgeblasen.« Sein Blick wanderte zu Hester. »Wie heißt Ihr Strafverteidiger, Miss Latterly?«

»Oliver Rathbone. Seine Kanzlei befindet sich in der Vere Street, ganz in der Nähe von Lincoln's Inn Fields«, antwortete Hester wie aus der Pistole geschossen.

»Ist das Ihr Ernst?« fragte er verblüfft. »Ein in der Tat brillanter Mann. Ich kenne ihn vom Mordfall Grey. Was für ein außergewöhnlicher Urteilsspruch! Und Sie glauben wirklich, er wäre bereit, Alexandras Fall zu übernehmen?«

»Wenn sie es wünscht.« Hester wurde unvermittelt von einer Woge der Unsicherheit erfaßt, die sie selbst überraschte. Sie merkte, daß sie nicht mehr in der Lage war, den Blicken der anderen standzuhalten, inklusive Peverells – nicht weil er etwa skeptisch war, sondern weil er über eine so bemerkenswerte Beobachtungsgabe verfügte.

»Ausgezeichnet«, sagte er ruhig. »Ganz ausgezeichnet. Das haben Sie gut gemacht, Miss Latterly. Ich bin Ihnen sehr verbunden, denn ich weiß, welch exzellenten Ruf Mr. Rathbone genießt. Ich werde Mrs. Carlyon umgehend davon unterrichten.«

»Aber du wirst nicht zulassen, daß sie sich falsche Vorstellungen bezüglich ihrer Entscheidungsfreiheit macht«, warf Felicia grimmig ein. »Egal wie brillant« – sie sprach das Wort mit abfällig geschürzten Lippen aus, als handle es sich um eine verabscheuungswürdige Eigenschaft – »dieser Mr. Rathbone auch sein mag. Er kann das Gesetz weder verdrehen noch ihm trotzen, und es wäre auch absolut nicht erstrebenswert, wenn er es versuchte.« Sie atmete tief ein und mit einem lautlosen Seufzer wieder aus. »Thaddeus ist tot, und das Gesetz verlangt, daß jemand dafür zur Verantwortung gezogen wird.«

»Jeder Mensch hat das Recht, sich auf die Art und Weise zu verteidigen, die ihm nach eigenem Ermessen am meisten dient, Schwiegermama«, sagte Peverell nachdrücklich.

»Möglich, aber die Gesellschaft hat auch ihre Rechte – mit gutem Grund!« Sie starrte ihn herausfordernd an. »Alexandras Interesse darf nicht über das der restlichen Menschheit gehen. Das werde ich ganz gewiß verhindern!« Sie wandte sich abrupt an Hester. »Vielleicht erzählen Sie uns jetzt ein wenig von Ihren Erlebnissen mit Miss Nightingale, Miss Latterly. Das wäre äußerst anregend. Sie ist wirklich eine bemerkenswerte Frau.«

Hester war dermaßen verblüfft, daß es ihr vorübergehend die Sprache verschlug. Dann wurde sie von widerstrebender Bewunderung für Felicias unglaubliche Selbstbeherrschung übermannt.

»Ja, natürlich – gern . . .« Und sie begann mit den Geschichten, die ihrer Ansicht nach den größten Anklang in der Runde finden und die wenigsten Meinungsverschiedenheiten aufwerfen würden. Sie erzählte von den langen Nächten im Krankenhaus von Skutari, von Erschöpfung und Beharrlichkeit, von den endlosen Putzarbeiten, die erledigt werden mußten, vom Mut der Verzweiflung. Den Schmutz, die Ratten, die schier unglaubliche Inkompetenz und die erschreckenden Zahlen der Toten und Verletzten, die durch Voraussicht, entsprechende Vorkehrungen, Transport und Hygiene zu vermeiden gewesen wären, behielt sie für sich.

Am selben Nachmittag noch begab sich Peverell erst zu Alexandra Carlyon, dann in die Vere Street zu Oliver Rathbone. Am Tag darauf, dem 6. Mai, fand Rathbone sich an der Gefängnispforte ein und verlangte, in seiner Funktion als Mrs. Carlyons Anwalt zu ihr vorgelassen zu werden. Er wußte, man würde sich nicht weigern.

Es war dumm, sich im voraus ein Bild von Charakter und äußerer Erscheinung einer Klientin zu machen, und doch hatte er bereits eine klare Vorstellung von Alexandra Carlyon, als er im Kielwasser der Wärterin durch die grauen Korridore ging. Er sah eine dunkelhaarige Frau mit üppiger Figur und einem Hang zur Dramatik vor sich, die übermäßig gefühlsbetont war. Schließlich hatte sie ihren Mann entweder in einem Eifersuchtsanfall um die Ecke gebracht oder – falls Edith Sobell recht behielt – ein falsches Geständnis zugunsten ihrer Tochter abgelegt.

Als die Wärterin, eine matronenhafte Person mit fest auf dem Hinterkopf verknotetem, eisengrauem Haar, jedoch endlich die Tür zu Alexandra Carlyons Zelle aufsperrte, entdeckte er eine eher durchschnittlich große Frau. Sie war sehr schlank – zu schlank für das gängige Schönheitsideal –, hatte naturkrauses, blondes Haar sowie ein markantes, lebendiges und phantasievolles Gesicht. Ihre Wangenknochen waren kräftig, die Nase klein und leicht gebogen, der Mund zwar schön, aber viel zu breit; er wirkte leidenschaftlich und humorvoll zugleich. Gewiß keine Schönheit im herkömmlichen Sinn und doch erstaunlich attraktiv, sogar in ihrem erschöpften und verängstigten Zustand und dem überaus schlichten, weißgrauen Kleid.

Desinteressiert und resigniert blickte sie zu ihm auf. Er wußte bereits, daß sie aufgegeben hatte, noch bevor ein Wort gesprochen worden war.

»Sehr erfreut, Mrs. Carlyon«, begann er förmlich. »Mein Name ist Oliver Rathbone. Ihr Schwager, Mr. Erskine, hat Ihnen vermutlich mitgeteilt, daß ich bereit wäre, Sie vor Gericht zu vertreten, sofern Sie es wünschen?«

Sie wagte den kläglichen Versuch eines Lächelns, doch es blieb eine fruchtlose Anstrengung, die mehr ihren guten Manieren als ihren Gefühlen entsprang.

»Sehr erfreut, Mr. Rathbone. Ja, Peverell hat mir davon erzählt, aber Sie vergeuden Ihre Zeit. Sie können mir nicht helfen.«

Rathbone sah zur Wärterin hin.

»Vielen Dank – Sie können gehen. Ich rufe Sie, wenn ich fertig bin.«

»Wie Sie woll'n«, meinte die Frau, zog sich zurück und sperrte die Tür mit einem geräuschvollen Klicken ab.

Alexandra saß auf der Pritsche. Rathbone, der nicht den Eindruck erwecken wollte, auf dem Sprung zu sein, ließ sich auf dem anderen Ende nieder. Er hatte keineswegs die Absicht, das Feld kampflos zu räumen.

»Vielleicht haben Sie recht, Mrs. Carlyon, aber schicken Sie mich bitte nicht fort, ohne mich wenigstens angehört zu haben. Ich bilde mir bestimmt kein vorschnelles Urteil über Sie.« Sich seines Charmes durchaus bewußt, lächelte er sie an; derlei war Bestandteil seines Berufs. »Tun Sie es bitte auch nicht.«

Sie erwiderte das Lächeln nur mit den Augen, die ihn zugleich traurig und etwas spöttisch anblickten.

»Selbstverständlich werde ich Sie anhören, Mr. Rathbone. Allein schon Peverell und dem guten Ton zuliebe. Fakt bleibt jedoch, daß Sie mir nicht helfen können.«

Sie zögerte so kurz, daß es kaum wahrnehmbar war. »Ich habe meinen Mann ermordet, und das Gesetz verlangt Sühne für diese Tat.«

Rathbone registrierte, daß sie das Wort *hängen* sorgfältig mied, und wußte im selben Moment, daß sie sich zu sehr davor fürchtete, um es laut aussprechen zu können. Womöglich wagte sie nicht einmal, daran zu denken. Sein Mitleid war bereits auf dem Vormarsch, und er schlug es rigoros zurück. Auf einer solchen Basis ließ sich keine Verteidigung aufbauen. Es war sein Verstand, den er benutzen mußte.

»Erzählen Sie mir, was passiert ist, Mrs. Carlyon – alles, was Ihres Erachtens von Bedeutung für den Tod Ihres Mannes ist. Fangen Sie an, wo immer Sie möchten.«

»Da gibt es nicht viel zu erzählen. Mein Mann hatte bereits seit geraumer Zeit eine Schwäche für Louisa Furnival. Sie ist eine sehr schöne Frau und hat eine Art, die bei Männern großen Gefallen findet. Sie hat mit ihm geflirtet. Ich glaube, sie flirtet mit beinahe jedem. Ich war eifersüchtig – und das wär's auch schon.«

»Ihr Mann flirtete also auf einer Dinnerparty mit Mrs. Furnival, daraufhin verließen Sie den Raum, folgten ihm nach oben, stießen ihn über das Geländer«, sagte Rathbone ausdrucklos, »und während er fiel, liefen Sie rasch nach unten. Als er dann bewußtlos auf dem Boden lag, griffen Sie zur Hellebarde und trieben sie ihm in die Brust? Ich nehme an, es war das erste Mal in Ihrer dreiundzwanzigjährigen Ehe, daß er Sie derart gekränkt hat?«

Sie fuhr ruckartig herum und schaute ihn erbost an. So formuliert und emotionslos aneinandergereiht, klang es absolut grotesk. Es war der erste Funken einer echten Gefühlsregung, was an sich Anlaß zur Hoffnung bot.

»Selbstverständlich nicht«, erwiderte sie kalt. »Es war mehr als ein Flirt. Er hatte schon seit längerem ein Verhältnis mit ihr. Sie haben es mir förmlich ins Gesicht geschrien – und das vor meiner Tochter und ihrem Mann. Das hätte wohl jede Frau in Rage gebracht.«

Er forschte in ihren ausdrucksvollen Zügen, sah Müdigkeit, Entsetzen, Furcht und auch ein wenig Wut, doch sie ging nicht tief, war vergänglich und leer, ein flüchtiges Aufbäumen – wie das kurze Auflodern einer Streichholzflamme, nicht wie die sengende Hitze eines Schmelzofens. Log sie nun, was diese vermeintliche Affäre betraf, oder war sie nur zu erschöpft, zu ausgelaugt, um noch leidenschaftliche Gefühle empfinden zu können? Das Objekt ihres Zorns war tot, sie selbst hatte die Schlinge bereits so gut wie um den Hals.

»Und doch haben es viele vor Ihnen ertragen«, gab er zurück, ohne sie aus den Augen zu lassen.

Sie zuckte kaum merklich die Achseln, und ihm fiel erneut auf, wie dünn sie war. In der weißen Bluse und dem grauen, reifenlosen Rock wirkte sie fast wie ein hilfloses Kind, hätte ihr Gesicht nicht soviel Stärke ausgestrahlt. Dabei war sie ganz und gar nicht der Typ einer Kindfrau. Die breite Stirn und das kurze, runde Kinn verrieten eine für Unterwürfigkeit bei weitem zu entschlossene Person – es sei denn, sie wollte diesen Eindruck unbedingt erwecken, und selbst dann konnte er nicht von langer Dauer sein.

»Erzählen Sie mir genau, wie es passiert ist, Mrs. Carlyon«, startete er einen zweiten Versuch. »Beginnen Sie an jenem Abend, als das Verhältnis zweifellos schon eine Weile im Gang war. Wann wurde Ihnen überhaupt zum erstenmal klar, daß die beiden füreinander entflammt waren?«

»Ich weiß es nicht mehr.« Sie schaute ihn immer noch nicht an; unter Druck schien sie jedenfalls nicht zu stehen. Es war ziemlich offensichtlich, daß ihr egal war, ob er ihr glaubte oder nicht. Sie war wieder ganz gefaßt und hob gleichgültig die Schultern. »Vor einigen Wochen ungefähr. Man sieht nur das, was man sehen will.« Dann schien sie sich plötzlich unter inneren Qualen zu winden. Irgend etwas verursachte ihr solchen Schmerz, daß er fast greifbar wurde.

Rathbone war verwirrt. Im einen Moment waren ihre Gefühle derart intensiv, daß er den Widerhall beinah im eigenen Körper zu spüren glaubte. Im nächsten wurde sie völlig teilnahmslos, als sprächen sie über Dinge, die absolut niemanden interessieren.

»Und an diesem Abend kam es zur Eskalation?« fragte er sanft.

»Ja...« Ihre von Natur aus rauhe, für eine Frau ungewöhnlich tiefe, angenehme Stimme degradierte zu einem schwachen Flüstern.

»Sie müssen mir erzählen, was geschehen ist, eins nach dem anderen, Mrs. Carlyon, wenn ich ... Sie verstehen soll.« Fast hätte er gesagt *Ihnen helfen*, doch dann war ihm die Hoffnungslosigkeit in ihrem Gesicht, ihre ganze resignierte Haltung wieder eingefallen. Nein, sie glaubte nicht an Hilfe. Ein solches Versprechen bedeutete ihr nichts und würde ihm lediglich eine zweite Abfuhr eintragen.

Das Gesicht nach wie vor abgewandt, meinte sie gepreßt: »Verständnis bringt uns nicht weiter, Mr. Rathbone. Ich habe ihn ermordet. Mehr verlangt das Gesetz nicht zu wissen; es ist das einzige, was zählt, und darüber hinaus unbestreitbar wahr.«

Rathbone lächelte trocken. »In der Rechtsprechung ist nichts unbestreitbar, Mrs. Carlyon. Auf diese Weise verdiene ich meinen Lebensunterhalt, und ich bin gut, glauben Sie mir. Ich gewinne zwar nicht immer, aber doch wesentlich öfter, als ich verliere.«

Sie drehte sich schwungvoll um und blickte ihn amüsiert an. Das plötzliche Leuchten in ihrem Gesicht vermittelte ihm einen flüchtigen Eindruck von der wunderbaren Frau, die sie unter anderen Umständen sein mußte.

»Die typische Antwort eines Rechtsverdrehers«, sagte sie leise. »Ich fürchte jedoch, einer dieser eher seltenen Fälle zu sein.«

»Ich bitte Sie. Zwingen Sie mich nicht, die Waffen zu strecken, ehe ich überhaupt angefangen habe!« Auch er ließ einen Hauch

Unbekümmertheit in seinen Ton einfließen. »Ich werde lieber geschlagen, als daß ich aufgebe.«

»Es ist nicht ihre Schlacht, Mr. Rathbone. Es ist meine.«

»Ich würde sie liebend gern zu der meinen machen. Und Sie werden einen Strafverteidiger brauchen. Sie können nicht für sich selbst sprechen.«

»Sie können auch nur mein Geständnis wiederholen«, entgegnete sie störrisch.

»Mrs. Carlyon, ich verabscheue jede Form von Grausamkeit, besonders wenn sie unnötig ist. Aber ich muß Ihnen die Wahrheit sagen. Wenn man Sie schuldig spricht und keine mildernden Umstände walten läßt, kommen Sie an den Galgen.«

Sie schloß ganz langsam die Augen und atmete tief ein; ihre Haut war aschfahl. Ja, er hatte sich nicht getäuscht. Der Gedanke war ihr bereits kurz gekommen, doch ein innerer Abwehrmechanismus und eine vage Hoffnung hatten sie vor dem Begreifen bewahrt. Nun, da es ausgesprochen war, konnte sie sich nichts mehr vormachen. Rathbone beobachtete sie und kam sich widerwärtig gefühllos vor. Aber sie einer Illusion aufsitzen zu lassen wäre wesentlich schlimmer, sogar hochgradig gefährlich gewesen.

Er mußte alle nicht greifbaren Größen, die ihr inneres Gleichgewicht bestimmten – Furcht und Stärke, Ehrlichkeit, Liebe oder Haß – messerscharf beurteilen. Sonst würde er sie nie aus diesem Morast ziehen können, den er selbst nur erahnen konnte. Die Öffentlichkeit kannte kein Erbarmen mit Frauen, die ihre Männer aus Eifersucht ermordeten. Genaugenommen brachte sie einer Frau, die ihren Mann, gleich aus welchem Grund, umbrachte, ausgesprochen wenig Verständnis entgegen. Alles, was nicht direkt lebensbedrohlich war, mußte erduldet werden. Obszöne oder widernatürliche Forderungen wurden selbstverständlich verurteilt, doch das tat man auch mit denen, die rüde genug waren, über derlei Dinge bloß zu sprechen. Die Hölle im ehelichen Schlafzimmer gehörte zu dem, was man bevorzugt verschwieg, ähnlich einer unheilbaren Krankheit oder gar dem Tod selbst. Es schickte sich nicht.

»Mrs. Carlyon . . .«

»Ich weiß«, flüsterte sie. »Man wird mich . . .« Sie brachte es immer noch nicht fertig, das Wort auszusprechen. Er zwang sie nicht dazu. In ihr Gedächtnis war es zweifellos unauslöschlich eingebrannt.

»Ich kann erheblich mehr tun, als lediglich Ihr Geständnis wiederholen, wenn Sie mir die Wahrheit sagen«, fuhr er fort. »Sie haben Ihren Mann nicht einfach über das Geländer gestoßen und anschließend mit einer Hellebarde durchbohrt, weil er mit Mrs. Furnival auf zu vertrautem Fuß stand. Haben Sie mit ihm darüber gesprochen? Haben Sie sich gestritten?«

»Nein.«

»Warum nicht?«

Sie drehte sich um und schaute ihn aus tiefblauen Augen verständnislos an.

»Was haben Sie gesagt?«

»Warum haben Sie nicht mit ihm darüber gesprochen?« wiederholte Rathbone geduldig. »Haben Sie ihm nie eröffnet, daß sein Verhalten Sie verletzt hat?«

»Oh . . . ich – doch.« Sie schien überrascht. »Natürlich. Ich bat ihn – diskret zu sein . . .«

»Mehr nicht? Sie haben ihn so sehr geliebt, daß Sie ihn lieber töteten, als ihn mit einer anderen Frau zu teilen – und doch haben Sie ihn nur gebeten . . .« Er brach ab. Ihre Miene verriet deutlich, daß Sie an diese Art Liebe überhaupt nicht gedacht hatte. Die Vorstellung, eine sexuelle Obsession könne solchermaßen verzehrend sein, daß sie in Mord gipfelte, war ihr in bezug auf sich selbst und den General bislang offenbar nicht in den Sinn gekommen. Sie mußte von etwas anderem gesprochen haben.

Ihre Blicke trafen sich, und Alexandra begriff sofort, daß sie diesen Scheingrund nicht länger aufrechterhalten konnte.

»Nein.« Sie wandte den Blick wieder ab und fuhr mit veränderter Stimme fort: »Es war der Verrat. Ich habe ihn nicht auf diese Weise geliebt.« Der Geist eines Lächelns zupfte an ihren Mundwinkeln. »Wir waren dreiundzwanzig Jahre verheiratet, Mr. Rathbone. Ich halte zwar nicht unbedingt für ausgeschlossen, daß ein leidenschaftliches Gefühl so lange andauern kann, aber es kommt sicher selten vor.«

»Was war es dann, Mrs. Carlyon?« hakte er nach. »Warum sonst haben Sie ihn getötet, als er bewußtlos vor ihnen lag? Und erzählen Sie mir nicht, Sie hätten sich vor einer verbalen oder gar tätlichen Attacke seinerseits gefürchtet. Was er garantiert am letzten gewollt hätte, wäre, die restlichen Dinnergäste hören zu lassen, daß seine Frau ihn vom ersten Stock über das Geländer geschubst hat. Das birgt bei weitem zuviel Anlaß zur Erheiterung.«

Sie setzte zum Sprechen an, besann sich jedoch eines Besseren.

»Hat er sie jemals geschlagen?« forschte Rathbone weiter. »Ernsthaft?«

Sie sah ihn nicht an. »Nein«, kam es sehr leise. »Es würde helfen, wenn er es getan hätte, nicht wahr? Ich hätte ja sagen sollen.«

»Nur wenn es die Wahrheit ist. Ihr Wort allein wäre ohnehin nicht viel wert. Viele Männer schlagen ihre Frauen. Es gilt nicht als Verbrechen, es sei denn, die Folgen sind lebensbedrohend. Und für eine derart diffuse Anschuldigung bräuchte man eine Menge erhärtendes Beweismaterial.«

»Er hat mich nicht geschlagen. Er war ein – ein ausgesprochen kultivierter Mensch – ein Held eben.« Ihre Lippen kräuselten sich in harter, verletzender Belustigung, als verberge sich hinter ihren Worten ein sinistrer Scherz.

Er wußte, sie würde ihn nicht einweihen. Um eine weitere Abfuhr zu vermeiden, bat er erst gar nicht darum.

»Aus welchem Grund haben Sie ihn nun also tatsächlich ermordet, Mrs. Carlyon? Sie litten nicht unter rasender Eifersucht. Er hat sie nicht bedroht. Was dann?«

»Er hatte ein Verhältnis mit Louisa Furnival – öffentlich – vor meinen Freunden und vor meiner Familie«, wiederholte sie stumpf.

Damit stand er wieder am Anfang. Er glaubte ihr nicht; zumindest war das nicht alles. Irgend etwas verheimlichte sie ihm, und zwar etwas Barbarisches, etwas wirklich Ernstes. Was sie ihn sehen ließ, war lediglich die mit Lügen und Ausflüchten umkränzte Oberfläche. »Was ist mit Ihrer Tochter?«

Stirnrunzelnd drehte sie sich zu ihm. »Meine Tochter?«

»Ihre Tochter Sabella. Hatte sie eine gute Beziehung zu ihrem Vater?«

Wieder geisterte ein schemenhaftes Lächeln um ihren Mund. »Sie haben offensichtlich gehört, daß es Meinungsverschiedenheiten gab. Ja, das stimmt, und sie waren äußerst unangenehm. Sabella kam nicht besonders gut mit ihm zurecht. Sie wollte Nonne werden, und er wollte nichts davon wissen. Statt dessen arrangierte er ihre Hochzeit mit Fenton Pole, der übrigens ein sehr netter junger Mann ist und sie gut behandelt.«

»Aber sie hat ihrem Vater bis heute nicht verziehen?«

»Nein.«

»Warum nicht? Ist das nicht ein wenig übertrieben?«

»Sie – sie war sehr krank«, sagte sie defensiv. »Nach der Geburt ihres Kindes kam sie völlig durcheinander. So etwas kommt vor.« Sie starrte ihn hocherhobenen Hauptes an. »Damals erwachte der alte Groll zu neuem Leben. Jetzt ist er weitgehend vorbei.«

»Mrs. Carlyon – war es Ihre Tochter und nicht Sie, die Ihren Mann ermordet hat?«

Sie wirbelte jäh zu ihm herum, die weit aufgerissenen Augen fast schwarz. Ihr Gesicht war in der Tat äußerst ungewöhnlich. Momentan verriet es Wut und Angst und schien jederzeit bereit zum Kampf.

»Nein – Sabella hat nichts damit zu tun! Ich habe es Ihnen bereits mehrmals gesagt, Mr. Rathbone – ich war diejenige, die ihn ermordet hat. Ich verbiete Ihnen, sie in diese Sache hineinzuziehen, ist das klar? Sie ist absolut unschuldig. Ich verzichte auf Ihre Dienste, wenn Sie auch nur eine Sekunde etwas anderes glauben.«

Er hatte erreicht, was er konnte. Alexandra sagte kein Wort mehr. Er stand auf.

»Ich komme wieder, Mrs. Carlyon. Sprechen Sie in der Zwischenzeit mit niemandem darüber, es sei denn, Sie haben meine ausdrückliche Erlaubnis. Haben Sie das verstanden?« Warum sagte er das überhaupt? Sein Instinkt riet ihm dringend, den Fall abzulehnen. Für eine Frau, die ihren Mann vorsätzlich und ohne plausiblen

Grund ermordet hatte, konnte er nicht viel tun. Und ein Flirt bei einer Dinnerparty war wohl für keinen ein plausibler Grund. Hätte sie ihn mit einer anderen Frau im Bett erwischt, vorzugsweise im eigenen Haus und mit einer guten Freundin als Zeugin, könnte man vielleicht auf mildernde Umstände hoffen. Doch selbst das hieß nicht viel. Schon eine Menge Frauen hatten ihre Männer mit dem Dienstmädchen im Bett erwischt und mußten es schweigend, ja sogar lächelnd, hinnehmen. Nein, die Gesellschaft würde sie vermutlich noch tadeln, daß sie so ungeschickt gewesen war, die beiden zu ertappen, wo doch ein kleines bißchen Diskretion ausgereicht hätte, weder sich selbst noch ihn in eine derart mißliche Lage zu bringen.

»Wenn Ihnen soviel daran liegt«, sagte sie gleichgültig. »Danke, daß Sie gekommen sind.« Sie wollte nicht einmal wissen, wer ihn geschickt hatte.

»Mir liegt sogar sehr viel daran«, gab Rathbone zurück. »Guten Tag, Mrs. Carlyon.« Was für eine absurde Verschiebung. Wie konnte für sie momentan auch nur irgend etwas gut sein.

Rathbone verließ das Gefängnis in gedanklichem Aufruhr. Jeder halbwegs intelligente Mensch hätte den Fall abgelehnt. Und doch gab er dem Kutscher, als er endlich einen Hansom erwischte, Anweisung, ihn in die Grafton Street zu fahren, wo William Monk wohnte; er fuhr nicht nach High Holborn zur Kanzlei von Peverell Erskine, um ihm höflich mitzuteilen, daß er sich außerstande sah, Alexandra Carlyon zu helfen.

Während der gesamten, in gleichmäßigem Trab zurückgelegten Strecke dachte er sich immer neue Mittel und Wege aus, den Fall zurückzuweisen. Jeder kompetente Anwalt war in der Lage, ein Pro-forma-Plädoyer für sie zu halten, und das für die Hälfte seines Honorars. Es gab wirklich nichts zu sagen. Vielleicht war es sogar barmherziger, ihr keine Hoffnungen zu machen oder das Verfahren unnötig in die Länge zu ziehen, denn dadurch wurde nur qualvoll hinausgeschoben, was am Ende unausweichlich war.

Trotz alledem klopfte er nicht ans Fenster, um den Kutscher umzudirigieren. Stocksteif saß er auf seinem Platz, bis sie in der

Grafton Street ankamen und er aussteigen mußte, um den Mann zu bezahlen. Er blickte ihm sogar nach, wie er in Richtung Tottenham Court Road um die Ecke bog, und rief ihn dennoch nicht zurück.

Ein hochaufgeschossener, magerer Straßensänger mit wehenden blonden Stirnfransen kam ihm im Laufschritt auf dem Gehweg entgegen, sein trällernder Singsang erzählte in simplen Reimen von einer Familientragödie, die in Treuebruch und Mord ausgeufert war. Wenige Meter vor Rathbone blieb er stehen, woraufhin sich sogleich ein paar müßige Passanten um ihn scharten, um den Rest der Geschichte zu erfahren. Jemand warf ihm ein paar Pennies zu.

Ein Gemüsehändler, der seinen Karren mitten auf der Straße schob, pries brüllend seine Waren an, von der Whitfield Street humpelte ein Krüppel mit einem Korb voller Streichholzschachteln herbei.

Es hatte wenig Sinn, die Pflastersteine plattzustehen. Rathbone stieg kurzentschlossen die Stufen hinauf und klopfte an die Tür. Sie gehörte zu einer seriösen, geräumigen Pension, wie sie für einen alleinstehenden Geschäftsmann oder auch weniger hochrangig tätigen Menschen bestens geeignet war. Monk hätte gar keine Verwendung für ein eigenes Haus. Wenn ihn seine Erinnerung nicht trog – und er erinnerte sich in der Tat überaus lebhaft an ihn –, gab Monk sein Geld lieber für teure und extrem gut geschnittene Kleidung aus. Er mußte sowohl beruflich als auch gesellschaftlich stolze und ehrgeizige Ziele gehabt haben – vor seinem Unfall zumindest. Dieser hatte ihn so nachhaltig das Gedächtnis gekostet, daß ihm zu Anfang sogar sein Name und sein Gesicht fremd gewesen waren. Er hatte sein ganzes Leben Stück für Stück rekonstruieren, aus bruchstückhaften Beweisstücken zusammensetzen müssen: Briefe; alte Polizeiakten der von ihm bearbeiteten Fälle, als er noch einer der besten Detectives ganz Londons gewesen war; die Art, wie andere auf ihn reagierten; die Gefühle, die sie ihm entgegenbrachten.

Dann hatte er über dem Fall Moidore das Handtuch geworfen und den Dienst quittiert, denn gegen seine Überzeugung konnte und wollte er keine Befehle ausführen. Jetzt hielt er sich, so gut es ging, mit privaten Nachforschungen für solche Leute über Wasser, die die Hilfe der Polizei aus dem einen oder anderen Grund nicht in Anspruch nehmen wollten.

Seine dralle Wirtin öffnete Rathbone die Tür und machte angesichts seiner tadellosen Erscheinung riesengroße Augen. Dank eines tieferen Instinkts konnte sie den feinen Unterschied in der Ausstrahlung eines einflußreichen Geschäftsmanns, eines schlichteren Handlungsreisenden und diesem vornehmen Anwalt mit diskret grauem Mantel und silbernem Gehstockknauf durchaus erkennen.

»Ja, Sir?« fragte sie neugierig.

»Ist Mr. Monk zu Hause?«

»Ja, Sir. Was darf ich ihm sagen, wer's is?«

»Oliver Rathbone.«

»Ja, Sir. Mr. Rathbone. Wenn Sie bitte reinkommen woll'n? Ich hol' ihn sofort runter.«

»Vielen Dank.« Gehorsam folgte er ihr in das frostige, in düsteren Farben gehaltene Empfangszimmer mit seinen sauberen Schonbezügen und sorgfältig arrangierten Strohblumensträußen, die vermutlich speziell für derlei Anlässe bereitgehalten wurden.

Sie ließ ihn allein. Wenige Minuten später tat sich die Tür auf, und Monk kam herein. Kaum hatte er den Raum betreten, kehrten Rathbones frühere Empfindungen zurück: die spontane Mischung aus Zuneigung und Abneigung; die Überzeugung, daß ein Mann mit einem solchen Gesicht skrupellos, gerissen, unberechenbar, zynisch und spitzzüngig sein mußte; gleichzeitig aber auch das Gefühl, daß er rachsüchtig, leicht erregbar, sich und anderen gegenüber rücksichtslos ehrlich war und von einer recht verschrobenen Art Mitgefühl getrieben wurde. Schön war dieses Gesicht nicht; der Knochenbau war kräftig und regelmäßig, die Nase gebogen und doch breit, die Augen erschreckend durchdringend, der übergroße Mund zu schmal und auf der Unterlippe von einer Narbe gezeichnet.

»Morgen, Monk«, sagte Rathbone in sachlichem Ton. »Ich hätte da einen undankbaren Fall, der einige Ermittlungen erfordert.«

Monk riß vielsagend die Brauen hoch. »Also kommen Sie schnurstracks zu mir? Soll ich mich jetzt geehrt fühlen?« Ein Anflug von

Belustigung streifte seine Züge und machte sich gleich wieder davon. »Unbezahlt ist er wohl nicht, nehme ich an? Sie haben ihn doch sicher nicht aus reiner Gefälligkeit übernommen.« Seine Aussprache war einwandfrei. Der ursprüngliche, melodiöse Northumberlandakzent war einem perfekt modulierten Oxfordenglisch gewichen, das er sich durch hartes Training angeeignet hatte.

»Nein.« Rathbone blieb ohne große Probleme gelassen. Mochte Monk ihn noch so sehr ärgern, verflucht würde er sein, wenn er ihn den Gesprächsverlauf und seinen Ton bestimmen ließ. »Die Familie hat mehr Geld als genug, und ich werde mich gewiß nicht scheuen, einen Teil davon im Interesse meiner Klientin gezielt einzusetzen – indem ich Sie beispielsweise engagiere, um Nachforschungen anzustellen. Ich fürchte allerdings, es wird ohnehin nicht viel Positives ans Licht kommen.«

»Sie haben vollkommen recht«, bestätigte Monk. »Das Ganze klingt wirklich nicht besonders vielversprechend. Aber da Sie nun einmal hier sind, wollen Sie vermutlich, daß ich trotzdem daran arbeite.« Es war keine Frage, sondern eine Feststellung. »Vielleicht erzählen Sie mir endlich etwas mehr darüber.«

Rathbone versuchte angestrengt, ruhig zu bleiben. Auf keinen Fall würde er sich von Monk in die Defensive treiben lassen. Er zwang sich zu einem Lächeln.

»Haben Sie gelesen, daß General Thaddeus Carlyon vor kurzem ums Leben gekommen ist?«

»Selbstverständlich.«

»Seine Frau hat gestanden, ihn ermordet zu haben.«

Monk hob sarkastisch die Brauen, sagte jedoch nichts.

»Es steckt mehr dahinter, als sie mir verraten will«, fuhr Rathbone fort; es fiel ihm zunehmend schwerer, sich zusammenzureißen. »Ich muß wissen, was es ist, ehe ich vor Gericht gehe.«

»Welches Motiv hat sie angegeben?« Monk setzte sich rittlings auf einen der beiden Holzstühle und schaute Rathbone über die Lehne hinweg an. »Behauptet sie, auf irgendeine Weise von ihm provoziert worden zu sein?«

»Durch ein Verhältnis zwischen ihm und der Gastgeberin der

Dinnerparty, auf der es passiert ist.« Jetzt war Rathbone derjenige, der grimmig lächelte.

Was Monk nicht entging; in seinen Augen flackerte es schwach. »Mord im Affekt also.«

»Das glaube ich einfach nicht«, gab Rathbone zurück. »Nur weiß ich nicht, warum. Irgend etwas scheint sie stark zu belasten, aber dafür kommt es an den falschen Stellen zum Ausdruck.«

»Könnte sie nicht selbst einen Liebhaber haben?« fragte Monk. »Das würde auf wesentlich weniger Toleranz stoßen als alles, was ihr Mann sich in der Richtung leisten könnte.«

»Möglich.« Rathbone fand den Gedanken zwar geschmacklos, konnte ihn aber nicht von der Hand weisen. »Das müßte ich zum Beispiel bis zur Verhandlung wissen.«

»Und? Hat sie es getan?«

Rathbone dachte eine Weile nach.

»Ich bin mir nicht sicher. Ihre Schwägerin glaubt offenbar, daß es die jüngere Tochter war. Sie ist anscheinend ziemlich labil und hatte nach der Geburt ihres Kindes ein paar psychische Probleme. Sie hat sich sowohl am Abend vor seinem Tod wie auch auf der Party selbst mit ihm gestritten.«

»Folglich legte die Mutter ein Geständnis ab, um sie zu decken?«

»Das denkt jedenfalls ihre Schwägerin.«

»Und was denken Sie?«

»Ich? Ich weiß es nicht.«

Während Monk sich die Sache durch den Kopf gehen ließ, herrschte absolute Stille im Raum.

»Sie werden tageweise bezahlt«, sagte Rathbone schließlich beiläufig und von seiner Großzügigkeit selbst überrascht. »Nach doppeltem Polizistenlohn, weil es sich um einen Auftrag auf Zeit handelt.« Unnötig hinzuzufügen, daß Monk im Falle mangelhafter Resultate oder bewußt herausgeschundener Stunden in Zukunft nicht mehr eingesetzt werden würde.

Monk betrachtete ihn mit einem dünnen, doch zufriedenen Lächeln.

»Am besten, Sie klären mich schleunigst über die restlichen

Details auf, damit ich sofort anfangen kann – undankbar hin oder her. Kann ich mit Mrs. Carlyon sprechen? Sie sitzt vermutlich im Gefängnis?«

»Ja, ich werde eine Besuchserlaubnis für Sie erwirken – als mein Kompagnon.«

»Sie sagten, es geschah auf einer Dinnerparty . . .«

»Im Haus von Maxim und Louisa Furnival; Albany Street, gleich beim Regent's Park. Die anderen Gäste waren Fenton und Sabella Pole, das ist die Tochter; Peverell und Damaris Erskine, die Schwester und der Schwager des Opfers; ein gewisser Dr. Charles Hargrave mit Frau – und selbstverständlich General und Mrs. Carlyon.«

»Wer hat den gerichtsmedizinischen Bericht geschrieben? Dieser Dr. Hargrave oder jemand anders?«

»Hargrave.«

In Monks Augen blitzte bittere Belustigung auf.

»Was ist mit der Polizei? Wer bearbeitet den Fall?«

Rathbone zählte zwei und zwei zusammen und hatte ausnahmsweise einmal vollstes Verständnis für Monk. Nichts versetzte ihn mehr in Rage als ein aufgeblasener Dummkopf, der andere liebend gern leiden ließ, nur um sich hervorzutun.

»Ich könnte mir vorstellen, daß er in Runcorns Verfügungsbereich fällt.« Sie wechselten einen einträchtigen Blick.

»Dann dürfen wir in der Tat keine Zeit verlieren«, sagte Monk. Er streckte den Rücken, sprang auf die Füße und warf die Schultern zurück. »Ohne uns haben die armen Teufel nicht die geringste Chance. Weiß Gott, wen sie sonst noch verhaften – und an den Galgen bringen!« fügte er finster hinzu.

Rathbone gab keine Antwort, wußte aber genau, welche beklemmenden Erinnerungen Monk momentan plagten. Er nahm seine Wut und seinen Schmerz so deutlich wahr, als tobten sie in seiner eigenen Brust.

»Ich wollte sowieso hinfahren«, sagte er laut. »Halten Sie mich auf dem laufenden.« Er verabschiedete sich und ging. Als er im Flur auf Monks Wirtin stieß, blieb er kurz stehen und bedankte sich bei ihr.

Der diensthabende Wachtmeister empfing Rathbone höflich, wenn auch ein wenig besorgt. Er kannte Rathbones Ruf und brachte sein Gesicht augenblicklich mit Monk in Verbindung, dessen Name nicht nur in diesem Revier, sondern innerhalb der gesamten Truppe nach wie vor Furcht und Schrecken hervorrief.

»Guten Tag, Sir«, sagte der Sergeant vorsichtig. »Was kann ich für Sie tun?«

»Ich würde gern mit dem im Mordfall Carlyon zuständigen Ermittlungsbeamten sprechen, falls das möglich ist.«

»Das wäre Mr. Evan, Sir. Oder wollen Sie lieber zu Mr. Runcorn?« Seine großen blauen Augen blickten Rathbone unschuldsvoll an.

»Danke, das ist nicht nötig«, erwiderte dieser scharf. »Später vielleicht. Im Augenblick möchte ich lediglich gewisse Einzelheiten zum Tatbestand geklärt haben.«

»Gewiß doch, Sir. Ich werd' nachsehen, ob er da ist. Wenn nicht, kommen Sie dann später noch mal vorbei, Sir, oder wollen Sie dann doch mit Mr. Runcorn sprechen?«

»In diesem Fall muß ich wohl mit Mr. Runcorn sprechen.«

»In Ordnung, Sir.« Der Sergeant machte auf dem Absatz kehrt und verschwand die Treppe hinauf. Drei Minuten später kam er zurück und verkündete, Rathbone könne jetzt nach oben gehen, wo Mr. Runcorn genau fünf Minuten Zeit für ihn habe.

Rathbone kam der Aufforderung nur widerstrebend nach. Er hätte wesentlich lieber mit Sergeant Evan gesprochen, der in den Mordfällen Moidore und Grey erstaunlichen Einfallsreichtum und unerschütterliche Loyalität gegenüber Monk an den Tag gelegt hatte. Statt dessen klopfte er nun an eine Tür, hinter der Superintendent Runcorn saß. Der thronte hinter seinem riesigen Schreibtisch mit integrierter, lederner Schreibunterlage und blickte ihm mit seinem langen, rotwangigen Gesicht erwartungsvoll mißtrauisch entgegen.

»Ja, Mr. Rathbone? Der Sergeant sagte, Sie sind in Sachen Carlyon unterwegs? Traurige Geschichte.« Er schüttelte den Kopf und krauste die Lippen. »Tragisch, tragisch. Hat die Ärmste doch tatsächlich in einem Anfall von geistiger Umnachtung ihren Mann umgebracht. Hat ein volles Geständnis abgelegt.« Er blinzelte Rathbone aus schmalen Augen an.

»Ja, das habe ich gehört«, bestätigte dieser. »Sie werden aber gewiß die Möglichkeit in Betracht gezogen haben, daß ihre Tochter den Mord begangen hat und Mrs. Carlyons Geständnis lediglich ein Deckungsversuch ist?«

Runcorns Gesicht wurde hart. »Selbstverständlich.«

Rathbone hatte den Eindruck, daß er log, ließ sich seine Verachtung jedoch nicht anmerken.

»Und das kann Ihrer Ansicht nach nicht der Fall sein?«

»Doch, es kann«, sagte Runcorn vorsichtig. »Aber es gibt nichts, was darauf hindeutet. Mrs. Carlyon hat gestanden, und alle Beweise sprechen dafür, daß sie es war.« Er lehnte sich ein wenig zurück und rümpfte die Nase. »Und ein Unfall ist es mit Sicherheit nicht gewesen, Sie können sich die Frage sparen. Er mag vielleicht versehentlich runtergefallen sein, aber er hat sich nie im Leben selbst aufgespießt. Jemand ist ihm entweder nach unten gefolgt oder hat ihn dort gefunden, dann die Hellebarde genommen und in seine Brust getrieben.« Er schüttelte abermals den Kopf. »Sie können sie nicht verteidigen, Mr. Rathbone. Nicht im Sinne des Gesetzes. Ich weiß, daß Sie sehr schlau sind, aber das hier ist ein todsicherer Fall. Die Geschworenen sind ganz normal denkende und fühlende Menschen, und sie werden sie an den Galgen bringen – egal, was Sie sagen.«

»Möglich«, räumte Rathbone niedergeschlagen ein. »Aber wir stehen erst am Anfang. Wir haben noch einen langen Weg vor uns. Danke, Mr. Runcorn. Darf ich den gerichtsmedizinischen Bericht einsehen?«

»Wenn Sie unbedingt wollen – aber er wird Ihnen nicht weiterhelfen.«

»Ich schaue ihn mir trotzdem an.«

Runcorn grinste. »Wie Sie wünschen, Mr. Rathbone. Wie Sie wünschen.«

DRITTES KAPITEL

Monk ließ sich in erster Linie deshalb auf den Fall Alexandra Carlyon ein, weil es Rathbone war, der ihn darum gebeten hatte. Er sollte um keinen Preis denken, die Aussichtslosigkeit eines Auftrags könnte Monk dermaßen einschüchtern, daß er es nicht einmal versuchte. Er hatte nichts gegen Rathbone; im Gegenteil, es gab sogar vieles an dem Mann, was er bewunderte und was ihn instinktiv ansprach. Seine Art von Humor etwa gefiel ihm ausgesprochen gut, wie bissig er auch sein mochte, denn Rathbone wurde nie wirklich verletzend. Außerdem hatte er großen Respekt vor seinem wachen Verstand. Monk war selbst intelligent und konnte sich stets hinreichend auf seine eigene Stärke verlassen, um anderen echte Genialität nicht zu verübeln oder Angst davor zu haben – wie beispielsweise Runcorn.

Vor seinem Unfall hatte er sich jedem Menschen ebenbürtig gefühlt, den meisten sogar überlegen. Alles, was er bislang über sich in Erfahrung gebracht hatte – sei es nun das, was er erreicht hatte, oder das, was man gemeinhin von ihm hielt –, deutete darauf hin, daß seine hohe Meinung von sich selbst nicht nur reiner Arroganz entsprang, sondern auf seinem guten Einschätzungsvermögen beruhte.

Dann, eines Nachts vor etwas mehr als einem Jahr, als der Himmel sich in sintflutartigen Sturzbächen über die Welt ergoß, war die Kutsche, in der er saß, ins Schleudern gekommen und umgekippt; der Kutscher hatte sein Leben, Monk durch den Aufprall das Bewußtsein verloren. Als er im Krankenhaus wieder zu sich gekommen war, konnte er sich an nichts mehr erinnern, nicht einmal an seinen Namen. Während der darauffolgenden Monate mußte er sich Stück für Stück wiederentdecken und war oftmals von dem Ergebnis unangenehm überrascht worden. Er betrachtete sich von außen, verstand zwar seine Handlungen, die Motive blieben ihm jedoch ein Rätsel. Was er sah, war das Bild eines rücksichtslos ehrgeizigen Mannes, der verbissen nach einer Gerechtigkeit strebte, die höhere Ansprüche stellte als das Gesetz – der auf der anderen Seite jedoch keinerlei Freunde oder Familienbande zu besitzen schien. Seine einzige Schwester schrieb anscheinend eher selten und hatte ihn trotz ihrer regelmäßigen, liebevollen Briefe seit Jahren nicht besucht.

Bei seinen Untergebenen war er geachtet und gefürchtet zugleich. Seine Vorgesetzten indes lehnten ihn ab, weil er ihnen zu dicht auf den Fersen war – ganz besonders Runcorn. Welche Kränkungen er jedem einzelnen zugefügt haben mochte, konnte er nach wie vor nur erraten.

Es existierte auch eine diffuse Erinnerung an ein zärtliches Gefühl, doch er konnte es mit keinem Gesicht, geschweige denn einem Namen verbinden. Hester Latterlys Schwester Imogen hatte es als erste geschafft, diese zunächst fast betäubende Empfindung wieder auflodern zu lassen, die ihn der Gegenwart entriß, die ihn mit undefinierbarem Trost und vager Hoffnung quälte. Und dann war es wieder vorbei, ehe er auch nur den kleinsten, wirklich echten Anhaltspunkt zu fassen bekam.

Zuweilen erinnerte er sich an einen älteren Mann, der ihm offenbar viel beigebracht hatte und den eine Aura von Verlust umgab – der stumme Vorwurf, daß Monk nicht für ihn dagewesen war, als er dringend seine Hilfe brauchte. Aber auch diese Erinnerung war unvollständig. Vor seinem geistigen Auge tauchte das bruchstückhafte Bild einer eher unscheinbaren Frau auf, die mit kummervollem Gesicht am Eßzimmertisch saß, die weinen konnte, ohne daß ihre Züge dadurch verunstaltet wurden. Er wußte, sie war ihm sehr wichtig gewesen.

Dann hatte er während der Ermittlungen im Mordfall Moidore in blindem Zorn den Dienst quittiert, ohne auch nur einen Gedanken daran zu verschwenden, wie er ohne seinen Beruf weiterleben sollte. Es war nicht leicht gewesen; Privataufträge gab es nicht gerade wie

Sand am Meer. Er arbeitete erst seit wenigen Monaten im Alleingang und wäre von seiner Wirtin vermutlich längst auf die Straße gesetzt worden, hätte Lady Callandra Daviot ihm nicht als Sponsorin des Projekts finanziell unter die Arme gegriffen. Als Gegenleistung verlangte diese Seele von Mensch lediglich, über die interessantesten Fälle auf dem laufenden gehalten zu werden, worauf er begeistert eingegangen war. Die Fälle, die er allerdings bislang bearbeitet hatte, waren wenig spektakulär: drei Vermißte, von denen er zwei gefunden hatte; ein halbes Dutzend kleinere Diebstähle; eine Schuldeneintreibung, die er nur deshalb übernommen hatte, weil er wußte, daß der Schuldner sehr wohl in der Lage war zu bezahlen. Wer kein Geld besaß, durfte nach Monks Dafürhalten ruhig ungeschoren davonkommen. Er hatte weiß Gott nicht vor, Jagd auf arme Schlucker zu machen.

Folglich kam ihm dieser gutbezahlte Auftrag einer Anwaltskanzlei überaus gelegen, der Callandra Daviot darüber hinaus womöglich die lang ersehnte Spannung verschaffte. Zum erstenmal, seit er den Dienst quittiert hatte, wurde er mit einem Fall betraut, der wirklich unter die Haut ging und Hilfe von außen dringend erforderlich machte.

Für diesen Tag war es zu spät, um noch etwas zu erreichen; die Schatten wurden bereits länger, der Abendverkehr überflutete die Straßen. Am kommenden Morgen machte er sich jedoch in aller Frühe auf den Weg in die Albany Street, zum Haus von Maxim und Louisa Furnival, in dem der Mord stattgefunden hatte. Er wollte selbst einen Blick auf den Tatort werfen und ihre Version vom Verlauf des Abends hören. Oberflächlich betrachtet schien es in der Tat ein undankbarer Job zu sein, da Alexandra Carlyon die Tat gestanden hatte. Aber vielleicht ging ihre Schwägerin ja doch recht in der Annahme, daß dieses Geständnis lediglich dem Schutz ihrer Tochter diente. Zunächst einmal galt es, die Wahrheit herauszufinden. Was Alexandra Carlyon und Rathbone dann damit anfingen, war deren Sache. Er wußte nur eins: auf Runcorn konnte man sich diesbezüglich nicht verlassen.

Die Grafton Street lag nicht weit von der Albany Street entfernt, und da es ein frischer, sonniger Morgen war, ging er zu Fuß. Auf diese Weise hatte er Zeit, sich seine Fragen zurechtzulegen und sich darüber klar zu werden, wonach er eigentlich suchen wollte. Er ging die Whitfield Street hinauf, Warren Street entlang und bog dann in die Euston Road ein, auf der reger Betrieb herrschte. Ein Brauereiwagen rollte an ihm vorbei. Die großen, schweren Zugpferde mit ihren polierten Geschirren und geflochtenen Mähnen glänzten in der Sonne. Hinter ihnen wimmelte es von Berlinen und Landauern und natürlich den allgegenwärtigen Hansoms.

Auf der anderen Seite der Trinity Church überquerte er die Straße, bog dann nach rechts in die parallel zum Park verlaufende Albany Street ein und marschierte forschen Schrittes bis zum Straßenende, wo sich das Haus der Furnivals befand. Er war derart in Gedanken versunken, daß er die anderen Passanten kaum wahrnahm: flirtende, munter drauflos schwatzende Damen; vornehme Herren, die ein wenig Luft schnappten und sich über Sport oder Geschäfte unterhielten; Diener in Livree, die Botengänge ausführten; die unvermeidlichen Hausierer und Zeitungsjungen. In beiden Richtungen ratterten Kutschen vorbei.

Monk sah aus wie ein Gentleman und hatte auch vor, sich wie einer zu benehmen. Am Ziel angelangt, klopfte er an die Tür und fragte das ihm öffnende Dienstmädchen, ob Mrs. Furnival zu sprechen sei. Vorsichtshalber gab er ihr seine Visitenkarte, auf der sein Name und seine Adresse standen, nicht aber sein Beruf.

»Es geht um eine juristische Angelegenheit, in der Mrs. Furnivals Hilfe benötigt wird«, erklärte er ihr. Ihre durchaus verständliche Unentschlossenheit blieb ihm nicht verborgen. Sie wußte, daß er zum erstenmal hier war, und vermutete zu Recht, daß ihre Herrin ihn ebenfalls nicht kannte. Andererseits sah er gar nicht so übel aus ...

»In Ordnung, Sir. Wenn Sie erst einmal hereinkommen wollen? Ich werde inzwischen nachsehen, ob Mrs. Furnival zu Hause ist.«

»Danke.« Monk trat ein, ohne sich an der beschönigenden Wortwahl zu stoßen. »Darf ich hier warten?« fragte er, als sie die Halle erreicht hatten.

»Ja, Sir, wenn es Ihnen nichts ausmacht...« Sie schien ihm vollstes Vertrauen entgegenzubringen, und sobald sie verschwunden war, blickte Monk sich um. Die wunderschöne Treppe führte in einem weiten Bogen von der Wand zu seiner Rechten herab. Die Galerie erstreckte sich über die gesamte Breite der ersten Etage und war seiner Schätzung nach gut zehn Meter lang und etwa sechs Meter hoch. Ein Sturz aus solcher Höhe war mit Sicherheit unangenehm, mußte aber keineswegs tödlich ausgehen. Er hielt es sogar für durchaus möglich, daß jemand das Gleichgewicht verlieren und über das Geländer fallen konnte, ohne überhaupt eine ernstere Verletzung davonzutragen.

Die Rüstung stand exakt unterhalb der Stelle, wo oben der Handlauf der Treppe begann. Man hätte direkt an der Ecke über die Brüstung stürzen müssen, um direkt darauf zu landen. Sie war ein edles Stück, obschon vielleicht eine Spur zu prunkvoll für ein Londoner Haus; sie gehörte eher in einen prächtigen Saal mit behauenen Steinwänden und großen, offenen Kaminen. Aber auch hier wirkte sie äußerst dekorativ, eignete sich hervorragend als Gesprächsstoff und sorgte dafür, daß man das Haus der Furnivals in Erinnerung behielt – wahrscheinlich der Hauptgrund für ihr Vorhandensein. Es war eine Ritterrüstung aus dem späten Mittelalter, die den ganzen Körper umschloß. Der linke Unterarm war angewinkelt, der Panzerhandschuh so gekrümmt, als würde er einen Speer oder eine Art Pike halten. Momentan war er allerdings leer. Zweifelsohne hatte die Polizei die Hellebarde als Beweisstück für Alexandra Carlyons Prozeß mitgenommen.

Monk drehte sich einmal um sich selbst, um sich ein Bild von der Anordnung der restlichen Gesellschaftszimmer zu machen. Zu seiner Rechten, direkt neben dem Fuß der Treppe, befand sich eine Tür. Wenn das der Salon war, hätte jeder das Umfallen der Ritterrüstung hören müssen, obwohl der Boden fast vollständig mit entweder echten Bokharateppichen oder aber ausgezeichneten Imitationen bedeckt war. Die einzelnen Metallteile hätten auch auf einem gut gepolsterten Untergrund ein lautes Krachen verursacht.

Es gab noch eine zweite Tür rechts von ihm, unter dem höchsten

Punkt der Treppe, doch sie führte vermutlich eher zu einem Billardzimmer oder zur Bibliothek. Ein Gesellschaftszimmer befand sich selten in derart versteckter Lage.

Zu seiner Linken entdeckte er eine ausgesprochen schöne Flügeltür. Er ging leise darauf zu und machte sie vorsichtig auf. Da das Mädchen nicht hier hinein, sondern zu den hinteren Räumen des Hauses entschwunden war, vertraute er darauf, daß der dahinterliegende Raum zur Zeit leer war.

Monk spähte durch den Türspalt. Es war ein überaus geräumiges, luxuriös eingerichtetes Speisezimmer, an dessen großer Eichenholztafel mindestens ein Dutzend Leute Platz hatten. Er machte die Tür schnell wieder zu und trat einige Schritte zurück. Beim Essen konnten sie auch nicht gewesen sein, als Thaddeus Carlyon auf die Rüstung fiel, denn hier hätte man das Geräusch bestimmt nicht überhört.

Gerade noch rechtzeitig, ehe das Mädchen zurückkam, stand er wieder an seinem ursprünglichen Platz mitten in der Halle.

»Mrs. Furnival läßt bitten, Sir. Wenn Sie mir bitte folgen wollen«, sagte sie geziert.

Sie führte ihn durch einen breiten Flur zum rückwärtigen Teil des Hauses, dann über einen weiteren Korridor geradewegs in den Salon. Er ging auf den Garten hinaus und lag am weitesten von der Halle entfernt.

Monk hatte keine Zeit, sich die Einrichtung genauer anzusehen. Alles, was er auf die Schnelle gewann, war der flüchtige Eindruck eines überfüllten Zimmers mit überreich gepolsterten Sofas und Sesseln in flammendem Rosarot, schweren Vorhängen, einigen eher mittelmäßigen Bildern und mindestens zwei goldumrahmten Spiegeln.

Die Frau, die seine Aufmerksamkeit voll und ganz fesselte, war zwar eher klein, besaß jedoch eine derart starke Ausstrahlung, daß sie den Raum vollkommen dominierte. Trotz ihres zierlichen Körperbaus erschien sie Monk erstaunlich üppig. Ihr Gesicht war von auffallend vollem, schwarzem Haar umrahmt, was der augenblicklichen Mode eigentlich gar nicht entsprach, ihre breiten, hohen Wangenknochen und die länglichen, leicht schräg geschnittenen Augen jedoch hervorragend zur Geltung brachte. Die Augen waren so schmal, daß er nicht einmal auf Anhieb sagen konnte, ob sie nun grün waren oder braun. Obwohl sie selbstverständlich nicht im entferntesten wie eine echte Katze aussah, hatte sie doch etwas extrem Katzenhaftes an sich – eine Geschmeidigkeit und Losgelöstheit, die ihn an kleine Raubtiere erinnerte.

Auf eine sinnliche, höchst individuelle Art hätte man sie durchaus schön nennen können, wäre da nicht dieser niederträchtige Zug um ihren Mund gewesen, der bei Monk sofort eine Alarmglocke losschrillen ließ.

»Guten Tag, Mr. Monk.« Sie hatte eine schöne, feste und gleichmäßige Stimme, die bei weitem natürlicher und offener klang, als er erwartet hatte. So wie sie aussah, war er auf einen unsicher kindlichen und bewußt süßlichen Tonfall eingestellt gewesen. Es war in der Tat eine angenehme Überraschung. »Sie brauchen meine Hilfe in einer juristischen Angelegenheit? Ich nehme an, es hängt mit General Carlyon zusammen?«

Sie war also nicht nur direkt, sondern auch intelligent. Monk änderte schlagartig seine Taktik. Er hatte sich eine affektiertere Frau vorgestellt, eine regelrechte Schäkerin – und damit gründlich danebengetippt. In Louisa Furnival steckte weitaus mehr, als er gedacht hatte, und das machte es erheblich leichter, Alexandra Carlyon zu verstehen. Diese Frau war eine ernstzunehmende Rivalin, nicht nur ein beiläufiger Zeitvertreib für eine Nacht – die sicher auch beeindruckend verlaufen wäre.

»Ja«, erwiderte er mit derselben Offenheit. »Mr. Oliver Rathbone – Mrs. Carlyons Anwalt – hat mich beauftragt sicherzustellen, daß wir hinsichtlich der Geschehnisse am Mordabend übereinstimmen.«

Sie schenkte ihm nur ein ganz schwaches Lächeln, aber es wirkte überaus humorvoll, und ihre Augen leuchteten dabei auf.

»Ich weiß Ihre Ehrlichkeit zu schätzen, Mr. Monk. Mit spannenden Lügen kann ich durchaus etwas anfangen, aber langweilige ärgern mich maßlos. Was möchten Sie wissen?«

Monk lächelte zurück. Er dachte nicht im Traum daran, mit Louisa Furnival zu flirten, entdeckte jedoch aufkeimendes Interesse in ihrem Gesicht und machte es sich instinktiv zunutze.

»Alles über den Verlauf des Abends, soweit Sie sich noch daran erinnern, Mrs. Furnival«, erwiderte er. »Und anschließend alles über den General und Mrs. Carlyon sowie ihre Beziehung zueinander. Vorausgesetzt, Sie sind bereit, es mir zu erzählen.«

Sie senkte den Blick. »Wie überaus gründlich von Ihnen, Mr. Monk. Obwohl ich befürchte, daß Sie ihr außer Gründlichkeit nicht viel werden bieten können, dem armen Geschöpf. Aber Sie müssen wohl wenigstens so tun als ob. Wo soll ich anfangen? Bei der Ankunft der Gäste?«

»Wenn es Ihnen recht ist?«

»Vielleicht setzen Sie sich erst einmal hin, Mr. Monk.« Sie wies auf das verschwenderisch gepolsterte, rosafarbene Sofa und wartete, bis er sich darauf niedergelassen hatte. Dann stolzierte sie mit schwingenden Hüften und bei weitem mehr Sinnlichkeit als Grazie zum Fenster. Sie postierte sich so, daß das Tageslicht voll auf sie fiel, und blickte ihn herausfordernd an. Monk wurde im selben Moment klar, daß sie sich ihrer Wirkung absolut bewußt war und dies in vollen Zügen genoß.

Er lehnte sich zurück und schwieg.

Louisa trug ein tiefausgeschnittenes, rosenfarbenes Kleid, dessen Unterteile sich über einer breiten Krinoline bauschte. Sie bot einen wahrhaft dramatischen Anblick, wie sie so vor den tiefrosa Vorhängen stand und lächelnd zu ihm hinsah.

»Ich weiß nicht mehr, in welcher Reihenfolge sie hier eingetroffen sind, aber an ihre jeweiligen Gemütsverfassungen erinnere ich mich genau.« Trotz des hellen Lichts und obwohl sie ihn unverwandt anblickte, konnte er die Farbe ihrer Augen nach wie vor nicht erkennen. »Was ihr Kommen betrifft, ist der exakte Zeitpunkt vermutlich ohnehin nicht allzu wichtig, oder?« Ihre feinen Brauen schwebten fragend nach oben.

»Da haben Sie völlig recht, Mrs. Furnival«, versicherte er ihr.

»Die Erskines waren wie immer«, fuhr sie fort. »Sie wissen, wer die Erskines sind, nehme ich an? Ja, selbstverständlich.« Fast unbewußt strichen ihre Hände glättend über ihren Rock. »Das gleiche gilt für Fenton Pole, aber Sabella war ziemlich aufgebracht. Kaum war sie zur Tür herein, ging sie auch schon auf ihren Vater los... Ach so! Was natürlich bedeutet, er war zu diesem Zeitpunkt bereits hier, stimmt's?« Sie zuckte die Achseln. »Ich glaube, Dr. und Mrs. Hargrave waren die letzten. Haben Sie mit ihm schon gesprochen?«

»Nein, Sie sind die erste.«

Sie setzte zu einem Kommentar an, sah dann jedoch davon ab. Ihr Blick schweifte in weite Fernen, als versuche sie sich das Geschehene bildlich in Erinnerung zu rufen.

»Thaddeus – ich meine, der General – wirkte vollkommen normal.« Ein winziges, doch bedeutungsvolles und amüsiertes Schmunzeln huschte über ihr Gesicht. Es war Monk nicht entgangen, und er fand, daß es mehr über sie selbst als über den General oder ihre Beziehung zueinander verriet. »Er war ein sehr maskuliner Mann, ein Soldat, wie er im Buche steht. Er hat im Krieg ausgesprochen interessante Dinge erlebt.« Sie schaute ihn sehr direkt an. Ihre Brauen waren weit hochgezogen, ihr Gesicht sprühte vor Vitalität. »Manchmal hat er mir davon erzählt. Wir waren gute Freunde, wußten Sie das? O ja, zweifellos. Alexandra war eifersüchtig auf mich, aber sie hatte nicht den geringsten Grund. Ich meine, wir haben absolut nichts Unanständiges getan.« Sie machte nur eine ganz kurze Pause. Louisa Furnival war viel zu kultiviert, um nach offensichtlichem Lob zu heischen, und Monk spendete ihr auch keins, obwohl er flüchtig daran gedacht hatte. Falls General Carlyon nie irgendwelche unanständigen Gedanken bezüglich dieser Frau in den Kopf gekommen waren, konnte er in der Tat kein besonders heißblütiger Mann gewesen sein.

»Alexandra machte von Anfang an einen furchtbar schlechtgelaunten Eindruck«, fuhr sie fort. »Sie hat nicht ein einziges Mal gelächelt, es sei denn aus purer Höflichkeit, und ist jedem Gespräch mit ihm erfolgreich aus dem Weg gegangen. Wenn Sie die Wahrheit hören wollen, Mr. Monk: für mich als Gastgeberin war es ganz schön anstrengend zu verhindern, daß die Situation für die übrigen

Gäste nachgerade unhaltbar wurde. Zeuge eines Familienkrachs zu werden ist ziemlich unangenehm und für die meisten Menschen unerträglich. Meiner Meinung nach muß der Streit sehr ernst gewesen sein, denn Alexandra kochte den ganzen Abend vor unterdrückter Wut – was niemandem entging.«

»Aber das war einseitig, sagen Sie?«

»Wie bitte?«

»Einseitig«, wiederholte er. »Ihren Angaben zufolge war der General nicht wütend auf sie; er benahm sich ganz normal.«

»Ja – das stimmt«, sagte sie leicht erstaunt. »Vielleicht hatte er ihr irgend etwas verboten oder eine Entscheidung getroffen, die ihr nicht gefiel, was sie ihm nachhaltig übelnahm. Aber das ist wohl kaum ein Grund, jemanden zu ermorden, nicht wahr?«

»Was wäre denn ein Grund zu töten, Mrs. Furnival?«

Sie schnappte nach Luft und warf ihm dann ein strahlendes, durchtriebenes Lächeln zu.

»Was für verblüffende Dinge Sie manchmal sagen, Mr. Monk! Ich habe keine Ahnung. Ich habe noch nie mit dem Gedanken gespielt, jemanden umzubringen. Ich trage meine Kämpfe anders aus.«

Er blickte sie unbewegt an. »Und wie tragen Sie sie aus, Mrs. Furnival?«

Ihr Lächeln wurde breiter. »Heimlich, Mr. Monk. Heimlich und ohne jede Vorwarnung.«

»Und Sie gewinnen?«

»Immer!« Zu spät – es war heraus. Sie hätte es gern zurückgenommen. »Nun ja, meistens«, räumte sie etwas verlegen ein. »Und wenn nicht, würde ich gewiß keinen . . .« Sie kam ins Stocken, denn sie merkte, wie plump es war, sich zu rechtfertigen. Er hatte sie nicht beschuldigt, den Gedanken nicht einmal durchblicken lassen. Sie hatte ihn selbst ins Spiel gebracht.

Sie fuhr mit ihrer Geschichte fort und starrte wieder auf die gegenüberliegende Wand. »Dann sind wir alle zum Dinner gegangen. Sabella machte nach wie vor freche Bemerkungen, Damaris Erskine verhielt sich dem armen Maxim gegenüber unmöglich, und

Alex sprach mit jedem außer Thaddeus – ja richtig, mit mir auch kaum. Sie hatte anscheinend das Gefühl, daß ich für ihn Partei ergriff, was vollkommen dumm war. Selbstverständlich habe ich mich herausgehalten. Ich bin lediglich meinen Pflichten als Gastgeberin nachgekommen.«

»Und was geschah nach dem Dinner?«

»Ach, die Männer blieben wie üblich am Tisch, um ihren Portwein zu trinken, und wir sind in den Salon gegangen, um ein bißchen zu plaudern.« Sie hob zugleich amüsiert und gelangweilt ihre wunderschönen Schultern. »Sabella ging nach oben. Wenn ich mich recht entsinne, klagte sie über Kopfschmerzen. Sie hat sich nie ganz von der Geburt ihres Kindes erholt.«

»Unterhielten Sie sich über etwas Bestimmtes?«

»Ich weiß es wirklich nicht mehr genau. Wie gesagt, es war ziemlich anstrengend. Damaris Erskine hatte sich bereits den ganzen Abend wie eine komplette Närrin benommen. Ich habe nicht die geringste Ahnung, warum. Normalerweise ist sie eine vernünftige Frau, aber seit kurz vor dem Dinner schien sie plötzlich am Rande eines hysterischen Anfalls zu stehen. Vielleicht hatte sie Streit mit ihrem Mann, wer weiß. Sie stehen sich eigentlich sehr nahe, doch an diesem Abend hat sie ihn gemieden wie die Pest, was sehr ungewöhnlich für die beiden ist. Ich habe mich ein paarmal insgeheim gefragt, ob sie womöglich schon zu tief ins Glas geschaut hatte, ehe sie zu uns gekommen ist. Anders kann ich mir ihr Verhalten – und warum ausgerechnet der arme Maxim ihr Opfer war – überhaupt nicht erklären. Sie ist ja ziemlich exzentrisch, aber das war wirklich des Guten zuviel!«

»Ich werde versuchen dem nachzugehen«, bemerkte Monk. »Und was passierte dann? Irgendwann muß der General den Raum ja verlassen haben.«

»Richtig. Ich nahm ihn mit hinauf zu meinem Sohn Valentine, der zufällig zu Hause war. Der Ärmste kurierte gerade die Masern aus. Die beiden mochten sich wirklich sehr gern. Thaddeus hatte sich schon immer für ihn interessiert, und Valentine ist – wie jeder Junge, der allmählich erwachsen wird – vom Militär, vom Ausland und vom Reisen überaus fasziniert.« Sie blickte ihm gerade in die Augen.

»Er hat Thaddeus' Geschichten über Indien und den Fernen Osten regelrecht verschlungen. Leider hat mein Mann für derlei Dinge nicht allzuviel übrig.«

»Sie brachten General Carlyon nach oben zu Ihrem Sohn. Blieben Sie dann ebenfalls dort?«

»Nein. Mein Mann holte mich herunter, weil die Party dringend einiger Führung bedurfte. Wie ich bereits erwähnt habe, ließ das Benehmen gleich mehrerer Gäste ziemlich zu wünschen übrig. Fenton Pole und Mrs. Hargrave versuchten verzweifelt, eine zivilisierte Konversation in Gang zu halten. Das hat Maxim mir jedenfalls gesagt.«

»Sie ließen den General also bei Valentine und gingen wieder nach unten?«

»Ja.« Ihre Züge wurden hart. »Es war das letzte Mal, daß ich ihn lebend gesehen habe.«

»Und Ihr Mann?«

Sie veränderte ein wenig die Position, ohne sich jedoch von dem üppigen Schwung der Vorhangfalten zu lösen.

»Er blieb oben. Und fast im selben Moment, als ich hier unten ankam, machte Alexandra sich auf den Weg hinauf. Sie war leichenblaß, außer sich vor Wut und fürchterlich angespannt. Ich dachte mir schon, daß sie die Absicht hatte, einen gewaltigen Streit vom Zaun zu brechen, aber keiner von uns konnte sie aufhalten. Ich hatte keine Ahnung, was mit ihr los war; ich weiß es bis heute nicht.«

Monk sah sie ausdruckslos an.

»Mrs. Carlyon behauptet, ihn umgebracht zu haben, weil er ein Verhältnis mit Ihnen hatte und jeder darüber Bescheid wußte.«

Sie riß die Augen auf und stierte ihn völlig entgeistert an, als hätte er etwas derart Abwegiges und Lächerliches von sich gegeben, daß es schon nicht mehr beleidigend, sondern direkt komisch war.

»So, tut sie das! So was Verrücktes! Das glaubt sie doch selbst nicht! Es ist nicht nur falsch, es ist noch dazu völlig an den Haaren herbeigezogen. Wir waren gut befreundet, sonst nichts. Und absolut niemand wäre je auf die Idee gekommen, daß mehr dahinterstecken könnte – glauben Sie mir. Fragen Sie sie doch! Ich bin eine amüsante und unterhaltsame Frau – zumindest hoffe ich das –, die in der Lage ist, dauerhafte Freundschaften einzugehen, aber ich bin doch nicht verantwortungslos!«

Er lächelte sie an, weigerte sich jedoch nach wie vor, ihr das erwartete Lob auszusprechen. »Können Sie sich irgendeinen Grund vorstellen, warum Mrs. Carlyon diesen Verdacht hatte?«

»Nein, keinen. Jedenfalls keinen vernünftigen.« Auch sie lächelte wieder. Ihre glänzenden Augen ruhten gelassen auf ihm, und er konnte endlich erkennen, daß sie haselnußbraun waren. »Wirklich, Mr. Monk, ich bin sicher, daß sie ein anderes Motiv hatte – irgendeinen heimlichen Groll, von dem wir nichts wissen. Und ich verstehe ehrlich gesagt auch nicht, weshalb das so wichtig ist. Wenn sie ihn tatsächlich getötet hat, und das scheint doch zweifelsfrei festzustehen, welche Rolle spielt es dann noch, warum?«

»Für den Richter könnte es durchaus eine Rolle spielen, wenn er nämlich das Strafmaß bestimmen muß. Falls sie verurteilt wird«, gab er zurück und forschte in ihrem Gesicht nach Mitleid, Wut, Kummer, irgendeiner beliebigen Gefühlsregung. Alles, was er sah, war kühle Überlegung.

»Mit solchen Feinheiten des Gesetzes kenne ich mich nicht aus.« Wieder ein Lächeln. »Ich dachte eigentlich, sie würde so oder so gehängt.«

»Da könnten Sie recht haben«, räumte er finster ein. »Sie sind an der Stelle stehengeblieben, als sich Ihr Mann und der General oben befanden und Mrs. Carlyon gerade hinaufgegangen war. Was geschah dann?«

»Maxim kam herunter, und etwas später, nach zehn Minuten etwa, tauchte auch Alexandra wieder auf. Sie sah grauenhaft aus. Kurz darauf ging Maxim in die Halle – wir hatten alle die Hintertreppe benutzt, weil man so schneller zu Valentines Zimmer kommt –, und kehrte nach wenigen Minuten mit der Botschaft zurück, daß Thaddeus einen Unfall gehabt hätte und ernstlich verletzt wäre.

Charles – Dr. Hargrave, meine ich – stürzte sofort zu ihm, um ihm zu helfen, war aber gleich wieder da und erklärte, Thaddeus sei tot, wir sollten die Polizei verständigen.«

»Was Sie unverzüglich getan haben?«

»Natürlich. Ein gewisser Sergeant Evan erschien und stellte uns die verschiedensten Fragen. Es war die schlimmste Nacht meines Lebens.«

»Es hätten folglich mehrere Personen die Gelegenheit gehabt, General Carlyon zu ermorden: Mrs. Carlyon, Ihr Mann, Sabella und Sie selbst?«

Sie machte ein verwundertes Gesicht. »Ja, vermutlich schon. Aber warum sollten wir?«

»Das weiß ich noch nicht, Mrs. Furnival. Wann kam Sabella Pole wieder nach unten?«

Sie dachte einen Augenblick nach. »Nachdem Charles uns eröffnet hatte, daß Thaddeus tot ist. Irgend jemand ist nach oben gegangen, um sie zu holen, aber ich weiß nicht mehr, wer. Ihre Mutter wahrscheinlich. Man hat Sie engagiert, um Alexandra zu helfen, das ist mir natürlich klar, aber ich sehe nichts, was Sie für sie tun könnten. Weder mein Mann noch ich haben auch nur das geringste mit Thaddeus' Tod zu tun. Gut, Sabella ist sehr emotional, ich kann mir allerdings nicht vorstellen, daß sie ihren Vater ermordet hat. Und sonst kommt keiner in Frage, ganz abgesehen davon, daß niemand ein Motiv hatte.«

»Ist Ihr Sohn noch zu Hause, Mrs. Furnival?«

»Ja.«

»Kann ich mit ihm sprechen?«

Ihr Gesicht nahm unvermittelt einen wachsamen Ausdruck an, was Monk unter den gegebenen Umständen völlig natürlich fand.

»Warum?«

»Vielleicht hat er etwas gehört oder gesehen, das dem Streit vorausgegangen ist, der den General letztlich das Leben gekostet hat.«

»Hat er nicht. Ich habe ihn schon gefragt.«

»Ich würde es trotzdem gern von ihm selbst hören, wenn Sie

nichts dagegen haben. Schließlich hat Mrs. Carlyon ihren Mann nur wenige Minuten später ermordet, da muß es doch Anzeichen gegeben haben. Wenn er ein intelligenter Junge ist, hat er sicher etwas bemerkt.«

Sie zögerte eine Weile. Er hatte den Eindruck, daß sie die Vor- und Nachteile gegeneinander abwog; einerseits waren da die Unannehmlichkeiten für ihren Sohn, folglich ihre Rechtfertigung, seine Bitte abzulehnen, andererseits bestand die Gefahr, daß sie sich dadurch verdächtig machte und Alexandras Schuld plötzlich in einem anderen Licht betrachtet wurde.

»Es ist bestimmt auch in Ihrem Sinn, wenn der Fall sobald wie möglich aufgeklärt wird«, sagte er vorsichtig. »Dieser Zustand der Ungewißheit dürfte kaum angenehm für Sie sein.«

Ihr Blick ruhte unverwandt auf seinem Gesicht.

»Nichts ist ungewiß, Mr. Monk. Alexandra Carlyon hat ein Geständnis abgelegt.«

»Aber damit ist der Fall noch lange nicht erledigt«, wandte er ein. »Es ist lediglich das Ende der ersten Phase. Darf ich nun mit Ihrem Sohn sprechen oder nicht?«

»Wenn es so lebenswichtig für Sie ist ... Kommen Sie, ich bringe Sie hinauf.«

Monk folgte ihr aus dem Salon. Er betrachtete die weiche, feminine Rundung ihrer Schultern, den leichten Hüftschwung, mit dem sie vor ihm her ging, und die selbstbewußte Art, mit der sie ihren riesigen Rock mit den starren Reifen darunter durch die Gegend manövrierte. Sie führte ihn durch den Flur, doch anstatt die Richtung zur Haupttreppe einzuschlagen, bog sie nach rechts ab und nahm die Treppe zum Nordflügel. Zwischen den Familienschlafzimmern und Valentines Räumen lag ein Gästezimmer, das momentan unbenutzt war.

Sie klopfte kurz an, trat dann aber ein, ohne eine Antwort abzuwarten. Der große, luftige Raum war wie ein Klassenzimmer eingerichtet: Tische, eine breite Tafel, mehrere Bücherregale und ein Lehrerpult. Durch die Fenster sah man die Dächer der anderen Häuser, davor die belaubten Äste eines majestätischen Baums. Ein schlanker, dunkelhaariger Junge von vielleicht dreizehn oder vierzehn Jahren saß auf der Fensterbank. Er hatte regelmäßige Züge, eine eher lange Nase, schwere Augenlider und tiefblaue Augen. Als er Monk erblickte, stand er sofort auf. Er war wesentlich größer als erwartet, knapp ein Meter achtzig; seine Schultern wurden bereits breiter und ließen ein wenig von dem Mann ahnen, der er bald werden würde. Wie ein Turm überragte er seine Mutter. Maxim Furnival mußte ein rechter Hüne sein.

»Valentine, das ist Mr. Monk. Er arbeitet für Mrs. Carlyons Anwalt und möchte dir ein paar Fragen über den Abend stellen, an dem der General ums Leben gekommen ist.« Louisa machte erwartungsgemäß nicht viele Umstände. Sie versuchte weder die Dinge zu beschönigen, noch ihren Sohn vor der Realität zu bewahren.

Der Junge wirkte nervös, aber wachsam. Monk registrierte, wie sich sein Körper bei den Worten seiner Mutter verkrampfte und er die Augen zusammenkniff, ohne allerdings wegzusehen.

»Was gibt es denn, Sir?« fragte er gedehnt. »Ich habe nichts gesehen, sonst hätte ich es der Polizei erzählt. Sie haben mich schon vernommen.«

»Ja, das weiß ich.« Monk bemühte sich bewußt, sanfter mit ihm umzugehen, als er mit einem Erwachsenen verfahren wäre. Valentines Gesicht war bleich, die Augen dunkel umrandet. Wenn er den General tatsächlich so gern gehabt und als Freund wie auch Vorbild bewundert hatte, mußte es ein entsetzlicher Schock und zugleich ein grausamer Verlust für ihn sein. »Deine Mutter hat den General zu dir nach oben gebracht?«

Valentines Körper straffte sich, und sein Blick wurde finster, als hätte man den Finger auf eine äußerst schmerzhafte, tief verborgene Wunde gelegt.

»Ja.«

»Ihr wart Freunde?«

Wieder diese Wachsamkeit. »Ja.«

»Es war also nicht ungewöhnlich, daß er dich besucht hat?«

»Nein, ich – ich kenne ihn schon lange. Mein ganzes Leben, um genau zu sein.«

Monk hätte ihm liebend gern sein Mitgefühl zum Ausdruck gebracht, wußte aber nicht, in welche Worte er es kleiden sollte. Die Beziehung zwischen einem Jungen und seinem Idol war eine sensible Angelegenheit und zuweilen extrem persönlich, weil mit Träumen und Wünschen verbunden.

»Sein Tod muß ein furchtbarer Schlag für dich gewesen sein. Es tut mir wirklich leid.« Monk kam sich vor wie der Elefant im Porzellanladen. »Hast du deine Mutter oder deinen Vater irgendwo gesehen, während er bei dir war?«

»Nein. Ich – der General – er war allein hier. Wir haben uns unterhalten ...« Er warf seiner Mutter einen derart schnellen Blick zu, daß er Monk fast entgangen wäre.

»Und worüber?«

»Hmm ...« Valentine zuckte die Achseln. »Ich weiß nicht mehr genau. Über die Armee, glaube ich. Wie es dort so ist ...«

»Bist du Mrs. Carlyon begegnet?«

Valentine war weiß wie die Wand. »Ja – ja, sie kam auch kurz rein.«

»In dein Zimmer?«

»Ja.« Er schluckte hörbar. »In mein Zimmer.«

Es überraschte Monk nicht, daß der Junge blaß war. Er hatte einen Mörder und sein Opfer nur wenige Minuten vor der Tat gesehen. Er war mit allergrößter Wahrscheinlichkeit der letzte gewesen, der noch zu dessen Lebzeiten mit General Carlyon zusammengewesen war, ausgenommen Alexandra natürlich. Bei diesem Gedanken hätten sich wohl jedem die Haare gesträubt.

»Und in welcher Verfassung war sie?« fragte er freundlich. »Erzähl mir alles, was dir dazu einfällt – und laß dich bitte nach Möglichkeit nicht von dem beeinflussen, was später passiert ist.«

»Nein, Sir.« Valentine blickte ihn aus großen, leuchtendblauen Augen offen an. »Mrs. Carlyon war wirklich furchtbar aufgeregt, ganz schrecklich wütend. Sie hat sogar gezittert und konnte kaum sprechen. Ich hab' mal einen Betrunkenen gesehen, und genauso kam sie mir vor. Als ob sie ihre Zunge und ihre Lippen nicht mehr unter Kontrolle gehabt hätte.«

»Kannst du dich noch erinnern, was sie gesagt hat?«

Valentine runzelte die Stirn. »Nicht genau. Eigentlich bloß, daß er nach unten gehen soll, weil sie mit ihm sprechen muß – oder weil sie vorher schon irgendwas mit ihm besprochen hatte, eins von beidem. Ich dachte, daß die zwei Streit gehabt hätten und daß sie wieder damit anfangen wollte. Sir?«

»Ja?«

Diesmal ging er dem Blick seiner Mutter bewußt aus dem Weg. »Können Sie Mrs. Carlyon bitte helfen?«

Monk war verblüfft. Damit hatte er nicht gerechnet.

»Das kann ich jetzt noch nicht sagen. Ich hab' ja gerade erst angefangen.« Er hätte den Jungen gern gefragt, warum ihm Alexandras Wohl so am Herzen lag, doch in Louisas Gegenwart war das wohl kein besonders geschickter Schachzug.

Valentine wandte sich zum Fenster um. »Natürlich. Entschuldigung, das war dumm von mir.«

»Du mußt dich nicht entschuldigen«, sagte Monk ruhig. »Es ist sehr anständig von dir, daß du danach fragst.«

Valentine schaute ihn kurz an und sogleich wieder weg, aber Monk hatte die Dankbarkeit in seinen Augen gesehen.

»War der General aufgeregt?« fuhr er fort.

»Nein, eigentlich gar nicht.«

»Du glaubst also, er hatte nicht die leiseste Ahnung, in welchem Aufruhr sie sich befand?«

»Ja, sonst hätte er ihr wohl nicht den Rücken zugedreht, oder? Er ist viel größer als sie, und sie muß ihn schließlich überrascht haben, um ihn ...«

»Du hast vollkommen recht. Das ist eine gute Beobachtung.«

Valentine lächelte unglücklich.

Louisa mischte sich zum erstenmal ein.

»Ich denke nicht, daß er Ihnen noch mehr sagen kann, Mr. Monk.«

»Nein.« Seine Worte galten dem Jungen. »Ich bin dir sehr dankbar für deine Geduld, Valentine.«

»Keine Ursache, Sir.«

Sie waren wieder unten in der Halle, und Monk wollte sich soeben verabschieden, als Maxim Furnival nach Hause kam und dem Mädchen Hut und Spazierstock in die Hand drückte. Er war groß und schlank, hatte beinahe schwarzes Haar und tiefliegende, dunkelbraune Augen. Ein im Grunde ausgesprochen gutaussehender Mann, nur war seine Unterlippe eine Spur zu voll, und wenn er lächelte, wurde eine Lücke zwischen seinen Schneidezähnen sichtbar. Er hatte ein empfindsames, bewegliches und intelligentes Gesicht, das kein bißchen Grausamkeit enthielt.

Louisa erklärte ihm hastig den Grund für Monks Anwesenheit. »Mr. Monk arbeitet für Alexandra Carlyons Anwalt.«

»Guten Tag, Mr. Furnival.« Monk neigte höflich den Kopf. Er war auf die Kooperation dieses Mannes dringend angewiesen. »Sehr freundlich, daß Sie mich empfangen.«

Maxims Miene wurde schlagartig düster, wirkte dabei jedoch eher teilnahmsvoll denn verärgert.

»Ich wünschte, wir könnten etwas tun. Aber dafür ist es jetzt wohl zu spät.« Seine Stimme klang gepreßt, als würde er von erstaunlich tiefem Schmerz und starker Wut geplagt. »Wir hätten schon vor Wochen etwas unternehmen sollen.« Er schritt auf den Flur zu, der zum Salon führte. »Was gibt es denn noch, Mr. Monk?«

»Ich brauche nur ein paar Auskünfte«, gab dieser zurück. »Ist an jenem Abend vielleicht irgend etwas geschehen, das ein wenig Licht in die Angelegenheit bringen könnte?«

Ein Hauch von zynischer Belustigung und einer Art unterschwelligem Schuldbewußtsein streifte Maxims Züge. »Glauben Sie mir, Mr. Monk, ich habe mir wieder und wieder den Kopf darüber zerbrochen und bin jetzt auch nicht schlauer als vorher. Das Ganze ist mir vollkommen schleierhaft. Ich weiß natürlich, daß es zwischen Alex und Thaddeus häufig Meinungsverschiedenheiten gab. Sie hatten, ehrlich gesagt, sogar ein recht schlechtes Verhältnis zueinander – aber das trifft wohl auf viele, wenn nicht auf die meisten Paare von Zeit zu Zeit zu. Deshalb bricht man nicht gleich das Ehegelübde oder bringt sich gar gegenseitig um.«

»Mrs. Carlyon sagt, sie tat es aus Eifersucht auf Ihre Frau . . .«

Maxims Augen weiteten sich. »Das ist doch absurd! Sie sind seit Jahren befreundet, schon seit der Zeit, als – als Valentine noch gar nicht auf der Welt war. Sie hatte nicht den geringsten Anlaß, jetzt auf einmal eifersüchtig zu sein. Es hat sich überhaupt nichts geändert.« Er schien wirklich überaus verwirrt. Falls er Theater spielte, mußte er ein echtes Naturtalent sein. Monk kam flüchtig der Gedanke, daß nicht Alexandra, sondern vielleicht er auf seine Frau eifersüchtig gewesen war. Dann ging seine Phantasie vollends mit ihm durch, und er überlegte kurz, ob der General Valentines Vater sein könnte. Doch ihm fiel kein plausibler Grund dafür ein, warum Alexandra Maxim decken sollte, es sei denn, die beiden wären ein Liebespaar gewesen – und in dem Fall hätte er wenig Anlaß gehabt, auf den General und Louisa eifersüchtig zu sein. Eigentlich konnte ihm dann nur entgegenkommen, wenn deren Verhältnis weiterbestand.

»Aber Mrs. Carlyon war am fraglichen Abend wirklich beunruhigt?« erkundigte er sich laut.

»Ja, das war sie.« Maxim versenkte die Hände in den Tiefen seiner Taschen und runzelte die Stirn. »Sehr sogar. Ich habe allerdings keine Ahnung, weshalb. Gut, Thaddeus hat sich nicht besonders um sie gekümmert, doch das dürfte kaum ein Grund sein, gewalttätig zu werden. An diesem verflixten Abend schien sowieso jeder leicht erregbar zu sein. Damaris Erskine wurde geradezu ausfallend.« Er erwähnte nicht, daß sie ihn als Opfer für ihre Beleidigungen auserkoren hatte. »Und was mit ihr los war, weiß ich auch nicht.« Seine Ratlosigkeit wuchs. »Nach Peverells Gesicht zu urteilen, war es ihm ebenfalls ein Rätsel. Und dann Sabella – furchtbar überreizt, aber das war sie in letzter Zeit ziemlich oft.« Er machte einen ganz betretenen Eindruck. »Alles in allem war der Abend eine einzige Katastrophe.«

»Aber es geschah nichts, was auf einen drohenden Mord hindeutete?«

»Großer Gott, nein! Nicht im geringsten. Es war bloß . . .« Maxim verstummte kläglich. Er fand einfach nicht die richtigen Worte, um seine Gefühle zu beschreiben.

»Vielen Dank, Mr. Furnival.« Monk fielen für den Augenblick keine weiteren Fragen ein. Nachdem er sich auch bei Louisa bedankt hatte, verabschiedete er sich und trat in die in Licht und Schatten getauchte Albany Street hinaus. In seinem Kopf herrschte ein wirres Durcheinander aller möglichen Gedanken und Eindrücke: Louisas arroganter Gang, ihr selbstbewußtes, einladendes Gesicht mit dem Quentchen Kälte, wenn sie sich einmal nicht in Szene setzte; Valentines heimlicher Schmerz; Maxims Arglosigkeit.

Sein nächstes Ziel war Alexandra Carlyons jüngste Tochter Sabella. Die ältere lebte in Bath und hatte mit dieser Tragödie lediglich insofern etwas zu tun, als sie dadurch ihren Vater verloren hatte und – wenn das Gesetz, wie anzunehmen war, seinen Lauf nahm – bald auch die Mutter einbüßen würde. Sabella indes befand sich mittendrin, denn sie war entweder das wirkliche Motiv für Alexandras Tat oder sogar die Mörderin selbst.

Das Haus der Poles lag in der George Street, nur einen Katzensprung entfernt auf der anderen Seite der Hampstead Road. Monk brauchte keine zehn Minuten, bis er auf der Türschwelle stand. Als man ihm öffnete, erklärte er dem Stubenmädchen, er wäre beauftragt worden, alles Erdenkliche zu Mrs. Carlyons Rettung beizutragen, und ausgesprochen dankbar, wenn er zu diesem Zweck mit Mr. oder Mrs. Pole sprechen könnte.

Sie führte ihn in ein kleines Empfangszimmer, in dem es trotz der warmen, stürmischen Maiwinde eher frostig war. Ein plötzlicher Regenguß prasselte gegen die dicht verhangenen Fenster. Aus Gründen der Fairneß mußte man ihnen allerdings zugute halten, daß sie erst frisch in Trauer waren.

Kurz darauf erschien nicht Sabella, sondern Fenton Pole. Ein angenehm wirkender, unauffälliger junger Mann mit rotblondem Haar und ernstem Gesicht, regelmäßigen Zügen und kobaltblauen Augen. Er trug eine hochmoderne Weste mit Schalkragen, dazu ein blütenweißes Hemd und einen dunklen Anzug. Nach kurzem Zögern zog er die Tür hinter sich zu und blickte Monk nichts Gutes ahnend an.

»Es tut mir leid, daß ich Sie während der Trauerzeit behelligen muß«, begann Monk ohne jede Vorrede, »aber Mrs. Carlyons Lage ist derart prekär, daß wir keine Zeit verschwenden dürfen.«

Fenton Pole legte die Stirn in noch tiefere Falten und steuerte mit freimütiger Miene auf ihn zu, als wolle er ihm etwas anvertrauen. In etwa einem Meter Abstand blieb er stehen.

»Ich wüßte wirklich nicht, wie man ihr helfen kann«, sagte er besorgt. »Am wenigsten meine Frau oder ich. Wir waren an jenem Abend zwar dort, aber alles, was ich gesehen oder gehört habe, bringt sie nur noch mehr in Schwierigkeiten. Ich denke, wir richten den geringsten Schaden an, Mr. Monk, wenn wir so wenig wie möglich sagen und ihr ein gnädig rasches Ende ermöglichen.« Er musterte seine Schuhe und richtete den Blick dann wieder auf Monk. »Meiner Frau geht es nicht gut. Ich möchte auf keinen Fall, daß sie noch mehr leiden muß. Sie hat sowohl Vater als auch Mutter verloren, und das unter wirklich grauenhaften Umständen. Ich bin sicher, Sie haben Verständnis dafür?«

»Ja, Mr. Pole«, bestätigte Monk. »Man kann sich kaum etwas Schlimmeres vorstellen als das, was offenbar passiert ist. Aber der Anschein könnte trügen, und wir sind es sowohl Mrs. Carlyon als auch uns selbst schuldig, herauszufinden, ob eine andere Erklärung oder vielleicht sogar mildernde Umstände in Betracht kommen. Das ist gewiß auch im Interesse Ihrer Frau.«

»Meiner Frau geht es nicht gut . . .«, wiederholte Pole scharf.

»Was ich aufrichtig bedaure«, fiel Monk ihm ins Wort. »Aber die Situation erlaubt es nicht, auf den Kummer oder das Unwohlsein einer einzelnen Person Rücksicht zu nehmen.« Ehe sein Gegenüber protestieren konnte, fügte er rasch hinzu: »Wenn Sie mir jedoch erzählen würden, was am fraglichen Abend geschehen ist, müßte ich Ihre Frau vermutlich nur kurz belästigen – nur um sicherzustellen, daß sie dem nichts hinzuzufügen hat.«

»Ich sehe nicht, wozu das gut sein soll.« Pole preßte die Kinnbakken zusammen und schaute ihn verstockt an.

»Ich auch nicht, wenn Sie nicht endlich reden.« Monk wurde langsam ärgerlich und konnte es nur schlecht verbergen. Für

Dummheit, Voreingenommenheit oder Selbstgefälligkeit brachte er nur wenig Verständnis auf, und dieser Mann besaß zumindest zwei dieser negativen Eigenschaften. »Aber es ist mein Beruf, solche Dinge in Erfahrung zu bringen, und Mrs. Carlyons Anwalt hat mich beauftragt, soviel wie möglich herauszufinden.«

Pole starrte ihn an und schwieg.

Monk ließ sich demonstrativ auf einem der größeren Stühle nieder, als hätte er nicht die Absicht, so bald wieder zu verschwinden.

»Die Dinnerparty, Mr. Pole«, soufflierte er. »Meines Wissens sind Ihre Frau und ihr Vater sich bereits bei der Ankunft in die Haare geraten. Wissen Sie warum?«

Pole wirkte ein wenig aus der Fassung gebracht. »Ich verstehe beim besten Willen nicht, was das mit dem Tod des Generals zu tun haben soll. Aber da Sie schon fragen – nein, ich weiß es nicht. Ich nehme an, es handelte sich um ein altes Mißverständnis. Es war weder neu, noch dürfte es von Bedeutung gewesen sein.«

Monk sah ihn so ungläubig an, wie es ging, ohne unhöflich zu werden.

»Es sind doch bestimmt irgendwelche Worte gefallen. Man kann sich unmöglich streiten, ohne zu erwähnen, worum es geht. Auch wenn das Ausgesprochene vielleicht nicht der wahre Grund ist.«

Pole hob die blonden Brauen, seine Hände glitten noch tiefer in die Taschen. Er wandte sich verärgert ab. »Wenn es das ist, was Sie wissen wollen, bitte. Ich dachte eigentlich, Sie wollten die Wahrheit hören – auch wenn es jetzt wohl keine Rolle mehr spielt.«

Monk spürte, wie sein Unmut wuchs. Seine Muskeln verspannten sich, und seine Stimme klang schroff, als er fragte: »Was haben die beiden zueinander gesagt, Mr. Pole?«

Pole setzte sich hin, schlug die Beine übereinander und sah ihn kalt an.

»Der General machte irgendeine Bemerkung über die indische Armee, woraufhin Sabella meinte, sie hätte gehört, daß die Lage dort unten sehr gespannt sei. Er machte ihr auf recht eindeutige Weise klar, wie wenig ihn ihre Meinung interessieren würde, und das hat sie furchtbar geärgert. Sie fühlte sich herabgekanzelt und sagte ihm das auch. Sabella denkt, sie verstünde sehr wohl etwas von der Situation in Indien – ich fürchte, ich habe sie dahingehend ziemlich bestärkt. An diesem Punkt schaltete sich Maxim Furnival ein und versuchte, das Gespräch in andere Bahnen zu lenken, was ihm aber nur bedingt gelungen ist. Es war wirklich nicht der Rede wert, Mr. Monk. Und mit der Auseinandersetzung zwischen ihm und Mrs. Carlyon hatte es gewiß nichts zu tun.«

»Und worum ging es dabei?«

»Das weiß ich nun beim besten Willen nicht!« fuhr Pole ihn an. »Es muß wohl etwas Ernsteres gewesen sein, ansonsten hätte sie ihn kaum umgebracht. Aber keiner von uns war sich dessen bewußt, andernfalls hätten wir es gewiß zu verhindern versucht.« Er schaute mißmutig drein, als würde Monk sich absichtlich dumm stellen.

Ehe der zu einer Antwort ansetzen konnte, tat sich die Tür auf, und eine hübsche, nur recht zerzauste junge Frau stand vor ihnen. Das blonde Haar fiel ihr lose auf die Schultern, das Kleid wurde zur Hälfte von einem großen Umhängetuch verdeckt, das sie mit einer schlanken, blassen Hand am Hals zusammenhielt. Unter völliger Mißachtung ihres Mannes starrte sie zu Monk hinüber.

»Wer sind Sie? Polly sagt, Sie versuchen Mama zu helfen. Und wie, bitte, wollen Sie das bewerkstelligen?«

Monk stand auf. »William Monk, Mrs. Pole. Ich komme im Auftrag von Mr. Rathbone, dem Anwalt Ihrer Mutter, und bin auf der Suche nach strafmildernden Fakten.«

Sabella fixierte ihn mit weit aufgerissenen Augen und starrem Blick und schwieg. Eine hektische Röte überzog ihre Wangen.

Pole, der sich erhoben hatte, als sie hereingekommen war, trat auf sie zu und meinte sanft: »Sabella, Liebling, du brauchst dich hiermit nicht zu belasten. Vielleicht solltest du wieder auf dein Zimmer gehen und dich hinlegen ...«

Sie stieß ihn wütend beiseite und näherte sich Monk. Pole legte ihr eine Hand auf den Arm, die sie jedoch unsanft abschüttelte.

»Glauben Sie wirklich, Sie können etwas für meine Mutter tun, Mr. Monk? Sie sagten ›strafmildernd‹. Bedeutet das, das Gesetz würde eventuell berücksichtigen, was für ein Mensch er war? Wie er uns tyrannisiert und uns seinen Willen aufgezwungen hat, ohne im geringsten auf unsere Wünsche zu achten?«

»Sabella ...«, sagte Pole in beschwörendem Tonfall. Er funkelte Monk erbost an. »Ich muß doch sehr bitten, Mr. Monk! Was soll das alles? Es ist total nebensächlich und ich ...«

»Es ist überhaupt nicht nebensächlich!« fiel Sabella ihm zornig ins Wort. »Wären Sie so gut, mir die Frage zu beantworten, Mr. Monk?«

Monk registrierte die wachsende Hysterie in ihrer Stimme. Sie war auf dem besten Wege, vollends die Nerven zu verlieren, was ihn nicht sonderlich erstaunte. Ihre Familie war mit einem Schlag durch eine zweifache Tragödie erschüttert worden. Sie hatte praktisch beide Elternteile verloren, und das im Rahmen eines Skandals, der die Familie auseinanderreißen, den Ruf jedes einzelnen zerstören und ihn der öffentlichen Schande preisgeben würde. Was konnte er dieser Frau sagen, das es nicht noch schlimmer machte oder völlig banal klang? Er zwang sich, die Abneigung gegen ihren Mann hinunterzuschlucken.

»Ich weiß es nicht, Mrs. Pole«, erwiderte er warm. »Hoffen wir's. Ich denke, sie muß ein schwerwiegendes Motiv für eine solche Tat gehabt haben – wenn sie es überhaupt war. Und dieses Motiv gilt es herauszufinden; vielleicht läßt sich darauf irgendeine Form von Verteidigung aufbauen.«

»Um Gottes willen, Mann!« explodierte Pole. Sein Gesicht war wutverzerrt. »Haben Sie denn gar keinen Sinn für Anstand? Meine Frau ist krank – sehen Sie das nicht? Es tut mir ja wirklich außerordentlich leid, aber Mrs. Carlyons Verteidigung – falls es eine gibt – ist Sache ihres Anwalts, nicht unsere. Sie werden ohne die Hilfe meiner Frau auskommen müssen. Verlassen Sie jetzt bitte unser Haus, ohne für noch mehr Wirbel zu sorgen, als Sie ohnehin schon getan haben.« Er rührte sich nicht vom Fleck, doch die unterschwellige Drohung war auch so nicht zu verkennen. Fenton Pole war ein überaus zorniger Mann, der nach Monks Empfinden zudem von Angst gequält wurde – wenn diese Angst vielleicht auch ausschließlich dem Geisteszustand seiner Frau galt. Sabella stand in der Tat knapp vor dem völligen Zusammenbruch.

Da er nicht mehr bei der Polizei war, hatte er keinerlei Befugnis, auf die Erteilung von Auskünften zu bestehen. Ihm blieb keine andere Wahl, als zu gehen, und das am besten so würdevoll wie möglich. Daß man ihn dazu aufgefordert hatte, war schon bitter genug, aber ein Hinauswurf käme einer totalen Demütigung gleich, was er mit Sicherheit nicht würde hinnehmen können. Sein Blick wanderte von Pole zu Sabella, doch bevor er einen eleganten Abgang in die Wege leiten konnte, ergriff diese von neuem das Wort.

»Ich bin meiner Mutter sehr zugetan, Mr. Monk. Egal, was mein Mann davon hält – wenn es irgend etwas gibt, das ich tun kann . . .« Am ganzen Körper zitternd stand sie da und würdigte Pole keines Blickes. ». . . dann tue ich es! Suchen Sie mich auf, wann immer Sie wollen. Ich werde den Dienstboten entsprechende Anweisungen erteilen.«

»Sabella!« Pole war völlig aus dem Häuschen. »Das wirst du nicht! Ich verbiete es dir! Du bist ja nicht mehr von . . .«

Ehe er seinen Satz vollenden konnte, wirbelte sie jäh zu ihm herum. Ihr Gesicht war fleckig, der Mund verzerrt, die Augen glänzten fiebrig.

»Wie kannst du es wagen, mir zu verbieten, meiner Mutter zu helfen! Du bist genau wie Papa – ein arroganter Tyrann, der mir ohne Rücksicht auf meine Gefühle vorschreiben will, was ich zu tun oder zu lassen habe.« Ihre Stimme überschlug sich und wurde zunehmend schriller. »Du wirst mich nicht herumkommandieren – du . . .«

»Sabella! Nicht so laut!« preßte er wutschnaubend hervor. »Vergiß nicht, wer du bist – und mit wem du sprichst. Ich bin dein Mann! Du schuldest mir Gehorsam, von Loyalität ganz zu schweigen.«

»Schulden?« Jetzt schrie sie. »Ich *schulde* dir überhaupt nichts! Ich habe dich geheiratet, weil mein Vater mich dazu gezwungen hat!«

»Du bist ja hysterisch!« Poles Gesicht färbte sich vor Zorn und

Verlegenheit scharlachrot. »Geh auf dein Zimmer! Das ist ein Befehl, Sabella, du wirst dich ihm nicht widersetzen!« Sein Arm wies zur Tür. »Daß dich der Tod deines Vaters aus dem Gleichgewicht gebracht hat, ist verständlich, aber ich lasse nicht zu, daß du dich derart aufführst, noch dazu vor einem – einem . . .« Ihm fehlten die Worte für Monk.

Als wäre ihr seine Anwesenheit soeben erst eingefallen, glitt Sabellas Blick zu Monk. Nach und nach dämmerte ihr die Ungeheuerlichkeit ihres Benehmens. Sie wurde kreidebleich, drehte sich wortlos um und verließ heftig atmend den Raum. Die Tür pendelte hinter ihr auf und zu.

Pole starrte Monk mit zornsprühenden Augen an, als wäre es seine Schuld, daß er dieser Szene beigewohnt hatte.

»Wie Sie sehen, Mr. Monk«, sagte er steif, »befindet sich meine Frau in einem Zustand hochgradiger Erschöpfung. Es liegt wohl auf der Hand, daß nichts, was sie sagt, für Mrs. Carlyon oder sonst jemanden von Nutzen sein könnte.« Seine Miene war verschlossen und unnachgiebig. »Ich muß Sie bitten, nicht mehr herzukommen. Man wird Ihnen keinen Einlaß gewähren, auch wenn sie Gegenteiliges behauptet hat. Ich bedaure, Ihnen nicht helfen zu können, aber es müßte eigentlich jedem verständlich sein, daß wir nicht dazu in der Lage sind. Guten Tag. Das Mädchen wird Sie zur Tür begleiten.« Damit machte er auf dem Absatz kehrt, marschierte demonstrativ hinaus und ließ Monk allein.

Monk blieb nichts anderes übrig, als ebenfalls zu gehen. In seinem Kopf herrschte ein einziges Chaos. Wie Edith Sobell bereits angedeutet hatte, war Sabella Pole sicherlich temperamentvoll und labil genug, um ihren Vater von der Galerie gestoßen und anschließend mit der Hellebarde durchbohrt haben zu können. Darüber hinaus schien sie kein Verhältnis zu Sitte und Anstand, zu den mit ihrer gesellschaftlichen Stellung verbundenen Ansprüchen und vielleicht sogar zu geistiger Gesundheit zu haben.

Am kommenden Tag hatte Monk eine Verabredung mit Hester Latterly. Nicht, daß er schrecklich versessen darauf gewesen wäre, sie zu sehen – seine Gefühle ihr gegenüber waren außerordentlich gemischt –, aber sie war eine ausgezeichnete Verbündete. Sie verfügte über eine scharfe Beobachtungsgabe und konnte Frauen schlicht und einfach deshalb wesentlich besser beurteilen, weil sie eine Frau war. Außerdem hatte sie in einer anderen Gesellschaftsschicht das Licht der Welt erblickt, so daß sie gewisse Feinheiten wahrnehmen und interpretieren konnte, die er womöglich leicht mißverstand. Dieser Herkunft hatte sie auch ihre Bekanntschaft mit Edith Sobell und somit den Zugang zur Familie Carlyon zu verdanken. Das konnte von unschätzbarem Wert sein, falls sich der Kampf für Alexandras Sache als lohnenswert erwies.

Er kannte Hester seit den Ermittlungen im Mordfall Grey, die nun fast ein Jahr zurücklagen. Sie war zu Besuch auf Shelbourne Hall gewesen, dem Landsitz der Familie Grey, während er dort Nachforschungen anstellen mußte. Bei einem Spaziergang auf dem Anwesen war sie ihm zufällig über den Weg gelaufen. Er hatte sie zunächst eingebildet, überheblich, rechthaberisch, unangenehm direkt und für seinen Geschmack in keiner Weise attraktiv gefunden – doch dann hatte sie sich als überaus erfinderisch, beherzt und entschlossen erwiesen, und ihre Offenheit war zuweilen ein regelrechter Segen gewesen. Mit ihren verbalen Unverschämtheiten und der blinden Weigerung, seinen Defätismus zu akzeptieren, hatte sie ihn aus einem Zustand tiefster Resignation gerissen.

Es hatte sogar Momente gegeben, in denen er für sie derart aufrichtige freundschaftliche Gefühle empfand wie für sonst niemanden, nicht einmal für John Evan. Sie sah ihn nicht durch die rosarote Brille der Bewunderung, war unbeeinflußt von Eigeninteresse oder der Angst um ihre Position. Einen Freund zu haben, der einen so akzeptierte wie man war – der einen völlig am Ende gesehen und von der häßlichsten Seite kennengelernt hatte, der weder davor zurückschreckte noch die Augen verschloß, der die Dinge dennoch beim Namen nannte und nicht bereit war, einen im Stich zu lassen –, das war ein außerordentlich tröstlicher Gedanke.

So machte er sich also am frühen Nachmittag auf den Weg, um Hester von Major Tipladys Wohnung in der Great Titchfield Street abzuholen. Er hatte vor, mit ihr zu Oxford Street zu laufen, wo sie in einem gemütlichen Kaffeehaus Tee oder heiße Schokolade trinken konnten. Wer weiß, vielleicht wurde es sogar ganz nett.

Kaum hatte er Tipladys Haus erreicht, kam sie auch schon hoch erhobenen Hauptes und mit kerzengeradem Rücken, als befände sie sich auf einer Parade, die Treppe hinuntermarschiert. Es erinnerte ihn stark an ihre erste Begegnung; sie hatte eine ganz individuelle Art, sich durch die Welt zu bewegen. Einerseits irritierte ihn das Forsche und Zielstrebige daran, beides Eigenschaften, die er eher einem Soldaten als einer Frau zuordnete – andererseits übte es eine eigenartig beruhigende Wirkung auf ihn aus, weil es so vertraut war. Es führte ihm wieder deutlich vor Augen, daß sie die einzige gewesen war, die im Mordfall Grey weitergekämpft hatte, die sich nicht entsetzt und enttäuscht von ihm zurückgezogen hatte, als er selbst plötzlich nicht nur hoffnungslos, sondern geradezu fatal in den Fall verstrickt gewesen war.

»Guten Tag, Mr. Monk«, begrüßte sie ihn ziemlich steif. Sie machte keinerlei Zugeständnisse an die üblichen Höflichkeitsfloskeln oder einleitenden Banalitäten, wie es die meisten Leute taten, ehe sie zum Kern der Sache vordrangen. »Haben Sie schon mit dem Fall Carlyon angefangen? Es wird sicher nicht einfach. Laut Edith Sobells Einschätzung besteht nur wenig Aussicht auf einen glücklichen Ausgang. Aber die falsche Person an den Galgen zu bringen wäre wesentlich schlimmer – worin wir wohl einer Meinung sind, nehme ich an?« Sie warf ihm einen durchdringenden, sehr direkten Blick zu.

Ein Kommentar war überflüssig; die Erinnerung stand rasiermesserscharf zwischen ihnen. Sie tat weh, enthielt jedoch keinerlei Schuldzuweisung; es waren lediglich geteilte Gefühle.

»Ich habe Mrs. Carlyon selbst noch nicht gesprochen.« Er legte ein flottes Tempo hin, doch Hester konnte problemlos mithalten. »Morgen früh gehe ich zu ihr. Rathbone hat mir eine Besuchserlaubnis verschafft. Kennen Sie sie?«

»Nein – ich kenne nur die Familie des Generals, und das nicht sonderlich gut.«

»Was halten Sie von der Sache?«

»Das ist eine sehr umfassende Frage.« Sie zögerte, da sie sich ihres Urteils selbst nicht sicher war.

Er musterte sie mit unverhohlenem Spott.

»Warum plötzlich so vornehm, Miss Latterly? Sie haben doch sonst nie mit Ihrer Meinung hinter dem Berg gehalten.« Er grinste sarkastisch. »Aber da hatte man Sie auch nicht danach gefragt. Die Tatsache, daß ich sie hören will, scheint Ihre Zunge zu lähmen.«

»Ich dachte, Sie sind an einer wohlüberlegten Meinung interessiert«, gab sie barsch zurück. »Nicht an irgendwelchen spontanen, unreflektierten Eingebungen.«

»Da Ihre früheren Meinungsäußerungen folglich zu der spontanen und unreflektierten Kategorie gehört haben müssen, wäre mir eine wohlüberlegte ebenfalls lieber«, versicherte Monk mit verkniffenem Lächeln.

Sie waren am Bordstein angelangt und blieben kurz stehen, um eine Kutsche vorbeizulassen; die Geschirre der Pferde funkelten in der Sonne, die Hufe stoben kraftvoll voran. Dann überquerten sie die Margaret Street in Richtung Market Place. In der Ferne war die betriebsame Oxford Street mit ihrem Gewirr an Fortbewegungsmitteln jedweder Art, hektischen Passanten, Müßiggängern und den vielfältigsten Straßenhändlern bereits deutlich zu erkennen.

»Mrs. Randolf Carlyon scheint mir die stärkste Persönlichkeit in der Familie zu sein«, sagte Hester, als sie die andere Straßenseite erreicht hatten. »Eine meines Erachtens unglaublich energische Person, etwa zehn Jahre jünger und wahrscheinlich in besserer gesundheitlicher Verfassung als ihr Mann . . .«

»Sie sind doch sonst nicht so diplomatisch«, fiel er ihr ins Wort. »Halten Sie den alten Carlyon für senil?«

»Ich – ich bin nicht sicher.«

Er warf ihr einen verwunderten Blick zu. »Normalerweise nehmen Sie nie ein Blatt vor den Mund. Früher sind Sie eher im Lager der übertrieben großen Ehrlichkeit herumgeirrt. Haben Sie plötzlich Ihr Taktgefühl entdeckt, Hester? Warum, um Himmels willen?«

»Ich bin nicht taktvoll«, fuhr sie ihn an. »Ich versuche nur präzise zu sein – das sind zwei völlig verschiedene Paar Stiefel.« Ihre Schritte wurden ein wenig länger. »Ich weiß einfach nicht genau, ob er nun senil ist oder nicht. Ich habe ihn nicht oft genug gesehen, um das beurteilen zu können. Bislang kann ich lediglich sagen, daß ihn seine Lebensgeister zwar zu verlassen scheinen, sie aber immer schon die stärkere Persönlichkeit von beiden gewesen ist.«

»Bravo«, lobte er sie mit leicht sarkastischem Unterton. »Und Mrs. Sobell, die ihre Schwester für unschuldig hält? Ist sie eine rosenwerfende Optimistin? Sie scheint die einzige zu sein, die glaubt, daß man trotz Mrs. Carlyons Geständnis mehr für sie tun kann als für ihr Seelenheil beten.«

»Nein, das ist sie nicht«, gab Hester mit einer guten Portion Schärfe zurück. »Sie ist eine klardenkende Witwe mit einem erstaunlich gut funktionierenden Verstand. Sie hält es für wesentlich wahrscheinlicher, daß Sabella Pole, seine Tochter, den General umgebracht hat.«

»Klingt recht plausibel«, räumte Monk ein. »Ich habe Sabella soeben kennengelernt. Sie ist extrem leicht erregbar, fast schon hysterisch.«

»Wirklich?« fragte Hester flugs und wandte sich gespannt zu ihm um. Ihre Neugier hatte den Unmut besiegt. »Wie beurteilen Sie sie? Könnte sie ihren Vater ermordet haben? Die Gelegenheit hätte sie laut Damaris Erskine gehabt.«

Sie waren an der Ecke Market Street/Oxford Street angelangt und bogen in die Hauptverkehrsstraße ab. Er nahm ihren Arm, in erster Linie, um sicherzustellen, daß sie zusammenblieben und nicht durch die ihnen entgegenhastenden Fußgänger voneinander getrennt wurden.

»Ich habe keine Ahnung«, erwiderte er nach einer Weile. »Meine Ansichten stützen sich auf Beweise, nicht auf Intuition.«

»Das nehme ich Ihnen nicht ab«, widersprach Hester wie aus der Pistole geschossen. »So dumm – oder überheblich – können Sie gar nicht sein, daß Sie Ihre Intuition ignorieren. Wieviel Sie auch vergessen haben mögen, Sie haben genügend frühere Erfahrungen mit Leuten gespeichert, um sie nur anhand ihrer Gesichter, ihres

Umgangs miteinander und der Art, wie sie mit Ihnen sprechen, beurteilen zu können.«

Er lächelte trocken. »Dann würde ich sagen, Fenton Pole glaubt, daß sie es getan haben könnte. Und das läßt gewisse Rückschlüsse zu.«

»Also besteht vielleicht Hoffnung?« Ohne sich dessen bewußt zu sein, streckte sie den Rücken und hob das Kinn ein wenig an.

»Hoffnung worauf? Ist das jetzt eine bessere Antwort?«

Sie blieb so abrupt stehen, daß der Gentleman hinter ihr gegen sie prallte, über seinen Stock stolperte, das menschliche Hindernis mißmutig umrundete und dabei etwas Unverständliches in seinen Bart brummte.

»Wie bitte, Sir?« fragte Monk laut und deutlich. »Ich konnte Sie leider nicht verstehen. Sie haben sich bei der Dame für Ihre Rempelei entschuldigt, nehme ich an?«

Der Mann wurde rot und starrte ihm wütend ins Gesicht.

»Selbstverständlichkeit!« kam es unwirsch zurück, dann bedachte er Hester mit einem bösen Blick. »Ich bitte vielmals um Verzeihung, Ma'am!« Er machte auf dem Absatz kehrt und sich schleunigst davon.

»Dämlicher Trottel«, preßte Monk zwischen zusammengebissenen Zähnen hervor.

»Er hatte nur zwei linke Füße«, sagte Hester beschwichtigend.

»Nicht er – Sie.« Er nahm erneut ihren Arm und schob sie vor sich her. »Passen Sie jetzt bitte auf, sonst verursachen Sie noch einen Unfall. Es dürfte kaum ein Grund zur Freude sein, wenn Sabella Pole die Schuldige ist – aber wir müssen herausfinden, ob es stimmt. Steht Ihnen vielleicht der Sinn nach einer Tasse Kaffee?«

Als Monk das Gefängnis betrat, fühlte er sich in seiner Erinnerung schmerzhaft zurückversetzt. Diesmal jedoch nicht in die Zeit vor seinem Unfall, obwohl er damals gewiß unzählige Male an einem solchen Ort gewesen sein mußte, vielleicht sogar genau hier. Das Gefühl, das ihn plötzlich von neuem übermannte, war erst wenige Monate alt. Es stammte aus dem Fall, der ihn bewogen hatte, den

Polizeidienst zu quittieren und all die jahrelange Arbeit und Mühsal einfach so wegzuwerfen.

Fröstelnd folgte er der Wärterin durch die trostlosen Gänge. Er hatte noch immer weder eine genaue Vorstellung von dem, was er zu Alexandra Carlyon sagen würde, noch davon, was für eine Art Frau sie wohl war – vermutlich ähnelte sie Sabella.

Endlich erreichten sie ihre Zelle. Die Wärterin schloß auf. »Rufen Se mich, wenn Se wieder rausgelassen werden woll'n«, sagte sie lakonisch. Dann drehte sie sich ohne weiteren Kommentar gleichgültig um, wartete, bis Monk drinnen war, knallte die Tür geräuschvoll zu und riegelte sie wieder ab.

Abgesehen von einer schmalen Pritsche mit einem Strohsack und einigen grauen Decken darauf, war die Zelle absolut kahl. Auf der Pritsche saß eine schlanke, hellhäutige Frau, deren blondes Haar am Hinterkopf zu einem lockeren Knoten zusammengebunden war. Als sie sich zu ihm umwandte, sah er ihr Gesicht. Es entsprach seiner Vorstellung nicht im geringsten. Ihre Züge wiesen keinerlei Ähnlichkeiten mit Sabellas auf – sie waren alles andere als hübsch im herkömmlichen Sinn. Sie hatte eine kurze, gebogene Nase, tiefblaue Augen und einen sinnlichen, humorvollen Mund, der viel zu breit und zu voll wirkte. Ihr nahezu ausdrucksloses Starren offenbarte ihm sofort, daß sie nicht die geringste Hoffnung auf Rettung hegte. Monk hatte nicht die Absicht, sich in Nettigkeiten zu ergehen, die ohnehin fruchtlos waren. Er wußte aus eigener Erfahrung, was es hieß, Todesängste auszustehen.

»Meine Name ist William Monk. Ich nehme an, Mr. Rathbone hat mein Kommen angekündigt.«

»Ja«, bestätigte sie tonlos. »Aber Sie bemühen sich vergeblich. Nichts, was Sie in Erfahrung bringen könnten, würde etwas ändern.«

»Ein Geständnis als alleiniges Beweismittel ist unzureichend, Mrs. Carlyon.« Er stand immer noch in der Mitte der Zelle und schaute auf sie hinab. Sie machte keinerlei Anstalten aufzustehen. »Wenn Sie es jetzt aus irgendwelchen Gründen zurückziehen würden«, fuhr er fort, »müßte die Staatsanwaltschaft Ihre Schuld erst beweisen. Obwohl eine Verteidigung zugegebenermaßen schwieriger sein wird, nachdem Sie bereits gestanden haben. Es sei denn, Sie hatten einen guten Grund dafür.« Er formulierte es bewußt nicht als Frage. Er glaubte nicht, daß ihre Resignation dem Gefühl entsprang, durch das Geständnis auf ewig verdammt zu sein. Er hatte eher den Eindruck, daß etwas anderes dahintersteckte, etwas, das er noch nicht ganz verstand. Aber dies war zumindest ein Ansatzpunkt.

Sie lächelte traurig. »Den besten, Mr. Monk. Ich bin schuldig. Ich habe meinen Mann getötet.« Sie hatte eine auffallend angenehme, dunkle und etwas rauhe Stimme, ihre Aussprache war außerordentlich deutlich.

Aus heiterem Himmel hatte er plötzlich das Gefühl, genau das gleiche schon einmal getan zu haben. Gewaltige Empfindungen stürmten auf ihn ein: Furcht, Liebe, Wut. Und genauso schnell war es wieder vorbei; atemlos und verwirrt blieb er zurück. Er starrte Alexandra Carlyon an, als hätte er soeben erst die Zelle betreten und die Eigentümlichkeiten ihres Gesichts registriert.

»Wie bitte?« Was immer sie gesagt hatte, es war ihm entgangen.

»Ich habe meinen Mann getötet, Mr. Monk«, wiederholte sie.

»Jaja, das habe ich gehört. Und weiter?« Er schüttelte den Kopf, um wieder zu sich zu kommen.

»Nichts weiter.« Sie runzelte verwundert die Stirn.

Nur unter allergrößter Anstrengung konzentrierte er sich wieder auf die Ermordung des Generals.

»Ich habe mit Mr. und Mrs. Furnival gesprochen.«

Diesmal fiel ihr Lächeln anders aus. Es war voll Bitterkeit und Selbstironie.

»Ich wünschte, Sie könnten Louisa Furnival die Tat nachweisen, aber das ist unmöglich.« Ihre Stimme geriet eigenartig ins Stocken, was Monk unter anderen Umständen vielleicht als Lachen interpretiert hätte. »Wenn Thaddeus sie verschmäht hätte, wäre sie wahrscheinlich wütend gewesen, vielleicht sogar außer sich, aber ich bezweifle, daß sie irgendeinen Menschen schon einmal genügend geliebt hat, um etwas darauf zu geben, ob er sie wiederliebt oder nicht. Die einzige Person, die sie meiner Meinung nach umbringen könnte, wäre eine andere Frau – eine wirklich schöne Frau, die sie als Rivalin oder Bedrohung empfindet.« Ihre Augen weiteten sich, während die Phantasie mit ihr durchging. »Ja, wenn Maxim sich so sehr in eine andere Frau verlieben würde, daß er es nicht mehr verbergen könnte, wenn jeder wüßte, daß Louisa aus dem Rennen ist – dann könnte sie zur Mörderin werden.«

»Hat Maxim Sie denn nicht ausgesprochen verehrt?«

Nur weil sie dem kleinen Fensterviereck zugewandt saß und das Tageslicht voll auf sie fiel, konnte er die schwache Röte in ihren Wangen erkennen.

»Doch – ja, das hat er, früher einmal – aber nie in dem Ausmaß, daß er Louisa verlassen hätte. Maxim ist ein sehr moralischer Mensch. Außerdem lebe ich noch. Thaddeus ist derjenige, der umgebracht wurde.« Ihre letzten Worte klangen völlig unbeteiligt, waren bar jeglichen Bedauerns. Wenigstens spielte sie ihm nichts vor, heuchelte nicht und versuchte auch nicht, sein Mitgefühl zu wecken. Er rechnete es ihr hoch an.

»Ich habe mir die Galerie und das Geländer angesehen, über das er gestürzt ist.«

Sie zuckte zusammen.

»Ich nehme an, er fiel rückwärts?«

»Ja.« Ihre Stimme schwankte, war kaum mehr als ein Flüstern.

»Auf die Ritterrüstung?«

»Ja.«

»Das muß einen Heidenlärm verursacht haben.«

»Allerdings. Ich rechnete eigentlich jeden Moment damit, daß jemand kommen und nachsehen würde – aber es kam keiner.«

»Der Salon liegt im rückwärtigen Teil des Gebäudes. Das war Ihnen doch bekannt.«

»Selbstverständlich. Ich dachte, einer der Dienstboten könnte es gehört haben.«

»Und wie ging es weiter? Sie liefen nach unten, fanden ihn besinnungslos auf dem Boden vor, und da weit und breit keine Menschenseele zu sehen war, packten Sie die Hellebarde und stießen damit zu?«

Ihre Augen waren zwei dunkle Löcher im abgrundtiefen Weiß ihres Gesichts. Jetzt drohte ihre Stimme ihr wirklich den Dienst zu versagen.

»Ja.«

»In seine Brust? Er lag doch auf dem Rücken. Haben Sie nicht gesagt, er wäre rückwärts hinuntergestürzt?«

»Ja.« Sie schluckte krampfhaft. »Müssen wir das alles noch einmal durchexerzieren? Es hat doch keinen Zweck.«

»Sie müssen ihn sehr gehaßt haben.«

»Das habe ich nicht . . .« Sie geriet abermals ins Stocken, holte tief Luft und fuhr mit gesenktem Blick fort: »Ich habe es Mr. Rathbone bereits erklärt. Er hatte eine Affäre mit Louisa Furnival. Ich war . . . irrsinnig eifersüchtig.«

Monk glaubte ihr kein Wort.

»Ich habe auch mit Ihrer Tochter gesprochen.«

Sie erstarrte und saß da wie versteinert.

»Sie macht sich große Sorgen um Sie.« Er wußte, daß er grausam war, aber er hatte keine andere Wahl. Er mußte die Wahrheit herausfinden. Mit Lügen konnte Rathbone dem Gericht nicht kommen. »Ich fürchte, meine Anwesenheit hat einen Streit zwischen ihr und ihrem Mann entfacht.«

Sie musterte ihn mit bitterbösem Blick. Zum erstenmal zeigte sie eine echte, tiefe Gefühlserregung.

»Sie hatten kein Recht, zu ihr zu gehen! Sabella ist krank – und sie hat gerade einen Elternteil verloren. Egal, was er für mich war, für sie war er immerhin der Vater. Sie . . .« Alexandra Carlyon verstummte. Vielleicht wurde ihr die Absurdität ihrer Lage plötzlich bewußt – vorausgesetzt, sie hatte den General tatsächlich ermordet.

»Sie schien über seinen Tod nicht sonderlich betrübt zu sein«, sagte Monk mit voller Absicht, während er nicht nur ihr Gesicht, sondern auch ihre verkrampfte Haltung, die angespannten Schultern unter der Baumwollbluse und ihre auf den Knien zu Fäusten geballten Hände beobachtete. »Sie machte keinen Hehl daraus, daß sie sich fürchterlich mit ihm gestritten hatte und alles tun würde, um Ihnen zu helfen – selbst auf die Gefahr hin, sich den Zorn ihres Mannes zuzuziehen.«

Alexandra schwieg, aber ihre Gefühle erfüllten den Raum wie elektrischer Strom.

»Sie sagte, er wäre tyrannisch und herrschsüchtig gewesen – und daß er sie gegen ihren Willen zur Heirat gezwungen hat«, fügte er hinzu.

Sie stand auf und drehte sich von ihm weg.

Und in diesem Moment wurde er wieder von einer Erinnerung überfallen, so heftig, als hätte man ihm einen Schlag ins Gesicht versetzt. Er war schon einmal hiergewesen und hatte in einer ähnlichen Zelle mit einem ähnlichen kleinen Oberlicht eine schlanke Frau mit blondem, im Nacken gelocktem Haar beobachtet. Auch sie war des Mordes an ihrem Mann angeklagt gewesen, und ihr Schicksal hatte ihn zutiefst bewegt.

Wer zum Teufel war sie?

Doch das Bild hatte sich wieder aufgelöst. Alles, was er festhalten konnte, war ein Lichtreflex auf hellem Haar, die Rundung einer Schulter, ein graues, viel zu langes Kleid, das über den Boden schleifte. Er konnte sich weder an eine Stimme erinnern noch an ein Gesicht, nicht an Augen, nicht an Lippen – an nichts.

Das Gefühl aber blieb. Die Sache war ihm so wichtig gewesen, daß er seine gesamte Kraft und Entschlossenheit für ihre Verteidigung mobilisiert hatte.

Warum? Wer war diese Frau?

Hatte er es geschafft? Oder hatte man sie gehängt?

War sie unschuldig gewesen – oder schuldig?

Alexandra sprach mit ihm, gab ihm endlich eine Antwort.

»Was haben Sie gesagt?«

Sie wirbelte mit stahlhartem, funkelndem Blick zu ihm herum.

»Sie kommen hierher, stellen grausame, gefühllose Fragen ohne – ohne jegliche Anteilnahme, ohne jedes Einfühlungsvermögen ...« Die Worte blieben ihr im Halse stecken, und sie rang mühsam nach Luft. »Sie sprechen von meiner Tochter, die ich wahrscheinlich nie wieder sehen werde – es sei denn über die

Brüstung einer Anklagebank hinweg –, und dann besitzen Sie auch noch die Frechheit, mir nicht einmal zuzuhören! Was sind Sie nur für ein Mensch? Was wollen Sie wirklich hier?«

»Es tut mir leid!« sagte er ehrlich betroffen. »Ich war einen Moment lang abwesend, ich – ich mußte an etwas denken, an eine sehr schmerzliche Erfahrung – an eine ähnliche Situation.«

Ihre Wut ließ nach. Achselzuckend wandte sie sich wieder ab.

»Schon gut. Es spielt keine Rolle. Nichts spielt noch eine Rolle.«

Monk riß sich mühsam zusammen.

»Ihre Tochter hat sich an jenem Abend mit ihrem Vater gestritten...«

Sie war sofort wieder auf der Hut. Ihr Körper wurde steif, ihr Blick wachsam.

»Sie hat sich nicht unter Kontrolle, Mrs. Carlyon – sie war nahezu hysterisch, als ich dort war. Ich hatte den Eindruck, ihr Mann war ihretwegen sehr besorgt.«

»Ich habe es Ihnen schon einmal gesagt.« Ihre Stimme war leise und hart. »Sie hat sich nie ganz von der Geburt ihres Kindes erholt. Das kommt manchmal vor. Es gehört zu den Risiken der Mutterschaft. Fragen Sie jeden, der sich auf diesem Gebiet auskennt, man wird Ihnen bestätigen...«

»Ich weiß«, warf Monk ein. »Frauen geraten öfter vorübergehend aus dem Gleichgewicht...«

»Nein! Sabella war krank – das ist alles.« Sie trat so dicht an ihn heran, daß er schon dachte, sie würde seinen Arm packen, doch dann blieb sie reglos vor ihm stehen, die Hände nah am Körper. »Falls Sie andeuten wollen, Sabella hätte Thaddeus getötet und nicht ich, sind Sie auf dem Holzweg! Ich werde vor Gericht ein Geständnis ablegen, und ich werde tausendmal lieber *hängen*« – sie sprach das Wort überdeutlich aus, als mache es ihr Spaß, in einer offenen Wunde zu rühren – »als zuzulassen, daß meine Tochter die Schuld für etwas auf sich nimmt, das sie nicht getan hat. Haben Sie mich verstanden, Mr. Monk?«

Seine Erinnerung war völlig verblaßt, so weit entfernt, als hätte es sie nie gegeben.

»Ja, Mrs. Carlyon. Ich wußte, daß Sie das sagen würden.«

»Es ist die Wahrheit.« Ihre Stimme schwoll an und hatte unvermittelt einen verzweifelten, fast flehenden Unterton. »Sie dürfen Sabella nicht beschuldigen! Nicht, wenn Sie für Mr. Rathbone arbeiten. Mr. Rathbone ist mein Anwalt. Er darf nichts sagen, was ich nicht will.«

Teils war es eine Aussage, teils eine Art Selbstversicherung.

»Darüber hinaus vertritt er aber auch das Gesetz, Mrs. Carlyon«, erwiderte Monk mit plötzlicher Würde. »Er darf nichts sagen, was zweifelsohne unwahr ist.«

Sie starrte ihn schweigend an.

Hing seine Erinnerung vielleicht mit jener älteren Frau zusammen, die weinen konnte, ohne daß ihre Züge dadurch Schaden nahmen? Sie war die Frau des gesichtslosen Mentors gewesen, den er sich zum Vorbild gemacht hatte, als er von Northumberland nach London gekommen war.

Doch die Vision, die heute vor seinem geistigen Auge aufgetaucht war, hatte ihm eine eher junge Frau gezeigt, die wie Alexandra des Mordes an ihrem Mann angeklagt war. Und genau wie jetzt war er hierher gekommen, um ihr zu helfen.

Hatte er versagt? Hatte sie deshalb den Kontakt zu ihm abgebrochen? Unter seinen persönlichen Sachen war nichts von ihr, keine Briefe, keine Bilder, nicht einmal ein hingekritzelter Name. Warum? Weshalb hatte er ihre Spur verloren?

Dann fiel es ihm plötzlich wie Schuppen von den Augen: natürlich hatte er versagt! Und sie war an den Galgen gewandert ...

»Ich werde alles in meiner Macht Stehende tun, Mrs. Carlyon«, versprach er leise, »um die Wahrheit herauszufinden – und dann können Sie und Mr. Rathbone damit anfangen, was immer Sie wollen.«

VIERTES KAPITEL

Kurz vor Mittag am elften Mai erhielt Hester eine Botschaft von Edith, in der sie gebeten wurde, sobald wie möglich in Carlyon House vorbeizuschauen; sie sei auch herzlich zum Lunch eingeladen, sofern sie Lust dazu habe. Als Überbringer fungierte ein kleiner Junge mit weit über die Ohren gezogener Mütze und abgebrochenem Schneidezahn.

»Selbstverständlich«, stimmte Major Tiplady bereitwillig zu. Er fühlte sich von Tag zu Tag besser. Inzwischen ging es ihm schon so gut, daß er von seiner Unbeweglichkeit und all den Tageszeitungen und Büchern aus seiner eigenen Bibliothek sowie der von Freunden zu Tode gelangweilt war. Die Gespräche mit Hester machten ihm zwar Spaß, aber er sehnte sich brennend danach, daß in seinem Leben endlich wieder etwas Neues geschah.

»Besuchen Sie die Carlyons«, drängte er eifrig. »Bringen Sie ein wenig über den Fortgang dieses grämlichen Falls in Erfahrung. Die arme Frau! Obwohl ich eigentlich gar keine Veranlassung habe, sie zu bedauern.« Er hob die schneeweißen Brauen, was seiner Miene zugleich etwas Kampflustiges und Verwirrtes verlieh. »Anscheinend sträubt sich irgend etwas in mir gegen die Vorstellung, daß sie ihren Mann ermordet hat – ausgerechnet auf diese Art und Weise. Paßt so gar nicht zu einer Frau. Frauen bedienen sich doch gewöhnlich viel subtilerer Methoden, wie zum Beispiel Gift – finden Sie nicht?« Er registrierte Hesters leicht verwunderten Blick und wartete ihre Antwort nicht ab. »Welchen Grund sollte sie überhaupt gehabt haben?« Seine Stirn krauste sich. »Welchen Grausamkeiten seinerseits kann sie ausgesetzt gewesen sein, daß sie sich zu einem – einem derart fatalen und unentschuldbaren Gewaltakt getrieben gefühlt hat?«

»Eine gute Frage«, pflichtete Hester ihm bei und legte ihr Nähzeug aus der Hand. »Und was noch wichtiger ist, weshalb erzählt sie es niemandem? Warum klammert sie sich so an ihre vermeintliche Eifersucht? Ich fürchte, sie tut es lediglich aus der Angst heraus, daß ihre Tochter die Mörderin sein könnte. Sie würde anscheinend lieber hängen als ihr Kind sterben sehen.«

»Sie müssen etwas unternehmen«, erwiderte Tiplady beschwörend. »Sie dürfen nicht zulassen, daß sie sich opfert. Wenigstens . . .« Er brach ab. Sein Gesicht war ein Spiegel seiner Emotionen und Gedanken: tiefes Mitgefühl, Zweifel, plötzliches Begreifen, dann von neuem Verwirrung. »Ach, meine liebe Miss Latterly, was für ein furchtbares Dilemma! Haben wir denn das Recht, dieses bedauernswerte Geschöpf daran zu hindern, ihr Leben für das ihres Kindes zu geben? Wird nicht das letzte sein, was sie sich wünscht, daß wir ihre Unschuld und damit die Schuld ihrer Tochter beweisen? Rauben wir ihr dadurch nicht das einzig Wertvolle, was ihr noch bleibt?«

»Ich weiß es wirklich nicht«, antwortete Hester sehr leise. Sie faltete das Leintuch zusammen und legte Nadel und Fingerhut ins Nähkästchen zurück. »Aber was, wenn es keine von beiden war? Was, wenn sie gestanden hat, weil sie befürchtet, Sabella sei die Mörderin – die es aber gar nicht getan hat? Wäre es nicht eine gräßliche Ironie des Schicksals, wenn wir auf einmal dahinterkommen würden, daß es ganz jemand anders war – nachher, wenn es zu spät ist?«

Er schloß die Augen. »Was für ein grauenhafter Gedanke. Kann denn Ihr Bekannter, dieser Mr. Monk, so etwas nicht verhindern? Sagten Sie nicht, er wäre überaus gewieft, vor allem auf dem Gebiet?«

Eine Flut trauriger Erinnerungen schwappte über sie hinweg. »Gewieftheit allein reicht manchmal nicht aus . . .«

»Und genau aus diesem Grund müssen Sie jetzt zu den Carlyons gehen und zusehen, daß Sie selbst etwas in Erfahrung bringen«, sagte er bestimmt. »Finden Sie soviel wie möglich über diesen unglückseligen General Carlyon heraus. Jemand muß ihn in der Tat sehr gehaßt haben. Bleiben Sie zum Lunch dort. Halten Sie Augen und Ohren offen, fragen Sie sie aus, tun Sie alles, was sonst die Kriminalpolizei tut. Na los, worauf warten Sie noch?«

»Wissen Sie eigentlich etwas über ihn?« fragte Hester ohne echte Hoffnung und sah sich noch einmal im Raum um, ehe sie auf ihr Zimmer ging, um sich umzuziehen. Alles, was Tiplady brauchte, befand sich in seiner Reichweite; das Mädchen würde ihm das Essen bringen, sie selbst am späten Nachmittag wieder zurück sein.

»Tja, leider kenne ich ihn nur vom Hörensagen«, gab Tiplady trübsinnig zurück. »Wenn man so lange gedient hat wie ich, sind einem die Namen aller bedeutenden Generäle geläufig – und die der völligen Versager.«

Sie verzog den Mund zu einem sarkastischen Grinsen. »Und in welche Kategorie fiel er?« Mit Hesters Meinung von Generälen war es nicht weit her.

»Hm . . .« Tiplady atmete vernehmlich aus und lächelte sie etwas schief an. »Ich weiß es, wie gesagt, nicht aus eigener Erfahrung, aber seinem Ruf nach muß er ein regelrechter Bilderbuchsoldat gewesen sein: die geborene Führernatur – mitreißend, einfallsreich, heldenhaft. Privat war er anscheinend ein eher farbloser Mann, gesellschaftstaktisch betrachtet weder ein Salonlöwe noch eine direkte Katastrophe.«

»Auf der Krim hat er demnach wohl nicht gekämpft?« bemerkte sie zu hastig und unüberlegt, um die Worte noch zurückhalten zu können. »Die Generäle dort waren alle entweder das eine oder das andere – vorwiegend das andere.«

Gegen seinen Willen begann es um Tipladys Mundwinkel zu zucken. Er kannte die Schwächen der Armee, doch sie waren eine interne Angelegenheit, ähnlich Familienproblemen, die man vor Dritten nicht zur Schau stellte, geschweige denn zugab – Frauen gegenüber am allerwenigsten.

»Nein«, sagte er zurückhaltend. »Wenn ich mich nicht irre, hat er den Großteil seiner aktiven Jahre in Indien verbracht und war dann hier in England lange Zeit im Oberkommando tätig – als Ausbilder von Nachwuchsoffizieren und dergleichen.«

»Was hat man sich über seine menschlichen Qualitäten erzählt? Welchen Eindruck hatten die Leute von ihm?« Mehr aus Gewohnheit denn Notwendigkeit strich sie nochmals seine Decke glatt.

»Ich habe nicht die leiseste Ahnung.« Die Frage schien ihn zu verblüffen. »Darüber ist nie ein Wort gefallen. Wie gesagt, privat soll er ein recht farbloser Mensch gewesen sein. Meine Güte, fahren Sie endlich zu Mrs. Sobell! Sie müssen die Wahrheit herausfinden und Mrs. Carlyons Leben retten – beziehungsweise das ihrer Tochter.«

»Jawohl, Major. Ich gehe ja schon.« Sie fügte nur noch einen kurzen Abschiedsgruß hinzu und überließ ihn dann bis zu ihrer Rückkehr seinen Gedanken und seiner Phantasie.

Edith empfing sie mit einem hektischen, neugierig besorgten Blick und löste sich von ihrem Stuhl, wo sie unbequem auf einem angezogenen Bein gesessen hatte. Sie war zu müde und blaß, als daß ihr das dunkle Trauerkleid hätte schmeicheln können. Ihr langes blondes Haar machte einen desolaten Eindruck, als hätte sie immer wieder geistesabwesend darübergestrichen und wäre ab und zu mit den Fingern an einer Strähne hängengeblieben.

»Ach, Hester. Ich bin so froh, daß du kommen konntest. Der Major hatte nichts dagegen? Wie nett von ihm. Hast du etwas herausgefunden? Was hat Mr. Rathbone bisher in Erfahrung gebracht? Oh, entschuldige, setz dich doch erst mal hin – hier, bitte.« Sie wies auf einen Stuhl, der ihrem direkt gegenüber stand, und ließ sich ebenfalls nieder.

Hester kam der Aufforderung nach, ohne sich um das Durcheinander ihrer Röcke zu scheren.

»Ich fürchte, bis jetzt nicht sonderlich viel«, antwortete sie auf die letzte Frage, die ihrer Ansicht nach als einzige von Belang war. »Außerdem darf er mir natürlich nur begrenzt Auskünfte erteilen, da ich im Grunde nichts mit dem Fall zu tun habe.«

Edith wirkte vorübergehend verwirrt, doch dann wurde ihr schlagartig klar, was Hester meinte.

»Ach so. Sicher.« Sie bot einen ganz trostlosen Anblick, als erschien ihr die Situation durch die veränderte Sachlage nun in einem noch düsteren Licht. »Aber er arbeitet daran?«

»Selbstverständlich. Und Mr. Monk stellt Nachforschungen an. Er wird zu gegebener Zeit vermutlich auch hier auftauchen.«

»Sie werden ihm nichts sagen.« Edith wölbte verwundert die Brauen.

Hester lächelte. »Wissentlich nicht, nein. Aber er weiß bereits, daß Alexandra den General womöglich nicht ermordet hat, und wenn doch, dann bestimmt nicht aus dem angegebenen Grund. Edith ...«

Die Freundin sah sie gespannt an.

»Edith, vielleicht war es doch Sabella – aber ob Alexandra diese Wahrheit gefallen würde? Erweisen wir ihr einen Dienst, wenn wir das beweisen? Sie hat sich entschieden, ihr Leben für Sabella zu opfern – falls Sabella tatsächlich schuldig ist.« Sie beugte sich mit ernster Miene vor. »Und wenn es nun keine von beiden war? Wenn Alexandra lediglich glaubt, daß Sabella die Mörderin ist, und nur gestanden hat, um sie zu decken ...«

»Oh, Hester!« stieß Edith begeistert aus. »Das wäre wunderbar! Glaubst du wirklich, es könnte so sein?«

»Es könnte, ja – aber wer war es dann? Louisa? Maxim Furnival?«

»Hm.« Das Leuchten in Ediths Augen erlosch. »Ehrlich, ich wünschte, Louisa wäre die Schuldige, aber das bezweifle ich stark. Warum sollte sie?«

»Könnte sie vielleicht wirklich eine Affäre mit dem General gehabt haben, und dann hat er sie sitzenlassen – ihr eröffnet, daß alles vorbei ist? Du hast einmal gesagt, sie würde zu der Sorte Frau gehören, die eine Abfuhr nicht so ohne weiteres hinnimmt.«

Ediths Gesicht war ein Kaleidoskop von Empfindungen: ein amüsiertes Lächeln in den Augen, bittere Traurigkeit um den Mund und über allem ein Hauch Schuldbewußtsein.

»Du hast Thaddeus nicht gekannt, sonst kämst du gar nicht erst auf die Idee. Er war ...« Sie versuchte, ihre Gedanken zu ordnen und in Worte zu kleiden. »Er war schrecklich unnahbar. Was immer ihn bewegt haben mag, er hat es für sich behalten, hat es vollkommen auf Eis gelegt, sich niemandem mitgeteilt. Ich habe kein einziges Mal erlebt, daß ihm irgend etwas wirklich nahegegangen wäre.«

Ein flüchtiges Lächeln huschte über ihr Gesicht. »Mit Ausnahme von Geschichten, in denen es um Heldenmut, Loyalität und Aufopferungsbereitschaft geht. Ich weiß noch genau, wie er ›Sohrab und Rustum‹ verschlungen hat, als es vor vier Jahren auf den Markt kam.« Sie warf Hester einen kurzen Blick zu und registrierte deren völlige Verlorenheit. »Eine Tragödie von Arnold.« Das mutlose, traurige Lächeln kehrte zurück. »Der Inhalt ist ziemlich komplex. In der Quintessenz geht es um einen Vater und einen Sohn, die beide große Kriegshelden sind und einander unwissentlich auf dem Schlachtfeld töten, weil sie auf unterschiedlichen Seiten stehen. Das Ganze ist sehr bewegend.«

»Und so was hat Thaddeus gefallen?«

»Ja, das und andere Heldenepen aus vergangenen Tagen – nicht nur aus unserem Kulturkreis. Er war zum Beispiel ganz fasziniert davon, wie sich die Spartaner kurz vor der Schlacht am Thermopylenpaß noch die Haare gekämmt haben – und dann sind sie alle umgekommen. Dreihundert an der Zahl, aber sie retteten auf diese Weise Griechenland. Und Horatius auf der Brücke . . .«

»Das kenne ich«, warf Hester hastig ein. »Die ›Lieder des alten Rom‹ von Macauly. Allmählich fange ich an zu verstehen. Mit solchen Größen konnte er sich identifizieren: Ehre, Pflicht, Mut, Loyalität – keine schlechten Dinge. Es tut mir leid . . .«

Edith warf ihr einen dankbaren Blick zu. Zum erstenmal hatten sie über den Menschen Thaddeus gesprochen – um den man sich Gedanken machen konnte, der mehr war als bloß der Mittelpunkt einer Tragödie. »Trotzdem war er wohl eher ein verstandes- denn gefühlsbetonter Mann«, fügte sie hinzu und kehrte damit zum eigentlichen Thema zurück. »Für gewöhnlich wirkte er sehr beherrscht, sehr zivilisiert. In gewisser Weise war er Mama nicht unähnlich. Er hatte einen ausgeprägten Gerechtigkeitssinn, dem er meines Wissens nicht ein einziges Mal abtrünnig geworden ist – weder in Worten noch in Taten.«

Sie verzog das Gesicht und schüttelte leicht den Kopf. »Falls er insgeheim für Louisa entflammt war, hat er es ausgezeichnet überspielt. Und daß er ihr hinreichend verfallen war, um einer Sache zu frönen, die in seinen Augen nur ein Verrat sein konnte – weniger an Alexandra als an seinen Prinzipien –, kann ich mir ehrlich gesagt überhaupt nicht vorstellen. Ehebruch wäre für ihn undenkbar gewesen, weil er sich gegen die Unantastbarkeit der Familie und seine eigenen Werte gerichtet hätte. Keiner seiner Idole hätte so etwas getan. Völlig ausgeschlossen.«

Sie hob die Schultern zu einem betont übertriebenen Achselzukken. »Doch nehmen wir einmal an, er hätte tatsächlich ein Verhältnis mit Louisa gehabt und wäre ihrer irgendwann überdrüssig oder plötzlich von seinem Gewissen geplagt worden. Ich bin überzeugt, sie wäre ihm zuvorgekommen, indem sie ihn verlassen hätte. Ich mag sie nicht besonders, aber objektiv betrachtet ist sie eine kluge Frau, die eine derartige Entwicklung garantiert vorausgesehen hätte. Sie würde diejenige sein wollen, die das Verhältnis beendet; ihm hätte sie das niemals erlaubt.«

»Und wenn sie ihn geliebt hat?« beharrte Hester. »Manche Frauen lieben die Taube auf dem Dach mit einem Feuer, das sie für den Spatz in der Hand niemals aufbringen könnten. Könnte sie sich nicht schlichtweg geweigert haben zu akzeptieren, daß er ihre Liebe nicht erwidert, so daß sie ihn in einem Anfall von Verzweiflung lieber umbrachte, als ihn...«

Edith brach in schallendes Gelächter aus. »Du meine Güte, Hester! Ist das dein Ernst? Was bist du nur für eine unheilbare Romantikerin. Du lebst ja in einer Welt, in der es von verzehrender Leidenschaft, unsterblicher Liebe, abgrundtiefer Selbstaufopferung und rasender Eifersucht nur so wimmelt! Keiner der beiden paßt da auch nur im entferntesten hinein. Thaddeus war zwar heldenhaft, aber er war auch borniert, verknöchert, außerordentlich festgefahren in seinen Ansichten und erschreckend kalt, wenn man etwas auf dem Herzen hatte. Man kann nicht ständig ein Epos nach dem anderen lesen, weißt du. Die meiste Zeit war er verschlossen und egozentrisch. Und die einzig wirkliche Leidenschaft, die Louisa empfindet, gilt sich selbst. Es gefällt ihr, geliebt, bewundert und beneidet – das ganz besonders – zu werden, sie fühlt sich am wohlsten, wenn sie im Mittelpunkt steht. Eine Beziehung wäre ihr niemals wichtiger als die eigene Person. Außerdem kommt erschwerend hinzu, daß sie sich zwar atemberaubend kleidet, selbstbewußt herumstolziert und jedem schöne Augen macht, aber Maxim hat überaus hohe Moralvorstellungen – und darüber hinaus das Geld. Er würde sich keine Eskapaden ihrerseits gefallen lassen.« Sie biß sich auf die schön geschwungene Unterlippe. »Er hat Alex einmal sehr geliebt, sich aber jeden Gedanken an eine Beziehung zu ihr verboten. Er würde niemals dulden, daß Louisa jetzt Schindluder mit ihm treibt.«

Hester forschte unauffällig in Ediths Zügen; sie wollte ihr nicht unnötig weh tun, kam gegen die Gedankenflut in ihrem Kopf jedoch nicht an. »Thaddeus hatte sicherlich auch Geld? Wenn Louisa ihn geheiratet hätte, wäre sie von Maxim nicht mehr abhängig gewesen.«

Edith lachte abermals aus voller Kehle. »Sei nicht albern! Für sie hätte es den gesellschaftlichen Ruin bedeutet, wenn Maxim sich von ihr hätte scheiden lassen – und Thaddeus wäre niemals darauf eingegangen. Dazu lag ihm zuviel an seinem guten Ruf.«

»Ich nehme an, du hast recht«, gab Hester einsichtig zurück. Mit schwirrendem Kopf saß sie eine Zeitlang da und schwieg.

»Ich wage überhaupt nicht daran zu denken«, meinte sie schließlich, von unguten Erinnerungen geplagt. »Aber wenn es nun tatsächlich ganz jemand anders war? Nicht einer der Gäste, sondern einer vom Dienstpersonal? War Thaddeus oft bei den Furnivals zu Besuch?«

»Ja, ich glaube schon, aber warum in aller Welt sollte ihn ein Dienstbote ermorden? Das klingt mir zu sehr an den Haaren herbeigezogen. Ich weiß, du versuchst einen Ausweg zu finden – aber . . .«

»Was ist mit seiner Vergangenheit? Liegt da vielleicht der Hund begraben? Er war General – er muß sowohl Freunde als auch Feinde gehabt haben. Womöglich ist das Mordmotiv irgendwo in seiner Armeezeit zu finden und hat gar nichts mit seinem Privatleben zu tun.«

Ediths Miene hellte sich auf. »Hester, du bist wirklich genial! Du denkst an irgendeinen Zwischenfall auf dem Schlachtfeld oder in der Kaserne, der nach all den Jahren endlich gerächt worden ist? Wir müssen alles über die Dienstboten der Furnivals in Erfahrung bringen. Du mußt es diesem – wie hieß er noch? – richtig, diesem Mr. Monk unbedingt sagen. Du mußt ihm erzählen, was uns gerade eingefallen ist und ihn sofort darauf ansetzen!«

Hester grinste bei dem Gedanken, Monk auf diese Weise zu instruieren, in sich hinein, stimmte jedoch kommentarlos zu. Ehe Edith ihre Betrachtungen fortführen konnte, erschien das Mädchen auf der Bildfläche und verkündete, der Lunch sei serviert. Man erwartete sie bei Tisch.

Edith schien Hesters Erscheinen bereits angekündigt zu haben. Außer einer kühlen Begrüßung, der Aufforderung, sich an den speziell ihr zugedachten Platz zu setzen, und der eher mechanischen Äußerung, sie möge ihr Essen genießen, wurde über ihre Anwesenheit kein Wort verloren.

Hester bedankte sich bei Felicia, dann ließ sie sich schweigend nieder.

»Ich nehme an, ihr habt die Zeitungen gelesen?« erkundigte sich Randolf und warf einen Blick in die Runde. Er sah noch müder aus als beim letzten Mal, aber hätte Monk sie jetzt gefragt, ob er senil sei, sie hätte es zweifelsohne verneint. Seine Augen versprühten grimmige Intelligenz, und die Verdrossenheit um seinen Mund sowie die Schlaffheit seiner Züge waren ebensogut durch seinen Charakter bedingt wie durch das bloße Verstreichen der Zeit.

»Die Schlagzeilen sind mir natürlich nicht entgangen«, gab Felicia spitz zurück. »Der Rest interessiert mich nicht. Wir können ohnehin nichts dagegen tun, folglich erübrigt sich jede weitere Diskussion. Am besten, wir gehen damit um wie mit jeder Form von übler Nachrede oder geschmackloser Spekulation: Wir denken uns nichts dabei und lassen uns nicht davon ärgern. Würdest du mir bitte die Gewürze reichen, Peverell?«

Peverell tat, wie ihm geheißen, und lächelte Hester aus den Augenwinkeln an. Wieder fielen ihr die Güte und der sanfte Humor an ihm auf. Er war kein aufsehenerregender Mann, und doch so meilenweit vom Mittelmaß entfernt. Sie konnte sich nicht vorstellen, daß Damaris eine Romanze mit Maxim Furnival ernsthaft in Betracht gezogen hatte; so dumm war sie bestimmt nicht, für einen kurzen Moment billigen Vergnügens ihre Ehe aufs Spiel zu setzen. Bei aller Extravaganz war sie weder oberflächlich noch naiv.

»Ich habe keine Zeitung in die Finger bekommen«, sagte Edith da aus heiterem Himmel und schaute ihre Mutter an.

»Selbstverständlich nicht.« Felicia starrte empört zurück. »Und das wird auch so bleiben.«

»Was schreiben sie denn über Alexandra?« Edith blieb hartnäkkig. Den drohenden Unterton in der Stimme ihrer Mutter schien sie nicht gehört zu haben.

»Genau das, was du dir vorstellst«, fertigte diese sie ab. »Kümmere dich nicht darum.«

»Als ob das so einfach wäre«, bemerkte Damaris schroff, fast vorwurfsvoll. »Denkt nicht daran, dann erledigt sich die Sache von selbst. Schnipp! – und vorbei.«

»Mein liebes Kind, du mußt noch viel lernen«, sagte Felicia eisig und bedachte ihre Tochter mit einem nahezu wütenden Blick. »Wo steckt Cassian? Er kommt zu spät. Einen gewissen Spielraum darf man ihm ruhig zugestehen, aber an die Regeln muß er sich trotzdem halten.« Ihre Hand griff zu einem silbernen Glöckchen und schwenkte es durch die Luft.

Beinah gleichzeitig erschien ein Lakai.

»Holen Sie Master Cassian, James. Sagen Sie ihm, man erwartet ihn bei Tisch.«

»Jawohl, Ma'am.« Gehorsam trottete er von dannen.

Randolf stieß ein wortloses Grunzen aus und widmete sich wieder seinem Essen.

»Ich nehme an, die Zeitungen berichten nur Gutes über General Carlyon.« Hester hörte selbst, wie grell ihre Stimme das Schweigen durchschnitt; ihre Worte klangen fürchterlich plump und steif. Aber wie sonst sollte sie ihr Ziel erreichen? Darauf zu hoffen, daß einer von ihnen etwas Aufschlußreiches sagen oder tun würde, wenn sie lediglich geruhsam ihren Lunch verzehrten, war in der Tat zu optimistisch. »Seine Laufbahn beim Militär war geradezu spektakulär«, fuhr sie fort. »Das wurde bestimmt erwähnt.«

Randolf betrachtete sie mit grüblerischer Miene.

»O ja, das war sie. Er war ein herausragender Mann, eine Zierde für seine Generation und seine Familie. Wenn mir auch ein Rätsel ist, wie Sie das beurteilen wollen, Miss Latterly. Da ich jedoch davon ausgehe, daß Ihre Bemerkung gut gemeint ist und in freundlicher Absicht gemacht wurde, möchte ich mich für Ihre Höflichkeit bedanken.« Dabei sah er alles andere als dankbar aus.

Hester hatte den Eindruck, mit ihrer Lobhudelei zu weit gegangen zu sein. Als ob sie ihn als ihr spezielles Eigentum betrachten würden und außer ihnen niemand über ihn sprechen dürfte!

»Ich habe selbst ziemlich viel Zeit in der Armee verbracht, Colonel Carlyon«, verteidigte sie sich.

»Armee!« fuhr er ihr verächtlich über den Mund. »Unsinn, junge Dame! Sie waren eine Krankenschwester, eine, die den Chirurgen das Süppchen gekocht hat. Das ist wohl kaum dasselbe!«

Hesters Temperament ging mit ihr durch; sie vergaß Monk, Rathbone und Alexandra Carlyon.

»Ich wüßte zu gern, wie Sie das beurteilen wollen«, sagte sie in einer präzisen, boshaften Imitation seines Tonfalls. »Sie waren nicht dort. Sonst wäre Ihnen bekannt, daß sich die Aufgaben der Lazarettschwestern in letzter Zeit erheblich gewandelt haben. Ich habe die Gefechte verfolgt und bin anschließend über die Schlachtfelder gelaufen. Ich habe den Ärzten in den Feldlazaretts assistiert und darf wohl behaupten, in dieser kurzen Zeit mindestens ebenso viele Soldaten kennengelernt zu haben wie Sie.«

Randolfs Gesicht erstrahlte in sattem Pflaumenblau, seine Augen traten aus den Höhlen.

»Und General Carlyons Name wurde nicht einmal erwähnt«, fügte sie kühl hinzu. »Zur Zeit betreue ich aber einen gewissen Major Tiplady, der ebenfalls in Indien gedient hat. Er hat mir ein wenig über ihn sagen können. Ich spreche nicht von Dingen, über die ich nichts weiß. Oder bin ich falsch informiert?«

Randolf schwankte zwischen dem brennenden Wunsch, ihr eine Unverschämtheit an den Kopf zu werfen, dem Verlangen, seinen Sohn und den Familienstolz zu verteidigen, und einem zumindest halbwegs höflichen Verhalten einem Gast gegenüber, den er nicht einmal eingeladen hatte. Der Familienstolz setzte sich durch.

»Natürlich nicht«, meinte er widerwillig. »Thaddeus war eine Ausnahmeerscheinung. Er war nicht nur brillant, wenn es um militärische Angelegenheiten ging, er war darüber hinaus ein Mensch, dessen Name nicht durch den geringsten Makel von Unehrenhaftigkeit befleckt war.«

Felicia starrte mit zusammengepreßten Lippen auf ihren Teller. Hester fragte sich, welchen ungeheuren Schmerz sie angesichts des Todes ihres einzigen Sohnes empfinden mußte. Einen Schmerz, den sie mit derselben eisernen Disziplin verbarg, die sie zweifellos ihr ganzes Leben begleitet hatte; während der Einsamkeit in langen Monaten fern von zu Hause womöglich, an unbekannten Orten, unter harten klimatischen Bedingungen, stets mit drohender Verwundung und Krankheit konfrontiert. Und jetzt sah sie sich einem scheußlichen und vernichtenden persönlichen Verlust ausgesetzt. Der Mut und die Pflichtergebenheit solcher Frauen war dem britischen Soldaten eine unglaubliche Stütze gewesen.

Die Tür tat sich auf, und ein kleiner blonder Junge mit schmalem, blassem Gesicht kam herein; er spähte erst zu Randolf, dann zu Felicia hin.

»Entschuldigung, Großmama«, sagte er kaum hörbar.

»Es sei dir noch einmal verziehen«, entgegnete diese förmlich. »Aber laß es nicht zur Gewohnheit werden, Cassian. Es ist sehr unhöflich, zu spät zu den Mahlzeiten zu kommen. Setz dich jetzt bitte hin, James wird dir dein Essen bringen.«

»Ja, Großmama.« Er machte einen großen Bogen um den Stuhl seines Großvaters, umrundete dann Peverell, ohne ihn anzusehen, und ließ sich schließlich auf dem leeren Stuhl neben Damaris nieder.

Hester aß weiter, beobachtete aber unauffällig, wie er mit gesenktem Blick lustlos in seiner Hauptspeise stocherte. Da er die Suppe nun einmal verpaßt hatte, wurde ihm auch nicht die Gnade gewährt, sie nachzuholen. Er war ein hübsches Kind mit honigblondem Haar und heller Haut, die lediglich durch ein paar vereinzelte Sommersprossen etwas Farbe bekam. Seine Stirn war breit, die Nase kurz und zeigte bereits die ersten Anzeichen einer leichten Krümmung. Der breite, volle Mund war noch kindlich weich, hatte aber etwas leicht Schmollendes und Geheimnistuerisches an sich. Selbst als er mit Edith sprach, um ein wenig Wasser oder den Gewürzständer bat, machte er auf Hester einen extrem verschlossenen Eindruck. Er wirkte viel vorsichtiger, als sie es von einem Kind erwartet hätte.

Dann dachte sie an die entsetzlichen Ereignisse des vergangenen Monats, die ein furchtbarer Schlag für ihn gewesen sein mußten. An einem einzigen Abend hatte er den Vater verloren und die Mutter in ihren eigenen Kummer, ihr Grauen und ihre Furcht verstrickt vorgefunden, bis man auch sie zwei Wochen später gewaltsam von ihm fortgeholt und eingesperrt hatte. Wußte er, warum überhaupt? Hatte ihm jemand das volle Ausmaß der Tragödie erklärt? Oder glaubte er, daß es ein Unfall gewesen war und seine Mutter zurückkommen würde?

Sein vorsichtiges, mißtrauisches Gesicht ließ zwar kaum Rückschlüsse zu, doch verängstigt wirkte er eigentlich nicht. Seltsamerweise blickte er auch niemanden hilfesuchend an, obwohl er sich im Kreis der Familie befand und sie vermutlich alle recht gut kannte.

Hatte ihn schon jemand in den Arm genommen, damit er sich einmal so richtig ausweinen konnte? Hatte ihm jemand klargemacht, was vor sich ging? Oder ließ man ihn mit seiner Verwirrung, seinen Phantasien und Ängsten allein? Erwartete man, daß er seinen Kummer mit der stoischen Miene eines Erwachsenen trug, sein völlig verändertes Leben weiterführte, als bedürfe es keinerlei Antworten oder Trost? War die Tatsache, daß er so erwachsen wirkte, nur ein Versuch, das zu sein, was man von ihm erwartete?

Oder hatten sie sich darüber noch gar keine Gedanken gemacht? Gingen sie davon aus, daß Essen, Kleidung und ein Dach über dem Kopf alles war, was ein Junge seines Alters brauchte?

Die Unterhaltung plätscherte seicht vor sich hin, und Hester erfuhr nichts Neues. Man tauschte Banalitäten aus, unterhielt sich über Bekannte, deren Namen ihr nichts sagten, über die feine Gesellschaft im allgemeinen, die Regierung, die aktuellen Geschehnisse und die öffentliche Meinung zu den Skandalen und Katastrophen der Stunde.

Der letzte Gang war abgeräumt, und Felicia nahm soeben ein Mintbonbon vom Silbertablett, als Damaris wieder auf das ursprüngliche Thema zu sprechen kam.

»Ich bin heute morgen einem Zeitungsjungen begegnet, der sich brüllend über Alex ausgelassen hat«, sagte sie bedrückt. »Es waren ganz fürchterliche Dinge dabei. Wie können manche Leute nur so – so boshaft sein? Sie wissen ja noch gar nicht, ob sie es war oder nicht!«

»Hättest nicht hinhören sollen«, murmelte Randolf finster. »Das hat dir deine Mutter vorhin schon gesagt.«

»Ich hatte keine Ahnung, daß du ausgehen wolltest.« Felicia blickte sie verärgert über den Tisch hinweg an. »Wo bist du gewesen?«

»Beim Damenschneider«, gab Damaris hitzig zurück. »Ich brauche noch ein schwarzes Kleid. Du möchtest bestimmt nicht, daß ich in Purpur trauere.«

»Purpur ist Halbtrauer.« Felicias große, tiefliegende Augen ruhten mißbilligend auf ihrer Tochter. »Dein Bruder ist gerade erst unter die Erde gekommen. Du wirst so lange Schwarz tragen, wie es die Etikette verlangt. Ich weiß, die Beerdigung ist vorbei, aber falls du vor dem Michaelisfest in Purpur oder Lavendel aus dem Haus gehen solltest, würde ich in der Tat sehr ärgerlich werden.«

Bei der Aussicht, den ganzen Sommer Schwarz tragen zu müssen, verfinsterte sich Damaris' Gesicht merklich. Sie sagte allerdings nichts.

»Außerdem war es überflüssig, das Haus zu verlassen«, fuhr Felicia fort. »Du hättest den Schneider herbestellen können.« Damaris' Miene spiegelte eine Unmenge Gedanken wider, insbesondere den, wie gern sie dem Haus und dessen Umgebung für eine Weile entfliehen würde.

»Was stand denn nun dort?« fragte Edith gespannt und meinte damit wieder die Zeitungen.

»Für die Presse steht Alexandras Schuld offenbar fest«, erwiderte Damaris. »Aber das hat mich gar nicht so sehr gestört, es war die – die Böswilligkeit.«

»Was hast du erwartet?« Felicia runzelte unwillig die Stirn. »Sie hat in aller Öffentlichkeit zugegeben, daß sie etwas vollkommen Unvorstellbares getan hat. Das bringt das Weltbild der Leute genauso ins Wanken wie Wahnsinn. Natürlich sind sie ... verärgert. Ich glaube, *böswillig* ist nicht das richtige Wort. Du scheinst die Ungeheuerlichkeit ihrer Tat noch nicht begriffen zu haben.« Sie verbannte ihr Lachssoufflé an den Tellerrand und schenkte ihm keine weitere Beachtung. »Kannst du dir ausmalen, welche Zustände in diesem Land herrschen würden, wenn jede Frau, deren Mann mit einer anderen flirtet, gleich zur Mörderin wird? Wirklich, Damaris, manchmal frage ich mich, wo du deinen Verstand gelassen hast! Die Gesellschaft würde zugrunde gehen. Es gäbe keine Sicherheit mehr, keine Moral, keine Überzeugung. Wir würden in Chaos und Barbarei enden.«

Sie gab dem Lakaien mit einer herrischen Geste zu verstehen, daß er ihren Teller abräumen solle. »Alexandra mußte weiß Gott keine Widrigkeiten erdulden, und wenn es doch so gewesen wäre, hätte sie es ebenso tun müssen wie abertausend Frauen vor ihr – und zweifellos auch danach. Keine Beziehung geht ohne Probleme oder persönliche Opfer vonstatten.«

Das war eine ziemliche Übertreibung. Hester beobachtete die Gesichter der anderen, neugierig, ob ihr jemand widersprechen würde. Doch Edith hielt ihren Blick auf den Teller gesenkt; Randolf nickte, als ginge er völlig mit ihr konform; Damaris blickte zwar auf und schaute Hester an, blieb aber ebenfalls stumm. Cassians Gesicht war todernst, doch niemand schien sich daran zu stoßen, daß hier offen vor ihm über seine Eltern diskutiert wurde. Und so zeigte er denn auch nicht die Spur einer Gefühlsregung.

Peverell war es, der schließlich das Wort ergriff.

»Das ist das Wesen der Furcht, meine Liebe«, sagte er zu Edith und lächelte sie traurig an. »Menschen benehmen sich oft am gemeinsten, wenn sie sich fürchten. Daß Henkersknechte Gewalt ausüben, erscheint uns vollkommen normal. Wenn es in der Unterschicht zu Schlägereien kommt, finden wir das nicht weiter verwunderlich. Wir haben sogar Verständnis, wenn vornehme Herren einmal aus der Rolle fallen, weil sie sich beleidigt fühlen, die Ehre einer Frau verteidigen wollen oder – auch wenn das als ausgesprochen geschmacklos gilt und nicht oft vorkommt – Geld im Spiel ist.«

Der Lakai entfernte sämtliche Fischteller und begann das Fleischgericht aufzutragen.

»Aber wenn Frauen plötzlich zur Gewalt greifen«, fuhr Peverell fort, »um ihren Männern vorzuschreiben, wie sie sich in moralischen und sittlichen Fragen zu verhalten haben, stellt das nicht nur eine Bedrohung für deren persönliche Freiheit, sondern auch für die Unantastbarkeit ihres Zuhauses dar. Und das löst eine furchtbare Panik aus, weil es an den Grundfesten eines essentiellen Sicherheitsfaktors rüttelt, an dem einzigen Ort, an dem die Menschen sich einbilden, nach den alltäglichen Spannungen und Konflikten Zuflucht zu finden.«

»Ich begreife nicht, warum du *einbilden* sagst.« Felicia umhüllte ihn mit einem eiskalten Blick. »Das eigene Heim ist der Mittelpunkt des Friedens, der Moral und der unerschütterlichen Loyalität, ein Ruhepol und ein Quell der Kraft für alle, die arbeiten oder sich in einer zunehmend veränderten Welt behaupten müssen.« Sie lehnte das Fleischgericht ab, und der Lakai zog sich diskret zurück, um Hester zu bedienen. »Welchen Sinn hätte das Leben dann noch? Wenn das Kernstück aufweicht, geht alles verloren. Wie kannst du nur überrascht sein, daß die Menschen sich davor fürchten und sich abgestoßen fühlen, wenn eine Frau, die alles hat, plötzlich durchdreht und ausgerechnet den Mann ermordet, der sie beschützt und versorgt hat? Selbstverständlich reagieren sie entsetzt. Etwas anderes wäre geradezu unnormal.« Zu Damaris sagte sie: »Du mußt es ignorieren. Hättest du den Schneider ins Haus bestellt, was ohnehin der richtige Weg gewesen wäre, hättest du es gar nicht erst mitbekommen.«

Damit war das Thema erledigt. Eine halbe Stunde später, als sie mit dem Essen fertig waren, verschwanden Edith und Hester nach den üblichen entschuldigenden Worten nach oben. Kurz darauf verließ Hester das Haus. Sie hatte Edith über sämtliche neuen Erkenntnisse informiert und verabschiedete sich mit dem Versprechen, auch weiterhin alles zu tun, was im Rahmen ihrer sehr begrenzten Möglichkeiten stand. Dabei versuchte sie wider besseres Wissen, Edith ein wenig Hoffnung zu machen.

Den Blick starr in Richtung Fenster gerichtet, wartete Major Tiplady bereits ungeduldig auf ihr Kommen. Kaum hatte sie das Zimmer betreten, fragte er sie ungeduldig aus.

»Ich glaube nicht, daß viel Brauchbares dabei herausgekommen ist«, antwortete Hester, während sie Haube und Mantel ablegte und auf einem Stuhl deponierte, damit Molly die Sachen aufhängen konnte. »Aber ich habe einiges über den General erfahren. Ich bin nicht sicher, ob ich ihn gemocht hätte, aber jetzt kann ich seinen Tod wenigstens ein bißchen bedauern.«

»Das klingt nicht gerade produktiv«, bemerkte Tiplady kritisch. Kerzengerade aufgerichtet, betrachtete er sie aufmerksam. »Könnte dieses Louisaweib ihn getötet haben?«

Hester durchquerte den Raum, zog einen Stuhl heran und setzte sich neben ihn.

»Ich glaube kaum«, nahm sie ihm seine Illusion. »Er war zu Freundschaften offenbar wesentlich eher in der Lage als zu Liebesbeziehungen; und Louisa hatte allem Anschein nach zuviel zu verlieren, sowohl in finanzieller wie auch in gesellschaftlicher Hinsicht, als daß sie mehr als nur einen Flirt riskiert hätte.« Sie war mit einem Mal furchtbar deprimiert. »Es sieht ganz so aus, als ob wirklich nur Alexandra in Frage kommt – oder die arme Sabella, falls sie tatsächlich geistesgestört ist.«

»Guter Gott!« Auch Tiplady war am Boden zerstört. »Was machen wir denn jetzt?«

»Vielleicht war es ja einer der Dienstboten«, sagte Hester mit neuerwachender Zuversicht.

»Einer der Dienstboten?« wiederholte er ungläubig. »Aus welchem Grund?«

»Keine Ahnung. Wegen irgendeiner alten Armeegeschichte zum Beispiel?«

Er machte ein skeptisches Gesicht.

»Ich werde dem jedenfalls nachgehen!« erklärte sie resolut. »Und? Haben Sie schon Tee getrunken? Wie steht's mit Abendessen? Worauf hätten Sie Appetit?«

Zwei Tage später nahm sie sich den Nachmittag frei – Major Tiplady hatte darauf bestanden – und besuchte Lady Callandra Daviot, um etwas mehr über General Carlyons Militärlaufbahn zu erfahren. Callandra hatte ihr mit Rat und Tat und unerschütterlicher Freundschaft zur Seite gestanden, als sie von der Krim zurückgekehrt war, und ihr mittels ihrer Beziehungen die Stellung im Krankenhaus verschafft. Es war ausgesprochen großherzig von ihr gewesen, daß sie Hester nicht mit erheblich herberen Kommentaren bedacht hatte, als diese wegen Überschreitung ihrer Befugnisse wieder entlassen worden war.

Callandras verstorbener Gatte, Colonel Daviot, hatte es als Militärchirurg zu einigem Ruhm gebracht, ansonsten war er ein aufbrausender, charmanter, halsstarriger, geistreicher und ein wenig despotischer Mann gewesen. Er hatte sich eines großen Bekanntenkreises erfreut und konnte durchaus etwas über General Carlyon gewußt haben. Callandra, die immer noch in Kontakt mit dem Sanitätskorps stand, erinnerte sich vielleicht, von ihm gehört zu haben. Falls nicht, konnte sie eine diskrete Anfrage stellen, um etwas über seinen beruflichen Werdegang und, was weitaus wichtiger war, seinen Ruf als Privatmann in Erfahrung zu bringen. Vielleicht erhielt sie auf diesem Weg Informationen über inoffizielle Ereignisse, die ihnen die Tür zu einem möglichen Mordmotiv öffneten. Jemand, der sich für eine Ungerechtigkeit rächen wollte zum Beispiel, für einen Verrat auf dem Schlachtfeld, für eine unrechtmäßige, erschlichene Beförderung oder sogar einen an die Öffentlichkeit gezerrten Skandal. Der Möglichkeiten gab es viele.

Sie saßen in Callandras Zimmer, das man kaum als Salon bezeichnen konnte, da sie offizielle Gäste hier niemals empfangen hätte. Es war sonnendurchflutet, unglaublich unmodern möbliert und mit Büchern und Zeitungen übersät. Überall sah man Kissen, die der Steigerung der Bequemlichkeit dienen sollten, auf dem Sofa lagen zwei abgelegte Umhängetücher sowie ein im Grunde weißer, schlafender Kater, der jedoch über und über mit Ruß bedeckt war.

Auch Callandra selbst, eine Frau in fortgeschrittenen Jahren, bot einen höchst interessanten Anblick. Ihr graues Haar stand zu allen Seiten ab, als wäre sie einem mittelschweren Sturm ausgesetzt, das wache, intelligente und humorvolle Gesicht mit der langen Nase wirkte mindestens ebenso altmodisch wie der ganze Raum. Sie saß der Sonne zugewandt am Fenster, was, falls sie das öfter tat, eine ausgezeichnete Erklärung für ihre wenig vornehme Gesichtsfarbe darstellte. Sie schaute Hester amüsiert an.

»Mein liebes Mädchen, glauben Sie nicht, daß Monk mir längst von diesem Fall erzählt hat? So lautete unsere Abmachung, falls Sie sich erinnern. Und ich habe mich natürlich kräftig ins Zeug gelegt, um soviel wie möglich über General Carlyon in Erfahrung zu bringen. Wie über seinen Vater. Man bekommt eine Menge über einen Mann heraus, wenn man sich seine Eltern ansieht – für eine Frau gilt selbstverständlich das gleiche.« Sie blickte grimmig drein. »Wirklich, dieser Kater ist total verdreht. Gott hat ihn weiß auf die Erde geschickt, und was macht er? Klettert die Kamine hinauf! Bei dem Gedanken, daß er den ganzen Dreck früher oder später aus seinem Fell lecken wird, wird mir richtig übel – als ob ich den Mund selbst voll Ruß hätte. Aber ich kann ihn wohl kaum baden, obwohl ich kurz daran gedacht und ihm das gesagt habe.«

»Einen Großteil wird er ohnehin an Ihren Möbeln abstreifen«, warf Hester sorglos in den Raum. Sie war an Callandras Art gewöhnt, außerdem mochte sie das Tier recht gern.

»Wahrscheinlich«, stimmte Callandra zu. »Er ist fürs erste aus der Küche verbannt worden, also gewähre ich dem armen Vieh Asyl.«

»Wieso das? Ich dachte, es wäre seine Aufgabe, die Mäuseexplosion dort in Grenzen zu halten?«

»Stimmt – aber er kann die Pfoten nicht von den Eiern lassen.«

»Hat die Köchin nicht hin und wieder ein Ei für ihn übrig?«

»Natürlich. Aber wenn sie es einmal nicht tut, behilft er sich selbst. Erst heute morgen hat er die Pfote um ein halbes Dutzend Eier geschlungen und sie auf den Boden geschubst. Wo sie natürlich zerbrochen sind, so daß er sich ordentlich den Wanst vollschlagen konnte. Wundern Sie sich also nicht, wenn es heute kein Soufflé zum Dinner gibt.« Sie ließ sich noch tiefer in die Kissen gleiten, woraufhin sich der Kater im Schlaf genüßlich rekelte und sacht zu schnurren begann. »Sie möchten bestimmt gern wissen, was ich über General Carlyon herausgefunden habe?« fragte sie dann.

»Allerdings.«

»Nichts Weltbewegendes leider. Er muß ein in der Tat bemerkenswert uninteressanter Mann gewesen sein, korrekt bis zu einem Grad, der an Fadheit grenzt – jedenfalls für meinen Geschmack. Sein Vater hat ihm eine Offiziersstelle im Gardekorps erkauft. Er war tüchtig, bei den Kameraden ausgesprochen beliebt – bei den meisten wenigstens –, hat die Buchstaben des Gesetzes wortgetreu befolgt und wurde zu gegebener Zeit befördert, was zweifellos viel mit dem Einfluß seiner Familie und einem gewissen angeborenen Talent im Umgang mit Waffen zu tun hatte. Er verstand es, seinen Männern absolute Loyalität abzugewinnen – und das will was heißen. Außerdem war er ein sehr guter Reiter; auch ein erheblicher Pluspunkt.«

»Und wie war er privat?« fragte Hester hoffnungsvoll.

Callandra wirkte ein wenig betreten. »Ein völlig unbeschriebenes Blatt«, gab sie zu. »Er hat Alexandra Fitz William nach nur ganz kurzer Werbungszeit geheiratet. Die Verbindung war vollkommen standesgemäß, und beide Familien waren mit der Heirat überaus zufrieden, was nicht weiter verwunderlich ist, da hauptsächlich sie das Ganze arrangiert hatten. Dann wurde ihre Tochter Sabella geboren und, viele Jahre später, ihr einziger Sohn Cassian. Der General wurde nach Indien abkommandiert und blieb lange Zeit dort, vorwiegend in Bengalen. Ich habe mit einem Freund von mir gesprochen, der ebenfalls dort gedient hat, aber er hat nie auch nur ansatzweise Schlechtes über Carlyon gehört, weder hinsichtlich seiner beruflichen Pflichten noch seines Privatlebens. Seine Männer haben ihn respektiert, manche sogar sehr.

Ach Moment, eine kleine Geschichte ist mir doch zu Ohren gekommen, die vielleicht ein wenig Licht auf den Charakter dieses Mannes wirft. Ein junger Leutnant, der erst seit wenigen Wochen in Indien war, kam mit seiner Patrouille überhaupt nicht zu Rande und verlief sich, was zur Folge hatte, daß die Hälfte seiner Männer verwundet wurde. Carlyon, damals Major, nahm ein erhebliches persönliches Risiko in Kauf und ritt mit einigen Freiwilligen aus, um nach dem jungen Burschen zu suchen. Er stöberte ihn auf, kümmerte sich um die Verwundeten und wehrte obendrein irgendeinen feindlichen Angriff ab. Dann brachte er fast alle sicher zur Stellung zurück. Er riß den jungen Burschen unter vier Augen in Stücke, log aber wie ein Landsknecht, um ihn vor einer Anklage wegen absoluter Untauglichkeit zu bewahren. Was alles höchst uneigennützig klingt, bis man sich einmal vor Augen führt, wie sehr es seinem Ruf zuträglich war und wie seine Männer ihn dafür bewundert haben. Die Heldenverehrung seiner Meute schien ihm wichtiger gewesen zu sein als eine Beförderung, die er allerdings trotzdem bekam.«

»Sehr menschlich«, sagte Hester nachdenklich. »Nicht unbedingt bewundernswert, aber auch nicht schwer zu verstehen.«

»In keiner Weise bewundernswert«, erwiderte Callandra grimmig. »Nicht für einen Soldaten in Führungsposition. Einem General muß man in erster Linie vertrauen können; darauf läßt sich wesentlich besser bauen als auf Heldenverehrung. Das ist etwas, woran man sich halten kann, wenn es brenzlig wird.«

»Da haben Sie wahrscheinlich recht, ja.« Hester besann sich auf ihren gesunden Menschenverstand. Es war immer das gleiche mit den großen Führern der Menschheit. Florence Nightingale war auch keine sonderlich liebenswürdige Frau, denn sie war viel zu autokratisch, viel zu unsensibel, um die Eitelkeiten und kleinen Unzulänglichkeiten anderer wahrzunehmen, war intolerant den Schwächen ihrer Mitmenschen gegenüber und gleichzeitig selbst außerordentlich exzentrisch. Aber sie war eine Art Galionsfigur, der sogar diejenigen bedingungslos folgten, die sie haßten. Und die Männer, denen sie ihre Hilfe zuteil werden ließ, betrachteten sie als eine Heilige – aber vielleicht waren die meisten Heiligen ebenfalls eher schwierige Menschen.

»Ich hatte die Hoffnung, daß er vielleicht ein unverbesserlicher Spieler gewesen ist«, fuhr Callandra fort. »Daß er zu stark auf die Disziplin pochte, irgendwelchen barbarischen Sekten oder Glaubensrichtungen anhing, daß er persönliche Feinde hatte oder Freundschaften pflegte, die Zweifel an seiner Integrität hätten aufkommen lassen können – wenn Sie wissen, was ich meine?« Sie schaute Hester skeptisch an.

»Ja, ich weiß, was Sie meinen«, bestätigte Hester mit einem schiefen Lächeln. Daran hatte sie überhaupt noch nicht gedacht, aber die Idee war gut. Was, wenn der Liebespartner des Generals keine Frau, sondern ein Mann gewesen war? Doch auch diese Überlegung schien nirgendwo hinzuführen. »Zu schade – das hätte ein phantastisches Motiv abgegeben.«

»Allerdings.« Callandras Gesicht wurde hart. »Aber ich konnte keinerlei Anhaltspunkte dafür finden. Und derjenige, mit dem ich gesprochen habe, hätte gewiß kein Blatt vor den Mund genommen, wenn ihm etwas Derartiges zugeflogen wäre. Ich fürchte, meine Liebe, General Carlyons Verhalten ließ nicht das geringste zu wünschen übrig. Anscheinend hat er niemandem Anlaß gegeben, ihn zu hassen oder zu fürchten.«

Hester seufzte. »Und sein Vater?«

»Ein ähnlicher Fall – sehr ähnlich sogar, nur weniger erfolgreich. Er hat im Peninsularkrieg unter dem Duke von Wellington gedient und Waterloo miterlebt – was ihn eigentlich hätte interessant machen müssen, es anscheinend aber nicht tat. Der einzige Unterschied zwischen Vater und Sohn besteht offenbar darin, daß der Colonel zuerst den Sohn hatte und dann die beiden Töchter, während es beim General genau umgekehrt war. Außerdem hat der General es weiter gebracht, zweifellos aufgrund seines einflußreichen Vaters. Es tut mir leid, daß meine Nachforschungen nicht mehr ergeben haben. Wirklich außerordentlich frustrierend das Ganze.«

Nach dieser Schlußbemerkung schweifte die Unterhaltung zu allgemeineren Themen ab. Sie verbrachten einen ausgesprochen netten Nachmittag, bis Hester sich schließlich verabschieden mußte, um zu Major Tiplady und ihren Pflichten zurückzukehren.

Während Hester bei der Familie Carlyon speiste, stattete Monk Dr. Charles Hargrave seinen ersten Besuch ab. Der Mann erfüllte gleich zwei Funktionen: zum einen war er als einer der wenigen Nichtverwandten der Carlyons bei der Dinnerparty zugegen gewesen, zum anderen hatte er im Rahmen seiner ärztlichen Pflicht die Leiche des Generals als erster untersucht.

Er hatte einen Termin mit Hargrave vereinbart, damit der Arzt nicht wegen eines Hausbesuchs abwesend war, wenn er überraschend bei ihm auftauchte. Trotz der vorgerückten Stunde, es war halb neun abends, näherte er sich seinem Haus also mit recht großer Zuversicht. Das Mädchen ließ ihn ein und führte ihn sogleich in ein angenehmes, konventionelles Arbeitszimmer, wo Hargrave ihn bereits erwartete. Der Mann war ungewöhnlich groß, schlank und gut gebaut, machte jedoch trotz der breiten Schultern keinen besonders muskulösen Eindruck. Er hatte aschblondes Haar, leicht zusammengekniffene, grünblaue Augen und eine lange, spitze Nase, die nicht ganz gerade war, als wäre sie irgendwann einmal gebrochen gewesen und nicht richtig zusammengewachsen. Der Mund war klein, bei jedem Lächeln traten zwei gleichmäßige Zahnreihen hervor. Hargrave hatte ein sehr eigenwilliges Gesicht und schien sich in seiner Haut ausgesprochen wohl zu fühlen.

»Guten Abend, Mr. Monk. Ich bezweifle zwar, Ihnen helfen zu können, aber ich will es selbstverständlich gern versuchen – auch wenn ich der Polizei bereits alles gesagt habe.«

»Vielen Dank, Sir«, erwiderte Monk erfreut. »Das ist sehr entgegenkommend von Ihnen.«

»Nicht der Rede wert. Eine verteufelte Geschichte.« Er deutete auf einen der beiden großen Ledersessel neben dem Kamin, wartete, bis Monk sich gesetzt hatte, und nahm dann in dem anderen Platz. »Was möchten Sie wissen? Über den Verlauf des Abends sind Sie vermutlich schon informiert?«

»Ich habe mehrere Darstellungen gehört, die nur unerheblich voneinander abweichen«, gab Monk zurück. »Trotzdem sind noch einige Fragen offen. Haben Sie zum Beispiel eine Vorstellung, warum Mrs. Erskine so beunruhigt gewesen ist?«

Hargrave lächelte unverhofft. Es war eine charmante, offenherzige Gebärde. »Nein, nicht im geringsten. Krach mit Louisa, nehme ich an, aber ich habe keinen Schimmer weshalb. Jedenfalls war sie zu Maxim ausgesprochen garstig, was eigentlich nicht ihre Art ist. Tut mir leid, daß ich Ihnen nicht mehr sagen kann. Und ehe Sie fragen, warum Thaddeus und Alexandra sich gestritten haben – auch das weiß ich leider nicht.«

»Könnte es dabei ebenfalls um Mrs. Furnival gegangen sein?«

Hargrave sann eine Weile nach. Er legte die Fingerspitzen aneinander, so daß das Ergebnis einem Spitzturm ähnelte, und blickte Monk darüber hinweg nachdenklich an.

»Anfangs hielt ich das für ziemlich abwegig, aber je länger mir der Gedanke durch den Kopf geht, desto wahrscheinlicher kommt er mir vor. Konkurrenz ist etwas sehr Merkwürdiges. Die Menschen kämpfen manchmal nicht um Dinge, weil sie sie um ihrer selbst willen haben möchten, sondern weil sie den Kampf gewinnen und dabei gesehen werden wollen; jedenfalls haben sie nicht die geringste Lust, als Verlierer dazustehen.« Mit ernster Miene forschte er in Monks Zügen. »Ich will damit sagen, daß Alexandras Stolz ihr vielleicht über alles ging. Obwohl sie den General gar nicht so sehr liebte, konnte sie es vielleicht nicht ertragen, daß er jemand anderem im Beisein ihrer Familie und ihrer Freunde zuviel Aufmerksamkeit schenkte.« Er glaubte Skepsis in Monks Gesicht zu erkennen. »Mir ist natürlich klar, daß Mord eine sehr extreme Reaktion darauf ist.« Er runzelte die Stirn und biß sich auf die Lippe. »Und eine Lösung ist es auch nicht, aber das gilt für alle anderen Probleme genauso. Andererseits besteht kein Zweifel daran, daß der General tatsächlich ermordet wurde.«

»Wurde er das?« Monk fragte weniger aus Skepsis, als um die Dinge klarzustellen. »Sie haben die Leiche untersucht; für Sie stand nicht auf Anhieb fest, daß es Mord war, oder?«

Hargrave lächelte trocken. »Nein. Aber ich hätte an jenem Abend sowieso nichts gesagt, egal, was ich dachte. Ich war zugegebenermaßen ziemlich erschüttert, als Maxim zurückkam und sagte, Thaddeus hätte einen Unfall gehabt. Und als ich ihn dann sah, wußte ich natürlich sofort, daß er tot war. Die Wunde machte einen üblen Eindruck. Nachdem für mich feststand, daß ich nichts mehr für ihn tun konnte, habe ich mir in erster Linie den Kopf darüber zerbrochen, wie ich es seiner Familie am schonendsten beibringen könnte; sie war fast vollständig vertreten, inklusive seiner Frau. Damals hatte ich selbstverständlich noch keine Ahnung, daß sie als einzige bereits völlig im Bilde war.«

»Was ist, aus Ihrer Sicht als Mediziner betrachtet, geschehen, Dr. Hargrave?«

Hargrave spitzte die Lippen.

»Detailgetreu«, fügte Monk hinzu.

»Vielleicht sollte ich zunächst den Tatort beschreiben.« Hargrave schlug die Beine übereinander und starrte in die züngelnden Flammen, welche die Abendkühle vertreiben sollten. »Der General lag ausgestreckt auf dem Boden, direkt unter der Biegung des Treppengeländers«, begann er. »Die Ritterrüstung befand sich neben ihm. Wenn ich mich recht entsinne, war sie in ihre Einzelteile zerlegt, vermutlich durch den heftigen Aufprall seines Körpers. Wahrscheinlich war sie lediglich durch ein paar zerschlissene Lederbänder und ihr eigenes Gewicht zusammengehalten worden, was ihr eine gewisse Stabilität verliehen hatte. Ein Panzerhandschuh lag unter seinem Körper, der andere dicht neben seinem Kopf. Der Helm war etwa viereinhalb Meter zur Seite gerollt.«

»Lag der General auf dem Rücken oder auf dem Bauch?«

»Auf dem Rücken«, sagte Hargrave sofort. »Die Hellebarde steckte in seiner Brust. Ich nahm an, daß er sich zu weit über die Brüstung gelehnt, das Gleichgewicht verloren und sich dann bei dem Versuch, sich zu retten, in der Luft gedreht haben mußte, so daß die Spitze der Hellebarde in seine Brust eindringen konnte. Als er anschließend auf die Rüstung fiel, prallte er ab und kam somit auf dem Rücken zu liegen. Hanebüchen, ich weiß, aber damals dachte ich noch nicht an Mord. Alles, was ich wollte, war helfen.«

»Und Sie haben sofort gemerkt, daß er tot war?«

Ein Hauch von Wehmut glitt über Hargraves Gesicht. »Als erstes habe ich mich zu ihm hinabgebeugt und seinen Puls gefühlt. Ganz automatisch, nehme ich an – und in dem Fall leider umsonst. Als ich keinen fand, besah ich mir die Wunde genauer. Die Hellebarde steckte noch darin.« Obwohl sich sein ganzer Körper verspannte, schien er seltsam in sich zusammenzusinken. »Sie war so tief eingedrungen, daß ich an seinem Tod keinerlei Zweifel mehr hegte. Nach einer derartigen Verletzung konnte er unmöglich noch länger als wenige Sekunden gelebt haben. Es waren mindestens zwanzig Zentimeter. Als wir seinen Körper später wegbrachten, sah man sogar eine leichte Vertiefung an der Stelle, wo die Spitze den Boden unter ihm berührt hatte. Sie hat...« Seine Stimme versagte. Er atmete tief durch und fuhr fort: »Der Tod muß mehr oder minder sofort eingetreten sein.«

Hargrave machte eine kurze Pause, schluckte und meinte dann ein wenig entschuldigend: »Ich habe schon viele Leichen gesehen, aber die waren zum Großteil auf Altersschwäche oder Krankheiten zurückzuführen. Mit gewaltsamem Tod bin ich noch nicht oft konfrontiert worden.«

»Wie sollten Sie auch«, bestätigte Monk in sanfterem Ton. »Haben Sie die Leiche bewegt?«

»Wo denken Sie hin. Es war offensichtlich, daß die Polizei verständigt werden mußte. Auch ein tödlicher Unfall von solch brutalem Ausmaß muß gemeldet und untersucht werden.«

»Sie gingen also in den Salon und teilten den anderen mit, daß er tot war? Erinnern Sie sich noch an die Reaktionen der einzelnen Personen?«

»Und ob!« Hargrave schaute ihn verdutzt an. »Sie waren natürlich entsetzt. Maxim und Peverell waren beinah wie gelähmt – genau wie meine Frau. Damaris Erskine war den größten Teil des

Abends so sehr mit ihren eigenen Gedanken beschäftigt gewesen, daß es eine ganze Weile dauerte, bis sie den Sinn meiner Worte erfaßt hatte. Sabella war gar nicht da. Sie hatte sich irgendwann nach oben verzogen – meiner Meinung nach, weil sie es nicht in einem Raum mit ihrem verhaßten Vater aushalten konnte . . .«

»Wissen Sie, warum sie ihn gehaßt hat?« fiel Monk ihm ins Wort.

»O ja.« Hargrave lächelte nachsichtig. »Seit ihrem zwölften oder dreizehnten Lebensjahr wollte sie Nonne werden – scheint eine romantische Vorstellung vieler Mädchen zu sein.« Er zuckte die Achseln und machte ein leicht amüsiertes Gesicht. »Die meisten wachsen aus dieser Phase heraus – sie nicht. Ihr Vater wollte selbstverständlich nichts davon hören. Er bestand darauf, daß sie heiratet und einen Hausstand gründet wie jede andere junge Frau auch. Und Fenton Pole ist ein recht netter, gebildeter und wohlerzogener junger Mann, der ihr dank seines nicht unbeträchtlichen Vermögens ein sehr angenehmes Leben bieten kann.«

Er beugte sich vor, beförderte einen Holzscheit mit dem Schürhaken auf die niedergebrannte Glut und brachte das Feuer somit wieder richtig in Gang. »Anfangs schien sie sich damit abgefunden zu haben. Dann hatte sie eine sehr schwere Geburt, von der sie sich einfach nicht so recht erholen wollte – seelisch, meine ich. Körperlich fehlte ihr gar nichts, genau wie dem Kind. So was passiert manchmal. Bedauerliches Pech. Die arme Alexandra hatte es nicht leicht mit ihr – von Fenton ganz zu schweigen.«

»Wie hat sie den Tod ihres Vaters aufgenommen?«

»Ich fürchte, das kann ich Ihnen nicht sagen. Ich war viel zu sehr mit Alexandra beschäftigt, außerdem mußte ich die Polizei verständigen. Da müssen Sie Maxim oder Louisa fragen.«

»Sie waren mit Mrs. Carlyon beschäftigt? Hat die Nachricht sie schwer getroffen?«

In Hargraves Augen blitzte finstere Belustigung auf. »Sie meinen, ob sie überrascht war? Schwer zu sagen. Sie war wie versteinert, als hätte sie Schwierigkeiten, das Ganze überhaupt zu begreifen. Vielleicht weil sie es zu dem Zeitpunkt bereits wußte – aber es kann natürlich auch der Schock gewesen sein. Und selbst wenn sie wußte oder ahnte, daß Mord im Spiel war, kann ihre Reaktion lediglich der Angst entsprungen sein, daß Sabella die Täterin war. Das habe ich seit damals oft gedacht und weiß es bis heute nicht besser.«

»Und Mrs. Furnival?«

Hargrave lehnte sich zurück und schlug von neuem die Beine übereinander.

»Da habe ich schon wesentlich festeren Boden unter den Füßen. Ich bin mir so gut wie sicher, daß sie aus allen Wolken fiel. Aufgrund Alexandras offensichtlichem Zwist mit ihrem Mann, Sabellas ununterbrochenem Gezänk und Damaris Erskines unerklärlicher Hysterie sowie ihrem unverschämten Benehmen Maxim gegenüber war der ganze Abend ziemlich anstrengend und unangenehm gewesen.«

Er schüttelte den Kopf. »Peverell Erskine machte sich natürlich Sorgen um seine Frau, außerdem war ihm ihr Verhalten peinlich. Fenton Pole war wütend auf Sabella, weil sich diese Szenen in letzter Zeit gehäuft hatten. Der arme Kerl hatte wirklich allen Grund, diesen Zustand unhaltbar zu finden.

Louisa, das muß ich zugeben, hat die Aufmerksamkeit des Generals auf eine Art und Weise gefesselt, mit der viele Ehefrauen ihre Schwierigkeiten gehabt hätten – aber Frauen haben ihre eigenen Mittel und Wege, wie sie mit derlei Dingen fertig werden. Und Alexandra war weder unattraktiv noch dumm. Es ist noch gar nicht so lange her, da hat Maxim ihr mehr als nur ein bißchen Aufmerksamkeit geschenkt – mindestens ebensoviel wie der General an diesem Abend Louisa –, und ich habe so den Verdacht, daß es einem weit weniger oberflächlichen Gefühl entsprang. Aber das ist bloß eine Vermutung, kein Fakt.«

Monk quittierte das ihm entgegengebrachte Vertrauen mit einem leichten Lächeln.

»Wie beurteilen Sie Sabella Poles Geisteszustand, Dr. Hargrave? Ist es Ihrer Meinung nach möglich, daß sie ihren Vater ermordet hat und Alexandras Geständnis nur ihrem Schutz dienen könnte?«

Hargrave lehnte sich langsam zurück und spitzte die Lippen, ohne den Blick von Monks Gesicht zu wenden.

»Ja, es ist möglich, aber Sie werden mehr brauchen als die bloße

Eventualität, um die Polizei davon zu überzeugen. Und ich kann weder behaupten, daß sie etwas getan hat, noch daß sie Schlimmeres ist als vorübergehend seelisch aus dem Gleichgewicht – was bei Frauen, die kürzlich entbunden haben, wie gesagt, ziemlich oft vorkommt. Diese Melancholie drückt sich manchmal in Form von Gewalt aus, aber diese Gewalt richtet sich für gewöhnlich gegen das Kind, nicht gegen den eigenen Vater.«

»Gehörte Mrs. Carlyon auch zu Ihren Patienten?«

»Ja, obwohl uns das nicht weiterbringen dürfte.« Wieder ein Kopfschütteln. »Hinsichtlich ihrer Zurechnungsfähigkeit oder der Wahrscheinlichkeit, daß sie dieses Verbrechen begangen hat, kann ich keine Aussage machen. Ich bedaure es wirklich sehr, Mr. Monk, aber ich glaube, Sie kämpfen auf verlorenem Posten.«

»Fällt Ihnen vielleicht ein anderer Grund ein, weshalb sie ihren Mann ermordet haben könnte?«

»Nein«, sagte Hargrave ernst. »Und glauben Sie mir, ich habe darüber nachgedacht. Meines Wissens hat er sie nie geschlagen oder anderweitig schlecht behandelt. Ich finde es begrüßenswert, daß Sie nach mildernden Umständen Ausschau halten, aber – so leid es mir tut – ich wüßte keine. Der General war ein normaler, gesunder Mann, geistig voll auf der Höhe. Etwas dünkelhaft vielleicht und, wenn es nicht um militärische Angelegenheiten ging, ein absoluter Langweiler, doch das ist schließlich keine Todsünde.«

Monk wußte zwar nicht, was genau er sich eigentlich erhofft hatte, aber seine Enttäuschung war enorm. Die Anzahl der Möglichkeiten schrumpfte, die Aussicht, etwas Bedeutungsvolles aufzudecken, schwand, und eine Lösung war nicht in Sicht.

»Ich danke Ihnen, Dr. Hargrave.« Er stand auf. »Sie sind sehr geduldig mit mir gewesen.«

»Gern geschehen.« Hargrave erhob sich ebenfalls und ging zur Tür. »Ich bedaure nur, daß ich Ihnen keine größere Hilfe sein konnte. Was werden Sie jetzt tun?«

»Das Ganze noch einmal von vorn aufrollen«, sagte Monk matt. »Die Polizeiakte einsehen; Beweismittel durchgehen; Angaben zu Tatzeit und Tatort überprüfen; Antworten vergleichen.«

»Ich fürchte, die Ernüchterung wird nicht ausbleiben«, meinte Hargrave wehmütig. »Ich habe zwar keine Ahnung, warum sie derart plötzlich die Nerven und den Verstand verloren haben soll, aber letzten Endes werden Sie vermutlich feststellen, daß Alexandra Carlyon ihren Mann tatsächlich ermordet hat.«

»Schon möglich«, räumte Monk ein und öffnete die Tür. »Doch so leicht gebe ich mich nicht geschlagen!«

Den Gang zur Polizei hatte Monk bislang hinausgeschoben, und zu Runcorn würde er ganz bestimmt nicht gehen. Ihre Beziehung war von Anfang an schwierig gewesen, überschattet von Monks Ehrgeiz, in Runcorns Fußstapfen zu treten; er war scharf auf seinen Posten gewesen und hatte keinen Hehl daraus gemacht, daß er seiner Meinung nach wesentlich besser dafür geeignet war. Aus Angst, daß es wahr sein könnte, hatte Runcorn ihn gefürchtet, und aus der Furcht waren Ablehnung, Bitterkeit und schließlich Haß geworden.

Zu guter Letzt hatte Monk in einem Anfall von Zorn das Handtuch geworfen, weil er einem Befehl nicht Folge leisten wollte, den er als außerordentlich leichtfertig und moralisch verwerflich empfand. Runcorn war selbstverständlich entzückt gewesen, denn endlich war er seinen gefährlichsten Mitarbeiter los. Die Tatsache, daß Monk wie sooft letztlich recht behalten hatte, hatte ihm zwar den völligen Triumph verwehrt, nicht aber die köstliche Erlösung von Monks ständiger Konkurrenz und seinem bedrohlichen Schatten über einer ansonsten rosigen Zukunft.

Mit John Evan indes verhielt es sich völlig anders. Er hatte Monk erst nach dessen Unfall kennengelernt, als er ihm bei seinem Dienstantritt nach der Rekonvaleszenz als Sergeant im Mordfall Grey zugeteilt worden war. Evan hatte einen Mann vorgefunden, der sich erst mühsam wiederentdecken mußte und in keiner Weise sicher war, ob ihm das Resultat gefiel. Er hatte Monks Verwundbarkeit bemerkt und schließlich erraten, wie wenig sein Vorgesetzter über sich wußte. Evan stellte fest, daß Monk nicht deshalb so verbissen um seinen Job kämpfte, weil er sonst seinen Lebensunterhalt nicht bestreiten konnte, sondern weil er der einzige Fixpunkt war, den er besaß. Selbst in den allerschlimmsten Zeiten, als Monk nicht nur seine Kompetenz, sondern auch seine Ehre und seine Moral angezweifelt hatte, hatte Evan ihn nicht verraten, weder bei Runcorn noch sonst jemandem. Evan und Hester Latterly hatten ihn gerettet, als die Sache für ihn längst gelaufen war.

Als Sohn eines Landpfarrers war John Evan ein recht untypischer Polizist, zwar nicht direkt Gentleman, doch gewiß auch nicht Hilfsarbeiter oder Zugehkraft. Infolgedessen strahlte er eine Ungezwungenheit aus, die Monk bewunderte und Runcorn auf die Palme trieb, da sie beide nach gesellschaftlicher Verbesserung strebten, wenn auch auf vollkommen unterschiedliche Art.

Monk verspürte nicht die geringste Lust, auf dem Polizeirevier mit Evan zu sprechen. Dieser Ort erinnerte ihn zu sehr an vergangene Zeiten voll Tüchtigkeit und Machtbefugnis und vor allem natürlich an seinen endgültigen Abgang. Er sah es immer noch vor sich, das ganze junge Gemüse jeglichen Rangs und Kalibers, gebannt und ehrfürchtig zusammengerottet, die Ohren fest ans Schlüsselloch gepreßt, um seiner letzten, stürmischen Auseinandersetzung mit Runcorn zu lauschen – bis er unvermutet die Tür aufriß, hinausstolziert kam und Runcorn hochroten Hauptes, doch siegreich zurückließ; wie die Hasen waren sie auseinandergestoben und in ihre Gänge verschwunden.

Lieber suchte er Evan in dem Wirtshaus, wo er fast täglich zu Mittag aß. Das kleine Lokal war vom munteren Geschnatter unzähliger Straßenhändler, Zeitungsverkäufer, Bürogehilfen und Mittelsmännern aus der Randzone zur Unterwelt erfüllt. Der Geruch nach Bier und Apfelwein, Sägemehl, dampfendem Essen und schwitzenden Körpern war intensiv, doch nicht unangenehm. Monk postierte sich auf einem Stuhl, von dem aus er die Tür im Auge behalten konnte, und widmete sich einem Pint Apfelwein, bis Evan hereinkam. Dann arbeitete er sich schubsend zum Tresen vor, stellte sich neben ihn und stieß ihn sanft in die Rippen.

Evan drehte sich überrascht um und begann sofort über das ganze Gesicht zu strahlen. Er war jung und schlank, hatte eine lange, gebogene Nase, braune Augen und für gewöhnlich ein seltsam melancholisches Lächeln auf den Lippen. Momentan war er vor Entzücken richtiggehend aus dem Häuschen.

»Mr. Monk!« Von dem Gefühl, daß Monk sein Vorgesetzter war und mit gebührendem Respekt behandelt werden mußte, hatte er sich nie ganz befreit. »Wie geht es Ihnen? Suchen Sie mich?« In seiner Stimme schwang eindeutig Hoffnung mit.

»Ja, in der Tat«, bestätigte Monk, dessen Freude über Evans Eifer größer war, als er erwartet und sich eingestanden hätte.

Evan bestellte ein Pint Apfelwein und ein dickes, aus zwei knusprigen Scheiben bestehendes Sandwich mit Lammfleisch und sauer Eingelegtem sowie ein weiteres Pint für Monk. Dann verzogen sie sich in eine ruhige Ecke, wo sie sich ungestört unterhalten konnten.

»Na?« meinte Evan, sobald sie saßen. »Haben Sie einen Fall?«

Monk unterdrückte ein Grinsen. »Ich weiß nicht genau. Aber Sie haben einen.«

Evans Brauen schossen nach oben. »Ich habe einen?«

»General Carlyon.«

Evans Enttäuschung war unverkennbar. »Ach so – na, der Fall ist gelaufen, fürchte ich. Die Ehefrau hat's getan. Ist eine schlimme Sache mit der Eifersucht. Hat schon viele Leben zerstört.« Sein Gesicht legte sich in nachdenkliche Falten. »Aber was haben Sie damit zu tun?« Er nahm einen großen Biß von seinem Sandwich.

»Rathbone hat ihre Verteidigung übernommen«, erwiderte Monk. »Er hat mich beauftragt herauszufinden, ob es möglicherweise mildernde Umstände gibt – und ob es nicht auch jemand anders gewesen sein kann.«

»Sie hat gestanden«, sagte Evan und umklammerte das Sandwich mit beiden Händen, damit das Eingelegte nicht herausglitschte.

»Vielleicht nur, um die Tochter zu decken«, gab Monk zu bedenken. »Wäre nicht das erste Mal, daß jemand ein Geständnis ablegt, um die Schuld eines geliebten Menschen auf sich zu nehmen.«

»Stimmt.« Evan sprach zwar mit vollem Mund, doch seine Skepsis war nicht zu überhören. Er schluckte hinunter und spülte mit etwas Apfelwein nach, den Blick unverwandt auf Monk gerichtet.

»Aber hier sieht's nicht danach aus. Wir haben niemanden gefunden, der die Tochter runterkommen sah.«

»Wäre das denn möglich gewesen?«

»Das Gegenteil können wir auch nicht beweisen – es besteht bloß kein Grund zu der Annahme, daß sie's tat. Und überhaupt, warum hätte sie ihren Vater umbringen sollen? Sie hätte sowieso nichts mehr davon gehabt; der Schaden war bereits angerichtet. Sie ist verheiratet und hat ein Kind – zu spät, um Nonne zu werden. Wenn sie ihn wirklich getötet hat, dann . . .«

»Hätte sie als Nonne in der Tat eine schlechte Figur gemacht«, sagte Monk trocken. »Kein besonders glücklicher Start in ein Leben heiliger Kontemplation.«

»Es war Ihre Idee, nicht meine«, verteidigte sich Evan, doch in seinen Augen blitzte es erheitert auf. »Und für wen könnte sie's sonst getan haben? Ich kann mir nicht vorstellen, daß Mrs. Carlyon gestehen würde, um Louisa Furnival vor dem Galgen zu bewahren. Sie vielleicht?«

»Nicht absichtlich, nein, aber unabsichtlich, wenn sie nämlich denkt, sie tut es für Sabella.« Monk nahm einen kräftigen Schluck Apfelwein.

Evan runzelte die Stirn. »Zu Anfang dachten wir tatsächlich, Sabella wär's gewesen«, räumte er ein. »Mrs. Carlyon hat erst gestanden, als sie glaubte, daß wir Sabella verhaften würden.«

»Oder für Maxim Furnival. Vielleicht war er eifersüchtig. Er scheint jedenfalls mehr Grund dazu gehabt zu haben. Louisa hat mit dem Flirten angefangen und das Tempo bestimmt. General Carlyon hat lediglich reagiert.«

Evan verspeiste ungerührt sein Sandwich und verkündete mit vollem Mund: »Mrs. Furnival gehört zu den Frauen, die ständig flirten. Das machen die mit fast allen Männern. Sie hat nicht mal mich ausgelassen.«

Er wurde ein wenig rot, allerdings nicht angesichts der Erinnerung – er war ein außerordentlich sympathischer junger Mann, dem man schon öfter schöne Augen gemacht hatte –, sondern weil er es vor Monk erwähnt hatte. Es klang so unziemlich unbescheiden. »Es war sicher nicht das erste Mal, daß sie in aller Öffentlichkeit ihre weiblichen Reize zur Schau gestellt hat. Warum sollte er jetzt, nachdem er es all die Jahre geduldet hat – der Sohn ist dreizehn, also sind sie seit mindestens vierzehn Jahren verheiratet, wahrscheinlich sogar länger –, plötzlich dermaßen den Kopf verlieren, daß er den General gleich umbringt? Nach dem Eindruck zu urteilen, den ich so von ihm gewonnen habe, stellte der General wohl kaum eine Konkurrenz in Sachen Liebe für ihn dar. Er war ein unglaublich ehrbarer, ziemlich wichtigtuerischer, verknöcherter Soldat, der seine besten Jahre bereits längst hinter sich hatte, hatte wenig Sinn für Humor und sah nicht mal besonders gut aus. Gut, er hatte Geld, aber das hat Furnival auch.«

Monk schwieg und wünschte insgeheim, er hätte sich auch ein Sandwich bestellt.

»Tut mir leid«, sagte Evan aus tiefstem Herzen. »Ich glaube wirklich nicht, daß Sie was für Mrs. Carlyon tun können. Die Gesellschaft wird für einen Mord aus Eifersucht an einem flirtenden Ehemann wenig Verständnis aufbringen. Selbst wenn es eine handfeste Affäre gewesen wäre, die er in alle Welt hinausposaunt hätte, hätte man von ihr erwartet, daß sie wegsieht und es mit Würde trägt. Solang finanziell für sie gesorgt ist und sie den Schutz seines Namens genießt, würde man das als großes Glück bezeichnen und von ihr verlangen, daß sie ihre Pflicht erfüllt und für Harmonie und Stabilität in der Familie sorgt – ob er jetzt dahin zurückzukehren gedenkt oder nicht.«

Monk wußte, daß er recht hatte. Ganz gleich, wie er persönlich zu einer derartigen Einstellung stand, man würde sie so beurteilen. Und die Geschworenen würden sich selbstverständlich ausschließlich aus Männern wie dem General zusammensetzen, die sich vollkommen mit ihm identifizieren konnten. Welche verheerenden Folgen hätte es schließlich für sie, wenn Frauen plötzlich glauben würden, sie könnten ihre Männer nach jedem Flirt so mir nichts dir nichts ermorden und ungeschoren davonkommen? Man würde kurzen Prozeß mit ihr machen.

»Wenn Sie möchten, kann ich Ihnen den Tatbestand wiedergeben, wie wir ihn bisher festgestellt haben, aber das wird Ihnen nicht viel helfen«, meinte Evan betrübt. »Er enthält nichts Aufregendes – überhaupt nichts eigentlich, was Sie sich nicht schon selbst zusammengereimt haben könnten.«

»Sagen Sie's mir trotzdem«, gab Monk ohne Hoffnung zurück.

Was Evan dann auch tat. Doch wie er Monk bereits vorgewarnt hatte, war absolut nichts Brauchbares dabei, nichts, was auch nur den Ansatz einer Spur bedeutet hätte.

Monk ging zur Bar, um ein Sandwich und zwei weitere Pints Apfelwein zu bestellen. Nachdem sie noch ein paar Minuten über andere Dinge gesprochen hatten, verabschiedete er sich von Evan und verließ das Wirtshaus. Er trat mit dem warmen Gefühl auf die belebte Straße hinaus, einen guten Freund zu haben – ein ungewohnter Eindruck, den er nach wie vor mit nachhaltiger Überraschung genoß. Für Alexandra Carlyon hingegen hatte er weniger Hoffnung denn je.

Er würde auf keinen Fall zu Rathbone gehen und seine Niederlage eingestehen. Noch war nichts bewiesen. Momentan wußte er nicht mehr, als Rathbone ihm schon zu Anfang erzählt hatte. Ein Verbrechen bestand aus drei Hauptelementen, die er im Geiste aufzählte, während er sich seinen Weg an den Karren der Straßenhändler vorbeibahnte, kleinen Kindern von nicht mehr als sechs oder sieben Jahren, die Streichhölzer und Bänder verkauften. Traurig blikkende Frauen hielten Taschen mit abgetragenen Kleidungsstücken umklammert; bedürftige Invaliden boten Spielzeug, kleine handgemachte Gegenstände, die zum Teil aus Horn oder Holz geschnitzt waren, sowie mit den unterschiedlichsten Hausmitteln gefüllte Fläschchen feil. Er kam an Zeitungsverkäufern, Straßensängern und anderen Wesen vorbei, die die Londoner Straßen gemeinhin bevölkerten. Und er wußte, daß unter ihm in der Kanalisation noch mehr waren, die ums nackte Überleben kämpften, die die Abwässergräben am Flußufer nach den verlorenen oder weggeworfenen Schätzen der wohlhabenderen Bürger dieser riesigen, wunderbaren Stadt durchforsteten.

Das Motiv gab ihm Rätsel auf. Alexandra hatte eins, auch wenn es widersinnig und kurzsichtig war. Sie wirkte auf ihn überhaupt nicht wie eine Frau, die von rasender, mörderischer Eifersucht verzehrt wurde. Doch das lag vielleicht daran, daß sein Tod ihr Genugtuung verschafft hatte, und sie erst jetzt erkannte, was für eine verhängnisvolle Dummheit es gewesen war.

Auch Sabella besaß ein Motiv, jedoch ein ebenso widersinniges, zudem hatte sie die Tat nicht gestanden. Sie schien sogar aufrichtig um ihre Mutter besorgt. War es möglich, daß sie das Verbrechen in einem Anflug geistiger Umnachtung begangen hatte und sich jetzt an nichts mehr erinnerte? Nach der Unruhe ihres Mannes zu urteilen, hielt der es nicht für gänzlich ausgeschlossen.

Maxim Furnival? Nicht aus Eifersucht Louisas wegen, es sei denn, die Affäre wäre erheblich handfester gewesen, als es bislang den Anschein hatte. Oder war Louisa dem General derart verfallen, daß sie einen öffentlichen Skandal in Kauf genommen und ihren Mann verlassen hätte? Laut bisheriger Aussagen völlig absurd.

Louisa selbst? Weil der General erst mit ihr geflirtet, sie dann aber verschmäht hatte? Es existierten keinerlei Anhaltspunkte, daß sie ihm zuviel geworden war. Im Gegenteil, es sah sogar so aus, als hätte er nach wie vor ein starkes Interesse an ihr gehabt – bis zu welchem Ausmaß war jedoch unmöglich zu sagen.

Mittel. Jeder von ihnen hätte die Mittel gehabt. Es bedurfte lediglich eines kleinen Schubses, als der General an der Biegung der Treppe stand, den Rücken dem Geländer zugewandt – was er wohl getan hätte, wenn er stehengeblieben wäre, um mit jemandem zu sprechen. Er hätte dem Betreffenden zwangsläufig das Gesicht zugedreht. Und die Hellebarde konnte von jedem benutzt worden sein. Sie verlangte keinerlei Kraft oder Fertigkeit. Jeder ausgewachsene Mensch hätte unter Einsatz seines Körpergewichts die Klinge in die Brust eines Mannes treiben können, wenn auch überwältigende Leidenschaft vonnöten war, sie obendrein im Boden zu versenken.

Gelegenheit. Hier lag seine einzige Chance. Falls man ihm den Verlauf der Dinnerparty korrekt geschildert hatte (und daß sie alle logen, war in der Tat zu weit hergeholt), kamen genau die vier Personen in Frage, die er bereits in Erwägung gezogen hatte: Alexandra, Sabella, Louisa und Maxim.

Wer hatte sich sonst noch im Haus, aber nicht auf der Party befunden? Das gesamte Dienstpersonal – nebst dem jungen Valentine Furnival. Doch Valentine war fast noch ein Kind und hatte laut einhelliger Meinung sehr am General gehangen. Folglich blieben nur die Dienstboten. Er mußte eine letzte Anstrengung unternehmen und in Erfahrung bringen, wo sie sich zum fraglichen Zeitpunkt aufgehalten hatten. Zumindest erhielt er auf diesem Weg vielleicht Gewißheit, ob Sabella Pole die Möglichkeit hatte, nach unten zu gehen und ihren Vater zu ermorden.

Er stieg in einen Hansom – schließlich übernahm Rathbone derartige Kosten – und stellte sich wenig später an der Haustür der Furnivals ein. Zwar wollte er mit den Dienstboten sprechen, brauchte hierfür aber erst eine Erlaubnis.

Maxim, der früh nach Hause gekommen war, empfing ihn mit einiger Verblüffung, die sich noch verstärkte, als er Monks Anliegen erfuhr. Dennoch erfüllte er ihm den Wunsch mit einem Lächeln, das sowohl Verwunderung wie auch Verständnis verriet. Zu Monks Erleichterung war Louisa offenbar ausgegangen, um bei jemandem Tee zu trinken. Sie, mit ihrem wesentlich ausgeprägteren Mißtrauen, hätte ihn womöglich wieder fortgeschickt.

Zuerst nahm er sich den Butler vor, ein höchst gesetztes Individuum in den späten Sechzigern, das mit einer breiten Nase und einem verkniffenen, selbstzufriedenen Mund gesegnet war.

»Das Dinner wurde um neun Uhr serviert.« Er war nicht sicher, ob er ein ›Sir‹ anfügen sollte oder nicht. Wer genau war denn nun dieser Mensch, der hier Erkundigungen einzog? Sein Herr hatte sich so unklar ausgedrückt.

»Wer von der Belegschaft hatte Dienst?« fragte Monk.

Zur Bekundigung seines Erstaunens ob einer solchermaßen dämlichen Frage machte der Butler riesengroße Augen.

»Das Küchen- und das Eßzimmerpersonal, Sir.« Sein Tonfall ersetzte das unausgesprochene ›natürlich‹ zur Genüge.

»Wie viele Personen?« Monk rang um Gelassenheit.

»Ich und die beiden Lakaien«, erwiderte der Butler ausdruckslos. »Das Stubenmädchen und das Zimmermädchen für unten, das gelegentlich beim Servieren aushilft, wenn wir Gäste haben. In der Küche waren die Köchin, die beiden Küchenmägde und die Spülmagd – und der Stiefelbursche. Er hilft bei Bedarf beim Tragen und erledigt anfallende Botengänge.«

»Im ganzen Haus?« fragte Monk hastig.

»Gewöhnlich ist das nicht nötig«, gab der Butler trübsinnig zurück.

»Und an diesem Abend?«

»War er in Ungnade gefallen und in die Spülküche verbannt worden.«

»Um welche Uhrzeit war das?« ließ Monk nicht locker.

»Lange vor dem Tod des Generals – ungefähr um neun Uhr, würde ich sagen.«

»Also nachdem die Gäste angekommen waren.«

»Ganz recht«, bestätigte der Mann verdrossen.

»Was hatte er denn verbrochen?« Monk stellte die Frage aus purer Neugier.

»Der Nichtsnutz sollte für eins der Mädchen, das gerade beschäftigt war, einen Stapel saubere Wäsche nach oben tragen und rannte geradewegs in den General hinein, der soeben aus dem Garderobenraum kam. Hat wohl nicht aufgepaßt, wo er hingegangen ist – mit offenen Augen geträumt –, und ließ die ganze Chose fallen. Statt sich wie ein vernünftiger Mensch zu entschuldigen und die Sachen wieder aufzuheben, hat er dann auch noch auf dem Absatz kehrtgemacht und ist einfach davongestürzt. Na, die Waschfrau hat ihm vielleicht was erzählt, kann ich Ihnen sagen! Den Rest des Abends mußte er in der Spülküche schmoren. Hat sie nicht mehr verlassen.«

»Aha. Wo waren die anderen?«

»Die Haushälterin saß in ihrem Wohnzimmer im Dienstbotenflügel. Die Hilfsmägde und Zimmermädchen für oben waren schätzungsweise im Bett, das Serviermädchen hatte den Abend frei, um seine kranke Mutter zu besuchen. Mrs. Furnivals Zofe und Mr. Furnivals Kammerdiener waren ebenfalls oben.«

»Und wo war das Personal für draußen?«

»Draußen, Sir.« Der Butler maß ihn mit unverhohlener Verachtung.

»Sie haben keinen Zutritt zum Haus?«

»Nein, Sir, dafür gibt es keinen Grund.«

Monk knirschte mit den Zähnen. »Und keiner von Ihnen hat den Aufprall des Generals oder das Umstürzen der Ritterrüstung gehört?«

Das Gesicht des Butlers wurde bleich, doch sein Blick blieb standhaft.

»Nein, Sir. Das habe ich diesem Polizeimenschen auch schon gesagt. Wir sind alle unseren Pflichten nachgegangen, und die haben uns nicht in die Halle geführt. Es ist Ihnen vielleicht aufgefallen, daß sich der Salon im rückwärtigen Teil des Hauses befindet, und zu der Zeit war das Dinner längst vorbei. Wir hatten keinen Grund, diese Richtung einzuschlagen.«

»Sie waren nach dem Dinner alle in der Küche oder der Vorratskammer, um aufzuräumen?«

»Ja, Sir, selbstverständlich.«

»Keiner ging weg?«

»Warum hätte jemand weggehen sollen? Wir hatten mehr als genug zu tun, wenn wir noch vor eins ins Bett kommen wollten.«

»Womit genau?« Monk ärgerte sich schwarz, daß er angesichts so würdevoll erduldeten, doch offensichtlichen Zorns hartnäckig bleiben mußte. Er hatte jedoch keineswegs vor, dem Mann eine Erklärung abzugeben.

Da sein Herr es von ihm verlangt hatte, beantwortete der Butler all diese überaus ermüdenden und törichten Fragen mit wahrer Engelsgeduld.

»Ich habe mich mit Hilfe des einen Lakaien um das Silber und den Wein gekümmert. Der andere hat das Speisezimmer aufgeräumt, alles für den nächsten Morgen vorbereitet und vorsichtshalber Kohle heraufgeholt . . .«

»Das Speisezimmer«, fiel Monk ihm ins Wort. »Der andere Lakai war im Speisezimmer. Hätte er das Umstürzen der Ritterrüstung da nicht hören müssen?«

Der Butler lief vor Unmut dunkelrot an. Monk hatte ihn ertappt.

»Ja, Sir, ich denke schon«, gab er widerwillig zu. »Falls er wirklich dort war, als es passierte.«

»Sie sagten, er holte Kohle herauf. Von wo?«

»Aus dem Kohlenkeller, Sir.«

»Wo befindet sich die Tür dazu?«

»Am hinteren Ende der Spülküche ... Sir.« Das »Sir« triefte vor Ironie.

»Für welche Räume war die Kohle bestimmt?«

»Ich ...« Der Butler stockte. »Keine Ahnung, Sir.« Sein Gesicht sprach Bände. Um ins Speisezimmer, das Empfangszimmer, die Bibliothek oder das Billardzimmer zu gelangen, hätte der Lakai durch die Halle gehen müssen.

»Kann ich ihn sprechen?« Monk sagte nicht bitte; die Frage war reine Formsache. Er würde sich so oder so mit dem Lakaien unterhalten.

Der Butler indes wollte sich kein zweites Mal bei einem Irrtum erwischen lassen.

»Ich schicke ihn zu Ihnen.« Ehe Monk vorschlagen konnte, selbst zu ihm zu gehen – was eine prächtige Gelegenheit gewesen wäre, das Dienstbotenquartier unter die Lupe zu nehmen –, war der Butler auch schon auf und davon.

Wenige Minuten später schneite ein überaus nervöser junger Mann herein, der die obligatorische Tageslivree, bestehend aus schwarzen Hosen, Hemd und gestreifter Weste, trug. Er war Anfang zwanzig, hatte blondes Haar und eine auffallend helle Haut, in der er sich augenblicklich alles andere als wohl zu fühlen schien. Monk mutmaßte, daß der Butler sich bewiesen hatte, doch noch Herr der Lage zu sein, indem er seinen direkten Untergebenen erst einmal gehörig in Furcht und Schrecken versetzte.

Aus reiner Widerborstigkeit nahm er sich vor, ausgesprochen liebenswürdig zu dem armen Burschen zu sein.

»Guten Morgen«, begann er mit einem entwaffnenden Lächeln – zumindest sollte es so wirken. »Ich möchte mich dafür entschuldigen, daß ich Sie von Ihren Pflichten abhalten muß, aber Sie könnten mir eventuell eine große Hilfe sein.«

»Ich, Sir?« Seine Verblüffung war nicht zu übersehen. »Wie soll ich Ihnen helfen, Sir?«

»Indem Sie mir so genau wie möglich schildern, was Sie am Abend von General Carlyons Tod getan haben. Fangen Sie nach dem Dinner an, als die Gesellschaft sich in den Salon begeben hatte.«

Der Lakai verzog das Gesicht zu einer qualvoll tief konzentrierten Grimasse und zählte Monk seine übliche Arbeitsroutine auf.

»Und dann?« half Monk nach.

»Ging die Glocke im Salon«, kam es prompt zurück. »Und weil ich sowieso da vorbeigemußt hab', bin ich reingegangen. Sie wollten, daß ich das Feuer schür. Hab' ich auch gemacht.«

»Wer war alles dort?«

»Der gnäd'ge Herr nicht, und die gnäd'ge Frau kam grade rein, als ich rausging.«

»Und dann?«

»Dann – ich – äh . . .«

»Hatten Sie noch einen kleinen Schwatz mit der Küchenmagd?« soufflierte Monk lächelnd. Es war ein Schuß ins Blaue.

Der Lakai wurde puterrot und blickte zu Boden. »Ja, Sir.«

»Haben Sie den Kohleneimer für die Bibliothek geholt?«

»Ja, Sir – aber ich hab' keine Ahnung mehr, wieviel später das gewesen ist.« Er sah ganz unglücklich aus. Monk schätzte, daß es sehr viel später gewesen sein mußte.

»Und Sie kamen dabei durch die Halle?«

»Ja, Sir. Da war die Rüstung noch in Ordnung.«

Wer immer es gewesen war, Louisa also auf keinen Fall. Nicht, daß er etwa ernsthaft daran geglaubt hätte.

»Haben Sie auch noch für andere Räume Kohle geholt? Wie steht's mit den Zimmern im ersten Stock?«

Dem Lakaien schoß zum zweitenmal das Blut ins Gesicht, und er schlug erneut die Augen nieder.

»Sie hätten Kohlen nach oben bringen sollen, haben es aber nicht getan?« spekulierte Monk.

Sein Gegenüber hob hastig den Blick. »Doch, Sir, hab' ich! In Mrs. Furnivals Zimmer. Der gnäd'ge Herr will kein Feuer zu dieser Jahreszeit.«

»Haben Sie irgend jemand oder irgend etwas gesehen, als Sie oben waren?«

»Nein, Sir!«

Wieso log dieser Bursche? Da war doch was! Es stand ihm ins pinkfarbene Gesicht geschrieben, ging aus dem gesenkten Blick, den fahrigen Händen eindeutig hervor. Er war das schlechte Gewissen in Person.

»Wie sind Sie nach oben gegangen? An welchen Räumen sind Sie vorbeigekommen? Haben Sie etwas gehört, einen Streit vielleicht?«

»Nein, Sir.« Er biß sich auf die Lippe und mied Monks Blick.

»Was dann?« beharrte Monk unerbittlich.

»Ich bin die Vordertreppe raufgegangen, Sir – ich . . .«

Endlich ging Monk ein Licht auf. »Ach so, ich verstehe. Mit den Kohleneimern?«

»Ja, Sir. Bitte, Sir . . .«

»Ich werde dem Butler kein Wort verraten«, beruhigte Monk ihn hastig.

»O danke, Sir! Vielen, vielen Dank.« Er schluckte vernehmlich. »Die Rüstung war noch da, Sir; und den General hab' ich auch nicht gesehen – oder sonst wen. Nur das Zimmermädchen.«

»Ja, gut. Ich danke Ihnen. Sie haben mir sehr geholfen.«

»Wirklich, Sir?« Er machte einen skeptischen, doch außerordentlich erleichterten Eindruck, daß er endlich entlassen war.

Als nächstes begab Monk sich nach oben, um mit den Hausmädchen zu sprechen, die momentan nicht im Dienst waren. Vielleicht hatte eine von ihnen Sabella gesehen; sie waren seine letzte Hoffnung.

Die erste war ein völliger Fehlschlag, die zweite ein aufgewecktes Ding von etwa sechzehn Jahren mit einer prachtvollen Flut kastanienbraunen Haars. Sie schien die Dringlichkeit seiner Fragen zu begreifen und beantwortete sie bereitwillig, wenn auch mit wachsamem Blick. Monk spürte die Sorte Eifer, die ihn ahnen ließ, daß sie sowohl etwas zu verbergen wie auch zu enthüllen hatte. Wahrscheinlich war sie es gewesen, mit der der Lakai sich getroffen hatte.

»Ja, ich hab' Mrs. Pole gesehen«, gab sie unumwunden zu. »Sie hat sich nicht wohl gefühlt, also hat sie sich 'n bißchen im grünen Zimmer hingelegt.«

»Um wieviel Uhr ist das gewesen?«

»Ich – ich weiß nich mehr, Sir.«

»Lange nach dem Abendessen?«

»Klar, Sir. Wir essen um sechs!«

Monk sah seinen Patzer ein und versuchte ihn wiedergutzumachen.

»Hast du jemanden gesehen, während du auf der Galerie warst?«

Sie wurde schlagartig rot, und die fehlenden Puzzleteilchen fügten sich plötzlich ins Bild.

»Ich werde kein Wort weitererzählen, es sei denn, ich muß. Aber wenn du lügst, wanderst du vielleicht ins Gefängnis, weil ein unschuldiger Mensch gehängt worden ist. Das willst du doch nicht, oder?«

Jetzt war sie aschfahl. Die Angst hatte ihr offensichtlich die Sprache verschlagen.

»Also, wen hast du gesehen?«

»John.« Ein Flüstern.

»Der Lakai, der die Kohleneimer aufgefüllt hat?«

»Ja, Sir – aber ich hab' nich mit ihm gesprochen – ehrlich! Ich war bloß ganz kurz auf 'm Treppenabsatz. Aber Mrs. Pole war im grünen Zimmer. Das weiß ich, weil ich an der Tür vorbeigekommen bin und sie offenstand, und da hab' ich sie gesehen.«

»Du kamst geradewegs aus deinem Zimmer unterm Dach?«

Sie nickte. Ihre Schuldgefühle, weil sie versucht hatte, den Lakaien abzufangen, wogen so schwer, daß sie alle anderen Gedanken verwischten. Sie war sich der Bedeutung ihrer Aussage überhaupt nicht bewußt.

»Woher hast du gewußt, wann er dort sein würde?«

»Ich ...« Sie biß sich auf die Lippe. »Ich hab' solange auf der Galerie gewartet.«

»Hast du gesehen, wie Mrs. Carlyon in das Zimmer von Master Valentine gegangen ist?«

»Ja, Sir.«

»Hast du sie auch zurückkommen sehen?«

»Nee, Sir, und den General auch nich, Sir – ich schwör's bei Gott dem Herrn!«

»Was hast du dann getan?«

»Ich bin zur Treppe gegangen und hab' auf John gewartet, Sir. Ich hab' gewußt, daß er um die Zeit irgendwann die Kohleneimer auffüllen muß.«

»Und ist er gekommen?«

»Nee. Ich glaub', ich war zu spät dran. Kam ja nich weg, weil ständig so viele Leute unterwegs gewesen sind. Und dann mußte ich auch noch warten, bis der gnäd'ge Herr wieder unten war.«

»Hast du Mrs. Furnival runtergehen sehen?«

»Ja, Sir.«

»Als du oben an der Treppe auf John gewartet hast – denk jetzt genau nach, du wirst es vielleicht vor Gericht beschwören müssen, also sag mir die Wahrheit ...«

Sie schluckte. »Mach ich, Sir.«

»Hast du da mal nach unten in die Halle geguckt?«

»Ja, Sir. Hab' nach John Ausschau gehalten.«

»Der aus dem hinteren Teil des Hauses kommen mußte?«

»Ja, Sir – mit den Kohleneimern.«

»Stand die Ritterrüstung noch dort, wo sie immer steht?«

»Glaub schon.«

»Sie war nicht umgefallen?«

»Nee – bestimmt nich, sonst hätt' ich's ja gesehen. Wär ja genau zwischen mir und dem Gang gewesen.«

»Wo bist du hingegangen, als dir klar wurde, daß du John verpaßt hattest?«

»Wieder rauf in mein Zimmer.«

Er registrierte ein sachtes Flackern in ihren Augen, kaum wahrnehmbar, nur ein schwaches Vibrieren.

»Lüg mich nicht an: Bist du an jemandem vorbeigekommen?«

Ihre Augen waren gesenkt, die Wangen wieder hochrot. »Hab' jemanden kommen hören, weiß aber nich, wer's war. Ich wollte nich, daß man mich da erwischt, also bin ich in Mrs. Poles Zimmer geschlüpft und hab' gefragt, ob sie was braucht. Hab' mir gedacht, ich sag' einfach, ich hätt' sie rufen hören, falls sich irgendwer wundert.«

»Und dieser Jemand ist draußen vorbeigegangen, die Galerie entlang bis zur Vordertreppe?«

»Ja, Sir.«

»Wann war das?«

»Das weiß ich nich. Sir, so wahr mit Gott helfe. Ich hab' keine Ahnung, wirklich nich, ich schwör's!«

»Ist schon gut, ich glaube dir.« Alexandra und der General, wenige Minuten vor der Tat.

»Hast du etwas gehört?«

»Nee, Sir.«

»Keine Stimmen?«

»Nee, Sir.«

»Auch nicht ein Krachen, als die Ritterrüstung umfiel?«

»Gar nix, Sir. Das grüne Zimmer is weit weg von der Treppe, Sir.« Diesmal konnte sie sich den Schwur sparen – es war leicht zu beweisen.

»Ich danke dir«, sagte Monk aus tiefstem Herzen.

Folglich kam doch nur Alexandra in Frage. Sie hatte als einzige die Gelegenheit gehabt. Es war Mord.

»Du warst mir eine große Hilfe.« Er mußte sich zu den Worten zwingen. »Eine sehr große Hilfe sogar. Das war's dann – du kannst gehen.« Und Alexandra war schuldig. Louisa und Maxim waren bereits nach oben gegangen und wieder heruntergekommen, und der General war zu der Zeit noch am Leben.

»Ja, Sir. Schönen Dank auch, Sir.« Sie machte auf dem Absatz kehrt und verschwand wie ein geölter Blitz.

FÜNFTES KAPITEL

Oliver Rathbone sah Monks Ankunft relativ zuversichtlich entgegen, wenngleich seine Vernunft ihm sagte, daß er kaum wertvolle Beweise für Alexandra Carlyons Unschuld gefunden haben dürfte. Er teilte zwar Monks Verachtung für Runcorn, doch im allgemeinen verspürte er großen Respekt vor der Polizei, hatte er doch bei seinen Prozessen die Erfahrung gemacht, daß sie sich selten grundlegend irrte. Aber Monk würde hoffentlich mit einem besseren und verständlicheren Motiv aufwarten. Und wenn er ehrlich war, hegte er im hintersten Winkel seines Geistes die diffuse Hoffnung, daß es vielleicht doch jemand anders gewesen sein könnte – auch wenn er nicht wußte, welche Vorzüge das haben sollte. Falls Sabella diejenige war, bestand der einzige vermutlich darin, daß sie bislang nicht zu seinen Klienten zählte.

Neben Monk hatte er nach anfänglichem Zögern auch Hester Latterly eingeladen. Sie war nicht offiziell an dem Fall beteiligt, was sie jedoch bei den anderen beiden auch nicht gewesen war. Andererseits besaß sie als einzige die Möglichkeit, Beobachtungen im Hause Carlyon anzustellen. Und schließlich war sie es gewesen, die ihm den Fall zugetragen und um seine Hilfe gebeten hatte. Er war es ihr schuldig, sie über die fortschreitende Aufklärung des Falls – vorausgesetzt, es gab sie überhaupt – auf dem laufenden zu halten. Nachdem Monk ihn in einer Nachricht hatte wissen lassen, er habe gesicherte Beweise, handelte es sich zweifelsohne um einen entscheidenden Moment.

Abgesehen davon wollte er Hester ganz einfach gern miteinbeziehen; die Gründe hierfür nahm er lieber nicht genauer unter die Lupe. So saß er nun also um zehn Minuten vor acht am Abend des 14. Mai in seiner Wohnung und fieberte der Ankunft der beiden mit für ihn untypischer Nervosität entgegen. Er wußte zwar, daß er sie perfekt überspielen konnte, doch war sie zweifellos da. Ein paarmal spürte er ein nervöses Flattern in der Magengegend, sein Hals schnürte sich leicht zusammen, und er änderte mehrmals die Meinung hinsichtlich dessen, was er sagen wollte. Der Entschluß, sie bei sich zu Hause und nicht in seiner Kanzlei zu empfangen, war dem Gefühl entsprungen, daß seine Zeit im Büro zu kostbar war. Er hätte sich daher Monks Ermittlungsergebnisse nur umrißhaft anhören, ihn weder eingehender befragen noch seine Ansichten oder instinktiven Vermutungen ergründen können. Zu Hause hatten sie den ganzen Abend, wurden durch nichts zur Eile gedrängt und mußten nicht unter der Devise leiden, Zeit sei Geld.

Da es sich zudem wahrscheinlich um einen unerquicklichen Bericht handelte, fühlte er sich zu etwas mehr Generosität verpflichtet, als Monk lediglich mit einem Wort des Dankes und seinem Honorar abzufertigen. Und wenn Hester bei Monks Enthüllungen persönlich zugegen war, brachte sie bestimmt mehr Verständnis für seine Entscheidung auf, den Fall niederzulegen, sollte es sich als der einzig vernünftige Weg erweisen. All das war vollkommen logisch, nichtsdestotrotz ging er es im Geiste immer wieder durch, so als bedürfe es einer Rechtfertigung.

Obwohl er die beiden erwartete, wurde er von ihrer Ankunft völlig überrumpelt. Er hatte sie nicht kommen hören, was vermutlich in einem Hansom geschehen war, denn keiner von beiden besaß eine eigene Kutsche. Als sein Butler Eames sie ankündigte, fiel er aus allen Wolken, und wenige Minuten später standen Hester und Monk auch schon im Raum. Monk war wie immer exzellent gekleidet. Nach Rathbones Einschätzung hatte sein Anzug mindestens soviel gekostet wie sein eigener und stammte wohl aus Polizistentagen, als er sich einen derartigen Luxus noch leisten konnte. Die Weste mit Schalkragen war modisch kurz, dazu trug er einen Vatermörder und eine ausladende Fliege.

Hesters Aufmachung war wesentlich bescheidener. Sie trug ein tailliertes Kleid in kühlem Smaragdgrün, unter dessen weiten Tulpenärmeln zwei weitere, enganliegende und weiß bestickte Unterärmel hervorlugten. Obwohl es jeglicher Extravaganz entbehrte, fand Rathbone es ausgesprochen reizend. Es war schlicht und unauffällig, sein Farbton brachte das schwache Rot ihrer Wangen hervorragend zur Geltung.

Man begrüßte einander formell, fast steif, dann forderte Rathbone sie auf, Platz zu nehmen. Er registrierte Hesters durch den Raum wandernden Blick und fand plötzlich selbst das eine oder andere daran auszusetzen. Es fehlte die weibliche Hand. Die Möbel stammten nicht aus Familienbesitz, sondern waren nachgekauft, und seit seinem Einzug vor elf Jahren hatte noch keine Frau hier gewohnt. Die Haushälterin und die Köchin zählte er nicht mit. Sie hielten lediglich in Schuß, was vorhanden war, fügten dem Raum aber nichts Neues hinzu, was ihm ihre persönliche Note verliehen hätte.

Er beobachtete, wie dieser prüfende Blick über den tannengrünen Teppich glitt, die ebenfalls tannengrün gepolsterten Mahagonimöbel streifte und schließlich die kahlen weißen Wände hinaufflog. Für den momentanen Zeitgeist war das Zimmer bei weitem zu schlicht; er verlangte Eiche, Schnitzereien und Schnörkel, reich verziertes Porzellan und schmückendes Beiwerk. Er war bereits im Begriff, eine Rechtfertigung von sich zu geben, doch fiel ihm nichts ein, das nicht nach Komplimenthascherei geklungen hätte, also ließ er es bleiben.

»Wollen Sie meine Resultate vor oder nach dem Dinner hören?« fragte Monk. »Wenn sie Ihnen am Herzen liegen, sollten Sie vielleicht besser bis danach warten.«

»Das legt wohl den Schluß nahe, daß sie eher unerfreulicher Natur sind«, erwiderte Rathbone mit einem gezwungenen Lächeln. »In dem Fall würde ich sagen: Lassen wir uns nicht den Appetit verderben.«

»Eine weise Entscheidung«, pflichtete Monk ihm bei.

In diesem Moment erschien Eames mit einer Karaffe Sherry, langstieligen Gläsern und einem Tablett Appetithäppchen. Sie ließen es sich schmecken und führten währenddessen eine harmlose Unterhaltung über das aktuelle politische Geschehen sowie die

Möglichkeit eines Kriegsausbruchs in Indien, bis sie zum Dinner gerufen wurden.

Auch das Eßzimmer war in sattem Dunkelgrün gehalten. Es war wesentlich kleiner als das der Furnivals; Rathbone beherbergte offensichtlich nie mehr als höchstens ein halbes Dutzend Gäste. Das französische Porzellan mit seinem feinen Dekor und dem zarten Goldrand wirkte extrem schlicht. Das einzige Zugeständnis an den gemeinhin üblichen Bombast bestand in einer herrlichen Sèvresurne, die mit Rosen und anderen Blumen in leuchtenden Rot-, Pink-, Gold- und Grüntönen bemalt war. Rathbone merkte sehr wohl, daß Hester mehrmals zu ihr hinsah, enthielt sich aber einer Frage nach ihrem Urteil. Lobte sie die Urne in den höchsten Tönen, würde er es als pure Höflichkeit empfinden; tat sie es nicht, wäre er vermutlich verletzt, weil sie ihm dann womöglich zu protzig erschien, obwohl er sie eigentlich sehr mochte.

Während des Essens drehte sich die Unterhaltung ausschließlich um Politik und gesellschaftliche Themen, die er normalerweise nicht in Gegenwart einer Frau besprochen hätte. Er war mit den Sitten und Gebräuchen der oberen Gesellschaftskreise bestens vertraut, doch auf Hester waren sie nicht anwendbar. Sie paßte nicht in das herkömmliche Bild einer vornehmen Dame, der das Leben außerhalb ihres eigenen Heims fremd war, sie war kein Mensch, den man vor Themen, die den Kopf in Anspruch nahmen, bewahren mußte.

Nach dem letzten Gang kehrten sie in den Salon zurück. Nun gab es keinen Grund mehr, denn Fall Carlyon auf die lange Bank zu schieben.

Rathbone sah Monk erwartungsvoll an.

»Ein Verbrechen besteht aus drei Grundelementen«, begann dieser mit einem eigensinnigen, ironischen Lächeln, während er sich in seinem Sessel zurücklehnte. Er hatte nicht den geringsten Zweifel, daß er Rathbone und aller Wahrscheinlichkeit nach auch Hester damit nichts Neues sagte, war jedoch wild entschlossen, es ihnen auf seine Weise mitzuteilen.

Rathbone spürte bereits, wie sich Ärger in ihm breitmachte. Er hatte tiefen Respekt vor Monk, empfand teilweise sogar Sympathie für den Mann, doch dieser Zug an ihm scheuerte an seinen Nerven wie feines Schmirgelpapier. Er wußte, daß Monk jederzeit mit unvorhersehbaren, irritierenden Dingen aufwarten konnte, die tröstliche Gedanken und sichergeglaubte Überzeugungen vollkommen zunichte machten.

»Die Mittel waren für jeden erhältlich«, fuhr Monk fort. »Sprich die Hellebarde, die in der Hand der Ritterrüstung steckte. Alle hatten Zugang zu dieser Rüstung und alle wußten, wo sie sich befand, weil jeder, der das Haus betrat, förmlich von ihrem Anblick erschlagen wurde. Deshalb stand sie dort – um Eindruck zu schinden.«

«Das ist uns bekannt«, gab Rathbone schroff zurück. Der Groll auf Monk hatte seine Geduld erschöpft. »Es bedarf keiner großen Kraftanstrengung, einen ahnungslosen Mann über ein Geländer zu stoßen, wenn man direkt vor ihm steht. Und die Hellebarde konnte – laut medizinischem Bericht – von jedem Menschen normaler Statur benutzt worden sein, wenn es auch außergewöhnlicher Brutalität bedurfte, sie bis zum Fußboden durch den Körper zu treiben.« Er zuckte leicht zusammen und wurde angesichts solch tiefer Haßgefühle von eisiger Kälte überfallen. »Mindestens vier von ihnen waren oben beim General«, fügte er hastig hinzu. »Genauer gesagt, nicht im Salon und daher unbeobachtet, bis Maxim Furnival hereinkam und sagte, daß er ihn auf dem Boden in der Halle gefunden hätte.«

»Gelegenheit«, verkündete Monk mit etwas übertriebenem Diensteifer. »Deshalb haben Sie nicht ganz recht, fürchte ich. Das ist der wunde Punkt. Die Polizei befragte sowohl die Gäste wie auch Mr. und Mrs. Furnival eingehend, doch vom Personal ließen sie sich offenbar nur das bestätigen, was sie ohnehin schon wußten.«

»Einer der Dienstboten war in die Sache verwickelt?« fragte Hester gedehnt. Ihre Miene verriet keine große Hoffnung, da Monk sie auf schlechte Nachrichten vorbereitet hatte. »Ich habe mich auch schon gefragt, ob einer von ihnen vielleicht ungute Erfahrungen mit dem General beim Militär gemacht hat oder mit jemandem verwandt ist, auf den das zutrifft. Womöglich haben wir es mit einem ganz anderen Motiv zu tun – eins, das nicht mit seinem Privatleben, sondern mit seiner Armeezeit in Verbindung steht . . .« Sie schaute Monk fragend an.

Ein Flackern in Monks Zügen offenbarte Rathbone, daß er diese Möglichkeit bislang nicht in Betracht gezogen hatte. Woran lag das? An mangelnder Tüchtigkeit – oder hatte irgendeine unwiderlegbare Schlußfolgerung ihn daran gehindert, so weit vorzustoßen?«

»Nein.« Monk sah kurz zu ihm hin und sofort wieder weg. »Die Polizei hat sich nicht genau genug umgehört, wo sich das Personal zur fraglichen Zeit aufhielt. Der Butler sagte, sie wären alle ihren Pflichten nachgegangen und hätten nichts bemerkt. Da sich ihre Aktivitäten auf die Küche und den Dienstbotenbereich konzentriert hatten, überraschte es niemanden, daß ihnen das Umstürzen der Ritterrüstung entgangen war. Als ich ihn ins Gebet nahm, gab er schließlich zu, daß einer der Lakaien das Speisezimmer aufgeräumt hatte, allerdings nicht in dem Zeitraum, der für uns von Belang ist. Er hatte Anweisung, im ganzen Haus die Kohlenkästen aufzufüllen, auch im Empfangszimmer und in der Bibliothek, die beide an die Halle grenzen.«

Hester drehte ihm das Gesicht zu. Rathbone setzte sich ein wenig aufrechter hin.

Von einem ganz sachten Kräuseln seiner Mundwinkel abgesehen, blieb Monk völlig ungerührt.

»Die Beobachtungen des Lakaien bezüglich der Rüstung, und er hätte sie kaum übersehen können, wenn sie in ihre Einzelteile zerlegt über den Boden verstreut gewesen wäre, mit dem Körper des Generals mittendrin und in seiner Brust eine Hellebarde, die wie eine zwei Meter hohe Fahnenstange herausragt . . .«

»Schon gut, wir haben verstanden«, fiel Rathbone ihm scharf ins Wort. »Das reduziert die Zahl der Personen, die die Gelegenheit hatten. Ich nehme an, das ist der eigentliche Sinn Ihrer Ausführungen?«

Ein Anflug von Verärgerung huschte über Monks Gesicht, verflüchtigte sich und wurde durch Genugtuung ersetzt, die weniger dem Ergebnis als seiner geschickten Beweisführung entsprang.

»Genau. Die romantischen Anwandlungen des Zimmermädchens und die Tatsache, daß der Lakai die Kohleneimer aus Faulheit ausnahmsweise über die Vordertreppe zu Mrs. Furnivals Schlafzimmer hinauftrug, schließen alle Tatverdächtigen außer Alexandra aus. Tut mir leid.«

»Sabella auch?« Hester runzelte die Stirn und beugte sich vor.

»Ja.« Er wandte sich zu ihr um, seine Züge wurden für einen Augenblick weich. »Das Zimmermädchen wartete oben an der Treppe, um den Lakaien abzufangen. Als ihr klar wurde, daß sie ihn verpaßt hatte, und sie jemand kommen hörte, flüchtete sie blitzartig unter dem Vorwand, sie rufen gehört zu haben, in das Zimmer, in dem Sabella sich ausruhte. Sie traute sich erst wieder heraus, nachdem die Betreffenden vorbeigegangen waren, und lief dann über die Dienstbotentreppe in ihr eigenes Zimmer. Es muß sich dabei um Alexandra und den General gehandelt haben, denn als der Lakai nach getaner Arbeit über die Hintertreppe die Halle betreten wollte, kam er gerade rechtzeitig, um die Kunde von dem Unfall zu vernehmen. Der Butler hatte bereits Anweisung erhalten, niemanden in die Halle zu lassen und die Polizei zu verständigen.«

Rathbone atmete seufzend aus. Überflüssig, Monk zu fragen, ob er sicher sei; wenn nicht, hätte er es niemals gesagt.

Monk biß sich auf die Lippe und sah erst Hester, die einen völlig niedergeschmetterten Eindruck machte, dann Rathbone an.

»Das dritte Element ist das Motiv«, sagte er.

Rathbone war sofort wieder ganz Ohr. Es gab also doch noch Hoffnung. Warum sollte Monk es sonst erwähnen? Verflucht sei dieser Kerl mit seinem verflixten Hang zur Dramatik! Zu spät, um noch gleichgültig zu tun, Monk hatte den Wandel in seiner Mimik bereits gesehen. Wenn er sich jetzt einen teilnahmslosen Anschein gab, machte er sich nur lächerlich.

»Ihre Offenbarungen auf diesem Gebiet bringen uns weiter, nehme ich an?« meinte er statt dessen.

Monks Genugtuung verflog.

»Kaum«, gestand er. »Für die anderen könnte man alle möglichen Motive durchspielen, aber was Alexandra Carlyon betrifft, scheint außer Eifersucht nichts in Frage zu kommen – und das war nicht der Grund.«

Rathbone und Hester stierten ihn an. Außer dem sanften Tappen eines Blattes, das der Frühlingswind gegen das Fenster geweht hatte, herrschte Grabesstille im Raum.

Monk schaute zweifelnd drein. »Eifersucht als Motiv klang nie überzeugend, auch wenn zwei oder drei Leute es – mehr oder minder widerwillig – akzeptiert haben. Ich habe es selbst eine Zeitlang geglaubt.« Er registrierte die aufflackernde Neugier in ihren Blicken und ignorierte sie bewußt. »Louisa Furnival ist zweifellos der Typ Frau, der Verunsicherung, Selbstzweifel und letztlich Eifersucht bei anderen Frauen auslöst – was sicher schon dutzendfach der Fall war. Und es bestand immerhin die Möglichkeit, daß Alexandra sie nicht deshalb gehaßt hat, weil sie den General so sehr liebte, sondern weil sie es einfach nicht ertragen konnte, öffentlich gedemütigt zu werden; weil jeder wußte, daß sie aus diesem Wettstreit als zweite Siegerin hervorgegangen war – was erheblich am Selbstwertgefühl jedes Menschen kratzen würde, besonders an dem einer Frau.«

»Aber?« Hester konnte sich nicht länger zurückhalten. »Warum glauben Sie jetzt nicht mehr daran?«

»Weil Louisa, wie Alexandra sehr wohl wußte, kein Verhältnis mit dem General hatte.«

»Sind Sie sicher?« Rathbone beugte sich gespannt vor. »Woher wissen Sie das?«

»Maxim ist wohlhabend, was Louisa sehr viel bedeutet«, gab Monk zurück, ohne sie aus den Augen zu lassen. »Aber ihre Sicherheit und ihr Ruf sind ihr noch um einiges wichtiger. Maxim muß vor einiger Zeit einmal in Alexandra verliebt gewesen sein.« Er warf Hester einen überraschten Blick zu, als diese sich plötzlich heftig nickend vorbeugte. »Sie waren darüber im Bilde?«

»Ja, Edith hat es mir erzählt. Er hat sich jedoch nicht gehen lassen, weil er sehr moralisch ist und sich eisern an sein Eheversprechen hält, ungeachtet aller späteren Gefühle.«

»Genau«, stimmte Monk ihr zu. »Und da Alexandra so unmittelbar betroffen war, muß sie es ebenfalls gewußt haben. Louisa ist nicht der Typ, der für einen anderen Mann alles aufgeben würde – Geld, Ehre, Heim, die Anerkennung der oberen Gesellschaftskreise. Schon gar nicht für einen, der sie gewiß nicht heiraten würde, und das hätte der General nie getan. Er hatte schließlich selbst einen Ruf und eine Karriere zu verlieren, von seinem abgöttisch geliebten Sohn ganz zu schweigen. Ich bezweifle, daß Louisa jemals irgend etwas mutwillig aufgegeben hat. Alexandra kannte sie, und sie kannte auch ihre Situation. Wenn Maxim Louisa und dem General auf die Schliche gekommen wäre, hätte er ihr das Leben extrem schwer gemacht. Immerhin hatte er selbst schon ein großes Opfer gebracht, um seine Ehre aufrechtzuerhalten. Er hätte dasselbe von ihr verlangt. Und Alexandra wußte über all das bestens Bescheid . . .« Den Rest ließ er ungesagt. Er saß einfach nur da und schaute sie niedergeschlagen an.

Rathbone lehnte sich zurück. In seinem Kopf herrschten Verwirrung und Ratlosigkeit. An dieser Geschichte mußte soviel mehr dran sein, als sie bisher bedacht hatten. Alles, was sie besaßen, waren Bruchstücke, und das entscheidende, das Bindeglied, fehlte völlig.

»Das ergibt einfach keinen Sinn«, sagte er zurückhaltend. Er schaute zu Hester hinüber, um festzustellen, was sie von dem Ganzen hielt. Erfreut entnahm er ihrer Miene, daß sie offenbar ähnliche Zweifel hegte. Darüber hinaus verriet ihm ihr aufmerksamer Blick, daß sie nach wie vor an dem Fall interessiert war. Obwohl die Antwort ihnen sämtliche Illusionen genommen hatte und die Schuldfrage nun eindeutig geklärt war, hatte sie nicht resigniert.

»Und Sie haben keine Ahnung, was der wirkliche Grund war?« fragte er Monk, während er seine Züge nach einer weiteren ins Haus stehenden, unliebsamen Überraschung durchforstete. Womöglich hielt er einen entscheidenden Fakt zurück, um den dramatischen Effekt und seine eigene Genugtuung noch zu steigern. Doch er entdeckte nichts. Monks Gesicht war ein offenes Buch.

»Ich habe mir wieder und wieder den Kopf darüber zerbrochen«, gab er freimütig zu. »Aber nichts deutet darauf hin, daß er sie in irgendeiner Form schlecht behandelt hat, und geäußert hat sich dahingehend auch niemand.« Er warf Hester einen kurzen Blick zu.

Rathbone schaute sie ebenfalls an. »Hester? Wenn Sie an Alexandras Stelle wären – können Sie sich irgendeinen Grund vorstellen, warum Sie einen solchen Mann töten würden?«

»Einige«, gab sie mit einem verzerrten Lächeln zurück, biß sich dann jedoch schnell auf die Lippe, als sie merkte, was man hinsichtlich derartiger Gefühle von ihr halten könnte.

Rathbones Erheiterung schlug sich in einem breiten Grinsen nieder. »Zum Beispiel?«

»Spontan fällt mir ein, wenn ich einen anderen Mann lieben würde.«

»Und der zweite?«

»Wenn er eine andere Frau lieben würde.« Ihre Brauen wanderten nach oben. »Offengestanden hätte ich ihn mit Freuden ziehen lassen. Er scheint ein – ein regelrechter Hemmschuh gewesen zu sein. Aber wenn die Schande für mich unerträglich wäre, wenn ich nicht aushalten könnte, was meine Freunde – beziehungsweise meine Feinde – über mich reden, wie sie sich hinter meinem Rükken über mich lustig machen und vor allem, wie sie mich bemitleiden . . . Von dem Triumph der anderen ganz zu schweigen.«

»Aber er hatte keine Affäre mit Louisa«, gab Monk zu bedenken. »Ach so – Sie meinen eine ganz andere Frau? Jemand, den wir noch nicht in Erwägung gezogen haben? Aber warum ausgerechnet an jenem Abend?«

Hester zuckte die Achseln. »Warum nicht? Vielleicht hat er sie verhöhnt? Vielleicht war das der Abend, an dem er es ihr gebeichtet hat? Wir werden wohl nie dahinterkommen, was zwischen den beiden gesprochen worden ist.«

»Fallen Ihnen noch andere Gründe ein?«

In dem Moment erschien der Butler diskret auf der Bildfläche und erkundigte sich, ob sie noch einen Wunsch hätten. Rathbone fragte seine Gäste, die verneinten, bedankte sich bei ihm und wünschte ihm eine gute Nacht.

Hester seufzte. »Geld?« antwortete sie, nachdem sich die Tür wieder geschlossen hatte. »Vielleicht ist sie zu verschwenderisch damit umgegangen oder hat Unsummen verspielt, und er weigerte sich, ihre Schulden zu bezahlen. Vielleicht hatte sie Angst, von ihren Gläubigern öffentlich bloßgestellt zu werden. Nur –« Sie runzelte die Stirn und blickte von einem zum andern. Irgendwo draußen bellte ein Hund. Jenseits der Fenster war es inzwischen fast dunkel. »Ich verstehe nur nicht, warum sie behauptet, es aus Eifersucht getan zu haben. Eifersucht ist eine häßliche Sache und in keinster Weise eine Entschuldigung – oder?« Ihr Blick konzentrierte sich auf Rathbone. »Würde das Gesetz so etwas berücksichtigen?«

»Nicht im geringsten«, erwiderte er grimmig. »Im Falle eines Schuldspruchs, der aufgrund dieser Beweislast unabwendbar ist, wird man sie hängen.«

»Was können wir also tun?« Ihre Beunruhigung war Hester deutlich anzusehen. Ihr Blick hielt seinen unnachgiebig fest und war mit tiefer Betroffenheit erfüllt. Es erstaunte ihn. Sie war die einzige, die Alexandra Carlyon nicht persönlich kannte. Seine eigene Leere, dieses bohrende Gefühl von Machtlosigkeit waren verständlich; er hatte die Frau gesehen. Für ihn war sie ein Wesen aus Fleisch und Blut. Ihre Hoffnungslosigkeit und Angst hatten ihn berührt; ihr Tod würde die endgültige Auslöschung eines Bekannten bedeuten. Für Monk mußte das gleiche gelten. Trotz seiner zeitweiligen Unbarmherzigkeit hatte Rathbone nicht den geringsten Zweifel, daß dieser Mann ebenso zu Mitgefühl imstande war wie er selbst.

Doch für Hester war sie nicht mehr als eine Phantasiegestalt, ein Name und eine Reihe von Umständen, sonst nichts.

»Was werden wir also tun?« Sie ließ nicht locker.

»Ich weiß es nicht«, entgegnete er. »Wenn sie mir nicht die Wahrheit sagt, kann ich ihr kaum helfen.«

»Dann fragen Sie sie danach«, gab Hester heftig zurück. »Gehen Sie zu ihr, sagen Sie ihr, was Sie wissen, und verlangen Sie, die Wahrheit zu erfahren. Das wäre vielleicht am besten. Es könnte . . .«, ihre Stimme erstarb, ». . . sich vielleicht etwas Strafmilderndes ergeben«, schloß sie lahm.

»Keiner Ihrer Vorschläge würde auch nur im entferntesten zur Strafmilderung beitragen«, stellte Monk klar. »Damit würde sie genauso sicher hängen wie mit ihrem augenblicklich angegebenen Motiv.«

»Und was wollen Sie? Aufgeben etwa?« versetzte Hester erbost.

»Was ich will, ist unerheblich«, erwiderte Monk. »Ich kann es mir nicht leisten, mich nur zum Vergnügen in fremde Angelegenheiten zu mischen.«

»Ich werde noch einmal mit ihr sprechen«, verkündete Rathbone. »Ich kann sie ja wenigstens fragen.«

Alexandra hob den Kopf, als er die Zelle betrat. Für einen Augenblick glomm so etwas wie Hoffnung in ihren Zügen auf, dann gewann der Verstand die Oberhand, und Furcht übernahm ihren Platz.

»Mr. Rathbone?« Sie schluckte mühsam, als wäre ihre Kehle zu eng. »Was führt Sie zu mir?«

Die Tür schlug rasselnd hinter ihm zu. Sie hörten beide das laute Krachen, mit der sie ins Schloß fiel, und die darauffolgende tiefe Stille. Er hätte ihr gern etwas Tröstendes oder zumindest Freundliches gesagt, doch das war weder der rechte Ort dafür, noch reichte die Zeit.

»Ich hätte Ihre Worte nicht anzweifeln sollen, Mrs. Carlyon«, sagte er und sah ihr fest in die tiefblauen Augen. »Ich dachte, Sie hätten vielleicht gestanden, um Ihre Tochter zu decken. Aber Monks Nachforschungen haben zweifelsfrei erwiesen, daß Sie Ihren Mann tatsächlich getötet haben. Das geschah allerdings nicht, weil er eine Affäre mit Louisa Furnival hatte, denn eine solche hat nie existiert – wie Sie sehr genau wußten.«

Mit aschfahlem Gesicht starrte sie ihn an. Genausogut hätte er ihr einen Fausthieb versetzen können, doch sie stand vor ihm, ohne mit der Wimper zu zucken. Was für eine außergewöhnliche Frau. Er fühlte sich plötzlich wieder in dem Wunsch bestärkt, die Wahrheit zu ergründen. Warum in aller Welt hatte sie sich zu diesem fruchtlosen und von vornherein zum Scheitern verurteilten Gewaltakt hinreißen lassen? Hatte sie sich etwa eingebildet, sie könnte ungeschoren davonkommen?

»Weshalb haben Sie ihn getötet, Mrs. Carlyon?« fragte er in eindringlichem Ton und beugte sich zu ihr vor. Draußen fiel Regen. In der Zelle war es düster und klamm.

Sie wandte den Kopf nicht ab, schloß aber die Augen, um seinem Blick zu entgehen.

»Ich habe es Ihnen schon mehrmals gesagt! Ich war eifersüchtig auf Louisa Furnival!«

»Das ist nicht wahr!«

»Ist es doch.«

»Man wird Sie hängen«, sagte er ganz bewußt. Sie zuckte zusammen, hielt ihm aber verbissen den Kopf zugewandt und die Augen krampfhaft geschlossen. »Wenn wir keine Begleitumstände nennen können, die Ihr Verhalten zumindest teilweise erklären, wird man Sie hängen, Mrs. Carlyon! Um Himmels willen, sagen Sie mir endlich, warum Sie es getan haben.« Seine Stimme war tief, heiser und nachdrücklich. Wie konnte er diesen Wall des Leugnens durchdringen? Was konnte er vorbringen, um zu ihrem Verstand vorzustoßen? Am liebsten hätte er ihre dünnen Arme gepackt und ihr durch kräftiges Schütteln Vernunft eingebleut. Das wäre jedoch ein so umfassender Bruch mit jeglicher Form von Etikette, daß es die Stimmung zerstören und das eigentliche Thema – das, bei dem es um ihr Leben ging – vorübergehend in den Hintergrund drängen würde.

»Warum haben Sie ihn ermordet?« wiederholte er verzweifelt. »Was immer Sie sagen, es kann nicht mehr schlimmer werden, als es bereits ist.«

»Ich habe ihn getötet, weil er ein Verhältnis mit Louisa hatte«, sagte sie tonlos. »Jedenfalls nahm ich das an.«

Mehr war nicht aus ihr herauszubekommen. Sie war weder bereit, dem etwas hinzuzufügen, noch etwas von dem bereits Gesagten zurückzunehmen.

Schweren Herzens gab er sich vorläufig geschlagen und verabschiedete sich. Sie blieb mit gräulichem Gesicht, zur Statue erstarrt, auf der Pritsche sitzen.

Draußen prasselte der Regen von einem bleiernen Himmel herab. Die Rinnsteine füllten sich mit Wasser, die Leute machten mit hochgeschlagenen Krägen, daß sie ins Trockene kamen. Sein Weg führte ihn an einem Zeitungsjungen vorbei, der die jüngsten Schlagzeilen in die Welt posaunte. Er liebkoste jedes einzelne Wort mit wahrer Wonne, während er die Gesichter der Passanten beobachtete, die sich nach ihm umdrehten. »Skandal, Skandal in der City! Finanzier brennt mit Vermögen durch. Geheimes Liebesnest entdeckt! Skandal in der City!«

Rathbone beschleunigte seinen Schritt, um von ihm wegzukommen. Die Zeitungen hatten Alexandra und den Mord an General Carlyon vorübergehend ad acta gelegt, doch sobald der Prozeß einmal begonnen hätte, würde es wieder auf allen Titelblättern stehen. Jeder Zeitungsjunge würde die täglichen Enthüllungen mit Inbrunst hinausschreien, die Details eifrig studieren, sie mit Vergnügen verdrehen, seiner Phantasie freien Lauf lassen und Alexandra verdammen.

Und wie man sie verdammen würde. Er gab sich nicht der Illusion hin, daß man eventuell Erbarmen mit ihr haben könnte. Die Gesellschaft wußte sich vor dem drohenden Zerfall zu schützen. Man würde die Reihen schließen, und die wenigen, die vielleicht doch so etwas wie Mitleid empfanden, würden nicht wagen, es zuzugeben. Jede Frau, die sich in ähnlicher Lage befand oder wähnte, brächte sogar noch weniger Verständnis auf. Wenn sie es ertragen mußte, warum sollte Alexandra dann in der Lage sein zu entfliehen? Und kein Mann, der je einen Blick oder einen Gedanken riskiert hatte – oder es für die Zukunft nicht ausschließen konnte –, würde eine Frau dazu ermutigen, sich für ein kurzes und harmloses Frönen seiner allzu natürlichen Gelüste zu rächen. Carlyon hatte sich zwar des Flirtens schuldig gemacht – der Ehebruch war noch nicht einmal bewiesen –, aber was war das schon verglichen mit Mord?

Konnte er überhaupt etwas für sie tun? Sie hatte ihn jeder Waffe beraubt, die er vielleicht hätte einsetzen können. Das einzige, was ihm geblieben war, war Zeit. Aber Zeit wofür?

Er kam an einem Bekannten vorbei, war jedoch zu sehr in seine

Gedanken vertieft, um dessen Gruß wahrzunehmen. Erst zwanzig Meter später traf ihn die Erkenntnis wie ein Donnerschlag, doch da war es für eine Entschuldigung längst zu spät.

Der Regen flaute ab, zurück blieb ein böiger Frühjahrswind. Helle Sonnenstrahlen blitzten sporadisch über das nasse Pflaster.

Mit seinem momentanen Erkenntnisstand würde er vor Gericht verlieren. Ohne jeden Zweifel. Er konnte sich das Gefühl der Hilflosigkeit lebhaft vorstellen, während die Anklage seine Beweisführung mühelos in Fetzen riß, die Zuschauer ihn verhöhnten, der Richter sich stumm und vom Fall unabhängig zumindest nach dem Schein einer Verteidigung sehnte, der Mob auf der Galerie nach Einzelheiten und letztlich nach dem unheilvollen Urteilsspruch, der schwarzen Henkerskapuze und der Hinrichtung gierte. Noch schlimmer würde der Anblick der Geschworenen sein: ernste Männer, durch die Gewichtigkeit der Situation eingeschüchtert, durch die Geschichte und ihr unausweichliches Ende zutiefst beunruhigt. Und dann wäre da natürlich noch Alexandra selbst, umgeben von derselben Hoffnungslosigkeit, die ihm bereits im Gefängnis aufgefallen war.

Und nachher würden ihn seine Kollegen fragen, warum er eine derart miserable Vorstellung gegeben hätte. Von welchem Teufel er geritten worden sei, einen solchen Fall zu übernehmen. Wo war bloß seine vielgerühmte Brillanz geblieben? Sein Ruf würde leiden. Selbst sein Praktikant würde ihn auslachen und hinter seinem Rükken Erkundigungen einziehen.

Er hielt eine Droschke an und ließ sich das letzte Stück bis zur Vere Street fahren, schlechtgelaunt und so gut wie entschlossen, den Fall niederzulegen und Alexandra Carlyon zu sagen, er könne nichts für sie tun, wenn sie ihm nicht die Wahrheit verriet.

Vor seiner Kanzlei stieg er aus, bezahlte den Kutscher und ging hinein. Im Vorzimmer teilte man ihm mit, Miss Latterly warte auf ihn.

Ausgezeichnet. Somit erhielt er gleich Gelegenheit, ihr von seinem Gefängnisbesuch zu erzählen und ihr mitzuteilen, daß er Alexandra nicht mehr hatte entlocken können als die idiotische Beteuerung ihrer Geschichte, deren Unwahrheit sie alle nur zu gut kannten. Vielleicht konnte Peverell Erskine sie ja zum Sprechen bewegen. Falls nicht, wäre der Fall, zumindest was ihn betraf, erledigt.

Er hatte das Zimmer kaum betreten, als Hester auch schon neugierig aufsprang, das Gesicht voll unausgesprochener Fragen.

Irgendwo regte sich ein schwacher Zweifel. Seine Selbstsicherheit geriet ins Wanken. Bevor er sie gesehen hatte, war er fest entschlossen gewesen, den Fall niederzulegen; jetzt brachte ihr Eifer ihn völlig durcheinander.

»Haben Sie mit ihr gesprochen?« Sie entschuldigte sich nicht für ihr unangekündigtes Erscheinen. Die Sache lag ihr viel zu sehr am Herzen, als daß sie Gleichgültigkeit vorschützen oder Rechtfertigungen von sich geben konnte, und sie ging davon aus, daß es bei ihm ebenfalls so war.

»Ja, ich komme gerade aus dem Gefängnis . . .«, fing er an.

»Oh.« Seinem angeschlagenen Gesichtsausdruck nach zu urteilen, hatte er nichts erreicht. »Sie hat sich geweigert, Ihnen etwas zu verraten.« Für einen Moment fand sie keine weiteren Worte; die Enttäuschung war zu groß. Dann holte sie tief Luft und reckte ein wenig das Kinn. Ihr spontanes Mitgefühl für ihn verwandelte sich wieder in Besorgnis. »Sie muß einen wirklich triftigen Grund haben – einen, für den sie lieber stirbt, als ihn preiszugeben.« Ein Schauder überlief ihren Rücken, und ihr Gesicht verzog sich zu einer gequälten Grimasse. »Es muß etwas Furchtbares gewesen sein – und ich werde das Gefühl nicht los, daß es jemand anderen betrifft.«

»Setzen Sie sich bitte erst einmal hin«, forderte er sie auf, während er auf den Lehnstuhl hinter seinem Schreibtisch zusteuerte.

Hester tat, wie ihr geheißen, und ließ sich auf einem kleineren Exemplar ihm gegenüber nieder. Verblüffend, mit welch sonderbarer Anmut sie sich bewegte, wenn sie sich ihrer selbst nicht bewußt war. Er lenkte seine Konzentration wieder auf den Fall.

»Oder etwas so Widerwärtiges, daß es ihre Situation nur verschlimmern würde«, fügte er nüchtern hinzu, verwünschte sich jedoch im selben Moment dafür. »Es tut mir leid«, sagte er hastig. »Aber Hester – wir müssen ehrlich sein.«

Sie schien überhaupt nicht zu merken, daß er sie beim Vornamen nannte. Als wäre es das Natürlichste auf der Welt.

»So wie die Dinge liegen, kann ich nichts für sie tun. Das muß ich auch Erskine sagen. Ihn in dem Glauben zu lassen, ich könnte mehr für sie herausholen als jeder blutige Anfänger, wäre mutwillige Täuschung.«

Falls sie ihn in Verdacht hatte, daß er um seinen guten Ruf bangte oder Angst vor dem Scheitern hatte, ließ sie es sich jedenfalls nicht anmerken. Er schämte sich, daß ihm der Gedanke überhaupt in den Kopf gekommen war.

»Wir müssen es herausfinden!« sagte sie unsicher, wohl in der redlichen Absicht, sich selbst wie auch ihm neue Hoffnung einzuimpfen. »Wir haben noch Zeit, nicht wahr?«

»Bis zum Prozeß? Ja, ein paar Wochen. Aber was bringt uns das, und wo fangen wir an?«

»Ich weiß es nicht, aber Monk hat sicher eine Idee.« Sie ließ ihn nicht aus den Augen und registrierte, wie sich seine Miene bei diesem Namen umwölkte. Sie wünschte, sie wäre weniger plump vorgegangen. »Wir dürfen jetzt nicht aufgeben«, fuhr sie fort. Um sich gehenzulassen, war die Zeit jedenfalls zu knapp. »Was es auch sein mag, wir müssen herausbekommen, ob sie jemanden schützt. Ja, ich weiß, sie hat's getan – an den Beweisen läßt sich nicht rütteln. Aber warum? Warum war sie bereit zu töten, es zu gestehen und notfalls an den Galgen zu wandern? Es muß etwas – etwas Unerträgliches sein. Etwas so Grauenhaftes, daß sogar Gefängnis, Prozeß und der Strick besser sind!«

»Nicht unbedingt, meine Liebe«, sagte er sanft. »Manche Leute begehen die schrecklichsten Verbrechen aufgrund von Lappalien. Der Mensch hat schon wegen ein paar Schillingen getötet oder aus Wut über eine harmlose Beleidigung...«

»Nicht Alexandra Carlyon«, widersprach sie verstockt und lehnte sich zu ihm vor. »Sie kennen sie! Trauen Sie ihr das wirklich zu? Glauben Sie, sie würde alles – ihren Mann, ihre Familie, ihr Zuhause, ihre gesellschaftliche Stellung, sogar ihr Leben – für etwas Banales opfern?« Sie schüttelte ungeduldig den Kopf. »Und welche

Frau rauft sich schon die Haare wegen einer Beleidigung? Männer duellieren sich der Ehre wegen – Frauen nicht! Wir sind es gewöhnt, beleidigt zu werden; die beste Verteidigung ist, so zu tun, als hätte man es nicht bemerkt – dann muß man auch nicht darauf eingehen. Mit einer Schwiegermutter wie Felicia Carlyon dürfte Alexandra ohnehin genug Übung im Überhören von Beleidigungen haben, um jeder Lage Herrin zu werden. Sie ist doch keine Närrin, oder?«

»Nein.«

»Eine Trinkerin etwa?«

»Nein.«

»Dann müssen wir herausfinden, weshalb sie es getan hat! Auch wenn Sie das Schlimmste denken, was hat sie zu verlieren? Gibt es denn eine bessere Verwendung für ihr Geld, als den Versuch, ihr Leben damit zu retten?«

»Ich bezweifle, ob ich . . .«, begann er. Dann tauchte neben Hesters Gesicht unvermittelt Alexandra vor seinem geistigen Auge auf: diese frappierenden Augen, die ausdrucksvollen, intelligenten Züge, der sinnliche Mund, der verborgene Sinn für Humor. Er mußte die Wahrheit wissen; vorher würde er keine Ruhe finden.

»Ich werde es versuchen«, lenkte er ein. Ein unerwartetes Glücksgefühl ergriff von ihm Besitz, als er sah, wie Hesters Züge sich entspannten und sie ihn erleichtert anlächelte.

»Danke.«

»Aber vielleicht nützt es nichts.« Er mußte sie noch ein letztes Mal warnen, auch wenn er ihre Hoffnungen nur ungern untergrub. Die Furcht vor ihrer erheblich schwerwiegenderen Verzweiflung und ihrem berechtigten Zorn, falls sie sich später von ihm getäuscht fühlte, war wesentlich schlimmer.

»Ja, ich weiß«, versicherte sie ihm. »Das ist mir klar. Aber wir müssen es wenigstens versuchen.«

»Was auch immer es bringen mag . . .«

»Werden Sie Monk Bescheid geben?«

»Ja – ich werde ihn bitten, mit seinen Nachforschungen fortzufahren.«

Ein unverhofft strahlendes Lächeln erhellte ihr Gesicht.

»Danke. Ich danke Ihnen sehr.«

Monks Überraschung war groß, als Rathbone ihn bat, den Fall weiter zu bearbeiten. Zwar hätte er rein aus persönlicher Neugier gern das wahre Mordmotiv gekannt, doch verfügte er weder über ausreichend Zeit noch Geld, um in zweifelsohne langer und ermüdender Arbeit nach einer Antwort zu suchen, die den Ausgang des Prozesses kaum beeinflussen konnte.

Aber Rathbone hatte ihn darauf hingewiesen, daß es wahrscheinlich die beste Verwendungsmöglichkeit für Alexandras Geld war, vorausgesetzt, Erskine als ihr Anwalt und Interessenvertreter hatte nichts dagegen. Jedenfalls gab es wohl keinen Zweck, für den es sinnvoller eingesetzt wäre. Und für ihre Nachkommen sowie die des Generals war vermutlich gut gesorgt.

War das vielleicht ein Ansatzpunkt – Geld? Er bezweifelte zwar den Nutzen diesbezüglicher Recherchen, aber wenn nichts dabei herauskam, durfte er diese Möglichkeit zumindest abhaken. Und da des Rätsels Lösung ohnehin in Dunst und Nebel steckte, konnte er genausogut hiermit anfangen. Vielleicht wurde er ja angenehm überrascht.

Es war nicht weiter schwierig, etwas über General Carlyons Nachlaß in Erfahrung zu bringen, da Testamente öffentlich zugänglich waren. Thaddeus George Randolf Carlyon hatte sich zur Zeit seines Todes eines beträchtlichen Vermögens erfreut. Seine Familie schien in der Vergangenheit ein ausgesprochen glückliches Händchen auf dem Gebiet von Investitionen gehabt zu haben. Obwohl sein Vater noch lebte, hatte Thaddeus stets über ein großzügiges Taschengeld verfügt, mit dem er sparsam umgegangen war. Auf äußerst klugen Rat hin hatte er einen Großteil dieses Geldes in Exportgeschäfte mit verschiedenen Teilen des Empires gesteckt – Indien, Südafrika und dem anglo-ägyptischen Sudan –, die ihm weitaus mehr als nur ein nettes Sümmchen eingebracht hatten. Er hatte ein gutes, in Relation zu seinen Mitteln jedoch eher bescheidenes Leben geführt.

Während Monk sich einen Überblick über seine Finanzen verschaffte, wurde ihm plötzlich klar, daß er das Haus des Generals noch gar nicht gesehen hatte. Ein Versäumnis, das es dringend nachzuholen galt. Aus den Büchersammlungen, Möbeln, Bildern und anderen Kleinigkeiten, für die die Leute ihr Geld ausgaben, konnte man oftmals eine Menge schließen.

Er konzentrierte sich auf die Verteilung, die der General für seine Vermögenswerte vorgesehen hatte. Bis zu ihrem Tode gehörte Alexandra das Haus, dann ging es in den Besitz seines einzigen Sohnes Cassian über. Die Summe, die er für die Instandhaltung des Hauses und die Fortführung ihres Lebensstandards eingesetzt hatte, war adäquat, aber in keiner Weise verschwenderisch, und größere Ausgaben ihrerseits waren nicht eingeplant. Ohne beträchtliche Einsparungen bei anderen Dingen würde sie sich weder neue Pferde oder Kutschen, noch ausgedehntere Reisen in sonnige Gefilde wie Italien oder Griechenland leisten können.

Seine Töchter erhielten ein kleineres Legat, seinen beiden Schwestern, Maxim und Louisa Furnival, Valentine Furnival und Dr. Charles Hargrave wurden persönliche Andenken zuteil. Aber der Großteil seines gewaltigen Vermögens, sei es nun Grundbesitz oder Geld, ging an seinen Sohn Cassian und sollte bis zu dessen Volljährigkeit von einer Anwaltssozietät treuhänderisch verwaltet werden. Alexandra besaß diesbezüglich keinerlei Entscheidungsgewalt, und es gab keine Klausel, die vorsah, daß sie auch nur zu Rate gezogen werden sollte.

Daraus ließ sich unweigerlich schließen, daß sie zu Thaddeus' Lebzeiten wesentlich besser dran gewesen war. Die Frage war nur, hatte sie vor seinem Tod davon gewußt, oder war sie davon ausgegangen, daß sie eine reiche Witwe sein würde?

Hatte es überhaupt einen Sinn, den Anwälten, die das Testament aufgesetzt hatten und für die Verwaltung des Vermögens zuständig waren, diese Frage zu stellen? Im Interesse der Gerechtigkeit würde man ihm vielleicht Auskunft erteilen. Es jetzt noch geheimzuhalten diente niemandem mehr.

Eine Stunde später fand er sich in der Kanzlei Goodbody, Pemberton und Lightfoot ein. Mr. Lightfoot, der einzige noch lebende der drei ursprünglichen Partner, zeigte sich recht mitteilsam. Er meinte, er hätte der Kunde vom Tod des Generals – welch traurige Geschichte, nur der Himmel allein wisse, auf welchen Abwegen sich die Welt befand, wenn ehrbare Frauen wie Mrs. Carlyon in solche Tiefen sanken – zu Anfang kaum Glauben schenken können. Als er Mrs. Carlyon aufgesucht habe, um sie mit dem Testament vertraut zu machen und sie seiner treu ergebenen Dienste zu versichern, sei sie weder überrascht noch enttäuscht gewesen. Im Grunde schien sie sich kaum dafür zu interessieren! Er habe es selbstverständlich als natürliche Schockreaktion auf den Tod ihres Mannes interpretiert. Also nein, wirklich! Er schüttelte den Kopf und wunderte sich erneut, wie weit es bloß mit der zivilisierten Welt gekommen war, wenn derartige Dinge passieren konnten.

Monk verkniff sich die Bemerkung, daß man ihr den Prozeß noch nicht gemacht, geschweige denn sie verurteilt hatte. Es war vergebene Liebesmüh. Alexandra hatte gestanden, und soweit es Mr. Lightfoot betraf, war das Thema hiermit erledigt. Zudem sah es ganz so aus, als hätte er recht. Selbst Monk fiel kein vernünftiges Gegenargument ein.

Er eilte die Threadneedle Street hinunter, an der Bank von England vorbei, bog links in die Bartholomew Lane ein und wußte auf einmal nicht mehr, wo er eigentlich hin wollte. Verwirrt blieb er stehen. Da war er absolut selbstsicher um die Ecke gebogen und hatte plötzlich nicht die geringste Ahnung, wo er sich befand. Er schaute sich um. Die Gegend kam ihm bekannt vor. Gegenüber war ein Bürogebäude; der Name sagte ihm zwar nichts, aber die Eingangstür aus Naturstein mit dem Messingschild darüber erzeugte ein Gefühl der Beklommenheit und des abgrundtiefen Scheiterns tief in seinem Innern.

Warum? Wann war er schon einmal hiergewesen, in wessen Auftrag? Hing es mit dieser anderen Frau zusammen, an die er sich im Gefängnis bei Alexandra Carlyon so kurz und schmerzlich erinnert hatte? Er durchforstete sein Gedächtnis verzweifelt nach einem Bindeglied, das ihn auf ihre Spur bringen könnte: Gefängnis, Gerichtssaal, Polizeirevier, ein Haus, eine Straße ... Nichts. Ihm fiel absolut nichts ein.

Ein älterer Gentleman ging forschen Schrittes an ihm vorbei, einen Spazierstock mit silbernem Knauf in der Hand. Für den Bruchteil einer Sekunde glaubte Monk ihn zu erkennen, dann verflüchtigte sich der Eindruck wieder. Etwas stimmte nicht mit der Form seiner Schultern, mit der Körperbreite. Nur der Gang und der Spazierstock waren ihm irgendwie vertraut.

Aber natürlich! Es hatte gar nichts mit der Frau zu tun, die an seiner Erinnerung zerrte. Es war dieser Mentor seiner Jugendzeit, der Mann, dessen Frau in stummer Verzweiflung weinte, gequält von einem Leid, das Monk geteilt und in hilfloser Unfähigkeit nicht hatte verhindern können.

Was war passiert? Warum war – war ... Walbrook!

Vor Triumph jubilierend sagte er sich den Namen immer wieder vor. Ja, kein Zweifel. Walbrook – so hatte er geheißen. Frederick Walbrook ... Bankier. Handelsbankier. Aber weshalb hatte er dieses schreckliche Gefühl, auf ganzer Linie versagt zu haben? Welche Rolle hatte er in dieser Katastrophe gespielt?

Er hatte nicht die leiseste Ahnung.

Für den Augenblick ließ er es gut sein, verfolgte seine Schritte bis zur Threadneedle Street zurück und ging dann die Cheapside in Richtung Newgate hinauf.

Er mußte sich auf Alexandra Carlyon konzentrieren. Seine Erkenntnisse waren vielleicht ihre einzige Chance. Sie hatte ihn angefleht, ihr zu helfen, sie vor dem Galgen zu retten, ihren Namen reinzuwaschen. Er beschleunigte seinen Schritt, während vor seinem geistigen Auge ihr vergrämtes Gesicht, ihre panische Angst und ihre gehetzten Augen auftauchten ...

Nie war ihm etwas wichtiger gewesen. Das Gefühl, das plötzlich in ihm aufwallte, war derart verschlingend, daß er nicht mehr darauf achtete, wo er hintrat, die Menschen um sich herum nicht mehr wahrnahm. Bankiers und Sekretäre, Botengänger, Hausierer und Zeitungsjungen – sie alle rempelten ihn an, ohne daß er es merkte. Von diesem schwachen roten Faden hing alles ab.

Und da erinnerte er sich plötzlich an zwei große, braungoldene Augen, doch der Rest des Gesichts war wie weggewischt. Es gab keine Lippen, keine Wangen, kein Kinn – nur diese goldenen Augen.

Er blieb so abrupt stehen, daß der Mann hinter ihm auf ihn prallte, eine säuerliche Entschuldigung ausstieß und weiterging. Blaue Augen. Er hatte keinerlei Schwierigkeiten, sich Alexandra Carlyons Gesicht vorzustellen, aber das war es nicht, was sein geistiges Auge gesehen hatte: einen breiten, sinnlichen und humorvollen Mund, eine kurze, gebogene Nase, hohe Wangenknochen und blaue, unglaublich blaue Augen. Und sie war auch nicht diejenige gewesen, die ihn um Hilfe angefleht hatte, es schien ihr sogar völlig gleichgültig zu sein, als halte sie seine Bemühungen von vornherein für fruchtlos.

Er hatte sie erst ein einziges Mal gesehen und arbeitete nur deshalb weiterhin an dem Fall, weil Oliver Rathbone ihn darum gebeten hatte. Alles, was er für sie empfand, war ein eher unspezifisches Mitgefühl, weil sie furchtbar in der Klemme steckte.

Wer war diese andere, die derart ungestüm von seinen Gedanken und Gefühlen Besitz ergriff, die ihn mit solcher Dringlichkeit und Angst vor dem Versagen erfüllte?

Sie mußte zu seiner Vergangenheit gehören, diesem Teil seines Lebens, der ihn nicht losließ, den er unbedingt ergründen wollte. Mit der Zeit nach dem Unfall hatte es ganz gewiß nichts zu tun. Und Imogen Latterly war es nicht, denn ihr Gesicht konnte er sich mühelos ins Gedächtnis rufen. Ihre Beziehung zu ihm war rein geschäftlicher Natur gewesen; sie hatte lediglich darauf vertraut, mit seiner Hilfe den Namen ihres Vaters reinwaschen zu können – und auch das war ihm nicht gelungen.

War der Versuch, dieser anderen Frau zu helfen, ebenfalls gescheitert? Hatte man sie für einen Mord gehängt, den sie nicht begangen hatte? Oder doch?

Er setzte sich wieder in Bewegung und eilte weiter. Zumindest würde er sich bemühen, alles menschenmögliche für Alexandra Carlyon zu tun – ob nun mit oder ohne ihre Unterstützung. Und jemand, der eine solche Tat begangen hatte, mußte fürwahr ein starkes Motiv gehabt haben.

Geld schied offenbar aus. Sie hatte zweifellos gewußt, daß sie nach seinem Tod finanziell wesentlich schlechter gestellt sein würde als davor. Ihr Status war dann der einer Witwe, was mindestens ein Jahr Trauer bedeutete, aber gleich mehrere Jahre dunkle Kleidung, sittsames Verhalten und so gut wie keine gesellschaftlichen Aktivitäten. Abgesehen von diesen obligatorischen Trauerverpflichtungen würde sie nur äußerst selten zu Parties eingeladen werden. Witwen stellten eher ein Handikap dar, da sie keinen männlichen Begleiter hatten – es sei denn, sie waren wohlhabend und diskontfähig. Und das traf auf Alexandra weder zu, noch hatte sie darauf spekuliert.

Er mußte sich näher mit ihrem Leben und ihren Gewohnheiten beschäftigen. Damit soviel Brauchbares wie möglich dabei herauskam, wandte er sich am besten an diejenigen ihrer Bekannten, die am unvoreingenommensten waren und ein objektives Urteil abgeben würden. Vielleicht konnte Edith Sobell ihm dahingehend weiterhelfen. Schließlich war sie es gewesen, die sich, von Alexandras Unschuld überzeugt, beistandsuchend an Hester gewandt hatte.

Edith erwies sich in der Tat als ausgesprochen kooperativ, und nach einer Zwangspause am Sonntag suchte Monk im Lauf der nächsten beiden Tage diverse Freundinnen und Bekannte auf, die samt und sonders dieselbe Meinung vertraten. Alexandra war eine gute Freundin, hatte ein aufgeschlossenes, doch unaufdringliches Wesen und war humorvoll, aber niemals vulgär. Außer einem leichten Hang zur Spöttelei, einer etwas spitzen Zunge und einem Interesse an Themen, die für hochwohlgeborene Damen – sprich für Frauen allgemein – nicht ganz passend waren, schien sie kein einziges Laster zu haben. Sie war mehrmals beim Lesen politischer Zeitschriften ertappt worden, die sie dann sofort blitzschnell versteckt hatte. Mit ihrer Geduld gegenüber Leuten, die etwas langsamer dachten, war es nicht allzuweit her. Hatte sie das Gefühl, ausgefragt oder zu einer bestimmten Meinung genötigt zu werden, konnte sie zuweilen recht schroff reagieren. Sie liebte Erdbeeren und laute Blaskapellen über alles, mochte einsame Spaziergänge – und unterhielt sich gern mit nicht standesgemäßen Fremdlingen.

Und ja – gelegentlich hatte man sie in einer römisch-katholischen Kirche verschwinden sehen! Wie sonderbar. Gehörte sie dieser Konfession etwa an? Wo dachte er hin!

War sie verschwenderisch?

Gelegentlich, wenn es um Kleidung ging. Sie liebte Form und Farbe.

Und sonst? Frönte sie dem Glücksspiel, hatte sie ein Faible für neue Kutschen, prächtige Pferde, Möbel, Silber, erlesenen Schmuck?

Nicht, daß es jemandem aufgefallen wäre. Und Spielen tat sie mit Sicherheit nicht.

Flirtete sie gern?

Nicht mehr als jeder andere auch.

Hatte sie Schulden?

O nein.

Verbrachte sie übertrieben viel Zeit allein? Wußte man häufig nicht, wo sie war?

Doch, das mußte man sagen. Sie liebte die Einsamkeit, vor allem seit letztem Jahr.

Wo ging sie hin?

In den Park.

Allein?

Anscheinend. Zumindest wurde sie nie in Begleitung gesehen.

Die Frauen, die er fragte, wirkten traurig, verwirrt und besorgt, aber aufrichtig. All ihre Antworten klangen offen und ehrlich – und halfen ihm nicht weiter.

Während er von einem schmucken Haus zum andern ging, waberte unablässig das Echo einer Erinnerung durch seinen Kopf, körperlos und gespenstisch wie dichte Nebelschwaden. Sobald er sie zu erhaschen glaubte, verlor sie sich im Nichts. Was blieb, war der intensive Widerhall von Liebe, Furcht, Beklommenheit und grauenvoller Angst vor dem Versagen.

Hatte Alexandra Trost und Hilfe bei einem katholischen Priester gesucht? Möglich. Aber es war sinnlos, diesen Mann ausfindig zu machen; sein Beichtgeheimnis hinderte ihn am Reden. Jedenfalls mußte es etwas Gravierendes gewesen sein, das sie veranlaßt hatte, sich einem Geistlichen einer anderen Konfession anzuvertrauen, einem Fremden.

Es gab noch zwei weitere Möglichkeiten, die es zu untersuchen galt. Erstens, ob Alexandra nicht auf Louisa Furnival, sondern auf eine andere Frau eifersüchtig gewesen war – und wenn ja, ob in dem Fall zu Recht. Nach allem, was er bisher über den General gehört hatte, entsprach er beileibe nicht Monks Vorstellung von einem Mann, der gern auf Freiersfüßen wandelte. Und daß er sich heftig genug verlieben konnte, um seine Karriere und seinen Ruf zu opfern, indem er seine Frau und seinen einzigen Sohn verließ, der noch ein Kind war, erschien ihm noch abwegiger. Aber eine bloße Affäre reichte für die meisten Frauen nicht aus, gleich zu Mord zu greifen. Falls Alexandra ihren Mann tatsächlich auf so besitzergreifende Weise geliebt hatte, daß sie ihn lieber tot als in den Armen einer anderen Frau sah, war sie eine verdammt gute Schauspielerin. Sie machte jedoch einen recht vernünftigen Eindruck und schien der Tatsache, daß ihr Mann tot war, eher gleichgültig gegenüberzustehen. Sie war wie gelähmt, aber nicht gramgebeugt; sie fürchtete um ihr Leben, aber noch mehr fürchtete sie um ihr Geheimnis. Eine Frau, die soeben einen Mann ermordet hatte, von dem sie sosehr besessen gewesen war, mußte doch irgendwelche Anzeichen einer derart verzehrenden Liebe zeigen – und vor Kummer am Boden zerstört sein.

Und weshalb es kaschieren? Warum Louisa vorschieben, wenn sie gar nichts damit zu tun hatte? Das Ganze ergab einfach keinen Sinn.

Nichtsdestotrotz würde er dem nachgehen. Jede Möglichkeit mußte erforscht werden, mochte sie noch so abwegig oder unsinnig erscheinen.

Die zweite und wahrscheinlichere Möglichkeit war, daß Alexandra selbst einen Liebhaber hatte; und jetzt, da sie verwitwet war, beabsichtigte sie, den Betreffenden zu gegebener Zeit zu heiraten. Das klang wesentlich einleuchtender. Unter diesen Umständen wäre verständlich, daß sie die Wahrheit zurückhielt. Wenn Thaddeus sie mit einer anderen Frau betrogen hatte, war sie immerhin die leidtragende Dritte. Vielleicht hatte sie sich der abenteuerlichen Hoffnung hingegeben, die Gesellschaft würde ihr Verhalten entschuldigen. Hatte sie ihn jedoch ihrerseits betrogen und ihn ermordet, um für den anderen Mann frei zu sein, würde ihr das kein Mensch auf der ganzen Welt verzeihen.

Je länger Monk darüber nachdachte, desto plausibler kam es ihm vor. Es war die einzige Erklärung, bei der alles zusammenpaßte. Sie war zwar ausgesprochen häßlich, schrie aber geradezu nach Überprüfung.

Er beschloß, in Alexandra Carlyons Haus anzufangen, das sie mit dem General seit dessen Rückzug aus dem aktiven Dienst vor zehn Jahren geteilt hatte. Da er indirekt von Mrs. Carlyon beauftragt und sie bislang noch keines Verbrechens überführt war, durfte er vermutlich mit einem höflichen, wenn nicht gar freundlichen Empfang rechnen.

Das Haus am Portland Place machte einen abweisenden und bedrohlichen Eindruck. Als Zugeständnis an die Trauer waren die Rouleaus heruntergelassen, an der Tür hing ein schwarzer Kranz. Solange er denken konnte, war dies das erste Mal, daß er sich an einem Dienstboteneingang einstellte, als wolle er Haushaltswaren an den Mann bringen oder einen Verwandten besuchen, der zum Personal gehörte.

Ein etwa zwölfjähriger Stiefelbursche mit rundem Gesicht, Stupsnase und argwöhnischem Blick machte ihm auf.

»Ja, Sir?« fragte er mißtrauisch. Wahrscheinlich hatte der Butler ihn instruiert, neugierige Fremde mit Skepsis zu behandeln, insbesondere wenn sie von der Presse sein könnten. Wäre er selbst Butler gewesen, hätte er jedenfalls etwas in der Richtung geäußert.

»Was woll'n Se denn?« fügte der Junge unwirsch hinzu, als Monk ihm keine Antwort gab.

»Mit dem Butler sprechen, falls er zur Verfügung steht. Ansonsten mit der Haushälterin«, erwiderte Monk. Er hoffte inständig, daß Alexandra eine rücksichtsvolle Dienstherrin gewesen war. Was er jetzt brauchte, war ein treu ergebenes Personal, das jemandem, der sich für Mrs. Carlyons Belange einsetzte, nach bestem Wissen und Gewissen helfen würde. Hoffentlich besaßen sie genügend Menschenkenntnis, um seine lauteren Absichten zu erkennen.

»Für was'n?« Der Junge ließ sich nicht so leicht hinters Licht führen. Er musterte Monk von oben bis unten, registrierte die Qualität seines Anzugs, das weiße Hemd mit dem gestärkten Kragen, die makellosen Stiefel. »Wer sind Se'n überhaupt, Mister?«

»William Monk. Ich komme im Auftrag von Mrs. Carlyons Strafverteidiger.«

Der Bursche blickte finster drein. »Was soll'n das sein – 'n Strafverteidiger?«

»Ein Anwalt, der sie vor Gericht vertritt.«

»Ach so. Dann komm'n Se wohl besser mal rein. Ich hol' Mr. Hagger.« Er machte die Tür ein Stückchen weiter auf und gestattete Monk, in den hintersten Teil der Küche zu treten. Dort ließ er ihn stehen und machte sich auf die Suche nach dem Butler. Ihm oblag nun, da beide Herrschaften nicht mehr da waren, die Verantwortung für das Haus, bis Alexandra entweder freigesprochen wurde oder die Erbschaftsverwalter über die künftige Verwendung entschieden hatten.

Monk schaute sich um. Durch einen offenstehenden Eingang konnte er in die Waschküche sehen. Er erspähte einen Waschzuber samt hölzernem Wäschestampfer zum Umrühren, Hochheben und Wenden der Kleidungsstücke, eine Mangel zum Herauspressen des Wassers und ein langes Regal, auf dem sich Gefäße mit diversen Substanzen für die Reinigung der unterschiedlichsten Stoffe aneinanderreihten: gekochte Kleie, mit der man unter Zuhilfenahme eines Schwammes Chintz säuberte; saubere Schnitzel von Pferdehufen für Wollenes; Terpentin, geriebene Schafshufe und Kreide, um Fett- und Ölflecken zu entfernen; Zitronen- oder Zwiebelsaft für Tintenspritzer; warme Kuhmilch für Wein- oder Essigflecken; altes, trockenes Brot für goldene, silberfarbige oder seidene Stoffe und natürlich Seife.

Ferner entdeckte er noch mehrere Tiegel mit Bleichmitteln sowie eine monströse, mit Borax gefüllte Wanne zum Stärken. Ein Messer und ein Brett dienten zum Schneiden von alten Kartoffeln, mit deren Saft man die Wäschestücke tränkte, die nur leicht gestärkt werden sollten.

Mit all diesen Dingen war er aufgrund vager Erinnerungen, durch eigenen Gebrauch und anhand der Eindrücke aus jüngeren Ermittlungen vertraut, die ihn in Küchen wie Waschküchen geführt hatten. Anscheinend war dies ein gut organisierter Haushalt, in dem genausoviel Sorgfalt aufs Detail verwendet wurde, wie man es von einem tüchtigen Personal erwartete.

Er hatte plötzlich die deutliche Vision seiner Mutter, in der Hand den kostbaren Schatz eines aus Fett und Holzasche selbstgemachten Stücks Seife. Wie alle weniger betuchten Frauen benutzte sie für die Wäsche eine Lauge, für deren Herstellung man die in Herden und Feuerstellen anfallende Holzasche mit Wasser übergoß. Manchmal wurden auch Urin, Hühnermist oder Kleie hinzugefügt, um den Reinigungseffekt zu erhöhen. 1853 war die Seifensteuer endlich aufgehoben worden, doch zu diesem Zeitpunkt hatte er längst nicht mehr zu Hause gewohnt. Unter all diesem Überfluß hier wäre seine Mutter vermutlich schier zusammengebrochen.

Er richtete sein Augenmerk auf die Küche, sah aber nicht mehr als berstende Regale voll Rosenkohl, Spargel und Weißkohl sowie Unmengen im Herbst eingelagerter Zwiebeln und Kartoffeln, denn in diesem Moment kam der Butler herein – ganz in Schwarz und mit grimmigem Gesicht. Er war mittleren Alters, von kleiner Statur, hatte sandfarbenes Haar, einen Schnurrbart, buschige Koteletten und eine leichte Stirnglatze. Seine Aussprache war überaus präzise.

»Ja, Mr. – äh, Monk? Was können wir für Sie tun? Wir sind natürlich gern bereit, der gnädigen Frau soweit wie irgend möglich zu helfen. Aber Sie werden gewiß verstehen, daß ich zuerst einen Beweis für Ihre Identität und den Zweck Ihres Besuchs benötige?« Er klapperte mit den Zähnen. »Ich möchte nicht unhöflich erscheinen, Sir, aber wir hatten hier einige Scharlatane in letzter Zeit, die falsche Angaben gemacht und uns zu ihrem Vorteil bewußt in die Irre geführt haben.«

»Natürlich.« Monk brachte seine Visitenkarte, ein Schreiben von

Rathbone und eins von Peverell Erskine zum Vorschein. »Sehr umsichtig von Ihnen, Mr. Hagger. Sie sind ein Mann, den man jederzeit weiterempfehlen kann.«

Hagger senkte den Blick, doch das satte Rot seiner Wangen ließ darauf schließen, daß er das Kompliment gehört – und genossen – hatte.

»Nun, Sir, womit können wir dienen?« meinte er, nachdem er die Briefe studiert und zurückgegeben hatte. »Würden Sie vielleicht lieber in den Anrichteraum gehen, damit wir ungestörter sind?«

»Danke. Das käme mir sehr entgegen«, erwiderte Monk, folgte ihm in das winzige Kämmerchen und ließ sich auf dem ihm dargebotenen Stuhl nieder. Hagger nahm ihm gegenüber Platz und blickte ihn fragend an.

Aus Prinzip erzählte Monk ihm nicht mehr, als unbedingt erforderlich war. Hinzufügen konnte man später immer etwas; zurücknehmen konnte man nichts.

Er durfte nichts überstürzen, mußte darauf hoffen, daß er ihm die gewünschten Informationen mit scheinbar belanglosen Fragen entlockte.

»Könnten Sie mir vielleicht erst einmal etwas über den Haushalt erzählen, Mr. Hagger? Wie viele Dienstboten es gibt zum Beispiel, wie lange sie schon hier sind und, wenn möglich, was Sie über sie wissen – wo sie vorher gearbeitet haben und so weiter.«

»Wie Sie wünschen, Sir.« Hagger schien skeptisch. »Auch wenn ich nicht weiß, inwieweit das von Nutzen sein soll.«

»Ich auch nicht – bis jetzt«, gab Monk offen zu. »Aber es ist schon mal ein Anfang.«

Gehorsam nannte Hagger ihm die Namen der Dienstboten, ihre Funktion und den Inhalt ihrer Empfehlungsschreiben. Dann begann er auf Monks Aufforderung hin, den normalen Wochenablauf zu schildern.

Monk unterbrach ihn ein paarmal, fragte ihn nach Einzelheiten über eine Dinnerparty, die Gäste, den Speiseplan, die Ansichten des Generals, das Verhalten von Mrs. Carlyon, wen sie besucht hatten, wenn sie ausgegangen waren.

»Waren Mr. und Mrs. Pole oft zum Dinner hier?« erkundigte er sich so beiläufig wie möglich.

»Nein, Sir, sehr selten«, gab Hagger zurück. »Mrs. Pole kam nur, wenn der General nicht zu Hause war.« Seine Miene umwölkte sich. »Ich fürchte, Sir, es gab böses Blut zwischen den beiden, was noch auf einen Zwischenfall vor Miss Sabellas Hochzeit zurückgeht.«

»Das ist mir bekannt. Mrs. Carlyon hat mir davon erzählt.« Das war eine leichte Ausschmückung der Wahrheit. Alexandra hatte es Edith Sobell erzählt, die ihrerseits Hester, die wiederum ihm. »Aber Mrs. Carlyon und ihre Tochter standen sich nach wie vor sehr nahe?«

»O ja, Sir.« Haggers Gesicht hellte sich wieder etwas auf. »Mrs. Carlyon hat alle ihre Kinder sehr geliebt. Ihr Verhältnis zu ihnen war ausgezeichnet...« Er hielt inne. Monk glaubte, ein ganz sachtes Stirnrunzeln zu bemerken.

»Aber?« dachte er laut.

Hagger schüttelte den Kopf. »Nichts, Sir. Sie verstanden sich immer ausgesprochen gut.«

»Sie wollten doch etwas hinzufügen.«

»Nun ja, höchstens, daß sie ihren Töchtern vielleicht eine Spur verbundener war, aber das ist für eine Frau wohl ganz normal. Master Cassian hat seinen Vater vergöttert, der arme Wurm. Hat große Stücke auf den General gehalten, aber das war auch kein Wunder. Der General hat sich sehr um ihn gekümmert; hat viel Zeit mit ihm verbracht, was die wenigsten Männer tun – besonders wenn sie so beschäftigt und bedeutend sind wie er. Ich fand das geradezu bewundernswert.«

»Ein feiner Zug«, bestätigte Monk. »Viele Söhne würden ihn darum beneiden. Ich nehme an, Mrs. Carlyon war bei diesen Zusammenkünften nicht dabei?«

»Nein, Sir. Meines Wissens kein einziges Mal. Ich nehme an, sie haben über Männerangelegenheiten gesprochen – nichts für Frauenohren jedenfalls; über die Armee, über Heldentaten und große Schlachten, Abenteuer, Entdeckungsreisen und diese Dinge mehr.« Er setzte sich anders hin. »Wenn der Junge hinterher runterkam, haben seine Augen nur so gestrahlt. Und ganz versonnen gelächelt hat er, der arme Wurm.« Er schüttelte traurig den Kopf. »Wie er sich jetzt wohl fühlen muß? Völlig allein und verlassen, sollte man meinen.«

Zum erstenmal seit er sie im Gefängnis besucht hatte, spürte Monk überwältigende Wut auf Alexandra Carlyon in sich aufsteigen. Sie überrollte jegliches Mitgefühl und trennte sie endgültig von jener anderen Frau, die unablässig durch die Grenzbereiche seines Geistes spukte. Sie hatte kein Kind gehabt – dessen war er sich ziemlich sicher. Und sie war jünger gewesen, um einiges jünger. Er konnte sich selbst nicht erklären, warum er plötzlich so sicher war, aber er war von einer Gewißheit erfüllt, wie man sie sonst nur in Träumen fand, ohne zu wissen, aus welchen unergründlichen Tiefen sie kam.

Er zwang sich in die Gegenwart zurück. Hagger starrte ihn an; ein Hauch der alten Skepsis tauchte wieder auf.

»Wo ist er jetzt?« fragte Monk.

»Bei seinen Großeltern, Sir, Colonel und Mrs. Carlyon. Sie haben ihn holen lassen, gleich nachdem seine Mutter verhaftet wurde.«

»Kennen Sie Mrs. Furnival?«

»Ich habe sie ein paarmal gesehen, Sir. Sie und Mr. Furnival haben gelegentlich hier gespeist, aber das war auch schon alles – ›gekannt‹ wäre das falsche Wort. Sie kam nicht sehr oft hierher.«

»Ich dachte, der General wäre ein guter Freund der Furnivals gewesen?«

»Ja, Sir, das stimmt auch. Aber er war wesentlich öfter bei ihnen als sie bei uns.«

»Wie oft?«

Hagger sah gequält und müde aus, doch er wirkte weder schuldbewußt noch bestrebt, Monks Fragen auszuweichen.

»Na ja, wenn ich Holmes, seinen Kammerdiener, richtig verstanden habe, dann ungefähr ein-, zweimal die Woche. Aber falls Sie jetzt auf dumme Gedanken kommen sollten, Sir, kann ich nur sagen, Sie irren sich. Der General besuchte Mr. Furnival, weil er geschäftlich mit ihm zu tun hatte und ihm helfen wollte. Und Mr. Furnival war ihm sehr dankbar dafür, was ich so gehört habe.«

Endlich stellte Monk die alles entscheidende Frage, zu der er sich die ganze Zeit vorgetastet hatte, vor deren Antwort er sich jetzt aber unverständlicherweise fürchtete.

»Wenn Mrs. Furnival nicht zu Mrs. Carlyons Freunden gehört hat, wer dann? Bestimmt gab es Leute, die sie besuchten und umgekehrt, Leute, mit denen sie auf Parties, Bälle, ins Theater und dergleichen ging?«

»O ja, Sir, selbstverständlich.«

»Wie heißen sie?«

Hagger zählte ihm etwa ein Dutzend Namen auf, die meisten davon Ehepaare.

»Mr. Oundel?« hakte Monk nach. »Gibt es denn keine Mrs. Oundel?« Er fühlte sich hundsmiserabel, als er die Frage stellte. Die Antwort wollte er gar nicht hören.

»Nein, Sir, sie ist vor einiger Zeit gestorben. War sehr einsam, der arme Tropf. Kam oft zu uns.«

»Ich verstehe. Mrs. Carlyon hatte ihn gern?«

»Ja, Sir, das glaube ich schon. Hat ihr wohl leid getan. Er kam meistens am Nachmittag, und dann saßen sie zusammen im Garten und haben stundenlang geredet. Wenn er nach Hause ging, war er wieder richtig guter Dinge.« Bei den letzten Worten glitt ein Lächeln über sein Gesicht. Dann schaute er Monk an und wurde plötzlich todernst. »Sie war sehr gut zu ihm, das muß man sagen.«

Monk wurde zunehmend übel.

»Was macht Mr. Oundel beruflich? Oder gehört er zu denen, die einfach gern in den Tag hineinleben?«

»Gott bewahre, Sir, er ist im Ruhestand. Muß mindestens achtzig sein, der arme alte Tropf.«

»Oha.« Monk wurde von einer Erleichterung erfaßt, die regelrecht absurd war. Er wollte lächeln, lachen, brüllen – seiner irrsinnigen Freude Luft machen. Hagger würde vermutlich denken, er hätte den Verstand verloren – zumindest jedoch seine guten Manieren. »Ja, ich verstehe. Ich danke Ihnen, Mr. Hagger. Sie waren mir eine große Hilfe. Kann ich vielleicht mit der Zofe sprechen? Ist sie noch im Hause?«

»Selbstverständlich, Sir. Wir würden das Personal niemals eigenmächtig entlassen, bevor – ich meine . . .« Er verstummte kläglich.

»Natürlich nicht«, pflichtete Monk ihm bei. »Das sehe ich ein. Wir wollen hoffen, daß es nicht dazu kommt.« Er stand auf.

Hagger rappelte sich ebenfalls hoch. Sein Gesicht verkrampfte sich, und er rieb sich nervös die Hände. »Besteht irgendeine Hoffnung, Sir, daß . . .«

»Ich weiß es nicht.« Monk machte ihm nichts vor. »Was ich unbedingt herausfinden muß, Mr. Hagger, ist der Grund, warum Mrs. Carlyon ihrem Mann den Tod gewünscht hat.«

»Großer Gott, da fällt mir beim besten Willen keiner ein! Können Sie denn nicht – ich meine, sie muß doch nicht . . .«

»Nein.« Monk erstickte jeden Hoffnungsschimmer im Keim. »Ich fürchte, sie war es; daran besteht kein Zweifel mehr.«

Hagger machte ein langes Gesicht. »Ach so. Ich hatte gehofft – na ja . . . vielleicht hat jemand anders . . . und sie hält den Kopf für denjenigen hin .«

»Ist sie die Sorte Mensch, die so etwas tun würde?«

»Ja, Sir, ich denke schon. Sie war sehr mutig, hat sich mit jedem angelegt, wenn es um ihre . . .«

»Miss Sabella?«

»Ja, Sir – aber . . .« Hagger steckte in einem scheußlichen Dilemma. Sein Gesicht war hochrot, sein Körper verkrampft.

»Seien Sie unbesorgt«, beruhigte ihn Monk. »Miss Sabella trifft keine Schuld, soviel steht fest.«

Hagger entspannte sich ein wenig. »Ich weiß wirklich nicht, was man noch für sie tun könnte«, sagte er, am Boden zerstört. »Es gibt keinen Grund für eine anständige Frau, ihren Mann zu ermorden – es sei denn, er hat ihr Leben bedroht.«

»Hat der General sie jemals geschlagen?«

Hagger war schockiert. »Aber nein, Sir! Gewiß nicht.«

»Wüßten Sie es, wenn doch?«

»Ich glaube schon, Sir. Aber Sie können Ginny fragen, Mrs. Carlyons Zofe. Sie wüßte es bestimmt.«

»Das habe ich vor, Mr. Hagger. Würden Sie mir erlauben, zu ihr nach oben zu gehen?«

»Ich werde sie holen lassen.«

»Nein – ich würde lieber in ihrer gewohnten Umgebung mit ihr sprechen, wenn Sie nichts dagegen haben. Macht sie weniger nervös, verstehen Sie?« Genaugenommen war das nicht der Grund. Monk wollte einen Blick ins Alexandras Schlafzimmer werfen und, wenn möglich, auch auf ihr Ankleidezimmer und einen Teil ihrer Garderobe. Das würde ihm einen konkreteren Eindruck von dieser Frau vermitteln. Bislang hatte er sie lediglich in dunklem Rock und schlichter Bluse gesehen, was ihrer normalen Aufmachung vermutlich in keiner Weise entsprach.

»Ja, da haben Sie wohl recht«, stimmte Hagger ihm zu. »Wenn Sie mir bitte folgen wollen, Sir.« Damit ging er durch die inzwischen verblüffend betriebsame Küche voran, wo die Köchin die Vorbereitungen für ein umfangreiches Dinner überwachte. Die Küchenmagd hatte das Gemüse offenbar schon geputzt und trug gerade einen Berg schmutziges Geschirr zum Ausguß, damit die Spülmagd sich sogleich darüber hermachen konnte. Die Köchin selbst hackte Unmengen Fleisch für eine Pastete; der ausgerollte Teig wartete bereits.

Eine Packung Purcels Fertiggelatine, die es erst seit der großen Exhibition von 1851 gab, lag in friedlicher Eintracht mit Apfelkuchen, Sahne und Quark zur Verwendung für das Dessert bereit. Die Mahlzeit schien für mindestens ein Dutzend hungrige Mäuler gedacht.

Dann rief Monk sich in Erinnerung, daß auch bei Anwesenheit sämtlicher Hausbewohner, die ohnehin überwiegend aus Personal bestanden, nur drei Personen mehr zum Haushalt zählten. Es mußten mindestens zwölf Dienstboten sein, die oben und unten, drinnen und draußen, ungeachtet des Todes des Generals oder der Verhaftung von Mrs. Carlyon – zumindest vorläufig – ihren Pflichten nachgingen.

Ihr Weg führte sie zunächst an der Vorratskammer vorbei, wo ein Lakai mit Hilfe von indischem Kautschuk, einem Ochsenleder und einer rotgrünen Dose Wellingtons Messerglanz Messer polierte. Es folgten das Wohnzimmer der Haushälterin und das des Butlers, beide verschlossen, dann betraten sie durch die mit grünem Fries bespannte Tür das Haupthaus. Der Großteil der Säuberungsarbeiten wurde sonst selbstverständlich erledigt, ehe die Familie sich morgens zum Frühstück erhob, doch das war zur Zeit kaum nötig; so blieben die Mädchen eine Stunde länger im Bett und waren in diesem Moment emsig dabei zu fegen, Teppiche zu klopfen, die Fußböden mit geschmolzenen Kerzenstummeln und Terpentin zu bearbeiten und das Messing mit heißem Essig zu putzen.

Monk folgte Hagger die Treppe hinauf und die Galerie entlang bis zu einem großen Schlafzimmer, offensichtlich dem des Generals, dann an der Tür seines Ankleidezimmers vorbei zum nächsten Raum, den er als Mrs. Carlyons auswies. Er war wunderschön, sonnig und geräumig. Auf der linken Seite ging eine Tür ins Ankleidezimmer ab, wo Schranktüren offenstanden und die Zofe gerade ein blaugraues Cape ausbürstete, das hervorragend zu Alexandras hellem Teint passen mußte.

Das Mädchen hob überrascht den Kopf, als es Hagger und gleich darauf Monk erblickte. Monk schätzte sie auf Mitte Zwanzig. Sie war dunkelhaarig, mager und nicht besonders hübsch, hatte aber ein verblüffend nettes Gesicht.

Hagger verschwendete keine Zeit. »Ginny, das ist Mr. Monk. Er arbeitet für die Anwälte der gnädigen Frau und versucht etwas herauszufinden, das ihr vielleicht helfen könnte. Er möchte dir ein paar Fragen stellen, und du wirst sie ihm so gut wie möglich beantworten – sag ihm alles, was er wissen will. Ist das klar?«

»Ja, Mr. Hagger.« Sie schien recht verwirrt, doch nicht abgeneigt.

»Gut.« Zu Monk sagte er: »Kommen Sie nach unten, wenn Sie hier fertig sind. Sollte ich sonst noch was für Sie tun können, lassen Sie's mich wissen.«

»Ja. Danke, Mr. Hagger. Sie waren sehr entgegenkommend.« Er

wartete, bis die Tür hinter dem Butler ins Schloß gefallen war, und wandte sich dann der Zofe zu.

»Machen Sie ruhig weiter«, forderte er sie auf. »Es wird länger dauern.«

»Ich hab' Ihnen wirklich nich viel zu sagen«, erklärte Ginny, während sie sich wieder brav ans Bürsten machte. »Zu mir ist die gnädige Frau immer sehr gut gewesen.«

»Wie meinen Sie das?«

Sie schaute ihn überrascht an. »Na ja – rücksichtsvoll und so. Sie hat sich bei mir entschuldigt, wenn sie irgendwas besonders schmutzig gemacht hat, oder wenn ich sehr lange aufbleiben mußte. Sie hat mir Sachen geschenkt, die sie nich mehr haben wollte, und hat sich immer nach meiner Familie erkundigt und so.«

»Hatten Sie sie gern?«

»Sehr gern, Mr. . . .«

»Monk.«

»Können Sie ihr jetzt noch helfen, Mr. Monk? Ich meine, nachdem sie gesagt hat, daß sie's gewesen ist?« Ihr Gesicht legte sich in bekümmerte Falten.

»Das weiß ich nicht«, gestand Monk. »Wenn es ein Motiv geben würde, das jeder versteht, vielleicht schon.«

»Welchen Grund kann einer schon verstehen, warum 'ne Lady ihren Mann umbringt?« Ginny legte das Cape beiseite und holte ein Kleid in ungewöhnlich leuchtendem Maulbeerton aus dem Schrank. Sie schüttelte es aus, woraufhin sich ein Duft aus den Falten löste, der Monks Erinnerung derart heftig auf die Sprünge half, daß er plötzlich eine komplette Szenerie mit einer Frau in Rosa vor sich sah, sie kehrte ihm den Rücken zu und weinte leise vor sich hin. Er wußte weder, wie ihr Gesicht aussah – nur daß er es schön fand –, noch was sie zu ihm gesagt hatte. Doch was er spürte, war stark, es erschütterte und überwältigte ihn. Er war wie besessen von dem Wunsch, die Wahrheit herauszufinden, sie vor dieser entsetzlichen Gefahr zu bewahren, die ihr Leben und ihren Ruf bedrohte.

Wer konnte sie bloß sein? Stand sie vielleicht mit Walbrook in Verbindung? Nein! Zumindest ein Knoten schien sich plötzlich zu entwirren. Bis zu dem Zeitpunkt, als Walbrook bankrott ging und seine eigene Karriere als Handeltreibender ein jähes Ende nahm, war ihm noch gar nicht in den Sinn gekommen, zur Polizei zu gehen. Erst sein vollständiges Unvermögen, Walbrook und seiner Frau zu helfen oder sie wenigstens zu rächen, indem er die Konkurrenz aus dem Rennen warf, hatte ihn schließlich zu diesem Entschluß bewogen.

Die Frau in Rosa hatte sich an ihn gewendet, weil er Polizist war. Weil das Aufspüren der Wahrheit zu seinem Job gehörte.

Doch ebensowenig wie an ihr Gesicht, erinnerte er sich an die Fakten des Falles. Er wußte lediglich, daß sie des Mordes beschuldigt worden war, des Mordes an ihrem Mann – wie Alexandra Carlyon.

Hatte er ihr helfen können? Selbst das entzog sich seiner Kenntnis, wie auch, ob sie schuldig gewesen war oder nicht. Warum hatte er überhaupt ein so großes persönliches Interesse an dem Fall gehabt? Welcher Art war ihre Beziehung gewesen? Hatte er ihr genausoviel bedeutet wie sie ihm, oder war sie nur deshalb zu ihm gekommen, weil sie vor Angst und Verzweiflung nicht weiterwußte?

»Sir?« Ginny starrte ihn beunruhigt an. »Fehlt Ihnen was, Sir?«

»Nein, nein. Danke. Alles in Ordnung. Was haben Sie gerade gesagt?«

»Was für die Leute wohl 'n Grund wär, daß eine Lady ihren Mann umbringen darf. Ich kenn keinen.«

»Warum hat sie es denn Ihrer Meinung nach getan?« fragte Monk unverblümt. Er war noch zu sehr mit seinen Gedanken woanders, um auf eine dezentere Formulierung zu sinnen. »War Sie auf Mrs. Furnival eifersüchtig?«

»Nie im Leben, Sir«, wies Ginny den Vorschlag kategorisch zurück. »Ich möcht' ja nich schlecht von den feinen Leuten sprechen, aber Mrs. Furnival war bestimmt nich der Typ, um . . . Ach, ich weiß nich, wie ich's ausdrücken soll, Sir.«

»Ohne viel nachzudenken.« Monk schob die Erinnerung vorübergehend beiseite und konzentrierte sich wieder voll und ganz auf das Mädchen. »Ganz einfach und in Ihren eigenen Worten. Machen Sie sich nichts draus, wenn es falsch klingt – Sie können es immer noch zurücknehmen, wenn Sie wollen.«

»Vielen Dank, Sir, das ist nett.«

»Mrs. Furnival...«

»Tja also, Sir – sie ist das, was meine Oma immer 'n lockeres Frauenzimmer genannt hat, nehmen Sie's mir nich übel. Die ganze Zeit am Lächeln, am Nicken und mit den Augen am Klimpern. Hat die Leute gern in der Hand, würd sich aber nie richtig verlieben oder sich überhaupt viel aus 'nem andren Menschen machen.«

»Kann der General nicht trotzdem von ihr angetan gewesen sein? War er ein guter Frauenkenner?«

»Gott im Himmel, nein, Sir. Der konnte nich eine von der andern unterscheiden, wenn Sie verstehen, was ich meine. 'n Herzensbrecher war er ganz bestimmt nich.«

»Sind das nicht genau die Männer, die Frauen wie Mrs. Furnival in die Falle gehen?«

»Nein, Sir, weil er dafür gar nich empfänglich war. Ich hab sie beobachtet, wenn sie zum Dinner hier war, und er hat sich nich für sie interessiert, außer wenn's um geschäftliche Dinge oder um harmloses Geplauder ging. Und Mrs. Carlyon hat das ganz genau gewußt, Sir. Sie hat keinen Grund gehabt, eifersüchtig zu sein, und sie hat sich das auch nich eingebildet. Außerdem...« Sie geriet ins Stocken, das Blut schoß ihr in die Wangen.

»Außerdem was, Ginny?«

Sie zögerte noch immer.

»Ginny, Mrs. Carlyons Leben steht auf dem Spiel. Wie die Dinge momentan stehen, wird man sie hängen, wenn wir kein plausibles Motiv finden! Sie glauben doch nicht, daß sie es ohne guten Grund getan hat, oder?«

»Aber nein, Sir. Niemals!«

»Also dann...«

»Na ja, Mrs. Carlyon hat den General sowieso nich so gern

gehabt, daß es ihr furchtbar viel ausgemacht hätte, wenn er woanders auf seine Kosten gekommen wär – wenn Sie verstehen, was ich meine, Sir.«

»Ich glaube, ich weiß ganz gut, was Sie meinen. Bei langverheirateten Paaren scheint das eine relativ gängige Abmachung zu sein. Und war Mrs. Carlyon auch – anderweitig interessiert?«

Sie wurde ein wenig rot, wich dem Thema aber nicht aus.

»Vor einiger Zeit hab' ich mal gedacht, sie hätte ziemlich was für 'nen gewissen Mr. Ives übrig, aber sie hat sich wohl bloß über seine Schmeicheleien gefreut und sich gern mit ihm unterhalten. Und dann war da noch Mr. Laren. Ja, der war ganz begeistert von ihr, aber ich glaub nich, daß sie ihn mehr als nur oberflächlich gemocht hat. Und Mr. Furnival hat ihr natürlich immer schon viel bedeutet und einmal...« Sie senkte den Blick. »Aber das war vor vier Jahren. Und wenn Sie wissen wollen, ob sie jemals was Unschickliches getan hat, dann schwör ich Ihnen, das hat sie nich! Und ich als ihre Zofe würd's bestimmt wissen. Da käm ich gar nich drumrum.«

»Ja, das kann ich mir vorstellen«, sagte Monk. Er glaubte ihr, auch wenn sie zweifellos auf Mrs. Carlyons Seite stand. »Schön, der General hat sich nicht viel aus Mrs. Furnival gemacht, sagen Sie. Aber vielleicht aus einer anderen Frau?«

»Also wenn das stimmt, Sir, hat er's unheimlich geschickt verborgen«, gab Ginny entrüstet zurück. »Holmes, das ist sein Kammerdiener, hat jedenfalls nix davon gewußt – und er hätte wohl wenigstens Verdacht schöpfen müssen. Nein, Sir, tut mir leid. Ich kann Ihnen wirklich nich helfen. Ich glaub ganz im Ernst, daß der General in der Hinsicht ein vorbildlicher Mann war. 'n richtiger Ausbund an Treue und Ehrgefühl – auf dem Gebiet alles, was 'ne Frau sich wünschen kann.«

»Und auf anderen Gebieten?« Monk ließ nicht locker. Sein Blick wanderte über die vielen Schränke. »Sieht nicht so aus, als ob er besonders knauserig gewesen wäre.«

»O nein, Sir. Ich glaub', es war ihm ziemlich egal, was Mrs. Carlyon angehabt hat, aber geizig war er diesbezüglich bestimmt nich. Hat immer alles gekriegt, was sie wollte, und mehr.«

»Hört sich ja an wie ein richtiger Mustergatte«, sagte Monk enttäuscht.

»Na ja, vermutlich – für ’ne Lady wohl schon«, räumte sie ein und behielt ihn dabei aufmerksam im Auge.

»Ist aber nicht gerade das, was Sie sich vorstellen?« fragte er nach.

»Ich? Tja – nun, Sir, ich glaub’, ich würd’ lieber jemand wollen – für ’nen Gentleman wie Sie klingt das vielleicht albern –, mit dem ich Spaß haben kann, mit dem ich reden kann und so. ’n richtigen Mann, der . . .« Jetzt begannen ihre Wangen wirklich zu glühen. »Der mich gern hat und mir das auch zeigt – wenn Sie verstehen, was ich meine, Sir.«

»Ja, ich denke schon.« Monk mußte unwillkürlich lächeln, ohne genau zu wissen, warum. Er erinnerte sich plötzlich, wie geborgen er sich in der Küche seiner Mutter in Northumberland gefühlt hatte, wie sie mit hochgekrempelten Ärmeln am Tisch stand und ihn sacht am Ohr zog, weil er frech gewesen war – was allerdings eher einer Liebkosung als einer Disziplinierungsmaßnahme gleichkam. Sie war stolz auf ihn gewesen. Das stand für ihn in diesem Moment unumstößlich fest. Er hatte ihr regelmäßig aus London geschrieben, um sie wissen zu lassen, was er so trieb, wie seine Karriere vonstatten ging, was er sich für die Zukunft erhoffte. Und sie hatte ihm zurückgeschrieben, kurze, mit Fehlern gespickte Briefe in ungelenker Handschrift, doch berstend vor Stolz. Wann immer er konnte, hatte er ihr Geld geschickt, was ziemlich häufig vorkam. Ihr nach all den mageren, aufopferungsvollen Jahren unter die Arme greifen zu können, machte ihm Freude und war zugleich ein Zeichen seines Erfolgs.

Später, nach Walbrooks Bankrott, war die Geldquelle versiegt. Und vor lauter Verlegenheit hatte er aufgehört, ihr zu schreiben. Was für ein Unsinn! Als ob das für sie eine Rolle gespielt hätte. Schuld war nur sein Stolz – sein widerlicher, egoistischer Stolz.

»Sehr gut sogar«, bestätigte er Ginny noch einmal. »Womöglich ist es Mrs. Carlyon auch so gegangen, meinen Sie nicht?«

»Das kann ich nich beurteilen, Sir. Bei diesen vornehmen Damen ist das anders. Sie – sie – na ja, ich . . .«

»Sie hatten kein gemeinsames Schlafzimmer?«

»Nein, Sir – nich seit ich hier bin. Und von Lucy, die vor mir da war, hab' ich gehört, früher auch nich. Aber das ist bei dem feinen Volk immer so, oder? Die haben viel größere Häuser als so einfache Leute wie meine Eltern.«

»Oder meine«, pflichtete Monk ihr bei. »War sie glücklich?«

Ginny runzelte die Stirn; ihr Blick wurde vorsichtig. »Nein, Sir, ich glaub' nich, daß sie das war.«

»Hat sie sich in letzter Zeit irgendwie verändert?«

»Sie war schrecklich beunruhigt wegen irgendwas. Und sie und der General hatten vor 'nem halben Jahr 'n scheußlichen Krach – aber fragen Sie mich jetzt bloß nich weswegen, das weiß ich nämlich nich. Sie hat die Tür verriegelt und mich weggeschickt. Ich bin sowieso nur deshalb drauf gekommen, weil sie leichenblaß gewesen ist und mit niemand 'n Wort gesprochen hat, und weil sie ausgesehen hat, als ob sie dem Teufel persönlich begegnet wär. Aber das war vor 'nem halben Jahr, und ich hab' eigentlich gedacht, der Fall wär erledigt.«

»Hat er ihr jemals weh getan, Ginny, physisch?«

»Gott im Himmel, nein!« Sie schüttelte den Kopf und betrachtete ihn gequält. »Ich kann Ihnen nich helfen, Sir, und ihr auch nich. Ich hab wirklich keine Ahnung, warum sie ihn umgebracht haben soll. Er war vielleicht kalt und schrecklich langweilig, aber er hat sie nie betrogen, hat ihr immer genug Geld gegeben, wurde nie ausfallend, hat nich übermäßig getrunken oder gespielt und hat auch nich ständig wechselnde Bekanntschaften gehabt. Obwohl er mit Miss Sabella unheimlich streng gewesen ist wegen dieser Nonnengeschichte, war er dem jungen Master Cassian immer der beste Vater, den sich ein Junge bloß wünschen kann. Und Master Cassian ist ganz vernarrt in ihn gewesen, der arme kleine Kerl. Wenn ich nich so genau wüßte, daß sie kein böses Weib ist – tja, dann würd' ich ehrlich glauben, sie wär eins.«

»Ja«, sagte Monk niedergeschlagen. »So geht's mir auch, fürchte ich. Vielen Dank für Ihre Geduld, Ginny. Ich finde allein nach unten.«

Erst nachdem Monk auch den Rest des Personals befragt hatte – ergebnislos, denn alle waren absolut einer Meinung mit Hagger und Ginny –, zum Mittagessen in der Gesindestube geblieben war und schließlich wieder draußen auf der Straße stand, wurde ihm klar, wieviel von seinem eigenen Leben in diesen letzten Stunden ungebeten vor ihm aufgetaucht war: seine Kenntnisse in der Handelsbranche, seine Briefe nach Hause, Walbrooks finanzieller Ruin und seine daraus resultierende Kursänderung. Doch wer diese Frau war, die ihn so gnadenlos verfolgte, wie sie aussah, warum ihm soviel an ihr lag und was mit ihr passiert war – da tappte er nach wie vor im dunkeln.

SECHSTES KAPITEL

Mit Major Tipladys begeisterter Zustimmung nahm Hester Oliver Rathbones Einladung zum Essen an. Ganz wie es sich gehörte, setzte sie sich in einen Hansom und ließ sich nach Primrose Hill zum Haus seines Vaters fahren, der sich als charmanter und vornehmer älterer Gentleman entpuppte.

Fest entschlossen, nicht zu spät zu kommen, traf sie sogar noch vor Rathbone selbst ein, der von einer Gruppe Geschworener aufgehalten wurde, die sich viel länger als erwartet zur Beratung zurückgezogen hatten. Sie ließ sich an der ihr mitgeteilten Adresse absetzen und fand sich wenig später, nachdem sie von einem Diener eingelassen worden war, in einem kleinen Wohnzimmer wieder. Es ging auf einen Garten hinaus, in dem sich im Schatten der Bäume Osterglocken im Wind wiegten. Ein mächtiger, wildwuchernder Geißblattbusch verdeckte fast völlig das Tor, das zu einem winzigen, überwachsenen Obstgarten führte. Über die Mauer hinweg erspähte sie die Kronen der in voller Blüte stehenden Apfelbäume.

Das Zimmer selbst war mit Büchern aller erdenklichen Formen und Größen vollgestopft, die offenbar nicht nach ästhetischen Gesichtspunkten, sondern themenbezogen geordnet waren. An den Wänden hingen mehrere Aquarelle. Eines davon stach ihr sofort ins Auge, weil es den Ehrenplatz über dem Kaminsims erhalten hatte. Es zeigte einen jungen Burschen in ledernem Wams und Schürze, der auf dem Sockel einer Säule saß. Bis auf das Dunkelrot seiner Mütze war das Gemälde ausschließlich in warmen Erdfarben gehalten, überwiegend in Ocker und Sepia, und es war unvollendet. Die untere Hälfte seines Körpers sowie ein kleiner Hund, den er zu streicheln im Begriff war, waren lediglich skizziert.

»Gefällt es Ihnen?« fragte Henry Rathbone. Er war größer als sein

Sohn, ausgesprochen schlank und hielt sich ein wenig krumm, als hätte er lange Jahre über Büchern verbracht. Sein Gesicht, das nur aus Nase und Kinnbacken zu bestehen schien, erinnerte an einen Adler, verriet jedoch eine Heiterkeit, eine Milde, die Hester auf Anhieb ihre Befangenheit nahm. Seine grauen Haare waren recht spärlich gesät, die Augen, aus denen er sie anschaute, kurzsichtig und blau.

»Ja, sogar sehr«, gab sie wahrheitsgetreu zurück. »Je länger ich es ansehe, desto schöner finde ich's.«

»Es ist mein Lieblingsbild«, erklärte er zustimmend. »Vielleicht weil es unvollendet ist. Wäre es fertig, würde es vermutlich strenger, endgültiger wirken. So läßt es Raum für die Phantasie; man fühlt sich fast, als arbeite man mit dem Künstler zusammen.«

Sie wußte haargenau, was er meinte, und mußte unwillkürlich schmunzeln.

Dann gingen sie zu anderen Themen über. Hester fühlte sich in seiner Gesellschaft derart wohl, daß sie ihn schamlos ausfragte. Henry Rathbone war weit gereist und sprach fließend deutsch. Er schien dabei, ganz im Gegensatz zu ihr, nicht in erster Linie von den unterschiedlichen Landschaften fasziniert gewesen zu sein, sondern von allen möglichen seltsamen Leuten, die er in kleinen verstaubten Läden kennengelernt hatte, wo er liebend gern herumstöberte. Niemand konnte nach außen hin so unscheinbar sein, um nicht sein Interesse zu wecken; für ihn war jeder Mensch etwas Besonderes.

Hester fiel kaum auf, daß Rathbone sich um fast eine Stunde verspätete. Als er schließlich in einer Lawine von Entschuldigungen hereingeschneit kam, registrierte sie amüsiert seine Bestürzung ob der befremdlichen Tatsache, daß ihn außer dem Koch, dessen Zeitplan völlig durcheinander geraten war, anscheinend niemand vermißt hatte.

»Schon gut«, meinte Henry Rathbone unbekümmert, während er sich erhob. »Ist doch die ganze Aufregung nicht wert. Was geschehen ist, ist geschehen. Kommen Sie, Miss Latterly, gehen wir ins Eßzimmer. Lassen Sie uns nachsehen, was noch zu retten ist.«

»Ihr hättet ohne mich anfangen sollen«, sagte Oliver mit leicht verärgerter Miene. »Dann wärt ihr wenigstens in den Genuß voller Güte gekommen.«

»Kein Grund, ein schlechtes Gewissen zu haben«, erwiderte sein Vater. Er zeigte Hester ihren Platz, und der Diener rückte den Stuhl für sie zurück. »Wir wissen, daß du ein unanfechtbares Motiv für deine Verspätung hattest. Außerdem haben wir uns ganz gut amüsiert, denke ich.«

»O ja«, bestätigte Hester aus tiefster Brust und setzte sich hin.

Der erste Gang wurde serviert. Die Suppe war ausgezeichnet, doch Rathbone verkniff sich eine spitze Bemerkung; ungnädig wollte er ganz sicher nicht erscheinen. Als der Fisch aufgetragen wurde – dank der langen Wartezeit in etwas trockenem Zustand –, probierte er einen Bissen, begegnete Hesters Blick und enthielt sich erst recht jeglichen Kommentars.

»Ich habe gestern mit Monk gesprochen«, sagte er nach einer Weile. »Ich fürchte, wir haben keine großen Fortschritte gemacht.«

Obwohl sie geahnt hatte, daß die Neuigkeiten nicht gut sein würden, weil Rathbone so lange damit auf sich warten ließ, war Hester enttäuscht.

»Was lediglich bedeutet, daß wir das wahre Motiv immer noch nicht kennen«, gab sie hartnäckig zurück. »Wir werden intensiver nachforschen müssen.«

»Oder Alexandra zum Reden bringen«, fügte Oliver hinzu, während er sein Besteck auf den Teller legte und dem Diener mit einem Handzeichen zu verstehen gab, daß er abräumen konnte.

Das Gemüse war eine Spur zu gar, der kalte Lammrücken hingegen erstklassig, die Phalanx der dazugereichten Pickles und Chutneypasten lang, abwechslungsreich und ungewöhnlich.

»Sind Sie mit dem Fall vertraut, Mr. Rathbone?« wandte Hester sich an Henry, da sie ihn nicht aus der Unterhaltung ausschließen wollte.

»Oliver hat flüchtig davon erzählt«, erwiderte er, während er sich großzügig aus dem Schälchen mit dunklem Chutney bediente. »Was hoffen Sie zu finden?«

»Den wahren Grund, warum sie ihn ermordet hat. Daß sie es war, steht leider außer Frage.«

»Welchen Grund hat sie denn angegeben?«

»Eifersucht auf die Gastgeberin der Dinnerparty, auf der es passiert ist, aber das kann nicht sein. Sie behauptet, er hätte ein Verhältnis mit dieser Frau gehabt. Ein solches hat jedoch nie existiert, und wir wissen, daß sie darüber sehr wohl im Bilde war.«

»Und mit der Wahrheit will sie nicht herausrücken?«

»Nein.«

Er legte die Stirn in Falten, schnitt sich ein Stück Fleisch ab und strich reichlich Chutney und Kartoffelpüree darauf.

»Versuchen wir's mal mit Logik«, sagte er nachdenklich, »Hat sie den Mord geplant?«

»Das wissen wir nicht. Es gibt keinerlei Hinweise dafür.«

»Sie könnte die Tat also im Affekt begangen haben – ohne die möglichen Konsequenzen zu bedenken.«

»Aber sie ist nicht dumm«, protestierte Hester. »Sie muß gewußt haben, daß man sie hängen wird.«

»Falls man sie erwischt!« gab Henry zu bedenken. »Sie könnte doch von einer furchtbaren Wut gepackt worden sein und völlig unüberlegt gehandelt haben.«

Hester runzelte die Stirn.

»Meine Liebe, es ist ein Irrglaube anzunehmen, der Mensch würde immer und ausschließlich von Vernunft regiert«, sagte er sanft. »Wir handeln aus den unterschiedlichsten Impulsen heraus, manchmal sogar gegen unsere eigenen Interessen – wie uns zweifellos klargeworden wäre, hätten wir nur einen Moment nachgedacht. Das tun wir aber oftmals nicht, lassen uns statt dessen von unseren Gefühlen leiten. Wenn wir Angst haben, laufen wir entweder davon, erstarren zur Salzsäule oder schlagen wild um uns – je nach Veranlagung und persönlichen Erfahrungen.«

Er schaute sie konzentriert an, ohne sich weiter um sein Essen zu kümmern. »Ich denke, die meisten Tragödien ereignen sich dann, wenn die Leute aus Zeitmangel die verschiedenen Handlungsweisen nicht gegeneinander abwägen und die Situation falsch einschätzen; wenn sie überstürzt handeln. Und dann ist es zu spät.« Abwesend schob er Oliver die Pickles hin. »Jeder von uns steckt voll mit vorgefaßten Meinungen; wir beurteilen die Dinge subjektiv. Wir glauben, was wir glauben müssen, damit dieses ganze Gebäude von Ansichten nicht zusammenstürzt. Ein neuer Gedanke ist nach wie vor das gefährlichste auf der Welt. Ein neuer Gedanke stellt eine große Bedrohung dar, vor allem wenn er den Kern unseres Lebens betrifft und ohne jede Vorwarnung auftaucht. Das wirft uns aus der Bahn, versetzt uns in helle Panik, weil unser Weltbild und unser Selbstverständnis ins Wanken kommen könnten. Und dann erheben wir die Hand gegen denjenigen, der diese Explosion in uns ausgelöst hat – um es abzuwenden, notfalls auch mit Gewalt.«

»Vielleicht wissen wir nicht annähernd genug über Alexandra Carlyon«, meinte Hester grüblerisch, den Blick auf ihren Teller geheftet.

»Wir wissen jetzt wesentlich mehr als vor einer Woche«, bemerkte Oliver ruhig. »Monk war in ihrem Haus und hat mit den Dienstboten gesprochen. Doch nichts, was er über sie und den General in Erfahrung gebracht hat, läßt Alexandra in einem besseren Licht erscheinen oder erklärt den Mord. Er war unnahbar und mag vielleicht ein Langweiler gewesen sein, aber er hatte keine Affären, gab ihr immer genug Geld, hatte einen ausgezeichneten, ja fast perfekten Ruf – und war seinen Töchtern ein guter, seinem Sohn ein hingebungsvoller Vater.«

»Er hat Sabella verboten, ihr Leben Gott zu weihen«, warf Hester hitzig ein. »Und sie gezwungen, Fenton Pole zu heiraten.«

Oliver lächelte. »Gar nicht so unvernünftig, finde ich. Die meisten Väter würden dasselbe tun. Außerdem scheint Pole wirklich ein ganz passabler Bursche zu sein.«

»Trotzdem hat er ihr seinen Willen aufgezwungen«, beharrte sie.

»Das gehört nun mal zu den Vorrechten eines Vaters, insbesondere wenn es um Töchter geht.«

Hester schnappte nach Luft. Am liebsten hätte sie ihm widersprochen, ihm vielleicht sogar bodenlose Ungerechtigkeit vorgeworfen, aber sie wollte auf Henry Rathbone keinen schroffen, unfreundlichen Eindruck machen. Der Zeitpunkt war denkbar ungünstig, um ihre persönlichen Überzeugungen zu vertreten, mochten sie noch so gerechtfertigt sein. Olivers Vater gefiel ihr unerwartet gut; es würde ihr eine Menge ausmachen, wenn er eine schlechte Meinung von ihr hätte. Ihr eigener Vater war völlig anders gewesen, sehr konventionell und auf tiefsinnige Gespräche nicht besonders erpicht. Und doch weckte Henry Rathbones Gegenwart zugleich tröstliche und schmerzhafte Erinnerungen an das Gefühl von Zugehörigkeit und Geborgenheit innerhalb einer Familie. Ihr wurde schlagartig bewußt, wie einsam sie war. Sie hatte ganz vergessen, wie schön es gewesen war, als ihre Eltern noch lebten – trotz aller Einschränkungen und geforderten Disziplin, trotz ihrer gesetzten, altmodischen Ansichten. Vermutlich hatte sie es verdrängt, um besser mit ihrem Kummer fertigzuwerden.

Und jetzt brachte Henry Rathbone unerklärlicherweise das Beste davon wieder an die Oberfläche.

Er riß sie aus ihren Gedanken, holte sie wieder in die Gegenwart und zum Fall Carlyon zurück. »Das liegt aber schon eine Weile zurück. Die Tochter ist inzwischen verheiratet, sagen Sie?«

»Ja. Sie haben ein Kind«, sagte sie hastig.

»Also gärt es vielleicht noch, kann aber nach so langer Zeit kaum Anlaß zum Morden sein?«

»Richtig.«

»Stellen wir einmal eine Hypothese auf«, schlug Henry vor, die Leckereien auf seinem Teller nach wie vor mißachtend. »Das Verbrechen wurde im Affekt begangen. Alexandra sah ihre Chance gekommen und packte die Gelegenheit beim Schopf – ziemlich ungeschickt, wie sich später erweisen sollte. Sie muß folglich an jenem Abend etwas erfahren haben, das sie hinreichend quälte, um völlig den Kopf zu verlieren und sich keinerlei Konsequenzen mehr bewußt zu sein. Oder sie hatte schon lange vor, ihn zu töten, bislang aber keine Gelegenheit erhalten.« Er schaute Hester eindringlich an. »Was könnte eine Frau Ihrer Meinung nach so sehr erschüttern, Miss Latterly? Anders formuliert, was könnte ihr derart am Herzen liegen, um dafür zur Mörderin zu werden?«

Oliver hielt mitten im Essen inne, die Gabel noch in der Luft.

»Von dieser Seite haben wir es noch gar nicht betrachtet«, sagte er und wandte sich zu ihr um. »Ja, Hester, was meinen Sie?«

Sie dachte sorgfältig nach; die Antwort sollte so umsichtig und klug wie möglich ausfallen.

»Nun, ich würde mich zu einer so impulsiven Tat, bei der ich noch dazu ein Ende am Galgen riskiere, vermutlich nur dann hinreißen lassen, wenn eine akute Bedrohung für die Menschen bestünde, die ich am meisten liebe – was in Alexandras Fall zweifellos ihre Kinder sind.« Sie gestattete sich ein ironisches Lächeln. »Bedauerlicherweise gehörte ihr Mann offensichtlich nicht dazu. Für mich wären das normalerweise meine Eltern und meine Brüder, aber bis auf Charles sind leider schon alle tot.« Hätte sie das nur nicht gesagt. Es war ihr spontan eingefallen, Mitleid heischen wollte sie ganz bestimmt nicht. Ehe ihr dies dennoch zuteil werden konnte, fuhr sie hastig fort: »Sagen wir einfach für die Familie – und wenn Kinder da sind, wahrscheinlich auch für das ganze Zuhause. Manche Familien leben seit Generationen, sogar seit Jahrhunderten im selben Haus. Es würde mich nicht überraschen, wenn jemand so sehr daran hängt, daß er lieber tötet, als es zugrunde gehen oder in fremde Hände fallen zu lassen. Aber das trifft hier nicht zu.«

»Laut Monk nicht«, pflichtete Oliver ihr bei. »Außerdem gehört das Haus ihm, nicht ihr – und ein Ahnensitz ist es in keiner Weise. Fällt Ihnen sonst noch etwas ein?«

Hester lächelte trocken, sich seiner Gegenwart deutlich bewußt. »Tja, wenn ich schön wäre, würde mir mein Aussehen vermutlich auch ziemlich am Herzen liegen. Ist Alexandra schön?«

Er dachte einen Augenblick nach. In seiner Miene spiegelte sich eine wunderliche Mischung aus Belustigung und Schmerz. »Nicht schön im eigentlichen Sinn. Sie hinterläßt allerdings einen bleibenden Eindruck, was wahrscheinlich viel mehr zählt. Ihre Züge sind ausgesprochen eigenwillig.«

»Bis jetzt haben Sie erst eins genannt, was ihr wichtig genug sein könnte«, schaltete Henry Rathbone sich wieder ein. »Wie steht es mit ihrem Ruf?«

»Ja, richtig«, stimmte Hester ihm Hals über Kopf zu. »Wenn die eigene Ehre in Gefahr ist, wenn man sich zu Unrecht beschuldigt fühlt, könnte man durchaus die Beherrschung verlieren und Rot sehen. Zumindest gehört das zu den Dingen, die ich am allerwenigsten vertragen kann. Oder es geht um die Ehre eines mir sehr nahestehenden Menschen – das würde mich ebenso tief treffen. Doch, diese Möglichkeit ist nicht von der Hand zu weisen.«

»Wer sollte ihre Ehre bedroht haben?« fragte Oliver stirnrunzelnd. »Uns ist nichts Derartiges zu Ohren gekommen. Und wenn das tatsächlich der Grund war, warum verheimlicht sie es dann? Weil es um die Ehre eines anderen Menschen ging? Wessen? Die des Generals doch wohl nicht, oder?«

»Erpressung«, verkündete Hester unvermittelt. »Verständlich, daß die erpreßte Person den Mund hält – würde sie ansonsten doch den Gegenstand der Erpressung preisgeben, um dessentwillen sie getötet hat.«

»Erpreßt von wem? Von ihrem Mann?« fragte Oliver skeptisch. »Das hieße ja Eulen nach Athen tragen.«

»Nicht um Geld«, sagte sie rasch und lehnte sich ihm über den Tisch entgegen. »Das wäre natürlich unsinnig. Um etwas anderes zu erreichen – vielleicht einfach nur, um sie in der Hand zu haben.«

»Aber wem hätte er schon etwas verraten, liebste Hester? Jeder Skandal, in den sie verwickelt wäre, würde ebenso auf ihn zurückfallen. Wenn eine Frau Schande über sich gebracht hat, tritt der Erpresser für gewöhnlich an ihren Mann heran.«

»Hm.« Die Logik seiner Argumentation war bestechend. »Das ist wohl wahr.« Sie forschte in seinem Blick nach verstecktem Tadel, stieß jedoch auf ein Wohlwollen und eine Heiterkeit, die sie vorübergehend aus dem Konzept brachte. Sie fühlte sich viel zu wohl mit den beiden hier! Sie erstickte den Wunsch, zu bleiben und dazuzugehören, im Keim und besann sich schleunigst auf das eigentliche Gesprächsthema.

»Das Ganze ergibt einfach keinen Sinn«, sagte sie leise, während sie den Blick senkte, um ihn nicht länger anschauen zu müssen. »Sie haben selbst gesagt, abgesehen davon, daß er Sabella vor einigen

Jahren gezwungen hat zu heiraten, statt den Schleier zu nehmen, wäre er ein guter Vater gewesen.«

»Wenn das Ganze tatsächlich keinen Sinn ergibt«, meinte Henry nachdenklich, »haben Sie entweder einen Aspekt übersehen oder ziehen die falschen Schlüsse.«

Hester musterte sein gütiges, asketisches Gesicht, das nicht die geringste Spur Gehässigkeit oder Kleinlichkeit enthielt, sah die große Intelligenz in seinen Augen. Es war das klügste Gesicht, das ihr je untergekommen war. Sie mußte schmunzeln, obwohl sie keinen besonderen Grund dafür hatte.

»Dann müssen wir wohl alles noch mal von vorn durchgehen«, dachte sie laut. »Ich glaube allerdings eher, daß die zweite Möglichkeit zutrifft. Wir ziehen die falschen Schlüsse.«

»Sind Sie sicher, daß die Sache es wert ist?« erkundigte Henry sich freundlich. »Selbst wenn Sie herausfinden, warum sie ihn getötet hat, würde das etwas ändern? Oliver?«

»Keine Ahnung. Wahrscheinlich nicht«, gab sein Sohn zu. »Aber mit meinem momentanen Erkenntnisstand kann ich unmöglich vor Gericht gehen.«

»Weil du zu stolz bist«, erwiderte Henry unumwunden. »Aber wie steht es mit ihren Interessen? Wenn sie wollte, daß du sie mit der Wahrheit verteidigst, meinst du nicht, sie hätte sie dir dann erzählt?«

»Vermutlich. Aber ich sollte beurteilen, wie sie im Sinne des Gesetzes am besten zu verteidigen ist, nicht sie.«

»Ich denke, du willst einfach keine Niederlage einstecken«, meinte sein Vater und widmete sich wieder seinem Teller. »Selbst wenn du als Sieger hervorgehen solltest, wird es am Ende nur ein recht bedeutungsloser Triumph sein, fürchte ich. Wem würde es nützen? Es demonstriert lediglich, daß Oliver Rathbone die Wahrheit herausfinden und vor allen Leuten ausbreiten kann, auch wenn die unglückliche Angeklagte lieber hängen würde, als sie selbst preiszugeben.«

»Ohne ihre Erlaubnis werde ich gewiß nichts dergleichen tun«, versicherte Oliver mit hochrotem Kopf, die dunklen Augen vor

Fassungslosigkeit geweitet. »Wofür in aller Welt hältst du mich eigentlich?«

»Für einen rechten Hitzkopf zuweilen, mein Junge«, erwiderte Henry gelassen. »Der von einer geistigen Überheblichkeit und einer Wißbegierde durchdrungen ist, die er – leider Gottes – von mir geerbt haben muß.«

Der weitere Abend nahm einen äußerst angenehmen Verlauf. Sie sprachen über die verschiedensten Dinge, die nichts mit dem Fall Carlyon zu tun hatten. Eine Weile unterhielten sie sich über Musik, wofür jeder von ihnen eine Menge übrig hatte. Henry Rathbone entpuppte sich als regelrechter Kenner mit einer speziellen Vorliebe für Beethovens späte Quartette, die entstanden waren, als Beethoven sein Gehör schon fast vollständig verloren hatte. Für Henry besaßen sie etwas Düsteres und Vielschichtiges, das er unendlich ausfüllend fand, eine dem Leid abgetrotzte Schönheit, die sein Mitgefühl erregte, zugleich aber in eine tiefere Ebene seines Wesens vordrang und eine dort schlummernde Sehnsucht stillte.

Ein zweites Thema waren die politischen Tagesereignisse inklusive der zunehmenden Unruhen in Indien. Den Krimkrieg streiften sie nur ganz kurz, denn Henry Rathbone war über die Inkompetenz der Generäle und das unsinnige Sterben derart erbost, daß Hester und Oliver nur einen flüchtigen Blick wechselten und das Gespräch sofort in andere Bahnen lenkten.

Ehe Hester aufbrach, machten sie und Oliver noch einen ausgedehnten Spaziergang über das Grundstück, hinunter bis zu der Geißblatthecke am Rande des Obstgartens. Der Duft der ersten Blüten hing schwer und süß im dunstigen Abenddunkel. Die Silhouette der längsten, gen Himmel strebenden Äste zeichnete sich schwach vor dem sternenklaren Himmel ab. Ausnahmsweise sprachen sie einmal nicht über den Fall.

»Die Neuigkeiten aus Indien sind furchtbar«, sagte Hester, den Blick auf die blassen, verschwommenen Flecken gerichtet, die bei Tageslicht Apfelblüten waren. »Hier ist es so friedlich, daß der Gedanke an Aufstände und Kämpfe gleich doppelt schmerzt. Ich habe ein richtig schlechtes Gewissen, daß um mich herum soviel Schönes ist . . .«

Er stand so dicht hinter ihr, daß sie die Wärme seines Körpers spüren konnte. Es war ein durch und durch angenehmes Gefühl.

»Das brauchen Sie nicht«, gab er zurück. Sie wußte, daß er lächelte, obwohl sie mit dem Rücken zu ihm stand. Sein Gesicht hätte sie in der Finsternis ohnehin nicht klar erkannt. »Sie können den Menschen in Indien kaum helfen«, fuhr er fort, »indem Sie das verachten, was Sie haben. Das wäre nichts anderes als undankbar.«

»Da haben Sie natürlich recht. Es ist eine Art Selbstkasteiung, um das Gewissen zu beruhigen, führt aber außer zu Undankbarkeit, wie Sie sagen, im Grunde zu nichts. Auf der Krim bin ich regelmäßig abseits von den Schlachtfeldern durch die Gegend gelaufen. Ich wußte genau, was sich da ganz in meiner Nähe abgespielt hatte, und brauchte doch die Stille und die Blumen, um weitermachen zu können. Wenn man sich seine körperliche und geistige Kraft nicht bewahrt, ist man nicht mehr in der Lage, anderen zu helfen. Mein Verstand weiß das sehr gut.«

Er nahm sacht ihren Ellbogen und dirigierte sie auf den Kräutergarten zu, wo sich majestätische Lupinenkerzen kaum wahrnehmbar von den fahlen Steinen der Mauer abhoben; dazwischen rankte schemenhaft eine Kletterrose.

»Üben Ihre aussichtslosen Fälle ein ähnliche Wirkung auf Sie aus?« fragte Hester. »Oder betrachten Sie das Ganze eher von der nüchternen Seite? Sagen Sie – verlieren Sie eigentlich oft?«

»Das sicher nicht.« Ein Lachen schwang in seiner Stimme mit.

»Ab und zu müssen Sie doch verlieren!«

Das Lachen verschwand. »Ja, natürlich. Und ja – ich liege nachts manchmal wach und male mir aus, wie sich der Gefangene in dem Moment fühlen mag; unterwerfe mich der gedanklichen Folter, ob ich auch alles, wirklich alles für ihn getan habe; leide unter Schuldgefühlen, weil ich in meinem warmen Bett liege, genau wie die nächste Nacht und die übernächste . . . während der arme Teufel, der mir auf Gedeih und Verderb ausgeliefert ist, bald in der kalten Erde eines ungeweihten Grabes schmoren wird.«

»Oliver!« Hester fuhr zu ihm herum, versuchte das Dunkel mit ihren Blicken zu durchdringen und griff ohne nachzudenken nach seinen Händen.

Seine Finger umschlossen sanft die ihren.

»Sterben Ihre Patienten nicht auch gelegentlich, Hester?«

»Doch, selbstverständlich.«

»Und fragen Sie sich dann nicht, ob es Ihre Schuld ist? Auch wenn Sie nicht das geringste für sie hätten tun können, nicht einmal ihre Schmerzen und ihre Furcht lindern?«

»Ja. Aber man darf diesem Gefühl nicht nachgeben, sonst ist man wie gelähmt und für den nächsten Patienten völlig unbrauchbar.«

»Genau.« Er hob ihre Hände und berührte sie leicht mit den Lippen, erst die linke, dann die rechte.

»Und das werden wir auch weiterhin nicht tun. Wir werden unser Bestes geben, aber auch den Mondschein auf den Apfelbäumen genießen und uns darüber freuen, ohne ein schlechtes Gewissen zu haben, weil die andern ihn nicht haargenau so sehen können wie wir. Versprochen?«

»Versprochen«, sagte sie leise. »Und die Sterne und das Geißblatt auch.«

»Ach, vergessen Sie die Sterne.« Das Lachen war wieder da. »Die sind überall gleich. Aber das Geißblatt am Rande des Obstgartens und die Lupinen an der Mauer sind wunderbar typisch für einen englischen Garten. Das ist unsere Welt.«

Sie kehrten zum Haus zurück, wo Henry an der Glastür zum Wohnzimmer stand. Der klare Gesang einer Nachtigall wehte einmal durch die Nacht und verklang.

Nach einer weiteren halben Stunde machte Hester sich auf den Heimweg. Es war bemerkenswert spät, und sie hatte diesen Abend genossen wie keinen anderen seit langer, langer Zeit.

Man schrieb mittlerweile den achtundzwanzigsten Mai. Mehr als ein Monat war bereits verstrichen, seit Thaddeus Carlyon ermordet worden war und Edith Hester gebeten hatte, ihr bei der Suche nach einer Stellung behilflich zu sein; einer Stellung, bei der sie ihre

Talente nutzen und ihre Zeit lohnender verbringen konnte als mit nicht enden wollenden häuslichen Schöngeistigkeiten. Und bis jetzt hatte Hester in dieser Richtung nicht das geringste erreicht.

Von Edith Sobell einmal ganz abgesehen, machte Major Tipladys Gesundung außerordentliche Fortschritte, so daß er binnen kurzem ohne ihre Dienste auskommen würde. Sie mußte sich bald selbst nach einer neuen Stellung umsehen. Während es für Edith lediglich darum ging, ihr Leben sinnvoller zu gestalten, mußte Hester sich ihren Unterhalt verdienen.

»Sie sehen so bekümmert aus, Miss Latterly«, sagte Major Tiplady besorgt. »Fehlt Ihnen etwas?«

»Ich – nein. Alles in Ordnung«, beruhigte sie ihn schnell. »Ihr Bein heilt wunderbar. Die Entzündung ist abgeklungen, und ich denke, in spätestens ein bis zwei Wochen können Sie es wieder belasten.«

»Und wann wird diese bedauernswerte Carlyon vor Gericht gestellt?«

»Das weiß ich nicht genau. Irgendwann Mitte Juni.«

»Dann bezweifle ich allerdings sehr, ob ich in zwei Wochen ohne Sie auskommen kann.« Bei diesen Worten färbten sich seine Wangen schwach rosig, doch sein kobaltblauer Blick hielt ihrem tapfer stand.

Hester mußte lächeln. »Es wäre schlimmer als unehrlich, wenn ich hierbleiben würde, obwohl sie wieder vollkommen auf dem Damm sind. Wie sollten Sie mich dann weiterempfehlen?«

»Ich werde Ihnen die berauschendsten Empfehlungsschreiben ausstellen«, versprach er hastig. »Wenn es soweit ist – aber jetzt noch nicht. Und wie steht es mit Ihrer Freundin, die eine Stellung sucht? Was haben Sie für sie aufgetrieben?«

»Bisher noch gar nichts. Deshalb habe ich ja so bekümmert ausgesehen.« Das war zumindest die halbe, wenn auch nicht die ganze Wahrheit.

»Nun, dann müssen Sie sich wohl etwas mehr bemühen«, sagte Tiplady allen Ernstes. »Was ist sie denn für ein Mensch?«

»Sie ist die Witwe eines Soldaten, wohlerzogen und intelligent.«

Hester betrachtete sein unschuldiges Gesicht. »Und ich glaube kaum, daß sie sich gern etwas befehlen läßt.«

»Das ist schlecht«, bestätigte er mit einem winzigkleinen Lächeln. »Dann wird es keine leichte Aufgabe für Sie werden.«

»Es muß etwas für sie geben.« Sie beschäftigte sich, indem sie drei Bücher aufräumte, ohne ihn zu fragen, ob er sie ausgelesen hatte.

»Und mit Mrs. Carlyon kommen Sie auch nicht von der Stelle, was?« fuhr er fort.

»Nein – überhaupt nicht. Wir müssen etwas übersehen haben.« Sie hatte ihm viel von ihren Gesprächen erzählt, teils um ihm an den langen Abenden die Zeit zu vertreiben, teils um ihre Gedanken zu ordnen.

»Dann müssen Sie noch einmal mit den Leuten sprechen«, schlug er mit feierlicher Miene vor. Mit seinem frisch geschrubbten Gesicht, dem leicht zerzausten Haar und dem Morgenrock schien er nur aus Rosa und Weiß zu bestehen. »Nachmittags kann ich Sie entbehren. Bislang haben Sie alles den Männern überlassen. Sicherlich können Sie mit ihren eigenen Beobachtungen auch etwas Konstruktives beitragen? Schauen Sie sich diese Furnival doch einmal selbst an. Die muß ja entsetzlich sein!«

Er brachte seine Ansichten immer unverblümter zum Ausdruck. Nach Monks und Rathbones Beschreibung war Louisa Furnival genau die Sorte Frau, die Major Tiplady vor Angst und Schrecken in Schweigen erstarren lassen würde. Doch im Grunde hatte er recht. Sie hatte sich fast ausschließlich auf das Urteil anderer verlassen. Wenigstens von Louisa Furnival hätte sie sich selbst ein Bild machen können.

»Das ist eine hervorragende Idee, Major«, sagte sie zustimmend. »Aber unter welchem Vorwand könnte ich bei einer Frau vorsprechen, die ich noch nie gesehen habe? Sie wird mir sofort die Tür weisen – was auch ziemlich verständlich ist.«

Er versank für einige Minuten in Grübelei, und Hester verschwand, um mit der Köchin das Dinner zu besprechen. Das Thema wurde nicht wieder aufgenommen, bis sie ihn für die Nachtruhe vorbereitete.

»Ist sie wohlhabend?« wollte der Major unvermittelt wissen, als sie ihm gerade ins Bett half.

»Wie bitte?« Sie hatte keine Ahnung, wovon er sprach.

»Mrs. Furnival«, wiederholte er ungeduldig. »Ist sie wohlhabend?«

»Ich glaube schon – ja. Ihr Mann scheint an seinen Verträgen mit der Armee eine Menge zu verdienen. Warum?«

»Nun, dann bitten Sie sie um Geld«, schlug er folgerichtig vor, während er stocksteif dasaß und sich nicht unter die Decke befördern lassen wollte. »Für Kriegsversehrte aus dem Krimkrieg, für ein Militärkrankenhaus, was weiß ich. Sollte sie Ihnen tatsächlich etwas geben, können Sie es ja an eine entsprechende Institution weiterleiten. Was ich allerdings bezweifle. Oder Sie bitten sie, die Schirmherrschaft über eine derartige Organisation zu übernehmen.«

»Nur das nicht!« entfuhr es Hester spontan, während sie nach wie vor an ihm schob und zerrte. »Sie würde mich als Betrügerin vor die Tür setzen.«

Tiplady blieb stur. »Was macht das schon? Auf jeden Fall würde sie erst einmal mit Ihnen sprechen. Sagen Sie, Sie kämen im Namen von Miss Nightingale. Kein Mensch, der etwas auf sich hält, wird diese Frau beleidigen – sie wird fast ebenso verehrt wie die Königin. Sie wollen sich diese Person, diese Furnival, doch einmal ansehen, oder?«

»Schon«, meinte Hester vorsichtig. »Aber . . .«

»Wo ist denn Ihre Courage geblieben, Mädchen? Sie haben doch den Angriff der Light-Brigade miterlebt, nicht wahr?« Er starrte sie herausfordernd an. »Sie haben mir selbst davon erzählt! Und die Belagerung von Sewastopol haben Sie auch überstanden. Fürchten Sie sich jetzt etwa vor einem armseligen, koketten Weib?«

»Genau wie jede Menge Soldaten vor mir.« Hester grinste. »Sie vielleicht nicht?«

Er zuckte zusammen. »Das war ein ganz gemeiner Seitenhieb.«

»Aber er hat gesessen«, erklärte sie triumphierend. »Legen Sie sich endlich hin.«

»Kommen Sie nicht vom Thema ab! Ich kann nicht hingehen – also müssen Sie es tun!« Er hockte immer noch auf der Bettkante wie ein Huhn auf der Stange. »Der Feind ist zu bekämpfen, wo immer man ihn trifft. Diesmal hat er den Ort für das Gefecht bestimmt. Sie müssen sich wappnen, Ihre Waffen sorgfältig auswählen und ihn angreifen, wenn er es am wenigsten erwartet.« Endlich schwang er seine Beine hinauf, und Hester warf ihm hastig die Decke über. Zum Schluß seines Appells bedachte er sie noch mit einem inbrünstigen: »Nur Mut!«

Sie schnitt eine Grimasse, doch er kannte kein Pardon. Während sie die Decke unter ihm einschlug, lag er in scheinbarer Kapitulation auf dem Rücken und schenkte ihr ein engelsgleiches Lächeln.

»Wie wär's mit morgen? Am frühen Abend vielleicht, wenn ihr Mann zu Hause ist«, fuhr er gnadenlos fort. »Mit ihm sollten Sie ebenfalls sprechen.«

Sie funkelte ihn wütend an. »Gute Nacht.«

Nichtsdestotrotz fand sie sich am kommenden Nachmittag gegen fünf vor dem Haus der Furnivals wieder. Das blaugraue, äußerst schlichte Kleid – von Tulpenärmeln und Stickerei keine Spur – verlieh ihr den Anschein, als käme sie in der Tat geradewegs vom Dienst bei Miss Nightingale. Sie schluckte ihren Stolz und ihre Nervosität hinunter, redete sich ein, daß es einem guten Zweck diente, und klopfte an Louisa Furnivals Tür. Sie hoffte inständig, vom Mädchen zu erfahren, daß seine Dienstherrin nicht zugegen sei.

Dieses Glück blieb ihr leider versagt. Man bat sie, einen Moment in der Halle zu warten, während das Mädchen ihren Namen und den Grund ihres Besuchs melden ging. Sie hatte kaum Zeit, die vielen Türen sowie das schöngeschwungene Geländer zu begutachten, das sich an der Galerie entlang und die Treppe hinunter wand. Die Ritterrüstung stand wieder an ihrem ursprünglichen Platz, wenn auch ohne Hellebarde. Alexandra mußte mit dem General auf dem oberen Treppenabsatz gestanden – vielleicht in Schweigen, vielleicht in einen letzten, erbitterten Streit vertieft –, dann einen plötzlichen Satz vorwärts gemacht und ihn in die Tiefe gestoßen haben. Sein Aufprall hatte zweifellos einen Heidenradau verursacht. Wie konnte einem das nur entgangen sein?

Auf dem Boden lag ein hochfloriger, heller chinesischer Läufer. Bis zu einem gewissen Grad hätte er den Lärm sicher gedämpft. Und doch ...

Weiter kam sie nicht. Das Mädchen kehrte zurück und verkündete, Mrs. Furnival lasse bitten. Dann wurde sie durch einen langen Flur in den hinteren Teil des Hauses zu dem Salon mit Gartenblick geführt.

Den sonnenbeschienenen Rasen und das Meer von blühenden Sträuchern hinter den Terrassentüren nahm sie nicht weiter zur Kenntnis. Ihre gesamte Aufmerksamkeit galt der Frau, die sie bereits mit unverhohlener Neugier erwartete. Hester wurde augenblicklich klar, daß Louisa sie aus reiner Langeweile empfing.

»Guten Tag, Miss Latterly. Sie sind vom Florence Nightingale Hospital? Wie faszinierend. Nun – was kann ich für Sie tun?«

Hester musterte sie mit demselben Interesse. Ihr blieben womöglich nur wenige Minuten, bis man sie wieder hinausbeförderte. Die Frau, die ihr gegenüber am Kamin stand, trug eine gewaltige Krinoline, die ihre äußerst weiblichen Rundungen geschickt betonte. Das Kleid darüber entsprach dem allerletzten Schrei: Es hatte ein plissiertes Oberteil, war eng tailliert und mit geblümten Borten abgesetzt. Mit ihrer lohfarbenen Haut und der Wolke glänzenden, dunklen Haars wirkte sie sinnlich und zerbrechlich zugleich. Obwohl der Rock etwas weiter geschnitten war, als die Mode es momentan verlangte, war an ihrer Aufmachung nicht das geringste auszusetzen. Sie gehörte offenbar zu den wenigen Frauen, die es schafften, einen eigenen Stil zu kreieren und als den einzig richtigen erscheinen zu lassen, so daß alles andere daneben gewöhnlich und phantasielos wirkte. Louisa Furnival verströmte eine Selbstsicherheit, dank der Hester sich bereits außerordentlich schäbig, unweiblich und dumm vorkam. Sie verstand völlig, weshalb Alexandra Carlyon davon ausgegangen war, daß man ihr das Märchen von der rasenden Eifersucht anstandslos abkaufen würde. Es mußte schon dutzendfach vorgekommen sein, was immer auch in Wirklichkeit hinter dem Geplänkel gesteckt haben mochte.

Hester änderte ihren Schlachtplan. Sie war entsetzt, als sie hörte, wie wichtigtuerisch und verlogen ihre eigene Stimme klang. Etwas an Louisas überheblicher Art provozierte sie sehr.

»Die Erfahrungen auf der Krim haben uns gelehrt, daß gute Krankenpflege maßgeblich zur Rettung Verwundeter beitragen kann«, verkündete sie forsch. »Das dürfte Ihnen vermutlich nichts Neues sein.« Sie riß unschuldsvoll die Augen auf. »Aber vielleicht hatten Sie noch keine Gelegenheit, sich näher mit dem Thema zu befassen. Miss Nightingale, wie Sie zweifellos wissen, stammt aus einer sehr guten Familie. Ihr Vater ist ein allgemein bekannter, angesehener Mann, sie selbst überaus gebildet. Sie hat den Beruf der Krankenschwester gewählt, weil er ihr die Möglichkeit gibt, ihr Leben und ihre Begabung in den Dienst am Menschen zu stellen...«

»Wir sind uns wohl alle einig, daß sie eine herausragende Persönlichkeit ist, Miss Latterly«, fiel Louisa ihr ungeduldig ins Wort. Lobgesänge auf andere Frauen sagten ihr ganz und gar nicht zu. »Aber was hat das mit Ihnen beziehungsweise mit mir zu tun?«

»Ich werde sofort auf den Punkt kommen.« Hester musterte ihre schrägstehenden, länglichen Augen, entdeckte die darin lodernde Intelligenz. Sie für eine dumme Gans zu halten, nur weil sie gern flirtete, wäre ein gewaltiger Fehler. »Wenn aus der Krankenpflege die lebensrettende Institution werden soll, die sie sein könnte, müssen wir mehr wohlerzogene und gebildete junge Frauen dafür gewinnen.«

Louisa stieß ein sanft dahinplätscherndes, gedämpftes Lachen aus, das zwar echter Erheiterung entsprang, im Lauf der Jahre jedoch so einstudiert worden war, daß es exakt die richtige Wirkung erzielte. Hätte ein Mann diese Laute gehört, wäre sie ihm jetzt vermutlich wild, exotisch, faszinierend und geheimnisvoll vorgekommen – samt und sonders Eigenschaften, die Hester nicht hatte. Mit aufkeimenden Selbstzweifeln fragte sie sich, was Oliver Rathbone wohl von ihr halten würde.

»Ich muß schon sagen, Miss Latterly! Sie glauben doch nicht

ernsthaft, ich könnte mich für eine Laufbahn als Krankenschwester interessieren? Das ist doch albern. Ich bin eine verheiratete Frau!«

Mühsam kämpfte Hester ihre Wut nieder. Für diese Frau eine Antipathie zu empfinden war alles andere als schwer.

»Selbstverständlich dachte ich dabei nicht an Sie.« Wie gern hätte sie ihrer Überzeugung Luft verschafft, daß Louisa für diesen oder ähnliche Berufe wahrscheinlich weder den Mut und die Tauglichkeit noch die nötige Selbstlosigkeit und das Durchhaltevermögen mitbrachte. Doch das war nicht der rechte Zeitpunkt. Sie würde nur ihrer eigenen Sache schaden. »Aber Sie sind der Typ Frau, an dem sich andere gern ein Beispiel nehmen.« Bei diesen Worten wand sie sich innerlich. Die Schöntuerei stank zum Himmel, auch wenn Louisa sie nicht für übertrieben zu halten schien.

»Wie freundlich von Ihnen«, sagte sie lächelnd, ohne Hester aus den Augen zu lassen.

»Den Worten einer Frau, die sowohl gut bekannt ist als auch allgemein . . .«, Hester zögerte, ». . . allgemein beneidet wird, würde bestimmt mehr Gewicht beigemessen, als denen der meisten anderen Leute.« Sie starrte standhaft in Louisas haselnußbraune Augen. Was sie jetzt sagte, war die Wahrheit, und die würde sie jeden wissen lassen. »Wenn Sie öffentlich verbreiten, daß die Krankenpflege in Ihren Augen eine ausgezeichnete, in keiner Weise unweibliche oder herabwürdigende Tätigkeit für eine junge Frau ist, würden sich sicherlich mehr Interessierte, die momentan noch zögern, dafür entscheiden. Es sind nur Worte, Mrs. Furnival, aber sie könnten den entscheidenden Ausschlag geben.«

»Sie sind sehr überzeugend, Miss Latterly.« Louisa entschwebte anmutig und arrogant zum Fenster, wobei sie ihre Röcke schwang, als befände sie sich draußen auf weiter Flur. Sie mochte vielleicht die Kokette spielen, aber Hester hielt sie weder für gefügig noch unterwürfig. Sollte sie diesen Eindruck je erwecken, war er garantiert nur von kurzer Dauer und diente einem ganz bestimmten Zweck.

Hester blieb, wo sie war, und schaute ihr schweigend zu.

Louisas Blick wanderte über die in Sonnenschein getauchte Rasenfläche. Das helle Tageslicht auf ihrem Gesicht enthüllte zwar noch keine Falten, brachte jedoch eine Härte in ihren Zügen zum Vorschein, die ihr noch nicht aufgefallen sein konnte, denn sonst hätte sie sich niemals so hingestellt. Um ihre schmale Oberlippe spielte ein niederträchtiger Zug.

»Ich soll also in meinen Kreisen verbreiten, daß ich den Beruf der Krankenschwester bewundere und ihn möglicherweise selbst ergriffen hätte, wäre ich nicht verheiratet?« fragte sie. Die Skurrilität des Gedankens machte ihr sichtlich Spaß.

»Genau«, bestätigte Hester. »Aus naheliegenden Gründen kann niemand von Ihnen erwarten, daß Sie Ihrer Behauptung Taten folgen lassen. Sie müssen lediglich Ihre Unterstützung anbieten.«

Ein Lächeln kräuselte Louisas Lippen. »Und Sie meinen, man würde mir glauben, Miss Latterly? Mir scheint, Sie halten die Leute für etwas naiv.«

»Passiert es Ihnen oft, daß man Ihnen nicht glaubt?« fragte Hester so höflich wie möglich in Anbetracht der vielfältigen Arten und Weisen, es auszudrücken.

Das Lächeln wurde hart.

»Nein. Ich kann mich nicht erinnern, daß das jemals der Fall war. Aber ich habe auch noch nie behauptet, daß ich den Beruf der Krankenschwester bewundere.«

Hester hob die Brauen. »Auch nichts anderes, das eine – eine leichte Abwandlung der Wahrheit war?«

Louisa wandte sich zu ihr um.

»Seien Sie nicht so schönfärberisch, Miss Latterly. Ich habe eiskalt gelogen, und man hat mir jedes Wort geglaubt. Nur die Umstände waren anders.«

»Da bin ich mir sicher.«

»Nichtsdestotrotz werde ich Ihren Vorschlag in die Tat umsetzen, wenn Sie wollen«, wischte Louisa die Bemerkung beiseite. »Es könnte ganz unterhaltsam sein – mal was anderes. Doch, je länger ich darüber nachdenke, desto besser gefällt mir die Idee.« Sie drehte sich schwungvoll vom Fenster weg und kehrte zum Kamin zurück. »Ich werde einen stillen Kreuzzug führen, um intelligente junge

Frauen von Stand zu Krankenschwestern zu machen. Ich kann mir lebhaft vorstellen, wie meine Bekannten meine neugewonnene Überzeugung aufnehmen werden.« Sie marschierte auf Hesters Stuhl zu, blieb vor ihr stehen und schaute auf sie hinab. »Und nun erzählen Sie mir lieber etwas über diesen wundervollen Beruf, wenn ich schon so in Schwärmereien darüber ausbrechen soll. Ich mache nicht gern einen uninformierten Eindruck. Möchten Sie eine kleine Erfrischung, während wir uns unterhalten?«

»Danke, das wäre sehr nett«, nahm Hester das Angebot an.

»Ach übrigens – wen haben Sie sonst noch gefragt?«

»Sie sind bisher die einzige«, gab Hester wahrheitsgetreu zurück. »Ich habe noch mit niemandem darüber gesprochen. Ich will nicht so einen Wirbel darum machen.«

»Doch, doch – ich glaube, das Ganze wird überaus amüsant.« Louisa griff nach der Glocke und ließ sie energisch durch die Luft sausen.

Hester war immer noch emsig dabei, die Krankenpflege in einem dramatischen und gloriosen Licht erstrahlen zu lassen, als Maxim Furnival nach Hause kam. Er war ein großer, schlanker Mann mit dunklem, empfindsamem Gesicht, dessen bewegliche Züge sie sich ebensogut schmollend wie freudestrahlend vorstellen konnte. Im Rahmen der üblichen Höflichkeitsbekundungen lächelte er ihr freundlich zu und erkundigte sich nach ihrem Befinden. Als Louisa ihn über Hester und den Grund ihres Besuchs aufklärte, schien er ernsthaft interessiert.

Sie verbrachten eine Weile mit manierlichem Geplauder, Maxim charmant, Louisa kühl, Hester vollauf mit den Antworten auf ihre zahlreichen Fragen über die Krim beschäftigt. Sie konzentrierte sich nur halbherzig darauf. Was sie viel mehr in Anspruch nahm, war die Frage, ob und in welchem Maße Maxim Alexandra geliebt hatte, oder ob er wegen Louisas unbekümmertem, absolut selbstsicherem Geflirte vor Eifersucht wie rasend gewesen war. Sie konnte sich Louisa unmöglich als zärtliche, hingebungsvolle Frau vorstellen, die zu mehr als körperlicher Lust imstande war. Sie schien jemand zu sein, der seine Gefühle stets in der Gewalt haben mußte.

War Maxim nach dem Abflauen der ersten Leidenschaft vor dieser Kälte zu einer warmherzigeren Frau geflüchtet, einer Frau, die geben und nehmen konnte? Zu Alexandra Carlyon?

Hester hatte keine Ahnung. Wieder einmal – und das voll Staunen – wurde ihr bewußt, daß sie Alexandra Carlyon noch nie gesehen hatte. Alles, was sie von ihr wußte, entsprang Monks und Rathbones Erzählungen.

Ihre Aufmerksamkeit ließ nach, und sie fing an, sich zu wiederholen. Sie sah es an Louisas Gesicht. Sie mußte besser aufpassen.

Doch ehe sie den Fehler wettmachen konnte, tat sich die Tür auf, und ein etwa dreizehnjähriger Junge kam herein. Er war enorm groß und schlaksig, als wäre er für seine Muskeln einfach zu lang geworden. Trotz des dunklen Haars waren seine Augen leuchtend blau. Die Augenlider hingen ein wenig herab, die Nase war lang. Was sein Verhalten betraf, wirkte er ungewöhnlich schüchtern, wie er so halb hinter dem Rücken seines Vaters stehenblieb und Hester aus der Ferne neugierig beäugte.

»Ah, Valentine.« Maxim versetzte ihm einen sanften Schubs nach vorn. »Das ist mein Sohn Valentine, Miss Latterly. Miss Latterly war mit Miss Nightingale auf der Krim, Val. Sie möchte, daß Mama anderen gebildeten jungen Frauen aus gutem Hause den Beruf der Krankenschwester ans Herz legt.«

»Wie interessant. Erfreut, Sie kennenzulernen, Miss Latterly«, sagte Valentine leise.

»Ganz meinerseits«, gab Hester zurück, während sie sein Gesicht studierte und zu ergründen versuchte, ob der Ernst in seinen Augen Angst oder natürlicher Vorsicht entsprang. Seine Miene verriet nicht die Spur von Interesse, sein Blick war zurückhaltend und wachsam. Die Spontaneität, die sie bei einem Jungen seines Alters erwartet hätte, fehlte ganz. Sie war auf jede Gefühlsregung gefaßt gewesen, selbst wenn es Langeweile oder Gereiztheit gewesen wären, weil er jemandem vorgestellt wurde, der ihm völlig gleichgültig war. Statt dessen schien er auf der Hut zu sein.

Lag es daran, daß hier vor kurzem erst ein Mord geschehen war? Daß der Junge das Opfer laut Zeugenaussagen sehr gemocht hatte?

Das klang plausibel. Er stand noch unter Schock. Das Schicksal hatte ihm einen schweren, unerwarteten Schlag versetzt, der jeder vernünftigen Erklärung entbehrte. Vielleicht glaubte er nicht mehr, daß dieses Schicksal gerecht oder gütig sein konnte. Hesters Mitgefühl war geweckt, und sie spürte von neuem den innigen Wunsch, Alexandras Tat zu verstehen, selbst wenn keinerlei strafmildernde Umstände existieren sollten.

Viel wurde nicht mehr gesprochen. Louisas Ungeduld wuchs, doch Hester hatte ihr Thema gänzlich erschöpft. Nach einigen weiteren banalen Nettigkeiten bedankte sie sich für das Gespräch und ging.

»Na?« überfiel Major Tiplady sie gespannt, sobald sie wieder in der Great Titchfield Street war. »Haben Sie sich eine Meinung gebildet? Wie ist sie, diese Mrs. Furnival? Wären Sie auf sie eifersüchtig gewesen?«

Hester war noch nicht einmal ganz durch die Tür und hatte weder Umhang noch Haube abgelegt.

»Sie hatten vollkommen recht«, gab sie zurück, deponierte die Haube auf dem Beistelltisch, streifte den Umhang ab und hängte ihn an den Haken. »Es war definitiv eine gute Idee, sie aufzusuchen, und es hat erstaunlich gut geklappt.« Sie strahlte ihn an. »Ich war in der Tat bemerkenswert kühn. Sie wären stolz auf mich gewesen. Ich habe den Feind zur Konfrontation gezwungen und den Sieg davongetragen, würde ich meinen.«

»Jetzt stehen Sie nicht herum und grinsen wie ein Schaf, Mädchen.« Seine Wangen glühten vor Aufregung. »Was haben Sie zu ihr gesagt, und was haben Sie für einen Eindruck von ihr?«

»Ich habe gesagt« – beim Gedanken daran wurde sie rot –, »sie als einflußreiche Frau könnte junge Damen von Stand und Bildung zu einer Krankenschwesterlaufbahn ermutigen. Schließlich sei sie das Objekt der allgemeinen Bewunderung. Ich habe sie gebeten, diesbezüglich ihre guten Beziehungen spielen zu lassen.«

»Gütiger Gott. Das haben Sie getan?« Der Major klappte die Augen zu, als müsse er diese verblüffende Neuigkeit erst verdauen.

Dann klappte er sie wieder auf und schaute Hester groß an. »Und sie hat Ihnen geglaubt?«

»Gewiß.« Sie trat zu ihm und setzte sich auf den Stuhl ihm gegenüber. »Sie ist eine schillernde, sehr dominante Persönlichkeit, überaus selbstsicher und sich ihrer unterschiedlichen Wirkung auf die Geschlechter bestens bewußt; von Männern wird sie verehrt, von Frauen beneidet. Ich konnte ihr die absurdesten Komplimente machen, und solange ich mich auf ihr unglaubliches Geschick im Beeinflussen von Leuten bezogen habe, hat sie mir jedes Wort abgekauft. Hätte ich sie als tugendhaft oder gebildet hingestellt, hätte sie mir vermutlich nicht geglaubt – aber so . . .«

»Du liebe Zeit.« Dieser Stoßseufzer entsprang weniger seiner Betroffenheit als vielmehr seiner Verwirrung. Die Wege der Frauen würden ihm auf ewig unergründlich bleiben. Immer wenn er meinte, er begänne sie zu verstehen, tat Hester etwas völlig Unbegreifliches, und er mußte wieder von vorn anfangen. »Und Sie sind zu einem Schluß gekommen?«

»Haben Sie Hunger?« fragte sie unvermittelt.

»Ja. Aber erzählen Sie mir zuerst, zu welchem Schluß Sie gekommen sind!«

»Ich bin nicht sicher. Nur eins steht für mich fest: verliebt war sie in den General nicht. Sie erweckt ganz und gar nicht den Eindruck einer Frau, die furchtbar trauert oder gezwungen ist, ihre Zukunft neu zu gestalten. Ihr Sohn Valentine scheint der einzige zu sein, den sein Tod erschüttert hat. Der arme Junge sah völlig verängstigt aus.«

Major Tipladys Gesicht war von plötzlichem Mitgefühl erfüllt, als habe ihm Valentines Name die Realität des Verlusts wieder vor Augen geführt. Er hatte es nicht länger mit einem kniffligen Rätsel für einen wachen Verstand zu tun, sondern mit einer menschlichen Tragödie.

Hester sagte nichts mehr. Sie versuchte, ihre Eindrücke von den Furnivals zu ordnen und hoffte wider besseres Wissen, auf etwas zu stoßen, daß ihr bislang entgangen war, genau wie Monk – und Rathbone.

Am kommenden Morgen gegen elf versetzte sie die Verkündigung des Mädchens, sie habe Besuch, in basses Erstaunen.

»Besuch für mich?« fragte sie zweifelnd. »Besuch für den Major, meinen Sie.«

»Nein, Miss Latterly, Ma'am. Es ist eine Dame für Sie da, eine gewisse Mrs. Sobell.«

»Oh! Ach so.« Sie warf Major Tiplady einen kurzen Blick zu. Er nickte eifrig, seine Augen funkelten vor Neugier. »Gut. Bitten Sie sie herein.«

Einen Moment später stand Edith auf der Schwelle. Sie trug ein dunkelviolettes Seidenkleid mit weitem Rock und bot einen frappierend hinreißenden Anblick. Es war gerade so viel Schwarz vorhanden, daß es für ein Lippenbekenntnis an die Trauer reichte, und die intensive Farbe erhöhte den Reiz ihrer ansonsten eher durchscheinenden Haut. Ihr Haar war zur Abwechslung einmal wundervoll frisiert; sie mußte mit der Kutsche gekommen sein, denn der Wind hatte nicht wie sonst einzelne Strähnen gelöst.

Hester machte sie mit dem Major bekannt, der vor Freude – und vermutlich auch aus Unmut, zur Begrüßung nicht aufstehen zu können – ganz rosig wurde.

»Sehr erfreut, Sie kennenzulernen, Major Tiplady«, sagte Edith gesittet. »Es ist sehr liebenswürdig von Ihnen, mich zu empfangen.«

»Ganz meinerseits, Mrs. Sobell. Ich bin entzückt, daß Sie uns Ihre Aufwartung machen. Darf ich Ihnen mein aufrichtiges Beileid zum Tode Ihres Bruders aussprechen – sein Ruf ist bis zu mir vorgedrungen. Ein prachtvoller Mensch.«

»Oh, vielen Dank. Ja – es ist eine Tragödie, und das in jeder Hinsicht.«

»In der Tat. Ich hoffe, der Ausgang wird weniger schlimm, als wir befürchten.«

Ihr verwunderter Blick trieb ihm erneut das Blut in die Wangen. »O weh«, sagte er hastig, »ich wollte Ihnen nicht zu nahe treten. Bitte, verzeihen Sie mir. Ich weiß nur davon, weil Miss Latterly sich große Sorgen um Sie gemacht hat. Glauben Sie mir, Mrs. Sobell, ich wollte keinesfalls – äh ...« Er stockte, verlegen um das rechte Wort.

Edith schenkte ihm ein unverhofftes Lächeln. Es war so strahlend, so überwältigend natürlich, daß er unter dieser Herzensgüte noch roter wurde, als er ohnedies schon war, und derart ins Stammeln geriet, daß er gar keinen Ton mehr hervorbrachte. Dann, ganz allmählich, entspannte er sich und lächelte bänglich zurück.

»Ich weiß. Hester tut alles, um uns zu helfen«, erwiderte Edith, den Blick auf den Major, nicht etwa auf die Freundin gerichtet, die damit beschäftigt war, ihr Tuch und ihre Haube an das Mädchen weiterzureichen. »Und sie hat es tatsächlich geschafft, den besten Strafverteidiger für Alexandras Prozeß zu gewinnen, der seinerseits wiederum einen Detektiv engagiert hat. Ich fürchte allerdings, sie haben bisher nichts in Erfahrung gebracht, das etwas ändern könnte an dem, was in eine komplette Katastrophe auszuufern scheint.«

»Sie dürfen die Flinte nicht so schnell ins Korn werfen, meine liebe Mrs. Sobell«, meinte der Major in beschwörendem Ton. »Geben Sie niemals auf, ehe Sie wirklich geschlagen sind und keine andere Wahl mehr haben. Erst gestern war Miss Latterly bei Mrs. Furnival, um sich über ihren Charakter ein Bild zu machen.«

»Wirklich?« Edith wandte sich mit wiederkehrender Zuversicht zu Hester um. »Was hältst du von ihr?«

Hester lächelte wehmütig. »Nichts Hilfreiches, fürchte ich. Möchtest du vielleicht eine Tasse Tee? Es macht bestimmt keine Mühe.«

Edith warf dem Major einen kurzen Blick zu. Eigentlich war es zum Tee viel zu früh, andererseits hätte sie gern einen Grund zum Bleiben gehabt.

»Eine phantastische Idee«, ließ Tiplady sich schleunigst vernehmen. »Warum bleiben Sie nicht gleich zum Lunch? Das wäre wunderbar...« Er brach abrupt ab, weil ihm dämmerte, daß er zu forsch vorgegangen war. »Nun ja, wahrscheinlich haben Sie noch andere Verpflichtungen – Besuche zu machen und dergleichen. Ich wollte keinesfalls...«

Edith drehte sich wieder zu ihm um. »Es wäre mir ein Vergnügen, aber ich möchte mich unter keinen Umständen aufdrängen.«

Der Major strahlte vor Erleichterung. »Das tun Sie doch nicht –

überhaupt nicht. Bitte, nehmen Sie Platz, Mrs. Sobell. Ich glaube, der Stuhl da drüben ist ziemlich bequem. Hester, bitte, sagen Sie Molly, daß wir zum Lunch zu dritt sind.«

»Vielen Dank.« Mit völlig untypischer Grazie ließ Edith sich auf den breiten Stuhl sinken und saß mit geradem Rücken dort, die Hände im Schoß gefaltet, beide Füße ordentlich auf dem Boden.

Hester machte sich gehorsam aus dem Staub.

Ediths Blick wanderte über das hochgelagerte Bein des Majors. »Ich hoffe, Ihre Gesundung schreitet voran?«

»O ja. In Windeseile, vielen Dank.« Er zuckte zusammen, allerdings nicht vor Schmerz, sondern eher wegen seiner eingeschränkten Leistungsfähigkeit und dem Nachteil, in dem er sich derentwegen befand. »Ich bin es leid, hier zu sitzen, wissen Sie. Ich fühle mich so ...« Er zögerte abermals, da er sie nicht mit seinen Problemen belasten wollte. Schließlich hatte sie sich nur aus purer Höflichkeit nach seinem Befinden erkundigt. Eine ausführliche Antwort war also nicht nötig. Das Blut schoß ihm schon wieder in die Wangen.

»Kein Wunder«, pflichtete sie ihm mit einem spontanen Lächeln bei. »Sie müssen sich ja wie ... wie im Käfig fühlen. Ich bin es gewohnt, mich ständig in ein und demselben Haus aufzuhalten, und fühle mich schon furchtbar eingesperrt. Wie muß es Ihnen da erst ergehen, wo Sie als Soldat die ganze Welt bereist und immer etwas Sinnvolles getan haben.« Sie beugte sich ein wenig vor und machte es sich unbewußt etwas bequemer. »Sie müssen schon herrliche Flekken gesehen haben.«

»Nun ja ...« Die rosaroten Flecken auf seinen Wangen wurden noch intensiver. »Also, von dieser Warte habe ich es noch gar nicht betrachtet, aber Sie haben recht, ja. Indien zum Beispiel. Kennen Sie Indien?«

»Nein, leider nicht«, gab Edith unumwunden zu. »Ich wünschte, ich würde.«

»Wirklich?« Er schien verwundert und hoffnungsvoll zugleich.

»Selbstverständlich!« Sie musterte ihn, als hätte er eine wahrhaft absurde Frage gestellt. »Wo genau waren Sie denn in Indien? Wie ist es dort?«

»Ach, das übliche eben«, sagte er bescheiden. »Es sind schon Hunderte von Leuten dort gewesen – Offiziersfrauen und so weiter, und haben dann ellenlange Briefe voller Beschreibungen nach Hause geschickt. Ich glaube nicht, daß ich Ihnen etwas Neues erzählen würde.« Er zögerte und betrachtete seine knochigen Hände, die auf der Decke in seinem Schoß lagen. »Aber ich war schon zweimal in Afrika.«

»Afrika! Wie wundervoll!« Das war echter Enthusiasmus, keine Höflichkeit. Er schwang in ihrer Stimme mit wie Musik. »Wo in Afrika? Im Süden?«

Er beobachtete sie scharf, um sicherzugehen, daß er ihr nicht zuviel zumutete.

»Anfangs. Dann bin ich Richtung Norden nach Matabeleland und Mashonaland gereist...«

»Wirklich?« Sie machte große Augen. »Wie ist es dort? Lebt da nicht. Dr. Livingstone?«

»Nein – der dortige Missionar heißt Dr. Robert Moffatt. Ein bemerkenswerter Mensch, genau wie seine Frau Mary.« Sein Gesicht begann zu leuchten. Die Erinnerung an diese Zeit schien so lebendig zu sein, als läge es erst wenige Tage zurück. »Ich halte sie für eine der bewundernswertesten Frauen überhaupt. Was für ein Mut muß dazu gehören, in ein fremdes Land zu reisen, um den Eingeborenen das Wort Gottes zu predigen.«

Edith beugte sich eifrig zu ihm vor. »Wie sieht es dort aus, Major Tiplady? Ist es sehr heiß? Ist es ganz anders als in England? Welche Tiere und Pflanzen gibt es?«

»So viele wilde Tiere haben Sie in Ihrem ganzen Leben nicht gesehen«, sagte er nachdrücklich, ohne sie aus den Augen zu lassen. »Elefanten, Löwen, Giraffen, Nashörner, Zebras, Büffel und derart zahlreiche Arten von Damwild und Antilopen, daß Sie es sich gar nicht vorstellen können. Ich habe so riesige Herden gesehen, daß das Land nur mehr eine einzige schwarze Fläche war.« Auch er beugte sich unbewußt vor, und sie kam ebenfalls noch ein Stückchen näher.

»Und wenn ihnen etwas angst macht«, fuhr er fort, »beispielsweise ein Steppenbrand, und sie panikartig die Flucht ergreifen, beginnt der Erdboden unter Zehntausenden von Hufen zu beben und zu dröhnen, während die kleineren Tiere in alle Himmelsrichtungen vor ihnen flüchten wie vor einer Springflut. Ach, da fällt mir ein, der Boden ist vorwiegend rot – sehr fruchtbar und reichhaltig. Oh, und die Bäume.« Er zuckte die Achseln. »Der Großteil des Velds besteht natürlich aus Buschland mit flachkronigen Akazien, aber es gibt auch blühende Bäume, die so wunderschön aussehen, daß man seinen eigenen Augen nicht traut. Und . . .« Er verstummte jäh, denn in diesem Moment kehrte Hester zurück. »Ach, du meine Güte – jetzt habe ich das Gespräch aber ganz schön an mich gerissen. Sie sind viel zu geduldig mit mir, Mrs. Sobell.«

Hester blieb abrupt auf der Türschwelle stehen. Dann begann sie langsam von einem Ohr zum andern zu grinsen und kam vollends herein.

»Überhaupt nicht«, protestierte Edith wie aus der Pistole geschossen. »Hester, hat Major Tiplady dir jemals von seinen Abenteuern in Mashonaland und Matabeleland erzählt?«

»Nein«, sagte Hester etwas überrascht und sah zum Major hin. »Ich dachte, Sie hätten in Indien gedient?«

»Jaja. Aber in Afrika war er auch schon«, erklärte Edith schnell. »Major» – sie schaute ihn begierig an –, »Sie sollten niederschreiben, was Sie in diesen Ländern erlebt haben, damit wir alle etwas darüber erfahren. Die meisten von uns kommen doch nie aus ihren elendigen, kleinen Londoner Stadtvierteln heraus, geschweige denn in die exotische Wildnis, wo Sie gewesen sind. Überlegen Sie einmal, wie viele Menschen sich einen trostlosen Winternachmittag vertreiben könnten, indem sie ihrer Phantasie bei Ihren Geschichten freien Lauf lassen.«

Er wirkte zutiefst verlegen, konnte seine Begeisterung jedoch nicht ganz verbergen.

»Glauben Sie das wirklich, Mrs. Sobell?«

»Aber ja! Das tue ich in der Tat«, gab Edith im Brustton der Überzeugung zurück. »Ihre Erinnerungen sind absolut klar, außerdem haben Sie eine wundervolle Art zu erzählen.«

Major Tiplady wurde vor Entzücken dunkelrot und öffnete den Mund, um im Sinne der Bescheidenheit zu widersprechen. Da ihm offenbar nichts einfiel, was nicht unfreundlich geklungen hätte, blieb er stumm.

»Eine großartige Idee«, bestätigte Hester, die sich für den Major und Edith von ganzem Herzen freute und den Vorschlag darüber hinaus tatsächlich recht gut fand. »Es wird soviel dummes Zeug geschrieben, daß es wirklich wunderbar wäre, wenn jemand einmal echte Abenteuer festhalten würde – und zwar nicht nur für jetzt, sondern auch für spätere Zeiten. Die Menschen werden sich immer für die Entdeckung fremder Länder und Kulturen und die dortigen Zustände interessieren.«

»Oh, oh.« Major Tiplady strahlte vor Glück. »Vielleicht haben Sie recht. Es gibt momentan jedoch dringendere Angelegenheiten, die Sie zu besprechen haben, meine liebe Mrs. Sobell. Bitte, lassen Sie sich durch ihre gute Kinderstube nicht davon abhalten. Und wenn Sie gern unter vier Augen mit Hester sprechen würden . . .«

»Keineswegs«, versicherte Edith. »Aber es stimmt natürlich, was Sie sagen. Wir müssen über den Fall reden.« Das ungewohnte Leuchten in ihrem Gesicht wurde wieder durch Schmerz ersetzt. »Mr. Rathbone hat mit Peverell über den Prozeß gesprochen, Hester. Er ist für Montag, den zweiundzwanzigsten Juni anberaumt, und außer der alten, kläglichen Lüge haben wir immer noch nichts vorzuweisen. Sie tat es nicht wegen Louisa Furnival.« Sie umging das Wort *töten*. »Thaddeus hat sie weder geschlagen, noch hat er sie finanziell kurzgehalten. Von einem Liebhaber keine Spur. Es fällt mir schwer zu glauben, daß sie ganz einfach verrückt ist – aber was bleibt uns sonst?« Sie seufzte und wirkte noch bekümmerter. »Vielleicht hat Mama doch recht.« Ihre Mundwinkel wanderten nach unten, als wäre allein das Aussprechen dieses Gedankens Schwerstarbeit.

»Nein, meine Liebe, lassen Sie den Kopf nicht hängen«, sagte Tiplady sanft. »Uns wird schon etwas einfallen . . .« Von der plötzlichen Erkenntnis überfallen, daß ihn diese Angelegenheit gar nichts anging, brach er ab. Er war lediglich aufgrund seines Beinbruchs in die Geschichte hineingeraten – rein zufällig. »Es tut mir leid.« Daß er sich schon wieder eingemischt hatte, war ihm außerordentlich peinlich; in seinen Augen bedeutete es eine Todsünde. Ein Gentleman steckte einfach nicht die Nase in anderer Leute Privatangelegenheiten, schon gar nicht, wenn diese anderen Frauen waren.

»Sie brauchen sich nicht zu entschuldigen«, erklärte Edith mit einem raschen Lächeln. »Es stimmt ja. Ich habe mich von den Umständen einschüchtern lassen, aber genau dann ist Mut gefragt, nicht wahr? Es ist keine Kunst, den Kopf oben zu behalten, wenn alles gut läuft.«

»Wir müssen unsere Logik benutzen.« Hester setzte sich auf den verbliebenen Stuhl. »Zwar haben wir fleißig Fakten und Eindrücke gesammelt, unseren Kopf anscheinend aber nicht genügend angestrengt.«

Edith schien verwirrt, erhob jedoch keinen Einwand. Major Tiplady streckte den Rücken und war mit Feuereifer dabei.

»Gehen wir einmal davon aus«, fuhr Hester fort, »daß Alexandra bei vollem Verstand ist und die Tat wirklich aus jenem starken Motiv heraus begangen hat, das sie niemandem mitteilen will. In dem Fall muß es einen triftigen Grund für ihr Schweigen geben. Ich habe erst kürzlich mit jemandem gesprochen, der meinte, sie täte es vielleicht zum Schutz einer Sache oder einer Person, die ihr wichtiger ist als ihr Leben.«

»Sie schützt einen anderen Menschen«, sagte Edith langsam. »Aber wen? Sabella können wir ausschließen. Mr. Monk hat eindeutig bewiesen, daß sie ihren Vater nicht getötet haben kann.«

»Sie kann ihren Vater nicht getötet haben«, pflichtete Hester ihr bei. »Aber wir haben nicht ausgeschlossen, daß sie in Gefahr schwebte und Alexandra Thaddeus ermordet hat, um sie davor zu bewahren.«

»Und wovor?«

»Keine Ahnung. Vielleicht hat sie etwas ausgesprochen Sonderbares getan, wenn die Geburt ihres Kindes sie tatsächlich so sehr aus dem Gleichgewicht gebracht hat, und Thaddeus wollte sie in eine Irrenanstalt stecken.«

»Nein, das konnte er nicht«, gab Edith zu bedenken. »Sie ist Fentons Frau. Es wäre seine Aufgabe gewesen.«

»Na, dann eben er – auf Thaddeus' Geheiß.« Hester war nicht besonders glücklich damit, doch es war wenigstens ein Anfang. »Oder es ist etwas ganz anderes, hängt aber trotzdem mit Sabella zusammen. Alexandra würde doch töten, um Sabella zu schützen, oder?«

»Ja, ich glaube schon. Schön – das ist ein Grund. Was noch?«

»Ihre Scham über das Motiv ist derart groß, daß sie es niemandem anvertrauen will«, sagte Hester. »Tut mir leid – ich bin mir darüber im klaren, wie abstoßend der Gedanke ist. Dennoch kommt er als Möglichkeit in Betracht.«

Edith nickte.

»Oder ihre Lage wird durch das Motiv nicht verbessert«, schaltete sich der Major ein, während er von einer zur anderen blickte. »Wenn es ihr sowieso nicht helfen kann, behält sie es lieber für sich.«

Die beiden sahen ihn an.

»Richtig«, meinte Edith bedächtig. »Auch das wäre ein Grund.« Dann, an Hester gewandt: »Bringt uns das irgendwie weiter?«

»Ich weiß es nicht«, erwiderte diese finster. »Wahrscheinlich bleibt uns im Augenblick nichts anderes übrig, als nach dem tieferen Sinn zu suchen. Wenn uns das Ganze nicht mehr so sinnlos erscheint, ist es wenigstens erträglicher.« Sie zuckte die Achseln. »Ich kriege das Bild von Valentine Furnival einfach nicht aus meinem Kopf; der arme Junge wirkte furchtbar verletzt. Als hätte ihn alles, was die Welt der Erwachsenen ihm weismachen wollte, nur durcheinandergebracht und ihm letztlich auch keinen Halt geboten.«

Edith seufzte. »Bei Cassian verhält es sich genauso. Dabei ist er erst acht, der arme Wurm, und hat, wie es scheint, gleich Vater und Mutter auf einmal verloren. Ich habe versucht, ihn zu trösten oder doch zumindest nichts zu sagen, was den Verlust seiner Eltern herunterspielen würde, denn das wäre absurd. Ich wollte einfach mit ihm zusammensein und ihm das Gefühl geben, daß er nicht völlig allein ist.« Sie schüttelte den Kopf, und ein bekümmerter Ausdruck glitt über ihre Züge. »Aber es hat nicht im geringsten funktioniert. Ich glaube, er mag mich nicht besonders. Der einzige, den er zu mögen scheint, ist Peverell.«

»Er muß seinen Vater schrecklich vermissen«, sagte Hester unglücklich. »Und vielleicht ist ihm trotz aller Vorsichtsmaßnahmen zu Ohren gekommen, daß seine Mutter diejenige war, die ihn ermordet hat. Womöglich begegnet er jetzt allen Frauen mit einem gewissen Mißtrauen.«

Edith seufzte wieder, senkte den Kopf und bedeckte das Gesicht mit den Händen, als könne sie sich dadurch nicht nur von der Außenwelt abschotten, sondern auch vor dem, was ihr geistiges Auge sah.

»Kann schon sein«, bestätigte sie kaum hörbar. »Der arme kleine Kerl – ich fühle mich so hilflos. Ich finde, das ist das allerschlimmste; man kann einfach nichts tun.«

»Doch. Weiterhoffen.« Major Tiplady streckte die Hand aus, wie um ihren Arm zu berühren, merkte dann aber plötzlich, was er da im Begriff stand zu tun, und zog sie hastig zurück. »Bis uns etwas einfällt«, schloß er leise und ein wenig lahm.

Doch fast eine Woche später, am vierten Juni, war ihnen immer noch nichts eingefallen. Monk ließ sich nirgends blicken. Oliver Rathbone war in seiner Kanzlei in der Vere Street schweigend in seine Arbeit vertieft und Major Tiplady nahezu wiederhergestellt, auch wenn er es nur ausgesprochen widerwillig zugab.

Hester erhielt eine Nachricht aus Clarence Gardens, in der sie in Ediths ziemlich ausladender Handschrift gebeten wurde, am folgenden Tag zum Lunch zu kommen. Sie sollte als Ediths Vertraute erscheinen, nicht als offizieller Gast, und ihre Eltern davon überzeugen, daß es keineswegs unschicklich wäre, wenn ihre Tochter eventuell für einen unaufdringlichen Gentleman von unbeflecktem Ruf als Bibliothekarin arbeiten würde.

»Ich halte diese Untätigkeit nicht länger aus«, schrieb sie. »Tag für Tag hier herumzusitzen und auf den Prozeß zu warten, ohne dabei die Geduld oder den Verstand zu verlieren, übersteigt bei weitem meine Kraft.«

Auch Hester machte sich Sorgen, wo sie ihre nächste Anstellung finden würde. Sie hatte gehofft, Major Tiplady wüßte vielleicht einen frisch verletzten oder gesundheitlich angeschlagenen Soldaten, der ihre Dienste benötigen könnte, doch er hatte sich extrem unkooperativ gezeigt. In letzter Zeit galt seine gesamte Aufmerksamkeit anscheinend den Carlyons und der Ermordung des Generals.

Als sie ihn jedoch bat, am kommenden Tag zu Edith fahren zu dürfen, erhob er keinerlei Einwände; er schien sogar regelrecht darauf zu brennen.

So saß sie also am fünften Juni zur Mittagszeit in Ediths Wohnzimmer und erörterte mit ihr die unterschiedlichen Möglichkeiten. In Betracht kam nicht nur eine Stellung als Bibliothekarin, sondern auch als Gesellschafterin, sollte sich eine Dame mit entsprechendem Bedarf und Charakter auftreiben lassen. Notfalls wäre sogar das Unterrichten von Fremdsprachen eine Überlegung wert, wenn sonst nichts blieb.

Sie gingen immer noch die einzelnen Alternativen durch und suchten nach neuen, als zu Tisch gerufen wurde, woraufhin sie sich schnurstracks nach unten begaben. Im Salon stießen sie auf Dr. Hargrave. Er war schlank, ausgesprochen groß und noch eleganter, als Hester ihn sich aufgrund Ediths kurzer Beschreibung ohnehin vorgestellt hatte. Felicia machte sie miteinander bekannt, und einen Augenblick später erschien Randolf auf der Bildfläche, begleitet von einem hübschen blonden Jungen mit verschlossener Miene. Seine Züge waren noch kindlich weich, sein Haar kräuselte sich über der Stirn, seine blauen Augen blickten wachsam und vorsichtig. Auch er wurde vorgestellt, obschon Hester keinen Zweifel hegte, daß es sich um Cassian Carlyon handelte, Alexandras Sohn.

»Guten Tag, Cassian«, sagte Hargrave höflich und lächelte ihn freundlich an.

Cassian ließ die Schultern hängen und rieb seinen linken Fuß am rechten Knöchel. »Guten Morgen, Sir.« Er lächelte zurück.

Hargrave ignorierte die anwesenden Erwachsenen und konzentrierte sich voll und ganz auf den Jungen. Er sprach mit ihm, als wären sie allein, ganz von Mann zu Mann.

»Na, alles in Ordnung? Fühlst du dich wohl hier? Wie ich höre, hat dein Großvater dir eine schöne Sammlung Zinnsoldaten geschenkt.«

»Ja, Sir. Wellingtons Armee bei Waterloo«, antwortete Cassian. Endlich kam doch so etwas wie Leben in sein blasses Gesicht. »Großvater war nämlich in Waterloo dabei, haben Sie das gewußt? Er hat's wirklich mit eigenen Augen gesehen, ist das nicht toll?«

»Und wie«, beeilte Hargrave sich zu bestätigen. »Er kann dir sicher jede Menge spannende Geschichten erzählen.«

»O ja, Sir! Er hat den französischen Kaiser gesehen, stellen Sie sich das mal vor. Ein richtig komischer Kauz mit einem Hut mit aufgebogener Krempe und ziemlich klein, wenn er nicht gerade auf seinem weißen Pferd saß. Und der Eiserne Duke war ein ganz großartiger Mann, hat er gesagt. Ich wär so gern dabeigewesen!« Er ließ die Schultern wieder hängen und lächelte zaghaft, den Blick unverwandt auf Hargraves Gesicht gerichtet. »Sie etwa nicht, Sir?«

»Doch, in der Tat«, stimmte Hargrave zu. »Aber ich bin ganz sicher, daß es in Zukunft noch jede Menge ruhmreiche Schlachten geben wird, in denen du kämpfen kannst. Du wirst Ereignisse miterleben, die die Geschichte verändern, und große Männer kennenlernen, die an einem einzigen Tag ganze Nationen gewinnen oder verlieren.«

»Glauben Sie wirklich, Sir?« Für einen kurzen Moment lag ungetrübte Begeisterung in seinen groß gewordenen Augen, während eine Vision von Glanz und Herrlichkeit vor seinem Geist ablief.

»Warum denn nicht?« fragte Hargrave unbekümmert. »Die Welt steht uns offen, und das Empire wird Jahr für Jahr größer und faszinierender. Wir besitzen bereits ganz Australien, Neuseeland und Kanada. In Afrika haben wir Gambia, Sierra Leone, die Goldküste und Südafrika; in Indien die nordwestliche Provinz, Bengalen, Oudh, Assam, Arakan, Mysore und den ganzen Süden inklusive Ceylon, dazu Inseln in allen Teilen der Weltmeere.«

»Ich bin mir nicht sicher, ob ich überhaupt weiß, wo das alles liegt, Sir«, sagte Cassian mit ehrfürchtiger Verwunderung.

»Dann muß ich's dir wohl zeigen, was?« meinte Hargrave grinsend. Er schaute Felicia an. »Existiert das Schulzimmer noch?«

»Es wurde lange Zeit nicht benutzt, aber wir haben vor, es für Cassian wieder herzurichten, sobald diese unruhige Zeit vorbei ist. Wir werden selbstverständlich einen geeigneten Hauslehrer für ihn einstellen. Ich denke, es ist an der Zeit für eine grundlegende Veränderung, finden Sie nicht?«

»Eine gute Idee«, pflichtete Hargrave ihr bei. »Damit ihn nichts an Dinge erinnert, die man besser vergißt.« Er richtete das Wort wieder an Cassian. »Wir beide gehen heute nachmittag ins alte Schulzimmer hinauf, suchen uns einen Globus, und dann zeigst du mir die Länder des Empires, die du kennst, und ich zeige dir den Rest. Was hältst du davon?«

»Ja, Sir – danke, Sir«, sagte Cassian schnell. Er spähte zu seiner Großmutter hin, sah die Billigung in ihren Augen und drehte sich so, daß er mit dem Rücken zu seinem Großvater stand. Dabei mied er tunlichst seinen Blick.

Hester mußte unwillkürlich lächeln; ihr wurde regelrecht warm ums Herz. Der Junge schien wenigstens einen Freund zu haben, der ihn wie ein menschliches Wesen behandelte und ihm die unkritische, selbstlose Kameradschaft bot, die er so dringend brauchte. Und nach seinen vorherigen Worten zu urteilen, bemühte sein Großvater sich ebenfalls, ihn durch Geschichten aus längst vergangenen Tagen auf andere Gedanken zu bringen. Solchen Großmut hätte sie Randolf nicht zugetraut und sah sich infolgedessen gezwungen, ihn doch mit etwas mehr Wohlwollen zu betrachten. Von Peverell hatte sie ohnehin nichts anderes erwartet, aber er war fast den ganzen Tag geschäftlich unterwegs, während Cassian sich seine endlos langen Stunden vertreiben mußte.

Sie wollten gerade ins Eßzimmer gehen, als Peverell hereinschneite, sich für seine Verspätung entschuldigte und seine Hoffnung kundtat, sie nicht aufgehalten zu haben. Er begrüßte Hester und Hargrave, dann blickte er sich suchend nach Damaris um.

»Wie immer zu spät«, bemerkte Felicia mit schmalen Lippen. »Nun, diesmal werden wir ganz gewiß nicht auf sie warten. Sie wird sich uns anschließen müssen, wo immer wir sind, wenn sie endlich auftaucht. Sie ist selbst schuld, wenn sie die Mahlzeit verpaßt.« Damit drehte sie sich um und marschierte zum Eßzimmer voraus, ohne irgendwen eines Blickes zu würdigen.

Sie saßen bereits am Tisch, das Mädchen trug soeben die Suppe auf, als Damaris die Tür öffnete und auf der Schwelle stehenblieb. Sie trug ein eng geschnittenes Kleid in Schwarz und Taubengrau, dessen Reifrock so schmal war, daß er kaum vorhanden zu sein schien. Das Haar hatte sie aus dem länglichen, nachdenklichen Gesicht gekämmt, was ihre hübschen Züge und den vollen Mund betonte.

Für einen Augenblick herrschte Schweigen. Das Mädchen erstarrte, die Suppenkelle noch in der Luft.

»Entschuldigt, daß ich so spät dran bin.« Ein winziges Lächeln kräuselte Damaris' Lippen. Ihr Blick wanderte erst zu Peverell, dann zu Edith und Hester und blieb schließlich an ihrer Mutter hängen. Sie lehnte am Türsturz.

»Deine Entschuldigungen erschöpfen sich langsam!« versetzte Felicia bissig. »Das ist jetzt das fünfte Mal in zwei Wochen, daß du zu spät zu einer Mahlzeit kommst. Bitte, servieren Sie weiter, Marigold.«

Das Mädchen setzte seine Arbeit fort.

Damaris streckte den Rücken und wollte gerade zu ihrem Platz gehen, als sie Charles Hargrave erblickte, der halb von Randolf Carlyon verdeckt wurde. Ihr Körper erstarrte, das Blut wich aus ihrem Gesicht. Sie schwankte, als wäre ihr schwindlig, und hielt sich mit beiden Händen am Türsturz fest.

Peverell sprang abrupt auf, wobei sein Stuhl mit einem unangenehm schabenden Geräusch nach hinten glitt.

»Was hast du, Ris? Bist du krank? Komm, setz dich, Schatz.« Er schleifte sie mehr oder minder zu seinem Stuhl und ließ sie vorsichtig daraufsinken. »Was ist los? Hast du einen Schwächeanfall?«

Edith schob ihm ihr Wasserglas hin. Er griff danach und hielt es an Damaris' Lippen.

Hargrave stand auf, trat zu ihr und ging neben ihr in die Knie. Dann betrachtete er sie mit der professionellen Gelassenheit eines Arztes.

»Muß das sein!« meinte Randolf gereizt und aß weiter.

»Haben Sie heute schon gefrühstückt?« fragte Hargrave und sah Damaris stirnrunzelnd an. »Oder sind Sie da auch zu spät gekommen? Fasten kann gefährlich sein – man schwebt plötzlich wie auf Wolken.«

Sie hob den Kopf und begegnete zögernd seinem Blick. Für Sekunden starrten sie einander in seltsam versteinerter Reglosigkeit an; er besorgt, sie ziemlich verwirrt, als wüßte sie kaum, wo sie war.

»Ja«, sagte sie schließlich mit belegter Stimme. »Das wird es sein. Entschuldigt bitte, daß ich mich so schlecht benommen habe.« Sie schluckte mühsam. »Vielen Dank für das Wasser, Pev – Edith. Es kommt bestimmt nicht wieder vor.«

»Was für ein Theater!« brauste Felicia auf und funkelte ihre Tochter erbost an. »Du bist nicht nur zu spät, du kommst auch noch hier hereinstolziert wie eine Operndiva und fällst dann halb in Ohnmacht. Wirklich, Damaris, dein Sinn für Melodramatik ist sowohl lächerlich wie auch ungebührlich. Es wird höchste Zeit, daß du aufhörst, die Aufmerksamkeit mit allen erdenklichen Mitteln auf dich zu ziehen!«

Hester fühlte sich ausgesprochen unwohl; das war genau die Art Szene, der ein Fremdling besser nicht beiwohnte.

Peverell blickte auf, das Gesicht plötzlich voller Wut.

»Du bist ungerecht, Schwiegermama. Dieser Schwächeanfall war bestimmt nicht beabsichtigt. Außerdem finde ich, wenn du schon Kritik anbringen willst, solltest du das besser im privaten Rahmen tun, wenn weder Miss Latterly noch Dr. Hargrave Zeuge unserer peinlichen familiären Auseinandersetzungen werden können.«

Obschon diese kleine Rede in durchaus höflichem Ton gehalten worden war, enthielt sie den schärfsten Tadel, den man sich denken konnte. Er warf ihr würdeloses, gegenüber der Familienehre unloyales Verhalten vor und, was vermutlich am schlimmsten war, ihre Gäste in eine peinliche Situation manövriert zu haben. Samt und sonders Sünden, die vom gesellschaftlichen und auch moralischen Standpunkt aus betrachtet unverzeihlich waren.

Felicia lief dunkelrot an, dann wich das Blut aus ihrem Gesicht und ließ sie aschfahl zurück. Sie öffnete den Mund, wie um zu einem ähnlich gemeinen Gegenschlag auszuholen, doch es wollte ihr keiner einfallen.

Peverell konzentrierte sich wieder auf seine Frau. »Du solltest dich besser hinlegen, Schatz. Ich werde dir Gertrude mit einem Tablett hinaufschicken.«

»Ich...« Damaris saß kerzengerade, von Hargrave abgewandt, auf dem Stuhl. »Ehrlich, ich...«

»Du wirst dich dann viel wohler fühlen«, beteuerte Peverell, doch sein Ton war so stählern, daß er keine Widerrede zuließ. »Ich bring dich zur Treppe. Komm!«

Gehorsam verließ sie leicht auf seinen Arm gestützt den Raum, nicht ohne ein leises gemurmeltes »Entschuldigung« über die Schulter zu werfen.

Edith begann wieder zu essen. Nach und nach normalisierte sich die Stimmung. Wenige Augenblicke später kam Peverell zurück, gab zum Thema Damaris jedoch keinerlei Kommentar mehr ab, und die Episode wurde nicht weiter erwähnt.

Sie wollten gerade mit dem Dessert anfangen – gebackene Äpfel in Karamelsauce –, als Edith für die zweite turbulente Unterbrechung sorgte.

»Ich werde mir eine Stellung als Bibliothekarin suchen, vielleicht auch als Gesellschafterin«, verkündete sie, den Blick tapfer auf die Tafelmitte geheftet. Dort stand ein kompliziertes Blumenarrangement aus Schwertlilien, voll aufgeblühten Lupinen aus einem geschützten Teil den Gartens sowie knospendem weißen Flieder.

Der Apfel blieb Felicia im Halse stecken.

»Was wirst du?« fragte Randolf in unheilverkündendem Ton.

Hargrave stierte sie mit gekrauster Stirn und ungläubigen Augen an.

»Ich werde mir eine Stellung als Bibliothekarin suchen«, wiederholte Edith. »Oder als Gesellschafterin – oder sogar als Französischlehrerin, wenn alle Stricke reißen.«

»Du hattest schon immer einen unberechenbaren Sinn für Humor«, versetzte Felicia eisig. »Nein, nicht genug, daß Damaris einen Narren aus sich macht, du mußt es ihr mit solchen aberwitzigen Bemerkungen auch noch gleichtun. Was ist bloß in euch gefahren? Der Tod eures Bruders scheint euch um den Verstand gebracht zu haben – von eurem Gefühl für Anstand ganz zu schweigen. Ich verbiete dir, so etwas auch nur noch einmal zu erwähnen. In diesem Haus wird getrauert! Das wirst du dir zu Herzen nehmen und dich dementsprechend verhalten.« Ihr Gesicht war wie eine Einöde. Eine Woge von Trübsal schlug darüber zusammen und ließ eine Frau zurück, die plötzlich wesentlich älter und verletzlicher aussah; die ganze zur Schau gestellte Tapferkeit war nichts als eine Maske. »Dein Bruder war ein prachtvoller Mann, ein begnadeter Mann, dem die besten Jahre von einer Frau gestohlen worden sind, die nicht ganz bei Trost war. Du wirst unseren Kummer nicht noch verstärken, indem du verrückte, nervenaufreibende Äußerungen von dir gibst. Habe ich mich klar ausgedrückt?«

Edith öffnete den Mund, um zu protestieren, doch plötzlich schien sie jede Streitlust verlassen zu haben. Sie sah den gequälten Aussdruck im Gesicht ihrer Mutter, und ihre eigenen Wünsche wurden von Mitleid und Schuldbewußtsein überrollt. All die Argumente, deren sie sich vor einer Stunde im Gespräch mit Hester auf ihrem Zimmer noch so sicher gewesen war, lösten sich in Wohlgefallen auf.

»Ja, Mama, ich . . .« Sie atmete seufzend aus.

»Ausgezeichnet!« Felicia aß weiter. Es gelang ihr nur mit Mühe, sich zum Schlucken zu zwingen.

»Muß mich entschuldigen, Hargrave«, meinte Randolf stirnrunzelnd. »War ein harter Schlag für die Familie. Kummer bewirkt bei Frauen komische Dinge – bei den meisten jedenfalls. Felicia ist da anders – bemerkenswert stark. Eine beeindruckende Frau, wenn ich so sagen darf.«

»Sehr beeindruckend.« Hargrave nickte Felicia zu und schenkte ihr ein gewinnendes Lächeln. »Sie haben meine größte Hochachtung, Ma'am; das war schon immer so.«

Felicia errötete kaum merklich und nahm das Kompliment mit einer schwachen Kopfbewegung zur Kenntnis.

Außer haarsträubend nichtssagenden und gekünstelten Banalitäten fiel kein weiteres Wort.

Nachdem es endlich vorbei war, jedermann die Tafel verlassen, Hester sich bei Felicia bedankt und von den anderen verabschiedet hatte, gingen sie und Edith wieder nach oben. Edith war sichtlich am Boden zerstört; sie ließ die Schultern hängen und stapfte mit bleischweren Schritten die Treppe hinauf.

Sie tat Hester unglaublich leid. Ihr war sonnenklar, warum Edith sich nicht zur Wehr gesetzt hatte. Der Anblick des fassungslosen Gesichts ihrer Mutter hatte das Gefühl in ihr geweckt, brutal und unmenschlich zu sein. Sie war nicht imstande gewesen, ihr einen weiteren Schlag zu versetzen, noch dazu vor den anderen, die ihre erste Niederlage bereits mitangesehen hatten.

Doch ein Trost war das kaum. Die Aussicht auf endlose Mahlzeiten, die sich nicht voneinander unterscheiden und wenig mehr als eine Verpflichtung darstellen würden, war ermüdend und trist. Die Welt, in der man sich bemühte und dafür eine Belohnung bekam, blieb ihr verschlossen. Es war, als hätte sie versucht in ein Fenster zu schauen, und drinnen zog jemand die Vorhänge zu.

Sie hatten soeben den ersten Treppenabsatz erreicht, als sie – beinah im Laufschritt – von einer älteren Frau mit wehendem schwarzem Rock überholt wurden. Sie war sehr schlank, fast hager, und mindestens so groß wie Hester. Früher einmal mußte ihr Haar kastanienbraun gewesen sein, jetzt war es nahezu weiß; nur ihr Teint verriet die ursprüngliche Farbe. Die dunkelgrauen Augen waren wachsam, die Brauen finster zusammengezogen. Das schmale, höchst eigenwillige Gesicht kochte vor Wut.

»Hallo, Buckie«, rief Edith fröhlich. »Wohin so eilig? Wieder mit der Köchin gestritten, was?«

»Ich streite mich nicht mit der Köchin, Miss Edith«, gab die Dame brüsk zurück. »Ich sage ihr nur, was sie ohnehin wissen müßte. Sie nimmt's mir trotzdem übel, auch wenn ich recht habe, und dann verliert sie die Beherrschung. Ich kann Frauen nicht leiden, die sich nicht unter Kontrolle haben – schon gar nicht, wenn sie im Dienst sind.«

Edith unterdrückte ein Grinsen. »Buckie, du kennst meine Freundin, Miss Latterly, noch nicht. Miss Latterly war mit Florence Nightingale auf der Krim. Hester, das ist Miss Buchan, meine Gouvernante – vor langer Zeit.«

»Sehr erfreut, Miss Buchan«, sagte Hester interessiert.

»Sehr erfreut, Miss Latterly«, gab diese zurück, verzog das Gesicht und starrte Hester neugierig an. »Auf der Krim, hm? Soso. Edith muß mir bei Gelegenheit davon erzählen. Jetzt bin ich gerade auf dem Weg zu Master Cassian ins Schulzimmer.«

»Du wirst ihn doch nicht unterrichten, Buckie, oder?« fragte Edith erstaunt. »Ich dachte, das hättest du schon vor Jahren aufgegeben!«

»Ja, was denn sonst«, entgegnete Miss Buchan scharf. »Sie glauben doch wohl nicht, daß ich in meinem Alter wieder das Unterrichten anfange? Ich bin sechsundsechzig, wie Sie sehr genau wissen. Ich habe Ihnen selbst das Rechnen beigebracht, genau wie davor Ihrem Bruder und Ihrer Schwester!«

»Ist Dr. Hargrave nicht mit ihm nach oben gegangen, um ihm den Globus zu zeigen?«

Miss Buchans Gesicht wurde hart. Ein eigentümlicher Unmut spiegelte sich in ihren Augen und zupfte an ihrem Mund.

»Ja, allerdings. Ich werde nachsehen, ob er da ist, und aufpassen, daß sie nichts kaputtmachen. Wenn Sie mich jetzt entschuldigen wollen, Miss Edith, ich mache mich auf den Weg. Miss Latterly ...« Damit zwängte sie sich geradezu an ihnen vorbei und nahm mit forschem Schritt und klappernden Absätzen die zweite Treppenflucht in Richtung Schulzimmer in Angriff, die sie eher mit stürmischem Anlauf als großer Eleganz bezwang.

SIEBTES KAPITEL

Wie Rathbone prophezeit hatte, erwies sich der Fall Carlyon für Monk in der Tat als undankbare Aufgabe. Doch er hatte Wort gegeben, sein menschenmöglichstes zu tun, solange man ihn darum bat. Bis zum Prozeß waren es noch über zwei Wochen, und bisher hatte er nicht das geringste ausfindig gemacht, das strafmildernde Umstände für Alexandra bedeuten könnte, geschweige denn den Mord erklären. Es war eine Frage des Stolzes, daß er jetzt nicht aufgab, zudem war seine Neugier geweckt. Er steckte nicht gern eine Niederlage ein. Das war seit seinem Unfall nicht mehr geschehen und davor vermutlich auch nur selten.

Hinzu kam der äußerst praktische Umstand, daß Rathbone ihn nach wie vor bezahlte. Und einen anderen Fall hatte er derzeit nicht.

Am Nachmittag machte Monk sich nochmals auf den Weg zu Charles Hargrave. Er war seit Jahren der Hausarzt der Carlyons. Falls jemand die Wahrheit kannte beziehungsweise Einzelheiten, aus denen man sie ableiten konnte, dann er.

Monk wurde höflich empfangen und, nachdem er sein Anliegen vorgebracht hatte, in denselben angenehmen Raum geführt wie bei seinem ersten Besuch. Hargrave beauftragte die Dienstboten, ihn nur im Notfall zu stören, bot Monk einen Stuhl an und stellte sich zur Beantwortung jedweder Fragen zur Verfügung.

»Vertrauliche Fakten über Mrs. Carlyon darf ich Ihnen selbstverständlich nicht mitteilen«, entschuldigte er sich lächelnd. »Sie ist immer noch meine Patientin, und ich muß von ihrer Unschuld ausgehen, solange die Justiz nicht das Gegenteil bewiesen hat – auch wenn das völlig absurd ist. Ich muß allerdings zugeben, daß ich die Schweigepflicht brechen und es Ihnen sagen würde, wenn ich irgend etwas wüßte, das Ihnen weiterhelfen könnte.« Er hob die

Schultern. »Aber es gibt nichts. Außer den üblichen Frauenbeschwerden hat ihr nie etwas gefehlt. Ihre Schwangerschaften sind komplikationslos verlaufen. Die Kinder kamen normal und vollkommen gesund zur Welt. Sie selbst hat sich so schnell und mühelos von den Geburten erholt wie die meisten Frauen. Es gibt wirklich nichts zu erzählen.«

»Im Gegensatz zu Sabella?«

Ein Schatten glitt über sein Gesicht. »Ja. Ich fürchte, Sabella gehört zu den wenigen, die extrem darunter zu leiden haben. Man weiß nicht genau, was der Auslöser ist, doch gelegentlich kommt es vor, daß bei Frauen während der Schwangerschaft, der Geburt oder in der Zeit danach Probleme auftauchen. Sabella ging es bis zur letzten Schwangerschaftswoche recht gut. Die Entbindung war dann ziemlich langwierig und schmerzhaft. An einem Punkt hatte ich sogar die Befürchtung, sie ganz zu verlieren.«

»Das wäre ein schwerer Schlag für ihre Mutter gewesen.«

»Zweifellos. Aber der Tod im Kindbett ist relativ häufig, Mr. Monk. Dieses Risiko gehen alle Frauen ein, und das wissen sie auch.«

»War das der Grund, weshalb Sabella nicht heiraten wollte?«

Hargrave schien überrascht. »Nicht daß ich wüßte. Ich glaube, sie wollte ihr Leben wirklich der Kirche widmen.« Seine Schultern hoben sich erneut. »Das ist für Mädchen eines bestimmten Alters nicht weiter ungewöhnlich. Normalerweise wachsen sie da heraus. Es ist eine Art romantische Verherrlichung, ein Weg, vor ihrer unreifen, blühenden Phantasie zu flüchten. Manche verlieben sich in eine idealisierte Männerfigur, wie beispielsweise einen Romanhelden, andere suchen sich das größte Ideal von allen dafür aus – den Sohn Gottes. Und schließlich« – er lächelte amüsiert, doch mit einem Hauch von Bitterkeit – »ist dies die einzige Form von Liebe, die die Erwartungen unserer Träume immer erfüllt, die uns nie desillusionieren kann, weil sie in sich selbst eine Illusion ist.« Er seufzte. »Nein, verzeihen Sie, das stimmt nicht ganz. Ich meine, daß sie mystisch ist, daß ihre Erfüllung nicht einer realen Person, sondern dem imaginären Geliebten überlassen bleibt.«

»Und nach der Schwangerschaft und der Geburt ihres Kindes?« brachte Monk ihn zum Thema zurück.

»Ach so – ja, da hat sie unter dieser seltenen Form von Depression gelitten, die ab und an vorkommt. Sie war ziemlich verstört, wollte ihr Kind nicht annehmen, hat jeglichen Trost, alle angebotene Hilfe und Freundschaft verweigert; sogar jegliche Gesellschaft, außer der ihrer Mutter.« Er spreizte vielsagend die Finger. »Aber das ging vorüber. Tut es immer. Manchmal dauert es mehrere Jahre, aber meistens ist nach ein paar Monaten alles vorbei.«

»Es stand nie zur Debatte, sie in eine Anstalt für Geistesgestörte einweisen zu lassen?«

»Aber nein!« Hargrave war entsetzt. »Ganz und gar nicht. Ihr Mann war sehr geduldig, und für das Kind hatten sie eine Amme. Warum fragen Sie?«

Monk seufzte. »Es wäre eine Möglichkeit gewesen.«

»Für Alexandra? Ich wüßte nicht, inwiefern. Wonach suchen Sie, Mr. Monk? Was hoffen Sie zu finden? Wenn ich das wüßte, könnte ich Ihnen vielleicht Zeit ersparen und Ihnen sagen, ob es überhaupt existiert.«

»Ich weiß es selbst nicht«, gab Monk zu. Außerdem verspürte er nicht den geringsten Wunsch, sich Hargrave oder sonstwem anzuvertrauen, denn schließlich kreiste sein gesamtes Verdachtsmoment um eine Person, die für Alexandra eine Bedrohung darstellte. Und wer wäre dafür besser geeignet als ihr Arzt, der so viele intime Details über sie kannte?

»Wie steht es mit dem General?« dachte er laut. »Er ist tot. Es kann ihm egal sein, was man über ihn weiß. Seine Krankengeschichte könnte aber einen Hinweis auf die Klärung der Frage liefern, warum er ermordet wurde.«

Hargrave zog die Stirn in Falten. »Da fällt mir nichts ein. Nichts Nennenswertes jedenfalls. Seine Kriegsverletzungen habe ich natürlich nicht behandelt.« Er lächelte. »Ich habe ihn sogar, um genau zu sein, nur ein einziges Mal medizinisch versorgt, und das war, als er sich eine Schnittwunde am Oberschenkel zugezogen hatte – bei einem ziemlich dummen Unfall.«

»So? Es muß ganz schön ernst gewesen sein, wenn er Sie hat rufen lassen.«

»Ja, die Wunde war ausgesprochen häßlich; klaffend, zerklüftet und ziemlich tief. Sie mußte gesäubert und dann genäht werden, nachdem ich die Blutung gestillt hatte. Ich habe sie noch ein paarmal kontrolliert, um sicherzugehen, daß sie auch gut verheilt und sich nicht entzündet.«

»Wie ist das passiert?« Monk schoß der verwegene Gedanke durch den Kopf, es könnte vielleicht ein früher, tätlicher Angriff von seiten Alexandras gewesen sein, bei dessen Abwehr sich der General die Oberschenkelverletzung zugezogen hatte.

Ein verdutzter Ausdruck streifte Hargraves Züge.

»Er sagte, er hätte eine Zierwaffe reinigen wollen, ein Messer, das er als Souvenir aus Indien mitgebracht hatte und als Geschenk für den kleinen Valentine Furnival gedacht war. Es saß in der Scheide fest; bei dem Versuch, es gewaltsam herauszuziehen, rutschte es ihm aus der Hand und landete in seinem Bein.«

»Valentine Furnival? War Valentine bei ihm zu Besuch?«

»Nein, es geschah im Haus der Furnivals. Dort wurde ich dann auch hinzitiert.«

»Haben Sie sich die Waffe angesehen?« fragte Monk.

»Nein – die Mühe habe ich mir nicht gemacht. Er hat mir versichert, daß die Klinge nicht verunreinigt gewesen wäre und er das Ding weggeworfen hätte, weil es so gefährlich war. Ich sah keinen Grund, der Sache nachzugehen. Auch in dem unwahrscheinlichen Fall, daß die Verletzung nicht selbstverschuldet, sondern einem häuslichen Streit entsprungen war, ging es mich nichts an, solange er mich nicht bat einzugreifen. Und das tat er nicht. Er hat nie wieder ein Wort darüber verloren.« Hargrave lächelte schwach. »Falls Sie jetzt denken, Alexandra wäre dafür verantwortlich gewesen, irren Sie sich meines Erachtens. Und wenn doch, hat er ihr die Entgleisung verziehen. Abgesehen davon kam es nie wieder zu einem ähnlichen Zwischenfall.«

»War Alexandra an jenem Tag auch bei den Furnivals?«

»Keine Ahnung. Gesehen habe ich sie nicht.«

»Ich verstehe. Vielen Dank, Dr. Hargrave.«

Obwohl er noch ganze fünfundvierzig Minuten blieb, erfuhr Monk nichts Neues mehr. Er entdeckte nicht einmal den Hauch einer Spur, die ihn zu Alexandras Motiv hätte führen können. Noch weniger war ihm klar, warum sie lieber schwieg, als es zuzugeben – selbst ihm gegenüber.

Enttäuscht und durcheinander machte er sich am frühen Abend auf den Heimweg.

Er mußte Rathbone bitten, ihm eine zweite Besuchserlaubnis für Alexandra Carlyon zu beschaffen, aber bis es soweit war, würde er ihrer Tochter Sabella nochmals einen Besuch abstatten. Die Antwort auf die Frage, warum Alexandra ihren Mann ermordet hatte, mußte irgendwo in ihrem Wesen oder ihren Lebensumständen begründet liegen. Die einzige Chance, die er sah, bestand darin, mehr über sie zu erfahren.

So fand er sich also um elf Uhr vormittags vor Fenton Poles Haus in der Albany Street ein, klopfte an die Tür und übergab dem Mädchen seine Karte mit der Bitte, Mrs. Pole sprechen zu dürfen.

Die Uhrzeit hatte er sorgfältig ausgewählt. Fenton Pole war geschäftlich unterwegs und Sabella, wie erwartet, ausgesprochen erpicht darauf, ihn zu sehen. Kaum hatte er das Empfangszimmer betreten, löste sie sich von dem grünen Sofa und kam ihm entgegen. Ihre Augen waren hoffnungsvoll geweitet, ihr Haar umrahmte in weichen, hellen Locken ihr Gesicht. Ihr Rock war auffallend weit; als sie aufstand, glitten die Reifen auseinander und verursachten dadurch ein leises Rascheln von Taft, das wie ein sachtes Raunen klang.

Aus heiterem Himmel wurde Monk von einer Erinnerung heimgesucht. Sie versetzte ihm einen Stich, löschte die gegenwärtige, in den üblichen Grüntönen gehaltene Umgebung aus und beförderte ihn jäh in einen Raum, der von Gaslampen erhellt war; Spiegel reflektierten den Schein eines Kronleuchters, eine Frau sprach auf ihn ein. Doch ehe er sich auf etwas konzentrieren konnte, war die Vision wieder verschwunden. Was blieb, waren Konfusion, das

Gefühl, an zwei Orten gleichzeitig zu sein, und der verzweifelte Wunsch, den Eindruck zu rekonstruieren und in seiner Ganzheit zu verstehen.

»Mr. Monk«, sagte Sabella hastig. »Ich bin so froh, daß Sie noch einmal gekommen sind. Nachdem mein Mann Sie letztens derart unhöflich hinauskomplimentiert hat, hatte ich schon die Befürchtung, Sie würden sich hier nie wieder sehen lassen. Wie geht es Mama? Haben Sie mit ihr gesprochen? Können Sie ihr helfen? Man sagt mir ja nichts, dabei bin ich fast rasend vor Angst.«

Der Sonnenschein in dem hellen Zimmer wirkte irreal, als träfe er Monk über den Umweg von tausend Spiegeln. Sein Verstand jagte hinter Gaslicht her, düsteren Ecken und funkelnden Lichtblitzen auf Kristall.

Sabella stand vor ihm, das hübsche ovale Gesicht ausgezehrt, die Augen voll Furcht. Er mußte sich zusammenreißen und ihr die Aufmerksamkeit entgegenbringen, die sie verdiente. Jeglicher Anstand verlangte es von ihm. Was hatte sie gesagt? Mein Gott, konzentrier dich!

»Ich habe um die Erlaubnis ersucht, Ihre Mutter so bald wie möglich wiedersehen zu können, Mrs. Pole«, erwiderte er. Seine Stimme klang wie aus einer anderen Welt. »Ob ich helfen kann, weiß ich leider noch nicht. Bisher habe ich wenig Brauchbares erfahren.«

Sie schloß die Augen, als wäre ihr Schmerz körperlicher Natur, und wich vor ihm zurück.

»Ich muß mehr über sie wissen«, fuhr er fort. »Bitte, Mrs. Pole, helfen Sie mir, wenn Sie können. Sie weigert sich, uns mehr zu sagen, als daß sie ihn getötet hat. Sie verschweigt uns den wahren Grund. Ich habe nach Hinweisen auf irgendein anderes Motiv gesucht, aber keine entdeckt. Die Antwort muß in ihrem Wesen oder in dem Ihres Vaters begründet liegen. Oder in einem Vorfall, der uns bislang unbekannt ist. Bitte – erzählen Sie mir von den beiden!«

Sie schlug die Augen auf und starrte ihn an; allmählich kam wieder etwas Farbe in ihr Gesicht.

»Was möchten Sie wissen, Mr. Monk? Ich werde Ihnen sagen,

was ich kann. Fragen Sie mich nur – weisen Sie mich an!« Sie setzte sich hin und bedeutete ihm mit einem Wink, es ebenfalls zu tun.

Er ließ sich gehorsam nieder und versank tief in dem weichen Polster, das sich als unerwartet bequem entpuppte.

»Es könnte schmerzhaft werden«, warnte er sie. »Wenn es Sie zu sehr belastet, sagen Sie es ruhig. Ich will auf keinen Fall, daß Sie krank werden.« Er behandelte sie behutsamer, als es seiner Gewohnheit entsprach und als er geplant hatte. Vielleicht, weil sie sich zu große Sorgen um ihre Mutter machte, um sich vor ihm zu fürchten. Furcht weckte seinen Jagdinstinkt, machte ihn wütend, da sie seiner Ansicht nach jeglicher Daseinsberechtigung entbehrte. Was er verehrte, war Mut.

»Mr. Monk, das Leben meiner Mutter ist in Gefahr«, gab Sabella mit direktem Blick zurück. »Etwas Kummer kann ich da durchaus verkraften.«

Er lächelte sie zum erstenmal an; es war eine kurze, großherzige Gebärde, die der Eingebung des Augenblicks entsprang.

»Danke. Haben Sie irgendwann einmal einen Streit Ihrer Eltern mitangehört, sagen wir, in den letzten zwei, drei Jahren?«

Sie gab sich Mühe, sein Lächeln zu erwidern, doch der Versuch scheiterte bereits in den Anfängen.

»Darüber habe ich mir auch schon Gedanken gemacht«, sagte sie ernst. »Und ich fürchte nicht. Papa war nicht der Typ zum Streiten. Er war General. Generäle streiten nicht.« Sie schnitt eine schwache Grimasse. »Das liegt vermutlich daran, daß nur ein General es wagen würde, einem anderen General zu widersprechen, und zwei von der Sorte sind selten zur selben Zeit am selben Ort. Für gewöhnlich steht zwischen ihnen eine ganze Armee.«

Sie beobachtete ihn scharf. »Außer auf der Krim, wie ich gehört habe. Und dann mußten sie sich natürlich streiten – und das Resultat war katastrophal. Das sagt zumindest Maxim Furnival, obwohl alle anderen es abstreiten und behaupten, unsere Männer wären furchtbar tapfer gewesen, die Generäle allesamt unglaublich gescheit. Nun, ich glaube Maxim.«

»Ich auch«, pflichtete Monk ihr bei. »Ich glaube, ein paar von ihnen waren tatsächlich gescheit, die meisten leidlich tapfer, aber viel zu viele waren verheerend unfähig und unverzeihlich dumm!«

»Ist das Ihr Ernst?« Wieder huschte dieses sonderbar eilfertige Lächeln über ihr Gesicht. »Nicht viele Leute würden sich trauen, Generäle als dumm zu bezeichnen, schon gar nicht, wenn der Krieg so nah ist. Aber mein Vater war einer, folglich weiß ich, wie sie sein können. Von manchen Dingen verstehen sie was, von anderen haben sie nicht die leiseste Ahnung – zum Beispiel von den simpelsten Dingen über Menschen. Frauen machen die Hälfte der Weltbevölkerung aus, wußten Sie das?« Das klang, als könne sie es selbst kaum fassen.

Monk stellte fest, daß er sie mochte. »War Ihr Vater so?« fragte er sie, nicht nur, weil es seinen Ermittlungen diente, sondern aus echtem Interesse.

»Durch und durch.« Sie warf den Kopf in den Nacken und strich sich eine verirrte Haarsträhne aus dem Gesicht. Die Bewegung kam ihm verblüffend vertraut vor, bescherte ihm jedoch keine optische oder akustische Erinnerung, sondern ein seltenes und für ihn ungewohntes Gefühl von Zärtlichkeit. Er spürte den starken Wunsch, sie zu beschützen, als wäre sie ein hilfloses Kind. Und doch stand für ihn außer Frage, daß er dieses spezielle Drängen niemals für ein Kind empfinden könnte; es galt einer ganz bestimmten Frau.

Aber wem? Was war zwischen ihnen geschehen, warum hatte er den Kontakt zu ihr verloren? Lebte sie nicht mehr? War er mit seinen Beschützerversuchen gescheitert – wie bei den Walbrooks? Hatten sie sich gestritten? Hatte er sie mit seinen Gefühlen zu stark bedrängt? Liebte sie einen anderen?

Wenn er nur mehr über sich wüßte, dann würde er vielleicht auch die Antworten auf all diese Fragen kennen. Seine bisherigen Erkenntnisse hatten ihm gezeigt, daß er absolut kein sanftmütiger Mensch war. Er war es weder gewohnt, seine Zunge im Zaun zu halten, um irgendwelche Gefühle anderer Leute zu schonen, noch seine eigenen Wünsche, Bedürfnisse oder Ansichten hintanzustellen. Seine Worte konnten vernichtend sein – das hatten ihm bereits zu viele mißtrauische und gekränkte Untergebene bestätigt. Mit wachsendem Unbehagen dachte er an die argwöhnische Vorsicht, mit der man ihn bei seiner Rückkehr aus dem Krankenhaus empfangen hatte. O ja, sie bewunderten ihn, hatten großen Respekt vor seinen beruflichen Fähigkeiten, seiner Urteilskraft, seiner Ehrlichkeit, seinem Spürsinn, seinem Engagement und seinem Mut. Aber sie fürchteten ihn auch – und das nicht nur dann, wenn sie ihre Pflichten vernachlässigt oder es mit der Wahrheit einmal nicht ganz so genau genommen hatten, sondern auch, wenn sie völlig im Recht waren. Was bedeutete, daß er diverse Male ungerecht gewesen sein mußte, seinen beißenden Sarkasmus sowohl an den Starken wie auch den Schwachen ausgelassen hatte. Mit diesem Bewußtsein lebte es sich nicht besonders angenehm.

»Erzählen Sie mir von ihm.« Er schaute Sabella aufmunternd an. »Erzählen Sie mir alles über seinen Charakter, seine Interessen, was Sie am meisten an ihm gemocht haben, was Sie nicht ausstehen konnten.«

»Was ich am meisten an ihm mochte?« Sie dachte angestrengt nach. »Ich glaube, ich mochte . . .«

Er hörte ihr gar nicht zu. Die Frau, die er geliebt hatte – ja, *geliebt* war das richtige Wort –, warum hatte er sie nicht geheiratet? Hatte sie ihn abgewiesen? Aber wenn sie ihm tatsächlich dermaßen wichtig gewesen war, warum konnte er sich dann nicht einmal mehr an ihr Gesicht oder ihren Namen erinnern? Warum tauchten immer nur diese grellen, verwirrenden Blitzvisionen auf?

Oder war sie am Ende doch schuldig gewesen? Hatte er aus diesem Grund versucht, sie aus seinem Gedächtnis zu streichen? Und jetzt meldete sie sich nur deshalb immer wieder mit solcher Hartnäckigkeit, weil er die Umstände, die Schuldgefühle, das schreckliche Ende der Beziehung verdrängt hatte? Konnte seine Urteilskraft ihn derart getäuscht haben? Bestimmt nicht. Es war immerhin sein Beruf, die Wahrheit aus einem Gestrüpp von Lügen herauszupicken – unmöglich, daß er ein solcher Narr gewesen war!

». . . außerdem mochte ich seinen ruhigen Ton«, meinte Sabella gerade. »Ich kann mich nicht entsinnen, daß er jemals geschrien oder ungehöriges Vokabular benutzt hätte. Er hatte eine wunderschöne Stimme.« Sie hielt den Blick an die Decke gekehrt, wie lange schon, konnte er nicht sagen. Ihr Gesicht war wieder weich. Wie ausradiert war die Wut, die er nur vage zur Kenntnis genommen hatte, als sie über die Dinge gesprochen haben mußte, die sie nicht ausstehen konnte. »Er hat uns oft aus der Bibel vorgelesen, vor allem aus dem Buch Jesaja«, fuhr sie fort. »Ich weiß nicht mehr, was er gesagt hat, aber ich weiß noch genau, wie gern ich ihm zugehört habe, weil seine Stimme uns so angenehm einlullen konnte und plötzlich alles bedeutsam und gut wirkte.«

»Und ihr größter Kritikpunkt?« soufflierte er in der Hoffnung, daß sie darauf in der Zeit seiner gedanklichen Abwesenheit noch nicht näher eingegangen war.

»Ich glaube, die Art, wie er sich in sich zurückziehen und mich wie Luft behandeln konnte – manchmal tagelang«, sagte sie sofort. Ihre Augen wurden traurig, ihr Blick verriet eine quälende innere Unsicherheit. »Und er hat nie mit mir gelacht, so als ob er sich in meiner Gegenwart nicht richtig wohl fühlen würde.« Sie zog die blonden Brauen zusammen und sah Monk voll ins Gesicht. »Verstehen Sie, was ich damit sagen will?«

Ebensoschnell schaute sie wieder weg. »Entschuldigung, das war eine dumme Frage, geradezu peinlich. Ich fürchte, ich bin Ihnen überhaupt keine Hilfe – dabei wär' ich es so gern!« Die letzten Worte klangen so ehrlich erschüttert, daß Monk den starken Drang verspürte, seine Hand in die sonnenhelle Leere zwischen ihnen zu strecken und ihr schmales Handgelenk zu berühren, um ihr auf eine herzlichere, direktere Art als mit Worten klarzumachen, wie gut er verstand. Doch das wäre zudringlich und auf vielerlei Weise zu mißdeuten gewesen. Das einzige, was ihm statt dessen einfiel, war weiterzufragen, um vielleicht doch noch auf zweckdienliche Anhaltspunkte zu stoßen. Er kam sich nicht oft so linkisch vor.

»War er schon lange mit Mr. und Mrs. Furnival befreundet?«

Sie blickte auf, verbannte jeden Gedanken an ihre eigenen seelischen Wunden und konzentrierte sich wieder auf das aktuelle Geschehen.

»Ja – seit ungefähr sechzehn oder siebzehn Jahren, glaube ich. In den letzten sieben, acht Jahren ist der Kontakt viel intensiver geworden. Er hat sie so ein-, zweimal die Woche besucht, wenn er zu Hause war.« Sie schaute ihn mit leicht gerunzelter Stirn an. »Er war mit beiden befreundet. Man könnte schnell auf die Idee verfallen, daß er ein Verhältnis mit Louisa hatte – wegen seines Todes, meine ich –, ich halte das allerdings für ziemlich ausgeschlossen. Maxim war Mama sehr zugetan, wußten Sie das? Manchmal dachte ich eher . . . aber das steht auf einem anderen Blatt. Helfen kann es uns jetzt bestimmt nicht.

Maxim handelt mit Lebensmitteln, und Papa hat ihm eine Menge Zustellaufträge von der Armee zugeschanzt. Ein Kavallerieregiment verbraucht massenweise Mais, Heu, Hafer und so weiter. Sättel, Zaumzeug und anderen Reiterbedarf hat er, glaube ich, auch an sie vertrieben. Ich kenne zwar keine näheren Einzelheiten, aber ich weiß, daß Maxim ziemlich davon profitiert hat. Inzwischen hat er sich zu einer angesehenen Größe in der Handelsbranche gemausert und wird von seinen Kollegen hoch geschätzt. Er dürfte ein ausgezeichneter Geschäftsmann sein.«

»Hört sich ganz so an.« Monk ließ sich das durch den Kopf gehen. Die Information war zweifellos interessant, doch wie sie in bezug auf Alexandra Carlyon von Nutzen sein könnte, sah er nicht. Mit Korruption hatte das nichts zu tun, vermutlich war es für einen General vollkommen legitim, dem Stallmeister vorzuschlagen, seine Vorräte bevorzugt von einem bestimmten Händler zu beziehen, vorausgesetzt, der Preis war in Ordnung. Und selbst wenn das nicht der Fall gewesen wäre, hätte Alexandra kaum Grund gehabt, sich darüber zu ärgern oder deswegen zu leiden – geschweige denn, einen Mord zu begehen.

Dennoch war es eine weitere Spur, die zu den Furnivals führte.

»Erinnern Sie sich an den Unfall, bei dem Ihr Vater mit einem Ziermesser verletzt wurde? Es geschah im Haus der Furnivals. Die Wunde muß ziemlich ernst gewesen sein.«

»Er wurde nicht verletzt«, sagte Sabella mit einem winzigkleinen Lächeln. »Er rutschte ab und fügte sich den Schnitt selbst zu. Er war dabei, das Messer zu säubern, wenn mir auch schleierhaft ist, warum. Es wurde nie benutzt.«

»Aber Sie erinnern sich daran?«

»Ja, sehr gut sogar. Der arme Valentine war ganz außer sich. Ich glaube, er war dabei, als es passierte. Er muß damals erst elf oder zwölf gewesen sein, der Ärmste.«

»War Ihre Mutter da?«

»Bei den Furnivals? Ja, ich denke schon. Ich weiß es wirklich nicht mehr genau. Louisa war da. Sie schickte unverzüglich nach Dr. Hargrave, weil mein Vater sehr stark blutete. Sie mußten ihm einen ziemlich dicken Verband anlegen. Er bekam kaum seine Hose darüber, obwohl Maxims Kammerdiener ihm half. Als er von dem Lakaien und dem Kammerdiener gestützt die Treppe runterkam, konnte ich ganz deutlich die riesige Beule unter dem Stoff sehen. Er war entsetzlich blaß und fuhr sofort mit der Kutsche nach Hause.«

Monk versuchte sich das Ganze bildlich vorzustellen. Ein ausgesprochen dummer Unfall, ja. Aber war er von Bedeutung? Konnte es sich dabei um einen frühen Mordversuch gehandelt haben? Sicher nicht. Nicht im Haus der Furnivals und vor so langer Zeit. Moment – warum eigentlich nicht im Haus der Furnivals? Durch ihre Hand gestorben war er letztlich auch dort. Aber warum hatte sie es dann zwischendurch nicht mehr probiert?

Sabella war, laut eigenen Worten, die Wölbung unter seinem Hosenbein aufgefallen – kein blutiger Riß an der Stelle, wo das Messer den Stoff durchdrungen haben müßte! War es möglich, daß Alexandra ihn mit Louisa im Bett erwischt und in einem Anfall von unkontrollierter Eifersucht zum Messer gegriffen hatte? Waren sie und der General übereingekommen, es geheimzuhalten, um einen Skandal zu vermeiden? Sabella zu fragen war sinnlos. Sie würde es zweifellos leugnen, um ihre Mutter zu decken.

Er blieb noch etwa eine halbe Stunde, in der er Sabella weitere, zum Teil sehr gemischte Erinnerungen bezüglich ihrer Eltern entlockte, erfuhr dabei jedoch nichts, was er nicht schon aus den Gesprächen mit den Bediensteten in Alexandras Haus wußte. Der

General und sie hatten eine recht zufriedenstellende Beziehung geführt. Kühl, aber nicht unerträglich. Er hatte sie in keiner Weise schlecht behandelt, war großzügig gewesen, ausgeglichen und von keinem offensichtlichen Laster befallen; er war einfach ein gefühlsarmer Mann, dem seine eigenen Interessen und seine eigene Gesellschaft vollauf genügten. Damit mußten fraglos viele verheiratete Frauen leben; es war nichts, das ernsthafte Beschwerden, geschweige denn Gewalt gerechtfertigt hätte.

Monk bedankte sich, versprach ihr noch einmal, bis zum letzten Moment alles für ihre Mutter zu tun, was in seiner Macht stand, und ließ sie dann mit aufrichtigem Bedauern allein, weil er ihr keinen echten Trost spenden konnte.

Er hatte bereits ein gutes Stück auf dem sonnenerwärmten Bürgersteig zurückgelegt, als ihn der plötzliche Duft von blühendem Flieder so abrupt anhalten ließ, daß ein am Randstein entlangeilender Botenjunge beinahe über ihn gestolpert wäre. Der Geruch, das strahlend helle Licht und die von den Pflastersteinen aufsteigende Wärme erzeugten ein so abgrundtiefes Gefühl völliger Einsamkeit in ihm, als hätte er in eben diesem Moment etwas unermeßlich Wichtiges verloren oder realisiert, daß es außerhalb seiner Reichweite lag, obwohl er sich dessen längst sicher wähnte. Seine Kehle wurde eng, das Herz schlug ihm bis zum Hals.

Warum? Wer? Wessen Nähe, wessen Freundschaft oder Liebe hatte er verloren? Wie? Hatte man ihn verraten – oder war er derjenige, welcher gewesen? Er hatte grauenhafte Angst, daß er selbst dafür verantwortlich war.

Eine Antwort kannte er bereits, noch während ihm die Frage durch den Kopf schoß: Es ging um die Frau, deren Unschuld am Tod ihres Mannes er hatte beweisen wollen. Die Frau mit dem blonden Haar und den bernsteinfarbenen Augen. Soviel war sicher – sonst aber nichts.

Er mußte unbedingt den Rest herausfinden! Wenn er den Fall tatsächlich untersucht hatte, existierten zwangsläufig polizeiliche Unterlagen: Namen, Daten, Orte – Schlußfolgerungen. Er würde schon noch dahinterkommen, wer diese Frau war, was genau sich abgespielt hatte; vielleicht sogar auch, was sie füreinander empfunden hatten und warum es auseinandergegangen war.

Mit frischem Mut und entschlossenem Schritt machte er sich wieder auf den Weg. Er hatte endlich ein Ziel. Am Ende der Albany Street bog er in die Euston Road ein und hatte binnen weniger Minuten eine Droschke aufgetrieben. Es war seine einzige Chance. Er würde Evan suchen und ihn die Akten unter die Lupe nehmen lassen.

Ganz so einfach war das jedoch nicht. Er erwischte Evan erst am frühen Abend, als dieser erschöpft und niedergeschlagen von der fruchtlosen Jagd auf einen Mann zurückkehrte, der ein Vermögen unterschlagen und sich damit über den Ärmelkanal abgesetzt hatte. Was nun folgte, war die mühsame Aufgabe, wegen seiner Festnahme mit der französischen Polizei in Kontakt zu treten.

Als Monk ihn auf dem Weg vom Polizeirevier nach Hause abpaßte, zeigte sich Evan – großmütig wie er war – über seinen Anblick zwar erfreut, war aber offenkundig müde und entmutigt. Monk stellte sein eigenes Anliegen ausnahmsweise und vorübergehend zurück. Er lief im Gleichschritt neben seinem früheren Kollegen her und lauschte dessen Sorgen und Nöten, bis Evan, der ihn gut genug kannte, sich schließlich nach dem Grund seines überraschenden Erscheinens erkundigte.

Monk schnitt eine Grimasse.

»Ich brauche Ihre Hilfe«, gab er unumwunden zu, während sie eine keifende Alte umschifften, die sich wegen des Preises mit einem Obstverkäufer in den Haaren lag.

»Im Mordfall Carlyon?« fragte Evan und kehrte auf den Gehsteig zurück.

»Nein – ganz was anderes. Haben Sie schon gegessen?«

»Nein. Haben Sie den Fall Carlyon aufgegeben? Bis zum Prozeß kann's nicht mehr lange dauern.«

»Haben Sie Lust, mit mir zu Abend zu essen? Gleich um die Ecke ist ein recht gutes Steakhaus.«

Ein unverhofftes Lächeln erhellte Evans Züge. »Ja, herzlich gern.

Was ist es dann, was Ihnen auf den Nägeln brennt, wenn nicht mehr die Carlyons?«

»Ich habe noch nicht aufgegeben, ich stelle nach wie vor Nachforschungen an. Aber diesmal dreht es sich um einen Fall aus der Zeit vor meinem Unfall.«

Evans Augen weiteten sich. »Ihr Gedächtnis ist wieder da!«

»Nein, leider – auch wenn ich mich inzwischen natürlich an etwas mehr erinnern kann; hier und da tauchen immer wieder Kleinigkeiten auf. Aber mir spukt eine Frau im Kopf herum, die des Mordes an ihrem Mann beschuldigt war. Ich muß damals die Ermittlungen geführt oder, besser gesagt, versucht haben, ihre Unschuld zu beweisen.«

Sie bogen um die Ecke in die Goodge Street. Auf halber Höhe der Straße lag das Steakhaus. Drinnen war es warm und betriebsam. Das Lokal war überfüllt mit Sekretären und Geschäftsleuten, Handeltreibenden und Angehörigen niederer Berufsstände. Man aß und trank, schwatzte dabei, klapperte mit Messer und Gabel und ließ die Gläser erklingen. Über allem hing der angenehme Duft nach warmem Essen.

Monk und Evan wurden an einen Tisch dirigiert, ließen sich nieder und bestellten, ohne einen Blick in die Karte zu werfen. Für einen Moment fühlte Monk sich in alte Zeiten zurückversetzt; Ruhe und Behaglichkeit hüllten ihn ein. Ihm wurde plötzlich klar, wie einsam er sich ohne Evans Kameradschaft fühlte, trotz der unermeßlichen Freude, Runcorn endlich los zu sein. Was tat er denn schon? Er hangelte sich mühsam und verbissen von einem Privatauftrag zum andern, ohne sichere Aussicht auf den nächsten und nie mit mehr Geld in der Tasche als gerade mal für ein, zwei Wochen.

»Um was geht's denn?« fragte Evan, das junge Gesicht teilnahmsvoll und besorgt. »Interessiert Sie der Fall wegen Mrs. Carlyon?«

»Nein.« Monk dachte nicht eine Sekunde daran zu lügen, scheute aber davor zurück, seine Verwundbarkeit zu zeigen. »Ich werde immer wieder von derart heftigen Erinnerungen überfallen, daß es mir damals unglaublich wichtig gewesen sein muß. Es geht mir dabei nur um mich; ich muß herausfinden, wer sie war und was mit ihr geschehen ist.« Er forschte in Evans Zügen nach den gefürchteten Anzeichen für Mitleid.

»Sie?« fragte der unbekümmert.

»Die Frau.« Monk heftete seinen Blick auf das weiße Tischtuch. »Sie geht mir nicht mehr aus dem Kopf, überschattet alles andere, was ich gerade denke. Ich muß diesen Teil meines Lebens zurückholen. Ich muß wissen, welcher Fall das war.«

»Klar.« Falls Evan so etwas wie Neugier oder Mitleid empfand, ließ er es sich jedenfalls in keiner Weise anmerken, wofür Monk ihm zutiefst dankbar war.

Das Essen kam. Evan machte sich mit Riesenappetit über seinen Teller her, Monk stocherte eher uninteressiert darauf herum.

»In Ordnung«, meinte Evan nach einer Weile, als sein erster Hunger gestillt war. »Was soll ich dabei tun?«

Darüber hatte Monk bereits ausführlich nachgedacht. Er wollte nicht mehr von Evan verlangen als unbedingt nötig, und in Schwierigkeiten durfte er seinetwegen erst recht nicht geraten.

»Die Akten meiner früheren Fälle durchgehen und prüfen, welche in Frage kommen. Nachdem Sie die Informationen dann an mich weitergegeben haben, werde ich meine Schritte zurückverfolgen. Finden Sie heraus, welche Zeugen es noch geben könnte, und ich finde diese Frau.«

Evan schob sich ein Stück Fleisch in den Mund und kaute nachdenklich darauf herum. Er brauchte Monk weder darauf hinzuweisen, daß er dazu nicht befugt war, noch was Runcorn tun würde, wenn er dahinterkäme. Genausowenig erwähnte er, daß er seine Kollegen bis zu einem gewissen Grad hinters Licht führen mußte, um an die Akten heranzukommen. Das war ihnen beiden vollkommen klar. Was Monk da von ihm verlangte, war nicht gerade ein kleiner Gefallen. Dies offen auszusprechen wäre allerdings taktlos gewesen, und Evan war kein ungehobelter Mensch. Dennoch zupfte ein winziges Lächeln an seinem empfindsamen Mund, und Monk nahm es verständnisvoll zur Kenntnisse. Sein Unmut verflog, kaum daß er sich geregt hatte. Ihm das übelzunehmen wäre ausgesprochen unfair.

Evan schluckte.

»Was wissen Sie über sie?« erkundigte er sich, während er nach seinem Glas Apfelwein griff.

»Sie war jung«, begann Monk, registrierte die aufkommende Erheiterung in Evans Miene und fuhr fort, als hätte er nichts dergleichen bemerkt: »Blonde Haare, braune Augen. Sie wurde des Mordes an ihrem Mann beschuldigt, und ich habe den Fall untersucht. Das ist alles. Abgesehen davon, daß ich mich recht lange damit beschäftigt haben muß, weil ich sie ziemlich gut kannte – und daß mir etwas an ihr lag.«

Evans Belustigung war plötzlich wie weggefegt und wurde durch eine ganze Bandbreite von Gesichtsausdrücken ersetzt, die er, wie Monk sehr genau wußte, immer dann an den Tag legte, wenn er versuchte, seine Anteilnahme zu verbergen. Es war komisch, einfühlsam und bewundernswert. Und jeden andern hätte Monk dafür gehaßt.

»Ich werde sämtliche Fälle aufstöbern, die diese Kriterien erfüllen«, versprach Evan. »Die Akten kann ich Ihnen nicht mitbringen, aber ich werd mir die wichtigsten Fakten aufschreiben und Ihnen den Rest in groben Zügen erzählen.«

»Wann?«

»Montag abend. Das ist die erste Gelegenheit. Um wieviel Uhr, kann ich noch nicht sagen. Das Steak hier ist übrigens ganz phantastisch.« Er grinste. »Am besten, Sie schleppen mich gleich noch mal zum Essen her, und dann sag ich Ihnen alles, was ich weiß.«

»Richtig – ich stehe in Ihrer Schuld«, gab Monk mit einem Hauch von Sarkasmus zurück, meinte es aber viel ernster, als er so leicht hätte zugeben können.

»Das ist der erste«, verkündete Evan am folgenden Montag, während er Monk ein zusammengefaltetes Blatt Papier über den Tisch entgegenschob. Sie saßen von munterem Getöse umgeben in dem Steakhaus in der Goodge Street. »Margery Worth. Wurde beschuldigt, ihren Mann vergiftet zu haben, weil sie mit einem Jüngeren durchbrennen wollte.« Er verzog das Gesicht. »Über den Prozeßausgang bin ich leider nicht im Bilde. Aus unseren Aufzeichnungen geht bloß hervor, daß das von Ihnen gesammelte Beweismaterial ziemlich gut, aber nicht überzeugend war. Tut mir leid.«

»Der erste, haben Sie gesagt.« Monk steckte das Blatt ein. »Gibt es noch mehr?«

»Zwei noch. Aber ich konnte erst einen abschreiben, und das auch nur in Stichworten. Phyllis Dexter. Sie wurde beschuldigt, ihren Mann mit einem Tranchiermesser ermordet zu haben. Sie behauptete, es wäre Notwehr gewesen. Aus Ihren Notizen geht allerdings weder hervor, ob das stimmt, noch was Sie davon gehalten haben. Ihre Gefühle sind deutlich genug; Sie standen voll auf ihrer Seite und fanden, er hätte genau das gekriegt, was er verdiente. Das muß aber nicht heißen, daß sie die Wahrheit gesagt hat.«

»Irgendwelche Anmerkungen zu dem Urteil?« Monk versuchte, sich seine Erregung nicht anhören zu lassen. Das klang ganz nach einem Fall, der ihm wirklich unter die Haut gegangen war – wenn Evan schon seine Gefühle zwischen den Zeilen lesen konnte. »Was ist mit ihr passiert? Wie lang ist das schon her?«

»Keine Ahnung, was mit ihr passiert ist«, gab Evan mit einem wehmütigen Lächeln zurück. »Aus Ihren Aufzeichnungen ging das nicht hervor, und ich hab mich nicht getraut, jemanden zu fragen, sonst hätten die womöglich noch Verdacht geschöpft. Eigentlich darf's mich ja nichts angehen.«

»Natürlich. Wissen Sie denn, in welchem Jahr das war? Es muß doch ein Datum dabei gestanden haben.«

»1853.«

»Und der andere Fall, Margery Worth?«

»1854.« Evan schob ihm den zweiten Zettel zu. »Hier steht alles drauf, was ich in der kurzen Zeit abschreiben konnte. Die ganzen Orte und die wichtigsten Personen, die Sie vernommen haben.«

»Vielen Dank.« Monk meinte es ehrlich, wußte aber nicht, wie er sich ausdrücken sollte, ohne Evan in Verlegenheit zu bringen oder unbeholfen zu klingen. »Ich bin . . .«

»Schon gut«, fiel Evan ihm grinsend ins Wort. »Sollten Sie auch. Wie wär's, wenn Sie mir noch ein Glas Apfelwein spendieren?«

Am nächsten Morgen machte Monk sich mit einer eigenartigen Mischung aus innerlicher Erregung und Beklommenheit per Zug auf den Weg nach Yoxford, einem Dorf in Suffolk. Es war ein strahlender Tag; am Himmel türmten sich weiße, im Sonnenlicht gleißende Wolken, die Felder rollten in grünen Wogen am Fenster vorbei, gesäumt von knospenden Hecken, die mit verwehten Weißdornblüten übersät waren. Er wünschte, er könnte draußen inmitten der Pracht spazierengehen und den wilden, süßen Duft einatmen, anstatt in diesem dampfenden, schnaufenden, ratternden Ungetüm zu sitzen, das an einem Morgen im Frühsommer durch die Landschaft brauste.

Doch ein innerer Zwang trieb ihn gnadenlos weiter. Die einzige der zahlreichen reetgedeckten und sich gemütlich an die Erhebungen des grasigen Hügellands schmiegenden oder unvermutet hinter einzelnen Baumgruppen auftauchenden Häuseransammlungen, die ihn interessierte, war jene, die auf seine Vergangenheit und die Frau, die ihn so hartnäckig verfolgte, ein Licht werfen konnte.

Sobald er am vergangenen Abend zu Hause angekommen war, hatte er sich auf Evans Aufzeichnungen gestürzt. Er hatte nur deshalb beschlossen, in Yoxford zu beginnen, weil es am nächsten lag. Shrewsbury, wo er den zweiten Fall untersucht hatte, war eine ganze Tagesreise entfernt. Da es sich außerdem um eine wesentlich größere Stadt handelte, erwies es sich dort vielleicht als schwieriger, etwas zu rekonstruieren, das drei Jahre zurücklag.

Die Notizen über Margery Worth erzählten eine einfache Geschichte. Sie war eine attraktive junge Frau gewesen, seit beinahe acht Jahren verheiratet mit einem fast doppelt so alten Mann. Eines Oktobermorgens hatte sie dem hiesigen Arzt gemeldet, ihr Mann sei im Lauf der Nacht gestorben, auf welche Weise, wisse sie nicht. Sie habe einen sehr tiefen Schlaf und sich ohnehin im Zimmer nebenan befunden, da sie sich eine Erkältung geholt hatte und ihn nicht mit ihrem Niesen aufwecken wollte.

Der Arzt schaute daraufhin pflichtschuldig vorbei, drückte ihr sein Beileid aus und bestätigte den Tod von Jack Worth, hatte mit der Todesursache jedoch einige Probleme. Die Leiche wurde zwecks Einholung einer weiteren Meinung fortgeschafft, und der Arzt aus dem etwa acht Kilometer entfernten Saxmundham hinzugezogen. Laut dessen Einschätzung war Jack Worth nicht eines natürlichen Todes, sondern an einer Überdosis Gift gestorben. Er war sich dessen allerdings weder hundertprozentig sicher, noch konnte er das Gift eindeutig bestimmen, noch den exakten Zeitpunkt festlegen, wann es ihm verabreicht worden war – geschweige denn, von wem.

Man schaltete die Dorfpolizei ein, die sich offen zu ihrer Verwirrung bekannte. Margery war Jack Worths zweite Frau. Die beiden erwachsenen Söhne aus erster Ehe sollten die Farm inklusive des ausgesprochen umfangreichen und fruchtbaren Grund und Bodens erben. Margery durfte bis zu ihrem Tod – oder einer erneuten Heirat – in dem Haus verweilen und erhielt zunächst einen kleinen Geldbetrag, der kaum zum Überleben reichte.

Scotland Yard wurde herbeizitiert. Am 1. November 1854 erschien Monk auf der Bildfläche. Als erstes befragte er die Dorfpolizei, dann Margery, den ersten Arzt, den zweiten Arzt, die beiden Söhne und schließlich mehrere Nachbarn und Ladenbesitzer.

Evan war es nicht gelungen, den Inhalt dieser Vernehmungen aufzuschreiben. Folglich standen Monk lediglich ein paar Namen zur Verfügung, doch das müßte reichen, um die Sache wieder aufzurollen; die Dorfbewohner erinnerten sich zweifelsohne noch sehr ausführlich an die große Sensation eines erst drei Jahre alten Mordes.

Nach etwas mehr als zwei Stunden Fahrt traf er auf dem verschlafenen Bahnhof ein. Den guten Kilometer zum Dorf ging er zu Fuß. Es gab eine nach Westen führende Hauptstraße mit mehreren Läden sowie einem Wirtshaus und, soviel er sehen konnte, nur eine einzige Seitenstraße. Zum Mittagessen war es noch zu früh, aber für ein Glas Apfelwein im Wirtshaus war die Zeit wie geschaffen.

Man empfing ihn mit neugierigem Schweigen. Es dauerte geschlagene zehn Minuten, bis ihn der Wirt endlich ansprach.

»Tag, Mr. Monk. Was ham Sie denn hier verlorn? Hat seit'm letztenmal kein Mord nich mehr gegeben.«

»Das hör ich gern«, gab Monk im Plauderton zurück. »Einer reicht ja auch vollkommen.«

»Könn Se wohl laut sagen!« pflichtete der Wirt ihm bei.

Wieder wurde es minutenlang still. Zwei schwitzende, sichtlich durstige Männer kamen herein, die bloßen Arme von Wind und Sonne gebräunt, die Augen nach dem hellen Tageslicht draußen wegen der plötzlichen Düsternis blinzelnd zusammengekniffen. Niemand verließ den Raum.

»Und wieso sin Se dann hier?« wollte der Wirt schließlich wissen.

»Muß ein paar Dinge regeln«, erwiderte Monk beiläufig.

Der Wirt beäugte ihn mißtrauisch. »Was'n zum Beispiel? Die arme Margery hat gebaumelt. Was wolln Se da noch regeln?«

Damit war seine letzte Frage zuerst und schonungslos brutal beantwortet. Monk wurde von eisiger Kälte überfallen, als wäre ihm bereits alles entglitten. Und doch sagte ihm der Name nichts. An diese Straße konnte er sich zwar vage erinnern, aber was brachte ihm das? Daß er schon einmal hiergewesen war, stand zweifelsfrei fest, aber war Margery Worth die Frau, die ihm soviel bedeutet hatte? Wie sollte er das jetzt noch herausfinden? Nur ihr Gesicht, ihre Gestalt hätten es ihm verraten können, und beides war gemeinsam mit ihrem Leben durch ein Ende am Strick zerstört worden.

»Ein paar Fragen sind noch offen«, sagte er so unverbindlich wie möglich, obwohl seine Kehle wie zugeschnürt war und sein Herz wild gegen den Brustkorb schlug – und er sich dennoch im Grunde unbeteiligt fühlte. Konnte er sich deshalb nicht erinnern? Weil er grauenhaft, rettungslos gescheitert war? Hatte sein Stolz diesen Teil seines Gedächtnisses eingefroren – und mit ihm die Frau, die deshalb gestorben war?

»Ich will ein paar meiner damaligen Schritte zurückverfolgen, damit ich auch weiß, daß ich keinen Unsinn erzähle.« Seine Stimme klang rauh, die Begründung wenig überzeugend.

»Wieso – wer will's 'n wissn?« hakte der Wirt denn auch argwöhnisch nach.

Monk schloß mit der Wahrheit einen Kompromiß. »Ihre Lordschaften in London. Mehr kann ich nicht sagen. Wenn Sie mich jetzt entschuldigen, ich muß mich auf den Weg machen und nachsehen, ob der Arzt noch hier wohnt.«

»Klar, der schon.« Der Wirt schüttelte den Kopf. »Aber der alte Doc Sillitoe aus Saxmundham lebt nich mehr. Is von seim Pferd gefalln und hat sich 'n Schädel gespalten.«

»Tut mir leid, das zu hören.« Monk trat auf die Straße hinaus und schlug sich nach links. Er verließ sich voll und ganz auf sein Gedächtnis und sein Glück bei der Suche nach dem richtigen Haus. Wo der Arzt wohnte, wußte schließlich jedes Kind.

Diesen und den darauffolgenden Tag verbrachte er in Yoxford. Er sprach mit dem Arzt und mit Jack Worths Söhnen, denen jetzt die Farm gehörte; mit dem Wachtmeister, der ihn furchtsam und verlegen begrüßte und auch jetzt noch krampfhaft bemüht war, den Herrn aus London zufriedenzustellen; mit dem Wirt der Pension, in der er die Nacht verbrachte. Er erfuhr einiges, was nicht in seinen Aufzeichnungen gestanden hatte, doch außer der vagen Vertrautheit eines Hauses oder dem Panorama einer Straße, einem gen Himmel ragenden Baumriesen und den welligen Konturen der Landschaft brachte nichts eine Saite in seinem Gedächtnis zum Klingen. Er wurde von keinerlei heftigen Erinnerungen überfallen, das einzige, was sich einstellte, war ein gewisser Friede angesichts der Schönheit um ihn herum; der stille Himmel mit den riesigen, bis zum Firmament reichenden Wolkentürmen, die explodierenden Schneebällen glichen; das satte Grün der Landschaft; die aneinandergekuschelten Eichen und Ulmen; die breiten Hecken, von wilden Rosen überwuchert und mit Bärenklau gesprenkelt, der bei manchen Einheimischen »Damenspitze« hieß. Der schwere, intensive Duft von Weißdornblüten senkte sich auf ihn herab und hüllte ihn ein. Die blühenden Kastanienbäume reckten der Sonne Myriaden von Kerzen entgegen, das Getreide trieb bereits hellgrüne, kräftige Sprossen aus.

Doch all das kratzte nur an der Oberfläche. Es versetzte ihm keinen Schlag, raubte ihm nicht die Sinne, zerriß ihn nicht innerlich, weil ein schwerer Verlust oder erstickende Einsamkeit drohten.

Seine Rekonstruktionsversuche offenbarten ihm, daß er während der damaligen Untersuchung ziemlich unsanft mit dem Wachtmeister umgesprungen war und mit seiner Kritik hinsichtlich dessen Unfähigkeit in bezug auf Beweissicherung und Beweisführung keineswegs hinter dem Berg gehalten hatte. Er bereute seine barschen Worte, aber jetzt war es zu spät, um sie ungeschehen zu machen. Er wußte nicht, was genau er gesagt hatte; doch die Nervosität des Mannes, seine wiederholten Entschuldigungen und die Beflissenheit, mit der er Monk alles recht zu machen versuchte, sprachen Bände. Warum hatte er ihn so unfreundlich behandelt? Gut, er war korrekt vorgegangen, aber das war unnötig gewesen, und einen besseren Ermittlungsbeamten hatte es auch nicht aus dem Mann gemacht; es hatte ihn lediglich verletzt. Wozu brauchte es überhaupt eine Superspürnase hier in diesem Nest, wo es schlimmstenfalls zu ein paar alkoholbedingten Auseinandersetzungen, vereinzelter Wilderei und dem gelegentlichen Diebstahl von Kleinigkeiten kam? Sich jetzt dafür zu entschuldigen wäre allerdings absurd gewesen, und geändert hätte es auch nichts. Der Schaden war bereits angerichtet. Er konnte sein schlechtes Gewissen kaum durch nachträgliche Gönnerhaftigkeit beruhigen.

Von dem Arzt, den sein unerwartetes Erscheinen wie ein Blitz aus heiterem Himmel traf, erfuhr er – auf überaus respektvolle Art und Weise –, mit welcher Unerbittlichkeit er seine Ermittlungen geführt hatte; wie er durch seine außerordentliche Liebe zum Detail, sein sorgfältiges Beobachten von Verhaltensweisen und seine untrügliche Intuition schließlich dahintergekommen war, welches Gift man Jack Worth verabreicht hatte. Außerdem hatte er die Existenz eines unvermuteten Liebhabers aufgedeckt, von dem Margery dazu getrieben worden war, sich ihres Mannes zu entledigen – was ihr schließlich den eigenen frühen Tod eingebracht hatte.

»Genial«, meinte der Doktor zum x-tenmal und schüttelte seinen

Kopf. »Einfach genial, wie Se das gemacht ham, das steht mal fest. Früher hab ich ja nie viel für das Londoner Volk übrig gehabt, aber von Ihnen konnte man schon so 'n paar Dinge lernen.« Er beäugte Monk interessiert, aber ohne jede Spur von Sympathie. »Und dann ham Se auch noch das Bild von Richter Leadbetter gekauft – für 'ne ordentliche Stange Geld. Rumgeworfen ham Se mit dem Geld, als ob's grad so aufer Straße liegen würd! Da reden die Leute heut noch von.«

»Ein Bild gekauft?« Monk forschte angestrengt in seiner Erinnerung. Unter seinen Sachen befand sich kein herausragend schönes Bild. Hatte er es der Frau geschenkt?

»Gütiger Gott, ham Se das etwa vergessen?« Der Doktor schaute entgeistert drein und hob ungläubig die sandfarbenen Brauen. »Hat mehr gekostet, als ich im ganzen Monat verdien, das steht mal fest. Wahrscheinlich warn Se so zufrieden mit Ihrer Arbeit. War ja auch 'n echtes Glanzstück, ehrlich wahr. 'n andrer hätte das nie geschafft, da warn wir uns all einig, und vielleicht hat die arme Seele ja gekriegt, wasse verdient, Gott sei ihr gnädig!«

Damit war seine Enttäuschung endgültig besiegelt. Wenn er seinen Erfolg mit einer derartigen – wenngleich spurlos verschwundenen – Extravaganz gefeiert hatte, konnte er kaum Höllenqualen wegen Margery Worths Tod ausgestanden haben. Es war lediglich ein weiterer, von Inspektor Monk rücksichtslos und genial gelöster Fall gewesen, nicht im mindesten ein Hinweis auf die Frau, an die er sich in letzter Zeit immer wieder erinnerte.

Es war spät. Er verabschiedete sich von dem Arzt, blieb noch über Nacht und nahm am Dienstagmorgen, dem elften Juni, den Frühzug nach London. Die bleierne Müdigkeit, unter der er litt, rührte nicht von körperlicher Anstrengung, sondern von tiefer Enttäuschung und einem erdrückenden Schuldgefühl her. Bis zum Prozeß waren es noch weniger als zwei Wochen, und er hatte über zwei Tage damit verplempert, einem persönlichen Hirngespinst nachzujagen. Ihm war nach wie vor schleierhaft, weshalb Alexandra Carlyon den General ermordet hatte, wie auch was er Oliver Rathbone Hilfreiches berichten könnte.

Am Nachmittag machte er von der Besuchserlaubnis Gebrauch, die Rathbone ihm verschafft hatte, und ging zum zweitenmal zu Alexandra ins Gefängnis. Selbst als er die gigantischen Tore schon hinter sich gelassen hatte und die grauen Wände sich vor ihm auftürmten, hatte er noch keine Ahnung, was er ihr erzählen sollte; im Grunde hatten Rathbone und er bereits alles gesagt. Trotzdem – er mußte es ein letztes Mal versuchen. Heute war der elfte Juni; am zweiundzwanzigsten begann der Prozeß.

Wiederholte sich hier die Geschichte? War das ein weiterer fruchtloser Versuch im Kampf gegen die Zeit, ein mühsames Zusammenkratzen von Beweisen, um eine Frau vor den Konsequenzen ihrer Tat zu bewahren?

Er fand sie in derselben Haltung vor wie beim erstenmal; sie saß mit hängenden Schultern auf der Pritsche und starrte mit nach innen gekehrtem Blick stumpf an die Wand. Er hätte zu gern gewußt, was sie sah.

»Mrs. Carlyon . . .«

Die Tür schlug mit einem dumpfen Knall hinter ihm zu, dann waren sie allein.

Alexandra hob den Kopf. Ein Hauch von Überraschung trat in ihre Züge, als sie ihn erkannte. Falls sie überhaupt jemanden erwartet hatte, dann Rathbone. Sie war noch dünner als beim letztenmal und trug die gleiche Bluse, doch durch ihre Haltung war der Stoff derart gespannt, daß ihre knochigen Schultern sich deutlich abmalten. Ihr Gesicht war sehr blaß. Sie sagte kein Wort.

»Mrs. Carlyon, wir haben nicht mehr viel Zeit. Für Höflichkeitsfloskeln und Ausflüchte ist es zu spät. Jetzt hilft uns nur noch die Wahrheit.«

»Es gibt nur eine Wahrheit, die zählt, Mr. Monk«, sagte sie kraftlos. »Und die ist, daß ich meinen Mann getötet habe. Alle anderen Wahrheiten kümmern sie nicht. Bitte versuchen Sie nicht, mir etwas anderes weiszumachen. Das wäre absurd – und vergebens.«

Er stand reglos in der Mitte des winzigen Steinbodenquadrats und starrte auf sie hinab.

»Vielleicht kümmert sie, warum Sie es getan haben!« erwiderte er schroff. »Können Sie nicht endlich aufhören zu lügen! Sie sind nicht verrückt. Sie müssen einen guten Grund gehabt haben. Entweder hatten Sie auf der Galerie eine Auseinandersetzung mit ihm, sprangen ihn an, stießen ihn rückwärts über das Geländer und waren noch immer derart von Ihrem Zorn besessen, daß Sie die Treppe hinunterrannten, um ihm dann, als er in die Einzelteile der Rüstung verstrickt bewußtlos auf dem Boden lag, mit der Hellebarde den Rest zu geben.« Er beobachtete ihr Gesicht und sah, wie sich ihre Augen weiteten und ihr Mund zu zucken begann. Doch sie wandte den Blick nicht ab. »Oder Sie hatten den Mord vorher geplant und führten ihn absichtlich zur Treppe, um ihn hinunterzustoßen. Vielleicht hofften Sie, er würde sich bei dem Sturz das Genick brechen, und gingen nach unten, um sich davon zu überzeugen. Als Sie dann sahen, daß er relativ unverletzt war, machten Sie von der Hellebarde Gebrauch, um zu vollenden, was der Sturz nicht erreicht hatte.«

»Sie irren sich«, sagte sie matt. »Erst als wir oben an der Treppe standen, kam mir der Gedanke, ihn auf diese Weise zu töten – ja, ich war auf der Suche nach einer Möglichkeit. Ich wollte es schon länger tun, aber an die Treppe hatte ich bis dahin nicht gedacht. Und als er plötzlich so vor mir stand, den Rücken zum Geländer, den Abgrund hinter sich, und ich wußte, daß er nie...« Sie verstummte, der Glanz in ihren blauen Augen erlosch. Sie wandte sich von ihm ab.

»Ich habe ihm einen Stoß versetzt«, fuhr sie fort. »Und als er über die Brüstung fiel und auf die Rüstung prallte, dachte ich, er wäre tot. Ich ging sogar ziemlich langsam nach unten. Ich dachte, jetzt wäre alles vorbei. Ich rechnete eigentlich damit, daß jemand herbeieilen würde, weil die Rüstung beim Umfallen so einen Heidenlärm gemacht hat. Ich wollte sagen, er hätte das Gleichgewicht verloren.« Ihr Gesicht nahm flüchtig einen verwunderten Ausdruck an. »Doch niemand erschien. Nicht mal einer der Dienstboten, also konnte es wohl doch niemand gehört haben. Als ich ihn mir ansah, war er zwar bewußtlos, aber noch am Leben. Er atmete völlig normal.« Sie seufzte, und ihre Kiefermuskulatur wurde hart. »Also nahm ich die Hellebarde und brachte es zu Ende. Mir war absolut klar, daß ich nie wieder eine bessere Gelegenheit bekommen würde. Aber Sie irren, wenn Sie glauben, ich hätte es geplant. Das habe ich nicht – weder den Zeitpunkt noch die Art und Weise.«

Er glaubte ihr. Zweifelsohne sprach sie die Wahrheit.

»Aber warum?« fragte er wieder. »Jedenfalls nicht wegen Louisa Furnival oder irgendeiner anderen Frau, stimmt's?«

Sie stand auf, kehrte ihm den Rücken zu und starrte zu dem winzigen Oberlicht hinauf, unerreichbar hoch und gegen den Himmel verbarrikadiert.

»Das tut nichts zur Sache.«

»Waren Sie schon mal dabei, wenn jemand gehängt worden ist, Mrs. Carlyon?« Das war brutal, aber wenn er ihr mit Vernunft nicht beikam, mußte er sich wohl oder übel der Furcht bedienen. Er verabscheute es. Er sah, wie ihr Körper sich versteifte, ihre Hände sich zu Fäusten ballten. Hatte er so etwas schon öfter getan? Es tauchten keine Erinnerungen auf. Seine Gedanken drehten sich ausschließlich um Alexandra, um die Gegenwart, um den Tod von Thaddeus Carlyon. »Es ist grauenhaft. Die Hingerichteten sind nicht immer sofort tot. Man wird aus der Zelle geholt und in den Hof gebracht, wo der Galgenbaum steht...« Er schluckte schwer. Nichts stieß ihn so ab wie Hinrichtungen, weil sie vom Gesetz sanktioniert wurden. Man erwog, führte aus, ergötzte sich daran und fühlte sich im Recht. Und dann rottete man sich zu Grüppchen zusammen, beglückwünschte sich zur Vollendung und behauptete, man habe das Banner der Zivilisation hochgehalten.

Starr und verkrampft, ausgemergelt und dünn, stand sie reglos da.

»Dann legen sie einem den Strick um den Hals. Vorher bekommt man noch eine Kapuze übergestülpt, damit man es nicht mitansehen muß – sagen sie zumindest. Ich glaube allerdings, sie tun es eher, damit sie ihr Opfer nicht ansehen müssen. Wenn sie ihm ins Gesicht, in die Augen sehen müßten, könnten sie es vielleicht nicht tun.«

»Schluß damit!« stieß sie zwischen zusammengebissenen Zähnen hervor. »Ich weiß, daß man mich hängen wird. Müssen Sie mir jeden einzelnen Schritt bis zum Galgen schildern, damit ich es in Gedanken auch oft genug durchleben kann?«

Er verspürte das dringende Bedürfnis, sie zu schütteln, sie an den Armen zu packen, sie zu zwingen, sich zu ihm umzudrehen, sich ihm zu stellen, ihn anzuschauen. Doch das wäre ein tätlicher Angriff, stupide und sinnlos, und würde vielleicht die letzte Tür zuschlagen, die ihm zu ihrer Rettung noch offenstand.

»Haben Sie schon einmal versucht, ihn zu erstechen?« fragte er unvermittelt.

Sie sah ihn entgeistert an. »Nein! Wie kommen Sie denn auf die Idee?«

»Durch die Schnittwunde an seinem Oberschenkel.«

»Ach, das. Nein – das war er selbst, als er sich wieder einmal vor Valentine Furnival großgetan hat.«

»Ich verstehe.«

Sie schwieg.

»Werden Sie erpreßt?« bohrte er weiter. »Übt irgend jemand Druck auf sie aus?«

»Nein.«

»Sagen Sie's mir! Vielleicht können wir dem ein Ende machen. Lassen Sie's mich wenigstens versuchen.«

»Nein, ich werde nicht erpreßt. Was könnte man mir schon Schlimmeres antun als das, was das Gesetz mit mir vorhat?«

»Nicht Ihnen, aber jemandem, den sie lieben? Sabella zum Beispiel?«

»Nein.« Ihre Stimme hob sich kaum merklich. Hätte sie die Kraft noch besessen, wäre es vermutlich ein bitteres Lachen geworden.

Er glaubte ihr nicht. War das des Rätsels Lösung? War sie bereit zu sterben, um Sabella vor etwas zu schützen, an das sie bisher noch nicht gedacht hatten?

Er sah ihren steifen Rücken und wußte, daß sie nicht reden würde. Dann mußte er es eben anders herausbekommen – wenn möglich. Bis zum Prozeß blieben ihm noch zwölf Tage.

»So schnell gebe ich nicht auf«, sagte er sanft. »Sie werden nicht hängen, wenn ich es verhindern kann – ob Sie das nun wollen oder nicht. Auf Wiedersehen, Mrs. Carlyon.«

»Leben Sie wohl, Mr. Monk.«

Am selben Abend lud er Evan wieder zum Essen ein und erzählte ihm von seinem mißglückten Abstecher nach Suffolk. Evan hatte noch einen Fall entdeckt, dessen Hauptverdächtige die Frau sein konnte, die Monk so verzweifelt zu retten versucht hatte, und händigte ihm die entsprechenden Notizen aus. Doch diesmal war Monk mit seinen Gedanken noch bei Alexandra und dem unergründlichen Rätsel, das sie ihm aufgab.

Am folgenden Tag fuhr er in die Vere Street, um Rathbone von seiner Unterredung im Gefängnis sowie seinen neuen Vermutungen zu berichten. Rathbone zeigte sich zunächst überrascht und dann, nach kurzem Überlegen, optimistischer als seit langem. Diese Variante ergab zumindest einen gewissen Sinn.

Abends in seiner Pension öffnete Monk den zweiten Packen Unterlagen, den Evan ihm gegeben hatte, und sah ihn durch. Bei diesem Fall ging es um eine Frau namens Phyllis Dexter aus Shrewsbury, die ihren Mann erstochen haben sollte. Die hiesige Polizei hatte bei der Klärung des Tatbestands keinerlei Probleme gehabt. Adam Dexter war ein Riese von einem Mann, schwerer Trinker und dafür bekannt, daß er ab und an in eine Schlägerei geriet, doch war niemandem je zu Ohren gekommen, daß er seine Frau verprügelt oder unsanfter behandelt hätte als die meisten Männer ihre Frauen. Auf seine Weise schien er sogar ganz verrückt nach ihr zu sein.

Nach seinem Tod hatte die Polizei sich den Kopf zerbrochen, wie sie den Nachweis führen sollte, daß Phyllis die Wahrheit sprach – oder auch nicht. Als sie aller Bemühungen zum Trotz nach einer Woche nicht klüger waren als zuvor, riefen sie nach Scotland Yard. Runcorn hatte Monk entsandt.

Aus den Notizen ging eindeutig hervor, daß Monk Phyllis, die unmittelbaren Nachbarn, die Zeugen eines Streits oder einer Drohung hätten gewesen sein können, den Arzt, der den Totenschein ausgestellt hatte, sowie selbstverständlich die Ortspolizei eingehend befragt hatte.

Er war offenbar drei Wochen in Shrewsbury geblieben und hatte unerbittlich immer wieder die gleichen Fragen gestellt, bis er schließlich hier eine Schwäche, dort eine veränderte Betonung, die Möglichkeit einer anderen Interpretation oder den Fetzen eines neuen Beweises entdeckt hatte. Runcorn hatte ihn abberufen; alles deute auf Phyllis' Schuld hin, die Gerechtigkeit solle endlich ihren Lauf nehmen, doch Monk hatte sich widersetzt und war geblieben.

Schließlich hatte er anhand von äußerst heiklen Beweisen die Wahrheit zusammengestückelt: Phyllis Dexter hat drei Fehl- und zwei Totgeburten hinter sich und sich der liebevollen Zuwendung ihres Mannes zu guter Letzt verweigert, da sie die ihr dadurch erwachsenen Qualen nicht länger verkraften konnte. Als hätte sie ihn und nicht ihre Pein abgelehnt, hatte er in volltrunkenem, zornentbranntem Zustand versucht, sie zu ihrem Glück zu zwingen. Seine Raserei hatte ihn so weit getrieben, mit einem abgebrochenen Flaschenhals auf sie loszugehen, woraufhin sie sich mit dem Tranchiermesser zur Wehr gesetzt hatte. Dank seines benebelten Zustands zog er in dem Blitzgefecht den kürzeren und lag bereits wenige Minuten nach seiner ersten Attacke tot auf dem Boden, das Messer in seiner Brust, die abgebrochene Flasche in tausend Scherben zerborsten um ihn herum.

Wie der Fall ausgegangen war, ging aus den Unterlagen nicht hervor. Es wurde mit keinem Wort erwähnt, ob die Polizei in Shrewsbury Monks Schlußfolgerungen akzeptiert hatte oder wie das Urteil ausgefallen war.

Monk blieb nichts anderes übrig, als eine Fahrkarte zu lösen und sich in den Zug zu setzen. Auch wenn der Fall andernorts in Vergessenheit geraten war – dort erinnerte man sich bestimmt.

Am späten Nachmittag des dreizehnten Juni kam er in dem in gleißendes Sonnenlicht getauchten Bahnhof an und bahnte sich durch die schmalen, mit wunderschönen Fachwerkhäusern gesäumten Gäßchen der altertümlichen Stadt seinen Weg zum Polizeirevier.

Die freundliche, hilfsbereite Miene des Wachtmeisters am Empfangsschalter nahm schlagartig einen defensiven, vorsichtigen Ausdruck an. Monk wußte, daß man ihn wiedererkannt hatte, und das nicht mit allzugroßer Freude. Er spürte, wie etwas in ihm hart wurde, doch er konnte sich unmöglich rechtfertigen, da er keine Ahnung hatte, wofür. Wer hier vor vier Jahren etwas verbrochen hatte, war ein Fremder mit seinem Gesicht gewesen.

»Tja, Mr. Monk, das weiß ich nu ganz sicher nich«, antwortete der Wachtmeister auf seine Anfrage hin. »Der Fall is aus und erledigt. Wir hielten sie alle für schuldig, aber Sie haben das Gegenteil bewiesen! Eigentlich steht's uns ja nich zu, so was zu sagen, aber 's is einfach nich richtig, daß 'ne Frau ihren Mann ermordet, weil sie sich in 'n Kopf gesetzt hat, ihm seine natürlichen Rechte zu verweigern. Da könnten die ja auf alle möglichen dummen Gedanken kommen. Würden nur noch rumrennen und ihre Männer abmurksen!«

»Sie haben vollkommen recht«, sagte Monk barsch.

Der Mann schaute ihn angenehm überrascht an.

»Es steht Ihnen wirklich nicht zu, so etwas zu sagen«, brachte Monk seinen Satz zu Ende.

Des Wachtmeisters Gesicht verhärtete sich und lief rot an.

»Also, ich weiß beim besten Willen nich, was Sie von uns wolln. Vielleicht wär'n Sie ja so freundlich und verraten's mir, dann weiß ich auch, ob ich Ihnen helfen kann.«

»Wissen Sie, wo Phyllis Dexter sich jetzt aufhält?« fragte Monk.

Die Augen des Sergeanten füllten sich mit Genugtuung.

»Und ob ich das weiß. Is gleich nach dem Prozeß von hier verschwunden. Wurde freigesprochen; spazierte aus 'm Gerichtssaal raus und hat noch am selben Abend ihre Siebensachen gepackt.«

»Wissen Sie auch, wo sie hingegangen ist?« Monk beherrschte sich nur mühsam. Wie gern hätte er dem Kerl das selbstgefällige Grinsen aus dem Gesicht gewischt.

Dessen Wohlbehagen geriet ins Wanken. Er begegnete Monks Blick, und seine Kühnheit ließ ihn im Stich.

»Ja, Sir. Irgendwo nach Frankreich, hab ich gehört. Wohin genau, weiß ich nich, aber das kann man Ihnen in der Stadt wahrscheinlich sagen. Wenigstens wo sie von hier aus erst mal hin is. Und was ihren jetzigen Aufenthaltsort betrifft, den kriegen Sie bestimmt raus, so 'n Spürhund wie Sie sind.«

Mehr würde er hier nicht erfahren, also bedankte er sich anstandshalber bei dem Mann und ging.

Die Nacht verbrachte er im Bull Inn. Am nächsten Morgen machte er sich auf die Suche nach dem Arzt, der mit dem Fall betraut gewesen war. Ihm war recht beklommen zumute. Offenbar hatte er sich hier ziemlich unbeliebt gemacht; die Aggressivität des Wachtmeisters rührte von wochenlanger Furcht und höchstwahrscheinlich so mancher Demütigung her. Monk wußte zur Genüge, wie er sich im Londoner Revier unter Runcorn benommen hatte; er kannte seine spitze Zunge, seine Ungeduld mit Leuten, die weniger fähig waren als er. Und er war absolut nicht stolz darauf.

Er bog in die entsprechende Straße ein, näherte sich dem Haus des Arztes und stellte mit durchdringender Befriedigung fest, daß es ihm nicht fremd war. Diese spezielle Anordnung von Balken und Putz hatte er schon einmal gesehen. Nach der Hausnummer oder einem Namensschild Ausschau zu halten war überflüssig; er erinnerte sich deutlich, bereits hier gewesen zu sein.

Mit vor Aufregung enger Kehle klopfte er an die Tür. Es schien Ewigkeiten zu dauern, bis sie endlich von einem alten Männlein mit lahmem Bein geöffnet wurde. Monk hatte gehört, wie es über den Boden schleifte. Das schneeweiße Haar war zur Seite gekämmt und klebte in dünnen Strähnen auf seiner Glatze. Als er Monk erspähte, grinste er ihn zahnlos und freudestrahlend an.

»Herrschaftszeiten, wenn das nich unser Mr. Monk is!« stieß er mit zittriger Fistelstimme aus. »Gott sei meiner Seele gnädig! Was hat sie denn wieder in unsre Gegend verschlagen? 'n Mord is hier schon lang nich mehr passiert! Jedenfalls nich, daß ich wüßte. Oder täusch ich mich da?«

»Nein, Mr. Wraggs, ich glaube nicht.« Monk wurde von einer nahezu lächerlich intensiven Hochstimmung erfaßt, so sehr freute ihn der herzliche Empfang. Obendrein konnte er sich auch noch an den Namen des Männchens erinnern. »Ich bin in einer Privatsache hier und würde gerne mit dem Doktor sprechen, wenn's recht ist.«

»Was denn, Sir!« Wraggs macht ein langes Gesicht. »Sie sind doch wohl nich krank, oder? Kommen Se rein und setzen Se sich erst mal hin. Ich hol Ihnen gleich 'n Tröpfchen!«

»Nein, nein, Mr. Wraggs, ich bin vollkommen in Ordnung, danke schön«, wehrte Monk hastig ab. »Ich komme als Freund, nicht als Patient.«

»Na, Gott sei Dank.« Der Alte seufzte erleichtert auf. »Dann is ja gut! Wolln Se nich trotzdem reinkommen? Der Doktor macht grade 'nen Hausbesuch, is aber bestimmt bald wieder da. Kann ich Ihnen was anbieten, Mr. Monk? Sie brauchen's bloß zu sagen, und wenn wir's dahaben, isses Ihr's.«

Es wäre geradezu rüpelhaft gewesen, ein dergestalt großzügiges Angebot auszuschlagen. »Na, dann hätte ich gern ein Glas Apfelwein, ein Stück Brot und etwas Käse, falls vorhanden.«

»Klar, kommt sofort!« erklärte Wraggs entzückt und humpelte mit Schlagseite zum Salon voraus.

Mit einem stummen Dankgebet auf den Lippen wunderte sich Monk, welche Freundlichkeit er diesem Männlein wohl hatte zuteil werden lassen, daß er hier derart willkommen war. Fragen konnte er kaum. Er hoffte inständig, daß der Alte sich nicht von Natur aus so unbekümmert gab, und war froh, es nicht auf die Probe stellen zu können. Statt dessen genoß er die Gastfreundschaft, saß über eine Stunde mit ihm zusammen und unterhielt sich mit ihm, bis der Arzt zurückkehrte. Im Grunde hatte er in dieser Zeit alles erfahren, was er wissen wollte. Phyllis Dexter war eine ausgesprochen hübsche Frau mit honigbraunem Haar und goldbraunen Augen, einer liebenswürdigen Art und wachem Verstand gewesen. Über der Frage nach ihrer Schuld oder Unschuld hatten sich die Geister erbittert geschieden. Die Polizei hielt sie für schuldig, ebenso der Bürgermeister wie auch ein Großteil des Landadels. Arzt und Pfarrer indes standen auf ihrer Seite. Dasselbe galt für den Besitzer des Wirtshauses, der zur Genüge in den Genuß von Adam Dexters Wutausbrüchen und mürrischer Meckerei gekommen war. Wraggs hob besonders hervor, mit welcher Verbissenheit Monk seinen Ermittlungen nachgegangen war. Tag und Nacht hätte er die Zeugen schikaniert, ihnen ins Gewissen geredet und sie angefleht, bis in die frühen Morgenstunden hinein über Aussagen und Beweismitteln gebrütet, bis er vor Erschöpfung fast umgefallen war.

»Sie verdankt Ihnen das Leben, Mr. Monk, das steht mal fest«, sagte Wraggs mit großen Augen. »Mein Gott, was haben Sie gekämpft! Für keine Frau – und für keinen Mann – hat sich schon mal jemand sosehr eingesetzt wie Sie, das schwör ich bei meiner Bibel, jawoll.«

»Wo ging sie hin, Mr. Wraggs, als sie von hier verschwand?«

»Tja, das hatse niemand verraten, die arme Seele!« Wraggs schüttelte betrübt den Kopf. »Kann man ihr auch nich verdenken, so wie manche Leute sich's Maul über sie zerrissen haben.«

Monks Mut sank. Nach der ganzen Hoffnung, Wraggs' herzlichem Empfang und dem unvermuteten Auftauchen eines besseren Teils seines Ichs, schien plötzlich wieder alles verloren.

»Sie haben keine Ahnung?« Entsetzt registrierte er das Stocken in seiner Stimme.

»Nein, Sir, nich die Spur.« Wraggs schaute ihn traurig und bekümmert aus seinen alten Augen an. »Hat sich unter Tränen bei Ihnen bedankt, nich wahr, und dann hatse ihre Sachen gepackt und is verschwunden. Komisch, ich hab eigentlich gedacht, Sie wüßten, wo sie hin is. Irgendwie hatte ich so 'n Gefühl, als ob Sie ihr geholfen hätten. Aber da war ich wohl auf 'm Holzweg.«

»Frankreich – der Wachtmeister im Polizeirevier glaubt, sie wäre in Frankreich.«

»Tja, wundern würd's mich nich.« Wraggs nickte verständnisvoll. »Hatte bestimmt keine große Lust mehr, in England zu bleiben, was, nach dem ganzen Gerede hier!«

»Sie hätte nur in den Süden zu gehen brauchen. Wer hätte sie da schon erkannt?« gab Monk realistisch zurück. »Sie hätte einen anderen Namen annehmen können und wäre in der Menge verschwunden.«

»O nein, Sir, das glaub ich nich. Nich mit den ganzen Bildern von ihr in allen Zeitungen drin! Und so wie die aussah, hätten die Leute sie sofort wiedererkannt. War schon besser, dasse ins Ausland gegangen is. Und ich für mein Teil kann ihr bloß wünschen, dasse 'n schönes Plätzchen für sich gefunden hat.«

»Bilder?«

»Ja, Sir – die Zeitungen waren doch voll davon. Kommen Se, wissen Se das etwa nich mehr? Ich holse schnell. Wir haben alles aufgehoben.« Ohne Monks Antwort abzuwarten, rappelte er sich hoch und humpelte zu dem Schreibtisch in der Ecke hinüber. Er rumorte einige Zeit darin herum und kehrte dann voll Stolz mit einem Stück Papier zurück, das er vor Monk auf den Tisch legte.

Es handelte sich um das gestochen scharfe Bild einer auffallend hübschen Frau von vielleicht fünfundzwanzig oder sechsundzwanzig Jahren; sie hatte große Augen und ein zartes, längliches Gesicht. Ihr Anblick rief sofort alte Gefühle in ihm wach: Mitleid und einige Bewunderung; Wut wegen des Elends, das sie hatte aushalten müssen, und wegen der Ignoranz der Leute, die sich weigerten, ihre Notlage zu verstehen; wilde Entschlossenheit, einen Freispruch für sie zu erringen; Erleichterung, als es ihm glückte, und stille Zufriedenheit. Aber nicht mehr; keine Liebe, keine Verzweiflung – keine nagende, bohrende Erinnerung.

ACHTES KAPITEL

Man schrieb den fünfzehnten Juni. Bis zum Prozeß war es noch knapp eine Woche, die Zeitungen hatten das Thema Carlyon wieder aufgenommen. Es wurde heftigst über mögliche Enthüllungen spekuliert, über eventuelle Überraschungszeugen von Anklage oder Verteidigung, über etwaige neue Erkenntnisse über den Charakter der Betroffenen. Thaddeus Carlyon war ein Idol gewesen. Daß er unter solchen Umständen ermordet worden war, schockierte die Leute zutiefst. Es mußte eine Erklärung geben, die ihre Überzeugungen wieder ins Lot brachte.

Hester wurde ein weiteres Mal zum Essen zu den Carlyons gebeten. Nicht weil sie als enge Freundin der Familie betrachtet wurde, die man auch in so schweren Zeiten gern sah, sondern weil sie es gewesen war, die Oliver Rathbone empfohlen hatte. Man wollte mehr über ihn erfahren, insbesondere wie er die Verteidigung aufzubauen gedachte.

Die Stimmung bei Tisch war von Unbehagen geprägt. Hester hatte die Einladung angenommen, obwohl sie nichts Neues über Rathbone zu berichten hatte. Sie konnte sich lediglich auf seine Integrität und seine früheren Erfolge berufen, die zumindest Peverell bereits bekannt sein durften. Doch sie hatte die Hoffnung nicht aufgegeben, vielleicht eine winzige Spur zu entdecken, die sie in Verbindung mit den restlichen Fakten zum wahren Motiv für den Mord führen würde. Mußte nicht alles, was sie über den General erfuhr, irgendwie von Nutzen sein?

»Ich wünschte, ich wüßte mehr über diesen Rathbone«, sagte Randolf verdrießlich und starrte die Tafel entlang, ohne jemanden Speziellen anzusehen. »Wer ist er? Woher kommt er?«

»Was in aller Welt spielt das für eine Rolle, Papa?« fragte Edith verständnislos. »Er ist der beste Anwalt, den es gibt. Wenn jemand Alexandra helfen kann, dann er.«

»Alexandra helfen!« schnaubte er verächtlich, die Brauen unheilvoll zusammengezogen. »Mein liebes Kind, Alexandra hat deinen Bruder aus der verrückten Vorstellung heraus ermordet, er hätte eine Liebesbeziehung zu einer anderen Frau gehabt. Wäre dem tatsächlich so gewesen, hätte sie es wie eine Dame hinnehmen und Stillschweigen bewahren sollen. Wie wir jedoch alle wissen, beruhte diese Ausnahme lediglich auf ihrer Einbildung.« Seine Stimme klang gramgebeugt. »Nichts auf der Welt schickt sich weniger für eine Frau als Eifersucht. Das ist schon vielen zum Verhängnis geworden, die ansonsten einen mehr als annehmbaren Charakter hatten. Daß sie es bis zum Extrem getrieben und einen der prächtigsten Männer seiner Generation getötet hat, ist eine komplette Tragödie.«

»Wir müssen unbedingt wissen«, sagte Felicia leise, »welche Andeutungen und Anspielungen er voraussichtlich machen wird, um sie zu verteidigen.« Sie wandte sich an Hester. »Sie sind mit dem Mann vertraut, Miss Latterly.« Dann fing sie Damaris' Blick auf und meinte steif: »Ich bitte vielmals um Vergebung. *Vertraut* war etwas unglücklich formuliert. So war es nicht gemeint.« Ihr Blick war kalt und direkt. »Sie sind hinreichend mit ihm bekannt, um ihn uns empfohlen zu haben. Bis zu welchem Grad können Sie für seinen ... seinen sittlichen Anstand garantieren? Können Sie uns versichern, daß er unseren Sohn nicht verleumden wird, um eine vermeintliche Rechtfertigung für Alexandras Tat zu bieten?«

Hester war verblüfft. Damit hatte sie zwar nicht gerechnet, doch nach kurzer Überlegung verstand sie ihre Besorgnis. Die Frage war nicht dumm.

»Ich bin in keiner Weise für sein Verhalten verantwortlich«, gab sie ernst zurück. »Nicht einer von uns hier hat ihn engagiert, sondern Alexandra selbst.« Sie war sich Felicias Kummer deutlich bewußt. Die Tatsache, daß sie diese Frau nicht mochte, trübte weder ihr Wahrnehmungsvermögen, noch schmälerte es ihr Mitleid. »Aber einen unbelegbaren Vorwurf gegen den General zu erheben, wäre nicht in ihrem Interesse«, fuhr sie fort. »Es würde die Geschworenen vermutlich nur gegen sie einnehmen. Selbst wenn der General ein ganz gemeiner, rücksichtsloser, brutaler und widerwärtiger Mensch gewesen wäre, hätte es wenig Sinn, das vorzubringen. Sofern er weder ihr Leben noch das ihres Kindes bedroht hat, würde es niemals als Entschuldigung akzeptiert.«

Felicia ließ sich erleichtert zurücksinken.

»Das ist gut – und in Anbetracht der Umstände wohl alles, worauf wir hoffen können. Wenn er nur einen Funken Verstand besitzt, wird er auf Unzurechnungsfähigkeit plädieren und sie der Gnade des Gerichts überlassen.« Felicia schluckte mühsam, wodurch sich ihr Kinn ein wenig hob; ihre tiefblauen Augen waren ins Leere gerichtet. »Thaddeus war ein rücksichtsvoller Mann, ein Gentleman in jeder Beziehung.« Ihre Stimme war vor Ergriffenheit rauh. »Nie hat er die Hand gegen sie erhoben, nicht einmal dann, wenn sie ihn furchtbar provoziert hat – und weiß Gott, das hat sie! Sie war launisch und herzlos und hat sich geweigert einzusehen, daß er sie für eine Weile verlassen mußte, weil sein Dienst an Königin und Vaterland ihn ins Ausland geführt hat.«

»Sie sollten ein paar der Kondolenzschreiben sehen, die wir erhalten haben«, fügte Randolf seufzend hinzu. »Erst heute früh bekamen wir eins von einem Feldwebel, der mit ihm in der indischen Armee war. Hat's gerade erst gehört, der arme Kerl. War am Boden zerstört. Schrieb, Thaddeus wäre der beste Offizier gewesen, mit dem er je gedient hätte. War ganz begeistert von seinem Mut, von seiner beflügelnden Wirkung auf die Soldaten.« Er blinzelte heftig, und sein Kopf sank noch etwas tiefer auf seine Brust. Seine Stimme klang belegt, aber Hester konnte nicht genau sagen, ob das ausschließlich an seinem Kummer oder an Kummer gemischt mit Selbstmitleid lag. »Konnte nicht vergessen, wie er die Männer bei Laune gehalten hat, als sie mal von einem Haufen Wilder eingekesselt waren, die wie die Berserker herumgebrüllt haben.« Er starrte in die Ferne, als sähe er eine unter der indischen Sonne glühende Ebene und nicht das Büfett mit dem erlesenen Coalportporzellan. »Hatten fast keine Munition mehr und warteten auf den Tod.

Schrieb, Thaddeus hätte ihnen Mut zugesprochen, ihnen gesagt, sie sollten stolz auf ihr Vaterland sein und ihr Leben in Freuden dafür geben.« Er seufzte wieder.

Peverell lächelte wehmütig. Edith schnitt eine Grimasse, teils aus Trauer, teils aus Verlegenheit.

»Das muß ein großer Trost für Sie sein«, bemerkte Hester und registrierte im selben Moment, wie hohl ihre Wort klangen. »Ich meine zu wissen, daß man ihn sosehr bewundert hat.«

»Das wußten wir auch so«, erwiderte Felicia, ohne sie anzusehen. »Alle haben Thaddeus bewundert. Er war ein Vorbild. Für seine Offiziere war er ein Held, seine Truppen wären ihm überallhin gefolgt. Er besaß großes Talent zur Menschenführung, verstehen Sie?« Ihr Blick schweifte zu Hester. »Er war immer gerecht, deshalb waren ihm seine Männer treu ergeben. Feigheit und Unehrlichkeit hat er bestraft – Mut, Ehrenhaftigkeit und Pflichtgefühl belohnt. Er sprach niemandem seine Rechte ab und ließ keinen Mann vors Militärgericht stellen, es sei denn, er war von dessen Schuld überzeugt. Er hielt strenge Disziplin, aber seine Männer liebten ihn dafür.«

»So muß das auch sein in der Armee«, fügte Randolf hinzu, während er Hester wütend anfunkelte. »Haben Sie eine Vorstellung, was passiert, wenn keine Disziplin mehr herrscht, Mädchen? Die Armee fällt unter Beschuß auseinander! Jeder kämpft für sich allein. Unbritisch! Gräßlich! Ein Soldat muß seinem Vorgesetzten jederzeit Gehorsam leisten – auf der Stelle.«

»Ja, ich weiß«, sagte Hester gedankenlos, jedoch aus tiefster Überzeugung. »Manchmal endet es in Ruhm und Ehren, manchmal in einem unverzeihlichen Fiasko.«

Randolfs Miene verfinsterte sich. »Was zum Teufel soll das heißen, Mädchen? Was verstehen Sie denn schon davon? Verdammte Impertinenz! Nur damit Sie es wissen: Ich habe im Peninsularkrieg und bei Waterloo gegen den französischen Kaiser gekämpft – und ihn geschlagen.«

»Ja, Colonel Carlyon.« Sie erwiderte seinen Blick, ohne mit der Wimper zu zucken. Irgendwie tat er ihr leid; er war alt, wirrköpfig, seines Sohnes beraubt und wurde allmählich mehr als nur ein bißchen rührselig. Dennoch verteidigte sie ihren Boden wie ein Soldat. »Und diese Feldzüge waren wirklich grandios, nichts hat sich in der Geschichte unseres Landes mehr hervorgetan. Aber die Zeiten haben sich geändert, und einige unserer Generäle sind nicht mit ihnen gegangen. Auf der Krim haben sie dieselben Strategien angewandt, doch sie reichten leider nicht mehr aus. Der blinde Gehorsam eines Soldaten ist nur so gut wie das Einschätzungsvermögen und die Kriegslist seines Vorgesetzten.«

»Thaddeus war brillant«, bemerkte Felicia eisig. »Er hat nie eine bedeutende Schlacht verloren, und kein Soldat mußte sein Leben lassen, weil er etwa inkompetent gewesen wäre.«

»Mit Sicherheit nicht«, fügte Randolf bestätigend hinzu, während er sich, von einem plötzlichen Schluckauf befallen, ein Stück tiefer gleiten ließ.

»Wir wissen alle, daß er ein hervorragender Soldat war, Papa«, sagte Edith ruhig. »Und ich bin froh, daß wir Briefe von ehemaligen Mitsoldaten bekommen haben, in denen sie uns ihre tiefe Anteilnahme ausdrücken. Es ist wunderbar, wenn ein Mensch sosehr bewundert worden ist.«

»Er wurde mehr als bewundert«, korrigierte Felicia hastig. »Er wurde geliebt.«

»Die Nachrufe waren ausgezeichnet«, warf Peverell ein. »Nur wenigen Männern ist nach ihrem Hinscheiden solche Hochachtung entgegengebracht worden.«

»Es ist furchtbar, daß dieses ganze Desaster überhaupt erst soweit gedeihen konnte«, sagte Felicia mit angespanntem Gesicht. Sie blinzelte, als müsse sie die Tränen zurückdrängen.

»Was meinst du damit?« Damaris schaute sie perplex an. »Gedeihen wozu?«

»Zu einem Prozeß natürlich. Der Fall hätte schon längst erledigt sein sollen.« Sie wandte sich an Peverell. »Das ist deine Schuld. Ich habe eigentlich erwartet, daß du alles regelst und dafür sorgst, daß Thaddeus' Andenken nicht Gegenstand niederträchtiger Spekulationen wird und daß Alexandras Wahnsinn und – man muß es einmal aussprechen – Boshaftigkeit sich nicht zur öffentlichen Sensation für den Abschaum der Gesellschaft entwickelt. Als Anwalt hättest du es verhindern können, und als ein Mitglied dieser Familie hättest du eigentlich von selbst auf die Idee kommen und es tun müssen.«

»Du bist ungerecht«, protestierte Damaris sofort; ihre Wangen brannten, ihre Augen glitzerten. »Nur weil man Anwalt ist, heißt das noch lange nicht, daß man mit dem Gesetz machen kann, was man will. Es ist sogar genau andersherum. Peverell hat eine Verantwortung und eine Verpflichtung gegenüber dem Gesetz, die wir nicht haben. Ich wüßte wirklich gern, was er deiner Meinung nach hätte tun sollen!«

»Alexandra für geistesgestört und verhandlungsunfähig erklären, zum Beispiel«, versetzte Felicia. »Statt sie zu ermuntern, einen Anwalt zu engagieren, der unser Privatleben in aller Öffentlichkeit breittreten und unsere intimsten Gefühle vor dem gemeinen Volk zur Schau stellen wird, damit es sich ein Urteil über eine sattsam bekannte Tatsache bilden kann – daß Alexandra Thaddeus ermordet hat. Um Himmels willen, sie streitet es ja nicht einmal ab!«

Cassian saß kreidebleich da, die Augen unverwandt auf seine Großmutter geheftet.

»Warum?« durchschnitt sein zaghaftes Stimmchen das Schweigen.

Hester und Felicia antwortete gleichzeitig.

»Das wissen wir nicht«, sagte Hester.

»Weil sie krank ist«, übertönte Felicia ihre Worte. Sie drehte sich zu ihrem Enkel um. »Es gibt körperliche und geistige Gebrechen. Deine Mutter hat einen kranken Geist, und das hat sie dazu getrieben, etwas sehr Schlimmes zu tun. Es ist besser, du versuchst nicht mehr daran zu denken.« Sie streckte zögernd die Hand nach ihm aus, änderte jedoch ihre Meinung. »Natürlich wird das nicht einfach sein, aber du bist ein Carlyon, und du bist tapfer. Denke immer daran, was für ein großartiger Mann dein Vater war und wie stolz er auf dich gewesen ist. Werde so wie er.« Für einen kurzen Moment versagte ihre Stimme; sie kämpfte mit den Tränen. Dann bekam sie sich unter größter, sichtlich qualvoller Anstrengung wieder in die Hand. »Du schaffst es. Wir werden dir helfen, dein Großvater und ich und deine Tanten.«

Cassian blieb stumm, drehte sich jedoch um und warf seinem Großvater aus traurigen Augen einen überaus vorsichtigen Blick zu. Dann verzog sich sein Gesicht langsam zu einem scheuen, verunsicherten Lächeln. Seine Augen füllten sich mit Tränen. Er schniefte heftig, schluckte, und alle wandten sich ab, als wollten sie nicht aufdringlich erscheinen.

»Werden sie ihn in den Zeugenstand rufen?« fragte Damaris besorgt.

»Selbstverständlich nicht«, tat Felicia die Idee als vollkommen absurd ab. »Was in aller Welt sollte er schon wissen?«

Damaris wandte sich mit fragendem Blick an Peverell.

»Ich weiß es nicht«, antwortete der. »Aber ich bezweifle es.«

Felicia stierte ihn an. »Großer Gott, tu endlich etwas Sinnvolles! Verhindere es! Er ist erst acht Jahre alt!«

»Ich kann es nicht verhindern, Schwiegermama«, erwiderte Peverell geduldig. »Wenn Anklage oder Verteidigung ihn vorladen, wird der Richter entscheiden, ob er als Zeuge zulässig ist. Entscheidet er sich dafür, muß Cassian aussagen.«

»Du hättest nicht zulassen dürfen, daß es zum Prozeß kommt«, wiederholte sie wutentbrannt. »Sie hat gestanden. Wem nützt es noch, wenn die ganze unglückselige Geschichte vor Gericht ausgebreitet wird? Man wird sie so oder so hängen.« Ihr Blick wurde hart, ihre Augen schweiften über die Tischgesellschaft. »Und du sieh mich nicht so an, Damaris! Eines Tages muß das arme Kind es erfahren! Vielleicht ist es besser, wir machen ihm erst gar nichts vor und er erfährt es schon jetzt. Wenn Peverell dafür gesorgt hätte, daß man sie nach Bedlam bringt, müßten wir uns mit diesem Problem gar nicht erst herumschlagen.«

»Wie hätte er das tun sollen?« warf Damaris herausfordernd ein. »Er ist kein Arzt.«

»Ich glaube sowieso nicht, daß sie verrückt ist«, schaltete Edith sich ein.

»Sei still!« fuhr Felicia sie an. »Niemand interessiert sich für das, was du glaubst. Warum hätte sie deinen Bruder sonst umbringen sollen?«

»Das weiß ich auch nicht«, gab Edith zu. »Aber sie hat das Recht, sich zu verteidigen. Und ich finde, Peverell, wir, überhaupt jeder sollte ihr wünschen, daß es auch dazu kommt.«

»Deine erste Sorge sollte deinem Bruder gelten«, schimpfte Felicia erbost. »Und die zweite der Familienehre. Ich bin mir darüber im klaren, daß du noch sehr jung warst, als er der Armee beigetreten ist, aber du kanntest ihn. Du wußtest, was für ein tapferer und ehrenwerter Mann er war.« Zum erstenmal in Hesters Gegenwart begann Felicias Stimme zu zittern. »Hast du denn kein Herz? Ist sein Andenken nicht mehr für dich als eine kluge Gedankenübung bezüglich der Rechtslage? Wo hast du nur deine Gefühle gelassen, Kind?«

Edith schoß das Blut ins Gesicht; sie sah richtig elend aus.

»Ich kann Thaddeus jetzt nicht mehr helfen, Mama.«

»Nun, Alexandra kannst du noch weniger helfen«, stellte Felicia ungerührt fest.

»Wir wissen, daß Thaddeus ein guter Mensch war«, sagte Damaris sanft. »Edith weiß das selbstverständlich auch. Sie ist nur viel jünger und kannte ihn nicht so gut wie ich. Für sie war er nicht mehr als ein fremder junger Mann in Uniform, den alle in den höchsten Tönen gelobt haben. Aber ich habe selbst erlebt, wie gütig er sein konnte, wie verständnisvoll. Und obwohl er seinen Männern eiserne Disziplin abverlangte, keinerlei Zugeständnisse machte und sich immer an die Vorschriften hielt, ging er privat mit den Menschen mitunter ganz anders um, das habe ich selbst erfahren. Er war . . .« Sie brach jäh ab, verzog das Gesicht zu einem verzerrten Lächeln, stieß so etwas wie ein Seufzen aus und biß sich auf die Lippe. Ihre Miene verriet unsäglichen Schmerz. Peverells Blick wich sie geflissentlich aus.

»Wir sind uns deiner Wertschätzung deines Bruders bewußt, Damaris«, bemerkte Felicia kaum hörbar. »Ich denke allerdings, du hast genug gesagt. Diese spezielle Episode sollte besser nicht zur

Sprache kommen – wie du mir zweifellos zustimmen wirst?« Randolf schien einigermaßen verwirrt. Er machte Anstalten, etwas zu sagen, ließ es dann aber bleiben. Ihm hörte ohnehin keiner zu.

Ediths Blick flog von Damaris zu ihrer Mutter und wieder zurück.

Peverell schien seine Frau ansprechen zu wollen, da sie jedoch überall hinsah, nur nicht zu ihm, besann auch er sich eines Besseren.

Damaris starrte ihre Mutter an, als wäre sie plötzlich von einer Erkenntnis überfallen worden, die ihr Fassungsvermögen bei weitem überstieg. Sie blinzelte, runzelte die Stirn und konnte nicht aufhören zu starren.

Felicia hielt diesem bohrenden Blick mit einem winzigen, sarkastischen Lächeln vollkommen ungerührt stand.

Nach und nach wich die Verblüffung aus Damaris' sensiblen, aufgewühlten Zügen und machte einer anderen, noch stärkeren Gemütsregung Platz. Hester war beinah sicher, daß es sich dabei um Furcht handelte.

»Ris?« fragte Edith behutsam. Sie verstand zwar nicht, warum, spürte jedoch sehr deutlich, daß ihre Schwester auf bittere, einsame Weise litt und wollte ihr helfen.

»Sicher«, sagte Damaris langsam, ohne den Blick von ihrer Mutter zu wenden. »Ich hatte nicht die Absicht, es zur Sprache zu bringen.« Sie schluckte schwer. »Mir ist nur gerade eingefallen, wie . . . wie hilfsbereit Thaddeus sein konnte. Der Moment erschien mir so passend, auch . . . auch daran zu denken.«

»Schön, du hast daran gedacht«, stellte Felicia klar. »Du hättest es besser im stillen tun sollen, doch da du es nun einmal ausgesprochen hast, würde ich an deiner Stelle die Angelegenheit jetzt als erledigt betrachten. Deine Worte hinsichtlich der Tugenden deines Bruders wissen wir alle zu schätzen.«

»Ich habe keine Ahnung, wovon ihr eigentlich sprecht«, beschwerte sich Randolf mit Schmollmiene.

»Über Hilfsbereitschaft.« Felicia warf ihm einen gequält geduldigen Blick zu. »Damaris sagte soeben, daß Thaddeus zuweilen überaus hilfsbereit sein konnte. Das gerät manchmal in Vergessenheit, wenn wir so eifrig davon reden, was für ein tapferer Soldat er war.« Ihre Züge wurden erneut und ohne Vorwarnung von tiefer Ergriffenheit überspült. »Man sollte sich an sämtliche Qualitäten eines Menschen erinnern, nicht nur an die öffentlich bekannten«, schloß sie rauh.

»Selbstverständlich.« Randolf schaute sie verdrossen an. Er wußte sehr gut, daß man ihn kaltgestellt hatte, doch nicht inwiefern und noch weniger warum. »Das bestreitet ja auch niemand.«

Felicia hielt die Angelegenheit damit für hinreichend geklärt. Sie hatte ganz offensichtlich nicht die Absicht, ihm Hilfestellung zu leisten, wenn er nicht von selbst verstand. Die Ergriffenheit war verschwunden, ihr Mienenspiel wieder absolut beherrscht.

»Da Eifersucht, wie mein Mann bereits sehr richtig festgestellt hat, eine der schrecklichsten und unverständlichsten menschlichen Regungen ist, Miss Latterly«, sie wandte sich zu Hester um, »die einer Frau noch erheblich schlechter zu Gesicht steht als einem Mann, wüßten wir gern, worauf dieser Mr. Rathbone seine Verteidigung eigentlich aufzubauen gedenkt.« Sie maß Hester mit einem ähnlich kühlen, unerschrockenen Blick, wie sie ihn vermutlich vor dem Richter selbst an den Tag gelegt hätte. »Er ist hoffentlich nicht so unbesonnen, die Schuld woanders zu suchen und zu behaupten, sie hätte es gar nicht getan?«

»Das wäre sinnlos«, gab Hester zurück. Sie merkte, wie Cassian sie mit mißtrauischer, fast feindseliger Miene beobachtete. »Sie hat ein Geständnis abgelegt. Außerdem existieren unwiderlegbare Beweise für ihre Schuld. Die Verteidigung muß sich auf die Umstände, auf ihre Beweggründe stützen.«

»Oh, allerdings.« Felicias Brauen hoben sich bis zum Anschlag. »Und welcher Grund, glaubt dieser Mr. Rathbone, würde eine solche Tat entschuldigen? Und wie, bitte, gedenkt er es zu beweisen?«

»Das weiß ich nicht.« Hester erwiderte ihren Blick mit einer Selbstsicherheit, die meilenweit entfernt war von dem, was sie tatsächlich empfand. »Es ist nicht mein Privileg, über seine Vorgehensweise unterrichtet zu sein, Mrs. Carlyon. Ich bin an dieser Tragödie in keiner Weise beteiligt – höchstens als gute Bekannte von Edith und, wie ich hoffe, auch von Ihnen. Als ich Ihnen Mr. Rathbone empfohlen habe, wußte ich noch nicht, daß Alexandra die Tat zweifelsfrei begangen hat. Und selbst wenn ich es gewußt hätte, hätte ich nicht anders gehandelt. Sie braucht einen Anwalt, der sie vertritt, ganz gleich, in welcher Lage sie sich befindet.«

»Sie braucht gewiß niemanden, der sie dazu überredet, einen aussichtslosen Kampf zu führen«, versetzte Felicia eisig. »Oder sie zu der Annahme verleitet, sie könne ihrem Schicksal entfliehen. Es ist unnötig grausam, Miss Latterly, ein bereits bezwungenes Wesen zusätzlich zu quälen und seinen Tod hinauszuzögern, nur um die schaulustige Menge zu unterhalten!«

Hester stieg siedendheiß das Blut in die Wangen, aber ihre Gewissensbisse waren zu groß, als daß ihr ein Dementi eingefallen wäre.

Schließlich kam Peverell ihr zu Hilfe.

»Würdest du alle Angeklagten sofort hinrichten lassen, Schwiegermama, um ihnen den eventuell schmerzhaften Kampf ums Überleben zu ersparen? Ich bezweifle, daß sie diesen Weg wählen würden.«

»Und woher willst du das wissen?« fragte sie in herausforderndem Ton zurück. »Vielleicht hätte Alexandra genau das vorgezogen. Nur hast du ihr diese Möglichkeit dank deiner Einmischung erfolgreich genommen.«

»Wir haben ihr einen Strafverteidiger vorgeschlagen«, erwiderte Peverell. Er hatte offenbar nicht die Absicht, das Feld so schnell zu räumen. »Wir haben ihr nicht vorgeschrieben, worauf sie plädieren soll.«

»Und warum nicht? Hätte sie auf schuldig plädiert, wäre diese ganze traurige Geschichte vielleicht schon vorbei. Jetzt werden wir der Verhandlung beiwohnen und unter Aufbietung unserer gesamten Würde Haltung bewahren müssen. Du wirst vermutlich aussagen, da du bei dieser unglückseligen Party zugegen warst?«

»Ja. Mir bleibt keine andere Wahl.«

»Für die Anklage?«

»Ja.«

»Nun, wenn du in den Zeugenstand gehst, bleibt Damaris hoffentlich davon verschont. Das wäre immerhin etwas. Von welchem Nutzen deine Aussage allerdings sein könnte, ist mir ein Rätsel.« Ihre Stimme besaß einen fragenden Beiklang. Hester, die ihr angespanntes Gesicht und ihre glitzernden Augen aufmerksam beobachtete, war sicher, daß sie zum einen liebend gern wissen wollte, was Peverell vor Gericht zu sagen gedachte. Zum anderen verwies sie ihn warnend auf die unsichtbaren, zu Loyalität und Verantwortungsgefühl verpflichtenden Familienbande, die zu stark waren, um durch einen einzigen Zwischenfall auf die Probe gestellt oder zerrissen werden zu können.

»Mir ebenfalls, Schwiegermama«, stimmte er zu. »Wahrscheinlich will man lediglich von mir wissen, wer wann wo gewesen ist. Und vielleicht die Bestätigung, daß Alex und Thaddeus offensichtlich eine Meinungsverschiedenheit hatten – sowie daß Louisa mit Thaddeus allein nach oben ging, woraufhin Alex ziemlich außer sich war.«

»Das willst du sagen?« fragte Edith entsetzt.

»Mir wird nichts anderes übrigbleiben, wenn man mich danach fragt«, meinte er ein wenig kleinlaut. »Es ist die Wahrheit.«

»Aber Pev...«

Er lehnte sich vor. »Das ist ihnen nicht neu, Edith. Maxim und Louisa waren da, sie werden dasselbe bezeugen. Genau wie Fenton Pole, Charles und Sarah Hargrave...«

Damaris wurde leichenblaß. Edith vergrub das Gesicht in den Händen.

»Das wird grauenhaft!«

»Selbstverständlich wird es grauenhaft«, bestätigte Felicia dumpf. »Deshalb müssen wir uns auch sorgfältig überlegen, was wir aussagen werden. Wir dürfen nichts Boshaftes oder Charakterloses von uns geben – was immer wir auch empfinden mögen –, müssen uns strikt an die Wahrheit halten, die Fragen genau und präzise beantworten und zu keiner Zeit vergessen, wer wir sind!«

Damaris schluckte krampfhaft.

Cassian starrte sie mit riesengroßen Augen und offenem Mund an.

Randolf richtete sich ein wenig auf.

»Wir dürfen auf keinen Fall unsere persönliche Meinung zum Ausdruck bringen«, fuhr Felicia fort. »Vergeßt nicht, daß die Regenbogenpresse jedes einzelne Wort – wahrscheinlich verzerrt – wiedergeben wird. Das Urteil könnt ihr nicht beeinflussen, eure Haltung und eure Ausdrucksweise jedoch sehr wohl. Seht zu, daß ihr nicht lügt, keine Ausflüchte anbringt, nicht kichert, ohnmächtig werdet, in Tränen ausbrecht oder eurem Namen sonstwie Schande macht, indem ihr euch nicht wie die Damen von Stand benehmt, die ihr seid – beziehungsweise Herren, wie in diesem speziellen Fall. Zwar ist Alexandra diejenige, die auf der Anklagebank sitzt, aber unsere ganze Familie wird auf dem Prüfstand stehen.«

»Ich danke dir, meine Liebe.« Randolf betrachtete sie mit einer Mischung aus Verbundenheit, Dankbarkeit und sonderbarer Ehrfurcht, die Hester für einen verrückten Moment beinah an Angst zu grenzen schien. »Du hast wie immer genau das richtige getan.«

Felicia schwieg. Ein Hauch von Schmerz geisterte über ihre maskenhaften Züge, war jedoch sogleich wieder verschwunden. Sie schwelgte nicht in derartigen Gefühlen; sie konnte es sich nicht leisten.

»Ja, Mama«, versicherte Damaris ergeben. »Wir werden unser Bestes tun, um unsrer Pflicht mit Würde und Aufrichtigkeit nachzukommen.«

»Du wirst kaum eine Vorladung erhalten«, sagte Felicia, aber ihre Stimme wurde ein wenig weicher. Ihre Blicke kreuzten sich für einen Moment. »Man wird jedoch zweifellos Notiz von dir nehmen, solltest du freiwillig zur Verhandlung erscheinen, und dann dauert es gewiß nicht mehr lange, bis irgendein Übereifriger dich als eine Carlyon erkannt hat.«

»Gehe ich auch hin, Großmutter?« fragte Cassian mit aufgewühlter Miene.

»Nein, mein Lieber, auf gar keinen Fall. Du wirst hier bei Miss Buchan bleiben.«

»Rechnet Mama nicht damit, daß ich komme?«

»Nein. Sie möchte bestimmt, daß du zu Hause bist, wo es dir gutgeht. Wir werden dir alles Wichtige erzählen.« Felicia konzentrierte sich wieder auf Peverell und besprach mit ihm das Testament des Generals. Es war ein leicht verständliches Dokument, das nur geringer Erklärung bedurfte, und wurde vermutlich nur deshalb von ihr zur Sprache gebracht, um alle anderen Themen endgültig abzuschließen.

Man widmete sich wieder dem Essen, das bis dahin rein mechanisch vonstatten gegangen war. So hatte Hester denn auch nicht die leiseste Ahnung, wie viele oder welche Gänge bislang aufgetragen worden waren.

Ihre Gedanken kreisten um Damaris und die intensive, fast leidenschaftliche Gefühlsaufwallung, die sich in ihrer Miene abgezeichnet hatte: der plötzliche Umschwung von Betroffenheit über Verwunderung in Furcht, dann der tiefe Schmerz.

Laut Monk hatten mehrere Personen bestätigt, daß sie sich am Mordabend in einem an Hysterie grenzenden emotionalen Aufruhr befunden hatte und Maxim Furnival gegenüber ausgesprochen beleidigend gewesen war.

Warum? Peverell schien weder den Grund dafür zu kennen, noch hatte er ihr Trost oder Beistand bieten können.

War es denkbar, daß sie von einer bevorstehenden Gewalttat, vielleicht sogar dem Mord gewußt hatte? War sie am Ende gar Zeugin des Vorfalls geworden? Nein – niemand hatte der Szene beigewohnt, und Damaris war schon lange, bevor Alexandra Thaddeus nach oben gefolgt war, von irgend etwas furchtbar gequält worden. Und warum dieser Groll auf Maxim?

Kannte sie möglicherweise das wahre Motiv für den Mord, wenn die unsinnige Eifersucht tatsächlich ausfiel, auf die Alexandra sich so versteift hatte? Hatte sie in dem Fall vorausgesehen, worin das Ganze enden würde?

Wieso hatte sie nichts gesagt? Wieso hatte sie nicht darauf vertraut, es mit Peverells Hilfe verhindern zu können? Daß Peverell keine Ahnung von ihrem Problem hatte, war offensichtlich; die Art, wie er sie ansah, wie er zum Sprechen ansetzte und dann jäh verstummte, sprach Bände.

War es dasselbe Grauen, derselbe Zwang oder dieselbe Furcht, die Alexandra selbst im Angesicht des Galgenbaums schweigen ließ?

Fast wie betäubt erhob sich Hester von ihrem Platz und ging gemeinsam mit Edith langsam zu deren Wohnzimmer hinauf. Damaris und Peverell bewohnten einen eigenen Flügel des Hauses und zogen es größtenteils vor, sich dort aufzuhalten, statt mit dem Rest der Familie in den Gemeinschaftsräumen zusammenzusitzen. Hester fand ohnehin, daß es außerordentlich geduldig und aufopferungsvoll von Peverell war, überhaupt in Carlyon House zu leben; doch vielleicht fehlten ihm die Mittel, um Damaris anderswo einen vergleichbaren Lebensstil bieten zu können. Es war schon ein merkwürdiger Zug an Damaris, daß sie lieber hier in diesem Überfluß verharrte, als sich – um den relativ geringen Preis eines bescheidenen Haushalts – für Unabhängigkeit und Privatsphäre zu entscheiden. Da Hester sich jedoch mit einem Leben in Luxus nicht auskannte, konnte sie nur schlecht beurteilen, wie groß die Gefahr der Abhängigkeit war.

Sobald die Tür hinter ihnen zugefallen war, warf Edith sich auf das größte Sofa und setzte sich ohne Rücksicht auf elegante Haltung oder ruinierte Röcke in den Schneidersitz. Ihr denkwürdiges Gesicht mit der Hakennase und dem weichen Mund war hochgradig bestürzt.

»Hester, das wird furchtbar!«

»Sicher«, bestätigte diese ruhig. »Wie immer der Prozeß auch ausgehen mag, er wird scheußlich. Ein Mensch wurde ermordet. Das kann nur eine Tragödie sein, egal, wer es getan hat oder aus welchem Grund.«

»Ja, warum.« Edith umschlang ihre Knie und starrte auf den Boden. »Nicht einmal das wissen wir, stimmt's.« Es war keine Frage.

»Wir nicht«, sagte Hester nachdenklich, während sie die Freundin aufmerksam beobachtete. »Aber hältst du vielleicht für möglich, daß Damaris es weiß?«

Edith schreckte hoch und starrte sie mit weit aufgerissenen Augen an. »Damaris? Wieso? Wie sollte sie? Warum sagst du das?«

»Irgend etwas hat sie an jenem Abend stark belastet. Sie war vor Erregung wie rasend – fast hysterisch, heißt es.«

»Wer behauptet das? Pev hat nichts dergleichen erwähnt.«

»Er scheint den Grund dafür auch nicht zu kennen«, gab Hester zurück. »Laut Monks Nachforschungen war Damaris jedenfalls schon recht früh – lange bevor der General ermordet wurde – so außer sich, daß sie sich kaum noch beherrschen konnte. Ich weiß nicht, warum ich jetzt erst darauf komme, aber vielleicht kannte sie das Motiv für den Mord. Vielleicht hat sie sogar befürchtet, daß einer geschehen würde.«

»Aber wenn sie damit gerechnet hat . . .« Ediths Gesicht füllte sich mit Besorgnis und aufkommendem Entsetzen. »Nein – sie hätte es verhindert! Soll – soll das etwa heißen, Damaris hätte etwas mit der Sache zu tun?«

»Nein. Überhaupt nicht«, beruhigte Hester sie schleunigst. »Ich meine nur, daß sie vielleicht geahnt hat, was passieren würde, weil das, was ihr so furchtbar zu schaffen machte, möglicherweise dasselbe war, was Alexandra zu der Tat veranlaßt hat. Und wenn dieser Grund derartiger Geheimhaltung bedarf, daß Alexandra lieber stirbt, als ihn preiszugeben, würde Damaris ihre Gefühle vermutlich respektieren und das Geheimnis wahren.«

»Ja«, sagte Edith bedächtig. Sie war leichenblaß. »Ja, das würde sie. Das würde ihrer Auffassung von Ehrgefühl entsprechen. Aber was könnte es sein? Ich kann mir absolut nichts vorstellen, das so – so schrecklich ist, so grauenhaft . . .« Sie verstummte kläglich, unfähig, ihre Gedanken in die richtigen Worte zu kleiden.

»Ich auch nicht. Aber es existiert – es muß existieren. Weshalb sollte Alexandra sonst so hartnäckig schweigen?«

»Ich habe keine Ahnung.« Edith legte den Kopf auf die Knie.

In dem Moment ertönte ein nervöses, nachdrückliches Klopfen. Edith blickte überrascht auf. Dienstboten klopften nicht.

»Ja?« Sie entwirrte ihre Beine und stellte die Füße auf den Boden. »Herein.«

Die Tür schwang auf. Cassian stand auf der Schwelle, bleichgesichtig und verstört.

»Tante Edith, Miss Buchan und die Köchin streiten schon wieder!« Seine Stimme klang brüchig und ein wenig schrill. »Die Köchin hat ein Tranchiermesser!«

»Ach . . .« Edith gab ein wenig damenhaftes Schimpfwort von sich und sprang auf. Cassian bewegte sich einen Schritt auf sie zu. Sie legte den Arm um seine schmalen Schultern. »Mach dir keine Sorgen, ich kümmere mich schon darum. Du bleibst hier. Hester . . .«

Hester stand bereits.

»Könntest du bitte mitkommen? Wir sollten besser zu zweit sein, falls es wirklich so schlimm ist, wie Cass sagt. Warte hier, Cass! Es wird schon werden, ich versprech's dir!« Damit marschierte sie zum Zimmer hinaus und über den hinteren Teil der Galerie auf die Dienstbotentreppe zu. Sie waren noch nicht ganz dort angekommen, als sich bereits herauskristallisierte, daß Cassian sich nicht getäuscht hatte.

»Sie ham hier gar nix verlorn, Sie jämmerliches, altes Waschweib! Man hätt Sie auf die Weide schicken sollen, so 'n alter klappriger Gaul wie Sie sind!«

»Und Sie hätte man gleich im Stall lassen sollen, wo Sie hingehören, Sie fette Sau«, schallte es vernichtend zurück.

»Fett also, soso. Und was für 'n Mann würd Sie schon anschaun, Sie altes, dürres Gerippe? Kein Wunder, daß Sie auf andrer Leute Kinder aufpassen müssn! Von Ihnen würd bestimmt keiner welche wolln!«

»Ach, und wo sind Ihre? Ganze Würfe wahrscheinlich! Jedes Jahr einen – kriechen auf allen vieren im Stall herum, würd mich nicht wundern. Mit Rüsseln statt Nasen und Pfoten statt Beinen!«

»Ich schneid Ihnen die Kehle durch, Sie vertrocknetes altes Weib! Ha!«

Ein Kreischen, dann Gelächter.

»Ach, Mist!« stieß Edith verärgert aus. »Das klingt schlimmer als gewöhnlich.«

»Daneben!« kam der Jubelschrei. »Sie besoffenes Schwein! Würden ja nicht mal ein Scheunentor treffen, wenn es direkt vor Ihnen wär, Sie – Sie schielendes Chamäleon!«

»Aaaaah!«

Ein erneutes Kreischen, diesmal vom Küchenmädchen, und ein Schrei vom Lakaien.

Edith stolperte die letzten Stufen hinunter, Hester dicht auf den Fersen. Fast im selben Moment sahen sie die beiden: die kerzengerade Gestalt von Miss Buchan, die ihnen halb seitwärts, halb rückwärts entgegenkam, und ein paar Meter weiter die kugelrunde Köchin, die mit hochrotem Haupt drohend ein Tranchiermesser schwang.

»Ätzvettel!« brüllte sie zornentbrannt, während sie mit dem Messer gefährlich dicht vor dem Gesicht des Lakaien herumfuchtelte, der sie zu bändigen versuchte.

»Fettwanst«, holte Miss Buchan zum Gegenschlag aus und beugte sich vor.

»Schluß jetzt!« rief Edith streng. »Hört sofort auf damit!«

»Die solltn Se ganz schnell loswerden.« Die Köchin starrte Edith aufgebracht an, wedelte mit dem Messer jedoch in Miss Buchans Richtung. »Is nich gut für den armen Jungen. Armer Knirps der.«

Hinter ihnen heulte das Küchenmädchen auf wie eine Sirene und stopfte sich hastig die Zipfel ihrer Schürze in den Mund.

»Sie wissen ja nicht, wovon Sie sprechen, Sie aufgeschwemmte Mastgans, Sie!« schrie Miss Buchan zurück, das hagere, ausgemergelte Gesicht voll Wut. »Sie stopfen ihn nur den ganzen Tag mit Kuchen voll – als ob das was hilft.«

»Ruhe!« fuhr Edith vernehmlich dazwischen. »Alle beide, seid sofort still!«

»Und Sie lassn ihn den ganzen Tag nich aus 'n Augen, Sie runzlige alte Hexe!« Die Köchin ignorierte Edith völlig und setzte ihre Tirade fort. »Lassn ihn überhaupt nich mehr in Ruh, den armen Knirps. Weiß wirklich nich, was mit Ihnen los is.«

»Wissen Sie nicht!« äffte Miss Buchan sie im Keifton nach. »Wissen Sie nicht! Natürlich wissen Sie's nicht, Sie blöder alter Vielfraß. Sie wissen gar nichts! Haben nie was gewußt!«

»Sie auch nich, Sie elendes altes Klappergestell!« Sie begann wieder das Messer zu schwingen. Der Lakai machte einen Satz zurück, strauchelte und verlor das Gleichgewicht. »Hocken den ganzen Tag allein da oben rum und spinnen böse Gedanken«, fuhr die Köchin fort, ohne sich des Dienstbotenauflaufs im Gang bewußt zu sein. »Und dann kommn Se hier runter zu 'n anständigen Leuten und meinen, Sie ham von alles 'ne Ahnung.« Ihr Redefluß war nicht zu bremsen. Edith hätte ebensogut gar nicht da sein können. »Hättn Se bloß vor hundert Jahren gelebt – dann hätt man Se verbrannt, jawoll. Und wär Ihnen ganz recht geschehn. Der arme Knirps. Man sollt Se nich in seine Nähe lassn.«

»Sie haben ja keine Ahnung!« brüllte Miss Buchan zurück. »Genausowenig Ahnung wie Ihre Doppelgänger, die Schweine – schnüffeln den ganzen Tag nach was Eßbarem oder Trinkbarem rum. Denken immer nur an Ihren Bauch. Sie wissen gar nichts! Glauben, wenn ein Kind einen vollen Magen hat, geht's ihm gut. Daß ich nicht lache!« Sie sah sich nach einem werfbaren Gegenstand um, doch da sie auf der Treppe stand, befand sich nichts in erreichbarer Nähe. »Glauben, Sie wissen alles, dabei wissen Sie gar nichts.«

»Still, Buckie!« kreischte jetzt auch Edith.

»Genau, Miss Edith«, feuerte die Köchin sie an. »Sagn Se ihr, dasse ihr übles Mundwerk haltn soll! Die solltn Se ganz schnell loswerdn! Sie rauswerfn am besten! Irre, das isse. All die Jahre mit den Kindern andrer Leute hamse durchdrehn lassn. Die is nich gut für den armen Jungen. Hat seinen Vater und seine Mutter verlorn, der arme Knirps, und jetzt musser sich auch noch mit der alten Hexe rumschlagn. Da musser ja verrückt werdn. Wissn Se, wasse ihm erzählt hat? Wissn Se das?«

»Nein – und ich will es auch nicht wissen«, gab Edith schneidend zurück. »Seien Sie endlich ruhig!«

»Solltn Se aber!« Die Augen der Köchin funkelten böse, ihre Frisur war in Auflösung begriffen. »Und wenn's kein andrer tut, dann tu' ich's eben! Hat das arme Kind so verwirrt, dasses sich gar nich mehr auskennt. Erst erzählt ihm die Oma, daß sein Papa tot is und er seine Mama vergessn muß, weilse 'ne Irre is und hängn muß, weilse 'n umgebracht hat. Was, helf uns Gott, die Wahrheit is!«

Der Lakai hatte sich hochgerappelt und rückte von neuem an. Sie stieß ihn wie nebenbei mit dem Handrücken beiseite.

»Dann kommt dieser verhutzelte alte Klappersack daher«, fuhr sie unbeirrt fort, »und erzählt ihm, daß ihn seine Mama unheimlich liebt und dasse gar kein böses Weib is. Was soller denn da noch glaubn?« Ihre Stimme schwoll an. »Weiß ja gar nich mehr, ob er Männchen is oder Weibchen, wer nu gut is und wer böse, kennt sich überhaupt nich mehr aus!« Sie zog ein feuchtes Geschirrtuch aus der Schürzentasche und schleuderte es nach Miss Buchan.

Es schlug in Miss Buchans Brust ein und glitt zu Boden. Sie ignorierte es völlig. Ihr Gesicht war bleich, ihre Augen glitzerten; ihre dünnen, knochigen Hände waren zu Fäusten geballt.

»Sie häßliche, naseweise alte Ziege«, keifte sie zurück. »Sie begreifen gar nichts! Bleiben Sie lieber bei Ihren Töpfen in der Küche, wo Sie hingehören. Das dreckige Geschirr spülen, das können Sie gut. Die Pfannen schrubben, das Gemüse schneiden, Essen, Essen, Essen! Stopfen Sie ihnen ruhig die Mägen voll – ich kümmere mich um ihren Geist.«

»Buckie, was hast du Master Cassian erzählt?« fragte Edith.

Miss Buchan wurde leichenblaß. »Nur daß seine Mutter kein schlechter Mensch ist, Miss Edith. Man sollte zu keinem Kind sagen, daß seine Mutter schlecht ist und es nicht liebt.«

»Sie hat seinen Vater abgemurkst, Sie blöde alte Kuh!« gellte die Stimme der Köchin durch den Gang. »Sie werdn se hängn dafür. Wie soller das verstehn, wenner nich denkt, dasse schlecht ist, der arme Knirps?«

»Wir werden sehen«, sagte Miss Buchan. »Sie hat den besten Anwalt der ganzen Stadt. Die Sache ist noch nicht gelaufen.«

»Klar isse das«, verkündete die Köchin siegessicher. »Man wirdse hängn, und das zu Recht. Wo kommn wir denn hin, wenn alle Frauen glaubn, se können jederzeit ihre Männer umbringn – und ungeschorn davonkommn?«

»Es gibt Schlimmeres als Mord«, gab Miss Buchan finster zurück. »Und Sie wissen gar nichts.«

»Es reicht jetzt!« Edith ging zwischen die beiden. »Sie kehren sofort in die Küche zurück und machen sich wieder an die Arbeit. Haben Sie mich verstanden?« sagte sie zur Köchin.

»Man solltse ganz schnell loswerdn«, beharrte die und bedachte Miss Buchan über Ediths Schulter hinweg mit einem vernichtenden Blick. »Hörn Se auf mich, Miss Edith, sie is 'ne . . .«

»Es reicht.« Edith nahm die Köchin am Arm, drehte sie gewaltsam um und bugsierte sie die Treppe hinunter.

»Miss Buchan«, nutzte Hester die Gelegenheit, »ich denke, wir gehen jetzt besser. Wenn es heute abend ein Dinner geben soll, muß die Köchin weitermachen.«

Miss Buchan stierte sie an.

»Und außerdem«, fuhr Hester fort, »glaube ich nicht, daß man vernünftig mit ihr reden kann, Sie etwa? Sie hört sowieso nicht zu und selbst wenn, bezweifle ich offen gestanden, ob sie es überhaupt verstehen würde.«

Miss Buchan zögerte, schaute sie begriffsstutzig an, dann der davonziehenden Köchin nach, die Edith fest im Griff hatte; schließlich richtete sich ihr Blick wieder auf Hester.

»Kommen Sie«, drängte Hester. »Wie lange kennen Sie die Köchin schon? Hat sie Ihnen jemals zugehört oder kapiert, wovon Sie sprechen?«

Miss Buchan seufzte; ihre Anspannung ließ allmählich nach. Sie machte kehrt und ging mit Hester die Treppe hinauf. »Noch nie«, meinte sie kraftlos und stieß ein abschließendes »Blöde Kuh!« aus, doch so leise, daß es kaum zu hören war.

Sie ließen die Galerie hinter sich und folgten der Treppe bis zum Schulzimmer und Miss Buchans winzigem Wohnraum hinauf. Hester trat schnell hinter ihr ein und schloß die Tür. Miss Buchan steuerte auf das Mansardenfenster zu; ihr Blick schweifte über die Dächer und verfing sich in den Zweigen der Bäume, deren Laub sich sacht im Sommerwind wiegte.

Hester wußte nicht recht, wie sie anfangen sollte. Sie mußte sich langsam vortasten und wahrscheinlich so subtil vorgehen, daß nichts deutlich ausgesprochen wurde. Aber vielleicht, ja vielleicht, lag die Wahrheit endlich zum Greifen nah.

»Ich bin froh, daß Sie Cassian gesagt haben, er soll nicht schlecht von seiner Mutter denken«, sagte sie ruhig, fast beiläufig. Sie registrierte, wie Miss Buchans Rücken steif wurde. Sie mußte vorsichtig sein. Es gab kein Zurück mehr, sie durfte nichts überstürzen oder unbedacht vorbringen. Selbst in ihrer Rage hatte Miss Buchan nichts verraten, noch weniger würde sie es hier, vor einer Fremden tun. »Für ein Kind ist das ein unerträglicher Gedanke.«

»Ja, in der Tat«, stimmte Miss Buchan zu, während sie weiterhin aus dem Fenster starrte.

»Obwohl er – nach allem, was ich gehört habe – seinem Vater näherstand.«

Miss Buchan blieb stumm.

»Es ist sehr gütig, daß Sie seine Mutter nicht vor ihm schlechtmachen«, fuhr Hester fort und hoffte inständig, nichts Falsches zu sagen. »Sie müssen eine ganz besondere Zuneigung für den General empfunden haben – schließlich kannten Sie ihn schon als Kind.« Gebe Gott, daß sie richtig tippte. Miss Buchan war doch seine Gouvernante gewesen, oder?

»Ja, das habe ich«, pflichtete Miss Buchan mit leiser Stimme bei. »Er war genau wie Master Cassian.«

»Wirklich?« Hester ließ sich nieder, als beabsichtige sie, einige Zeit in diesem Raum zu verweilen. Miss Buchan blieb am Fenster stehen. »Erinnern Sie sich noch gut an ihn? War er genauso hellblond wie Cassian?« Ein neuer Gedanke kam ihr in den Sinn, unausgereift und vage. »Manchmal ähneln sich die Leute, obwohl sie vollkommen unterschiedliche Haarfarben und Gesichtszüge haben. Es liegt an ihrer Gestik, an der Art, wie sie sich geben, am Tonfall . . .«

»Das ist richtig«, bestätigte Miss Buchan wieder, während sie sich schwach lächelnd zu Hester umwandte. »Thaddeus sah einen auf exakt die gleiche Weise an, ganz vorsichtig, als würde er einen insgeheim taxieren.«

»Hat er seinen Vater auch so vergöttert?« Hester versuchte sich Randolf als jungen Mann vorzustellen, der stolz auf seinen einzigen Sohn war. Sie malte sich aus, wie er mit ihm zusammensaß und ihm von seinen glorreichen Feldzügen erzählte, wie das Gesicht des Knaben ob des Ruhms, der Gefahr und der Heldenhaftigkeit zu leuchten begann.

»Auf haargenau dieselbe Weise«, erwiderte Miss Buchan mit sonderbar trauriger Miene und einem so flüchtigen Aufflackern von Wut, daß es Hester beinah entgangen wäre.

»Und seine Mutter?« fragte sie aufs Geratewohl, da ihr nichts anderes einfiel.

Miss Buchan schaute sie kurz an und dann wieder zum Fenster hinaus. In ihrem Gesicht zuckte es.

»Miss Felicia war anders als Miss Alexandra«, sagte sie. Es klang beinah wie ein Schluchzen. »Armes Geschöpf. Möge Gott ihr verzeihen.«

»Und doch empfinden Sie in Ihrem Innersten Mitleid für sie?« hakte Hester sanft und voll Hochachtung nach.

»Natürlich«, gab Miss Buchan mit einem wehmütigen kleinen Lächeln zurück. »Man kennt nur das, was einem beigebracht wird, was einem jeder sagt. Man ist ganz allein. Wen könnte man schon fragen? Man handelt, wie man denkt – man mißt dem am meisten Gewicht bei, das man am meisten schätzt. Ein einheitliches Gesicht für die Außenwelt. Man hat zuviel zu verlieren, verstehen Sie? Ihr fehlte die Courage.«

Hester verstand nicht. Sie versuchte den Knoten zu entwirren, doch kaum bekam sie einen Faden zu fassen, begann sich woanders wieder etwas zu verheddern. Aber wie weit durfte sie mit ihren Fragen gehen, ohne Gefahr zu laufen, daß Miss Buchan ihr eine Abfuhr erteilte und sich vollends in Schweigen hüllte? Ein zudringlich erscheinendes Wort, eine unangebrachte Geste, ein Hauch von Neugier – und sie verschloß sich womöglich für immer.

»Es scheint wirklich alles für sie auf dem Spiel gestanden zu haben«, tastete sie sich behutsam vor.

»Jetzt nicht mehr«, entgegnete Miss Buchan mit plötzlicher Bitterkeit. »Jetzt ist alles zu spät. Es ist vorbei – der Schaden ist bereits angerichtet.«

»Sie glauben nicht, daß der Prozeß etwas ändern kann?« fragte Hester mit schwindender Hoffnung. »Es klang vorher so.«

Miss Buchan schwieg sich für einige Minuten aus. Draußen ließ der Gärtner einen Rechen fallen. Das Geräusch von Holz auf Kies wehte überlaut zum offenen Fenster hinein.

»Vielleicht ändert sich was für Miss Alexandra«, meinte Miss Buchan zu guter Letzt. »Gebe Gott, daß es das tut, auch wenn ich nicht wüßte, wie. Aber was ändert es für das Kind? Die Vergangenheit läßt sich nicht auslöschen. Was geschen ist, ist geschehen.«

Hester spürte ein sonderbares Kribbeln im Kopf. Plötzlich fielen die einzelnen Steinchen des Mosaiks zusammen, unvollständig und vage noch, doch der rote Faden zur häßlichen, grauenhaften Wahrheit war nicht zu übersehen.

»Darum will sie es uns nicht sagen«, sagte sie sehr langsam. »Um das Kind zu schützen.«

»Ihnen was sagen?« Miss Buchan drehte sich zu ihr um, die Brauen verständnislos zusammengezogen.

»Warum sie den General ermordet hat.«

»Nein – natürlich nicht. Wie könnte sie? Aber woher wissen Sie davon? Erzählt hat es Ihnen bestimmt niemand.«

»Ich habe es erraten.«

»Sie wird es niemals zugeben. Gott steh ihr bei, sie glaubt tatsächlich, daß das alles war – nur der eine.« Ihre Augen füllten sich mit Tränen, und sie wandte sich wieder ab. »Es gibt aber noch mehr, da bin ich absolut sicher. Ich sehe es an seinem Gesicht, an seinem Lächeln, merke es an der Lügerei, an dem Weinen, wenn er nachts im Bett liegt.« Sie sprach ganz leise; in ihrer Stimme schwang der Schmerz längst vergangener Zeiten mit. »Er fürchtet sich, und er ist aufgeregt, erwachsen und ein kleines Kind zugleich – ja, und er ist verzweifelt, furchtbar einsam, genauso wie sein Vater vor ihm, verflucht soll er sein!« Sie holte so tief und anhaltend Luft, daß ihr magerer Körper von Kopf bis Fuß darunter zu erbeben schien. »Können Sie sie retten, Miss Latterly?«

»Ich weiß es nicht«, erwidete Hester wahrheitsgemäß. Alles Mitleid der Welt rechtfertigte nicht, in diesem Augenblick zu lügen. »Aber ich werde tun, was ich kann – das schwöre ich Ihnen.«

Ohne ein weiteres Wort stand sie auf, verließ den Raum, machte die Tür hinter sich zu und begab sich zu den anderen kleinen Zimmern, die in diesem Flügel des Hauses lagen. Sie war auf der Suche nach Cassian.

Sie fand ihn auf dem Gang vor seinem Schlafzimmer. Er starrte wachsam zu ihr hoch; sein Gesicht war blaß.

»Es war vollkommen richtig, daß du Edith geholt hast, damit sie den Streit schlichtet«, stellte sie nüchtern fest. »Magst du Miss Buchan?«

Er schwieg und hörte nicht auf zu starren, seine Augenlider schwer, seine Miene argwöhnisch und unsicher.

»Sollen wir in dein Zimmer gehen?« schlug sie vor. Sie wußte nicht genau, wie sie das Thema anschneiden sollte, doch nichts auf der Welt konnte sie jetzt noch davon abhalten. Die Wahrheit lag in greifbarer Nähe – wenigstens dieser Teil davon.

Wortlos drehte er sich um und öffnete die Tür. Sie folgte ihm hinein, unvermittelt von kaltem Zorn gepackt, daß die zentnerschwere Last von soviel Tragik, Schuld und Tod ausgerechnet auf den schmalen, zerbrechlichen Schultern dieses Kindes liegen sollte.

Er ging zu seinem Fenster; wie er so im Tageslicht stand, konnte man Tränenspuren auf seiner glatten, makellosen Haut erkennen. Seine Gesichtsknochen waren noch nicht voll ausgebildet, seine Nase fing gerade an, sich zu festigen und die kindliche Kontur zu verlieren, die Brauen wurden allmählich dunkler.

»Cassian«, begann Hester mit leiser Stimme.

»Ja, Ma'am?« Er drehte ihr langsam den Kopf zu.

»Miss Buchan hatte recht, weißt du. Deine Mutter ist kein schlechter Mensch, und sie hat dich wirklich sehr lieb.«

»Warum hat sie dann meinen Papa totgemacht?« Seine Lippen zitterten. Es gelang ihm nur mit größter Anstrengung, die Tränen zurückzuhalten.

»Du hast deinen Papa geliebt?«

Er nickte und steckte die Hand in den Mund.

Hester bebte innerlich vor Wut.

»Du hast ganz besondere Geheimnisse mit deinem Papa gehabt, nicht wahr?«

Er zog die rechte Schulter hoch, und für einen kurzen Moment spielte ein angedeutetes Lächeln um seine Mundwinkel. Dann füllten sich seine Augen mit Angst und Mißtrauen.

»Ich werde dich nicht ausfragen«, sagte sie sanft. »Nicht, wenn er dir erzählt hat, daß du es niemandem sagen darfst. Hast du das versprechen müssen?«

Wieder ein Nicken.

»Das war bestimmt ganz schön schwer für dich, was?«

»Ja.«

»Weil du es deiner Mutter nicht erzählen konntest?«

Er schien plötzlich Angst zu bekommen und wich einen Schritt zurück.

»War das wichtig, Mama nichts zu verraten?«

Er nickte zögernd, den Blick unverwandt auf sie gerichtet.

»Hättest du es ihr gern erzählt, anfangs?«

Er stand völlig reglos da.

Hester wartete. Wie aus weiter Ferne drang von der Straße ein schwaches Murmeln an ihr Ohr, das Rattern von Rädern, das Getrappel von Hufen. Vor dem Fenster wiegten sich Blätter im Wind und warfen zarte Schattenspiele an die Scheiben.

Ein zaghaftes Nicken.

»Hat es weh getan?«

Diesmal ein längeres Zögern, dann ein erneutes Nicken.

»Aber es war etwas sehr Erwachsenes, was ihr da getan habt, und du als Ehrenmann hast niemandem ein Sterbenswörtchen verraten?«

Er schüttelte den Kopf.

»Ich verstehe.«

»Werden Sie es Mama sagen? Papa hat gemeint, wenn sie davon erfährt, würde sie mich hassen – sie hätte mich nicht mehr lieb, sie würde es nicht verstehen und mich wegschicken. Ist sie deshalb nicht mehr da?« Er schaute sie aus riesigen Augen an, Augen, in denen soviel Furcht und Resignation lag, als hätte er es tief in seinem Herzen bereits als unausweichliche Wahrheit akzeptiert.

»Nein.« Sie schluckte schwer. »Sie ist nicht mehr da, weil man sie weggeholt hat, überhaupt nicht wegen dir. Und ich werde ihr bestimmt nichts sagen, aber ich glaube, sie weiß es vielleicht schon – und haßt dich nicht im geringsten dafür. Sie könnte dich niemals hassen.«

»Doch, das tut sie! Papa hat's mir extra gesagt!« Panik schwang in seiner Stimme mit. Er wich noch ein Stück weiter zurück.

»Nein, tut sie nicht! Sie hat dich ganz furchtbar lieb. So lieb, daß sie alles für dich tun würde.«

»Wieso ist sie dann weggegangen? Sie hat Papa totgemacht, das weiß ich von Großmutter – und von Großvater. Großmutter sagt, daß man sie wegholt, daß sie nie mehr wiederkommt. Sie sagt, ich muß sie vergessen, darf nicht mehr an sie denken! Sie kommt nie mehr zurück!«

»Willst du das denn – sie vergessen!«

Es herrschte ein langes Schweigen.

Seine Hand verschwand von neuem in seinem Mund. »Ich weiß nicht.«

»Natürlich weißt du es nicht, tut mir leid. Ich hätte nicht fragen sollen. Bist du froh, daß es jetzt keiner mehr mit dir macht – was Papa gemacht hat?«

Er senkte die Lider, hob die rechte Schulter und starrte auf den Boden.

Hester spürte Übelkeit in sich hochsteigen.

»Jemand anders macht es immer noch. Wer?«

Er schluckte mühsam, sagte keinen Ton.

»Irgend jemand also. Du mußt es mir nicht erzählen – nicht, wenn es ein Geheimnis ist.«

Er sah zu ihr hoch.

»Irgend jemand, ja?« wiederholte sie.

Er nickte ganz langsam.

»Nur einer?«

Sein Blick heftete sich wieder auf den Boden.

»In Ordnung – es ist dein Geheimnis. Wenn du irgendwann Hilfe brauchst oder jemanden, mit dem du reden kannst, dann geh zu Miss Buchan. Geheimnisse sind bei ihr gut aufgehoben, außerdem versteht sie das. Hast du gehört?«

Ein Nicken.

»Und vergiß nicht, deine Mama hat dich sehr lieb, und ich werde alles versuchen, damit sie zu dir zurückkommt. Ich verspreche es dir.«

Er schaute sie fest an, seine blauen Augen füllten sich langsam mit Tränen.

»Ich verspreche es«, wiederholte Hester. »Ich fange jetzt gleich damit an. Vergiß nicht, wenn du jemanden brauchst, mit jemandem sprechen willst, dann geh zu Miss Buchan. Sie ist immer für dich da und versteht Geheimnisse – abgemacht?«

Er nickte noch einmal und wandte sich ab, als ihm die ersten dicken Tränen über die Wangen kullerten.

Sie wäre liebend gern zu ihm gegangen, um ihn in die Arme zu nehmen, ihn weinen zu lassen. Doch sie befürchtete, daß er dann vielleicht endgültig seine Fassung, seine Würde und seine Selbstsicherheit verlor, alles Dinge, die er dringend brauchte, um die nächsten Tage oder Wochen zu überstehen.

Schweren Herzens drehte sie sich um, ging zur Tür hinaus und zog sie leise hinter sich ins Schloß.

Hester entschuldigte sich so hastig wie möglich und ohne Angabe von Gründen bei Edith und machte sich mit forschem Schritt auf den Weg in die Fitzwilliam Street. Sie hielt den allerersten Hansom an, den sie entdecken konnte, bat den Kutscher, sie in die Vere Street, nahe Lincoln's Inn Fields, zu fahren und lehnte sich dann endlich zurück, um sich wieder einigermaßen zu sammeln, ehe sie vor Rathbones Kanzlei eintraf.

Dort angelangt, stieg sie aus, bezahlte den Kutscher und ging auf direktem Weg hinein. Der Sekretär begrüßte sie höflich, wenn auch leicht erstaunt.

»Ich habe keinen Termin«, sagte sie hastig. »Aber ich muß Mr. Rathbone so bald wie möglich sprechen. Ich kenne jetzt das Motiv im Fall Carlyon, und wie Sie sicher wissen, haben wir keine Zeit zu verlieren.«

Er legte die Feder aus der Hand, schraubte das Tintenfaß zu und erhob sich.

»In der Tat, Ma'am. Wenn das so ist, werde ich Mr. Rathbone sofort in Kenntnis setzen. Er hat zwar gerade einen Klienten, aber er würde es Ihnen bestimmt sehr danken, wenn Sie warten könnten.«

»Gewiß.« Sie setzte sich und beobachtete unter Aufbietung ihrer gesamten Geduld, wie die Zeiger der Standuhr unendlich langsam über das Zifferblatt krochen, bis sich fünfundzwanzig Minuten später endlich die Tür auftat und ein großgewachsener Herr herauskam, dessen goldene Uhrkette über einem voluminösen Bauch baumelte. Er warf ihr einen indignierten Blick zu, wünschte dem Sekretär einen schönen Tag und entschwand.

Der Sekretär eilte sofort in Rathbones Büro und war einen Augenblick später wieder zurück.

»Wenn ich bitten darf, Miss Latterly?« Er trat einen Schritt beiseite und wies mit der Hand auf die offenstehende Tür.

»Danke.« Sie stürmte an ihm vorbei.

Oliver Rathbone saß hinter seinem Schreibtisch. Er sprang auf, noch bevor Hester über die Schwelle war.

»Hester?«

Sie zog die Tür hinter sich zu und lehnte sich dagegen, plötzlich völlig außer Atem.

»Ich weiß, warum Alexandra den General ermordet hat!« Das Schlucken fiel ihr unendlich schwer; ihr Hals brannte wie Feuer. »Und bei Gott, ich glaube, ich hätte es auch getan. Und wäre eher an den Galgen gewandert, als den Grund preiszugeben.«

»Warum?« Seine Stimme klang rauh, war kaum mehr als ein Flüstern. »Um Himmels willen, warum?«

»Weil er seine fleischlichen Gelüste an seinem eigenen Sohn befriedigt hat!«

»Großer Gott! Sind Sie sicher? Er ließ sich abrupt auf seinen Stuhl fallen, als hätte ihn jegliche Kraft verlassen. »General Carlyon – er hat...? Hester...?«

»Ja – und nicht nur er, sondern der alte Colonel wahrscheinlich auch – und weiß Gott, wer sonst noch.«

Rathbone schloß die Augen. Sein Gesicht war aschfahl.

»Kein Wunder, daß sie ihn ermordet hat«, meinte er kaum hörbar.

Hester trat zu ihm und nahm ihm gegenüber Platz. Es bedurfte keiner großen Erklärungen. Sie kannten beide die Hilflosigkeit einer Frau, die ihren Mann ohne dessen Einverständnis verlassen wollte. Und selbst wenn sie es bekam, gehörten die Kinder rechtlich gesehen ihm, nicht ihr. Laut Gesetz verwirkte sie durch diesen Schritt jegliches Anrecht auf sie, auch wenn es sich um Säuglinge handelte, geschweige denn um einen Achtjährigen.

»Was blieb ihr anderes übrig?« sagte Hester mit leerem Blick. »Es gab niemanden, an den sie sich wenden konnte – ich nehme nicht an, daß irgend jemand ihr geglaubt hätte. Man hätte sie wegen Verleumdung oder geistiger Umnachtung eingesperrt, wenn sie etwas derart Ungeheuerliches von einem solchen Stützpfeiler des Militärs wie dem General behauptet hätte.«

»Seine Eltern vielleicht?« schlug er vor, mußte dann aber selbst bitter lachen. »Die hätten es am allerwenigsten geglaubt. Wahrscheinlich nicht einmal dann, wenn sie's mit eigenen Augen gesehen hätten.«

»Der alte Colonel tut es ja selbst – er wäre folglich keine große Hilfe gewesen. Ob Felicia wohl nie eine Ahnung von dem Ganzen hatte? Es ist mir ein Rätsel, wie Alexandra davon wissen konnte; der Junge hat ihr mit Sicherheit nichts verraten. Er mußte versprechen zu schweigen und war völlig verängstigt. Der General hatte ihm gesagt, seine Mutter würde ihn nicht mehr lieben, sie würde ihn hassen und wegschicken, falls sie es je herausbekäme.«

Rathbones Gesicht war bleich, die Haut spannte über den Knochen.

»Woher wissen Sie das?«

Hester gab ihm der Reihe nach die Geschehnisse des Nachmittags wieder. Der Sekretär klopfte an, um den nächsten Klienten zu melden. Rathbone schickte ihn weg.

»O Gott«, sagte er leise, als sie fertig war. Er löste sich vom Fenster, wohin er sich nach der Hälfte ihrer Erzählung zurückgezogen hatte. Seine Züge waren vor Mitleid und Wut entstellt. »Hester . . .«

»Sie helfen ihr doch, nicht wahr?« flehte sie ihn an. »Sonst wird man sie hängen, und dann hat der Kleine niemanden mehr. Er wird in dem Haus bleiben – und es wird weitergehen.«

»Ich weiß!« Er drehte sich um und sah auf die Straße hinaus. »Ich werde tun, was in meiner Macht steht. Lassen Sie mir etwas Zeit zum Nachdenken. Kommen Sie morgen wieder, mit Monk.« Seine Hände ballten sich zu Fäusten. »Wir haben nicht den geringsten Beweis.«

Sie wollte hinausschreien, daß es welche geben müsse, wußte aber genau, daß er es nicht aus Leichtfertigkeit oder Resignation gesagt hatte, sondern einzig und allein aus dem Wunsch heraus, präzise zu sein. Sie stand auf und stellte sich hinter ihn.

»Sie haben schon einmal das Unmögliche möglich gemacht«, sagte sie vorsichtig.

Er schaute sie lächelnd über die Schulter hinweg an. Sein Blick war unglaublich weich.

»Meine liebe Hester . . .«

Sie blieb, wo sie war, ohne den fordernden Ausdruck in ihrem Gesicht abzumildern.

»Ich werde es versuchen«, sagte er ruhig. »Ich verspreche Ihnen, daß ich es versuchen werde.«

Sie warf ihm ein kurzes Lächeln zu, strich mit der Hand über seine Wange, ohne recht zu wissen, warum, machte auf dem Absatz kehrt und marschierte hocherhobenen Hauptes ins Vorzimmer hinaus.

Am kommenden Morgen tagten Rathbone, Monk und Hester hinter verschlossenen Türen in der Kanzlei in der Vere Street. Jeglicher Parteiverkehr war eingestellt, bis sie zu einem Entschluß gekommen waren. Man schrieb den sechzehnten Juni.

Monk hatte soeben von Hesters jüngsten Erkenntnissen in Carlyon House gehört. Mit blassem Gesicht und zusammengepreßten Lippen saß er da, die Hände fest ineinander verschränkt. Die Tatsache, daß er schockiert war, tat zwar seinem Selbstverständnis Abbruch, doch seine Entrüstung ging so tief, daß er sie nicht verbergen konnte. Es wäre ihm nicht im Traum eingefallen, daß ein Mensch aus so guter Familie und mit solch tadellosem Ruf einem derart widerwärtigen Laster frönen könnte. Er nahm es sich nicht einmal übel, daß er nicht selbst darauf gekommen war, so zornig war er. Seine Gedanken drehten sich ausschließlich um Alexandra, Cassian und dem, was kommen würde.

»Können Sie darauf eine Verteidigung aufbauen?« wollte er von Rathbone wissen. »Wird der Richter das als Motiv gelten lassen?«

»Nein«, sagte Rathbone leise. Er war an diesem Morgen ausgesprochen ernst, sein Gesicht von den Spuren einer langen Nacht gezeichnet; selbst seine Augen blickten müde. »Ich habe die ganze Nacht Präzedenzfälle studiert, jeden Aspekt der Rechtsprechung auf dieses Thema hin abgeklopft und komme immer wieder zum selben Punkt zurück. Ich denke, unsere einzige Chance ist, die Verteidigung auf dem Vorliegen einer außerordentlich starken Provokation aufzubauen. Das Gesetz sieht vor, daß im Falle außerordentlicher Provokation, und das kann alles mögliche sein, die Anklage von Mord eventuell in Totschlag abzuschwächen ist.«

»Das reicht nicht«, fiel ihm Monk ins Wort. Seine Stimme wurde vor Erregung laut. »Es war gerechtfertigt. Um Gottes willen, was hätte sie tun sollen? Es war Inzest und widernatürliche Unzucht an ihrem Kind. Sie hatte nicht nur die Berechtigung, sie hatte sogar die Pflicht, ihn davor zu bewahren. Das Gesetz ließ sie im Stich – es hat ihr jedes Recht zum Eingreifen verweigert. Juristisch betrachtet mag es zwar sein Kind sein, aber das war gewiß niemals so gemeint, daß er mit ihm machen kann, was er will.«

»Natürlich nicht«, bestätigte Rathbone. Die Anstrengung, mit der er sich zusammennahm, war ihm deutlich anzuhören. »Nichtsdestotrotz hat eine Frau rein rechtlich nicht den geringsten Anspruch auf ihr Kind. Sie verfügt über keinerlei Mittel, und sie darf ihren Mann nicht gegen seinen Willen verlassen. Schon gar nicht mit einem Kind.«

»Was bleibt ihr also anderes übrig, als ihn zu töten?« Monk war weiß wie die Wand. »Wie können wir ein Gesetz tolerieren, das jede Gerechtigkeit unterbindet? Und diese Ungerechtigkeit schreit zum Himmel.«

»Indem wir es ändern, nicht indem wir es brechen«, erwiderte Rathbone.

Monk fluchte kurz und gewaltig.

»Ganz Ihrer Meinung«, sagte Rathbone mit einem gepreßten Lächeln. »Können wir uns jetzt wieder den praktischen Dingen zuwenden?«

Monk und Hester starrten ihn wortlos an.

»Wir können bestenfalls auf Totschlag plädieren, und das wird außerordentlich schwer zu beweisen sein. Aber wenn es uns gelingt, liegt das Strafmaß größtenteils im Ermessen des Richters. Es kann so gering ausfallen wie ein paar Monate oder so hoch wie zehn Jahre.«

Die beiden entspannten sich ein wenig. Hester lächelte freudlos.

»Doch zunächst müssen wir den Nachweis erbringen«, fuhr Rathbone fort. »Und das wird nicht einfach werden. General Carlyon ist ein Idol. Die Leute mögen es ganz und gar nicht, wenn man ihre Idole anschwärzt, geschweige denn stürzt.« Er lehnte sich etwas zurück und schob die Hände in die Westentaschen. »Und das ist seit dem Krieg viel zu oft passiert. Wir tendieren dazu, Menschen in Gut und Böse einzuteilen; es ist sowohl vom Verstand wie auch vom Gefühl her – vom Gefühl ganz besonders – sehr viel bequemer, sie in entweder die eine oder andere Schublade zu stecken. Schwarz oder weiß. Daß jemand mit großen, von uns bewunderten Qualitäten auch seine häßlichen und zutiefst abstoßenden Seiten haben kann, zwingt uns zu einem schmerzhaften Umdenkungsprozeß.«

Sein Blick galt weder Hester noch Monk, sondern der gegenüberliegenden Wand. »Dann muß man nämlich lernen zu verstehen, was schwierig ist und unter Umständen weh tut; es sei denn, man macht eine Kehrtwendung um hundertachtzig Grad und läßt seine Bewunderung in Haß umschlagen – was zwar ebenfalls schmerzhaft ist und außerdem falsch, aber doch erheblich leichter. Der Schmerz über die Desillusionierung verkehrt sich in Zorn, weil man bitter enttäuscht wurde. Das Gefühl, betrogen worden zu sein, überwiegt alles andere.«

Sein empfindsamer Mund verzog sich in seltsam mitfühlender Bitterkeit.

»Desillusionierung läßt sich von allen menschlichen Regungen am schwersten mit Würde und Anstand tragen. Wir würden vermutlich nicht viele finden, die dazu imstande sind. Etwas solchermaßen Beunruhigendes zu glauben fällt den meisten ziemlich schwer. Und unsere sichere und bequeme Welt ist in letzter Zeit schon durch viel zuviel Unruhe erschüttert worden – erst der Krieg, die Gerüchte über Inkompetenz und sinnloses Blutvergießen, und jetzt die Kunde von einem drohenden Aufstand in Indien. Weiß Gott, zu welcher Katastrophe sich das noch entwickeln wird.«

Er ließ sich etwas tiefer sinken. »Wir brauchen unsere Helden. Wir wollen nicht, daß sie sich als schwach und verdorben erweisen, Laster praktizieren, die man kaum beim Namen zu nennen wagt – vor allem, wenn sie sich an ihren eigenen Kindern austoben.«

»Ich schere mich einen Dreck darum, ob es den Leuten gefällt oder nicht«, explodierte Monk. »Es ist wahr. Wir müssen sie zwingen, sich damit auseinanderzusetzen. Oder meinen Sie, sie möchten vielleicht lieber eine Unschuldige hängen sehen, als sich einer abscheulichen Wahrheit zu stellen?«

»Manche von ihnen bestimmt.« Rathbone betrachtete ihn mit einem vagen Lächeln. »Ich habe allerdings nicht die Absicht, ihnen diesen Luxus zuzugestehen.«

»Wenn das stimmt, besteht für unsere Gesellschaft nicht mehr viel Hoffnung«, sagte Hester beschämt. »Wenn wir ganz unbeschwert die Augen vor dem Bösen verschließen, nur weil es häßlich ist und uns Unannehmlichkeiten bereitet, unterstützen wir es und machen uns dadurch mitschuldig an seinem Fortbestehen. Dann trennt uns nicht mehr viel von denen, die die Scheußlichkeiten ausführen – weil wir ihnen durch unser Schweigen unsere Billigung demonstrieren.«

Rathbone warf ihr einen warmen, leuchtenden Blick zu.

»Also müssen wir es beweisen«, stieß Monk mit gebleckten Zähnen hervor. »Niemand darf mehr in der Lage sein, es zu leugnen oder sich der Wahrheit zu entziehen.«

»Ich werde es versuchen.« Rathbone schaute erst Hester an, dann ihn. »Aber wir haben noch nicht genug Fakten. Ich brauche wesentlich mehr. Ideal wäre, wenn ich die Namen der übrigen Mitglieder des Verbrecherrings angeben könnte, sofern einer existiert, und nach dem zu urteilen, was Sie mir erzählt haben«, er wandte sich an Hester, »dürften es gar nicht so wenige sein. Ohne stichhaltige Beweise darf ich allerdings keine Namen nennen. Cassian ist erst acht. Ob ich ihn in den Zeugenstand rufen kann oder nicht, hängt vom Richter ab. Doch seine Aussage allein reicht sicher nicht aus.«

»Damaris könnte im Bilde sein«, sagte Hester nachdenklich. »Ich bin mir nicht sicher, aber sie hat auf dieser Party zweifellos etwas so Erschütterndes herausgefunden, daß sie beinah die Nerven verlor.«

»Was uns mehrere Personen bestätigt haben«, fügte Monk hinzu.

»Es wäre natürlich erheblich von Vorteil, wenn sie es zugeben würde«, erwiderte Rathbone zurückhaltend. »Das wird jedoch nicht leicht zu bewerkstelligen sein. Sie tritt als Zeugin der Anklage auf.«

»Damaris?« Hester war fassungslos. »Wieso denn das? Ich dachte, sie wäre auf unserer Seite.«

Rathbone lächelte düster. »Sie hat keine Wahl. Die Anklage hat sie vorgeladen, also muß sie erscheinen, ansonsten riskiert sie eine Anklage wegen Mißachtung des Gerichts. Dasselbe gilt für Peverell Erskine, Fenton und Sabella Pole, Maxim und Louisa Furnival, Dr. Hargrave, Sergeant Evan und Randolf Carlyon.«

»Aber das sind ja alle!« rief Hester entsetzt. Jegliche Hoffnung hatte sich plötzlich wieder in Luft aufgelöst. »Und wo bleiben wir? Das ist ungerecht! Können sie nicht auch für uns aussagen?«

»Nein, ein Zeuge kann nur von einer Seite aufgerufen werden.

Aber ich kann sie ins Kreuzverhör nehmen, auch wenn das etwas anderes ist, als wenn sie meine Zeugen wären. Abgesehen davon sind es nicht alle. Wir können Felicia Carlyon in den Zeugenstand holen – obwohl ich nicht sicher bin, ob ich das will. Ich habe ihr keine Vorladung geschickt, aber wenn sie anwesend ist, lasse ich sie eventuell im letzten Moment aufrufen –, nachdem sie die anderen Zeugenaussagen gehört hat.«

»Sie wird uns nichts sagen!« meinte Hester wütend. »Selbst wenn sie könnte. Ich glaube auch gar nicht, daß sie etwas weiß. Und falls doch – können Sie sich etwa vorstellen, wie sie im Gerichtssaal steht und zugibt, daß ein Mitglied ihrer Familie Inzest und widernatürliche Unzucht betrieben hat, noch dazu ihr heroischer Sohn, der General?«

»Freiwillig nicht. Doch genau das ist meine Kunst, liebe Hester – den Leuten Dinge zu entlocken, die sie eigentlich nicht zugeben wollen.«

»Da müßten Sie aber verdammt gut darin sein«, warf Monk grimmig ein.

»Das bin ich.« Rathbone begegnete seinem Blick, und für einen Moment starrten sich die beiden schweigend an.

»Edith!« rief Hester unvermittelt. »Sie können Edith in den Zeugenstand rufen. Sie wird uns gern helfen.«

»Was sollte sie schon wissen?« Monk drehte sich schwungvoll zu ihr um. »Hilfsbereitschaft allein reicht nicht aus.«

Hester ließ ihn links liegen. »Und Miss Buchan. Sie weiß es.«

»Eine Bedienstete.« Rathbone biß sich auf die Lippe. »Eine ältere Frau mit hitzigem Gemüt und einer Verpflichtung der Familie gegenüber . . . Man würde ihr nie verzeihen, daß sie sich ins feindliche Lager geschlagen hat, man würde sie vor die Tür setzen. Dann hätte sie kein Dach mehr über dem Kopf, nichts zu essen und wäre zu alt, um noch irgendwoanders unterzukommen. Keine beneidenswerte Lage.«

Hester spürte, wie ihre Wut von Hoffnungslosigkeit hinweggeschwemmt wurde. Von allen Seiten rückte finstere Verzeiflung auf sie ein.

»Was können wir dann überhaupt noch tun?«

»Mehr Beweismaterial zusammentragen«, gab Rathbone zurück. »Herausfinden, wer die anderen sind.«

Monk dachte eine Weile nach, die Hände nach wie vor starr ineinander verkrampft.

»Das dürfte eigentlich möglich sein: entweder kamen sie ins Haus, oder das Kind wurde zu ihnen gebracht. Die Dienstboten werden wissen, wer zu Besuch war. Die Lakaien müßten uns sagen können, wohin der Junge gegangen ist.« Tiefer Zorn machte sich in seiner Miene breit. »Armer kleiner Teufel!« Er blickte Rathbone skeptisch an. »Selbst wenn Sie den Nachweis erbringen, daß er von anderen Männern sexuell mißbraucht worden ist, beweist das noch lange nicht, daß sein Vater es ebenfalls tat und daß Alexandra darüber im Bilde war, oder?«

»Sie besorgen das Beweismaterial«, erwiderte Rathbone. »Soviel Sie auftreiben können, ob Sie es für relevant halten oder nicht. Wie wir es dann einsetzen, entscheide ich.«

Monks Stuhl rutschte mit einem lauten Knarren über den Boden, als er unvermittelt aufsprang, angespannt wie eine Feder.

»Gut. Wir haben keine Zeit zu verlieren. Sie ist weiß Gott schon knapp genug.«

»Und ich versuche inzwischen, Alexandra Carlyon die Erlaubnis abzuringen, daß wir die Wahrheit benutzen dürfen«, sagte Rathbone mit einem harten Lächeln. »Ohne ihre Zustimmung sind uns die Hände gebunden.«

»Oliver!« Hester war entgeistert.

Er wandte sich zu ihr um und berührte ganz leicht ihren Arm.

»Machen Sie sich keine Sorgen, meine Liebe. Sie haben Großartiges geleistet. Sie haben die Wahrheit ans Licht gebracht. Überlassen Sie den Rest mir.«

Sie begegnete seinem leuchtenden, dunklen Blick und zwang sich mit einem tiefen Atemzug, sich ein wenig zu entspannen.

»Sie haben recht. Tut mir leid. Gehen Sie zu Alexandra, ich werde zu Callandra gehen und ihr alles erzählen. Sie wird genauso angewidert sein wie wir.«

Alexandra drehte sich um. Sie hatte zu dem kleinen, viereckigen Fensterausschnitt in der Zellenwand emporgestarrt und war sichtlich überrascht, Rathbone zu sehen.

Die Tür fiel mit dem hohlen Klang von aneinanderschlagendem Metall ins Schloß. Sie waren allein.

»Sie vergeuden Ihre Zeit, Mr. Rathbone«, erklärte sie mit rauher Stimme. »Ich habe Ihnen nichts mehr zu sagen.«

»Das ist auch nicht nötig, Mrs. Carlyon«, erwiderte er sanft. »Ich weiß jetzt, weshalb Sie Ihren Mann ermordet haben. Und glauben Sie mir – vermutlich hätte ich an Ihrer Stelle dasselbe getan.«

Sie stierte ihn verständnislos an.

»Sie haben es getan, um Ihrem Sohn weiteren widernatürlichen Mißbrauch zu ersparen.«

Auch das letzte bißchen Farbe, das ihr noch verblieben war, wich aus ihrem Gesicht. In der schummrigen Beleuchtung wirkten ihre Augen wie zwei riesige, dunkle Höhlen.

»Aber Sie – woher...« Sie ließ sich kraftlos auf die Pritsche sinken. »Das dürfen Sie nicht tun. Bitte...«

Er setzte sich auf das Fußende und sah ihr voll ins Gesicht.

»Meine Liebe, ich verstehe sehr gut, daß Sie lieber zum Galgen gehen wollen, als Ihren Sohn dem allgemeinen Wissen um seine Pein auszusetzen. Ich habe Ihnen allerdings eine grauenhafte Mitteilung zu machen, die Ihre Meinung vermutlich ändern wird.«

Sie hob wie in Zeitlupe den Kopf und schaute ihn an.

»Ihr Mann war nicht der einzige, der ihn auf diese Weise benutzt hat.«

Ihr stockte so nachhaltig der Atem, daß er fürchtete, sie würde jeden Moment in Ohnmacht fallen.

»Sie müssen kämpfen«, sagte er behutsam, doch unglaublich eindringlich. »Sein Großvater ist höchstwahrscheinlich ein weiterer Kandidat – und es gibt mindestens noch einen dritten, wenn nicht gar mehr. Nehmen Sie Ihren ganzen Mut zusammen und sagen Sie die Wahrheit! Wir müssen diese Männer vernichten, damit sie weder Cassian noch irgendeinem anderen Kind jemals wieder solches Leid zufügen können.«

Immer noch nach Atem ringend, schüttelte sie den Kopf.

»Sie müssen!« Er packte ihre Hände. Anfangs waren sie schlaff, doch dann schlossen sie sich allmählich um seine, bis sie sich schließlich daran festklammerte wie eine Ertrinkende. »Sie haben keine Wahl! Andernfalls wird Cassian seinen Großeltern zugesprochen und das Grauen geht weiter. Dann haben Sie Ihren Mann umsonst getötet. Und kommen an den Galgen – für nichts und wieder nichts.«

»Ich kann nicht.« Sie brachte die Worte kaum über die Lippen.

»Doch, Sie können! Sie sind nicht allein. Es gibt Menschen, die Ihnen beistehen werden, Menschen, die genauso entsetzt und angewidert sind wie Sie, die die Wahrheit kennen und uns helfen werden, sie zu beweisen. Um des Seelenheils Ihres Sohnes willen – geben Sie jetzt nicht auf! Sagen Sie die Wahrheit, und ich werde dafür sorgen, daß man Ihnen glaubt – und Sie versteht.«

»Können Sie das denn?«

Er holte tief Luft und begegnete ihrem Blick.

»Ja – ich kann es.«

Sie starrte ihn ausdruckslos an, zu erschöpft, um noch etwas zu empfinden.

»Ich kann es«, wiederholte er.

NEUNTES KAPITEL

Alexandra Carlyons Gerichtsverfahren begann am zweiundzwanzigsten Juni, einem Montagmorgen. Major Tiplady hatte den Entschluß gefaßt, dabeizusein, doch das geschah nicht aus billiger Sensationsgier. Für gewöhnlich waren ihm solche Spektakel ebenso zuwider wie etwa ein Unfall, bei dem ein Pferd durchgegangen war, den Reiter abgeworfen und ihn zertrampelt hatte. Er hielt es für ein geschmackloses Eindringen in das private Leid eines anderen Menschen. In diesem speziellen Fall empfand er jedoch eine tiefe, persönliche Anteilnahme an dem Ausgang der Sache und hatte den Wunsch, Alexandra, den Carlyons und – wenn er einmal ganz ehrlich war – vor allem Edith durch seine Anwesenheit seine Unterstützung zu demonstrieren. Nicht, daß er es etwa zugegeben hätte, nicht einmal vor sich selbst.

Als er sein Bein auf den Boden stellte, hatte er nicht die geringsten Probleme, das Gewicht darauf zu verlagern. Der Bruch war anscheinend vollständig geheilt. Später dann, als er es beugen wollte, um in einen Hansom zu steigen, mußte er allerdings zu seiner Demütigung feststellen, daß es unter der Bewegung nachgab, und hatte das ungute Gefühl, daß das Aussteigen noch weniger funktionieren würde. Er schämte sich und war äußerst verärgert, aber auch völlig machtlos. Offensichtlich brauchte sein Bein noch mindestens eine Woche, und sein Glück zu erzwingen hätte das Ganze nur verschlimmmert.

Also beauftragte er Hester, ihn über den Fortgang des Prozesses auf dem laufenden zu halten, denn schließlich war sie immer noch bei ihm beschäftigt und mußte alles menschenmögliche zu seiner Erleichterung tun. Er beharrte darauf, wie entscheidend es für seine Verfassung wäre. Sie sollte ihn über alle Einzelheiten der Verhandlung informieren, nicht nur über den Inhalt der Zeugenaussagen, sondern auch über das Verhalten der Zeugen selbst und ob sie ihrer Meinung nach die Wahrheit sagten. Außerdem hatte sie nach Möglichkeit die Einstellung von jedem herauszufinden, der von der Staatsanwaltschaft oder der Verteidigung aufgerufen wurde, sowie insbesondere die der Geschworenen. Selbstverständlich sollte sie darüber hinaus auch die Namen sämtlicher Familienangehörigen vermerken, die sie entdecken konnte. Zu diesem Zweck war es vermutlich sinnvoll, wenn sie sich mit einem großen Notizblock und einigen gut gespitzten Bleistiften ausstattete.

»Wie Sie möchten, Major«, sagte Hester gehorsam, während sie insgeheim hoffte, einen derart anspruchsvollen Auftrag auch zufriedenstellend ausführen zu können. Er verlangte eine ganze Menge, aber er war so ernst und so aufrichtig besorgt, daß sie gar nicht erst versuchte, ihn auf die Schwierigkeiten hinzuweisen, die ein solches Unterfangen mit sich brachte.

»Ich will sowohl die Fakten als auch Ihre Meinung hören«, meinte er zum tausendsten Mal. »Die Gefühle sind das allerwichtigste dabei, müssen Sie wissen. Menschen sind nicht immer rational, vor allem in solchen Fällen nicht.«

»Ja, ich weiß«, erwiderte Hester, was einer gewaltigen Untertreibung gleichkam. »Ich werde auf Gesichtsausdrücke achten und nach Veränderungen im Tonfall lauschen – ich verspreche es Ihnen.«

»Gut.« Major Tipladys Wangen färbten sich hellrosa. »Ich bin Ihnen sehr verbunden.« Er senkte den Blick. »Ich bin mir vollkommen im klaren, daß es nicht zu den üblichen Pflichten einer Schwester gehört . . .«

Hester konnte nur mit Mühe ein Lächeln unterdrücken.

»Und angenehm wird es auch nicht werden«, fügte er hinzu.

»Betrachten Sie es einfach als eine Art Rollentausch«, sagte Hester und hielt das Lächeln nicht länger zurück.

»Wie bitte?« Er warf ihr einen raschen, verständnislosen Blick zu. Ihre Erheiterung blieb ihm nicht verborgen, aber er hatte keine Ahnung, wodurch sie entstanden war.

»Wären Sie in der Lage gewesen hinzugehen, müßte ich Sie bitten, mir alles zu wiederholen. Nur bin ich nicht in der Position, es von Ihnen verlangen zu dürfen. So herum ist es wesentlich praktischer.«

»Ah – ich verstehe.« Jetzt hatte auch er begriffen und mußte schmunzeln. »Schön, Sie sollten besser aufbrechen, sonst kommen Sie am Ende zu spät und finden keinen guten Platz mehr.«

»Ja, Major. Ich komme zurück, wenn ich möglichst sicher bin, daß mir auch nichts entgangen ist. Molly hat Ihren Lunch bereits zubereitet, falls . . .«

»Jaja, zerbrechen Sie sich darüber nicht den Kopf.« Er winkte ungeduldig ab. »Machen Sie schon, gute Frau.«

»Bin schon weg, Major.«

Sie kam, wie vermutet, zu früh. Dennoch platzte der Saal vor ungeduldigen Schaulustigen fast aus den Nähten, und sie erhielt nur deshalb einen Platz, von dem aus sie alle Vorgänge verfolgen konnte, weil Monk ihn ihr freigehalten hatte.

Der Gerichtssaal war kleiner als erwartet und hatte eine höhere Decke. Mit der Zuschauergalerie hoch über der Anklagebank, die sich ihrerseits bereits vier bis fünf Meter über dem Boden befand, wo die mit Lederpolstern ausgestatteten Stühle der Anwälte und Gerichtsdiener im rechten Winkel zu ihr standen, erinnerte er mehr an ein Theater.

Die Geschworenen waren links von der Galerie einige Stufen über dem Boden auf zwei hintereinander aufgestellten Bänken untergebracht, im Rücken eine Fensterreihe. Am anderen Ende derselben Wand befand sich der Zeugenstand, ein seltsames Gebilde, zu dem ebenfalls mehrere Stufen hinaufführten, so daß es ausgesprochen gut exponiert über der Arena schwebte.

An der Stirnwand, gegenüber von Galerie und Anklagebank, stand der rotlederne Stuhl des Richters. Rechts davon lag eine zweite Galerie für Schaulustige, Zeitungsleute und andere Neugierige.

Das Äußere von Zeugenstand und Anklagebank, die Wand hinter

den Geschworenen und der gesamte Bereich zwischen Anklagebank und dem Geländer der Zuschauergalerie waren mit Holz vertäfelt. Das Ganze wirkte überaus eindrucksvoll, erinnerte so gut wie gar nicht mehr an einen gewöhnlichen Raum und war momentan derart mit Menschen überfüllt, daß man sich nur unter größten Schwierigkeiten bewegen konnte.

»Wo haben Sie bloß gesteckt?« fragte Monk aufgebracht. »Sie sind ziemlich spät dran.«

Hester schwankte zwischen einer bissigen Antwort und aufrichtiger Dankbarkeit, weil er an sie gedacht hatte. Ersteres wäre sinnlos gewesen und hätte nur einen Streit in Gang gebracht, was sie jetzt am allerwenigsten brauchen konnte, also entschied sie sich für letzteres, was ihn erstaunte und amüsierte.

Die Anklageschrift war der Anklagejury bereits zu einem früheren Zeitpunkt verlesen worden. Man hatte die Anklage für recht befunden und Alexandra offiziell der Gerichtsbarkeit überstellt.

»Was ist mit den Geschworenen?« erkundigte sich Hester. »Sind sie schon ausgesucht worden?«

»Am Freitag«, erwiderte Monk. »Die armen Teufel.«

»Warum arm?«

»Weil ich nicht gern über diesen Fall entscheiden würde. Ich glaube nicht, daß ich ein objektives Urteil fällen könnte.«

»Nein«, bestätigte Hester, mehr sich selbst als ihm. »Wie sind sie?«

»Die Geschworenen? Ganz normale, besorgte Leute, die sich selbst äußerst ernst nehmen«, gab Monk zurück, ohne sie dabei anzusehen. Sein Blick glitt über das Pult des Richters und die Bänke der Anwälte unter ihnen.

»Alle mittleren Alters, nehme ich an? Und natürlich keine einzige Frau?«

»Sie sind nicht alle mittleren Alters. Ein oder zwei sind jünger, einer ist schon sehr alt. Man muß zwischen einundzwanzig und sechzig Jahre alt sein, über ein gesichertes Einkommen aus Pachtgeldern oder Ländereien verfügen oder in einem Haus mit mindestens fünfzehn Fenstern wohnen . . .«

»Was?«

»Mit mindestens fünfzehn Fenstern«, wiederholte Monk und warf ihr von der Seite her ein sardonisches Grinsen zu. »Außerdem versteht sich doch von selbst, daß keine Frau dabei ist. Die Frage ist Ihrer wirklich nicht würdig. Frauen werden nicht für fähig gehalten, solche Entscheidungen zu treffen, um Himmels willen. Sie treffen überhaupt keine juristischen Entscheidungen, verfügen über keinerlei Eigentum und rechnen doch wohl nicht damit, vor dem Gesetz über das Schicksal eines Menschen befinden zu können oder etwa doch?«

»Wenn man einen Anspruch darauf hat, im Beisein einer Jury aus Gleichgesinnten vor Gericht zu stehen, gehe ich auch davon aus, über das Schicksal einer Frau entscheiden zu können«, entgegnete sie scharf. »In erster Linie erwarte ich jedoch, Frauen unter den Geschworenen zu sehen, falls ich einmal vor Gericht stehen sollte. Wie sonst könnte mir ein gerechtes Urteil zuteil werden?«

»Ich glaube nicht, daß Sie mit Frauen mehr Glück hätten«, sagte er, schnitt ein finsteres Gesicht und starrte auf ein fettes Weib, das vor ihnen saß. »Und selbst wenn es so wäre, würde es jetzt keine Rolle spielen.«

Hester wußte, daß es momentan unerheblich war, denn an den Geschworenen ließ sich nichts mehr ändern; sie mußten den Fall auch so durchkämpfen. Sie ließ ihren Blick über die Menge schweifen. Es waren alle Sorten von Menschen vertreten, jedes Alter und jede Gesellschaftsschicht, fast ebensoviele Frauen wie Männer. Nur eins hatten sie alle gemeinsam – sie waren unverhohlen unruhig, tuschelten miteinander, traten von einem Bein aufs andere, sofern sie standen, oder verrenkten sich den Hals, um auf keinen Fall etwas zu verpassen, falls sie saßen.

»Eigentlich dürft ich gar nich hier sein«, ließ sich da eine weibliche Stimme direkt hinter Hester vernehmen. »Is bestimmt nich gut für meine Nerven. So was Niederträchtiges is mir noch nie untergekommen – und dann auch noch 'ne feine Dame! Dabei sollte man doch denken, die wissen, wie man sich benimmt.«

»Allerdings«, stimmte ihre Begleiterin zu. »Wenn sich jetzt schon der Adel gegenseitig um die Ecke bringt, was tunse dann erst in den unteren Schichten, frag' ich dich?«

»Wie sie wohl is? Sicher richtig ordinär! Die muß bestimmt baumeln.«

»Klar. Sei doch nich blöd, was sollnse sonst mit ihr machen.«

»Genau. Is ja selber schuld.«

»Eben. Mein Mann benimmt sich auch mal daneben, deshalb bring' ich ihn aber noch lange nich um!«

»Nee, natürlich nich. Macht doch niemand. Wo würden wir denn da hinkommn?«

»Grauenhaft is das. Und in Indien soll's angeblich auch Aufstände geben. Überall fallen die Leute übereinander her und bringen sich um. Wir leben in ganz schlimmen Zeiten, das sag' ich dir aber. Gott allein weiß, was als nächstes kommt!«

»Das kannste laut sagen«, bekräftigte ihre Nachbarin mit grimmigem Nicken.

Hester hätte ihnen am liebsten an den Kopf geworfen, sie sollten nicht so dumm sein, es habe schon immer Tapferkeit und Tragödien, Gelächter, Entdeckungen und Hoffnung gegeben, doch in diesem Moment rief der Gerichtsdiener zur Ordnung. Von aufgeregtem Stoffrascheln begleitet, betraten der Staatsanwalt und sein Beisitzer den Saal. Wilberforce Lovat-Smith, angetan mit klassischer Perücke und schwarzer Robe, war kein großer Mann, doch sein Gang verriet Selbstvertrauen, fast eine Spur Arroganz, zudem eine unglaubliche Vitalität, so daß man seine Gegenwart augenblicklich intensiv wahrnahm. Er hatte einen auffallend dunklen Teint, und man konnte deutlich erkennen, daß das Haar unter der weißen Roßhaarperücke pechschwarz war. Trotz der Entfernung sah Hester überrascht, was für stechend graublaue Augen er hatte, als er sich umdrehte. Man konnte ihn bestimmt nicht als gutaussehend bezeichnen, doch er hatte eine gewisse Anziehungskraft. Seine scharfgeschnittene Nase, der humorvolle Mund und die schweren Augenlider deuteten auf Sinnlichkeit hin. Es war das Gesicht eines Menschen, der bereits in der Vergangenheit Erfolg gehabt hatte und gedachte, das auch in Zukunft zu tun.

Er hatte sich kaum hingesetzt, als ein erneutes aufgeregtes Raunen durch die Reihen ging. Diesmal war es Rathbone, der hereinkam, ebenfalls in Gewand und Perücke, gefolgt von einem Praktikanten. Auf Hester, die ihn in letzter Zeit nur dann gesehen hatte, wenn er Straßenkleidung trug und sich vollkommen zwanglos benahm, wirkte er regelrecht fremd. Er war offenkundig voll und ganz auf den bevorstehenden Kampf konzentriert, von dem nicht nur Alexandras Leben abhing, sondern vielleicht auch das weitere Wohlergehen ihres Sohnes Cassian. Hester und Monk hatten alles versucht, jetzt lag es bei ihm. Wie ein einsamer Gladiator stand er in der Arena, umgeben von einer Meute blutgieriger Gaffer. Erst als er sich umdrehte, erkannte sie das vertraute Profil mit der langen Nase und dem sensiblen Mund, der so schnell von Mitleid zu Wut und dann wieder zu trockenem Humor wechseln konnte.

»Gleich geht's los«, flüsterte es irgendwo hinter ihnen. »Das is der Verteidiger. Rathbone. Wasser wohl vorbringn will?«

»Gar nix kanner vorbringn.« Die Antwort kam von einem Mann weiter links. »Weiß gar nich, wieso er sich überhaupt die Mühe macht. Aufhängen sollnse die, der Regierung das Geld sparn.«

»Uns, besser gesagt.«

»Sssch!«

»Selber sssch!«

Monk wirbelte herum. »Wenn Sie keine Verhandlung wollen, sollten Sie vielleicht Ihren Platz für jemand freimachen, der es tut«, zischte er böse. »Es gibt genügend Schlachthöfe in London, falls Sie nur Blut sehen wollen.«

Ein wütendes Keuchen erklang.

»Wie können Sie's wagen, so mit meiner Frau zu sprechen?« versetzte der Mann.

»Ich habe mit Ihnen gesprochen, mein Herr«, parierte Monk. »Ich nehme an, Sie sind selbst für ihre Ansichten zuständig.«

»Haltet endlich die Klappe!« rief irgend jemand wütend. »Sonst fliegen wir noch alle raus. Der Richter kommt rein!«

Und in der Tat, da war er, in einer herrlichen, scharlachrot eingefaßten Robe, auf dem Kopf eine weiße Perücke, die nur wenig voller war als die der Anwälte. Ein großer Mann mit breiter Stirn, feingeschnittener, kräftiger Nase, einem kräftigen Kinn und schönem Mund, aber erheblich jünger, als Hester erwartet hatte, was ihren Mut aus einem ihr selbst unverständlichen Grund sinken ließ. Einem väterlicheren Typ hätte sie mehr Mitgefühl zugetraut, einem großväterlichen sogar noch mehr. Sie merkte plötzlich, wie angespannt sie auf dem Rand der harten Bank hockte, vornübergebeugt, die Hände zusammengepreßt, die Schultern verkrampft.

Die Wellen der Erregung schlugen immer höher, dann trat schlagartige Stille ein, als die Saaltür erneut aufging. Auf den Bänken hinter den Anwaltstischen reckten sich sämtliche Hälse, wurden alle Köpfe auf die Seite gedreht, mit Ausnahme einer einzigen schwarzgekleideten und vollkommen verschleierten Frau. Die Angeklagte wurde zur Anklagebank unterhalb der Galerie geführt.

Selbst die Geschworenen mußten ihre Augen – scheinbar gegen ihren Willen – auf sie richten.

Hester verfluchte die bauliche Aufteilung, die es unmöglich machte, von der Galerie aus die Anklagebank einzusehen.

»Wir sollten dort unten sitzen«, sagte sie zu Monk und deutete mit dem Kopf auf die Bänke hinter den Plätzen der Anwälte.

»Wir?« fragte er bissig. »Ohne mich würden Sie jetzt draußen vor der Tür stehen.«

»Ich weiß – und ich bin Ihnen dankbar dafür. Trotzdem sollten wir versuchen, nach unten zu kommen.«

»Dann müssen Sie nächstes Mal eine Stunde früher erscheinen.«

»Werde ich, aber das hilft uns jetzt auch nicht weiter.«

»Was haben Sie vor?« flüsterte er sarkastisch. »Die Plätze hier aufgeben, verschwinden und versuchen, unten reinzukommen?«

»Genau«, zischte sie zurück. »Was glauben Sie denn. Los, gehen wir!«

»Machen Sie sich nicht lächerlich. Am Ende stehen Sie mit leeren Händen da.«

»Bitte – tun Sie, was Ihnen beliebt. Ich gehe.«

Die Frau vor ihnen fuhr erbost herum. »Psst!«

»Kümmern Sie sich um Ihre eigenen Angelegenheiten, Ma'am«,

erwiderte Monk mit tödlicher Ruhe, packte Hesters Ellbogen und trieb sie an der Reihe protestierender Zuschauer vorbei vor sich her. Er bugsierte sie schweigend durch den Gang in die Halle hinaus und die Treppe hinunter bis zur unteren Saaltür. Dort ließ er sie endlich los.

»So weit, so gut«, sagte er mit vernichtendem Blick. »Und jetzt?«

Sie schluckte heftig, funkelte ihn böse an, drehte sich um und marschierte zur Tür.

Fast im selben Moment erschien ein Aufseher und blockierte ihr den Weg. »Tut mir leid. Sie können da jetzt nicht mehr rein, Miss. Ist völlig überfüllt. Sie hätten früher kommen müssen. Bleibt Ihnen wohl keine andere Wahl, als es in der Zeitung zu lesen.«

»Das wird kaum reichen«, entgegnete sie mit aller Würde, die sie aufbringen konnte. »Wir stehen im Dienst von Mr. Rathbone, dem Anwalt der Verteidigung, und sind direkt an dem Fall beteiligt. Das ist Mr. Monk.« Sie neigte andeutungsweise den Kopf. »Er arbeitet mit Mr. Rathbone zusammen, und Mr. Rathbone wird sich höchstwahrscheinlich im Laufe der Beweisaufnahme mit ihm beraten müssen. Ich begleite ihn.«

Der Aufseher sah über ihren Kopf hinweg zu Monk. »Stimmt das, Sir?«

»Selbstverständlich stimmt es«, gab Monk ohne mit der Wimper zu zucken zurück, während er eine Visitenkarte aus der Westentasche zog.

»Na schön, gehen Sie schon rein«, sagte der Mann vorsichtig. »Aber nächstes Mal kommen Sie gefälligst etwas früher, ja?«

»Mit Sicherheit. Entschuldigen Sie bitte«, erwiderte Monk diplomatisch. »Uns ist etwas dazwischen gekommen.«

Damit schob er Hester vor sich her in den Saal, ohne seine letzten Worte näher zu erläutern, und ließ den Aufseher die Tür wieder hinter ihnen zuziehen.

Aus dieser Perspektive wirkte der Gerichtssaal vollkommen anders. Der Richterstuhl schien höher und ehrfurchtgebietender zu sein, der Zeugenstand merkwürdigerweise verwundbarer, die Anklagebank ausgesprochen eingekapselt, als stünde sie in einem großen Käfig mit hochaufragenden Holzwänden.

»Setzen Sie sich«, blaffte Monk.

Hester quetschte sich gehorsam auf das Ende der nächstliegenden Bank, was die bereits darauf Sitzenden zwang, unangenehm dicht zusammenzurücken. Monk mußte so lange stehen bleiben, bis jemand gnädigerweise einen Platz für ihn freimachte, um sich eine Reihe weiter hinter niederzulassen.

Zum erstenmal und das mit einem kleinen Schock sah Hester das ausgezehrte Gesicht von Alexandra Carlyon, der es gestattet worden war sich zu setzen, da sich der Prozeß vermutlich mehrere Tage in die Länge ziehen würde. Es entsprach überhaupt nicht ihrer Vorstellung. Es war bei weitem offener und eigenwilliger, trotz aller Erschöpfung und Blässe, und verriet sowohl große Intelligenz als auch intensive Leidensfähigkeit. Hester wurde plötzlich klar, daß sie es hier mit dem Kummer und den Sehnsüchten eines Menschen zu tun hatten, nicht nur mit einem tragischen Zusammentreffen mißlicher Umstände.

Mit dem dummen Gefühl, Alexandra mit ihrem Starren zu nahe zu treten, wandte sie den Blick rasch wieder ab. Sie wußte bereits mehr über das sehr private Leid dieser Frau, als irgendwem zustand.

Der Prozeß begann ohne weitere Einleitungen. Die Anklagepunkte waren bereits verlesen und bestätigt worden, die Eröffnungsplädoyers kurz. Lovat-Smith meinte, die Fakten lägen nur zu deutlich auf der Hand, und er würde Schritt für Schritt beweisen, daß die Angeklagte ihren Ehemann, Thaddeus Carlyon, vorsätzlich aus unbegründeter Eifersucht ermordet sowie anschließend versucht hätte, ihrer Tat den Anschein eines Unfalls zu geben.

Rathbone erklärte lediglich, eine Geschichte bereitzuhalten, durch die ein völlig neues, furchtbares Licht auf alles fallen würde, was sie bisher wüßten, so daß sie sowohl ihr Herz als auch ihr Gewissen sorgfältig befragen müßten, ehe sie den Urteilsspruch fällten.

Lovat-Smith rief seine erste Zeugin auf, Louisa Mary Furnival. Ein nervöses Raunen ging durch die Menge, dann, als sie erschien, ein leises Luftanhalten und Stoffrascheln, während man sich reckte, um sie besser sehen zu können. Und ihr Anblick war die Mühe wert. Sie trug ein tiefpurpurfarbenes Kleid mit einem schwach violetten Schimmer, in einem dezent gedämpften Farbton also, mit der schmalen Taille und den wunderschönen Ärmeln jedoch hochmodern und extravagant geschnitten. Ihre Haube saß so frech auf ihrem ausgiebig gebürsteten schwarzen Haar, daß der Effekt absolut umwerfend war. Sie hätte den ernsten Gesichtsausdruck einer kultivierten Dame haben müssen, die den furchtbaren Tod eines Freundes betrauert, doch sie strahlte derart viel Energie und Wissen um ihre eigene Schönheit und Anziehungskraft aus, daß niemand länger als im wirklich allerersten Moment den Eindruck einer solchen Gefühlsregung gewann.

Sie überquerte den freien Raum vor den Tischen der Anwälte, stieg die Stufen zum Zeugenstand hinauf, wobei sie ihre Röcke mit beträchtlichem Geschick durch die Enge zwischen den beiden Geländern manövrierte, und wandte sich Lovat-Smith zu.

Unter Eid bestätigte sie mit leiser, heiserer Stimme Namen und Adresse, während sie ihn mit glänzenden Augen ansah.

»Mrs. Furnival« – er ging ein paar Schritte auf sie zu, die Hände unter der Robe in den Taschen vergraben – »würden Sie dem Gericht bitte erzählen, an welche Ereignisse jenes verhängnisvollen Abends, an dem General Carlyon seinen Tod fand, Sie sich noch erinnern können? Beginnen Sie bitte bei der Ankunft der Gäste.«

Louisa hatte sich völlig unter Kontrolle. Falls sie sich aus irgendeinem Grund fürchtete, merkte man es ihr in keiner Weise an. Selbst ihre Hände ruhten vollkommen entspannt auf dem Geländer des Zeugenstands.

»Mr. und Mrs. Erskine waren die ersten«, begann sie, »dann kamen General Carlyon und Alexandra.« Sie sah nicht ein einziges Mal zur Anklagebank. Alexandra hätte ebensogut gar nicht anwesend sein können, so ungerührt blieb sie.

»Wie war zu der Zeit die Stimmung zwischen dem General und Mrs. Carlyon?« fragte Lovat-Smith. »Ist Ihnen irgend etwas aufgefallen?«

»Der General wirkte wie immer«, erwiderte Louisa gemessen. »Alexandra kam mir recht angespannt vor, und ich hatte gleich die Befürchtung, der Abend könnte schwierig werden.« Sie ließ den Schatten eines Lächelns über ihr Gesicht gleiten. »Als Gastgeberin lag mir natürlich daran, daß die Party ein Erfolg wurde.«

Gelächter wogte durch den Saal und ebbte gleich darauf wieder ab.

Hester warf einen raschen Blick auf Alexandra, doch deren Miene blieb ausdruckslos.

»Wer kam dann?« setzte Lovat-Smith die Befragung fort.

»Sabella Pole und ihr Mann Fenton. Sie war von Anfang an ausgesprochen unverschämt zu ihrem Vater, dem General.« Louisas Gesicht verdüsterte sich ein wenig, aber sie ließ auch nicht die leiseste Spur von Kritik durchscheinen. So etwas war häßlich, und das wollte sie um keinen Preis sein. »Es ging ihr in letzter Zeit natürlich nicht besonders gut«, fügte sie schnell hinzu. »Also haben wir es ihr verziehen. Es war peinlich, sonst nichts.«

»Sie hatten den Eindruck, daß es auf eventuell gefährliche Böswilligkeit hindeutete?« hakte Lovat-Smith scheinbar beunruhigt nach.

»Nein, überhaupt nicht.« Louia machte eine wegwerfende Handbewegung.

»Wer erschien außerdem noch zu dem Dinner in Ihrem Haus?«

»Dr. Hargrave und seine Frau. Sie waren die letzten.«

»Sonst kam niemand an diesem Abend vorbei?«

»Nein.«

»Würden Sie uns nun bitte über den weiteren Verlauf der Ereignisse informieren, Mrs. Furnival?«

Sie zuckte überaus elegant mit den Schultern und lächelte schwach.

Hester forschte in den Gesichtern der Geschworenen. Sie waren eindeutig von Louisa fasziniert, was diese zweifellos wußte.

»Wir verbrachten eine Weile im Salon«, erklärte Louisa im Plauderton. »Wir sprachen über dieses und jenes, wie man das bei einer solchen Gelegenheit eben tut. Ich weiß nicht mehr, was genau gesagt wurde, nur daß Mrs. Carlyon einen Streit mit dem General anfing, den er nach Kräften zu vermeiden versuchte – aber sie schien wild entschlossen, es zum offenen Disput zu bringen.«

»Wissen Sie, worum es dabei ging?«

»Nein, es klang alles recht nebulös, eher nach einem lang angestauten, heimlichen Groll. Ich habe selbstverständlich nicht alles mitbekommen...« Sie ließ die Worte vornehm im Raum hängen, um die Möglichkeit rasender Eifersucht nicht völlig auszuschließen.

»Kommen wir zum Dinner, Mrs. Furnival«, fuhr Lovat-Smith fort. »War die schlechte Stimmung zwischen dem General und Mrs. Carlyon immer noch vorhanden?«

»Ja, ich fürchte schon. Ich ahnte damals natürlich nicht, daß es etwas Ernstes sein könnte...« Sie wirkte einen Moment lang zutiefst zerknirscht, über ihre unglaubliche Blindheit beschämt. Im Saal erhob sich mitfühlendes Gemurmel, die Köpfe drehten sich in Richtung Anklagebank. Einer der Geschworenen nickte verständnisvoll.

»Und nach dem Dinner?«

»Zogen sich die Damen zurück und ließen die Männer bei Portwein und Zigarren allein. Wir unterhielten uns unterdessen im Salon wieder über alles mögliche – nichts Besonderes, ein bißchen Klatsch, ein paar Meinungen über die derzeitige Mode und so weiter. Als die Männer sich später zu uns gesellten, nahm ich General Carlyon mit hinauf zu meinem Sohn, der ihn aus ganzem Herzen bewundert und immer einen guten Freund an ihm hatte.« Ein gequälter Ausdruck huschte über ihre makellosen Züge, woraufhin sich zum zweitenmal ein mitfühlendes, ärgerliches Summen aus der Menge erhob.

Hester schaute Alexandra an und entdeckte Kummer und Bestürzung in ihrem Blick.

Der Richter hob seine Lider und schaute über die Köpfe der Anwälte auf die Zuschauerschaft. Der Lärm hörte auf.

»Fahren Sie fort, Mr. Lovat-Smith«, forderte er den Staatsanwalt auf.

»Führte das zu irgendeiner Reaktion, Mrs. Furnival?« fragte dieser.

Louisa senkte beschämt den Blick, als mache es sie verlegen, es zugeben zu müssen.

»Ja. Ich fürchte, Mrs. Carlyon war überaus wütend. Damals dachte ich, sie wäre einfach nur gekränkt. Heute ist mir natürlich klar, daß es sehr viel tiefer ging.«

Oliver Rathbone erhob sich von seinem Platz.

»Einspruch, Euer Ehren. Die Zeugin...«

»Stattgegeben«, fiel der Richter ihm ins Wort. »Mrs. Furnival, Sie sollen uns lediglich mitteilen, was Ihnen am fraglichen Abend aufgefallen ist, nicht welche Rückschlüsse Sie aus späteren Ereignissen gezogen haben, ob nun zu Recht oder zu Unrecht. Damals war es für Sie das Verhalten einer gekränkten Frau, sonst nichts.«

Louisas Gesicht wurde hart, doch sie hütete sich, mit ihm zu streiten.

Mit einem knappen »Euer Ehren« nahm Lovat-Smith den Tadel zur Kenntnis. »Mrs. Furnival – Sie nahmen General Carlyon also mit nach oben zu Ihrem dreizehnjährigen Sohn, ist das richtig? Ausgezeichnet. Wann kehrten Sie wieder nach unten zurück?«

»Als mein Mann hochkam und sagte, Alexandra – Mrs. Carlyon – wäre extrem aufgeregt, und die Party würde einen immer unangenehmeren Verlauf nehmen. Er bat mich, mit hinunterzugehen, um die Stimmung zu retten – was ich selbstverständlich tat.«

»General Carlyon blieb bei Ihrem Sohn?«

»Jawohl.«

»Was geschah dann?«

»Mrs. Carlyon ging nach oben.«

»In welchem Zustand befand sie sich Ihren Beobachtungen zufolge?« Er warf einen raschen Seitenblick auf den Richter, doch der enthielt sich jeglichen Kommentars.

»Sie war weiß wie die Wand«, erwiderte Louisa. Sie ignorierte Alexandra noch immer vollständig, als wäre der Zeugenstand leer und sie gar nicht anwesend. »Sie schien so zornig zu sein, wie ich es niemals davor oder danach bei ihr erlebt habe. Ich konnte nicht das geringste tun, um sie aufzuhalten, aber ich führte es auch auf einen Streit zwischen den beiden zurück, der sich wieder legen würde.«

Lovat-Smith lächelte. »Wir gehen davon aus, daß Sie nicht mit einer Eskalation in Gewalt gerechnet haben, Mrs. Furnival, denn in diesem Fall hätten Sie gewiß die entsprechenden Schritte unternommen, um es zu verhindern. Aber haben Sie immer noch keine Idee, was der Grund gewesen sein kann? Zogen Sie beispielsweise nie in Betracht, es könnte sich um Eifersucht auf die Beziehung zwischen Ihnen und dem General handeln?«

Ein flüchtiges, geheimnisvolles Lächeln glitt über ihr Gesicht. Sie schaute zum erstenmal zu Alexandra hinüber, doch das so schnell, daß ihre Blicke sich kaum streiften. »Ein wenig vielleicht«, meinte sie feierlich, »aber nicht ernsthaft. Unsere Beziehung war rein freundschaftlicher Natur, absolut platonisch, und zwar bereits seit Jahren. Ich dachte, sie wüßte das, wie jeder andere auch.« Ihr Lächeln wurde breiter. »Hätte mehr dahintergesteckt, wäre mein Mann kaum so gut mit dem General befreundet gewesen. Ich wäre nie auf die Idee gekommen, daß sie derart . . . derart besessen davon war. Ein bißchen neidisch, das schon – Freundschaft ist etwas sehr Kostbares, vor allem, wenn man sie selbst vermißt.«

»In der Tat.« Lovat-Smith erwiderte ihr Lächeln. »Und dann?« Er verlagerte sein Gewicht auf eine Seite und schob die Hände tiefer in die Taschen.

»Mrs. Carlyon kam wieder nach unten, allein.«

»War sie irgendwie verändert?«

»Ich habe nicht darauf geachtet . . .« Louisa schien darauf zu warten, daß er ihr weiterhalf, doch als er nichts dergleichen tat, fuhr sie ungefragt fort: »Dann ging mein Mann in die Halle.« Sie machte eine dramatische Pause. »In die vordere Halle, nicht die hintere, die wir durchqueren mußten, als wir zu meinem Sohn gingen. Kurz darauf kehrte er zurück, völlig entsetzt, und sagte, General Carlyon hätte einen Unfall gehabt und wäre schwer verletzt.«

»Schwer verletzt?« unterbrach Lovat-Smith. »Nicht tot?«

»Ich nehme an, er war viel zu erschrocken, um ihn sich genauer anzusehen.« Ein schwaches, trauriges Lächeln umspielte ihre

Mundwinkel. »Vermutlich wollte er Charles so schnell wie möglich holen. Das hätte ich jedenfalls getan.«

»Zweifellos. Und Dr. Hargrave ging?«

»Ja. Wenig später teilte er uns mit, daß Thaddeus tot war, und riet uns, es der Polizei zu melden – weil es sich um einen recht außergewöhnlichen Unfall handelte, nicht weil auch nur einer von uns Mord in Betracht zog.«

»Natürlich nicht«, bestätigte Lovat-Smith. »Ich danke Ihnen, Mrs. Furnival. Würden Sie bitte sitzen bleiben – für den Fall, daß mein verehrter Herr Kollege noch Fragen hat.« Er verbeugte sich leicht und wandte sich zu Rathbone um.

Rathbone stand auf, nickte ihm zu und schlenderte zum Zeugenstand hinüber. Er machte einen vorsichtigen, aber in keiner Weise unterwürfigen Eindruck und sah Louisa sehr direkt an.

»Ich möchte mich für Ihre präzise Beschreibung der Ereignisse an jenem verhängnisvollen Abend bedanken, Mrs. Furnival«, sagte er mit sanfter, wundervoll modulierter Stimme. Kaum begann sie zu lächeln, fuhr er ernst fort: »Aber ich glaube, Sie haben ein oder zwei Dinge ausgelassen, die von Bedeutung sein könnten. Wir können es uns nicht leisten, etwas zu übersehen, finden Sie nicht?« Auch auf seinem Gesicht erschien ein Lächeln, doch es hatte nichts Leichtes und erstarb sofort wieder, ohne seine Augen erreicht zu haben. »Ging sonst noch jemand nach oben zu Ihrem Sohn?«

»Ich . . .« Sie stockte, als wäre sie nicht sicher.

»Mrs. Erskine zum Beispiel?«

Lovat-Smith rutschte auf seinem Stuhl herum und erhob sich halb, änderte dann aber seine Meinung.

»Ja, ich glaube«, räumte Louisa ein. Ihrer Miene war deutlich zu entnehmen, daß sie das für nebensächlich hielt.

»Und wie benahm sie sich, als sie zurückkehrte?« fragte Rathbone freundlich.

Louisa zögerte. »Sie schien . . . aufgeregt zu sein.«

»Nur aufgeregt?« Rathbone klang erstaunt. »Nicht beunruhigt, unfähig, sich auf ein Gespräch zu konzentrieren, von irgendwelchen Sorgen abgelenkt?«

»Nun ja . . .« Sie zuckte graziös die Achseln. »Sie war in seltsamer Verfassung, richtig. Ich dachte, sie wäre vielleicht krank.«

»Gab sie irgendeine Erklärung für den plötzlichen Stimmungswandel an, sagte sie, warum sie auf einmal abgelenkt, übellaunig, ja fast außer sich war?«

»Einspruch, Euer Ehren! Die Zeugin hat nicht behauptet, Mrs. Erskine wäre übellaunig oder fast außer sich gewesen. Sie bestätigte lediglich, daß sie beunruhigt war und sich nicht auf die Unterhaltung konzentrieren konnte.«

Der Richter heftete seinen Blick auf Rathbone. »Mr. Lovat-Smith hat recht. Worauf wollen Sie eigentlich hinaus, Mr. Rathbone? Ich muß gestehen, ich kann nicht ganz folgen.«

»Der Zusammenhang wird sich aus dem weiteren ergeben, Euer Ehren«, gab Rathbone zurück. Hester hatte den starken Verdacht, daß er bluffte, in der Hoffnung, daß sie bis zu dem Zeitpunkt, wenn Damaris in den Zeugenstand gerufen wurde, wissen würden, was ihr dermaßen zu schaffen gemacht hatte. Es mußte in Verbindung mit dem General stehen.

»Nun gut. Fahren Sie fort.«

»Haben Sie den Grund für Mrs. Erskines Kummer erfahren, Mrs. Furnival?« nahm Rathbone den Faden wieder auf.

»Nein.«

»Genausowenig wie den für Mrs. Carlyons Aufruhr? Ist es eine bloße Vermutung, daß er mit Ihnen und Ihrer Beziehung zum General zusammenhing?«

Louisa runzelte die Stirn.

»Ist es so, Mrs. Furnival? Hat Mrs. Carlyon jemals Ihnen gegenüber oder in Ihrer Hörweite etwas verlauten lassen, das darauf hindeutete, daß sie eifersüchtig auf Sie und Ihre Freundschaft mit dem General war? Denken Sie bitte scharf nach.«

Louisa atmete tief durch. Ihre Miene war düster, aber sie sah nach wie vor weder den Zeugenstand noch die reglose Frau darin an.

»Nein.«

Rathbone lächelte und entblößte dabei seine Zähne.

»Sie haben sogar ausgesagt, daß sie nicht die geringste Veranlassung zur Eifersucht hatte. Sie sagten, Ihre Beziehung zum General wäre absolut schicklich gewesen, eine sensible Frau hätte zwar durchaus einen gewissen Neid auf Ihren Sonderstatus entwickeln können, jedoch nicht den geringsten Grund zur Beunruhigung gehabt – geschweige denn für so leidenschaftliche Gefühle wie Eifersucht oder Haß. Und es scheint in der Tat kein Grund dafür vorhanden gewesen zu sein, nicht wahr?«

»Richtig.«

Das Bild, das Rathbone gezeichnet hatte, war wenig schmeichelhaft, erst recht nicht verherrlichend und entsprach ganz und gar nicht dem Image, das Louisa nach Hesters Ansicht verkörpern wollte. Hester lachte in sich hinein und warf einen raschen Blick auf Monk, doch der schien nichts mitbekommen zu haben. Er behielt die Geschworenen im Auge.

»Und diese Freundschaft zwischen Ihnen und dem General bestand bereits seit vielen Jahren, seit dreizehn oder vierzehn, um genau zu sein?«

»Jawohl.«

»Mit dem vollen Einverständnis Ihres Ehemannes?«

»Selbstverständlich.«

»Und Mrs. Carlyons ebenfalls?«

»Ja.«

»Hat Sie jemals mit Ihnen darüber gesprochen oder durchblicken lassen, daß es ihr nicht gefiel?«

»Nein.« Louisa wölbte die Brauen. »Für mich geschah es aus heiterem Himmel.«

»Was geschah aus heiterem Himmel, Mrs. Furnival?«

»Na, der Mord natürlich!« Sie machte einen leicht verwirrten Eindruck, offenbar unsicher, ob er nun ausgesprochen einfältig oder ausgesprochen clever war.

Seine Mundwinkel verzogen sich zu einem gewinnenden Lächeln. »Worauf stützt sich dann Ihre Annahme, daß Eifersucht der Grund dafür war?«

Sie atmete langsam ein, um Zeit zu gewinnen. Ihre Miene verschloß sich.

»Ich – ich bin erst darauf gekommen, als sie es selbst zugegeben hat. Außerdem bin ich schon häufig mit unbegründeter Eifersucht konfrontiert worden, also fiel es mir nicht schwer zu glauben. Weshalb sollte sie lügen? Eifersucht ist keine Eigenschaft, die man sich gern andichtet – sie wirkt eher abstoßend.«

»Sie haben soeben eine grundlegende Frage gestellt, Mrs. Furnival, die ich beizeiten beantworten werde. Vielen Dank.« Er wandte sich halb von ihr ab. »Ich habe keine weiteren Fragen. Bitte, bleiben Sie sitzen, falls mein verehrter Herr Kollege Sie noch brauchen sollte.«

Lovat-Smith erhob sich mit einem schwachen, zufriedenen Lächeln.

»Danke, nicht nötig. Ich denke, Mrs. Furnival hat durch ihre bloße Erscheinung bewiesen, daß Eifersucht als Motiv mehr als nachvollziehbar ist.«

Louisa wurde rot, jedoch unverkennbar aus Freude, fast schon Genugtuung. Sie warf Rathbone einen grimmigen Blick zu, als sie überaus vorsichtig die Stufen hinabstieg, geschickt die breiten Reifen ihres Rockes schwingend.

Begleitet von allgemeinem Geraschel und ein paar eindeutigen Beifallsrufen rauschte sie hocherhobenen Hauptes und mit wachsender Befriedigung in den Zügen durch den Gang zwischen den Zuschauerreihen zum Saal hinaus.

Hester spürte, wie sich ihre Muskeln verkrampften und eine völlig irrationale Wut in ihr hochstieg. Nein, sie war nicht fair. Louisa konnte die Wahrheit nicht wissen, sie glaubte aller Wahrscheinlichkeit nach tatsächlich, daß Alexandra den General haargenau aus diesem plötzlichen und überwältigenden Eifersuchtsanfall heraus getötet hatte, den sie sich vorstellte. Doch an Hesters Erbitterung änderte das nicht das geringste.

Sie schaute zur Anklagebank hinüber in Alexandras blasses Gesicht und entdeckte keinerlei Haß, keine leichtfertige Verachtung. Sie sah nichts außer Erschöpfung und Furcht.

Der nächste Zeuge war Maxim Furnival. Bleich und bedrückt nahm er seinen Platz im Zeugenstand ein. Er war kräftiger, als

Hester ihn in Erinnerung hatte, seine Züge verrieten mehr Tiefgang und Stärke, mehr echte Gefühle. Obwohl er noch nicht ausgesagt hatte, stellte Hester fest, daß ihre Sympathien auf seiner Seite waren. Sie forschte noch einmal in Alexandras Gesicht und erkannte ein kurzes Zusammenbrechen ihrer Selbstbeherrschung, eine unvermittelte Sanftheit, vielleicht sogar einen Hauch von Zärtlichkeit, der in krassem Kontrast zu allem Bisherigen stand. Dann war es wieder vorbei, und die Gegenwart machte ihr Recht von neuem geltend.

Nach Maxims Vereidigung stand Lovat-Smith auf und richtete sogleich das Wort an ihn.

»Sie waren natürlich ebenfalls bei dieser unglückseligen Dinnerparty zugegen, Mr. Furnival?«

Maxim bot einen jämmerlichen Anblick. Er besaß weder Louisas Fähigkeit zur Großtuerei noch ihr Talent, ein Publikum zu begeistern. Sein Gesichtsausdruck, seine ganze Haltung machte deutlich, daß die Erinnerung an die Tragödie, das Wissen um den Mord ihm schwer auf der Seele lasteten. Er hatte Alexandra einmal kurz angesehen, voll Schmerz, doch ohne ihrem Blick auszuweichen, ohne Zorn oder Vorwurf. Was immer er von ihr dachte oder glaubte, es war nichts Schlechtes.

»Ja«, antwortete er matt.

»Würden Sie uns bitte erzählen, was Ihnen von jenem Abend in Erinnerung geblieben ist, angefangen bei der Ankunft der ersten Gäste?«

Mit leiser Stimme, aber ohne zu stocken, lieferte Maxim eine genaue Wiederholung der Fakten aus Louisas Bericht. Der einzige Unterschied bestand in seiner Wortwahl, die stark von dem Wissen über das spätere Unglück beeinflußt war. Lovat-Smith unterbrach ihn erst, als er zu dem Punkt kam, an dem Alexandra allein von oben zurückgekehrt war.

»In welcher Verfassung ist sie gewesen, Mr. Furnival? Sie haben nichts darüber gesagt, aber Ihrer Frau war es eine Bemerkung wert.« Er warf einen Seitenblick auf Rathbone, um einem Einspruch zuvorzukommen, doch der lächelte ihn nur freundlich an.

»Mir ist nichts Besonderes aufgefallen«, entgegnete Maxim. Es war so offensichtlich gelogen, daß die Menge ein unterdrücktes Japsen ausstieß und der Richter ihn zum zweitenmal verwundert ansah.

»Vielleicht strengen Sie Ihr Gedächtnis ein wenig an, Mr. Furnival«, riet Lovat-Smith ihm ernst. »Ich bin sicher, Sie kommen noch darauf.« Rathbone kehrte er bewußt den Rücken zu.

Maxim runzelte die Stirn. »Sie war den ganzen Abend nicht sie selbst.« Er wich Lovat-Smiths Blick in keiner Weise aus. »Ich habe mir Sorgen um sie gemacht, aber als sie herunterkam auch nicht mehr als vorher.«

Lovat-Smith schien kurz davor, ihn trotzdem noch einmal zu fragen, hörte jedoch, wie Rathbone im Hintergrund aufstand, um Einspruch anzumelden, und besann sich eines Besseren.

»Was geschah dann?« erkundigte er sich statt dessen.

»Ich ging in die vordere Halle, warum, weiß ich nicht mehr, und sah Thaddeus auf dem Boden liegen, um ihn herum die Einzelteile der Ritterrüstung – und in seiner Brust die Hellebarde.« Er machte eine kurze Pause, um die Fassung zurückzugewinnen. Lovat-Smith gönnte ihm die Unterbrechung. »Er war offensichtlich sehr schwer verletzt, viel zu offensichtlich für mich, als daß ich ihm hätte helfen können, also lief ich zum Salon, um Charles Hargrave zu holen, den Arzt.«

»Ja, ich verstehe. War Mrs. Carlyon dort?«

»Ja.«

»Wie nahm sie die Neuigkeit auf, daß ihr Ehemann einen schweren, möglicherweise tödlichen Unfall hatte, Mr. Furnival?«

»Sie war natürlich entsetzt, wurde leichenblaß und mußte sich setzen, was glauben Sie denn? So etwas sagt man keiner Frau gern.«

Lovat-Smith senkte lächelnd den Blick und schob die Hände wieder in die Taschen.

Hester betrachtete die Geschworenen. Sie erkannte an den nachdenklich gerunzelten Stirnen, den wachsam gespitzten Mündern, daß ihnen alle möglichen Fragen durch den Kopf gingen, Fragen, die gerade dadurch drängender und gravierender wurden, daß sie unausgesprochen im Raum hingen. Zum erstenmal bekam sie eine schwache Ahnung von Lovat-Smiths meisterhaftem Geschick.

»Natürlich nicht«, bestätigte er schließlich. »Und Sie waren ihretwegen vermutlich äußerst besorgt.« Er drehte sich um und schaute unvermittelt zu Maxim hoch. »Sagen Sie, Mr. Furnival, hegten Sie je den Verdacht, daß Ihre Frau ein Verhältnis mit General Carlyon haben könnte?«

Maxims Gesicht war bleich. Er erstarrte, als fände er die Frage zwar geschmacklos, jedoch nicht überraschend.

»Nein, das tat ich nicht. Würde ich Ihnen jetzt sagen, daß ich meiner Frau vertraue, wäre es für Sie zweifellos unerheblich, aber ich kannte auch den General schon seit vielen Jahren und wußte genau, daß er nicht der Typ war, der sich auf derlei Geschichten einläßt. Wir waren beide seit mehr als fünfzehn Jahren mit ihm befreundet. Hätte ich je irgendein unkorrektes Verhalten zwischen meiner Frau und ihm vermutet, hätte ich dem selbstverständlich ein Ende gemacht. Soviel werden Sie mir doch wohl glauben?«

»Natürlich, Mr. Furnival. Man könnte also sagen, Mrs. Carlyons Eifersucht entbehrte ihrer Ansicht nach jeglicher Grundlage? Es handelte sich dabei um keinerlei gerechtfertigte Gefühlsaufwallung, für die man eventuell Verständnis aufbringen könnte?«

Mit unglücklicher Miene hielt Maxim den Blick gesenkt.

»Ich kann mir nicht vorstellen, daß sie ernsthaft an eine Affäre glaubte«, sagte er leise. »Das Ganze ist mir unerklärlich.«

»Ihre Gattin ist eine sehr schöne Frau, Sir. Eifersucht muß nicht unbedingt rational erklärbar sein. Ein wider alle Vernunft sprechender Verdacht kann ...«

Rathbone löste sich von seinem Stuhl.

»Die Spekulationen meines werten Herrn Kollegen über das Wesen der Eifersucht sind für den Fall nicht von Bedeutung, Euer Ehren, und könnten die Einstellung der Geschworenen beeinflussen, da er sie in Zusammenhang mit Mrs. Carlyon bringt.«

»Stattgegeben«, sagte der Richter ohne zu zögern, dann, zum Staatsanwalt: »Mr. Lovat-Smith, ich erwarte Besseres von Ihnen. Beweisen Sie Ihr Anliegen, philosophieren Sie nicht.«

»Ich bitte um Entschuldigung, Euer Ehren. Danke, Mr. Furnival, ich habe keine weiteren Fragen.«

»Mr. Rathbone?« fragte der Richter.

Rathbone stand auf und wandte sich dem Zeugenstand zu.

»Mr. Furnival, darf ich Sie noch einmal auf den Beginn des Abends zurückbringen – zu dem Moment, um genau zu sein, als Mrs. Erskine hinaufging, um Ihren Sohn zu besuchen. Erinnern Sie sich?«

»Ja.« Maxim schien verwirrt.

»Sagte sie Ihnen entweder gleich danach oder später, was sich dort oben ereignet hatte?«

Maxim runzelte die Stirn. »Nein.«

»Sowohl Sie als auch Mrs. Furnival haben ausgesagt, Mrs. Erskine wäre bei ihrer Rückkehr extrem beunruhigt gewesen, in einem solchen Maße sogar, daß sie sich für den Rest des Abends nicht mehr normal benehmen konnte. Ist das richtig?«

»Ja.« Maxim machte einen verlegenen Eindruck – vermutlich nicht seinet-, sondern Damaris wegen, nahm Hester an. Es war taktlos, in aller Öffentlichkeit über die Gefühle eines anderen Menschen zu sprechen, insbesondere wenn es sich dabei um eine Frau und gute Freundin handelte. Ein Gentleman tat so etwas nicht.

Rathbone lächelte ihn kurz an.

»Ich danke Ihnen. Und nun zurück zu der leidigen Frage, ob Mrs. Furnival und General Carlyon einen Umgang miteinander pflegten, der nicht ganz korrekt war. Sie haben beschworen, im Verlauf ihrer insgesamt etwa fünfzehnjährigen Freundschaft niemals einen Anlaß gehabt zu haben, an der Vertrauenswürdigkeit und Schicklichkeit der Beziehung zu zweifeln – daß es nichts gab, woran Sie als Mrs. Furnivals Ehemann oder die Angeklagte als Frau des Generals hätten Anstoß nehmen können. Habe ich Sie dahingehend richtig verstanden?«

Ein paar der Geschworenen schauten neugierig zu Alexandra hinüber.

»Jawohl, das haben Sie. Es bestand zu keiner Zeit Grund zu der Annahme, daß es sich um etwas anderes als eine vollkommen harmlose Freundschaft handelte«, bestätigte Maxim steif, den Blick auf Rathbone gerichtet, die Brauen nachdenklich zusammengezogen.

Hester blickte zu den Geschworenenbänken. Ein oder zwei Männer nickten. Sie glaubten ihm; seine Ehrlichkeit war ebenso transparent wie sein Unbehagen.

»Dachten Sie, Mrs. Carlyon hätte es ähnlich gesehen?«

»Allerdings! Das dachte ich!« Zum erstenmal kam Leben in Maxims Gesicht. »Es – es fällt mir immer noch schwer...«

»In der Tat«, schnitt Rathbone ihm das Wort ab. »Hat sie in Ihrer Gegenwart je etwas verlauten lassen oder etwas getan, das auf etwas anderes schließen ließ? Bitte, Mr. Furnival, bemühen Sie sich um eine präzise Antwort – keine Mutmaßungen oder Interpretationen. Hat sie jemals ihre Wut oder Eifersucht auf Mrs. Furnival wegen deren Beziehung zum General zum Ausdruck gebracht?«

»Nein, nie«, erwiderte Maxim wie aus der Pistole geschossen. »Durch nichts.« Bislang hatte er vermieden, Alexandra anzusehen, weil er verhindern wollte, daß die Geschworenen seine Motive mißverstanden oder seine Aufrichtigkeit anzweifelten, doch jetzt konnte er nicht mehr anders. Seine Augen flogen blitzschnell zur Anklagebank.

»Sie sind absolut sicher?« beharrte Rathbone.

»Absolut.«

Der Richter legte die Stirn in Falten und sah Rathbone forschend an. Er beugte sich vor, als ob er etwas sagen wollte, besann sich jedoch eines Besseren.

Auch Lovat-Smith runzelte die Stirn.

»Ich danke Ihnen, Mr. Furnival«, sagte Rathbone lächelnd. »Sie waren ausgesprochen offen, was wir alle zu schätzen wissen. Es ist für jeden von uns äußerst unangenehm, derartige Fragen stellen und vor der Öffentlichkeit Spekulationen aufwerfen zu müssen, die persönlich bleiben sollten, aber die Umstände zwingen uns leider dazu. Falls Mr. Lovat-Smith keine weiteren Fragen an Sie hat, dürfen Sie den Zeugenstand jetzt verlassen.«

»Nein, danke.« Lovat-Smith erhob sich halb. »Überhaupt keine Fragen mehr.«

Maxim setzte sich in Bewegung und stieg langsam die Stufen hinab. Als nächste Zeugin wurde Sabella Carlyon Pole aufgerufen. Ein erwartungsvolles Raunen ging durch den Saal. Man tuschelte aufgeregt, rutschte mit raschelnden Kleidern auf den Bänken herum, die Zuschauer auf der Galerie reckten neugierig die Hälse.

»Die Tochter!« ertönte es links von Hester. »Soll verrückt sein. Hat ihren Vater gehaßt.«

»Ich haß meinen Vater auch«, kam es postwendend zurück. »Deshalb bin ich noch lange nich verrückt!«

»Sssch!« zischte jemand anderes erbost.

Mit hocherhobenem Haupt und steifem Rücken marschierte Sabella durch den Saal zum Zeugenstand. Auch sie war sehr blaß, aber ihre Miene wirkte trotzig. Den Blick unverwandt auf ihre Mutter gerichtet, zwang sie sich zu einem Lächeln.

Zum erstenmal seit Prozeßbeginn drohte Alexandra die Fassung zu verlieren. Ihr Mund bebte, das eiserne Starren wurde weicher, die Augen blinzelten mehrmals. Hester ertrug es nicht länger, sie anzusehen. Sie wandte den Blick ab und kam sich wie ein Feigling vor, doch wenn sie es nicht getan hätte, hätte sie das Gefühl gehabt, unerlaubt in einen Privatbereich einzudringen. Sie wußte nicht, was schlimmer war.

Unter Eid bestätigte Sabella ihren Namen, ihre Adresse und ihre verwandtschaftliche Beziehung zu der Angeklagten.

»Ich bin mir bewußt, wie schmerzhaft das für Sie sein muß, Mrs. Pole«, begann Lovat-Smith höflich. »Ich wünschte, es gäbe eine Möglichkeit, Ihnen die Fragen zu ersparen, doch die gibt es leider nicht. Ich will versuchen, es kurz zu machen. Erinnern Sie sich an die Dinnerparty, in deren Verlauf Ihr Vater den Tod fand?«

»Was glauben Sie wohl! Solche Dinge vergißt man nicht.«

»Nein, natürlich nicht.« Lovat-Smith war ein wenig verblüfft. Er hatte mit einer etwas weinerlichen Frau gerechnet, die vielleicht sogar Angst vor ihm hatte oder doch zumindest tiefe Ehrfurcht vor dem äußeren Rahmen an den Tag legte. »Soweit ich informiert bin, hatten Sie gleich nach Ihrem Eintreffen eine Auseinandersetzung mit Ihrem Vater, ist das korrekt?«

»Jawohl.«

»Worum ging es dabei, Mrs. Pole?«

»Er belächelte meine Befürchtung, daß es in Indien zu Unruhen kommen würde. Wie sich herausstellte, hatte ich recht.«

Ein teilnahmsvolles, ärgerliches Summen wurde laut. Wie konnte sie es wagen, sich der Ansicht eines Kriegshelden zu widersetzen, einem Mann und ihrem Vater obendrein – der nicht einmal mehr lebte, um für sich selbst sprechen zu können? Weitaus schlimmer aber war, daß die schrecklichen Neuigkeiten, die mit den Postschiffen aus Indien und China eintrafen, ihre These auch noch bestätigten.

»Das war alles?« Lovat-Smith hob skeptisch die Brauen.

»Ja. Wir wechselten ein paar scharfe Worte, sonst nichts.«

»Hatte Ihre Mutter an jenem Abend mit ihm Streit?«

Hester wandte den Kopf zur Anklagebank. Alexandras Gesicht war angespannt und voll Angst, doch diese Angst galt Hesters Meinung nach Sabella, nicht sich selbst.

»Ich weiß es nicht. Ich habe nichts dergleichen gehört«, gab Sabella ausdruckslos zurück.

»Haben Sie irgendwann einmal gehört, wie Ihre Eltern sich stritten?«

»Selbstverständlich.«

»Worum ging es dabei – sagen wir, im letzten halben Jahr?«

»Vor allem darum, ob mein Bruder Cassian auf ein Internat geschickt oder zu Hause von einem Privatlehrer unterrichtet werden solle. Er ist acht Jahre alt.«

»Ihre Eltern waren unterschiedlicher Meinung?«

»Ja.«

»Sie reagierten heftig auf das Thema?« Lovat-Smith wirkte überrascht und verwirrt.

»Jawohl«, erwiderte sie scharf. »Anscheinend ließ es sie nicht kalt.«

»Ihre Mutter wollte, daß er zu Hause bei ihr blieb, während Ihr Vater fand, er sollte allmählich auf das Erwachsensein vorbereitet werden?«

»Im Gegenteil. Vater wollte ihn zu Hause behalten, Mutter wollte ihn auf die Schule schicken.«

Die Mehrzahl der Geschworenen schaute verwundert drein. Der eine oder andere drehte sich sogar nach Alexandra um.

»Was Sie nicht sagen!« Auch Lovat-Smith klang erstaunt, an derlei Einzelheiten jedoch nicht interessiert, solange er nicht danach gefragt hatte. »Gab es noch andere Streitpunkte?«

»Ich weiß es wirklich nicht. Ich wohne nicht mehr zu Hause, Mr. Lovat-Smith, und besuche meine Eltern nur unregelmäßig. Mein Vater und ich standen uns nicht besonders nahe, wie Ihnen zweifellos bekannt ist. Meine Mutter hat mich oft besucht. Mein Vater nie.«

»Ich verstehe. Aber Sie spürten, daß die Beziehung zwischen Ihren Eltern gespannt war, ganz besonders am Abend der Dinnerparty?«

Sabella zögerte und verriet damit ihre Voreingenommenheit. Hester sah, wie sich die Gesichter der Geschworenen verhärteten, als ob irgendwo in ihrem Innern eine Tür zugefallen wäre; von nun an würden sie ihre Antworten anders bewerten. Einer von ihnen drehte sich um, schaute Alexandra neugierig an und wandte sich sofort wieder ab, als hätte man ihn beim Voyeurismus ertappt. Auch das war eine verräterische Geste.

»Mrs. Pole?« rief Lovat-Smith sich in Erinnerung.

»Natürlich habe ich es gespürt. Alle spürten es.«

»Und aus welchem Grund? Denken Sie sorgfältig nach: so wie Sie Ihre Mutter kennen, nachdem Sie beide einander derart verbunden sind – hat sie irgend etwas gesagt, das auf den Grund ihrer Erbitterung schließen ließ?«

Rathbone hatte sich bereits zur Hälfte erhoben, doch dann fing er den Blick des Richters auf und setzte sich wieder hin. Den Geschworenen war das Zwischenspiel nicht entgangen; ihre Gesichter leuchteten vor Erwartung.

»Wenn zwei Menschen unglücklich miteinander sind«, sagte Sabella sehr leise, »muß es nicht immer einen bestimmten Grund für jede Auseinandersetzung geben. Mein Vater war zuweilen ziemlich tyrannisch, ein regelrechter Diktator. Der einzig mir bekannte Streitpunkt war Cassian und seine Einschulung.«

»Sie wollen uns doch wohl nicht glauben machen, Ihre Mutter hätte Ihren Vater wegen seiner Entscheidung über die schulische Erziehung seines Sohnes ermordet, Mrs. Pole?« Lovat-Smiths gewinnende, kultivierte Stimme verströmte eine Ungläubigkeit, die beinah beleidigend wirkte.

Alexandra beugte sich impulsiv auf der Anklagebank vor, und die Wärterin neben ihr tat es auch, als ob sie tatsächlich über die Brüstung springen und verschwinden könnte. Die Leute auf der Galerie konnten es nicht sehen, aber die Geschworenen zuckten zusammen.

Sabella gab keine Antwort. Ihr sanftes, ovales Gesicht verschloß sich. Sie starrte ihn einfach an, wußte nicht, was sie sagen sollte, und scheute gleichzeitig davor zurück, einen Fehler einzugestehen.

»Vielen Dank, Mrs. Pole. Ich denke, wir haben verstanden.« Lovat-Smith lächelte zufrieden und räumte die Bühne für Rathbone.

Sabella war sichtlich auf der Hut; mit hochroten Wangen schaute sie dem Strafverteidiger entgegen.

Rathbone lächelte ihr freundlich zu. »Mrs. Pole, Sie kennen Mrs. Furnival bereits seit geraumer Zeit, seit mehreren Jahren sogar?«

»Ja.«

»Waren Sie der Ansicht, daß sie eine Affäre mit Ihrem Vater hatte?«

Der Gerichtssaal hielt gesammelt die Luft an. Endlich kam jemand zum Kern der Sache. Die Aufregung war groß.

»Nein«, gab Sabella hitzig zurück, doch dann registrierte sie Rathbones Gesichtsausdruck und wiederholte mit etwas mehr Haltung: »Nein, das war ich nicht. Ich habe nie etwas gesehen oder gehört, das mich auf die Idee gebracht hätte.«

»Hat Ihre Mutter jemals einen derartigen Verdacht geäußert oder gesagt, die Art der Beziehung gäbe ihr Veranlassung zur Sorge?«

»Nein, nie. Sie hat das Thema nicht einmal angeschnitten.«

»Nicht einmal?« hakte Rathbone verwundert nach. »Obwohl Sie beide sich sehr nahegestanden haben? Das war doch der Fall, oder?«

Sabella schaute unverhohlen zur Anklagebank. »Ja. Und es ist immer noch so.«

»Und sie hat es nie zur Sprache gebracht?«

»Nein.«

»Vielen Dank. Keine weiteren Fragen.« Er kehrte lächelnd zu seinem Platz zurück.

Lovat-Smith trat vor.

»Mrs. Pole, haben Sie Ihren Vater getötet?«

Der Richter hob die Hand, um Sabella am Antworten zu hindern. Er rechnete offensichtlich mit einem Einspruch von seiten der Verteidigung, denn er schaute Rathbone auffordernd an. Die Frage war absolut unzulässig. Zum einen stand sie im aktuellen Prozeß nicht zur Debatte, zum andern sollte Sabella vor der Gefahr gewarnt werden, sich selbst zu belasten.

Rathbone zuckte die Achseln.

Der Richter ließ seufzend seine Hand sinken und bedachte Lovat-Smith mit einem strafenden Blick.

»Sie brauchen die Frage nicht zu beantworten, wenn Sie nicht wollen«, sagte er zu Sabella.

»Nein, ich habe ihn nicht getötet«, erklärte sie mit brüchiger, kaum hörbarer Stimme.

»Ich danke Ihnen.« Lovat-Smith neigte befriedigt den Kopf; mehr hatte er nicht gewollt.

Der Richter lehnte sich vor und sagte freundlich: »Sie dürfen den Zeugenstand verlassen, Mrs. Pole. Das war alles.«

Sabella stieß ein betroffenes »Oh« aus, als hätte sie sich völlig in ihren Gedanken verloren und den brennenden Wunsch, noch etwas Hilfreiches hinzuzufügen. Widerstrebend stieg sie die Stufen hinab, die letzten beiden mit Unterstützung des Gerichtsdieners, und verschwand in der Menge. Das Licht fing sich einen kurzen Moment in ihrem hellen Haar, dann war sie nicht mehr zu sehen.

Das Gericht vertagte sich für eine kleine Mittagspause. Monk und Hester entdeckten einen Mann, der einen Sandwichkarren vor sich her schob, erstanden jeder eins, schlangen es hastig hinunter und kehrten auf ihre Plätze zurück.

Sobald sich das Gericht wieder versammelt hatte und Ruhe eingekehrt war, wurde der nächste Zeuge aufgerufen.

»Fenton Pole!« rief der Aufsichtsbeamte an der Tür laut und deutlich. »Fenton Pole in den Zeugenstand bitte!«

Mit unbewegtem Gesicht, die Kiefer in sichtlicher Mißbilligung fest zusammengepreßt, nahm Pole den ihm angewiesenen Platz ein. Er beantwortete Lovat-Smiths Fragen überaus knapp, ließ jedoch keinen Zweifel daran übrig, daß er seine Schwiegermutter für schuldig, wenn auch geistig umnachtet hielt. Alexandra schaute er nicht ein einziges Mal an. Lovat-Smith mußte seine wortreichen Ausführungen, mit denen er die Familie offenbar von jeglicher Verantwortung zu entbinden versuchte, zweimal unterbrechen. Irrsinn sei schließlich eine Krankheit, so meinte er, eine Tragödie, die jeden ereilen könne, folglich dürfe man der Familie nicht die Schuld daran geben. Er machte keinen Hehl daraus, wie zuwider ihm das Ganze war.

Die Menge kommentierte seine Worte mit verständnisvollem Murmeln, ein Zuschauer äußerte sogar auf recht drastische Weise seine völlige Zustimmung. Als Hester sich jedoch wieder auf die Geschworenen konzentrierte, entdeckte sie zumindest im Gesicht eines Mannes eine gewisse Skepsis und Mißbilligung. Er schien seine Aufgabe sehr ernst zu nehmen. Vermutlich hatte man ihm immer wieder eingebleut, er dürfe sich kein Urteil bilden, ehe die Beweisaufnahme nicht abgeschlossen war, doch sosehr er auch um Unvoreingenommenheit rang – Illoyalität war ihm verhaßt. Er musterte Fenton Pole mit zutiefst ablehnendem Blick, und Hester war vorübergehend aus keinem vernünftigen Grund beruhigt. Es war absurd, und ihr klügeres Ich war sich dessen sehr wohl bewußt, aber es war ein Strohhalm im Wind, ein Zeichen, daß wenigstens einer nicht von vornherein verurteilt hatte.

Rathbone wollte lediglich wissen, ob Fenton Pole konkrete und unanfechtbare Beweise für eine Affäre zwischen seinem Vater und Louisa Furnival habe.

Poles Gesicht nahm daraufhin erst einen verächtlichen, dann einen beleidigten Ausdruck an. Das Thema war ihm bei weitem zu vulgär und hätte seiner Ansicht nach gar nicht erst auf den Tisch gehört.

»Selbstverständlich nicht«, entgegnete er empört. »General Carlyon war kein unmoralischer Mensch. Allein die Vorstellung, er könnte auf ehebrecherischen Pfaden gewandelt sein, ist eine Zumutung und entbehrt jeglicher Grundlage.«

»In der Tat«, pflichtete Rathbone ihm bei. »Und haben Sie irgendeinen Grund zu der Annahme, daß ihre Schwiegermutter glaubte, er hätte sie hintergangen und sein Eheversprechen gebrochen?«

Poles Lippen wurden schmal.

»Nun, ich dachte, unsere Anwesenheit in diesem Saal wäre hierfür Beweis genug.«

»O nein, Mr. Pole, ganz und gar nicht«, entgegnete Rathbone mit schneidendem Unterton. »Sie beweist lediglich, daß General Carlyon ein gewaltsames Ende und die Polizei es notwendig gefunden hat – ob nun irrtümlich oder nicht, sei einmal dahingestellt – Anklage gegen Mrs. Carlyon zu erheben.«

Auf den Geschworenenbänken entstand eine leichte Unruhe. Jemand setzte sich gerader hin.

Fenton Pole wirkte verwirrt. Er erhob keinen Widerspruch, obwohl ihm sein verletzter Stolz deutlich anzusehen war.

»Sie haben meine Frage nicht beantwortet, Mr. Pole«, drängte Rathbone. »Haben Sie irgend etwas gehört oder gesehen, aus dem Sie eindeutig schließen konnten, daß Mrs. Carlyon die Beziehung zwischen Mrs. Furnival und dem General mit Mißtrauen verfolgt hat?«

»Hm – nun ja, so formuliert, muß ich wohl nein sagen. Ich verstehe nicht, worauf Sie hinauswollen.«

»Auf gar nichts, Mr. Pole. Und es wäre vollkommen unzulässig, würde ich Ihnen irgendwelche Worte in den Mund legen – was Ihre Lordschaft garantiert ähnlich sieht.«

Pole würdigte den Richter keines Blickes.

Er wurde aus dem Zeugenstand entlassen.

Als nächsten Zeugen rief Lovat-Smith John Barton auf, den

Lakaien. Der Anlaß, zu dem er erscheinen mußte, schüchterte ihn sichtlich ein. Sein hübsches Gesicht war vor Befangenheit ganz rot, als er stotternd den Eid ablegte und Namen, Adresse und Beruf nannte. Lovat-Smith ging ausgesprochen freundlich mit ihm um. Er behandelte ihn nicht die Spur herablassend und befragte ihn ebenso höflich wie Fenton Pole oder Maxim Furnival. Unter andächtigem Schweigen des Gerichts und gespannter Aufmerksamkeit der Geschworenen entlockte er ihm eine präzise Schilderung dessen, was er nach der Dinnerparty getan hatte; aufräumen; den Kohleneimer heraufholen; registrieren, daß die Ritterrüstung immer noch auf dem Sockel stand, der inzwischen in den Salon geschafft worden war; mit dem Mädchen sprechen und schließlich zu dem unausweichlichen Schluß gelangen, daß nur Sabella oder Alexandra als Thaddeus' Mörder in Frage kamen.

Ein kollektives Aufatmen durchwehte den Saal wie die erste frische Brise vor einem nahenden Sturm.

Rathbone erhob sich in knisternder Stille. Keiner der Geschworenen rührte sich.

»Ich habe keine Fragen an den Zeugen, Euer Ehren.«

Ein verblüfftes Keuchen. Die Geschworenen wechselten ungläubige Blicke.

»Sind Sie sicher, Mr. Rathbone?« erkundigte sich der Richter erstaunt. »Die Aussage dieses Zeugen ist sehr belastend für Ihre Klientin.«

»Vollkommen sicher. Danke, Euer Ehren.«

Der Richter blickte ihn stirnrunzelnd an. »Wie Sie wollen. Mr. Barton, Sie dürfen gehen.«

Lovat-Smith holte das rothaarige Dienstmädchen in den Zeugenstand, das im Obergeschoß für Sauberkeit und Ordnung sorgte, und ließ sie unwiderruflich bestätigen, daß nur Alexandra den General über das Treppengeländer gestoßen haben konnte, ihm zweifellos anschließend nach unten gefolgt war und ihm die Hellebarde in die Brust gestoßen hatte.

»Wozu bloß der ganze Zirkus«, stöhnte eine männliche Stimme hinter Monk. »Is ja die reinste Zeitverschwendung!«

»Und Geldverschwendung erst«, pflichtete sein Nachbar ihm bei. »Die sollten nich so lange rummachen undse endlich aufhängen! Wozu noch das ganze Gelaber.«

Monk wirbelte mit bitterbösem Gesicht herum und funkelte die beiden zornig an.

»Weil wir in England niemanden aufhängen, ohne ihm eine Chance zur Selbstverteidigung zu geben«, knurrte er mit zusammengebissenen Zähnen. »Es mag vielleicht eine wunderliche Sitte sein, aber wir geben jedem die Möglichkeit, angehört zu werden, egal, was wir von ihm denken. Wenn Ihnen das nicht paßt, sollten Sie besser woandershin gehen, denn hier haben Sie kaum etwas verloren!«

»Ach nee! Wolln Se etwa behaupten, ich wär nich von hier? Ich bin genauso englisch wie Sie! Ich zahl meine Steuern, aber bestimmt nich für solche wie die da, die mit 'm Gesetz Katz und Maus spielen. Ich glaub nämlich an das Gesetz! Kann doch nich angehen, daß die Weiber hier einfach so rumlaufen und in 'nem Anfall von Eifersucht ihre Männer abmurksen können. Dann wär man ja in ganz England nich mehr sicher!«

»Sie glauben nicht an das Gesetz«, warf Monk ihm grimmig vor, »Sie glauben an den Strick und an Lynchjustiz. Das haben Sie gerade selbst gesagt.«

»Hab ich überhaupt nich, Sie hundserbärmlicher Lügner!«

»Sie sagten, vergeßt die Verhandlung, stürzt das Gericht und hängt sie endlich auf, ein Urteil brauchen wir nicht. Am liebsten würden Sie Richter und Geschworene abschaffen und selbst beides spielen!«

»Das hab ich niemals gesagt!«

Monk musterte ihn mit Todesverachtung und wandte sich wieder zu Hester um, denn das Gericht hatte sich erneut vertagt und den Saal bereits verlassen. Er packte sie etwas unsanft am Ellbogen und schubste sie durch die lärmende, drängelnde Menge hinaus.

Es gab nichts zu sagen. Sie hatten nichts anderes erwarten können: eine Menge, die nur wußte, was die Zeitungen ihr eingetrichtert hatten; ein Richter, der fair war, unparteiisch und unfähig zu helfen; ein brillanter Staatsanwalt, der sich durch nichts und niemanden hinters Licht führen ließ; ein Belastungsmaterial, das Alexandras Schuld einwandfrei bewies. Sie durften sich davon nicht beeinflussen lassen, und erst recht durften sie nicht resignieren. Das kam überhaupt nicht in Frage.

Monk zwängte sich an den rempelnden, schnatternden Menschen vorbei, die wie welkes Laub in einem Tornado hin und her wirbelten. Es machte ihn rasend, weil er ein Ziel hatte und so schnell wie möglich weg wollte, als wäre Eile ein Weg, den bedrükkenden Gedanken zu entrinnen.

Erst als sie Old Bailey hinter sich gelassen hatten und auf Ludgate Hill zugingen, begann er zu sprechen.

»Ich bete zu Gott, daß er weiß, was er tut.«

»Wie können Sie so etwas sagen!« sagte Hester wütend, zum einen weil sie Angst hatte, zum andern weil sie glaubte, Rathbone verteidigen zu müssen. »Er versucht alles menschenmögliche – genau wie wir es vereinbart hatten. Außerdem haben wir gar keine Alternative, es gibt keine andere Strategie. Sie hat es getan. Welchen Sinn hätte es, das zu leugnen? Es bleibt nichts mehr zu sagen außer dem Grund.«

»Sie haben recht«, bestätigte er finster. »Alles andere wäre umsonst. Teufel, ist das kalt. Im Juni sollte es eigentlich wärmer sein.«

Sie brachte ein schwaches Lächeln zustande. »Sollte es das? Der Juni ist doch oft so kalt.«

Er funkelte sie wortlos an.

»Keine Sorge, es kann nur besser werden.« Hester zuckte die Achseln und zog ihr Cape fester um sich. »Danke, daß Sie den Platz für mich freigehalten haben. Bis morgen.«

Sie trat in die frostige Luft und gönnte sich trotz der nicht unerheblichen Kosten einen Hansom zu Callandra Daviots Haus.

»Was ist passiert?« Callandra löste sich sofort tiefbesorgt von ihrem Sessel, als Hester hereinkam. Sie sah furchtbar müde und verängstigt aus und ließ ganz gegen ihre Natur die Schultern hängen. »Kommen Sie, setzen Sie sich. Erzählen Sie.«

Hester nahm gehorsam Platz. »Es ist genauso gelaufen, wie wir erwartet haben, aber sie sind alle so unglaublich rational und unflexibel. Sie wissen, daß sie es getan hat – Lovat-Smith ließ keinen Zweifel daran offen. Ich habe das Gefühl, was wir auch vorbringen – sie werden nie etwas anderes glauben, als daß er ein feiner Mensch war, ein Soldat und ein Held. Wie in aller Welt sollen wir beweisen, daß er seinen eigenen Sohn zum Analverkehr gezwungen hat?« Sie benutzte absichtlich den krassesten Ausdruck, der ihr einfiel, und ärgerte sich verrückterweise, als Callandra nicht darunter zusammenzuckte. »Sie werden sie nur noch mehr hassen, weil wir etwas derart Ungeheuerliches von diesem rechtschaffenen Mann behaupten.« Ihre Stimme triefte vor Sarkasmus. »Man wird sie wegen dieser Unverschämtheit nur noch höher hängen.«

»Sie müssen die anderen finden«, sagte Callandra tonlos; ihre grauen Augen blickten traurig und verbittert. »Die einzige Alternative heißt aufgeben. Wollen Sie das etwa tun?«

»Nein, natürlich nicht. Ich denke nur manchmal, wenn wir realistisch sind, müssen wir uns mit dem Gedanken anfreunden, womöglich zu verlieren.«

Callandra schwieg ganz bewußt und sah sie abwartend an.

Hester begegnete ihrem Blick und begann nach und nach zu denken.

»Der General ist von seinem Vater mißbraucht worden.« Sie suchte verzweifelt irgendeinen Punkt, an dem sie ansetzen konnte. »Er wird vermutlich nicht aus heiterem Himmel selbst damit angefangen haben, was denken Sie?«

»Keine Ahnung. Mein Verstand sagt mir nein.«

»Es muß etwas geben in der Vergangenheit; wenn wir nur wüßten, wo wir suchen sollen. Ja, wir müssen die anderen finden – die anderen, die so etwas Entsetzliches tun. Aber wo? Den alten Colonel zu beschuldigen hat keinen Sinn, wir könnten es ihm niemals nachweisen. Genau wie jeder andere wird er es schlicht und einfach abstreiten, und der General ist tot.«

Sie ließ sich langsam zurücksinken. »Was sollte es uns außerdem bringen? Selbst wenn wir beweisen könnten, daß jemand anders es getan hat, sagt das noch lange nichts über den General, oder daß Alexandra davon wußte. Ich weiß nicht, wo anfangen, und die Zeit wird allmählich knapp.« Sie schaute Callandra unglücklich an. »Oliver muß spätestens in ein paar Tagen mit der Verteidigung beginnen. Lovat-Smith ist bis über die Ohren mit schlagenden Beweisen eingedeckt. Wir haben bisher noch überhaupt nichts Nennenswertes erreicht – abgesehen davon, daß Alexandra keine Eifersucht nachgewiesen werden konnte.«

»Nicht die anderen Mißbraucher«, sagte Callandra ruhig. »Die anderen Opfer. Wir müssen uns die Armeeakten noch einmal vornehmen.«

»Wir haben keine Zeit mehr«, begehrte Hester verzweifelt auf. »Das kann Monate dauern, und wer weiß, ob wir überhaupt auf etwas stoßen.«

»Wenn er es bei der Armee auch getan hat, werden wir auf etwas stoßen.« Callandras Stimme enthielt nicht den leisesten Zweifel, keine Spur Unsicherheit. »Sie verfolgen weiterhin den Prozeß, und ich mache mich auf die Suche nach irgendeinem Ausrutscher seinerseits. Vielleicht gibt es einen genügend gedemütigten jungen Trommler oder Kadetten, der nicht mehr länger schweigen will.«

»Glauben Sie wirklich ...?« Hester wurde von vollkommen ungerechtfertigter, närrischer Hoffnung gepackt.

»Beruhigen Sie sich, ordnen Sie Ihre Gedanken«, rief Callandra sie in barschem Ton zur Räson. »Erzählen Sie mir lieber noch einmal alles, was Sie über die unglückselige Geschichte wissen.«

Oliver Rathbone wollte, nachdem die Verhandlung vertagt worden war, das Gerichtsgebäude gerade verlassen, als Lovat-Smith ihn mit sichtlich neugieriger Miene abfing. Rathbone, der ihm ohnehin schlecht ausweichen konnte, war nicht einmal sicher, ob er es wollte. Er hatte das Bedürfnis, mit ihm zu sprechen, so wie man gelegentlich den Drang verspürt, eine Wunde auf ihre Tiefe und Schmerzhaftigkeit hin zu untersuchen.

»Was in aller Welt hat Sie nur bewogen, diesen Fall zu übernehmen?« Lovat-Smiths hochintelligenter Blick bohrte sich forschend in seinen. Fast glaubte Rathbone, einen Anflug von seltsam verschrobenem Mitleid darin zu erkennen; vielleicht auch jede Menge andere Gefühlsregungen, alle gleichermaßen unangenehm. »Worauf wollen Sie überhaupt hinaus? Sie scheinen sich nicht einmal Mühe zu geben. Sie hoffen umsonst auf ein Wunder, das müssen Sie doch wissen. Sie hat es getan!«

Lovat-Smiths Spitze hatte eine belebende Wirkung auf Rathbone; sie weckte seinen Kampfgeist. Er schaute den Kollegen an – einen Mann, den er respektierte, vermutlich sogar gemocht hätte, würde er ihn besser kennen. Sie hatten viel gemeinsam.

»Ja, sie hat es getan«, entgegnete er mit einem humorlosen kleinen Lächeln. »Habe ich Ihnen Angst eingejagt, Wilberforce?«

»Sie haben mich beunruhigt, Oliver, sehr beunruhigt«, sagte Lovat-Smith mit wachem Blick. »Ich würde nicht gern mitansehen, wie Sie Ihren Ruf verlieren. Ihr juristisches Geschick war bislang einer der Glanzpunkte in unserem Berufsstand. Es wäre ... überaus bedenklich«, er wählte das Wort mit Bedacht, »wenn Sie plötzlich den Boden unter den Füßen verlieren würden. Welche Sicherheit bliebe uns anderen dann noch?«

»Sehr freundlich von Ihnen«, murrte Rathbone sarkastisch. »Aber ein leicht errungener Sieg verblaßt mit der Zeit. Wenn man immer gewinnt, versucht man vielleicht nur noch das, was bequem im Rahmen der eigenen Möglichkeiten liegt – und das kann leicht zum Untergang führen, finden Sie nicht? Was nicht wächst, könnte schnell die ersten Anzeichen von Verkümmerung zeigen.«

Zwei heftig tuschelnde Anwälte gingen an ihnen vorbei. Sie verstummten kurz und bedachten Rathbone mit einem sonderbaren Blick, ehe sie ihr Gespräch fortsetzten.

»Das mag ja alles stimmen«, räumte Lovat-Smith lächelnd ein, ohne die Augen von Rathbones Gesicht zu lassen, »aber diese ganze hübsche Philosophie hat nichts mit dem Fall Carlyon zu tun. Haben Sie die Absicht, auf verminderte Unzurechnungsfähigkeit zu plädieren? Sie haben sich recht viel Zeit damit gelassen – der Richter wird nicht gerade begeistert sein, daß Sie jetzt erst damit kommen. Sie hätten von vornherein einen Antrag auf Mord in geistiger Umnachtung stellen sollen. Auf der Ebene wäre ich Ihnen entgegengekommen.«

»Halten Sie sie für geistig umnachtet?« fragte Rathbone ungläubig, die Brauen weit hochgezogen.

Lovat-Smith verzog das Gesicht. »Sie macht nicht den Eindruck. Doch angesichts der meisterhaften Art, wie Sie bewiesen haben, daß niemand an eine Affäre zwischen dem General und Mrs. Carlyon glaubte, nicht einmal sie selbst, bleibt kaum eine Alternative, oder? Ist es nicht das, worauf Sie hinauswollen: daß ihr Verdacht unbegründet war und infolgedessen verrückt?«

Rathbones Lächeln verwandelte sich in ein Grinsen. »Kommen Sie, Wilberforce, tun Sie nicht wie ein Anfänger. Sie hören meine Verteidigungsrede noch früh genug, gemeinsam mit dem Rest des Gerichts.«

Lovat-Smith schüttelte den Kopf. Zwischen seinen dunklen Brauen klaffte eine tiefe Furche.

Rathbone verabschiedete sich mit einer leicht spöttischen Geste sowie erheblich mehr Selbstsicherheit, als er tatsächlich empfand, und wandte sich zum Gehen. Lovat-Smith blieb reglos und tief in Gedanken auf der breiten Treppe vor dem Gerichtssaal stehen, offenbar ohne sich des Treibens oder des auf- und abschwellenden Stimmengewirrs um sich herum bewußt zu sein.

Statt nach Hause zu fahren, was eventuell besser gewesen wäre, begab Rathbone sich mit einem Hansom nach Primrose Hill, um dort mit seinem Vater zu Abend zu essen. Er fand Henry Rathbone im Garten vor, wo er versonnen den jungen Mond betrachtete, der bleich am Himmel über dem Obstgarten schwebte. Die Luft war erfüllt vom Gesang herumschwirrender Stare und dem gelegentlichen Warnruf einer Drossel oder eines Buchfinken.

Sie standen eine Weile schweigend da und ließen zu, daß der Abendfriede die kleinen Sorgen und Kümmernisse des Tages beschwichtigte. Gewichtigere Dinge wie Schmerz und Enttäuschung wurden konkreter, erträglicher und weniger bedrohlich. Wut löste sich auf.

»Entwickeln sich die Dinge gut?« erkundigte sich Henry Rathbone schließlich, seinem Sohn halb zugewandt.

»So gut wie erwartet, nehme ich an«, gab Oliver zurück. »Lovat-Smith glaubt, ich hätte die Dinge nicht mehr im Griff, weil ich den Fall überhaupt erst angenommen habe. Im nüchternen Licht des Gerichtssaals sieht es tatsächlich nach einem verrückten Unterfangen aus. Manchmal frage ich mich schon selbst, ob ich noch daran glaube. General Thaddeus Carlyons öffentliches Ansehen ist tadellos, das private fast ebenso unbescholten.« Er erinnerte sich lebhaft an seines Vaters Zorn und Ekel, als er ihm von dem Mißbrauch erzählt hatte, und ging seinem Blick aus dem Weg.

»Wer hat heute alles ausgesagt?« fragte Henry ruhig.

»Die Furnivals zum Beispiel. Gott, wie ich Louisa Furnival verabscheue!« brach es überraschend heftig aus ihm hervor. »Sie ist das völlige Gegenteil von allem, was ich an einer Frau anziehend finde. Falsch, berechnend, völlig von sich eingenommen, humorlos, materialistisch und kalt wie ein Stein. Trotzdem konnte ich ihr im Zeugenstand nichts nachweisen.« Sein Gesicht wurde hart. »Wie gern ich es auch getan hätte. Ich würde sie mit Vergnügen in Stücke reißen!«

»Was macht Hester Latterly?«

»Wie bitte?«

»Was macht Hester?« wiederholte Henry.

»Wie kommst du denn jetzt darauf?« Oliver verdrehte die Augen.

»Durch das Gegenteil von allem, was du an einer Frau anziehend findest«, erwiderte sein Vater mit einem gelassenen Lächeln.

Oliver wurde rot, was nicht häufig geschah. »Ich habe sie nicht gesehen«, erklärte er und kam sich dabei lächerlich ausweichend vor, obwohl es der Wahrheit entsprach.

Henry sagte nichts mehr, was für Oliver verrückterweise schlimmer war, als wenn er nicht lockergelassen und ihm dadurch die Möglichkeit zum Streiten gegeben hätte.

Hinter der Mauer des Obstgartens stieg eine weitere Wolke kreischender Stare zum blassen Himmel empor und zog elegant ihre Kreise, dunkle Flecken vor dem letzten rotgoldenen Aufbäumen der untergehenden Sonne. Die seit kurzem blühenden Geißblattbüsche verströmten einen derart starken Duft, daß ihn der schwache Abendwind über den Rasen bis zu ihrem Standort hinübertrieb. Oliver wurde unvermittelt von seinen Gefühlen überwältigt. Er empfand den starken Drang, die Schönheit des Augenblicks festzuhalten, was jetzt und immer unmöglich war, wurde von Einsamkeit übermannt, weil er sich dennoch danach sehnte, und spürte Bedauern, Verwirrung und nagende Hoffnung, alles auf einmal. Er sagte nichts, denn nur im Schweigen war genügend Platz, diese Empfindungen zu umarmen, ohne ihren Kern zu beschädigen oder zu zerstören.

Am nächsten Morgen ging er noch vor Verhandlungsbeginn zu Alexandra Carlyon. Er hatte keine Ahnung, was er ihr sagen sollte, aber sie mit sich allein zu lassen wäre unverzeihlich gewesen. Sie saß in der gerichtseigenen Verwahrungszelle und fuhr sofort auf ihrem Stuhl herum, als sie seine Schritte vernahm. Ihre Augen wirkten unnatürlich groß, ihr Gesicht hatte jegliche Farbe verloren. Sie verströmte eine für ihn nahezu greifbare Furcht.

»Sie hassen mich«, sagte sie nur, aber ihre Stimme verriet, wie mühsam sie die Tränen zurückhielt. »Sie haben sich längst ein Urteil gebildet, sie sind gar nicht mehr mit dem Kopf dabei. Ich habe gehört, wie eine Frau schrie: ›Hängt sie endlich auf!‹« Sie rang mühsam um Beherrschung und wäre fast gescheitert. »Wenn schon eine Frau so empfindet, was kann ich dann erst von den Geschworenen erwarten, die allesamt Männer sind?«

»Viel mehr«, erwiderte er sanft und staunte selbst über die Sicherheit in seiner Stimme. Er nahm spontan ihre Hände, die zunächst vollkommen schlaff waren, als gehörten sie einer Todkranken. »Sehr viel mehr«, wiederholte er sogar noch überzeugter. »Diese Frau, die Sie gehört haben, war verängstigt, weil sie ihren eigenen Status bedroht sieht, wenn man Sie einfach gehen läßt und die Gesellschaft Ihre Tat akzeptiert. Ihr ganzer Wert besteht in ihren Augen in ihrer unumstößlichen Tugendhaftigkeit. Was hätte sie sonst schon zu bieten? Sie ist nicht besonders talentiert, weder schön noch reich, hat keinen gesellschaftlichen Rang, nur ihre untadelige Rechtschaffenheit – und genau aus diesem Grund muß Rechtschaffenheit ihren unanfechtbaren Wert behalten. Sie versteht Rechtschaffenheit nicht als etwas Positives wie Großzügigkeit, Geduld, Mut und Güte, nur als das völlige Fehlen jeglichen Makels. Das ist soviel leichter zu erreichen.«

Sie verzog die Lippen zu einem freudlosen Lächeln. »Das klingt alles sehr plausibel, aber für mich ist es etwas anderes. Für mich ist es Haß.« Ihre Stimme schwankte.

»Natürlich ist es Haß – weil es aus Angst entspringt, und Angst ist eine der häßlichsten Emotionen, die es gibt. Später, wenn sie die Wahrheit kennt, wird sich dieses Gefühl drehen wie der Wind und dann genauso heftig aus der anderen Richtung blasen.«

»Glauben Sie wirklich?« Ihr Ton enthielt nicht die Spur Hoffnung, ihr Blick war stumpf.

»Ja«, sagte er entschiedener, als ihm zumute war. »Der Haß wird in Mitgefühl und Zorn umschlagen – und in die grauenhafte Furcht, daß es auch den eigenen geliebten Angehörigen passieren könnte, den eigenen Kindern. Die Menschen sind zu bodenloser Gemeinheit und Dummheit fähig, aber Sie werden unter denselben Leuten viele finden, die auch genauso zu Mut und Verständnis imstande sind. Wir müssen ihnen die Wahrheit sagen, damit sie eine Chance bekommen.«

Sie wandte sich zitternd von ihm ab.

»Sie wollen Schweine zum Fliegen bringen, Mr. Rathbone. Sie werden Ihren Worten keinen Glauben schenken, aus genau den Gründen, die Sie eben genannt haben. Thaddeus war ein Held – die Art von Held, an die sie glauben können müssen, weil Hunderte davon in der Armee sind und somit für unsere Sicherheit und den Aufbau des Empires sorgen.« Sie sackte in sich zusammen. »Sie beschützen uns vor echten Gefahren von außen und vor gefährlichen Zweifeln in unserem Innern. Was, denken Sie, geschieht, wenn Sie das Bild des britischen Soldaten zerstören? Das Bild des Rotrocks, der es mit ganz Europa aufgenommen und Napoleon in die Knie gezwungen, England vor den Franzosen bewahrt, sich Afrika, Indien, Kanada, ja ein Viertel der Welt angeeignet hat?«

»All das bedeutet lediglich, daß wir uns in der schwächeren Position befinden.« Rathbone verlieh seiner Stimme bewußt einen härteren Klang, um sich seine Gefühle nicht anmerken zu lassen. »Derselbe Rotrock wäre niemals vom Schlachtfeld geflohen, nur weil seine Aussichten auf Erfolg gering waren. Sie haben seine Geschichte nicht richtig studiert, wenn Sie das auch nur einen Moment in Betracht ziehen. Seine glänzendsten Siege hat er davongetragen, wenn zahlenmäßig unterlegen und eindeutig im Nachteil.«

»Wie beim Angriff der Light Brigade?« versetzte sie mit plötzlichem Sarkasmus. »Wissen Sie, wie viele dabei den Tod gefunden haben? Und das für nichts und wieder nichts!«

»Ja, jeder sechste, und nur der Himmel weiß, wieviel Hundert schwer verwundet wurden«, erwiderte er tonlos, sich der brennenden Hitze in seinen Wangen deutlich bewußt. »Ich dachte eher an die ›schmale rote Gefechtslinie‹, die, wenn Sie sich sorgfältig erinnern, nur einen einzigen Mann breit war und den Feind dennoch so lange zurückhalten konnte, bis die Attacke abflaute und schließlich abgeblasen wurde.«

Um ihren breiten Mund spielte ein Lächeln, in ihren Augen standen Tränen und Ungläubigkeit.

»Ist es das, was Sie vorhaben?«

»Allerdings.«

Er sah, daß sie immer noch Angst hatte, konnte es fast körperlich spüren, aber sie besaß nicht mehr die Kraft, gegen ihn anzukämpfen. Sie wandte sich vollends ab – ein Zeichen ihrer Kapitulation, ein Wink, daß er gehen sollte. Sie wollte allein sein, denn sie mußte sich wappnen für einen weiteren Tag voll Scham, Hilflosigkeit und Furcht.

Der erste Zeuge war Charles Hargrave. Lovat-Smith forderte ihn auf, den bereits festgestellten Verlauf der Dinnerparty zu bestätigen, wollte aber in erster Linie alles darüber wissen, wie er die Leiche des Generals gefunden hatte.

»Mr. Furnival kam in den Salon zurück und sagte, der General hätte einen Unfall erlitten, ist das richtig?«

Hargrave wirkte ausgesprochen ernst. Seine Miene verriet sowohl die Gravidität seiner Profession, wie auch seine persönliche Betroffenheit. Die Geschworenen lauschten seinen Worten mit einer Andacht, die den erlauchten Mitgliedern diverser Berufsstände reserviert war: Mediziner, kirchliche Würdenträger und Anwälte, die sich mit den Hinterlassenschaften des Todes beschäftigten.

»Völlig richtig«, entgegnete Hargrave. Der Anflug eines Lächelns streifte sein aufgewecktes, verwegenes Gesicht. »Vermutlich drückte er sich deshalb so aus, weil er keine Panik auslösen wollte.«

»Warum sagen Sie das, Doktor?«

»Weil ich auf den ersten Blick gesehen habe, daß er tot war, als ich in die Halle kam. Auch jemand ohne medizinische Vorkenntnisse hätte das sofort festgestellt.«

»Würden Sie die Art der Verletzungen einmal beschreiben – ausführlich, bitte?«

Die Geschworenen rutschten mit teils betretenen, teils gespannten Mienen auf ihren Plätzen herum.

Ein Schatten glitt über Hargraves Gesicht, aber er hatte zuviel Erfahrung, um eine Erklärung zu verlangen.

»Selbstverständlich. Als ich ihn vorfand, lag er auf dem Rücken, den linken Arm fast in einer Linie mit der Schulter ausgestreckt, aber am Ellbogen abgewinkelt. Der rechte lag neben dem Körper, die Hand circa dreißig Zentimeter von der Hüfte entfernt. Die Beine waren gebeugt, das rechte lag im Knie abgewinkelt unter ihm und war meiner Ansicht nach kurz unterhalb der Kniescheibe gebrochen, das linke auffallend verdreht. Diese Eindrücke wurden später bestätigt.« Ein undefinierbarer Ausdruck, bei dem es sich jedoch nicht um Selbstgefälligkeit zu handeln schien, glitt über sein Gesicht. Sein Blick ruhte unverwandt auf Lovat-Smith, ohne auch nur einmal zu der Frau auf der Anklagebank abzuschweifen.

»Welche Verletzungen entdeckten Sie sonst noch, Doktor Hargrave?«

»Außer einer leicht blutenden Quetschung oberhalb der linken Schläfe, wo er mit dem Kopf aufgeschlagen war, war nichts zu sehen. Es gab zwar Blut, aber nicht viel.«

Die Leute auf der Galerie verdrehten die Köpfe nach Alexandra. Man hörte das Zischen von eingezogenem Atem und ein leises Murren.

»Habe ich Sie recht verstanden, Doktor?« Lovat-Smith hielt eine kräftige, kurzfingrige Hand in die Luft. »Sie konnten lediglich eine Wunde am Kopf entdecken?«

»Jawohl.«

»Was schlossen Sie, in ihrer Eigenschaft als Mediziner, daraus?«

Hargrave hob kaum merklich seine breiten Schultern. »Daß er auf direktem Weg über das Geländer gestürzt ist und sich nur einmal den Kopf angeschlagen hat.«

Lovat-Smith berührte seine linke Schläfe.

»Hier?«

»Ja, mit zwei, drei Zentimetern Spielraum vielleicht.«

»Und er lag auf dem Rücken, sagten Sie?«

»Das habe ich gesagt«, bestätigte Hargrave ruhig.

»Dr. Hargrave, laut Mr. Furnivals Bericht ragte die Hellebarde aus seiner Brust hervor.« Lovat-Smith entfernte sich ein paar Schritte und drehte sich dann plötzlich zum Zeugenstand um, das Gesicht tief konzentriert. »Wie kann ein Mensch über ein Treppengeländer in eine Waffe fallen, die senkrecht in der Hand einer Ritterrüstung steckt, seine Brust durchbohren und anschließend so auf dem Boden landen, daß er sich vorn am Kopf die Schläfe aufschlägt?«

Der Richter spähte zu Rathbone.

Rathbone schürzte die Lippen. Er sah keinerlei Grund zur Beanstandung. Ob Alexandra den General ermordet hatte oder nicht, war für ihn nicht der Streitpunkt. All diese Ausführungen waren zwar notwendig, hatten mit dem Kern der Angelegenheit jedoch nicht viel zu tun.

Lovat-Smith schien sich über den ausbleibenden Einspruch zu wundern. Statt erleichtert wirkte er sogar ein wenig verunsichert.

»Antworten Sie bitte, Dr. Hargrave«, forderte er den Arzt schließlich auf und verlagerte sein Gewicht von einem Bein auf das andere.

Einer der Geschworenen begann unruhig herumzuzappeln, ein anderer kratzte sich stirnrunzelnd an der Nase.

»Ich habe keine Ahnung«, gestand Hargrave. »Die einzige Erklärung scheint zu sein, daß er mit dem Rücken zuerst hinuntergestürzt ist, was an sich vollkommen einleuchtend wäre, sich dann aber in der Luft gedreht haben muß . . .«

Lovat-Smiths schwarze Brauen hoben sich in kompletter Verwunderung.

»Einen Augenblick, Doktor, was behaupten Sie da?« Er breitete ratlos die Arme aus. »Er fiel mit dem Rücken voraus, drehte sich, damit die Hellebarde in seine Brust eindringen konnte, und drehte sich dann noch einmal, so daß er mit der Schläfe auf dem Boden aufschlug – alles, ohne die Hellebarde dabei abzubrechen oder aus der Wunde zu reißen? Und dann rollte er sich noch derart geschickt auf den Rücken, daß ein Bein unter ihm zu liegen kam? Sie versetzen mich in Erstaunen, Doktor!«

»So habe ich es nicht gemeint«, erwiderte der Arzt ernst. Er wirkte nicht im mindesten verärgert, lediglich tief besorgt.

Rathbone warf einen Blick auf die Geschworenen. Er spürte, daß sie Hargrave mochten und ihnen Lovat-Smiths Vorgehensweise gegen den Strich ging – was durchaus beabsichtigt war. Hargrave war sein Zeuge; sie mußten ihn nicht nur mögen, sondern ihm absolutes Vertrauen schenken.

»Was haben Sie dann gemeint, Dr. Hargrave?«

Hargrave wurde immer ernster. Sein Blick galt ausschließlich Lovat-Smith, als würden sie sich in irgendeinem vornehmen Klub über eine tragische Begebenheit unterhalten. Die Menge spendete ihm ein beifälliges Murmeln.

»Daß er gefallen ist, sich den Kopf angeschlagen hat, daraufhin eine Drehung machte und die Hellebarde erst in seine Brust gestoßen wurde, als er bereits auf dem Boden lag. Vielleicht wurde er zu diesem Zweck bewegt, aber das muß nicht sein. Er kann durchaus auf dem Kopf aufgekommen und dann ein wenig gerollt sein, so daß er schließlich auf dem Rücken zu liegen kam. Sein Kopf befand sich in einem sonderbaren Winkel zu den Schultern, aber das Genick war nicht gebrochen. Ich habe es überprüft und bin mir infolgedessen ganz sicher.«

»Es kann also kein Unfall gewesen sein, Doktor?«

Hargraves Gesicht nahm einen bitteren Ausdruck an. »Ausgeschlossen.«

»Wie lange dauerte es, bis Sie zu diesem verhängnisvollen Schluß gekommen sind?«

»Ein oder zwei Minuten, nehme ich an.« Ein geisterhaftes Lächeln spielte um seinen Mund. »In solchen Situationen ist die Zeit eine sonderbare Größe. Sie scheint sich zugleich vor einem auszudehnen wie eine endlos lange Straße ohne Kurven und Biegungen und andererseits auf einen einzustürzen, als ob sie überhaupt keine Bedeutung hätte. Daß es ein oder zwei Minuten waren, ist lediglich geschätzt – im nachhinein, unter Zuhilfenahme der Intelligenz. Es war einer der schlimmsten Momente meines Lebens.«

»Warum? Weil Sie wußten, daß jemand aus diesem Haus, einer Ihrer persönlichen Freunde, General Thaddeus Carlyon ermordet hatte?«

Der Richter warf Rathbone erneut einen abwartenden Blick zu. Als dieser keinerlei Anstalten machte, sich zu erheben, runzelte er mißbilligend die Stirn, ohne auch dadurch eine Reaktion zu erreichen .

»Ja«, sagte Hargrave kaum hörbar. »Ich bedaure, aber das lag auf der Hand. Es tut mir leid.« Zum ersten und einzigen Mal sah er zu Alexandra hoch.

»In der Tat keine schöne Erkenntnis«, pflichtete Lovat-Smith ihm feierlich bei. »Und daraufhin verständigten Sie die Polizei?«

»Jawohl.«

»Danke.«

Rathbone betrachtete die Geschworenen. Nicht einer schaute zur Anklagebank. Alexandra saß reglos dort, die blauen Augen auf ihn gerichtet – ohne Wut, ohne Überraschung und ohne jegliche Hoffnung.

Er lächelte ihr zu und kam sich vor wie ein Idiot.

ZEHNTES KAPITEL

Monk verfolgte Lovat-Smiths Zeugenbefragung mit wachsender Sorge. Charles Hargrave machte auf die Geschworenen einen sichtlich exzellenten Eindruck, wie er ihren todernsten, aufmerksamen Mienen entnahm. Sie schätzten ihn nicht nur, sie glaubten ihm. Ganz gleich, was er über die Carlyons zu sagen hatte, sie würden es schlucken.

Obwohl Monks Verstand ihm ohne Wenn und Aber sagte, daß Rathbone momentan die Hände gebunden waren, machte ihm diese Hilflosigkeit schwer zu schaffen. Er spürte, wie Wut in ihm hochstieg, wie seine Hände sich zu Fäusten ballten und die Muskeln in seinem Nacken hart wurden.

Lovat-Smith hatte sich mittlerweile vor dem Zeugenstand aufgebaut. Er machte keine besonders elegante Figur – Eleganz war nichts, das ihm in die Wiege gelegt worden war –, strahlte aber eine ungeheure Vitalität aus, die wesentlich mehr brachte, wenn es darum ging, die Aufmerksamkeit auf längere Sicht zu fesseln. Zudem verstand er es wie ein Schauspieler, seine volltönende, angenehme Stimme gezielt einzusetzen.

»Dr. Hargrave, Sie kennen die Familie Carlyon bereits seit vielen Jahren und haben ihr in dieser Zeit oft mit Ihrem medizinischen Rat zur Seite gestanden, ist das richtig?«

»Jawohl.«

»Dann müßten Sie in der Lage sein, die einzelnen Charaktere und ihre Beziehungen zueinander relativ gut beurteilen zu können.«

Rathbone versteifte sich, sagte jedoch nichts.

Lovat-Smith schmunzelte, warf seinem Kollegen einen kurzen Blick zu und konzentrierte sich wieder auf Hargrave.

»Achten Sie bitte darauf, nur anhand Ihrer persönlichen Beobachtungen zu antworten«, warnte er ihn. »Wiederholen Sie nichts, das Ihnen jemand erzählt hat, es sei denn, es betrifft sein eigenes Verhalten – und geben Sie hier bitte kein subjektives Urteil ab, lediglich die Gründe, auf denen es basiert.«

»Ich bin mit den Regeln eines Gerichtshofes vertraut«, gab Hargrave mit einem ausgesprochen düsteren Lächeln zurück. »Das ist nicht meine erste Zeugenaussage. Was möchten Sie wissen?«

Peinlich darauf bedacht, die Bestimmungen nicht zu verletzen, entlockte Lovat-Smith ihm über den ganzen Vormittag hinweg bis spät in den Nachmittag hinein ein überaus positives Bild von Thaddeus Carlyon: ein aufrechter, ehrenwerter Mann sei er gewesen, ein Kriegsheld, der es prächtig verstand, seine Leute zu führen; ein glänzendes Vorbild für die Jugend, der sich Mut, Disziplin und Ehrgefühl zum Ziel gemacht hatte; ein mustergültiger Ehemann, der niemals gewalttätig oder grausam zu seiner Frau war, der keine übertriebenen Ansprüche an ihre ehelichen Pflichten stellte und ihr doch drei prächtige Kinder geschenkt hatte, denen er ein über die Maßen liebevoller Vater war. Sein Sohn habe ihn angebetet und dies zu Recht, denn er verbrachte viel Zeit mit ihm und war sehr um seine Zukunft besorgt. Es existiere nicht der geringste Hinweis, daß er jemals untreu war, exzessiv trank oder spielte, sie knapp bei Kasse hielt, sie kränkte, in aller Öffentlichkeit demütigte oder in irgendeiner anderen Hinsicht anders behandelte als außergewöhnlich gut.

Ob er jemals geistig oder emotional instabil gewirkt hätte?

Nein, ganz und gar nicht; die Vorstellung wäre geradezu lächerlich, wenn nicht sogar beleidigend.

Und die Angeklagte, die ja ebenfalls zu seinen Patienten gehört hatte?

Nun, bei ihr verhalte es sich bedauerlicherweise anders. Sie regte sich im Lauf des vergangenen Jahres oft ohne ersichtlichen Grund furchtbar auf, verfiel von Zeit zu Zeit in tiefe Depression und wurde von Weinkrämpfen überkommen, für die sie keinerlei Erklärung abgab, entfernte sich häufig und ohne Angabe eines Aufenthaltsorts vom ehelichen Heim und brach heftige Streite mit ihrem Mann vom Zaun.

Die Blicke der Geschworenen ruhten auf Alexandra, nun aber mit offenkundiger Scham, als wäre ihr Anblick zu unanständig, um erträglich zu sein. Sie sahen sie an wie jemanden, der splitternackt durch die Straßen lief oder bei der Ausübung des Liebesakts erwischt worden war.

»Wie kommen Sie darauf, Mr. Hargrave?« erkundigte sich Lovat-Smith beiläufig.

Rathbone zeigte keinerlei Reaktion.

»Die Auseinandersetzungen fanden selbstverständlich nicht in meinem Beisein statt«, sagte Hargrave und biß sich auf die Lippe. »Aber die Weinkrämpfe und die depressiven Zustände habe ich miterlebt, und daß sie nicht zu Hause war, war für niemanden ein Geheimnis. Es passierte mehr als einmal, daß sie das Haus ohne Angabe von Gründen verlassen hatte, wenn ich vorbeischaute. Ihre Übererregbarkeit während meiner Hausbesuche, deren Ursache sie mir niemals mitteilte, war leider nicht zu übersehen. Sie war verstört bis zur Hysterie – und ich verwende dieses Wort mit voller Absicht –, aber sie verriet mir nicht warum. Alles, was sie von sich gab, waren wüste Andeutungen und Beschuldigungen.«

»So, und worum ging es dabei?« Lovat-Smith runzelte verblüfft die Stirn. Er ließ seine Stimme dramatisch anschwellen, als wäre ihm die Antwort ein völliges Rätsel, doch nach Monks Empfinden kannte er sie sehr gut. Er war viel zu erfahren, um eine Frage zu stellen, deren Antwort ihm nicht im vorhinein bekannt war – auf der anderen Seite standen seine Aussichten auf Erfolg bei diesem Prozeß derart gut, daß er das Risiko womöglich einging.

Begleitet von leisem Stoffrascheln, lehnten sich die Geschworenen ein wenig vor. Hester, die neben Monk saß, spannte jeden Muskel an. Die Zuschauer in der näheren Umgebung fühlten sich nicht zu solchem Taktgefühl verpflichtet wie die Mitglieder der Jury. Mit angehaltenem Atem starrten sie Alexandra unverhohlen an.

»Bezichtigte sie den General der Untreue?« soufflierte Lovat-Smith.

Der Richter sah Rathbone an. Lovat-Smith hatte eine Suggestivfrage gestellt. Rathbone verzog keine Miene. Der Richter schaute unwillig drein, enthielt sich jedoch eines Kommentars.

»Nein«, sagte Hargrave zögernd; er holte tief Luft. »Ihre Anschuldigungen waren recht unkonkret, ich wußte nicht genau, worauf sie hinauswollte. Ich glaube, sie verteilte einfach wilde Hiebe nach allen Seiten. Sie war hysterisch; es ergab keinen Sinn.«

»Ich verstehe. Vielen Dank, Dr. Hargrave. Behalten Sie bitte Platz, falls mein Herr Kollege noch Fragen an Sie haben sollte.«

»Die habe ich in der Tat«, schnurrte Rathbone und sprang mit einer katzengleichen Bewegung auf. »Sie haben sich sehr offen über die Carlyons geäußert, und ich gehe einmal davon aus, daß Sie uns wirklich alles erzählt haben, was Sie wissen, so belanglos Ihr Bericht im Grunde auch war.« Er blickte zum Zeugenstand hoch, der wie eine Kanzel über dem Boden schwebte. »Ist es richtig, Dr. Hargrave, daß Ihr freundschaftliches Verhältnis zur Familie Carlyon fünfzehn bis sechzehn Jahre zurückreicht?«

»Ja, das ist richtig.« Hargrave war verwirrt. Diese Frage hatte er Lovat-Smith bereits beantwortet.

»Auch, daß diese Freundschaft, von der mit General Carlyon einmal abgesehen, vor etwa vierzehn Jahren aufhörte und Sie seitdem nicht mehr viel mit dem Rest der Familie zu tun hatten?«

»Ja – so könnte man sagen.« Hargrave machte einen widerwilligen, aber nicht verärgerten Eindruck. Offenbar erschien es ihm nicht weiter wichtig.

»Sie könnten folglich keine zuverlässige Auskunft über, sagen wir, Mrs. Felicia Carlyons Charakter erteilen beziehungsweise über den ihres Gatten, Colonel Randolf Carlyon?«

Hargrave zuckte die Achseln, was seltsam anmutig aussah. »Und wenn schon. Das dürfte kaum von Belang sein. Sie stehen nicht vor Gericht.«

Rathbone schenkte ihm ein Lächeln, das seine gesamten Zähne entblößte.

»Also galt Ihre Freundschaft in erster Linie General Carlyon?«

»Ja. Ich habe sowohl ihn als auch seine Frau und Kinder ärztlich betreut.«

»Richtig, darauf komme ich noch zurück. Sie sagten, die Angeklagte hätte begonnen, Anzeichen für eine starke seelische Anspannung zu zeigen? Sie benutzten in dem Zusammenhang sogar den Ausdruck Hysterie?«

»Ja. Leider kann ich es nicht anders nennen.«

»Wie genau hat sie sich verhalten, Doktor?«

Hargrave machte ein betretenes Gesicht. Er schaute den Richter an, der seinem Blick mit Schweigen begegnete.

»Die Frage mißfällt Ihnen?« erkundigte sich Rathbone freundlich.

»Es erscheint mir unnötig ... bloßstellend, über die wunden Punkte einer Patientin zu sprechen«, erwiderte Hargrave, doch seine Augen blieben unverwandt auf Rathbone gerichtet. Alexandra hätte ebensogut abwesend sein können, so wenig Aufmerksamkeit ließ er ihr zukommen.

»Überlassen Sie Mrs. Carlyons Interessen getrost mir«, versicherte ihm Rathbone. »Ich bin hier, um sie zu vertreten. Beantworten Sie bitte die Frage. Wie hat sie sich verhalten? Hat sie geschrien?« Er lehnte sich etwas zurück und starrte mit weit aufgerissenen Augen zu Hargrave empor. »Fiel sie in Ohnmacht, bekam sie Krampfanfälle?« Er spreizte die Hände. »Warf sie sich wild hin und her, hatte sie Halluzinationen? Auf welche Weise benahm sie sich hysterisch?«

Hargrave stieß einen ungeduldigen Seufzer aus. »Sie zeichnen hier ein überaus laienhaftes Bild der Hysterie, wenn mir die Bemerkung erlaubt ist. Der Begriff Hysterie beschreibt einen Zustand, der durch geistigen Kontrollverlust gekennzeichnet ist, nicht zwingenderweise ein körperlich unkontrolliertes Verhalten.«

»Woher wußten Sie, daß Mrs. Carlyons Geist außer Kontrolle war, Dr. Hargrave?« erkundigte sich Rathbone ungemein höflich. Monk, der ihn genauestens beobachtete, wäre Hargrave am liebsten an die Kehle gegangen und hätte ihn vor den Geschworenen in Stücke gerissen. Der klügere Teil seines Ich wußte jedoch, daß er sich ihre Sympathien dadurch nur verscherzen würde, und genau sie waren es, die letztlich über den Ausgang des Prozesses entschieden – wie über Alexandras Leben.

Hargrave dachte einen Moment nach.

»Sie konnte nicht stillhalten«, meinte er schließlich. »Sie war ständig in Bewegung, hatte manchmal sogar Schwierigkeiten, längere Zeit am selben Fleck zu sitzen. Sie zitterte am ganzen Körper, und wenn sie etwas in die Hand nehmen wollte, rutschte es ihr zwischen den Fingern hindurch. Ihre Stimme bebte, und sie begann zu stottern. Sie bekam immer wieder Weinkrämpfe, die sie nicht steuern konnte.«

»Aber es gab keine Delirien, keine Halluzinationen, keine Ohnmachtsanfälle, kein Geschrei?« beharrte Rathbone.

»Nein. Wie ich Ihnen vorhin schon gesagt habe.« Hargraves Ungeduld wuchs. Er blickte zu den Geschworenen hinüber, sich ihres Mitgefühls bewußt.

»Würden Sie uns bitte mitteilen, Dr. Hargrave, inwiefern sich ein solches Verhalten von dem eines Menschen unterscheidet, der soeben einen schweren Schock erlitten hat und durch diese Erfahrung extrem unter Druck steht, sogar regelrechte Höllenqualen durchmacht?«

Hargrave mußte erneut überlegen.

»Vermutlich gar nicht«, sagte er nach einer Weile. »Nur daß sie nie einen Schock oder eine furchtbare Entdeckung erwähnt hat.«

Rathbone wölbte die Brauen, als wäre er leicht überrascht. »Sie hat nicht einmal angedeutet, erfahren zu haben, daß ihr Ehemann ein Verhältnis mit einer anderen Frau hatte?«

Hargrave beugte sich über die Brüstung. »Nein. Nein, das hat sie nicht. Ich denke, ich habe bereits zum Ausdruck gebracht, Mr. Rathbone, daß sie keine derartige Entdeckung gemacht haben kann, weil es nicht so war. Dieses Verhältnis, wenn Sie es unbedingt so nennen wollen, existierte nur in ihrer Einbildung.«

»Oder in der Ihren, Doktor«, stieß Rathbone gepreßt zwischen zusammengebissenen Zähnen hervor.

Hargrave wurde rot, allerdings eher aus Verlegenheit und Wut, denn aus Schuldbewußtsein. Sein Blick ruhte unverwandt auf Rathbone.

»Ich habe nur Ihre Frage beantwortet, Mr. Rathbone«, entgegnete er erbittert. »Sie legen mir da etwas in den Mund. Ich habe mit keinem Wort gesagt, daß es ein Verhältnis gab, ich habe es sogar ausdrücklich verneint!«

»Richtig«, bestätigte Rathbone und wandte sich wieder zur Menge um. »Es gab kein Verhältnis, und Mrs. Carlyon hat Ihnen gegenüber zu keiner Zeit etwas Derartiges erwähnt oder zum Grund für ihre schwere Verstimmung erklärt.«

»Das heißt . . .« Der Arzt zögerte, als ob er etwas hinzufügen wollte, fand jedoch die rechten Worte nicht und blieb stumm.

»Aber sie stimmen mir dahingehend zu, daß ihr irgend etwas schwer zu schaffen gemacht hat?«

»Zweifellos.«

»Vielen Dank. Wann genau ist Ihnen ihre schlechte Gemütsverfassung zum erstenmal aufgefallen?«

»Ich kann Ihnen kein exaktes Datum nennen, aber es muß ungefähr im Juli vergangenen Jahres gewesen sein.«

»In etwa neun Monate vor dem Tod des Generals?«

»So könnte man sagen.« Hargrave schmunzelte. Die Berechnung fiel nicht sonderlich schwer.

»Und Ihnen fällt absolut nichts ein, was ihrem Zustand Vorschub geleistet haben könnte?«

»Absolut gar nichts.«

»Sie waren General Carlyons Arzt?«

»Auch das habe ich bereits gesagt.«

»In der Tat. Und Sie haben darüber hinaus die wenigen Gelegenheiten aufgezählt, bei denen er Ihrer ärztlichen Kunst bedurfte. Er scheint sich ausgezeichneter Gesundheit erfreut zu haben, und die Verletzungen, die er sich in Ausübung seiner Vaterlandspflicht zugezogen hatte, wurden selbstverständlich von den jeweiligen Armeeärzten versorgt.«

»Sie konstatieren das Offensichtliche.« Hargraves Lippen wurden schmal.

»Für Sie mag durchaus offensichtlich sein, weshalb Sie die eine spezielle Wunde, um die Sie sich kümmern mußten, nicht erwähnt haben, aber mir ist es leider entgangen«, bemerkte Rathbone mit der Andeutung eines Lächelns.

Hargrave befand sich zum erstenmal sichtlich in Verlegenheit. Er öffnete den Mund, sagte nichts und machte ihn wieder zu. Seine Fingerknöchel traten weiß hervor.

Im Saal war es mucksmäuschenstill.

Rathbone ging ein paar Schritte und drehte sich wieder um.

Die Spannung im Raum wurde fast greifbar. Die Geschworenen rutschten kaum merklich auf ihren Bänken herum.

Hargraves Miene verschloß sich, aber er wußte, daß er an einer Antwort nicht vorbeikam.

»Es war ein Haushaltsunfall, noch dazu ein recht dummer«, sagte er und zuckte wegwerfend mit den Schultern, was zugleich erklären sollte, warum er es unterschlagen hatte. »Er verletzte sich beim Reinigen eines Zierdolches. Er rutschte ihm aus und streifte seinen Oberschenkel.«

»Waren Sie dabei?« erkundigte sich Rathbone im Plauderton.

»Äh – nein. Ich wurde ins Haus gerufen, weil die Wunde ziemlich stark blutete. Natürlich wollte ich wissen, was geschehen war, und er erzählte es mir.«

»Dann wissen Sie es also vom Hörensagen?« Rathbone hob skeptisch die Brauen. »Tut mir leid, Doktor, das reicht nicht. Es kann wahr gewesen sein – aber genausogut auch nicht.«

Lovat-Smith erhob sich von seinem Platz.

»Ist das wirklich von Belang, Euer Ehren? Ich begreife ja, daß mein verehrter Herr Kollege versucht, die Geschworenen von Dr. Hargraves Aussage abzulenken, ihn irgendwie in Mißkredit zu bringen sogar, aber das geht nun doch zu weit. Er verschwendet kostbare Zeit und dient damit keinerlei Zweck.«

Der Richter schaute Rathbone an.

»Verfolgen Sie ein bestimmtes Ziel, Mr. Rathbone? Falls nicht, muß ich Sie dringend auffordern, aufzuhören.«

»O doch, Euer Ehren«, gab Rathbone mit mehr Überzeugung zurück, als er Monks Ansicht nach empfinden konnte. »Ich glaube, die Verletzung ist für den Fall von gravierender Bedeutung.«

Lovat-Smith drehte sich um und kehrte mit einer theatralischen Geste die Handflächen zur Decke.

Irgendwo im Saal ertönte ein albernes Kichern, das sogleich unterdrückt wurde.

Hargrave seufzte.

»Würden Sie die Verletzung bitte beschreiben, Doktor«, fuhr Rathbone fort.

»Es handelte sich um einen tiefen Schnitt an der Vorderseite des Oberschenkels, der leicht nach innen führte, genauso, wie wenn einem beim Reinigen ein Messer ausrutscht und aus der Hand fällt.«

»Tief? Wie tief – drei Zentimeter, vier, fünf sogar? Und wie lang, Doktor?«

»Etwa dreieinhalb Zentimeter an der tiefsten Stelle und ungefähr zehn Zentimeter lang«, erwiderte Hargrave mit deutlich zur Schau gestelltem Überdruß.

»Eine recht ernste Verletzung. Und in welcher Richtung ist sie verlaufen?« fragte Rathbone mit vollendeter Unschuldsmiene.

Hargrave stand mit aschfahlem Gesicht da und schwieg.

Alexandra beugte sich zum erstenmal seit Prozeßbeginn etwas vor, als ob nun doch noch ein paar Worte gefallen wären, mit denen sie nicht gerechnet hatte.

»Beantworten Sie bitte die Frage, Dr. Hargrave«, schaltete sich der Richter ein.

»Sie – äh – sie führte ... nach oben«, sagte Hargrave unbeholfen.

»Nach oben?« Rathbone blinzelte. Selbst wenn man ihn nur von hinten sah, taten seine Schultern deutlich seinen Unglauben kund, als nähme er an, nicht richtig verstanden zu haben. »Soll das heißen ... sie verlief vom Knie in Richtung Lende, Dr. Hargrave?«

»Ja.« Hargraves Antwort war kaum mehr als ein Flüstern.

»Was haben Sie gesagt? Würden Sie es bitte noch einmal wiederholen, damit die Geschworenen Sie hören können?«

»Ja!« wiederholte Hargrave grimmig.

Die Geschworenen standen vor einem Rätsel. Unruhig rutschten sie auf ihren Plätzen herum. Sie hatten keine Ahnung, wie sie die Neuigkeit bewerten sollten, aber sie erkannten Nötigung, wenn sie ihr begegneten, und weder Hargraves Zögern noch seine plötzliche Nervosität waren ihnen verborgen geblieben.

Sogar die Menge blieb ausnahmsweise stumm.

Ein weniger fähiger Kopf als Lovat-Smith hätte Einspruch erhoben, aber er war sich völlig im klaren, daß er dadurch nur seine eigene Unsicherheit preisgeben würde.

»Verraten Sie uns doch bitte, Dr. Hargrave«, fuhr Rathbone ungerührt fort, »wie einem beim Reinigen ein Messer so aus der Hand rutschen kann, daß der Schnitt von unten nach oben verläuft, vom Knie zum Lendenbereich? Vielleicht hätten Sie ja nichts dagegen, uns einmal zu demonstrieren, welcher Bewegungsablauf Ihnen vorschwebte, als Sie seinem – hm – Bericht Glauben schenkten? Sie können vermutlich auch erklären, warum sich ein Mann mit seinem militärischen Hintergrund beim Reinigen eines Messers derart ungeschickt angestellt hat? Bei seinem Dienstgrad hätte ich mir mehr erwartet.« Er zog die Brauen zusammen. »Ein so gewöhnlicher Mensch wie ich besitzt nicht einmal irgendwelche Zierdolche oder -messer, aber mein Tafelsilber und meine Stiefel putze ich auch nicht selbst.«

»Ich weiß nicht, warum er es gereinigt hat«, erwiderte Hargrave und lehnte sich, die Kante fest umklammernd, über die Brüstung des Zeugenstands. »Aber da er derjenige war, der den Unfall verursacht hatte, kam ich gar nicht auf die Idee, seine Worte anzuzweifeln. Vielleicht war er gerade deshalb so ungeschickt, weil er es für gewöhnlich nicht reinigte.«

Er hatte einen Fehler gemacht und war sich dessen sofort bewußt. Den Versuch, es zu rechtfertigen, hätte er besser unterlassen sollen.

»Sie können unmöglich wissen, ob er den Unfall selbst verursacht hat, wenn es denn ein Unfall war«, stellte Rathbone übertrieben höflich fest. »Was Sie in Wirklichkeit sagen wollten, war gewiß, daß er derjenige war, der die Verletzung davontrug, oder?«

»Drehen Sie's, wie Sie wollen«, gab Hargrave schroff zurück. »Für mich ist das Haarspalterei.«

»Und wie, bitte, soll er das Messer gehalten haben, um sich eine solche Wunde zuzufügen, wie sie uns derart anschaulich von Ihnen beschrieben worden ist?« Rathbone hob eine Hand, als halte er ein

Messer fest, und vollführte versuchsweise diverse Verrenkungen, bei denen er sich alle Mühe gab, sich von unten nach oben aufzuschlitzen. Es war ein Ding der Unmöglichkeit, und im Gerichtssaal wurde nervöses Gelächter laut. Rathbone blickte fragend zu Hargrave hoch.

»Schon gut!« fuhr dieser ihn an. »Es kann sich nicht so abgespielt haben, wie er es dargestellt hat. Was wollen Sie eigentlich andeuten? Daß Alexandra versuchte, ihn zu erstechen? Es ist doch bestimmt Ihr Anliegen, sie zu verteidigen, und nicht doppelt und dreifach dafür zu sorgen, daß sie gehängt wird!«

Der Richter beugte sich mit wütender Miene vor und sagte scharf: »Ihre Bemerkungen sind unzulässig und äußerst fragwürdig. Sie werden sie sofort zurückziehen.«

»Selbstverständlich, ich bitte um Entschuldigung. Aber ich denke, es ist Mr. Rathbone, den Sie zur Ordnung rufen sollten. Offenbar ist er für Mrs. Carlyons Verteidigung nicht der richtige Mann.«

»Das bezweifle ich. Ich kenne Mr. Rathbone seit vielen Jahren. Falls er sich jedoch tatsächlich als untauglich erweisen sollte, darf die Angeklagte dahingehend gern Beschwerde einlegen.« Er schaute zu Rathbone hinüber. »Bitte, fahren Sie fort.«

»Danke, Euer Ehren.« Er verbeugte sich leicht. »Nein, Dr. Hargrave, ich wollte keineswegs andeuten, daß Mrs. Carlyon ihren Ehemann zu erstechen versuchte. Ich wollte deutlich machen, daß er Sie bezüglich der Herkunft der Wunde belogen und jemand anders sie ihm zugefügt hat. Weitere Andeutungen zum Thema wer und warum folgen zu einem späteren Zeitpunkt.«

Wieder ertönte ein gespanntes Rascheln aus der Richtung der Geschworenenbänke, und ein erster Anflug von Zweifeln glitt über die Gesichter der Juroren. Zum erstenmal bestand für sie ein echter Anlaß, den Fall, wie Lovat-Smith ihn präsentiert hatte, in Frage zu stellen. Es war zwar nur ein Schimmer, ein kaum merkliches Aufflackern, aber es war da.

Hargrave war im Begriff, den Zeugenstand zu verlassen.

»Einen Moment noch, Dr. Hargrave«, sagte Rathbone schnell.

»Was hatte General Carlyon an, als Sie ins Haus gerufen wurden, um diese höchst unangenehme Wunde zu versorgen?«

»Wie bitte?«

»Was hatte General Carlyon an?« wiederholte Rathbone. »Welche Kleidung trug er?«

»Ich weiß es nicht mehr. Um Himmels willen, was spielt das für eine Rolle!«

»Bitte, beantworten Sie die Frage.« Rathbone blieb hart. »Sie wissen sicher noch, ob Sie Stoff aufschneiden mußten, um an die Wunde zu gelangen.«

Der Arzt machte Anstalten, etwas zu sagen, hielt inne und schwieg. Er war leichenblaß.

»Ja?« fragte Rathbone geduldig.

»Mußte ich nicht.« Hargrave schien sich wieder unter Kontrolle zu haben. »Er war bereits entfernt worden. Der General trug lediglich seine Unterwäsche.«

»Aha. Keine blutdurchtränke Hose also?« Rathbone zuckte beredt mit den Schultern. »Folglich hatte ihn wohl schon jemand teilweise versorgt? Lagen seine Kleidungsstücke in der Nähe herum?«

»Nein – ich glaube nicht. Mir ist nichts aufgefallen.«

Rathbone runzelte die Stirn, dann schien ihm plötzlich ein ganz neuer Gedanke in den Kopf zu kommen.

»Wo hat dieser – Unfall – stattgefunden, Dr. Hargrave?«

Hargrave zögerte. »Ich – ich bin nicht sicher.«

Lovat-Smith stand auf. Der Richter blickte ihn an und schüttelte leicht den Kopf.

»Falls Sie die Frage als unerheblich beanstanden wollen, Mr. Lovat-Smith, dürfen Sie sich die Mühe sparen. Sie ist es nicht. Ich würde selbst gern die Antwort darauf hören. Dr. Hargrave? Sie müssen sich doch erinnern. Mit einer solchen Verletzung, wie Sie sie beschrieben haben, kann er nicht weit gekommen sein. Wo war er, als Sie sich darum kümmerten?«

»Im Haus von Mr. und Mrs. Furnival, Euer Ehren.«

Ein aufgeregtes Raunen, gefolgt von einem Aufatmen, schwappte durch den Saal. Wenigstens die Hälfte der Geschworenen drehte sich nach Alexandra um, doch deren Miene stellte bloß völlige Verständnislosigkeit zur Schau.

»Sagten Sie, im Hause von Mr. und Mrs. Furnival, Dr. Hargrave?« fragte der Richter mit offener Verwunderung.

»Jawohl, Euer Ehren«, erwiderte Hargrave betreten.

»Mr. Rathbone, bitte, fahren Sie fort«, wies der Richter ihn an.

»Gern, Euer Ehren.« Rathbone machte alles andere als einen irritierten Eindruck; er wirkte sogar erstaunlich ruhig. »Der General säuberte dieses Messer also im Haus der Furnivals?«

»Ich glaube schon. Man sagte mir, er hätte es dem jungen Valentine gezeigt. Es war eine Rarität. Vermutlich wollte er ihm demonstrieren, wie es benutzt wird – oder etwas in der Art.«

Wieder machte sich nervöses Kichern breit. In Rathbones Züge trat ein Ausdruck von ungestümer Erheiterung, aber er verbat sich die entsprechende Bemerkung. Statt dessen vollführte er zur Überraschung aller einen Gedankensprung.

»Sagen Sie, Dr. Hargrave – was hatte der General an, als er wieder nach Hause ging?«

»Dieselben Kleidungsstücke, in denen er gekommen war, natürlich.«

Rathbones Brauen schossen nach oben. Hargrave bemerkte seinen Patzer zu spät.

»Ach wirklich?« Rathbones Stimme triefte vor Verblüffung. »Inklusive der zerrissenen und blutverschmierten Hose?«

Hargrave gab keine Antwort.

»Soll ich Mrs. Sabella Pole noch einmal in den Zeugenstand rufen, die sich recht deutlich an diesen Zwischenfall erinnert?«

»Nein, nicht nötig.« Hargrave war gründlich verärgert. Seine Lippen bildeten einen dünnen Strich, sein Gesicht war blaß und hart. »Die Hose war vollkommen intakt – und auch nicht blutverschmiert. Ich habe heute keine Erklärung dafür, und ich habe auch damals nicht danach gefragt. Es ging mich nichts an. Meine Aufgabe bestand lediglich darin, die Wunde zu versorgen.«

»In der Tat«, pflichtete Rathbone ihm mit einem winzigen, unergründlichen Lächeln bei. »Ich danke Ihnen, Dr. Hargrave. Ich habe keine weiteren Fragen.«

Der nächste Zeuge war Evan, in seiner Funktion als Polizeibeamter. Seine Aussage verlief wie vorhergesehen und offenbarte Monk nichts Neues. Er beobachtete Evans sensibles, bedrücktes Gesicht, während dieser wiedergab, wie er zu den Furnivals gerufen worden war, die Leiche gesehen, den unausweichlichen Schluß gezogen und alle Betroffenen vernommen hatte. Die Erinnerung setzte ihm offenkundig zu.

Monks Gedanken schweiften ab. Rathbone konnte mit dem, was er in der Hand hatte, kaum eine Verteidigung aufbauen, wie brillant sein Kreuzverhör auch sein mochte. Die Hoffnung, er könnte auch nur einen der Carlyons durch Tricks oder Druck dazu bewegen, in aller Öffentlichkeit zuzugeben, daß sie von Cassians Mißbrauch durch seinen Vater wußten, war absurd. Er hatte sie draußen in der Halle sitzen sehen, gekleidet in feierliches Schwarz, die Schultern kerzengerade, die Gesichter in ihrem Schmerz würdevoll und gefaßt – entschlossen vereint gegen den Rest der Welt. Selbst Edith Sobell war dabei gewesen und hatte ihrem Vater immer wieder besorgte Blicke zugeworfen. Nur Felicia befand sich im Gerichtssaal, weil sie keine Vorladung bekommen hatte und dem Prozeß infolgedessen beiwohnen durfte. Sie war hinter ihrem dichten Schleier leichenblaß und so starr wie eine Statue.

Es war zwingend notwendig herauszufinden, wer außer dem General und seinem Vater noch an der Päderastie beteiligt war. Cassian hatte gesagt »andere«, also nicht nur sein Großvater. Wer? Wer hatte die Möglichkeit, den Jungen an einem Ort zu treffen, der für ein solches Beisammensein abgeschieden genug war? Denn diese Voraussetzung war unerläßlich; sie durften auf keinen Fall beobachtet werden. Wer etwas Derartiges im Sinn hatte, setzte sich kaum dem Risiko aus, auf frischer Tat ertappt zu werden.

Die Zeugenbefragung nahm unterdessen ihren Fortgang, ohne daß Monk etwas davon mitbekam.

Wieder die Familie? Peverell Erskine? War das die grauenhafte Entdeckung, die Damaris an jenem Abend gemacht hatte, als sie derart schockiert gewesen war, daß sie sich nicht mehr unter Kontrolle hatte? Nachdem sie Valentine Furnival gesehen hatte, war sie in einem Zustand hinuntergekommen, der an Hysterie grenzte. Weshalb? Hatte sie erfahren, daß ihr Ehemann seinen Neffen sexuell mißbrauchte? Aber was konnte sich dort oben abgespielt haben, das ihr diese Ungeheuerlichkeit verriet? Peverell war die ganze Zeit unten gewesen, das hatten die anderen beschworen. Gesehen haben konnte sie folglich nichts. Und Cassian befand sich nicht einmal im Haus.

Sie mußte aber irgend etwas gehört oder gesehen haben. Es war doch bestimmt kein Zufall, daß es ausgerechnet am Abend des Mordes geschehen war? Nur was? Was hatte sie herausgefunden?

Fenton Pole war ebenfalls zugegen gewesen. War er der dritte, der Cassian mißbrauchte, und somit der Grund für Sabellas Haß?

Oder war es Maxim Furnival? Beruhte die Beziehung zwischen ihm und dem General nicht nur auf einem gemeinsamen geschäftlichen Interesse, sondern auch auf der gemeinsamen Vorliebe für ein bestimmtes Laster? War das der Grund für die häufigen Besuche des Generals gewesen und hatte womöglich gar nichts mit Louisa zu tun? Was für eine perfekte Ironie! Kein Wunder, daß die Situation für Alexandra eines gewissen bitteren, grausigen Humors nicht entbehrte.

Aber sie hatte nicht gewußt, daß es noch jemanden gab. Durch den Mord an ihrem Mann hatte sie dem Ganzen ihrer Meinung nach ein Ende bereitet und Cassian vor weiteren sexuellen Übergriffen bewahrt. Sie wußte von niemandem, auch nicht vom alten Colonel.

Evan beantwortete soeben eine Frage von Rathbone, die im Grunde überflüssig gewesen war, denn er bestätigte lediglich, daß er keinerlei Grundlage für die Eifersucht gefunden hatte, die von Alexandra ohnehin abgestritten wurde, und er selbst nicht recht daran glaubte.

Monks Gedanken verselbständigten sich erneut. Diese eigenartige Wunde am Bein des Generals. Bestimmt war Cassian derjenige gewesen, der sie ihm beigebracht hatte? Nach allem, was Hester ihm von ihrer Unterhaltung mit dem Jungen sowie ihrem persönlichen

Eindruck erzählt hatte, stand er dem Mißbrauch mit gemischten Gefühlen gegenüber. Er wußte nicht genau, ob das, was er tat, nun richtig war oder falsch, hatte Angst, die Liebe seiner Mutter zu verlieren, sah sich zu Heimlichtuerei gezwungen, die er teilweise genoß, fühlte sich einerseits geschmeichelt und hatte andererseits Angst, aber anscheinend war es nicht so, daß er es ganz und gar verabscheute. Selbst als er das Ungeheuerliche beim Namen nennen mußte, wurde er von einem Schauder der Erregung gepackt, von dem prickelnden Gefühl, in die Erwachsenenwelt miteinbezogen worden zu sein, mehr zu wissen als andere.

Ob er jemals bei den Furnivals gewesen war? Sie hätten sich danach erkundigen sollen – wie dumm von ihnen.

»Hat der General Cassian schon mal zu den Furnivals mitgenommen?« flüsterte er Hester ins Ohr, die neben ihm saß.

»Nicht, daß ich wüßte. Warum?«

»Der dritte Päderast«, erwiderte er kaum hörbar. »Wir müssen herausbekommen, wer es ist.«

»Maxim Furnival?« fragte Hester bestürzt und eine Spur lauter als beabsichtigt.

»Ruhe da vorn!« zischte eine aufgebrachte Stimme.

»Warum nicht?« gab Monk zurück. Er beugte sich zu ihr hinüber, damit sie sein Wispern verstehen konnte. »Es muß jemand sein, der den Jungen regelmäßig und in aller Abgeschiedenheit gesehen hat – ohne daß Alexandra es mitbekam.«

»Maxim?« fragte Hester noch einmal und schaute ihn stirnrunzelnd an.

»Warum denn nicht? Jemand muß es sein. Weiß Rathbone eigentlich, wer den General mit dem Messer verletzt hat, oder hofft er bloß, daß wir es herausgefunden haben, ehe der Prozeß vorbei ist?«

»Er hofft«, entgegnete Hester bedrückt.

»Sssch!« zischte es hinter ihnen. Der Verantwortliche tippte Monk unsanft mit dem Zeigefinger auf die Schulter.

Die Maßregelung machte Monk fuchsteufelswild, doch ihm fiel keine scharfe Entgegnung ein. In seinem Gesicht brodelte es, aber er sagte keinen Ton.

»Valentine!« entfuhr es Hester da aus heiterem Himmel.

»Halten Sie endlich den Mund!« beschwerte sich nun auch der Mann, der vor ihnen saß, mit zornbebender Miene. »Wenn Sie sowieso nicht zuhören wollen, können Sie ja rausgehen!«

Monk kümmerte sich nicht um ihn. Natürlich – Valentine! Er war nur wenige Jahre älter als Cassian und würde schon von daher das ideale Opfer abgeben. Außerdem hatten alle bestätigt, wie verrückt er nach dem General gewesen war – oder doch zumindest der General nach ihm. Er hatte den Jungen regelmäßig besucht. Vielleicht hatte Valentine – entsetzt, verstört und sowohl vom General als auch von sich selbst angewidert – letztlich zurückgeschlagen.

Wie konnten sie Gewißheit erlangen? Und wie sollten sie es beweisen?

Er wandte sich zu Hester um und sah, daß sie dasselbe dachte.

Ihre Lippen formten die Worte *Einen Versuch ist es wert*, dann verdüsterte sich ihr Blick. Sie flüsterte in eindringlichem Ton: »Aber seien Sie vorsichtig! Wenn Sie sich ungeschickt anstellen, könnten Sie es für immer verderben.«

Monk fühlte sich versucht, entsprechend unfreundlich zu kontern, wurde sich jedoch plötzlich bewußt, wie recht sie hatte, und vergaß allen verletzten Stolz und nagenden Unmut.

»Keine Angst, ich werde aufpassen«, versprach er so leise, daß selbst sie Schwierigkeiten hatte, die Worte zu verstehen. »Ich werde mich ganz vorsichtig rantasten. Zuerst brauche ich den Beweis.« Sehr zum Mißfallen seines Nachbarn auf der anderen Seite stand er auf und zwängte sich an den sitzenden Zuschauern vorbei. Er trat auf diverse Füße, stieß gegen mehrere Knie und wäre auf dem Weg hinaus um ein Haar ausgerutscht.

Zunächst mußte er herausfinden, was rein technisch gesehen im Rahmen des Möglichen lag. Falls Fenton Pole niemals mit Cassian oder Valentine allein gewesen war, brauchte er ihn als Verdachtsperson nicht weiter in Betracht zu ziehen. Die Bediensteten würden ihm diese Frage beantworten können, insbesondere die Lakaien. Sie wußten, wohin ihre Herren mit der Familienkutsche fuhren, und waren für gewöhnlich auch darüber im Bilde, wer zu Besuch kam. War Pole jedoch gerissen genug gewesen, den Treffpunkt woanders zu wählen, und mit einem Hansom dorthin aufgebrochen, würde es sich erheblich schwieriger gestalten, seine Spur aufzunehmen, vielleicht sogar fruchtlos sein.

Er mußte mit dem Offensichtlichen beginnen. Kurz darauf hielt er eine Droschke an und nannte dem Kutscher die Adresse von Fenton und Sabella Pole.

Den Rest des Nachmittags verbrachte er damit, die Dienerschaft zu befragen. Man antwortete ihm zunächst nur widerwillig, offenbar in der Überzeugung, wenn man schon nichts wüßte, wäre Schweigen der sicherste und klügste Kurs, den man einschlagen konnte. Zum Glück stieß er aber auf eine Magd, die mit Sabella nach der Heirat ins Haus gekommen war. Sie stand voll und ganz auf Alexandras Seite, weil dies die Seite war, auf der ihre Herrin stand. Infolgedessen zeigte sie sich mehr als bereit, Monk alles zu erzählen, was er wissen wollte. Zudem hatte sie keinerlei Schwierigkeiten, dem Lakaien, dem Stallburschen und dem Stubenmädchen wichtige Details aus der Nase zu ziehen.

Selbstverständlich habe Mr. Pole den General gekannt, ehe er Miss Sabella kennenlernte. Der General hatte sie erst miteinander bekannt gemacht, das wisse sie genau, sie sei nämlich dabei gewesen. O ja, sie kamen ausgezeichnet miteinander aus, viel besser als mit Mrs. Carlyon – unglücklicherweise. Warum? Nun, sie habe keine Ahnung, höchstens daß Miss Sabella eigentlich nicht heiraten, sondern der Kirche beitreten wollte. Aber gegen Mr. Pole gäbe es nichts zu sagen. Er war stets der perfekte Gentleman.

Kannte er Mr. und Mrs. Furnival gut?

Nicht besonders, die Bekanntschaft war anscheinend neu.

Besuchte Mr. Pole den General oft?

Nein, so gut wie nie. Der General kam zu ihm.

Brachte er Master Cassian häufig mit?

Das sei ihres Wissens nie passiert. Wenn er kam, dann mit seiner Mutter, tagsüber, um Miss Sabella zu besuchen, wenn Mr. Pole nicht zu Hause war.

Monk dankte ihr und verabschiedete sich. Aufgrund mangelnder Gelegenheit schied Fenton Pole als Verdächtiger offenbar aus.

Er ging durch die klare Abendluft zur Great Titchfield Street zurück und kam dabei an allerlei Ausflüglern vorbei. Da waren offene Kutschen, in denen sich hochelegante Damen ausfahren ließen, auf dem Kopf mit Bändern geschmückte Hauben, auf dem Leib mit Blumen gespickte Kleider; Pärchen schlenderten Arm in Arm durch die Straßen, unterhielten sich über den neuesten Klatsch oder flirteten heftig miteinander; ein Mann führte seinen Hund spazieren. Monk erreichte sein Ziel wenige Minuten nachdem Hester vom Gericht zurückgekehrt war. Sie machte einen müden und bedrückten Eindruck, und Major Tiplady, der mittlerweile auf einem ganz normalen Stuhl sitzen konnte, war sichtlich um sie besorgt.

»Treten Sie ein, Mr. Monk, treten Sie ein«, sagte er hastig. »Ich fürchte, die Neuigkeiten sind nicht gerade ermutigend, aber bitte, setzen Sie sich erst einmal, dann hören wir sie uns gemeinsam an. Molly wird uns eine Tasse Tee bringen. Haben Sie schon zu Abend gegessen? Die arme Hester sieht aus, als ob sie eine Erfrischung vertragen könnte. Bitte – nehmen Sie doch Platz!« Er wedelte auffordernd mit der Hand, doch sein Blick war unverwandt auf Hesters Gesicht gerichtet.

Monk setzte sich, in erster Linie, um Hester endlich zum Reden zu bringen, aber die Einladung zum Abendessen nahm er dankbar an.

»Entschuldigen Sie mich einen Moment.« Tiplady sprang auf und war mit einem Satz bei der Tür. »Ich muß schnell mit Molly und der Köchin sprechen.«

»Was ist?« drängte Monk. »Ist was passiert?«

»Wenig«, gab Hester erschöpft zurück. »Nichts, mit dem wir nicht gerechnet hätten. Evan schilderte dem Gericht, wie Alexandra ihr Geständnis abgelegt hat.«

»Wir wußten doch, daß das passieren würde«, rief Monk ihr in Erinnerung, verärgert, weil sie sich so leicht entmutigen ließ. Es war für ihn unerläßlich, daß sie die Hoffnung nicht aufgab, damit er seine eigenen Befürchtungen unter Kontrolle halten konnte. Im Grunde war es absurd, was sie sich vorgenommen hatten, und es war zudem nicht fair gewesen, Alexandra Hoffnung zu machen. Es gab nichts, aber auch gar nichts zu hoffen.

»Stimmt«, versetzte sie etwas spitz, »aber Sie wollten ja unbedingt wissen, was passiert ist.«

Ihre Blicke trafen sich, und für einen kurzen Augenblick herrschte zwischen ihnen wieder diese absolute innere Übereinstimmung, die hin und wieder unvermutet entstand. Sie empfanden beide tiefes Bedauern und rasenden Zorn, all die feinen Nuancen von Furcht und Selbstzweifeln angesichts ihrer eigenen Beteiligung an dem Fiasko. Keiner von ihnen sagte etwas; Worte schienen vollkommen überflüssig und waren als Werkzeug zur Verständigung momentan völlig untauglich.

»Ich habe angefangen, sämtliche Möglichkeiten unter dem Aspekt ihrer rein technischen Machbarkeit auszuloten«, meinte Monk nach einer ganzen Weile. »Fenton Pole kommt meiner Meinung nach als Dritter im Bunde nicht in Frage. Er bekam offenbar nie die Gelegenheit, mit Cassian oder Valentine allein zu sein.«

»Und wo gehen Sie als nächstes hin?«

»Zu den Furnivals wahrscheinlich.«

»Zu Louisa?« fragte Hester in einem Anflug grimmiger Belustigung.

»Zu den Dienstboten.« Er wußte genau, was ihr durch den Kopf ging, inklusive der vielfältigen Deutungsmöglichkeiten. »Sie würde Maxim natürlich decken, aber da es bisher noch nicht zur Sprache gekommen ist, kann sie nicht wissen, daß wir nach einem Kinderschänder suchen. Sie wird denken, es ginge um sie und die alte Beschuldigung, eine Affäre mit dem General gehabt zu haben.«

Hester schwieg.

»Danach gehe ich zu den Carlyons.«

»Zu den Carlyons?« Das überraschte sie nun doch. »Sie werden dort nichts herausfinden – und selbst wenn, was sollte das nützen? Sie würden alle lügen, außerdem wissen wir ohnehin über ihn

Bescheid! Wir müssen den Dritten finden – und es ihm nachweisen können.«

»Ich dachte nicht an den Colonel. Ich dachte an Peverell Erskine.«

Hester war zutiefst bestürzt. Sie sah ihn fassungslos an. »Doch nicht Peverell! Du meine Güte.. Das kann nicht Ihr Ernst sein!«

»Warum nicht? Weil er uns sympathisch ist?« Er tat sich selbst mit diesen Worten genauso weh wie ihr, und sie waren sich beide darüber im klaren. »Denken Sie vielleicht, der Betreffende sieht wie ein Monster aus? Es war keinerlei Gewalt im Spiel, kein Haß, keine Gier – wir haben es hier mit einem Mann zu tun, der lediglich nie erwachsen genug geworden ist, um echte Nähe zu seiner gleichaltrigen Frau aufbauen zu können, der sich nur bei einem Kind sicher fühlt, das weder seine charakterlichen Unzulänglichkeiten bemerkt noch begreift, wie tolpatschig und unreif er sich benimmt.«

»Das klingt ja fast so, als ob ich Mitleid für ihn empfinden müßte!« warf Hester ihm aufgebracht vor, aber sie war nicht sicher, ob ihr Entsetzen nun tatsächlich Monk, dem Mißbrauch oder der ganzen vertrackten Situation galt – oder ob sie den Täter vielleicht nicht doch unterschwellig zutiefst bedauerte.

»Es ist mir egal, was Sie empfinden«, log Monk zurück. »Für mich zählt nur, was Sie denken. Bloß weil Peverell Erskine ein netter Mensch ist und seine Frau ihn liebt, muß er nicht frei von Fehlern sein, die ihn – und andere – zerstören!«

»Ich glaube einfach nicht, daß Peverell dazu imstande ist«, beharrte sie störrisch, ohne allerdings einen Grund dafür zu nennen.

»In meinen Augen ist das schlicht und einfach dumm!« fuhr er sie an und war sich seines heimlichen Grolls, dem er lieber keinen konkreten Namen gab, dabei durchaus bewußt. »Wenn Sie auf diesem Intelligenzniveau weitermachen, sind Sie bestimmt keine große Hilfe.«

»Ich habe gesagt, ich glaube es nicht!« konterte sie genauso erbost. »Ich habe nicht gesagt, daß ich der Möglichkeit nicht nachgehen würde.«

»Ach ja?« Er hob spöttisch die Brauen. »Und wie?«

»Über Damaris natürlich«, entgegnete sie mit Todesverachtung. »Sie hat an jenem Abend etwas herausgefunden – etwas, das sie maßlos erschreckt hat. Haben Sie das etwa vergessen? Oder dachten Sie vielleicht ich?«

Monk starrte sie an und wollte gerade mit einer ähnlich bissigen Bemerkung parieren, als die Tür aufging, Major Tiplady ins Zimmer kam und verkündete, daß es in etwa einer halben Stunde Abendessen geben würde; dicht hinter ihm folgte Molly mit einem riesigen Teetablett. Es war eine ausgezeichnete Gelegenheit, den Ton um hundertachtzig Grad zu ändern, und so wurde er schlagartig überaus charmant. Er erkundigte sich besorgt nach Major Tipladys Genesungsstand, lobte den Tee und wechselte sogar ein paar höfliche Worte mit Hester. Sie unterhielten sich über die jüngsten Nachrichten aus Indien, die unschönen Gerüchte über den Opiumkrieg in China, den Krieg in Persien und die Unruhe innerhalb der heimischen Regierung. All diese Themen gaben Grund zur Beunruhigung, aber sie waren sehr weit weg, und Monk fand die kurze halbe Stunde überaus entspannend. Sie war eine regelrechte Erholung von der niederdrückenden Verantwortung des Hier und Jetzt.

Am folgenden Tag ließ Lovat-Smith weitere Zeugen aufrufen, die den untadeligen Charakter, das wundervolle Verhalten und die glänzende militärische Laufbahn des Generals bestätigten. Hester begab sich auch diesmal zum Gericht, um im Auftrag von Major Tiplady Augen und Ohren offenzuhalten, während Monk gleich morgens zu Callandra Daviot fuhr. Zu seinem Verdruß mußte er erfahren, daß sie auch nicht den geringsten Hinweis darauf entdeckt hatte, daß die Beziehungen des Generals je anders als absolut korrekt und schicklich gewesen waren. Nichtsdestotrotz konnte sie mit einigen umfangreichen Listen sämtlicher junger Männer aufwarten, die sowohl in England als auch in Indien in seinem Regiment gedient hatten. Diese hielt sie ihm nun mit verlegener Miene hin.

»Machen Sie sich nichts draus«, sagte er unvermutet sanft. »Vielleicht ist das alles, was wir brauchen.«

Sie warf ihm einen schiefen Blick zu, unfähig, die Skepsis aus ihrem Gesicht zu verbannen.

Monk überflog die Liste. Er war auf der Suche nach dem Namen des Stiefelburschen der Furnivals, und richtig, gleich zu Beginn der zweiten Seite wurde er fündig: Robert Andrews, wegen Verwundung im Gefecht ehrenhaft aus der Armee entlassen.

»Und?« fragte Callandra ungeduldig.

»Mal sehen«, gab er zurück. »Ich muß mich erst vergewissern.«

»Monk!«

»Was ist?« Er schaute sie an und wurde sich plötzlich bewußt, wieviel sie für ihn getan hatte. »Schon gut. Das hier könnte der Stiefelbursche der Furnivals sein. Der, der die ganze Wäsche auf den Boden fallen ließ, als er am Abend des Mordes unerwartet mit dem General konfrontiert wurde. Ich fahre sofort hin, um es herauszufinden. Danke, Sie haben mir sehr geholfen.«

»Ah«, sagte Callandra; langsam schlich sich nun doch eine gewisse Befriedigung in ihre Züge. »Ja – ausgezeichnet. Viel Glück.«

Er bedankte sich noch einmal, warf ihr zum Abschied eine galante Kußhand zu und eilte hinaus, um einen Hansom aufzutreiben, der ihn so schnell wie möglich zu den Furnivals bringen würde.

Um Viertel vor zehn traf er dort ein, gerade rechtzeitig, um Maxim aus dem Haus gehen zu sehen, wahrscheinlich auf dem Weg in die Stadt. Nach weiteren eineinhalb Stunden stoischen Wartens wurde er durch den umwerfenden und unverkennbaren Anblick Louisa Furnivals belohnt, die mit verschwenderisch blumengeschmückter Haube und einem Rock, der so weit war, daß es ihr gesamtes Geschick erforderte, ihn sicher durch die schmale Wagentür zu steuern, eine Kutsche bestieg.

Sobald sie eine angemessene Zeit außer Sichtweite war, ging Monk zur Hintertür und klopfte an. Der Stiefelbursche machte mit erwartungsvollem Gesicht auf, doch als er Monk erblickte, änderte sich seine Miene völlig. Er hatte ganz offensichtlich mit jemand anderem gerechnet.

»Ja, bitte?« fragte er mit einem nicht unfreundlichen Stirnrunzeln. Er war ein hübscher Kerl und stand sehr gerade da, aber seine

Augen verrieten eine unterschwellige Wachsamkeit, das Wissen um heimlichen Schmerz.

»Ich war schon einmal hier, bei Mrs. Furnival«, begann Monk vorsichtig, spürte jedoch bereits, wie sich Erregung in ihm breitmachte. »Sie war so freundlich, mir bei den Nachforschungen bezüglich General Carlyons tragischem Tod zu helfen.«

Der Gesichtsausdruck des Jungen verfinsterte sich. Die Haut um Augen und Mund spannte sich kaum merklich, die Lippen wurden schmal.

»Wenn Sie mit Mrs. Furnival reden wollen, hätten Sie zur Vordertür gehen sollen«, sagte er argwöhnisch.

»Nein, diesmal bin ich aus einem anderen Grund hier.« Monk lächelte ihn freundlich an. »Ich benötige ein paar Details über die Leute, die in letzter Zeit hier zu Besuch waren, und dachte, Master Valentine könnte mir vielleicht weiterhelfen. Außerdem würde ich gern mit einem der Lakaien sprechen, am liebsten mit John.«

»Vielleicht kommen Sie doch besser rein«, meinte der Stiefelbursche zögernd. »Ich geh mal erst Mr. Diggins fragen, das ist der Butler. Allein kann ich so was nicht entscheiden.«

»Nein, das sehe ich ein.« Monk folgte ihm dankbar ins Haus.

»Wer sind Sie denn eigentlich?« wollte der Junge plötzlich wissen.

»Mein Name ist Monk – William Monk. Und du?«

»Was – wer? Ich?« Sein Gegenüber war sichtlich verblüfft.

»Ja. Wie heißt du?«

»Robert Andrews, Sir. Bleiben Sie am besten hier stehen. Ich werd' Ihnen Mr. Diggins schnell holen.« Damit streckte er die Schultern und marschierte kerzengerade davon wie ein Soldat bei der Ehrenparade. Monk blieb mit rasendem Puls und sich überschlagenden Gedanken in der Spülküche zurück. Er brannte darauf, den Jungen auszufragen, und wußte genau, wie heikel das war; ein ungeschicktes Wort, ein unbesonnener Blick – und er schwieg womöglich für immer.

»Was haben Sie denn heute auf dem Herzen, Mr. Monk?« fragte der Butler, als er wenige Minuten später erschien. »Wir haben

Ihnen mit Sicherheit alles über jenen Abend erzählt, was wir wissen. Eigentlich würden wir das Ganze jetzt lieber vergessen und uns wieder auf unsere Arbeit konzentrieren. Ich lasse auf keinen Fall zu, daß Sie mir noch einmal die Mädchen verrückt machen!«

»Die müssen gar nicht erfahren, daß ich hier bin«, erwiderte Monk beschwichtigend. »Ein Lakai würde völlig genügen, höchstens vielleicht noch der Stiefelbursche. Es geht nur darum, wer in letzter Zeit hier zu Besuch war.«

»Robert sagte etwas von Master Valentine.« Der Butler schaute ihn scharf an. »Ich kann Sie nicht zu ihm lassen – nicht ohne die Einwilligung von Mr. oder Mrs. Furnival, und die sind beide im Moment nicht da.«

»Ja, ich verstehe.« Monk beschloß, keinen aussichtslosen Kampf zu führen. Dann mußte er das eben verschieben. »Vermutlich ist Ihnen sowieso alles bekannt, was in diesem Haus vor sich geht. Könnte man vielleicht ein paar Minuten auf Sie verzichten?

Der Butler dachte angestrengt nach. Er war keineswegs gegen Schmeicheleien immun, außerdem galt für ihn die Devise: Ehre, wem Ehre gebührt.

»Was genau möchten Sie gern wissen, Mr. Monk?« Er wandte sich um und ging zu seinem privaten Wohnzimmer voraus, damit sie unter sich waren, falls das Thema sich als heikel erweisen sollte. Darüber hinaus gewann der Rest der Belegschaft auf diese Weise den richtigen Eindruck. Es gehörte sich nicht, vor allen Leuten Dinge zu besprechen, die vermutlich persönlicher Natur waren.

»Wie oft kam der General hierher zu Besuch?«

»Nun, Mr. Monk, bis zu dem Unfall ziemlich oft. Danach auffallend seltener, Sir.«

»Unfall?«

»Ja, Sir – als er sich am Bein verletzte, Sir.«

»Wo ist das geschehen? In welchem Raum?«

»Oh, ich fürchte, das kann ich Ihnen nicht sagen, Sir. Irgendwo oben, glaube ich. Im Schulzimmer vielleicht. Dort gibt es ein Ziermesser – oder jedenfalls gab es eins. Ich hab's seitdem nicht mehr gesehen. Darf ich fragen, warum Sie das interessiert, Sir?«

»Aus keinem bestimmten Grund – weil es eine recht üble Geschichte war, nehme ich an. Hat sonst noch jemand Master Valentine regelmäßig besucht? Mr. Pole beispielsweise?«

»Nein, Sir, nicht das ich wüßte. Nie.« Seine letzte Frage stand ihm nach wie vor deutlich ins Gesicht geschrieben.

»Und Mr. Erskine?«

»Nein, Sir, meines Wissens nicht. Aber was hat das mit dem Tod des Generals zu tun, Mr. Monk?«

»Ich bin nicht sicher«, gab Monk freimütig zu. »Möglicherweise hat jemand ... eine bestimmte Art von ... Druck auf Master Valentine ausgeübt.«

»Druck, Sir?«

»Ich möchte nichts darüber sagen, ehe ich nichts Genaueres weiß. Sonst gerät am Ende noch jemand grundlos in Verruf.«

»Ich verstehe, Sir.« Diggins nickte verständnisvoll.

»Haben Sie eine Ahnung, ob Master Valentine schon mal bei den Carlyons war?«

»Ich glaube nicht. Soviel ich weiß, ist weder Mr. noch Mrs. Furnival mit dem Colonel und Mrs. Carlyon bekannt, und ihr Verhältnis zu Mr. und Mrs. Erskine ist nicht besonders eng.«

»Ah, ja. Vielen Dank.« Monk schwankte zwischen Erleichterung und Enttäuschung. Er wollte nicht, daß Peverell Erskine derjenige war, aber er mußte unbedingt herausfinden, wer – und zwar schnell, denn die Zeit wurde knapp. Vielleicht doch Maxim? Wenn er so darüber nachdachte, erschien es ihm tatsächlich am naheliegendsten. Er war die ganze Zeit da. Schon wieder ein Vater, der seinen Sohn sexuell mißbrauchte? Monk spürte, wie sich sein Magen verkrampfte und seine Zähne weh taten, so fest hatte er sie zusammengepreßt. Zum allerersten mal und nur für den Bruchteil einer Sekunde empfand er aufrichtiges Mitleid für Louisa.

»Gibt es sonst noch etwas, Sir?« fragte der Butler hilfsbereit.

»Nein, ich denke, das war alles.« Was mußte er diesen Mann fragen, damit die Antwort ihn zur Identität von Valentines Peiniger führen würde? Doch wie zart das Eingeständnis der Existenz eines derart bedrückenden Geheimnisses auch angedeutet werden mochte – und er verabscheute die Vorstellung, den Jungen unter Druck zu setzen oder ihm eine Falle zu stellen –, er mußte zumindest versuchen, etwas in Erfahrung bringen. »Ach doch. Haben Sie sich vielleicht schon einmal überlegt, warum Ihr Stiefelbursche sich an dem Abend, als der General ums Leben kam, so schlecht benommen hat?« Er beobachtete jeden Muskel im Gesicht seines Gegenübers. »Er kam mir wie ein cleverer, verantwortungsbewußter junger Bursche vor, weit entfernt davon, sich gehen zu lassen.«

»Ja, Sir, das ist er auch. Ich kann's mir selbst nicht erklären.« Diggings schüttelte ratlos den Kopf. »Er war immer ein guter Junge, unser Robert. Stets pünktlich, fleißig, respektvoll und verständig. Hat nie irgendwelche komischen Sachen gemacht, außer bei dieser einen Gelegenheit. Sie haben's ganz richtig erkannt, Sir, er ist ein prächtiger Bursche. War früher als Trommler bei der Armee, wurde dann aber irgendwo unten in Indien verwundet und daraufhin ehrenhaft aus dem Dienst entlassen. Hatte ausgezeichnete Referenzen. Ich kann mir wirklich nicht vorstellen, was in ihn gefahren ist. Paßt überhaupt nicht zu ihm. Er ist ganz versessen darauf, Lakai zu werden, und wird bestimmt mal einen guten abgeben – auch wenn er seit diesem Abend zuweilen etwas seltsam ist. Aber das sind wir schließlich alle, kann man ihm kaum übelnehmen.«

»Sie halten also nicht für denkbar, daß er etwas gesehen hat, das mit dem Mord zusammenhing, oder?« fragte Monk so beiläufig wie möglich.

Diggins schüttelte wieder den Kopf. »Wüßte nicht, was das sein könnte, Sir, denn er hätte es bestimmt gemeldet, wie's seine Pflicht gewesen wäre. Außerdem war das sowieso lange vor dem Mord, noch ehe sie alle zum Dinner gegangen sind. Und bis dahin war ja noch nichts Sonderbares passiert.«

»War es, bevor Mrs. Erskine nach oben ging?«

»Das weiß ich nun beim besten Willen nicht, Sir. Ich weiß bloß, daß Robert aus der Küche kam und über die Hintertreppe nach oben wollte, weil er für Mrs. Braithwaite – das ist unsere Haushälterin – etwas erledigen sollte. Im Flur stieß er fast mit dem General zusammen, blieb erst wie angewurzelt stehen, ließ dann die Wäsche, die er auf dem Arm hatte, einfach auf den Boden fallen und kam in die Küche zurückgerannt, als ob der Leibhaftige persönlich hinter ihm hergewesen wäre. Die ganze Wäsche mußte noch mal neu aussortiert und zum Teil frisch gebügelt werden. Die Waschfrau war nicht gerade begeistert, das können Sie mir glauben.« Er zuckte mit den Schultern. »Und er? Er sagte kein Wort mehr, wurde einfach weiß wie die Wand und stumm wie ein Fisch. Vielleicht hatte er ja eine Grippe in den Knochen, oder so. Diese jungen Leute benehmen sich manchmal ziemlich merkwürdig.«

»Er war Trommler, haben Sie gesagt? Dann muß er zweifellos so manchen schlimmen Anblick gewöhnt gewesen sein.«

»Da können Sie Gift drauf nehmen. Ich war zwar nie selbst beim Militär, aber ich kann's mir lebhaft vorstellen. Jedenfalls hat er in der Zeit eine Menge gelernt. Die haben ihm beigebracht, wie man gehorcht, und daß man vor seinen Vorgesetzten Respekt zu zeigen hat. Er ist ein guter Kerl. Er wird so was bestimmt nie wieder tun.«

»Nein. Mit Sicherheit nicht.« Monk zerbrach sich den Kopf nach einer Möglichkeit, wie er an den Jungen herantreten, was er zu ihm sagen könnte, und dachte sofort an die Scham und die tiefe Verlegenheit, die das bei ihm auslösen mußte. Mit einem flauen Gefühl im Magen angesichts der Entscheidung zwischen seinem Pflicht- und seinem Ehrgefühl, kam er schließlich zu einem Entschluß. »Danke vielmals, Mr. Diggins, Sie waren mir eine große Hilfe. Ich weiß Ihre Offenheit sehr zu schätzen.«

Wenig später stand Monk draußen auf der Straße; seine Unschlüssigkeit zerrte immer noch an ihm. Ein Trommler, der im selben Regiment gewesen war wie Carlyon, ihm dann unerwartet im Haus der Furnivals wiederbegegnet und die Flucht ergreift? Aus welchem Grund? In heller Panik, vor Entsetzen, vor Scham? Oder schlicht aus Unbeholfenheit?

Nein – er war Soldat gewesen, wenn er damals auch nicht viel älter gewesen sein konnte als ein Kind. Er hätte nicht einfach die

Wäsche fallen lassen und ohne Erklärung das Weite gesucht, nur weil er in einen Gast gelaufen war.

Hätte er nicht so leicht aufgeben sollen? Und wenn ja, mit welchem Ziel? Damit Rathbone ihn in den Zeugenstand schleifte und dazu brachte, vor dem Gericht einen Seelenstrip abzulegen? Was wäre dadurch bewiesen? Nur, daß Carlyon tatsächlich ein Kinderschänder war. Konnte man das nicht auch auf andere Weise erreichen, ohne diesen Jungen ganz zu zerstören und dazu zu zwingen, den Mißbrauch durch seine Schilderung noch einmal erleben zu müssen – und das in aller Öffentlichkeit? Alexandra wußte ohnehin nichts davon, folglich konnte es ihre Tat nicht beeinflußt haben.

Nein, sie mußten den dritten Mißbraucher finden und ihm sein Vergehen nachweisen. Wer war es – Maxim Furnival? Peverell Erskine? Beide Möglichkeiten erschienen ihm gleichermaßen abstoßend.

Er ging etwas schneller, bog in die Albany Street ein und stand kurz darauf vor dem Haus der Carlyons. Seine Hatz erfüllte ihn nicht im mindesten mit Erregung; alles, was er spürte, war ein unangenehmer Druck auf dem Magen.

Die Familie befand sich gesammelt im Gericht, teils um eine Zeugenaussage zu machen, teils um den Fortgang des Prozesses von der Galerie aus zu verfolgen. Monk klopfte an die Hintertür und fragte, ob er Miss Buchan sprechen könne. Er brachte es nicht über sich, die Worte auszusprechen, aber er schrieb ihr eine Nachricht, die besagte, er wäre ein Freund von Miss Hester Latterly und käme in ihrem Auftrag.

Nach nur zehn Minuten, in denen er in der Waschküche nervös die Hacken aneinanderschlug, wurde ihm endlich Zutritt zum Haupthaus gewährt. Man führte ihn drei Treppenfluchten hinauf zu Miss Buchans kleinem Wohnzimmer, dessen Mansardenfenster einen großzügigen Blick über die Dächer bot.

»Was gibt es denn, Mr. Monk?« fragte sie argwöhnisch.

Er betrachtete sie interessiert. Sie ging auf die Siebzig zu, war sehr dünn und hatte ein scharfgeschnittenes, intelligentes Gesicht mit einer langen Nase und wachen, verwaschenen Augen. Ihr klarer, rosiger Teint war der eines Menschen mit hellbraunem Haar, das mittlerweile jedoch eine graue, fast weiße Färbung hatte. Ihren Zügen nach zu urteilen war sie eine hitzköpfige Frau mit einer beträchtlichen Portion Courage. Monk konnte sich unschwer vorstellen, daß Hesters Bericht über ihr Verhalten während des Streits haargenau stimmte.

»Ich bin ein Freund von Miss Latterly«, wiederholte er, um noch einmal Kraft zu sammeln, ehe er zu seiner diffizilen Mission vorstieß.

»Ja, so sagten Sie zu Agnes«, gab Miss Buchan skeptisch zurück und musterte ihn aufmerksam von seinen polierten Lederstiefeln und den langen, geraden Beinen bis zu seiner wunderschön geschnittenen Jacke und dem glatten, markanten Gesicht mit den grauen Augen und dem zynischen Mund. Sie versuchte nicht, Eindruck auf ihn zu machen. Etwas an seinem Blick und an seinem Verhalten verriet ihr deutlich, daß er selbst keine Gouvernante gehabt hatte. Er besaß nicht den typischen Kinderzimmerrespekt eines Menschen mit den Erinnerungen an eine andere Frau, die über seine Kindheit geherrscht hatte.

In dem sicheren Wissen, daß seine schlichte Herkunft für sie ebenso offensichtlich war, als hätte er seinen Hinterwäldlerakzent und die Unterschichtmanieren niemals abgelegt, wurde Monk unwillkürlich rot. Ironischerweise hatte ausgerechnet sein einzigartiger Mangel an Furcht ihn verraten, hatte seine Unverwundbarkeit ihn erst recht verwundbar gemacht. All die sorgfältige Selbstveredelung täuschte anscheinend nicht über das geringste hinweg.

»Und?« fragte sie ungeduldig. »Was wollen Sie von mir? Sie haben den weiten Weg sicher nicht nur deshalb zurückgelegt, um mich anzustarren!«

»Nein.« Monk riß sich zusammen. »Nein, Miss Buchan. Ich bin Detektiv. Ich versuche, Mrs. Carlyon zu helfen.«

»Sie verschwenden Ihre Zeit«, gab sie finster zurück; der plötzlich aufflackernde Schmerz schien jeglichen Sinn für Humor und alle Neugier vernichtet zu haben. »Es gibt nichts, was man noch für sie tun könnte, die Arme.«

»Aber vielleicht für Cassian?«

Sie kniff die Augen zusammen und sah ihn mehrere Sekunden schweigend an. Monks Blick blieb offen und fest; er wandte ihn nicht ab.

»Wie könnten Sie ihm schon helfen?« meinte sie schließlich.

»Indem ich dafür sorge, daß ihm nichts mehr angetan wird.«

Mit steifen Schultern, den Blick unverwandt auf ihn geheftet, stand sie reglos da.

»Das ist unmöglich. Er wird hierbleiben, bei seinem Großvater. Er kann sonst nirgends hin.«

»Er hat seine Schwestern.«

Sie spitzte langsam die Lippen, als käme ihr unversehens ein neuer Gedanke.

»Er könnte zu Sabella ziehen«, schlug Monk behutsam vor.

»Sie werden es ihm niemals beweisen!« sagte Miss Buchan kaum hörbar. Sie wußten beide, worauf sie sich bezog; sie mußte es nicht erst aussprechen. Sie sahen den alten Colonel so deutlich vor sich, als wäre seine Aura so gegenwärtig wie der beißende Rauch einer Zigarre, nachdem ihr Genießer bereits vorbeigegangen war.

»Vielleicht doch«, erwiderte Monk bedächtig. »Dürfte ich mit Cassian sprechen?«

»Ich weiß nicht. Kommt darauf an, was Sie zu ihm sagen wollen. Ich werde auf keinen Fall zulassen, daß er sich aufregt. Der arme Junge hat weiß Gott schon genug am Hals – und es wird noch schlimmer kommen.«

»Ich werde ihm nicht mehr zusetzen, als ich muß«, drängte Monk. »Und Sie dürfen die ganze Zeit dabei sein.«

»Worauf Sie sich verlassen können!« sagte sie grimmig. »Also schön, kommen Sie mit, stehen Sie hier nicht unnütz herum. Bringen wir es hinter uns.«

Cassian war in seinem Zimmer. Monk entdeckte keinerlei Schulbücher oder andere Objekte, die einem sinnvollen Zeitvertreib dienten, und schloß daraus, daß Miss Buchan den Wert von erzwungener Ablenkung gegen den des In-sich-Gehens sorgfältig abgewogen hatte. Auf diese Weise erhielt der Junge Gelegenheit, verdrängte

Gedanken aufzuspüren und ihnen die Beachtung zu schenken, die sie ihm früher oder später zwangsläufig abfordern würden. Monk billigte ihre Entscheidung von ganzem Herzen.

Cassian wandte sich vom Fenster ab, aus dem er auf die Straße hinuntergesehen hatte. Obwohl sein Gesicht blaß war, wirkte er absolut gefaßt. Man konnte lediglich erraten, welche Gefühle unter all der Haltung an ihm fraßen. Seine Finger umklammerten einen kleinen goldenen Uhrenanhänger. Monk registrierte ein kurzes gelbes Aufleuchten, als er die Hand umdrehte.

»Mr. Monk möchte sich ein bißchen mit dir unterhalten«, sagte sie in sachlichem Ton. »Ich weiß nicht, worum es geht, aber es könnte wichtig sein für deine Mutter, also hör gut zu und sei ganz ehrlich zu ihm.«

»Ja, Miss Buchan«, meinte Cassian gehorsam und schaute Monk feierlich, aber noch nicht verängstigt an. Vielleicht konzentrierte sich seine gesamte Angst auf das, was in Old Bailey geschah, auf die schrecklichen Geheimnisse, die dort enthüllt, und auf die Entscheidungen, die getroffen werden würden.

Monk hatte keine Erfahrung mit Kindern. Von den wenigen Gelegenheiten abgesehen, bei denen ihn sein Trott mit einem Arbeiterbalg oder Straßenkind zusammenbrachte, kam er nie mit ihnen in Kontakt. Er wußte nicht, wie er mit Cassian umgehen sollte, dessen Alltag ihm ein Höchstmaß an behüteter, privilegierter Kindheit erlaubte und sie seiner Seele vollkommen nahm.

»Kennst du Mr. Furnival?« fragte er unumwunden. Er kam sich schrecklich stümperhaft vor, aber für belangloses Geplapper besaß er weder die Nerven noch jedwedes Talent, nicht einmal gegenüber Erwachsenen.

»Nein, Sir«, gab Cassian ebenso direkt zurück.

»Du bist ihm niemals begegnet?« Monk war überrascht.

»Nein, Sir.« Der Junge schluckte. »Ich kenne Mrs. Furnival.«

Was nicht weiter wichtig schien. »Aha«, sagte Monk nur der Höflichkeit halber. »Kennen Sie Mr. Furnival?« fragte er Miss Buchan.

»Nein, das tue ich nicht.«

Er wandte sich wieder an Cassian. »Aber du kennst doch den Mann deiner Schwester Sabella, Mr. Pole, nicht wahr?« fuhr er fort, obwohl er nicht glaubte, daß Fenton Pole der Mann war, nach dem sie suchten .

»Ja, Sir.« Außer dem flüchtigen Aufflackern von Neugier blieb Cassians Miene unverändert. Wahrscheinlich wunderte er sich, weil die Frage so sinnlos schien.

Monk betrachtete seine Hand, die nach wie vor das goldene Schmuckstück umfaßte.

»Was hast du da?«

Cassians Finger schlossen sich fester um den Uhrenanhänger; seine Wangen färbten sich schwachrosa. Ganz langsam streckte er Monk die Hand hin und öffnete sie.

Monk hob den Anhänger hoch, und als er ihn aufmachte, fand er im Innern zwei winzige Waagschalen ähnlich denen der blinden Justitia. Ein eisiger Schauer erfaßte sein Herz.

»Das ist hübsch«, sagte er laut. »Ein Geschenk?«

Cassian schluckte und schwieg.

»Von deinem Onkel Peverell?« erkundigte sich Monk so beiläufig wie möglich.

Einen Moment lang blieb es totenstill, dann begann Carlyon zögernd zu nicken.

»Wann hat er es dir gegeben?« Monk drehte das Schmuckstück um, als würde er es eingehend bewundern.

»Ich weiß es nicht mehr«, sagte Cassian, und Monk wußte, daß er log.

Er gab es ihm zurück. Der Junge griff hastig danach, schloß rasch seine Finger darum und ließ es in der Tasche verschwinden.

Monk gab vor, nicht mehr daran zu denken, und trat an einen kleinen Tisch, an dem Cassian – angesichts des Lineals, des Schreibblocks und des Bechers mit Stiften – offenbar seine Schularbeiten erledigte, seitdem er bei den Carlyons wohnte. Er spürte, wie Miss Buchan ihn im Auge behielt, jederzeit bereit einzuschreiten, falls er zu weit gehen sollte. Auch Cassian verfolgte nervös jede seiner Bewegungen. Es dauerte nicht lange, dann lief er quer durch den Raum und baute sich mit wachsamem, beunruhigtem Gesicht neben Monks Ellbogen auf.

Monk besah sich den Tisch genauer. Da waren ein Taschenwörterbuch, ein schmales Heft mit Rechentafeln, ein Buch über französische Grammatik und ein entzückendes Klappmesser. Sein erster Gedanke war, daß der Junge damit vermutlich die Stifte spitzte, doch dann bemerkte er, wie elegant es verarbeitet war – für ein Kind bei weitem zu extravagant. Als er die Hand danach ausstreckte, registrierte er aus den Augenwinkeln, wie Cassian jeden Muskel anspannte, einen Arm hochschnellen ließ, als wollte er ihm dazwischenfunken, und mitten in der Bewegung erstarrte.

Monk klappte das Messer auf. Es hatte eine beinah rasiermesserscharfe Klinge – wie sie beispielsweise ein Mann benutzen würde, um die Schreibfeder seines Federhalters in Ordnung zu bringen. In den Griff waren die Initialen P. E. eingraviert.

»Wunderschön.« Monk wandte sich mit einem schwachen Lächeln zu Cassian um. »Auch ein Geschenk von Mr. Erskine?«

»Ja – nein . . .« Cassian brach jäh ab. »Ja.« Sein Kinn wurde hart, seine Unterlippe schob sich trotzig vor.

»Das ist aber sehr großzügig von ihm«, bemerkte Monk mit einem flauen Gefühl im Magen. »Hast du noch mehr von ihm bekommen?«

»Nein.« Doch die Augen des Jungen flogen sekundenschnell zu seiner Jacke, die auf einem Haken hinter der Tür hing. Aus einer der Innentaschen lugte gerade noch der Zipfel eines bunten Seidentuchs hervor.

»Er muß dich wirklich sehr gern haben«, sagte Monk; er haßte sich selbst für seine Scheinheiligkeit.

Cassian gab keine Antwort.

Monk wandte sich wieder an Miss Buchan.

»Vielen Dank.« Seine Stimme klang erschöpft. »Das war's dann wohl.«

Sie machte ein zweifelndes Gesicht. Seine Fragen zu den Geschenken hatten für sie offensichtlich keinerlei Aussagekraft; Peverell Erskine zu verdächtigen war ihr noch nicht in den Sinn gekommen. Vielleicht war das auch gut so. Er blieb noch einen kurzen Moment, fragte nach diesem und jenem, was ihm gerade einfiel, nach Leuten, Zeitpunkten, Besuchen, Gästen – lauter Belanglosigkeiten, aber sie lenkten von den Geschenken und ihrer tieferen Bedeutung ab.

Dann verabschiedete er sich von dem Jungen, bedankte sich noch einmal bei Miss Buchan und verließ Carlyon House mit einer Erkenntnis, die ihn nicht glücklich machte. Der Sonnenschein und der Straßenlärm erreichten ihn nur wie aus weiter Ferne; das Gelächter von zwei sonnenschirmschwingenden Damen in rosaweißen Rüschen klang blechern, das Hufgetrappel der Pferde überlaut, das Knirschen der Wagenräder wie Zischlaute, das Geschrei eines Straßenhändlers nervtötend wie das Summen einer Schmeißfliege.

Hester kehrte völlig erschlagen vom Gericht zurück und wußte Major Tiplady nur wenig zu berichten. Die diestägigen Zeugenaussagen hatten größtenteils nur Vorhersehbarkeiten ergeben. Als erster Zeuge hatte Peverell Erskine – mit einiger Überwindung – bestätigt, welch ein prächtiger Mensch Thaddeus Carlyon gewesen war.

Rathbone hatte weder versucht seine Aussage zu erschüttern, noch hatte er seine Ehrlichkeit oder die Stichhaltigkeit seiner Beobachtungen angezweifelt.

Als nächste hatte Damaris Erskine auf die Frage nach ihrem Bruder hin auf ganzer Linie die Meinung ihres Mannes vertreten und seine Eindrücke bestätigt. Rathbone nahm sie nicht ins Kreuzverhör, behielt sich jedoch vor, sie zu einem späteren Zeitpunkt eventuell noch einmal aufzurufen, sollte das im Interesse der Verteidigung liegen.

Nichts Neues war enthüllt worden. Der Groll der Menge auf Alexandra nahm allmählich an Intensität zu. Der General entsprach der Sorte Mann, die sie alle gern bewunderten: ein mutiger Mann mit Rückgrat, ein Mann der Tat ohne verrückte Ideen, ohne einen nervraubenden Sinn für Humor oder Ansichten, die sie nicht teilen konnten – beziehungsweise so gut verstanden, daß sie sich schuldig fühlen mußten –, ein perfekter Familienvater, dessen Ehefrau sich aus keinem vernünftigen Grund auf gemeinste Weise gegen ihn gewandt hatte. Solch eine Frau mußte hängen, um allen übrigen Frauen ein warnendes Beispiel zu sein, und zwar je eher, desto besser. Das flüsterte man sich den ganzen Tag hinter vorgehaltener Hand ins Ohr und sprach es laut aus, als das Gericht sich erhob und ins Wochenende ging.

Es war ein frustrierender Tag gewesen. Als Hester in die Great Titchfield Street zurückkam, fühlte sie sich hundemüde und deprimiert. Der unausgesprochene Haß und das Unverständnis, das die Atmosphäre im Gerichtssaal spickte, machte ihr ebensoviel angst wie die Unausweichlichkeit, mit der die Dinge ihren Lauf nahmen. Gegen Ende ihrer Berichterstattung war sie den Tränen nahe. Selbst Major Tiplady konnte der momentanen Lage nichts Positives abgewinnen; das beste, was er zu bieten hatte, war die Ermahnung, den Mut nicht zu verlieren und unter Aufbietung aller Kräfte weiterzukämpfen, auch wenn ein Sieg scheinbar unerreichbar war.

Am nächsten Morgen, einem Samstag, blies eine steife Brise von Osten, aber der Himmel war tiefblau, und die Blumen wiegten sich im Wind. Das Gericht hatte sich bis Montag vertagt, was eine kurze Verschnaufpause für sie alle bedeutete. Hester indes erwachte ganz und gar nicht mit einem befreiten Gefühl, sondern noch nervöser, weil sie lieber weitergemacht hätte, nun wo die Sache einmal ins Rollen gekommen war. Sie fand, daß es die Qual und Ohnmächtigkeit nur sinnlos verlängerte. Sie hätte sich erheblich besser gefühlt, wenn ihr irgend etwas eingefallen wäre, womit sie die Situation positiv beeinflussen konnte. Doch sosehr sie auch grübelte, es kam ihr keine Idee. Sie wußten genau, was in Alexandra vorgegangen war, kannten die wahren Hintergründe für ihre Verzweiflungstat, und doch hatten sie keine Ahnung, daß es einen weiteren Mißbraucher, geschweige denn zwei oder wer weiß wie viele noch gegeben hatte.

Der Versuch, Randolf Carlyon etwas nachzuweisen, schien von vornherein zum Scheitern verurteilt. Er würde es niemals zugeben, seine Familie sich mit Sicherheit um ihn zusammenschließen wie eine Mauer aus Stahl. Wenn sie ihn öffentlich beschuldigten, nahm das die Menge und die Geschworenen vermutlich nur noch mehr gegen Alexandra ein. Man würde sie für eine verdorbene, bösartige Frau mit einer schmutzigen Phantasie halten, besessen von ihren abartigen Vorstellungen.

Was sie jetzt brauchten, war der dritte Mann, unwiderlegbare Beweise für seine Tat oder doch so fundiert begründete Anschuldigungen, daß ein Leugnen unmöglich war. Und das wiederum bedeutete, sie waren auf die Hilfe von Cassian, Valentine Furnival – sofern auch er zu den Opfern gehörte – und jedem anderen angewiesen, der etwas wußte oder ahnte. Wie Miss Buchan zum Beispiel.

Doch Miss Buchan würde durch eine solche Behauptung alles aufs Spiel setzen. Die Carlyons würden sie aus dem Haus jagen, und dann stand sie mittellos da. Wer nahm schon eine Frau, die zum Arbeiten zu alt war und ihren Brötchengeber, der ihr trotz dieser Mängel Verpflegung und ein Dach über dem Kopf gegeben hatte, des Inzests und der Homosexualität bezichtigte?

Nein, ein langes, fruchtloses Wochenende war jetzt ganz gewiß nicht das richtige. Hester wünschte, sie könnte sich auf die Seite drehen und wieder einschlafen, aber draußen war bereits hellichter Tag. Durch den schmalen Spalt zwischen den Vorhängen kämpfte sich ein einsamer Sonnenstrahl. Sie mußte aufstehen und nach Major Tiplady sehen. Er war zwar inzwischen durchaus in der Lage, für sich selbst zu sorgen, aber sie konnte ihre Aufgabe genausogut bis zuletzt so vollständig wie möglich erfüllen.

Vielleicht sollte sie den Vormittag nutzen, sich nach einem neuen Posten umzusehen; der jetzige konnte nicht mehr von langer Dauer sein. Sie kam zwar auch ohne Arbeit ein paar Wochen über die Runden, aber länger nicht. Und sie brauchte eine Anstellung, die es ihr ermöglichte, im Haus des Patienten zu wohnen. Da es dumm war und ihre Mittel bei weitem überstieg, Miete für ein Zimmer zu bezahlen, das sie im Grunde nicht brauchte, war sie aus der kleinen Pension ausgezogen. Die Träume von einer andersgearteten Beschäftigung schob sie rigoros beiseite. Sie waren unrealistisch und an den Haaren herbeigezogen, die Phantastereien einer törichten Frau.

Nach dem Frühstück bat sie Major Tiplady, ihr den Tag freizugeben, damit sie diverse Einrichtungen aufsuchen konnte, die eine Krankenschwester wie sie an Bedürftige weitervermittelten. Auf dem Gebiet der Geburtshilfe oder Säuglingspflege kannte sie sich dummerweise so gut wie gar nicht aus. In diesem Bereich bestand ein wesentlich größerer Bedarf an versierter Hilfe.

Tiplady ließ sie nur widerstrebend gehen, nicht weil er sie etwa noch brauchte, sondern weil er sich an ihre Gesellschaft gewöhnt hatte und sie nicht missen wollte. Er sah die Dringlichkeit jedoch ein und stimmte schließlich zu.

Hester dankte ihm und wollte eine halbe Stunde später das Haus gerade verlassen, als das Mädchen hereinkam und mit überraschter Miene verkündete, Mrs. Sobell stünde vor der Tür.

»Oh!« Der Major war sichtlich durcheinander und wurde ein wenig rot. »Sie möchte bestimmt zu Miss Latterly, nicht wahr? Bitten Sie sie herein, Molly! Lassen Sie die Ärmste nicht so lange in der Halle stehen.«

»Nein, Sir – ja, Sir.« Molly blickte noch erstaunter, tat jedoch, wie ihr geheißen, und einen Moment später trat Edith über die Schwelle, gekleidet in leuchtend lilaviolette Halbtrauer. Hester dachte bei sich, falls gefragt, würde sie es eher als Vierteltrauer bezeichnen. Ediths Aufzug war in der Tat sehr hübsch; das einzige Zugeständnis an einen Todesfall bestand aus dem schwarzen Spitzenbesatz und den schwarzen Satinbändern an Haube und Schultertuch. Über ihre höchst individuellen Gesichtszüge konnte das alles natürlich nicht hinwegtäuschen, aber Edith sah an diesem Morgen ausgesprochen liebenswert und weiblich aus, obwohl sie sich sichtlich Sorgen machte.

Wie von der Tarantel gestochen sprang der Major auf – unter völliger Mißachtung seines Beines, das mittlerweile zwar so gut wie geheilt war, ihm aber immer noch höllische Schmerzen bereiten konnte. Er nahm fast Haltung an.

»Guten Tag, Mrs. Sobell. Wie reizend, Sie zu sehen. Hoffentlich geht es Ihnen gut, trotz dieser ...« Er brach unvermittelt ab und schaute sie genauer an. »Verzeihen Sie mir die dumme Bemerkung. Selbstverständlich macht Ihnen das alles schwer zu schaffen. Können wir vielleicht irgend etwas für Ihr Wohlbefinden tun? Bitte, setzen Sie sich doch, machen Sie es sich so bequem wie möglich. Sie sind zweifellos gekommen, um mit Miss Latterly zu sprechen. Ich werde mich einstweilen anderweitig beschäftigen.«

»Nein, nein – bitte, nicht«, protestierte Edith hastig und ein wenig befangen. »Es wäre mir überhaupt nicht recht, wenn Sie das Zimmer meinetwegen verlassen müßten. Ich habe gar nichts Bestimmtes zu sagen. Ich – ich wollte bloß ...« Sie errötete merklich. »Ich – ich wollte bloß mal aus dem Haus, weg von der Familie und ...«

»Aber natürlich«, sagte Tiplady schnell. »Sie wollten einfach einmal Ihre Meinung frei äußern dürfen, ohne die Menschen, die Sie lieben, dadurch zu verletzen oder ihnen zu nahe zu treten.«

Ihr Gesicht strahlte vor Erleichterung. »Sie sind ein ungewöhnlich scharfsichtiger Mensch, Major Tiplady.«

Nun wurden auch seine Wangen flammendrot. Er wußte nicht, wo er hinsehen sollte.

»O bitte, setz dich endlich hin«, warf Hester ein, um der Befangenheit ein Ende zu bereiten oder doch zumindest eine Pause herbeizuführen. »Edith!«

»Vielen Dank«, erwiderte diese kokett, und Hester wurde zum erstenmal in ihrer Bekanntschaft Zeuge, wie sie sich ausgesprochen damenhaft auf der Stuhlkante niederließ und sehr geschickt ihre Röcke um sich herum drapierte. Trotz des Ernsts der Lage sah Hester sich veranlaßt, ein Schmunzeln zu unterdrücken.

Edith seufzte. »Kannst du mir vielleicht erklären, was vor sich geht, Hester? Ich war noch nie bei einem Prozeß, und ich verstehe es einfach nicht. Mr. Rathbone gilt allgemein als brillanter Strafverteidiger, aber nach dem zu urteilen, was ich so höre, tut er anscheinend überhaupt nichts. Schlimmer könnte ich mich auch nicht anstellen. Bisher hat er uns alle lediglich überzeugt, daß Thaddeus keine Affäre hatte, weder mit Louisa Furnival noch mit sonst wem, und daß Alexandra sich dessen durchaus bewußt war. Wozu, um Himmels willen, soll das gut sein?« Sie verdrehte verständnislos die Augen. Ihr Blick war tief beunruhigt. »Alexandra steht dadurch nur noch schlechter da, denn jetzt hat sie nicht einmal mehr einen Grund, durch den man ihre Tat verstehen, wenn schon nicht verzeihen könnte. Warum tut er das? Sie hat den Mord bereits gestanden, und er ist ihr eindeutig nachgewiesen worden. Er hat es nicht einmal in Frage gestellt, er hat es sogar bestätigt. Warum, Hester? Was hat er vor?«

Hester hatte ihr nichts von den grauenhaften Entdeckungen erzählt. Sie war nicht sicher, ob sie es jetzt tun sollte oder ob es Rathbones Pläne durchkreuzen würde. Konnte es sein, daß Ediths Loyalität der Familie gegenüber trotz ihres sicher heftigen Zorns so übermächtig war, daß auch sie versuchen würde, die unsägliche Schande geheim zu halten? Würde sie ihr am Ende nicht einmal glauben?

Hester fehlte der Mut, sie auf die Probe zu stellen. Es war weder ihr Vorrecht, diese Entscheidung zu treffen, noch ihr Leben, das aus den Fugen geraten konnte, noch ihr Kind, dessen Zukunft auf dem Spiel stand.

Sie setzte sich Edith gegenüber auf einen Stuhl.

»Ich weiß es nicht«, log sie schweren Herzens, schaute die Freundin an und haßte sich für den Verrat. »Jedenfalls kann ich nur raten, und das wäre sowohl ihm als auch dir gegenüber nicht fair.« Sie merkte, wie Ediths Gesicht sich verhärtete, als hätte man sie geschlagen. »Aber ich bin sicher, daß er eine bestimmte Strategie verfolgt«, fuhr sie hastig fort und nahm am Rande wahr, daß Major Tiplady besorgt zwischen Edith und ihr hin und her blickte.

»Wirklich?« fragte Edith leise. »Mach mir bitte keine Hoffnungen, wenn kein Grund dafür besteht, Hester. Du tust mir damit keinen Gefallen.«

Der Major holte Atem, um etwas zu sagen, was sie beide veranlaßte, sich nach ihm umzudrehen. Er überlegte es sich anders und schwieg bedrückt, den Blick unglücklich auf Hester gerichtet.

»Es besteht Grund zur Hoffnung«, erwiderte diese entschieden.

»Ich weiß nur nicht, wieviel. Es hängt einzig und allein davon ab, ob man die Geschworenen überzeugen kann, daß ...«

»Daß was?« warf Edith hastig ein. »Wovon soll er sie denn überzeugen? Sie hat es getan, das hat er selbst überaus anschaulich bewiesen! Was gibt es dazu noch zu sagen?«

Hester zögerte. Sie war heilfroh über Major Tipladys Anwesenheit, auch wenn er nicht das geringste tun konnte. Seine bloße Gegenwart war schon ein gewisser Trost.

Edith fuhr mit einem schwachen, bitteren Lächeln fort: »Er kann ihnen kaum einreden, sie hätte zu Recht so gehandelt. Thaddeus war geradezu tödlich tugendhaft – er verfügte über sämtliche positiven Eigenschaften, die für andere Leute zählen.« Sie runzelte unvermittelt die Stirn. »Und somit bleibt für uns nach wie vor ein Rätsel, warum sie ihn umgebracht hat. Wird Rathbone behaupten, sie sei verrückt? Will er darauf hinaus? Ich glaube nicht, daß sie es ist.« Ihr Blick flog zum Major. »Ich habe eine Vorladung bekommen; man braucht mich als Zeugin. Was soll ich nur tun?«

»Aussagen«, schlug Hester vor. »Dir bleibt nichts anderes übrig. Beantworte einfach ihre Fragen, sonst nichts. Aber sei ehrlich, versuche nicht zu erraten, was sie hören wollen. Es ist Rathbones Aufgabe, etwas aus dir herauszubekommen. Wenn es so wirkt, als ob du ihm helfen willst, werden die Geschworenen es merken und dir nicht mehr glauben. Sag einfach die Wahrheit, egal was er dich fragt.«

»Aber was könnte er mich denn fragen? Ich weiß doch gar nichts.«

»Ich habe keine Ahnung, was er dich fragen wird«, gab Hester aufgebracht zurück; sie verlor allmählich die Geduld. »Er würde es mir bestimmt nicht verraten. Ich darf es nicht wissen und will es auch gar nicht! Aber ich weiß, daß er sich eine Strategie ausgedacht hat, durch die er den Prozeß vielleicht gewinnt. Bitte, glaub mir und verlange mir nicht länger Antworten ab, die ich dir nicht geben kann.«

»Entschuldige, es tut mir leid.« Edith war auf einmal völlig zerknirscht. Sie stand hastig auf und trat ans Fenster; ihre Bewegungen wirkten weit weniger anmutig als gewohnt, weil sie unsicher war. »Ich habe immer noch die Absicht, mich nach irgendeiner Stellung umzusehen, wenn dieser Prozeß endlich vorbei ist. Mama wird zwar außer sich sein, aber ich bekomme zu Hause einfach keine Luft mehr. Ich habe mein Leben lang nur sinnlose Dinge getan. Ich mache Stickarbeiten, die niemand braucht, und male Bilder, die nicht mal mir besonders gefallen. Ich spiele Klavier, obwohl ich's nicht kann, und wenn mir überhaupt jemand zuhört, dann nur aus reiner Höflichkeit. Ich mache Pflichtbesuche, zu denen ich den Leuten eimerweise eingemachtes Obst mitbringe, verteile Suppe an die verdienten Armen und komme mir dabei vor wie die allergrößte Heuchlerin, weil es ihnen kaum helfen kann. Wenn wir zu ihnen kommen, platzen wir fast vor Rechtschaffenheit, wenn wir wieder gehen, haben wir das Gefühl, all ihre Probleme gelöst zu haben, dabei haben wir sie nicht einmal gestreift.« Ihre Stimme setzte kurz aus. »Ich bin jetzt dreiunddreißig und führe das Leben einer alten Frau. Hester – ich habe grauenhafte Angst davor, daß ich eines Tages wach werde und wirklich alt bin, daß ich auch nicht auf das geringste zurückblicken kann, das irgendeinen Wert hat. Ich habe niemals etwas zustande gebracht, mich für keine bestimmte Sache eingesetzt, niemandem mehr geholfen, als mir gerade gelegen kam, seit Oswalds Tod nie wieder wirklich tief empfunden. Ich war noch nie zu irgend etwas nutze.« Kerzengerade und völlig reglos stand sie da, ohne sich zu ihnen umzudrehen.

»Dann mußt du wirklich eine Arbeit finden«, sagte Hester bestimmt. »Egal ob hart oder schmutzig, bezahlt oder unbezahlt, ja sogar ungedankt – das ist immer noch besser, als jeden Morgen für einen weiteren verschwendeten Tag aufzustehen und abends beim Schlafengehen genau zu wissen, daß er verschwendet war. Irgend jemand hat einmal geagt, das meiste von dem, was wir bedauern, ist nicht, was wir getan, sondern was wir nicht getan haben. Ich denke, derjenige hatte im großen und ganzen recht. Du hast deine Gesundheit. Es wäre garantiert besser, anderen zu dienen als überhaupt nichts zu tun.«

»Du meinst, ich soll in ein Bedienstetenverhältnis eintreten?«

fragte Edith ungläubig; ihr Ton enthielt sogar den Anflug eines unterdrückten, leicht hysterischen Kicherns.

»Nein, es muß ja nicht gleich etwas derart Anspruchsvolles sein – das wäre wirklich mehr, als deine Mutter verdient. Ich dachte eher, du könntest irgendeinem armen Geschöpf helfen, das zu krank oder zu sehr am Boden ist, um es allein zu schaffen.« Hester hielt inne. »Du würdest natürlich kein Geld dafür bekommen, und das könnte Probleme aufwerfen . . .«

»Ja, allerdings. Mama würde so etwas nie erlauben. Ich müßte mir eine eigene Unterkunft suchen, und dazu braucht man Geld – das ich nicht habe.«

Major Tiplady räusperte sich.

»Interessieren Sie sich immer noch für Afrika, Miss Sobell?«

Sie wandte sich mit großen Augen zu ihm um.

»Nach Afrika gehen? Wie sollte ich das anstellen? Ich habe nicht die geringste Ahnung davon. Ich kann mir beim besten Willen nicht vorstellen, wie ich irgendwem dort helfen könnte. Ich wünschte, es wäre anders!«

»Nein, nein – nicht dort hingehen.« Tipladys Gesicht erstrahlte in leuchtendem Rot. »Ich – äh – nun ja – ich bin mir natürlich nicht sicher . . .«

Mit leisem Vergnügen weigerte Hester sich standhaft, ihm rettend zu Hilfe zu eilen, obwohl sie genau wußte, was er sagen wollte.

Er warf ihr einen gequälten Blick zu, den sie mit einem sonnigen Lächeln erwiderte.

Edith wartete.

»Ähm . . .« Er räusperte sich noch einmal. »Ich dachte – ich dachte, ich könnte . . . Also, ich meine, falls es Ihnen wirklich ernst sein sollte, dann . . . Nun, ich dachte, ich schreibe vielleicht meine Memoiren über die Zeit in Mashonaland, und zu diesem Zweck bräuchte ich – äh . . .«

In Ediths Miene machte sich Verstehen – und Entzücken – breit.

»Sie brauchen jemand, der es für Sie niederschreibt! O ja, es wäre mir ein Vergnügen! Ich kann mir gar nichts Schöneres vorstellen! *Meine Abenteuer in Mashonaland* von Major – Major Tiplady. Wie lautet Ihr Vorname?«

Jetzt wurde er fast violett und sah überall hin, nur nicht ihr in die Augen.

Hester kannte lediglich den ersten Buchstaben, ein H, das war alles. Selbst ihren Einstellungsvertrag hatte er mit einem einfachen H und seinem Nachnamen unterzeichnet.

»Sie brauchen unbedingt einen Namen!« Edith wollte gar nicht mehr lockerlassen. »Ich sehe es schon vor mir, in Saffian oder Kalbsleder gebunden, mit hübschen goldenen Buchstaben darauf. Es wird phantastisch werden! Ich werde meine Aufgabe als Privileg betrachten und jedes einzelne Wort genießen. Es wird fast so schön sein, als ob ich selbst dort hinfahren würde – und das in so reizender Begleitung. Wie lautet Ihr Vorname, Major? Wie sollen wir ihn entwerfen?«

»Hercules«, kam es sehr leise. Sein Blick enthielt die dringende Bitte, nicht in Gelächter auszubrechen.

»Ganz ausgezeichnet«, sagte Edith freundlich. »*Meine Abenteuer in Mashonaland* von Major Hercules Tiplady. Können wir gleich anfangen, wenn wir diese schreckliche Sache hinter uns haben? Es ist das Beste, was mir seit Jahren passiert ist.«

»Mir auch«, pflichtete Major Tiplady ihr mit immer noch recht roten Wangen bei.

Hester stand auf und ging zur Tür, einerseits um das Mädchen zu bitten, den Lunch für sie anzurichten, andererseits, um ihrer mühsam zurückgehaltenen Erheiterung freien Lauf lassen zu können, ohne jemanden zu kränken. Was jedoch hervorsprudelte, war ein befreites Lachen und ein plötzlicher, strahlender Hoffnungsschimmer, zumindest was Edith und den Major betraf, der ihr im Lauf der Zeit sehr ans Herz gewachsen war. Es war im Moment das einzig Gute, aber dafür war es rundum gut.

ELFTES KAPITEL

Monk ging in ähnlich düsterer Stimmung ins Wochenende. Was ihn belastete, war indes nicht ein Mangel an Hoffnung, den dritten Mann zu finden, sondern der Schrecken angesichts der Entdekkung, wer er war. Er hatte Peverell Erskine gemocht, und jetzt schien alles auf ihn hinzudeuten. Warum sonst hätte er einem Kind derart persönliche und nutzlose Geschenke machen sollen? Cassian konnte mit einem Federmesser kaum etwas anfangen, außer daß es hübsch aussah und Peverell gehörte. Das gleiche galt für das seidene Taschentuch. Kinder benutzten oder trugen derlei Sachen nicht; es war ein Andenken. Auch der Uhrenanhänger war für einen achtjährigen Jungen viel zu exklusiv, zudem symbolisierte er Peverells Berufsstand und nicht den der Carlyons. Bei ihnen wäre es vermutlich etwas Militärisches gewesen, ein Regimentswappen zum Beispiel.

Monk hatte Rathbone davon erzählt und festgestellt, daß er ähnlich bekümmert reagierte. Er hatte auch den Stiefelburschen erwähnt, jedoch hinzugefügt, daß kein Beweis für einen sexuellen Übergriff von seiten General Carlyons existierte. Es sei lediglich die Erklärung, warum er am Abend der Dinnerparty so panisch vor ihm geflohen war. Monk hatte keine Ahnung, ob Rathbone selbst einen Sinn in seiner Vorgehensweise sah, weshalb er das alles anstandslos hinnahm. Hatte er vielleicht das Gefühl, daß er Robert Andrews gar nicht brauchte?

Monk stand an seinem Fenster in der Grafton Street und starrte auf die Straße hinaus. Der Wind wirbelte ein einzelnes Zeitungsblatt über das Kopfsteinpflaster. An der Ecke bot ein Straßenhändler Schnürsenkel feil. Ein Paar überquerte Arm in Arm die Straße; er beugte sich ein wenig zu ihr vor, sie lachte. Die beiden schienen sich prächtig zu verstehen, und Monk wurde unversehens von einem derart heftigen Einsamkeitsgefühl überfallen, daß er selbst überrascht war. Er fühlte sich ausgeschlossen, als sähe er das, was im Leben wirklich zählt, den angenehmeren Teil, wie aus weiter Ferne und durch Glas.

Auf seinem Schreibtisch lag die ungeöffnete Akte von Evans letztem Fall. Sie enthielt vielleicht den Schlüssel zu dem Geheimnis, das ihn umgab. Wer war diese Frau, die sich so hartnäckig in seinen Gedanken behauptete und immer wieder dermaßen aufwühlende Schuldgefühle, Verlustängste und vor allem Verwirrung auslöste? Er fürchtete sich vor der Antwort und fand es doch schlimmer, sie nicht zu erfahren. Ein Teil von ihm sträubte sich einfach deshalb dagegen, weil auch die letzte Hoffnung auf ein besseres, freundlicheres oder edleres Ich vertan war, sobald er das Rätsel gelöst hatte. Er wußte, es war dumm, sogar feige – und genau dieser Kritikpunkt gab letztlich den Ausschlag, daß er sich in Bewegung setzte. Er ging zum Schreibtisch und öffnete den Umschlag.

Die erste Seite las er im Stehen. Der Fall war nicht besonders komplex. Hermione Ward war mit einem reichen, gleichgültigen, ein paar Jahre älteren Mann verheiratet gewesen. Sie war seine zweite Frau, und er hatte sie offenbar recht kühl behandelt, sie knapp bei Kasse gehalten, ihr nur wenig gesellschaftliche Aktivitäten geboten und verlangt, daß sie sich um sein Haus sowie die beiden Kinder aus erster Ehe kümmerte.

Eines Nachts war in dieses Haus eingebrochen worden. Albert Ward hatte es anscheinend gehört und war nach unten gegangen, um den Dieb zu stellen. Es hatte einen Kampf gegeben, in dessen Verlauf er auf den Kopf geschlagen worden und an der Schädelverletzung gestorben war.

Monk zog sich einen Stuhl heran und setzte sich hin.

Die Ortspolizei von Guilford hatte den Fall untersucht und mehrere Verdachtsmomente entdeckt, die ihr Mißtrauen erregte. So lagen die Scherben der zerbrochenen Fensterscheibe zum Beispiel draußen, nicht, wie zu erwarten gewesen wäre, im Innern des Hauses. Die Witwe konnte keine gestohlenen Gegenstände melden und dies auch im Verlauf der kommenden Woche, als sich der erste Schrecken gelegt haben mußte, nicht revidieren. Weder in den Leihhäusern noch bei den einschlägig bekannten Hehlern war Diebesgut zum Verkauf angeboten worden. Die im Haus wohnenden Dienstboten, insgesamt sechs an der Zahl, hatten nichts Auffälliges während der Nacht gesehen oder gehört. Es gab keinerlei Fußabdrücke oder andere Hinweise auf einen ungebetenen Eindringling.

Die Polizei nahm Hermione Ward unter Mordverdacht fest. Scotland Yard wurde mit dem Fall betraut. Runcorn entsandte Monk nach Guilford. Der Rest der Akte war vermutlich dort zu finden.

Es gab nur eine Möglichkeit, die Wahrheit zu entdecken – er mußte dort hinfahren. Guilford war nicht weit weg und mit dem Zug bequem zu erreichen. Doch heute war Samstag, als Termin für ein solches Unterfangen vielleicht schlecht gewählt. Der Officer, den er brauchte, hatte eventuell frei, und am Montag, wenn der Carlyonprozeß fortgesetzt wurde, mußte er zurück sein. Wieviel konnte er in zwei Tagen erreichen? Womöglich nicht genug.

Er fand jede Menge Ausflüchte, weil er Angst vor der Wahrheit hatte.

Er verabscheute Feigheit; sie war die Wurzel all der Charakterschwächen, die er am meisten haßte. Wut konnte er verstehen, Rücksichtslosigkeit, Ungeduld, Gier, auch wenn diese Dinge schon häßlich genug waren – aber wie konnte man ohne Mut seine Vorzüge, sein Ehrgefühl oder seine Integrität zum Wirken bringen und bewahren? Ohne den Mut, sich dafür einzusetzen, war nicht einmal auf die Liebe Verlaß.

Er trat erneut ans Fenster und ließ seinen Blick über die im Sonnenschein schimmernden Dächer der gegenüberliegenden Gebäude schweifen. Es hatte keinen Sinn, der Wahrheit aus dem Weg zu gehen. Die Ungewißheit würde ihn so lange quälen, bis er endlich wußte, wer sie war, woher diese leidenschaftlichen Gefühle für sie kamen, weshalb er sie dennoch aufgegeben und verlassen hatte. Warum besaß er keinerlei Andenken an sie – keine Bilder, keine Briefe, rein gar nichts? Vermutlich war der Gedanke an ihr idealisiertes Ich so schmerzhaft, daß er ihn völlig aus seinem Leben verbannt hatte. Aber die Realität sah anders aus. Es würde nicht einfach aufhören, weh zu tun. Er würde weiterhin nachts aus dem Schlaf schrecken, von vernichtender Ernüchterung und bohrender Einsamkeit geplagt. Zur Abwechslung hatte er einmal keine, wirklich gar keine Probleme, Leute zu verstehen, die einfach davonrannten.

Aber er konnte seine Empfindungen nicht einfach begraben, sie waren zu wichtig; sein Verstand ließ es nicht zu. Immer wieder stürmten Erinnerungsfetzen auf ihn ein, ein flüchtiger Eindruck von ihren Zügen, eine bestimmte Geste, die Farbe eines Kleidungsstücks, ihr Gang, die weiche Fülle ihres Haars, ihr Parfüm, das Rascheln von Seide. Warum, um Gottes willen, nicht auch ihr Name? Wieso nicht ihr Gesicht?

In London war übers Wochenende nichts für ihn zu tun. Das Gericht hatte sich vertagt, der dritte Mann war entlarvt. Nun lag alles bei Rathbone.

Monk wandte sich vom Fenster ab, marschierte entschlossen zum Kleiderständer, riß Hut und Mantel vom Haken und verließ den Raum. Er konnte sich gerade noch daran hindern, die Tür lautstark hinter sich zuzuknallen.

»Ich fahre nach Guilford«, teilte er seiner Wirtin Mrs. Worley mit. »Vor übermorgen bin ich nicht zurück.«

»Aber dann sind Se wieder da, oder?« fragte sie in forschem Ton, während sie sich die Hände an ihrer Schürze abwischte. Sie war eine stattliche Frau, nett und geschäftstüchtig. »Sie wolln wieder zu diesem Prozeß, stimmt's?«

Monk war erstaunt. Er hätte nicht gedacht, daß sie davon wußte. »Stimmt. Das will ich.«

Mrs. Worley schüttelte den Kopf. »Ich möcht' wirklich mal wissen, wieso Se sich immer mit solchen Fällen rumschlagen müssen. Sie sind ganz schön tief gesunken, seit Se nich mehr bei der Polizei sind, Mr. Monk. Damals ham Se noch Verbrecher gejagt, statt ihnen zu helfen.«

»Sie hätten ihn auch umgebracht, Mrs. Worley, wenn Sie an ihrer Stelle gewesen wären und den Mut dazu gehabt hätten«, gab Monk schneidend zurück. »So wie jede Frau, die noch einen Funken Gefühl im Leib hat.«

»Hätte ich nich«, protestierte sie grimmig. »Keine Liebe zu 'nem Mann kann so groß sein, daß ich deshalb zur Mörderin werd!«

»Sie haben ja keine Ahnung, worum es eigentlich geht. Es geschah nicht aus Liebe zu einem Mann.«

»Hüten Se mal bloß Ihre Zunge, Mr. Monk«, versetzte sie energisch. »Ich weiß, was in den Zeitungen steht, die immer ums Gemüse rumgewickelt sind, und das is unmißverständlich genug!«

»Die Zeitungen haben genausowenig Ahnung. Aber sieh mal einer an, Mrs. Worley – Sie lesen also Zeitung! Was Mr. Worley wohl dazu sagen würde? Und dann auch noch die Klatschspalten.« Er grinste ihr frech ins Gesicht, wobei all seine Zähne sichtbar wurden.

Sie strich mit einer ruppigen Bewegung ihre Röcke glatt und funkelte ihn wütend an.

»Das braucht Sie nich zu kümmern, Mr. Monk. Was ich lese, geht nur Mr. Worley und mich was an.«

»Sie und Ihr Gewissen geht es etwas an, Mrs. Morley, sonst niemanden. Aber die Zeitungen wissen wirklich noch nichts. Warten Sie, bis der Prozeß vorbei ist, und sagen Sie mir dann, was Sie denken.«

»Pah!« schnaubte sie verächtlich, machte auf dem Absatz kehrt und verschwand in der Küche.

Monk nahm den nächsten Zug und traf am späteren Vormittag in Guilford ein. Nach einer weiteren Viertelstunde setzte ihn ein Hansom vor der hiesigen Polizeistation ab. Er ging die Treppe hinauf zu dem diensthabenden Sergeant am Empfangsschalter.

»Ja, Sir?« Seine Miene verriet die ersten Anzeichen von langsam aufkeimendem Wiedererkennen. »Mr. Monk? Na, so was, wie geht's Ihnen?« Er klang respektvoll, fast ein wenig ehrfürchtig, aber nicht im mindesten verängstigt. Monk flehte zu Gott, daß er wenigstens hier keinen schlechten Eindruck hinterlassen hatte.

»Es geht mir gut, Sergeant, danke«, entgegnete er höflich. »Und Ihnen?«

Sein Gegenüber war es nicht gewohnt, daß man sich nach seinem Befinden erkundigte, und schaute etwas überrascht. Die Antwort hörte sich jedoch vollkommen gelassen an.

»Mir auch, danke Ihnen, Sir. Was kann ich für Sie tun? Mr. Markham ist da, falls Sie zu ihm wollen. Ich wußte gar nicht, daß es wieder einen Fall gibt, bei dem wir Ihre Hilfe brauchen. Muß wohl gerade erst passiert sein.« Der Mann war verwirrt. Konnte sich tatsächlich ein so kompliziertes Verbrechen ereignet haben, daß Scotland Yard hinzugezogen werden mußte, ohne daß es über seinen Schreibtisch gegangen war? Nur die brisantesten und heikelsten Fälle wurden als derart geheim eingestuft – wie zum Beispiel ein Attentat auf eine hochgestellte Regierungsperson oder ein Mord, in den der Adel verwickelt war.

»Ich bin nicht mehr bei der Polizei«, erklärte Monk. Er gewann nichts, konnte aber alles verlieren, wenn er log. »Ich arbeite privat.« Er sah den ungläubigen Blick seines Gegenübers und mußte schmunzeln. »Es gab Meinungsverschiedenheiten wegen eines bestimmten Mordfalls – eine meiner Ansicht nach unrechtmäßige Festnahme.«

Des Sergeants Miene hellte sich auf. »Ja, das muß der Fall Moidore gewesen sein«, sagte er triumphierend.

»Das stimmt!« Jetzt war Monk überrascht. »Woher wissen Sie das?«

»Hab davon gelesen, Sir. Wußte sofort, daß Sie recht hatten.« Er nickte zufrieden, auch wenn es ein wenig spät dafür war. »Was können wir diesmal für Sie tun, Mr. Monk?«

Monk kam erneut zu dem Schluß, daß die Wahrheit vermutlich das Klügste war. Der Mann stand, aus welchen Gründen auch immer, offenbar auf seiner Seite, doch das konnte sich sehr leicht ändern, wenn er bei einer Lüge ertappt wurde.

»Ich habe ein paar Einzelheiten des Mordfalls vergessen, den ich damals hier untersucht habe, und würde mein Gedächtnis gern auffrischen. Ich dachte, es wäre eventuell möglich, mit jemandem darüber zu sprechen. Mir ist natürlich klar, daß wir Samstag haben und die zuständigen Sachbearbeiter vielleicht nicht im Dienst sind, aber heute ist der einzige Tag, den ich mir freinehmen kann. Ich arbeite an einer großen Sache.«

»Kein Problem, Sir. Mr. Markham ist hinten in seinem Büro und hilft Ihnen bestimmt gern weiter. Das war damals sein größter Fall. Er ist immer noch ganz aus dem Häuschen, wenn er mal drüber reden kann.« Er wies mit dem Kopf auf eine Tür, die nach rechts abging. »Wenn Sie da durchgehen, Sir, finden Sie ihn ganz hinten, wie immer. Sagen Sie ihm, ich hätte Sie geschickt.«

»Vielen Dank, Sergeant.« Ehe offensichtlich werden konnte, daß er sich nicht an den Namen des Mannes erinnerte, verschwand Monk durch die Tür in den dahinterliegenden Flur. Zum Glück lag die Richtung, die er einschlagen mußte, auf der Hand, denn auch sie gehörte zu den Dingen, die ihm entfallen waren.

Sergeant Markham stand mit dem Rücken zur Tür. Sobald Monk ihn erblickte, rief etwas am Schwung seiner Schultern, an der Form seines Hinterkopfs und an der Art, wie er die Arme hängen ließ, eine lebhafte Erinnerung in ihm wach, und er fühlte sich plötzlich in die Zeit zurückversetzt, als er sich voll Sorge und nagender Furcht in den Fall hineingekniet hatte.

Dann drehte Markham sich um, und der Spuk war vorbei. Er befand sich wieder im Hier und Jetzt, sah sich in einem fremden Raum in einer ihm unbekannten Polizeidienststelle einem Mann gegenüber, der ihn zwar kannte, von dem er selbst indes nicht das geringste wußte, außer daß sie einmal zusammengearbeitet hatten. Seine Züge waren ihm nur ganz vage vertraut; er hatte blaue Augen, eine helle, zu dieser Jahreszeit noch recht blasse Haut und volles Haar, das von der Sonne vorn etwas ausgebleicht war.

»Ja, Sir?« erkundigte er sich nüchtern, wobei sein Augenmerk zunächst auf Monks Zivilkleidung fiel. Dann widmete er sich eingehender dem Gesicht und erkannte ihn augenblicklich wieder. »Na, Sie sind's, Mr. Monk!« Sein Enthusiasmus hielt sich in Grenzen. Der Blick der blauen Augen verriet eindeutig Bewunderung, aber auch Vorsicht. »Wie geht's denn so, Sir? Gibt's 'nen neuen Fall?«

»Nein, immer noch den alten.« Monk fragte sich, ob er lächeln sollte, oder ob das so untypisch für ihn war, daß es grotesk wirken mußte. Die Entscheidung fiel ihm nicht schwer: es wäre ohnehin nur gekünstelt und würde ihm auf den Lippen gefrieren. »Mir sind ein paar wichtige Fakten entfallen, die ich mir aus Gründen, die ich Ihnen nicht nennen kann, wieder in Erinnerung rufen möchte. Genauer gesagt hätte ich gern, daß Sie sie mir erzählen. Sie haben die Akte doch noch?«

»Sicher, Sir.« Obwohl Markham sichtlich erstaunt war, drückten sowohl seine Miene als auch sein Verhalten völlige Hinnahme aus. Er war es gewöhnt, Monk zu gehorchen, und tat dies instinktiv, wenn auch ohne zu begreifen.

»Ich bin nicht mehr im Dienst.« Monk wagte nicht, ihm eine Lüge aufzutischen.

Nun war Markham völlig entgeistert.

»Nicht mehr im Dienst!« Er stand da wie ein fleischgewordenes Fragezeichen. »Nicht mehr – nicht mehr im Dienst?«

»Hab mich selbständig gemacht«, erklärte Monk und schaute ihn unverwandt an. »Am Montag muß ich zum Carlyonprozeß wieder in Old Bailey sein, aber vorher brauche ich nach Möglichkeit diese Fakten.«

»Wozu, Sir?« Markham hatte größten Respekt vor Monk, doch er hatte auch von ihm gelernt und wußte, daß man ohne die entsprechende Glaubhaftmachung weder blind auf ein Wort vertraute noch Anweisungen von Personen entgegennahm, die keinerlei Machtbefugnis besaßen. Früher hätte Monk ihn dafür gnadenlos getadelt.

»Zu meiner eigenen Beruhigung«, sagte der so ruhig wie möglich. »Ich will sicher sein, daß ich mein Bestes getan und mich nicht geirrt habe. Außerdem möchte ich versuchen, die Frau wiederzufinden.« Zu spät wurde ihm klar, daß er sich verraten hatte. Entweder hielt Markham ihn jetzt für dumm, oder er glaubte, daß Monk sich einen dämlichen Scherz mit ihm erlauben wollte. Er spürte, wie ihm der Schweiß aus allen Poren drang und auf der Haut unangenehm kalt wurde.

»Mrs. Ward?« meinte Markham überrascht.

»Richtig. Mrs. Ward!« Monk schluckte. Sie mußte noch am Leben sein, sonst hätte Markham anders reagiert. Er konnte sie tatsächlich finden!

»Sie haben keinen Kontakt mehr zu ihr, Sir?« Markham legte die Stirn in nachdenkliche Falten.

Monk war derart erleichtert, daß ihm die Worte in der Kehle steckenblieben. »Nein.« Er schluckte noch einmal und räusperte sich. »Nein – warum? Hatten Sie etwas anderes erwartet?«

»Na ja, Sir«, Markham wurde ein wenig rot, »ich weiß natürlich, daß Sie der Gerechtigkeit wegen so hart an dem Fall gearbeitet haben, aber es war auch nicht zu übersehen, daß Sie die Lady sehr gern hatten – und sie Sie anscheinend auch. Ich hab gedacht, wir haben alle gedacht . . .« Das Rot seiner Wangen blühte auf. »Ach, ist auch egal. Verzeihen Sie, Sir. Es hat überhaupt keinen Sinn, sich den Kopf über die Gefühle anderer Leute zu zerbrechen. Da kommt man leicht auf 'n falschen Dampfer. Die Akte darf ich Ihnen nicht zeigen, Sir, wenn Sie nicht mehr bei der Polizei sind, aber ich weiß auch so noch fast alles. Wenn Sie wollen, erzähl ich's Ihnen. Ich muß zwar heute arbeiten, hab aber eine Stunde Mittag – das heißt, ich kann sie mir nehmen, wenn's sein muß. Der Sergeant vom Dienst wird mich sicher solange vertreten. Wir könnten uns im *Three Feathers* treffen, und dann berichte ich Ihnen alles, was ich darüber weiß.«

»Danke, Markham, das ist sehr nett von Ihnen. Ich darf Sie hoffentlich zum Mittagessen einladen?«

»Ja, Sir, das wär prima.«

Und so saßen Monk und Markham zur Mittagszeit an einem kleinen runden Tisch im Gasthaus *Three Feathers,* umgeben von lautem Gläsergeklirr und Geschwätz. Jeder hatte einen Teller mit einem Berg dampfendem, gekochtem Hammelfleisch in Meerrettichsauce, Kartoffeln, Kohl, Rübenmus und Butter vor sich stehen, neben dem Ellbogen ein Glas Apfelwein; zum Nachtisch sollte es warme Mehlspeise mit Zuckerrübensirup geben.

Markham war offenbar ein Mensch, den man mit Akribie beim

Wort nehmen konnte. Er hatte keinerlei Unterlagen dabei, aber sein Gedächtnis war ausgezeichnet. Entweder hatte er ihm heimlich ein wenig auf die Sprünge geholfen, oder es funktionierte tatsächlich wie das eines Elefanten. Sobald er, etwa nach einem halben Dutzend Gabelladungen, den gröbsten Hunger gestillt hatte, legte er los.

»Das erste, was Sie getan haben, nachdem Sie den Polizeibericht gelesen hatten, war, das Ganze noch mal durchzuackern.« Monk registrierte mit einem Anflug bitterer Belustigung, daß er das »Sir« neuerdings wegließ.

»Das hieß also, zurück zum Tatort und sich die zerbrochene Fensterscheibe ansehen«, fuhr Markham fort. »Die Scherben waren inzwischen natürlich weggeräumt, aber wir haben Ihnen gezeigt, wo sie gelegen hatten. Dann haben wir uns noch mal die Dienstboten und Mrs. Ward selbst vorgeknöpft. Wollen Sie wissen, woran ich mich davon noch erinnere?«

»Nur in groben Zügen«, sagte Monk. »Falls sich dabei etwas Nennenswertes ergeben hat. Sonst nicht.«

Im folgenden beschrieb Markham ihm eine überaus routinierte, gründliche Untersuchung, nach deren Abschluß sich jeder halbwegs taugliche Polizeibeamte gezwungen gesehen hätte, Hermione Ward zu verhaften. Das Belastungsmaterial war erdrückend. Der große Unterschied zwischen ihr und Alexandra Carlyon bestand darin, daß sie von der Tat nur profitieren konnte. Sie brachte ihr die Befreiung von einem tyrannischen Ehemann und den Töchtern ihrer Vorgängerin sowie mindestens die Hälfte seines höchst ansehnlichen Vermögens ein. Wohingegen Alexandra, zumindest oberflächlich betrachtet, alles zu verlieren hatte: ihre gesellschaftliche Stellung und einen liebevollen Vater für ihren Sohn. Für sein Geld interessierte sie sich ohnehin nicht besonders. Dennoch hatte sie schon bald nach dem Mord ein Geständnis abgelegt, während Hermione nicht einen Moment davon abging, ihre Unschuld zu beteuern.

»Erzählen Sie weiter!« drängte Monk.

Markham verleibte sich ein paar weitere Bissen ein und fuhr fort. Monk wußte, daß es ziemlich unhöflich war, den Mann nicht essen zu lassen, konnte aber nicht dagegen an.

»Sie wollten die Sache einfach nicht auf sich beruhen lassen.« Die Erinnerung an Monks Hartnäckigkeit ließ seine alte Bewunderung hörbar zurückkehren. »Ich hab keine Ahnung warum, aber Sie haben ihr geglaubt. Das unterscheidet wahrscheinlich einen guten Polizisten von einem wirklich begnadeten. Der begnadete hat einen Instinkt für Schuld oder Unschuld und sieht mehr, als man mit dem bloßen Auge erkennen kann. Jedenfalls haben Sie Tag und Nacht geschuftet; hab noch nie jemanden so hart arbeiten sehen. Keine Ahnung, wann Sie überhaupt mal zum Schlafen gekommen sind! Und uns haben Sie auf Trab gehalten, bis wir nicht mehr gewußt haben, ob wir nu Männlein oder Weiblein sind.«

»War ich anmaßend?« warf Monk hastig ein und wünschte im gleichen Moment, er hätte es nicht getan. Die Frage war idiotisch. Was sollte Markham ihm darauf antworten? Trotzdem hörte er seine Stimme weiterfragen: »Wurde ich ... beleidigend?«

Markham zögerte. Er fixierte erst seinen Teller, dann Monks Gesicht, offenbar auf der Suche nach Anhaltspunkten, ob dieser die Wahrheit oder eine Schmeichelei hören wollte. Monk wußte, wie die Entscheidung ausfallen würde. Zwar hatte er nichts gegen schmeichelhafte Worte, war aber noch nie in seinem Leben danach auf der Jagd gewesen; das hätte ihm allein schon sein Stolz nicht erlaubt. Und Markham verfügte über eine ordentliche Portion Mut. Er mochte den Mann und hoffte zutiefst, daß er auch damals genug Ehrlichkeit und Menschenkenntnis besessen hatte, um ihn zu mögen und ihm das auch zu zeigen.

»Ja«, bestätigte Markham nach einer Weile. »Obwohl ich nicht ›beleidigend‹ dazu sagen würde. Beleidigen kann man nur jemanden, der sich beleidigen läßt; ich gehör nicht dazu. Kann nicht gerade behaupten, daß Sie mir immer sympathisch gewesen sind – dazu waren Sie zu gemein zu den Leuten, die Ihren Ansprüchen nicht gerecht geworden sind, auch wenn sie gar nichts dafür konnten. Unterschiedliche Menschen haben eben auch unterschiedliche Stärken, und das wollten Sie nicht immer einsehen.«

Monk grinste mit einer Spur Selbstironie in sich hinein. Nun, da er nicht länger im Dienst war, legte Markham plötzlich eine überraschende Kühnheit an den Tag und sprach Gedanken an, die er noch vor einem Jahr nicht einmal zu denken gewagt hätte. Aber er war ehrlich. Daß er sich früher nicht getraut hätte, solche Dinge zu äußern, gereichte Monk nicht zur Ehre – eher im Gegenteil.

Markham sah sein Gesicht. »Tut mir leid, Mr. Monk. Sie haben uns wirklich getriezt bis zum Geht-nicht-mehr, und wer da nicht mitkam, den haben Sie in Stücke gerissen.« Er schob sich die nächste Gabel voll in den Mund und aß erst einmal auf, ehe er hinzufügte: »Aber Sie hatten recht. Es dauerte ganz schön lang, und ein paar Galgenvögel sind unterwegs auf der Strecke geblieben, weil sie aus dem einen oder andern Grund gelogen haben – aber zu guter Letzt konnten Sie Mrs. Wards Unschuld tatsächlich beweisen. Ihre Kammerzofe und der Butler waren's gewesen. Die zwei hatten eine Affäre und wollten ihren Dienstherrn um ein paar Wertsachen erleichtern, doch der kam unglücklicherweise runter und erwischte sie dabei. Wenn sie nicht ihr Leben lang im Knast sitzen wollten, mußten sie ihn umbringen. Ich persönlich würde lieber hängen, als vierzig Jahre in den Goldbath Fields zu verbringen – so geht's vermutlich den meisten.«

Also hatte er den Beweis erbracht – und sie vor dem Galgen bewahrt. Nicht die Umstände, nicht der unvermeidliche Lauf der Dinge.

Markham beobachtete ihn neugierig und sichtlich verblüfft. Kein Wunder – er mußte sein Benehmen ja, gelinde gesagt, ungewöhnlich finden. Monk stellte ihm Fragen, die aus dem Munde jedes Polizeibeamten seltsam anmuten würden, aus dem eines rücksichtslosen und absolut selbstherrlichen wie ihm aber völlig unbegreiflich waren.

Monk senkte instinktiv den Kopf und widmete sich dem Zerschneiden seines Hammelfleischs, um wenigstens den Ausdruck in seinen Augen zu verbergen. Er kam sich lächerlich verwundbar vor. Das Ganze war völlig absurd. Er hatte Hermiones Ruf und Leben gerettet, warum kannte er sie plötzlich nicht einmal mehr? Gut, sein damaliges Engagement hätte lediglich auf seinen fanatischen Gerechtigkeitssinn zurückzuführen gewesen sein können – wie jetzt bei Alexandra Carlyon –, doch die Emotionen, die in ihm aufwallten, wann immer er an Hermione dachte, gingen weit über das Verlangen nach der wahrheitsgemäßen Aufklärung eines Falles hinaus. Sie waren tief und absolut persönlich. Wie diese Frau ihn verfolgte, konnte er sie nur aufrichtig geliebt haben. Der Schmerz über den Verlust ihrer Gesellschaft, die so unermeßlich schön, so unsäglich besänftigend gewesen war, war grenzenlos. Sie hatte ihm die Tore zu der besseren Hälfte seines Ichs geöffnet, zu dem Teil der weicher, großzügiger, liebevoller war.

Warum hatten sie sich voneinander getrennt? Wieso hatte er sie nicht geheiratet?

Der Grund war ihm absolut schleierhaft, und das machte ihm angst.

Vielleicht sollte er besser nicht an der Wunde zerren. Sie heilen lassen.

Sie heilte aber nicht. Sie tat immer noch weh, wie ein Abszeß, der unter der neuen Haut weiterschwelte.

Markham ließ ihn nicht aus den Augen.

»Sie wollen Mrs. Ward immer noch ausfindig machen?« fragte er.

»Ja. Unbedingt.«

»Tja. Sie hat The Grange verlassen. Vermutlich gab's zu viele schlechte Erinnerungen dort. Und die Leute hörten nicht auf, über sie zu reden, sosehr ihre Unschuld auch bewiesen war. Sie wissen ja, wie das ist – bei einer solchen Untersuchung kommt immer alles mögliche raus. Dinge, die zwar nichts mit dem Verbrechen zu tun haben, aber trotzdem besser im dunkeln bleiben sollten. Ich schätze, es gibt niemanden, der manches nicht lieber geheimhalten würde.«

»Das glaube ich auch«, pflichtete Monk ihm bei. »Wissen Sie, wo Mrs. Ward hingezogen ist?«

»Zufällig, ja. Sie hat sich drüben in Milton ein kleines Häuschen gekauft. Steht direkt neben der Pfarrei, wenn mich nicht alles täuscht. Von hier aus gibt's 'nen Zug, falls Sie vorhaben hinzufahren.«

»Danke.« Monk schob einen Bissen vom Nachtisch in seinen

ausgedörrten Mund, spülte ihn mit Apfelwein hinunter und bedankte sich nochmals.

Kurz nach Sonntagnachmittag stand er auf der Treppe des georgianischen Steinhauses neben der Pfarrei. Es befand sich in tadellosem Zustand. Ein sauber gejäteter Schotterweg führte zur Tür, gesäumt von Rosensträuchern, die unter dem warmen Schein der Sonne allmählich ihre Knospen entfalteten. Er sammelte seinen Mut, um anzuklopfen. Als er es schließlich tat, geschah es mechanisch. Obwohl er sich dazu entschlossen hatte, war es so gut wie keine Willensfrage. Hätte er auf seine Gefühle gehört, wäre es vermutlich nie dazu gekommen.

Das Warten kam ihm endlos vor. Im Garten hinter ihm schmetterte ein Vogel ein Lied in die Welt, der Wind fuhr raschelnd durch die jungen Blätter der Apfelbäume an der Mauer zur Pfarrei. Irgendwo in der Ferne blökte ein Lamm, gefolgt von dem Antwortruf des Muttertiers.

Dann ging die Tür plötzlich ohne Vorwarnung auf. Er hatte das Näherkommen von Füßen auf der anderen Seite nicht gehört. Ein kesses, hübsches Dienstmädchen schaute ihn erwartungsvoll an. Ihre frischgestärkte Schürze knisterte, ihr Haar steckte ordnungsgemäß zur Hälfte unter einem weißen Spitzenhäubchen.

Monks Stimme versagte ihm den Dienst. Er mußte sich lautstark räuspern, um die Worte gewaltsam hervorzupressen.

»Guten Morgen – ähm, ich meine, guten Tag. Ich – ich bedaure, Sie zu – zu dieser Zeit belästigen zu müssen, aber – ich bin extra aus London hierher gekommen – gestern schon . . .« Was redete er da bloß für einen Blödsinn. War er jemals derart unfähig gewesen, sich klar auszudrücken? »Dürfte ich bitte mit Mrs. Ward sprechen? Es ist dringend.« Er gab ihr eine Karte, auf der zwar sein Name, aber keine Berufsbezeichnung stand.

Sie machte ein etwas skeptisches Gesicht, warf jedoch einen eingehenden Blick auf seine glänzenden Stiefel und die fast neue Hose, die an den Knöcheln durch seinen Spaziergang vom Bahnhof hierher etwas verstaubt war – warum auch nicht, an einem so schönen Tag? Sein Mantel war ausgezeichnet geschnitten, Hemdkragen und Ärmelaufschläge blütenweiß. Ganz zum Schluß musterte sie sein Gesicht, das für gewöhnlich einen selbstbewußten Mann mit einiger Befehlsgewalt verriet, nun aber zu einer kläglichen Maske degradiert war. Sie traf ihre Entscheidung.

»Ich werde sie fragen.« In ihrem Lächeln schwang eine gewisse Belustigung mit, ihre Augen lachten eindeutig. »Wenn Sie bitte ins Empfangszimmer kommen und dort warten wollen, Sir.«

Er trat ein und wurde in den vorderen Salon geführt, einen Raum, der offensichtlich nicht häufig benutzt wurde. Wahrscheinlich befand sich im hinteren Teil des Hauses ein weniger steriles Wohnzimmer.

Das Mädchen ließ ihn allein, so daß er Gelegenheit bekam, sich umzusehen. An der Wand neben ihm stand eine hohe, mit wunderschönen Schnitzereien versehene Standuhr. Die bequemen Sessel waren goldbraun, eine Farbe, die er selbst in diesem überwiegend freundlichen Raum mit dem gemusterten Teppich und den geblümten Vorhängen, allesamt in gedämpften, ansprechenden Tönen, als vage bedrückend empfand. Über dem Kaminsims hing ein überaus durchschnittliches Landschaftsgemälde, das vermutlich irgendeinen Flecken im Lake District darstellte; für Monks Geschmack enthielt es zuviel Blau. Ein begrenztes Spektrum von zarten Grau- und Brauntönen wäre seiner Ansicht nach schöner und wirkungsvoller gewesen.

Dann, als sein Blick auf die Sessellehnen fiel, wurde er so unerwartet und heftig von einem Gefühl der Vertrautheit überfallen, daß sich jeder Muskel seines Körpers ruckartig zu verkrampfen schien. Das Motiv der Stickerei auf den Sesselschonern war weißes Heidekraut, umkränzt von einem scharlachroten Band. Er erkannte jeden einzelnen Stich, jeden Blütenkelch, den Schwung jedes Schnörkels.

Wie absurd! Er wußte inzwischen, daß sie die Frau war. Seit Markhams Bericht bestand daran nicht mehr der geringste Zweifel. Dieser schmerzhafte Anfall von Erinnerung war vollkommen überflüssig, um es ihm noch einmal zu bestätigen. Dennoch handelte es sich dabei um eine völlig andere Art von Wissen – keine rationale Erwartung nämlich, sondern ein echtes Gefühl. Und deshalb war er schließlich hier.

Draußen vor der Tür erklang das Geräusch schneller, leichter Schritte, dann wurde die Klinke hinuntergedrückt.

Er erstickte beinah an seinem eigenen Atem.

Sie kam herein. Keine Frage – sie war es. Dieser schön geformte Kopf mit den weichen, blonden Locken; die weit auseinanderstehenden, braungoldenen Augen mit den langen Wimpern; die vollen, zart geschwungenen Lippen; die schlanke Gestalt. All das war ihm absolut vertraut.

Auch sie erkannte ihn augenblicklich wieder. Jegliche Farbe wich aus ihrem Gesicht. Sie wurde erst kreidebleich, dann tiefrot.

»William!« keuchte sie fassungslos, riß sich hastig zusammen und zog die Tür hinter sich zu. »William – was in aller Welt machst du denn hier? Ich hätte nie gedacht – ich meine, ich hätte nie damit gerechnet, dich wiederzusehen.« Ganz langsam kam sie auf ihn zu, die Augen forschend auf sein Gesicht gerichtet.

Er wollte etwas erwidern, hatte jedoch plötzlich keine Ahnung mehr, was er sagen sollte. In seinem Innern brodelten die unterschiedlichsten Empfindungen; Erleichterung, weil sie seiner Vorstellung von ihr aufs genaueste entsprach – die Sanftheit, die Schönheit, der wache Verstand, alles war da; Angst, weil der Augenblick der Wahrheit unwiderruflich gekommen war und er keine Zeit mehr hatte, sich darauf vorzubereiten. Was dachte sie von ihm, wie stand sie zu ihm, weshalb hatte er sie verlassen? Skepsis sich selbst gegenüber. Wie wenig er den Mann doch kannte, der er einmal gewesen war. Warum war er gegangen? Aus Selbstsucht? Aus mangelnder Bereitschaft, Verpflichtungen gegenüber einer Ehefrau und möglichen Kindern einzugehen? Aus Feigheit? Nein, das bestimmt nicht, aber Egoismus und Stolz kamen durchaus in Frage. Es paßte zu dem Mann, den er nach und nach entdeckte.

»William?« Sie wirkte noch bestürzter als vorhin. Schweigen war sie von ihm offenbar nicht gewohnt. «William, was ist los?«

Wie sollte er es ihr erklären? Er konnte schlecht sagen: Ich habe dich wiedergefunden, aber ich kann mich nicht erinnern, warum ich dich überhaupt aus den Augen verloren habe!

»Ich – ich wollte wissen, wie es dir geht«, meinte er schließlich. Es klang lahm, aber ihm fiel nichts Besseres ein.

»Es – es geht mir gut, danke. Und dir?« Sie war nach wie vor verwirrt. »Was ... was führt dich hierher? Ein neuer Fall?«

»Nein.« Er schluckte. »Ich bin gekommen, weil ich dich sehen wollte.«

»Warum?«

»Warum!« Die Frage war geradezu grotesk. Weil er sie liebte. Weil er nie hätte gehen sollen. Weil sie all das verkörperte, was seinem besseren Ich entsprach, und er mit einer ähnlichen Verzweiflung danach gierte wie ein Ertrinkender nach Luft. Wußte sie das denn nicht? »Hermione!« Mit derselben Vehemenz und Leidenschaft, mit der er dieses Verlangen bisher unterdrückt hatte, brach es nun aus ihm hervor.

Sie wich zurück. Ihr Gesicht war wieder blaß, ihre Hände zuckten an ihren Hals.

»William! Bitte ...«

Monk wurde schlecht. Hatte er sie schon einmal gefragt, ihr seine Gefühle gestanden, und war zurückgewiesen worden? Hatte er es verdrängt, weil es zu schmerzhaft gewesen war? Sich lediglich an seine Liebe zu ihr erinnert, nicht daran, daß sie unerwidert blieb?

Er stand da wie gelähmt, gefangen in einem Gefühl abgrundtiefen Elends und grauenhafter, vernichtender Einsamkeit.

»Du hast es versprochen, William«, flüsterte sie kaum hörbar, den Blick nicht auf ihn, sondern auf den Boden geheftet. »Ich kann nicht. Ich habe es dir schon einmal gesagt – du machst mir angst. Ich empfinde nicht so, ich kann es einfach nicht. Und ich will auch nicht. Ich will nicht, daß mir irgend etwas oder irgend jemand soviel bedeutet. Du arbeitest zu hart, du wirst zu wütend, du läßt dich zu tief in die Tragödien und ungerechten Schicksale anderer Leute hineinziehen. Du kämpfst zu verbissen für das, was du willst, du bist bereit, viel mehr zu bezahlen als ich – egal wofür. Und du kannst zu verletzend sein, wenn du verlierst.« Sie schluckte krampfhaft und sah ihn mit flehenden Augen an. »Ich *will* das alles nicht fühlen. Es macht mir angst. Ich mag es nicht. Du machst mir angst. Ich kann nicht auf diese Art lieben – und ich will nicht, daß du mich so liebst. Ich kann dem nicht gerecht werden, und es – es wäre mir zuwider, wenn ich's versuchen müßte. Ich will . . .« Sie biß sich auf die Lippen. »Ich will in Frieden leben. Ich will meine Ruhe.«

Ihre Ruhe! Allmächtiger Gott!

»William? Sei nicht böse – ich kann nichts dafür –, ich hab es dir früher schon gesagt. Ich dachte, du hättest verstanden. Warum bist du zurückgekommen? Du bringst alles durcheinander. Ich bin jetzt mit Gerald verheiratet, und er behandelt mich gut, aber ich glaube nicht, daß er dich wieder hierhaben möchte. Er ist selbstverständlich dankbar, daß du meine Unschuld bewiesen hast . . .« Sie sprach immer schneller. Kein Zweifel, sie hatte tatsächlich Angst. »Und ich werde natürlich nie aufhören, dir dafür zu danken. Du hast mir das Leben gerettet, meinen Ruf wiederhergestellt – das ist mir vollkommen klar. Aber bitte – ich kann einfach nicht . . .« Sie verstummte. Sein Schweigen entsetzte und verunsicherte sie.

Um seiner Selbstachtung willen mußte er sie beruhigen, ihr versichern, daß er sich friedlich davontrollen würde, ohne ihr Schwierigkeiten zu machen. Zu bleiben hatte ohnehin keinen Sinn. Inzwischen lag eindeutig auf der Hand, warum er damals fortgegangen war. Sie besaß nichts, was sich mit seiner Leidenschaft messen konnte. Sie war ein wunderschönes Gefäß, zumindest nach außen hin gütig, doch diese Güte entsprang der Furcht vor Unannehmlichkeiten, nicht etwa einem ehrlichen Mitgefühl, wie es vielleicht bei einer tiefsinnigeren Frau der Fall gewesen wäre. Und sie war ein flacheres Gefäß als er, unfähig, ihn zu verstehen. Sie wollte ihre Ruhe; ihr schien eine gute Portion Selbstsucht in die Wiege gelegt worden zu sein.

»Es freut mich, daß du glücklich bist«, sagte er mit rauher Stimme, die sich nur mühsam seiner Kehle entwand. »Du brauchst keine Angst zu haben, ich werde nicht bleiben. Ich habe nur einen kurzen Abstecher von Guilford hierher gemacht. Morgen früh muß ich sowieso wieder in London sein – zu einem großen Prozeß. Sie –

die Angeklagte – hat mich an dich erinnert. Ich wollte dich nur sehen, wissen, wie es dir geht. Das weiß ich jetzt, und damit habe ich mein Ziel erreicht.«

»Ich danke dir.« Ihr Gesicht strahlte vor Erleichterung. »Es – es wäre mir lieber, wenn Gerald nicht erfährt, daß du hier warst. Er – er würde es nicht gut finden.«

»Dann erzähl ihm einfach nichts davon«, sagte Monk schlicht. »Und falls das Mädchen etwas erwähnt, war ich eben ein alter Bekannter, der sich nach deinem Wohlbefinden erkundigen und dir Glück wünschen wollte.«

»Ich fühle mich wohl – und ich bin glücklich. Danke, William.« Sie war plötzlich verlegen. Vielleicht hatte sie gemerkt, wie hohl ihre Worte klangen, aber es war schließlich vorbei. Sie hatte weder die Absicht, sich dafür zu entschuldigen, noch wollte sie versuchen, die zugrundeliegende Wahrheit aufzuwerten.

Sie bot ihm auch keine Erfrischung an. Sie wollte ganz einfach, daß er verschwunden war, ehe ihr Mann von dort zurückkehrte, wo immer er auch stecken mochte – wahrscheinlich in der Kirche.

Es war nichts gewonnen, wenn er noch länger blieb. Tat er es doch, geschah es lediglich aus egoistischen Motiven und diente einzig der Befriedigung seiner Rachegelüste. Aber hinterher würde er sich dafür verachten.

»Dann mache ich mich jetzt am besten auf den Weg zum Bahnhof und nehme den nächsten Zug nach London.« Er ging zur Tür, die sie ihm unter weiteren Dankesbekundungen hastig aufhielt.

Er verabschiedete sich und marschierte zwei Minuten später die schmale, baumbestandene Straße in Richtung Bahnhof zurück. Die vom Wind bewegten Blätter tanzten im Sonnenschein, in den Baumkronen trällerten die Vögel. Hier und da lugte ein helles Blütenköpfchen aus den Weißdornhecken hervor und verströmte einen derart lieblichen Duft, daß ihm völlig unerwartet die Tränen in die Augen stiegen. Er schwelgte nicht etwa in Selbstmitleid über den Verlust einer Liebe, es geschah vielmehr, weil das, wonach er sich so abgrundtief gesehnt hatte, gar nicht existierte – nicht in ihr. Er hatte in ihr hübsches Gesicht und ihre liebenswürdige Art all das hineinprojiziert, was er zu brauchen glaubte, und das war ihr gegenüber ebenso ungerecht, wie es das ihm gegenüber war.

Monk blinzelte und ging schneller. Er war schwierig, anspruchsvoll und häufig gemein, er brillierte mit seinem Verstand und schreckte weder vor harter Arbeit noch vor der Wahrheit zurück – zumindest früher einmal –, aber er besaß Gott sei Dank Mut. Und egal, welchen inneren Wandel er durchmachen mochte, daran würde sich nie etwas ändern.

Hester verbrachte den Sonntag dank Ediths unabsichtlicher Hilfe in Damaris' Gesellschaft. Sie begrüßte diesmal nicht zuerst Randolf und Felicia Carlyon, sondern begab sich geradewegs zu dem Eingang des Flügels, in dem Peverell und Damaris wohnten und, wenn ihnen danach war, ein wenig Privatsphäre genießen konnten. Da sie Felicia ohnehin nichts zu sagen hatte, war sie froh, sich keine höflichen und unverfänglichen Bemerkungen einfallen lassen zu müssen, um die unvermeidlichen Gesprächspausen zu überbrükken. Außerdem wurde sie angesichts dessen, was sie zu tun gedachte, von leichten Gewissensbissen geplagt. Sie wußte, was es für Peverell und Damaris bedeuten würde.

Hester wollte Damaris allein sprechen, und zwar wirklich allein, ohne die Gefahr, daß sie von irgend jemandem (am allerwenigsten Felicia) gestört werden konnten. Sie hatte nämlich vor, sie mit den schockierenden Fakten zu konfrontieren, auf die Monk gestoßen war, und vielleicht sogar die Wahrheit über ihre eigene Entdeckung am Mordabend aus ihr herauszupressen.

Ohne zu wissen warum, hatte Edith sich bereit erklärt, Peverell zu beschäftigen und von zu Hause fernzuhalten. Hester hatte ihr nur erzählt, daß sie dringend mit Damaris sprechen müsse, daß es um ein heikles und wahrscheinlich schmerzliches Thema ginge, sie die Wahrheit jedoch unbedingt herauszufinden hätten. Sie fühlte sich schrecklich schuldig, weil sie Edith verschwiegen hatte, worum es ging, doch dann wäre die Freundin gezwungen gewesen, eine Entscheidung zu treffen, die sie ihr momentan nicht zumuten wollte. Gut möglich, daß sie sich für das Falsche entschied und der

Liebe zu ihrer Schwester gegenüber der Wahrheitsfindung den Vorrang gab. Und falls die Wahrheit tatsächlich so häßlich war, wie Hester erwartete, würde es für Edith später leichter sein, da sie dabei nicht bewußt ihre Hand im Spiel gehabt hatte.

So betete sie sich immer wieder vor, während sie in Damaris' elegantem, luxuriösem Wohnzimmer wartete, ohne sich trotz des unglaublichen Komforts entspannen zu können.

Sie ließ ihren Blick durch das Zimmer wandern. Das war typisch für Damaris, dieses Nebeneinander von dem, was konventionell, und dem, was frevelhaft war. Auf der einen Seite die Annehmlichkeiten des Reichtums, ein erlesener Geschmack und die Sicherheit überlieferter Ordnung – auf der anderen ungestüme Rebellion und aufreizende Disziplinlosigkeit. An einer Wand hingen idyllische Landschaftsbilder, an der gegenüberliegenden zwei Reproduktionen von William Blakes barbarischeren, feurigeren Interpretationen der menschlichen Gestalt. Auf ein und demselben Bücherregal waren Religion, Philosophie und verwegene Abstecher in die Gefilde innovativer Politik vertreten. Die Kunstgegenstände waren rührselig oder blasphemisch, kostbar oder geschmacklos grell, praktisch oder nutzlos – persönlicher Geschmack Seite an Seite mit dem Wunsch zu schockieren. Es war das Zimmer zweier völlig verschiedener Menschen oder aber das einer einzigen Person, die zwei gegensätzlichen Welten das Beste abzugewinnen versuchte, um auf kühne Entdeckungsreise gehen und zugleich die Bequemlichkeit und Sicherheit des Althergebrachten festhalten zu können.

Als Damaris schließlich hereinkam, trug sie ein sichtlich nagelneues Kleid, das jedoch so auf alt gemacht war, daß es beinah an die Mode zur Zeit des französischen Imperiums erinnerte. Im ersten Moment war Hester befremdet, doch nachdem sie den anfänglichen Schock überwunden hatte, stellte sie fest, wie gefällig der Stil war. Ihm haftete etwas wesentlich Natürlicheres an als der jetzigen Mode mit den Unmengen steifer Petticoats über starren Reifröcken, zudem war es bestimmt tausendmal bequemer. Nichtsdestotrotz hatte Hester kaum Zweifel, daß Damaris es nicht aus Gründen der Bequemlichkeit, sondern des Effekts wegen ausgesucht hatte.

»Schön, Sie zu sehen«, sagte Damaris warm. Ihr Gesicht war blaß, und unter ihren Augen lagen tiefe Schatten, als hätte sie nächtelang nicht richtig geschlafen. »Edith meinte, Sie möchten den Fall mit mir besprechen. Ich weiß nicht, was ich Ihnen dazu sagen soll. Das Ganze ist eine einzige Katastrophe, finden Sie nicht?« Sie warf sich aufs Sofa, zog automatisch die Beine an und schenkte Hester ein eher mattes Lächeln. »Ich fürchte, Ihr Mr. Rathbone hat etwas den Boden unter den Füßen verloren – er ist nicht clever genug, um Alexandra aus diesem Schlamassel rauszupauken.« Sie schnitt eine Grimasse. »Aber soviel ich gesehen habe, scheint er es nicht einmal zu versuchen. Was er bis jetzt geleistet hat, kann doch jeder. Woran liegt das, Hester? Glaubt er nicht, daß es die Sache wert ist?«

»O doch«, gab Hester hastig zurück. Es schmerzte, was Damaris von Rathbone dachte, genau wie das, was sie ihr gleich sagen mußte. Sie setzte sich ihr gegenüber auf einen Stuhl. »Seine Zeit ist nur noch nicht gekommen. Bald ist es soweit.«

»Aber dann ist es zu spät. Die Geschworenen haben sich bereits entschieden. Haben Sie ihnen das etwa nicht angesehen? Ich schon.«

»Nein, es ist noch nicht zu spät. Es werden ein paar Tatsachen ans Licht kommen, die alles verändern. Glauben Sie mir.«

»Und die wären?« Damaris machte ein skeptisches Gesicht. »Ich kann mir nicht vorstellen, was das sein sollte.«

»Wirklich nicht?«

Damaris sah sie aus zusammengekniffenen Augen an. »Das klingt so bedeutungsvoll – als ob Sie mir nicht glauben würden. Mir fällt beim besten Willen nichts ein, was die Geschworenen von ihrer momentanen Überzeugung abbringen könnte.«

Hester blieb keine andere Wahl, sosehr es ihr auch zuwider war, und es war ihr unendlich zuwider. Sie kam sich gemein, ja mehr als das, sie kam sich richtig heimtückisch vor.

»Sie waren am Mordabend bei den Furnivals«, begann sie vorsichtig, obwohl sie damit nichts Neues zur Diskussion stellte.

»Aber ich weiß nichts«, wiederholte Damaris absolut offen. »Um Himmels willen, wenn doch, hätte ich es längst gesagt!«

»Hätten Sie? Egal wie grauenhaft es war?«

Damaris runzelte die Stirn. »Grauenhaft? Alexandra hat Thaddeus über das Treppengeländer gestoßen, ist ihm dann nach unten gefolgt, hat die Hellebarde genommen und ihm in die Brust gestoßen, während er besinnungslos am Boden lag. Ist das nicht grauenhaft genug? Was könnte noch schlimmer sein?«

Hester schluckte, hielt ihrem Blick jedoch stand.

»Das, was Sie herausgefunden haben, als Sie vor dem Essen bei Valentine waren – lange bevor Thaddeus ermordet wurde.«

Damaris wurde leichenblaß. Sie sah plötzlich krank und verwundbar aus und wirkte sehr viel jünger, als sie war.

»Das hat nichts mit Thaddeus' Tod zu tun«, erwiderte sie kaum hörbar. »Überhaupt nichts. Es war etwas völlig anderes – etwas . . .« Ihre Stimme verlor sich im Nichts. Sie zog die Schultern hoch und die Beine etwas mehr an.

»Ich denke, das hat es doch.« Hester konnte sich keine Milde leisten.

Ein geisterhaftes Lächeln glitt über Damaris' Züge und war sofort wieder verschwunden. Es hatte nicht die Spur Frohsinn enthalten, sondern lediglich bittere Selbstironie.

»Nein, Sie täuschen sich. Sie werden sich mit meinem Ehrenwort begnügen müssen.«

»Das kann ich nicht. Ich akzeptiere, daß Sie es glauben, aber ich akzeptiere nicht, daß es die Wahrheit sein soll.«

Damaris' Gesicht wurde ganz schmal. »Sie wissen ja nicht, worum es ging, und ich werde es Ihnen auch nicht verraten. Tut mir leid, aber es würde Alexandra nicht helfen, außerdem ist es mein – mein Problem und nicht ihrs.«

Hester spürte, wie sich vor Mitleid und Scham alles in ihr zusammenzog.

»Wissen Sie, warum Alexandra ihn getötet hat?«

»Nein.«

»Ich schon.«

Damaris' Kopf fuhr ruckartig hoch. Mit weit aufgerissenen Augen starrte sie Hester an.

»Weil er seinen eigenen Sohn zu Inzest und widernatürlicher

Unzucht gezwungen hat«, sagte diese ruhig. Ihre Stimme klang in der Stille des Raumes widerlich sachlich, so als hätte sie irgendeine banale Bemerkung gemacht, die binnen weniger Minuten vergessen sein würde. Statt dessen hatte sie etwas Ungeheuerliches beim Namen genannt, das sie beide vermutlich zeit ihres Lebens nicht mehr vergessen konnten.

Damaris stieß weder einen schrillen Schrei aus, noch fiel sie in Ohnmacht. Sie senkte auch nicht den Blick, doch ihre Haut wurde noch weißer, ihre Augen wirkten plötzlich noch eingefallener.

Mit wachsender Beklemmung wurde Hester klar, daß Damaris nicht einmal überrascht war. Sie erweckte den Eindruck eines Menschen, dem man zu guter Letzt doch noch den endgültigen, lang erwarteten Schlag versetzt hatte. Monk hatte also recht gehabt. Ihr war an jenem Abend aufgegangen, daß Peverell die Finger im Spiel hatte. Hester hätte am liebsten für sie geweint, so gut verstand sie ihren Schmerz. Sie sehnte sich danach, Damaris zu berühren, sie in den Arm zu nehmen und zu trösten wie ein schluchzendes Kind, doch das hatte alles keinen Sinn. Nichts konnte diese Wunde mindern oder schließen.

»Sie wußten es, nicht wahr?« fragte sie laut. »Sie wußten es seit diesem Abend.«

»Nein, ich wußte es nicht«, sagte Damaris so tonlos, als ob etwas in ihr bereits abgestorben wäre.

»Doch. Sie wußten, daß Peverell es auch tat, und zwar mit Valentine Furnival. Deshalb waren Sie so außer sich, als Sie nach unten kamen. Sie standen kurz vor einem hysterischen Anfall. Ich weiß nicht, wie es Ihnen überhaupt gelungen ist, sich zusammenzureißen. Ich hätte das nicht geschafft – ich glaube, ich . . .«

»Großer Gott – nein!« Damaris wurde letzten Endes doch noch vom nackten Grauen gepackt. »Nein!« Sie entwirrte ihre Glieder derart heftig, daß sie halb vom Sofa hinunterglitt und schwerfällig auf dem Boden landete. »Das ist alles nicht wahr! Nicht Pev. Wie können Sie so etwas auch nur denken? Das – das ist völlig – absurd – einfach verrückt! Nicht Pev!«

»Aber Sie müssen es gewußt haben.« Bei Hester regten sich zum erstenmal Zweifel. »War es nicht das, was Sie herausgefunden haben, als Sie oben bei Valentine waren?«

»Nein.« Damaris hockte wie ein neugeborenes Fohlen vor ihr auf dem Boden, die langen Beine an den Knien abgeknickt, und brachte es dennoch fertig, völlig natürlich zu wirken. »Nein! Um Himmels willen, Hester, bitte, glauben Sie mir doch – Sie irren sich!«

Hester rang mit ihren Zweifeln. Konnte das sein?

»Was war es dann?« Sie runzelte die Stirn und zerbrach sich vergebens den Kopf. »Als Sie von Valentine zurückkamen, sahen Sie aus, als ob Sie dem Leibhaftigen persönlich begegnet wären. Warum? Was könnten Sie sonst entdeckt haben? Wenn es nichts mit Alexandra oder Thaddeus oder meinetwegen Peverell zu tun hatte, womit dann?«

»Ich kann es Ihnen nicht sagen.«

»Dann kann ich Ihnen nicht glauben. Rathbone wird Sie in den Zeugenstand rufen. Cassian wurde von seinem Vater sexuell mißbraucht, von seinem Großvater – ja, tut mir leid – und von noch jemandem. Wir müssen herausbekommen, wer diese dritte Person war, und es eindeutig beweisen. Das ist Alexandras einzige Chance.«

Damaris' Blässe grenzte mittlerweile an ein fahles Grau. Sie schien um Jahre gealtert.

»Ich kann nicht! Es – es wäre Pevs Ende.« Sie sah Hesters Gesicht und fügte hastig hinzu: »Nein, nicht was Sie jetzt denken! Ich schwöre bei Gott, das ist es nicht.«

»Das wird man Ihnen niemals abnehmen«, sagte Hester vollkommen ruhig, obwohl sie im selben Moment wußte, daß es gelogen war – sie tat es bereits. »Was sollte es sonst sein?«

Damaris vergrub den Kopf in den Händen und begann sehr leise zu sprechen. Ihre Stimme barst fast unter der Last ungeweinter Tränen.

»Bevor ich Pev kennenlernte, ich war zu der Zeit noch ziemlich jung, verliebte ich mich in einen anderen Mann. Eine ganze Weile geschah nichts. Ich liebte ihn auf – auf eine völlig unschuldige Art.

Dann hatte ich plötzlich das Gefühl, ihn zu verlieren. Ich – ich liebte ihn wahnsinnig, zumindest dachte ich das damals, und dann . . .«

»Haben Sie mit ihm geschlafen«, sprach Hester das Offensichtliche aus. Sie war nicht im geringsten schockiert. Hätte sie Damaris' Schönheit und wilden Idealismus besessen, hätte sie vermutlich nichts anderes getan. Und selbst ohne das, wenn sie genügend verliebt gewesen wäre . . .

»Ja«, bestätigte Damaris mit erstickter Stimme. »Ich konnte ihn nicht halten – ich glaube sogar, daß ich ihn dadurch endgültig verloren habe.«

Hester schwieg. Da war offenbar noch mehr; davon allein hätte sie kaum soviel Aufhebens gemacht.

Damaris fuhr fort, wobei sie nur mit Mühe schaffte, ihre Stimme unter Kontrolle zu halten: »Ich merkte bald, daß ich schwanger war. Thaddeus hat mir geholfen. Das habe ich gemeint, als ich sagte, er könnte sehr hilfsbereit sein. Mama hatte keine Ahnung. Thaddeus arrangierte alles so, daß ich eine Weile von zu Hause weg war und daß das Kind adoptiert wurde. Es war ein Junge. Ein einziges Mal durfte ich ihn im Arm halten – er war wunderschön.« Sie konnte die Tränen nicht länger zurückhalten. Von stoßweisen Schluchzern begleitet, brachen sie aus ihr hervor, so heftig, daß ihr ganzer Körper zuckte. Sie hatte dem nichts mehr entgegenzusetzen.

Hester ließ sich auf den Boden gleiten, nahm sie in den Arm und hielt sie ganz fest. Sie strich ihr übers Haar, bis sich der Sturm gelegt hatte und sie völlig erschöpft zurückließ. Nach all den Jahren hatten sich Kummer und Scham endlich Bahn gebrochen.

Viele Minuten später, als Damaris sich schließlich beruhigt hatte, begann Hester wieder zu sprechen.

»Und was haben Sie an jenem Abend erfahren?«

»Ich erfuhr, wo er war.« Damaris zog geräuschvoll die Nase hoch und setzte sich auf, um nach einem Taschentuch zu greifen – einem blödsinnigen Ding aus Spitze und Kambrik, viel zu klein, um zu irgend etwas nütze zu sein.

Hester stand auf, ging in die angrenzende Toilette und tränkte ein Handtuch in kaltem Wasser. Sie wrang es aus, entdeckte im

Schränkchen über dem Waschbecken ein großes weiches Leinentuch, trug beides ins Zimmer zurück und drückte es Damaris wortlos in die Hand.

»Besser?« fragte sie nach einer Weile.

»Ja. Vielen Dank.« Damaris blieb wie gehabt auf dem Boden sitzen. »Ich erfuhr, wo er war«, wiederholte sie halbwegs gefaßt. Sie war viel zu ausgelaugt, um noch zu irgendeiner stärkeren Gefühlsregung imstande zu sein. »Ich erfuhr, was Thaddeus arrangiert hatte. Wo der Kleine ... hingekommen war.«

Hester nahm ihren ursprünglichen Platz wieder ein und wartete.

»Zu den Furnivals«, sagte Damaris mit einem schwachen, ungeheuer traurigen Lächeln. »Valentine Furnival ist mein Sohn. Ich wußte es auf Anhieb. Verstehen Sie, ich hatte ihn jahrelang nicht gesehen, seit er ein kleines Kind war nicht mehr – in Cassians Alter ungefähr oder noch jünger. Eigentlich kann ich Louisa nicht ausstehen, weshalb ich auch nicht sehr oft dort gewesen bin – und wenn doch, war er entweder in der Schule, oder, als er noch jünger war, schon im Bett. An diesem speziellen Abend war er nur zu Hause, weil er die Masern hatte. Er war auf einmal so groß, so – erwachsen – und ... .« Sie holte tief und recht zittrig Luft. »Er sah seinem Vater plötzlich unglaublich ähnlich.«

»Seinem Vater?« Hester dachte angestrengt nach, ein im Grunde unsinniges Unterfangen. Es bestand nicht der geringste Anlaß zu glauben, daß sie denjenigen kannte; im Gegenteil, es sprach sogar alles dafür, daß dies nicht der Fall war. Dennoch rumorte da etwas in einem abgelegenen Winkel ihres Geistes – eine Geste, der Blick, die Haarfarbe, die schweren Augenlider ...

»Charles Hargrave«, verkündete Damaris kaum hörbar, und Hester wußte augenblicklich, daß sie die Wahrheit sprach: die Augen, die Größe, die Haltung, die Schulterform.

Dann kam ihr ein anderer häßlicher Gedanke in den Sinn und weigerte sich hartnäckig, zum Schweigen gebracht zu werden.

»Aber warum hat Sie das so furchtbar aufgeregt? Sie waren völlig außer sich, als Sie wieder herunterkamen, nicht erschüttert, sondern außer sich! Wieso? Selbst wenn Peverell dahintergekommen wäre, daß Valentine Hargraves Sohn ist – und ich gehe einmal davon aus, daß er keine Ahnung hat –, selbst wenn er die Ähnlichkeit zwischen den beiden bemerkt hätte, gibt es doch keinen Grund, weshalb er Sie damit in Verbindung bringen sollte.«

Damaris schloß die Augen. Ihre Stimme klang vor Elend blechern.

»Ich wußte nicht, daß Thaddeus Cassian mißbraucht hat, ehrlich nicht, aber ich wußte sehr gut, daß er von Papa mißbraucht worden war – als kleiner Junge. Ich merkte es an dem Ausdruck in seinen Augen, an dieser Mischung aus Angst und Aufgeregtsein, dem Kummer und der Verwirrung, diesem eigenartigen, klammheimlichen Vergnügen. Wenn ich mir Cass jemals genau angesehen hätte, wäre es mir bei ihm vermutlich auch aufgefallen – aber ich tat es nicht. Nicht, daß ich etwa viel Zeit mit ihm verbracht hätte –, was ich eigentlich hätte tun sollen. Ich wußte über Thaddeus Bescheid, weil ich es einmal mitangesehen hatte. Ich konnte es nie wieder vergessen.«

Hester wollte etwas sagen, doch es fiel ihr nichts Passendes ein.

»Valentine hatte genau denselben Ausdruck im Gesicht«, fuhr Damaris mit gepreßter Stimme fort, als würde ihre Kehle innerlich brennen. »Mir war sofort klar, daß er ebenfalls sexuell mißbraucht wird. Ich dachte, von Maxim; ich habe den Mann so sehr gehaßt, daß ich ihn am liebsten umgebracht hätte. Daß es Thaddeus war, kam mir überhaupt nicht in den Sinn. O Gott! Die arme Alex.« Sie mußte fast würgen. »Kein Wunder, daß sie ihn getötet hat. Ich an ihrer Stelle hätte genauso gehandelt. Hätte ich eine Ahnung gehabt, daß er derjenige war, wäre es wahrscheinlich auch geschehen. Aber ich hatte keine Ahnung. Vermutlich nahm ich einfach an, so was täten immer die Väter.« Sie lachte hart auf, und ihr Tonfall nahm wieder einen leicht hysterischen Beiklang an. »Mich hätten Sie genausogut verdächtigen können. Ich wäre ebenso schuldig gewesen wie Alexandra – wenn nicht in Taten, dann doch zumindest in Gedanken. Nur mein Unvermögen hat mich zurückgehalten, sonst nichts.«

»Viele Menschen sind nur deshalb unschuldig, weil es ihnen an

Gelegenheit oder an Mitteln fehlt«, sagte Hester freundlich. »Seien Sie nicht so hart mit sich. Wer weiß, ob Sie es tatsächlich getan hätten, wenn eine Gelegenheit gekommen wäre.«

»Ganz bestimmt!« Damaris' Ton enthielt nicht den geringsten Zweifel. Sie blickte fragend zu Hester auf. »Können wir denn gar nichts für Alex tun? Es wäre grauenhaft, wenn sie dafür hängen müßte. Jede Mutter, die auch nur ein bißchen taugt, hätte dasselbe getan.«

»Sagen Sie aus«, erwiderte Hester wie aus der Pistole geschossen. »Erzählen Sie die Wahrheit. Wir müssen die Geschworenen überzeugen, daß es die einzige Möglichkeit für sie war, ihr Kind zu retten.«

Damaris' Augen füllten sich mit Tränen; sie schaute rasch weg. »Muß ich das mit Valentine erwähnen? Peverell weiß nichts davon. Bitte . . .«

»Sagen Sie es ihm selbst«, riet Hester. »Er liebt Sie – und er müßte eigentlich wissen, daß Sie ihn ebenfalls lieben.«

»Aber Männer vergeben nicht so leicht – nicht solche Dinge.«

Hester fühlte sich angesichts der Verzweiflung in Damaris' Stimme hundsmiserabel. Sie hoffte immer noch entgegen aller Wahrscheinlichkeit, daß Peverell nicht derjenige war.

»Peverell ist nicht ›die Männer‹«, brachte sie mühsam hervor. »Beurteilen Sie ihn nicht anhand der großen Masse. Geben Sie ihm die Chance, das Beste zu sein, was – was er sein kann.« Klangen ihre Worte so hoffnungslos und leer, wie ihr zumute war? »Geben Sie ihm die Möglichkeit, zu verzeihen und Sie so zu lieben, wie Sie sind, nicht so, wie er Sie Ihrer Meinung nach gern hätte. Es war ein Fehler, von mir aus auch eine Sünde – aber wir alle sündigen auf die eine oder andere Art. Was zählt, ist, daß Sie daraus gelernt haben, daß Sie weiser und verständnisvoller andern gegenüber geworden sind und daß Sie denselben Fehler nicht noch einmal gemacht haben!«

»Glauben Sie wirklich, er wird es so sehen? Ginge es nicht um mich – ja, dann vermutlich schon. Bei der eigenen Frau sieht das allerdings anders aus.«

»Um Himmels willen – geben Sie ihm eine Chance!«

»Aber wenn er es nicht tut, verliere ich ihn!«

»Und wenn Sie lügen, verliert Alexandra ihr Leben. Was würde Peverell wohl davon halten?«

»Sie haben recht.« Damaris stand langsam auf; ihre gesamte Anmut kehrte plötzlich zurück. »Ich muß es ihm sagen. Gott weiß, wie gern ich es ungeschehen machen würde. Ausgerechnet Charles Hargrave! Ich traue mich kaum, ihm in die Augen zu sehen. Schon gut, schon gut! Fangen Sie nicht wieder an. Ich werde mit Peverell sprechen. Mir bleibt keine andere Wahl – Lügen würden die Lage nur verschlimmern.«

»Ja, das würden sie.« Hester streckte eine Hand aus und drückte Damaris' Arm. »Es tut mir leid – aber mir blieb auch keine andere Wahl.«

»Ich weiß.« Damaris' Lächeln enthielt eine Spur ihres alten Charmes, obwohl man ihr die Anstrengung, die es sie kostete, deutlich ansah. »Ich hoffe nur, daß Sie Alex tatsächlich retten können. Ich möchte das Ganze nicht umsonst ausgebadet haben.«

»Ich werde tun, was ich kann. Ich lasse nichts unversucht, das verspreche ich Ihnen.«

ZWÖLFTES KAPITEL

Alexandra saß mit bleichem, nahezu ausdruckslosem Gesicht auf der Holzpritsche in der engen Gerichtszelle. Sie war erschöpft, die Schlaflosigkeit hatte deutliche Spuren um ihre Augen herum hinterlassen, ihr Haar seinen seidigen Glanz eingebüßt. Zudem erschien sie Rathbone wesentlich dünner als bei ihrer ersten Begegnung.

»Ich kann nicht mehr«, sagte sie kraftlos. »Das hat doch alles keinen Sinn. Es wird Cassian nur schaden – entsetzlich schaden.« Sie atmete tief ein. Er sah, wie sich ihre Brust unter dem dünnen grauen Musselinstoff ihrer Bluse mühsam hob. »Sie werden mir nicht glauben. Warum sollten sie auch? Es gibt keinen Beweis, es wird nie einen geben. Man tut so etwas nicht, wenn man dabei gesehen werden kann.«

»Sie wußten davon«, rief Rathbone ihr ruhig in Erinnerung, während er sich ihr gegenüber auf einem Stuhl niederließ und sie so intensiv mit seinen Augen fixierte, daß sie zwangsläufig irgendwann den Kopf heben und seinem Blick begegnen mußte.

Sie lächelte bitter. »Und wer kauft mir das ab?«

»Darauf wollte ich nicht hinaus«, entgegnete Rathbone geduldig. »Wenn Sie davon wissen konnten, weiß es vielleicht noch jemand anders. Thaddeus wurde selbst als kleiner Junge mißbraucht.«

Ihr Kopf fuhr ruckartig hoch, in ihrem Blick spiegelten sich Mitleid und Überraschung.

»Sie hatten keine Ahnung?« Er schaute sie verständnisvoll an. »Das dachte ich mir.«

»Wie schrecklich«, flüsterte Alexandra fassungslos. »Aber wenn das tatsächlich stimmt – wie konnte dann ausgerechnet er seinem Sohn so etwas antun? Er muß doch – warum nur? Ich begreife das nicht.«

»Mir geht's genauso«, gab Rathbone unumwunden zu. »Allerdings habe ich diesen abgründigen Pfad auch niemals beschritten. Aber ich erzähle es Ihnen eigentlich aus einem völlig anderen Grund, einem wesentlich wichtigeren.« Er brach ab, nicht sicher, ob sie ihm überhaupt zuhörte.

»Ach ja?« fragte sie dumpf.

»Ja. Können Sie sich ausmalen, wie er gelitten haben muß? Die lebenslange Scham, die furchtbare Angst vor der Entdeckung? Vielleicht hatte er sogar eine schwache Vorstellung davon, was er seinem eigenen Kind antat – und war trotzdem unfähig, gegen diesen überwältigenden Trieb anzugehen...«

»Hören Sie auf!« schrie Alexandra auf. »Es tut mir leid! O ja, und wie es mir leid tut! Glauben Sie, es hat mir Spaß gemacht, ihn zu töten?« Ihre Stimme versagte fast unter der unbeschreiblichen Qual. »Ich habe mir den Kopf immer und immer wieder nach einem anderen Weg zerbrochen. Ich flehte ihn an aufzuhören, Cassian auf ein Internat zu schicken – ich versuchte alles, ihn außerhalb seiner Reichweite zu bringen. Ich bot mich ihm selbst an, für jede Praktik, nach der ihm der Sinn stand!« Sie starrte ihm voll ohnmächtigem Zorn ins Gesicht. »Ich liebte ihn nämlich. Nicht leidenschaftlich, aber ich liebte ihn. Er war der Vater meiner Kinder, und ich hatte das feierliche Versprechen abgelegt, ihm zeit meines Lebens treu zur Seite zu stehen. Ich glaube nicht, daß er mich je wirklich geliebt hat, aber er gab mir alles, wozu er fähig war.«

Sie ließ sich auf der Bank zurücksinken, beugte den Kopf vor und bedeckte das Gesicht mit den Händen. »Meinen Sie etwa, ich würde seinen Körper nicht immer wieder vor mir sehen, wie er da auf dem Boden lag, nachts, wenn ich schlaflos im Dunkeln liege? Ich träume davon – ich habe diese scheußliche Tat schon tausendmal in meinen Alpträumen wiedererlebt und wache jedesmal in Schweiß gebadet und mit einem Gefühl eisiger Kälte daraus auf. Ich habe entsetzliche Angst, daß Gott mich richten und auf ewig verdammen wird!«

Sie kauerte sich noch mehr in sich zusammen. »Aber ich *konnte* nicht tatenlos dasitzen und zusehen, was mit meinem Kind geschah! Sie haben ja keine Vorstellung, wie sehr er sich plötzlich veränderte.

Er verlor seine ganze Fröhlichkeit, seine gesamte Unschuld. Er wurde verschlagen. Er hatte auf einmal Angst vor mir – vor mir! Er vertraute niemandem mehr und fing an, Lügen zu verbreiten, furchtbar dumme Lügen. Er war ständig in Panik, mißtraute allem und jedem. Und dann war da diese – diese heimliche Schadenfreude, eine Art schuldbewußte Genugtuung. Trotzdem weinte er jede Nacht; zusammengerollt wie ein Baby weinte er sich in den Schlaf. Das durfte nicht so weitergehen!«

Rathbone brach seine eigenen Regeln, streckte die Arme aus, umfaßte ihre mageren Schultern und hielt sie sanft fest.

»Nein, natürlich nicht! Und es darf auch jetzt nicht so sein! Wenn die Wahrheit nicht ans Licht kommt und diesem Mißbrauch nicht Einhalt geboten wird, werden sein Großvater und der andere Mann dort weitermachen, wo sein Vater aufgehört hat – und dann war alles umsonst.« Ohne daß es ihm bewußt war, verstärkte sich der Druck seiner Finger. »Wir glauben zu wissen, wer dieser andere ist. Ich versichere Ihnen, er hat nicht weniger Gelegenheit, als der General sie hatte: jeden Tag, jede Nacht – er kann es beliebig fortsetzen.«

Alexandra begann lautlos vor sich hin zu weinen. Kein Schluchzen, kein Schniefen, nichts; es waren die stummen Tränen völliger Hoffnungslosigkeit. Rathbone hielt sie nach wie vor fest und beugte sich ein wenig vor, bis sich sein Kopf dicht neben ihrem befand. Er roch den schwachen Duft ihrer mit Gefängnisseife gewaschenen Haare, spürte die Wärme ihrer Haut.

»Thaddeus wurde als Kind von seinem Vater mißbraucht«, wiederholte er erbarmungslos, weil es sich nicht umgehen ließ. »Seine Schwester wußte Bescheid. Sie hatte es ein einziges Mal heimlich mitangesehen und bemerkte den gleichen Ausdruck widerstreitender Gefühle in Valentine Furnivals Augen. Deshalb war sie am Abend der Dinnerparty so durcheinander. Sie wird es beschwören.«

Alexandra schwieg, doch er spürte, wie sie vor Überraschung erstarrte; das Weinen hörte auf. Sie war jetzt absolut still.

»Und Miss Buchan wußte ebenfalls über den General und seinen Vater Bescheid. Wie über Cassian auch.«

Alexandra atmete stoßweise ein, das Gesicht nach wie vor in den Händen vergraben.

»Sie wird nicht aussagen«, sagte sie schließlich mit einem gedehnten Schniefen. »Sie kann nicht. Man wird sie aus dem Haus jagen, wenn sie es tut, und sie kann nirgendwo anders hin. Sie dürfen sie nicht danach fragen. Sie wird gezwungenermaßen alles abstreiten, und dann stehen wir noch schlechter da.«

Rathbone lächelte finster. »Machen Sie sich deshalb keine Sorgen. Ich stelle niemals Fragen, ohne die Antwort vorher genau zu kennen – oder besser gesagt, ohne zu wissen, was der Zeuge sagen wird, ob es nun der Wahrheit entspricht oder nicht.«

»Sie können unmöglich von ihr erwarten, daß sie freiwillig ins Verderben rennt.«

»Es liegt nicht bei Ihnen, wofür sie sich entscheidet.«

»Nein! Sie dürfen das nicht tun!« beharrte Alexandra, rückte von ihm ab und schaute ihm direkt in die Augen. »Sie wird daran zugrunde gehen.«

»Und was wird mit Cassian geschehen? Von Ihnen ganz zu schweigen?«

Sie gab keine Antwort.

»Cassian wird zu einem Mann heranwachsen, der dem Vorbild seines Vaters nacheifert«, versetzte er grausam. Diese Vorstellung war vermutlich das einzige, was sie wirklich nicht ertragen konnte – ungeachtet Miss Buchans Schicksal. »Wollen Sie das zulassen? Dieselbe Scham, dieselbe Schuld, das ganze Drama noch einmal von vorn? Wieder ein todunglückliches, gedemütigtes Kind, noch eine Mutter, die so leiden muß wie Sie?«

»Ich habe keine Kraft mehr zum Streiten«, sagte Alexandra derart leise, daß er sie kaum verstand. Sie saß wieder völlig zusammengekauert da, als ob der Schmerz tief in ihrer Körpermitte sitzen würde und sie sich auf diese Weise irgendwie um ihn zusammenfalten könnte.

»Sie sollen nicht mit mir streiten«, gab er hartnäckig zurück. »Sie sollen lediglich auf der Anklagebank sitzen, in genau dem Zustand, in dem Sie sich jetzt befinden, und außer an Ihre Schuld auch an die

Liebe zu Ihrem Kind denken – und daran, *warum* sie es getan haben. Ich werde den Geschworenen Ihre Gefühle schon klarmachen, verlassen Sie sich drauf!«

»Tun Sie, was immer Sie möchen, Mr. Rathbone. Ich glaube nicht, daß ich noch in der Lage bin, die Situation richtig zu beurteilen.«

»Das ist auch nicht nötig, meine Liebe.« Er stand auf, selbst völlig ausgebrannt, dabei war erst Montag, der neunundzwanzigste Juni. Die zweite Prozeßwoche hatte angefangen. Er mußte mit der Verteidigung beginnen.

Die erste Zeugin der Verteidigung war Edith Sobell. Lovat-Smith saß zurückgelehnt auf seinem Stuhl, die Beine bequem übergeschlagen, den Kopf auf die Seite gelegt, als wäre er lediglich aus Gründen der Neugier zugegen. Er hatte dem Gericht Beweise vorgelegt, an denen nicht zu rütteln war, und wenn er sich so im Saal umblickte, entdeckte er nicht ein einziges Gesicht, das noch Zweifel verriet. Man war lediglich gekommen, um Alexandra und den Carlyonklan zu sehen, der einträchtig in der ersten Reihe saß. Die Frauen trugen Schwarz, Felicia war darüber hinaus dicht verschleiert. Steif und eckig saß sie neben ihrem offenkundig bedrückten, doch absolut gefaßten Mann Randolf.

Edith trat in den Zeugenstand. Vor lauter Nervosität verhaspelte sie sich ein- oder zweimal, während sie den Eid ablegte. Die blühende Frische ihres Gesichts und ihre aufrechte, entschlossene Haltung, die nichts von Felicias defensivem Gebaren an sich hatte, strafte ihre scheinbare Befangenheit jedoch Lügen.

»Mrs. Sobell«, begann Rathbone höflich, »Sie sind die Schwester des Mannes, der diesem Verbrechen zum Opfer gefallen ist, und die Schwägerin der Angeklagten?«

»Jawohl.«

»Kannten Sie Ihren Bruder gut?«

»Nicht besonders. Er war einige Jahre älter als ich und trat der Armee bei, als ich noch ein Kind war. Nach seiner Rückkehr aus dem Militärdienst im Ausland hatten wir selbstverständlich wieder mehr Kontakt zueinander. Er wohnte nicht weit weg von Carlyon House, wo ich seit dem Tod meines Mannes lebe.«

»Würden Sie mir den Charakter Ihres Bruders, bitte, so gut Ihnen das möglich ist, beschreiben?«

Lovat-Smith stand auf.

»Euer Ehren, das erscheint mir höchst unerheblich. Wir haben die Persönlichkeit des Toten bereits zur Genüge diskutiert. Er war ehrenhaft, fleißig, als Kriegsheld hochangesehen, seiner Frau treu ergeben, in Geldangelegenheiten besonnen und großzügig. Sein einziger Fehler scheint darin bestanden zu haben, daß er sich ein wenig wichtig genommen hat und seiner Frau nicht soviel schöne Worte und Unterhaltung zukommen ließ, wie es vielleicht von ihm erwartet wurde.« Er lächelte trocken und wandte den Kopf, damit die Geschworenen sein Gesicht sehen konnten. »Eine Unzulänglichkeit, derer wir uns vermutlich alle von Zeit zu Zeit schuldig machen dürften.«

»Oh, zweifellos«, sagte Rathbone bitter. »Und falls Mrs. Sobell mit Ihrer Einschätzung übereinstimmt, würde es mich freuen, dem Gericht eine Wiederholung ersparen zu können. Mrs. Sobell?«

»Ja, ich stimme damit überein«, bestätigte Edith, während sie erst Rathbone, dann Lovat-Smith ansah. »Außerdem verbrachte er sehr viel Zeit mit seinem Sohn Cassian. Er schien ein mustergültiger und liebevoller Vater zu sein.«

»Richtig: er schien ein mustergültiger und liebevoller Vater zu sein.« Rathbone zitierte den letzten Satz bewußt Wort für Wort. »Und doch, Mrs. Sobell – was taten Sie, gleich nachdem Sie von seinem tragischen Tod sowie der Anklageerhebung gegen Ihre Schwägerin erfahren hatten?«

»Auch das erscheint mir irrelevant, Euer Ehren«, protestierte Lovat-Smith. »Ich sehe ja ein, daß sich mein verehrter Herr Kollege in einer etwas ausweglosen Lage befindet, aber das geht entschieden zu weit!«

Der Richter musterte Rathbone mit ernstem Blick.

»Mr. Rathbone, ich bin durchaus bereit, Ihnen gegenüber eine gewisse Milde walten zu lassen, damit Sie die unter diesen höchst schwierigen Bedingungen bestmögliche Verteidigung abgeben können, aber ich erlaube nicht, daß Sie unsere Zeit verschwenden. Sorgen Sie dafür, daß die Antworten, auf die Sie hinzielen, für den Fall bedeutsam sind!«

Rathbone konzentrierte sich wieder auf Edith.

»Wir hören, Mrs. Sobell!«

»Ich...« Edith schluckte, hob trotzig das Kinn und riß ihren Blick von den Plätzen ihrer Mutter und ihres Vaters los, die kerzengerade auf der vordersten Bank auf der Galerie saßen. Für den Bruchteil einer Sekunde begegneten ihre Augen Alexandras. »Ich nahm Kontakt zu einer guten Freundin auf, eine gewisse Miss Hester Latterly, und bat sie, mir bei der Suche nach einem geeigneten Strafverteidiger für Alexandra – Mrs. Carlyon – zu helfen.«

»Tatsächlich?« Rathbone wölbte in gespielter Überraschung die Brauen, obgleich beinahe jedem im Saal klar sein mußte, wie sorgfältig er dies vorausgeplant hatte. »Warum? Sie wurde immerhin des Mordes an Ihrem Bruder beschuldigt, diesem Bild von einem Ehrenmann.«

»Ich – ich hielt sie zunächst für unschuldig.« Ediths Stimme zitterte ein wenig, doch sie bekam sie sofort wieder unter Kontrolle. »Als dann zweifelsfrei für mich feststand, daß sie... daß sie die Tat begangen hatte... Nun, ich dachte immer noch, es müßte einen beseren Grund geben als den, den sie genannt hatte.«

Lovat-Smith sprang abermals auf.

»Euer Ehren! Ich hoffe, Mr. Rathbone wird der Zeugin keine persönlichen Mutmaßungen abringen? Ihre Loyalität der Schwägerin gegenüber ist ja sehr rührend, beweist jedoch lediglich ihre eigens gütige und – verzeihen Sie mir – recht naive Natur.«

»Mein werter Herr Kollege zieht voreilige Schlüsse, wofür er, fürchte ich, ein gewisses Faible hat«, versetzte Rathbone mit dem winzigsten aller Lächeln. »Ich habe nicht im mindesten die Absicht, Mrs. Sobell zu irgendwelchen Mutmaßungen zu verleiten, ich möchte lediglich einen Grundstock für ihre nachfolgenden Handlungen legen, damit das Gericht versteht, was sie getan hat, und warum es geschah.«

»Fahren Sie fort, Mr. Rathbone«, forderte der Richter ihn auf.

»Danke, Euer Ehren. Haben Sie seit dem Tod seines Vaters viel Zeit mit Ihrem Neffen, Cassian Carlyon, verbracht, Mrs. Sobell?«

»Selbstverständlich. Er lebt in unserem Haus.«

»Wie hat er den Tod seines Vaters aufgenommen?«

»Irrelevant!« fuhr Lovat-Smith dazwischen. »In welchem Bezug könnte der Kummer eines Kindes zu Schuld oder Unschuld der Angeklagten stehen? Wir dürfen bei Mord kein Auge zudrücken, nur weil ein Kind zur Waise wird, wenn die schuldige Person gehängt wird – so traurig das ist. Und natürlich tut er uns leid...«

»Auf Ihr Mitleid kann er verzichten, Mr. Lovat-Smith«, fuhr Rathbone ihn an. »Was er braucht, ist, daß Sie endlich den Mund halten, damit ich die Wahrheit ans Licht bringen kann.«

»Mr. Rathbone«, sagte der Richter scharf. »Wir haben zweifellos Verständnis für Ihre mißliche Lage und Ihre Frustration, aber Ihre Ausdrucksweise ist nicht statthaft! Nichtsdestotrotz, Mr. Lovat-Smith, ist der Rat nicht unbedingt schlecht, und Sie werden ihn bitte befolgen, bis Sie mit einem Einspruch aufwarten können, der Substanz besitzt. Wenn Sie weiterhin so häufig unterbrechen, haben wir bis Michaeli noch kein Urteil gefällt.«

Lovat-Smith ließ sich mit breitem Grinsen nieder.

Rathbone verbeugte sich leicht und wandte sich wieder zu Edith um.

»Ich denke, Sie dürfen nun fortfahren, Mrs. Sobell. Fiel Ihnen an Cassians Benehmen etwas auf?«

Edith runzelte nachdenklich die Stirn.

»Es war nicht leicht nachzuvollziehen. Er trauerte zwar um seinen Vater, aber er kam mir dabei so – so erwachsen vor. Er weinte kein einziges Mal und wirkte unglaublich gefaßt, beinahe erleichtert.«

Lovat-Smith stand auf und mußte sich auf eine Handbewegung des Richters hin sogleich wieder setzen. Dieser wandte sich zum Zeugenstand um.

»Würden Sie uns bitte erklären, warum Sie ausgerechnet das Wort *erleichtert* gewählt haben, Mrs. Sobell? Geben Sie dabei bitte keinerlei Schlußfolgerungen ab, nennen Sie uns lediglich die Fakten, auf denen Ihre Beobachtung beruht. Nicht wie er wirkte, sondern was er tat oder sagte. Verstehen Sie den Unterschied?«

»Ja, Euer Ehren. Ich bitte um Entschuldigung.« Erneut verrieten das Stocken ihrer Stimme und die Art und Weise, wie sie das Geländer umklammerte, wie nervös Edith im Grunde war. »Ich sah ihn gelegentlich durchs Fenster oder von der Türschwelle aus, wenn er allein war und sich unbeobachtet glaubte. Er schien sich recht wohl zu fühlen – ich meine, so saß er zum Beispiel einmal lächelnd an seinem Tisch. Ich dachte, er wäre vielleicht einsam, und fragte ihn danach, aber er meinte, es würde ihm gefallen, allein zu sein. Manchmal suchte er die Nähe meines Vaters – seines Großvaters . . .«

»Colonel Carlyon?« warf Rathbone ein.

»Richtig. Dann schien er ihm wieder bewußt aus dem Weg zu gehen. Vor meiner Mutter hatte er Angst.« Wie gegen ihren Willen spähte sie kurz in Felicias Richtung, konzentrierte sich aber gleich wieder auf Rathbone. »Das hat er mir selbst gesagt. Und über seine eigene Mutter hat er sich schrecklich aufgeregt. Sein Vater hätte ihm erzählt, sie hätte ihn nicht lieb, hat er mir anvertraut.«

Alexandra auf der Anklagebank schloß die Augen; sie schwankte wie unter körperlichen Schmerzen. Aller Selbstbeherrschung zum Trotz entfuhr ihr ein Keuchen.

»Hörensagen!« verkündete Lovat-Smith triumphierend, während er sich erhob. »Euer Ehren . . .«

»Das ist unzulässig«, entschuldigte sich der Richter bei Edith. »Ich denke, Ihre Aussage hat sehr gut verdeutlicht, daß sich das Kind in einem Zustand erheblicher Verwirrung befand. Ist es das, was Sie veranschaulichen wollten, Mr. Rathbone?«

»Mehr als das, Euer Ehren, die Ursache seiner Verwirrung – und daß er enge, ambivalente Beziehungen zu anderen aufgebaut hat.«

Lovat-Smith ächzte vernehmlich und streckte beide Hände in die Luft.

»Dann sollten Sie besser fortfahren und es tun, Mr. Rathbone«, empfahl ihm der Richter mit einem verkniffenen Lächeln. »Falls Sie dazu in der Lage sind. Sie haben uns bislang nicht klarmachen können, welche Bedeutung das für den Fall hat, und ich rate Ihnen, es innerhalb kürzester Zeit nachzuholen.«

»Ich verspreche Ihnen, daß es aus den weiteren Zeugenaussagen hervorgehen wird, Euer Ehren«, erwiderte Rathbone in nach wie vor gezielt unbeschwertem Tonfall. Für den Augenblick ließ er es erst einmal gut sein; er wußte, die Geschworenen hatten es im Kopf, und das war momentan alles, was zählte. Später konnte er darauf aufbauen. Er wandte sich wieder an Edith.

»Mrs. Sobell, wurden Sie in jüngster Zeit Zeugin einer hitzigen Auseinandersetzung zwischen Miss Buchan, einem älteren Mitglied Ihres Hauspersonals, und Ihrer Köchin Mrs. Emery?«

Ein leiser Anflug von Belustigung glitt über Ediths Züge und ließ ihre Mundwinkel ganz kurz nach oben wandern.

»So einiger. Mehr als ich zählen kann, offen gesagt«, gab sie freimütig zu. »Die Köchin und Miss Buchan stehen schon seit Jahren auf Kriegsfuß.«

»Sehr richtig. Aber der Streit, an den ich denke, ereignete sich innerhalb der letzten drei Wochen auf der Hintertreppe in Carlyon House. Sie wurden herbeizitiert, um die Gemüter zu besänftigen.«

»Ja, das stimmt. Cassian kam, um mich zu holen, weil er sich fürchtete. Die Köchin hatte ein Messer. Ich bin sicher, sie wollte nichts anderes, als sich ein bißchen in Szene setzen, aber das konnte er natürlich nicht wissen.«

»Worum ging es bei diesem Streit, Mrs. Sobell?«

Aus Lovat-Smiths Ecke ertönte ein unüberhörbares Stöhnen.

Rathbone kümmerte sich nicht darum.

»Worum?« Edith blickte ein wenig verwirrt. Er hatte ihr nicht gesagt, daß er die Angelegenheit weiterverfolgen würde. Die Geschworenen sollten ihre offenkundige Ahnungslosigkeit sehen. Der Ausgang dieses Falls war ebenso abhängig von Fakten wie von Emotionen.

»Ja. Was war der Grund für die Meinungsverschiedenheit?«

Noch ein Stöhnen, diesmal lauter. »Ich muß doch sehr bitten, Euer Ehren«, protestierte Lovat-Smith.

Rathbone schaute den Richter an. »Mein verehrter Herr Kollege scheint in Not geraten zu sein«, erklärte er salbungsvoll.

Eine Woge lauten, nervösen Gelächters fuhr durch den Saal wie das Rauschen von Sturmböen im Korn, kurz bevor der erste Donnerschlag fällt.

»Der Fall«, sagte Lovat-Smith fast in Ruflautstärke. »Fahren Sie endlich fort mit dem Fall, Mann!«

»Dann müssen Sie Ihre Seelenquellen aber auch erfolgreicher für sich behalten, alter Knabe«, gab Rathbone um nichts leiser zurück, »und mich nicht daran hindern.« Er wirbelte herum. »Mrs. Sobell, die Frage lautete – wenn ich Sie erinnern darf –, was der Grund war für die Auseinandersetzung zwischen der Köchin und Miss Buchan. Können Sie mir das sagen?«

»Ja, natürlich – wenn Sie darauf bestehen ... Obwohl ich nicht begreife, was ...«

»So geht es uns allen«, mischte Lovat-Smith sich schon wieder ein.

»Mr. Lovat-Smith!« rief der Richter ihn scharf zur Ordnung. »Beantworten Sie die Frage, Mrs. Sobell. Falls es sich als unerheblich erweist, werde ich Mr. Rathbones Abschweifungen schon Einhalt gebieten.«

»Jawohl, Euer Ehren. Die Köchin warf Miss Buchan vor, als Erzieherin für Cassian untauglich zu sein. Sie meinte, Miss Buchan wäre ... Es fielen jede Menge Schimpfwörter, Euer Ehren. Ich würde sie lieber nicht wiederholen.«

Rathbone spielte kurz mit dem Gedanken, sie dennoch dazu anzuhalten. Geschworene waren ein wenig Unterhaltung zwar beileibe nicht abgeneigt, doch es würde ihren Respekt vor Miss Buchan schmälern, die für den Ausgang des Prozesses vielleicht entscheidend war. Nein, das bißchen Gelächter wäre in der Tat zu teuer erkauft.

»Bitte, ersparen Sie uns das«, sagte er laut. »Die Thematik des Streits reicht vollkommen aus. Die Tatsache, daß Schimpfwörter fielen, könnte jedoch auf die Tiefe ihrer Empfindungen hinweisen.«

Edith mußte abermals kurz lächeln und fuhr fort: »Die Köchin meinte, Miss Buchan würde ihn auf Schritt und Tritt verfolgen und ihn völlig durcheinanderbringen, indem sie ihm erzähle, seine Mutter liebe ihn doch und sei ganz und gar keine böse Frau.« Sie schluckte schwer und wirkte sichtlich beunruhigt. Sie hatte offenkundig keinen Schimmer, welches Ziel Rathbone verfolgte. Die Geschworenen gaben keinen Laut von sich, starrten sie nur wie gebannt an. Die Spannung hatte wieder Einzug gehalten im Saal. Die Menge verhielt sich mucksmäuschenstill, selbst Alexandra schien vorübergehend völlig selbstvergessen.

»Eine Ansicht, welche die Köchin nicht teilen konnte?«

»Die Köchin fand, Alexandra sollte hängen.« Edith brachte das Wort nur schwer über die Lippen. »Und daß sie selbstverständlich böse sei. Cassian müsse das wissen und damit leben lernen.«

»Und wie reagierte Miss Buchan darauf?«

»Sie sagte, die Köchin hätte keine Ahnung, wäre eine durch und durch dumme Person und sollte in ihrer Küche bleiben, wo sie hingehört.«

»Wissen Sie, worauf Miss Buchan sich bezog?« fragte Rathbone leise, deutlich und ohne jede Theatralik.

»Nein.«

»War eine Miss Hester Latterly bei diesem Wortgefecht zugegen?«

»Ja.«

»Ging Miss Latterly mit Miss Buchan nach oben, nachdem Sie die beiden Kampfhähne auseinandergebracht hatten?«

»Ja.«

»Und verließ sie dann wenig später recht überstürzt und ohne Angabe von Gründen das Haus?«

»Ja, aber wir hatten keinen Streit miteinander«, versicherte Edith hastig. »Sie schien plötzlich etwas Wichtiges erledigen zu müssen.«

»Ja, Mrs. Sobell, das ist mir bekannt. Sie kam geradewegs zu mir. Vielen Dank, ich habe keine weiteren Fragen an Sie. Bitte, behalten Sie Platz, falls mein verehrter Herr Kollege noch welche haben sollte.«

Im Saal ertönte ein gleichmäßiges Rascheln und Seufzen. Ein

paar Leute stupsten sich verstohlen in die Rippen. Die heißersehnte Enthüllung war nicht eingetroffen. Noch nicht.

Lovat-Smith erhob sich von seinem Platz und schlenderte gemächlich zum Zeugenstand hinüber, die Hände lässig in den Taschen.

»Seien Sie bitte einmal ganz ehrlich, Mrs. Sobell, sosehr Sie auch mit Ihrer Schwägerin mitfühlen. Steht irgend etwas von dem, was Sie uns gerade berichtet haben, in direktem Zusammenhang mit dem tragischen Tod Ihres Bruders?«

Edith zögerte, warf einen hilfesuchenden Blick in Rathbones Richtung.

»Nein, Mrs. Sobell!« wurde sie prompt von Lovat-Smith verwarnt. »Antworten Sie bitte nach eigenem Ermessen! Können Sie mir irgendeinen Bezug nennen zwischen der sehr verständlichen Verwirrung und Bestürzung Ihres Neffen ob der Ermordung seines Vaters sowie dem Geständnis und der Inhaftierung seiner Mutter und diesem unterhaltsamen, aber vollkommen irrelevanten Streit zwischen zweien Ihrer Dienstboten?« Er machte eine wegwerfende Handbewegung. »Vom Gegenstand dieser Verhandlung ganz zu schweigen – ob Alexandra Carlyon nämlich der vorsätzlichen Tötung ihres Ehemannes schuldig ist oder nicht? Ich möchte Ihnen nur den Grund unseres Hierseins in Erinnerung rufen, falls Sie – wie wir alle – nach diesem ganzen Unsinn dazu neigen sollten, ihn zu vergessen.«

Doch damit war er zu weit gegangen. Er hatte versucht, die Tragödie zu banalisieren.

»Ich weiß es nicht, Mr. Lovat-Smith.« Edith hatte ihre Gelassenheit wieder; ihre Stimme klang grimmig und besaß einen schneidenden Unterton. »Wie Sie eben selbst bemerkten, sind wir hier, um die Wahrheit herauszufinden, nicht um sie voreilig festzulegen. Ich habe keine Ahnung, warum Alexandra ihn ermordet hat, und ich möchte es gern wissen. Es darf nicht außer acht gelassen werden.«

»Ganz recht«, lenkte Lovat-Smith elegant ein. Er verfügte über ausreichendes Feingefühl, um zu merken, wann er einen Fehler gemacht hatte, und diesen sogleich auszubügeln. »Es ändert nichts an den Fakten, aber es darf selbstverständlich nicht außer acht gelassen werden. Das war alles, Mrs. Sobell, ich danke Ihnen.«

»Mr. Rathbone?« erkundigte sich der Richter.

»Keine weiteren Fragen, Euer Ehren. Danke.«

»Sie dürfen gehen, Mrs. Sobell.«

Rathbone stand im Zentrum der winzigkleinen freien Fläche vor dem Zeugenstand.

»Miss Catriona Buchan, bitte.«

Miss Buchan steuerte kreidebleich auf den Zeugenstand zu. Ihr Gesicht wirkte ausgemergelter denn je, ihr Rücken war steif und der Blick starr geradeaus gerichtet, als wäre sie eine französische Adlige, die sich ihren Weg durch den Pulk zeternder, alter Weiber am Fuße der Guillotine bahnt. Sie schwor, die Wahrheit zu sagen, und sah Rathbone dabei an, als stünde sie vor ihrem Scharfrichter.

Rathbone stellte fest, daß er sie bewunderte wie niemanden vor ihr, dem er je über diese kurze Distanz ins Auge geblickt hatte.

»Ich bin mir bewußt, was Sie Ihr heutiges Erscheinen kosten wird, Miss Buchan, und werde Ihnen Ihre Opferbereitschaft gewiß niemals vergessen. Dennoch verstehen Sie hoffentlich, daß mir im Zuge der Gerechtigkeit keine andere Wahl blieb?«

»Natürlich«, bestätigte sie mit fester Stimme, die trotz ihrer seelischen Anspannung nicht im mindesten schwankte, sondern lediglich ein wenig gestutzt, etwas höher klang als sonst. »Wenn ich das nicht begriffen hätte, würde ich kaum hier sitzen.«

»Sehr schön. Erinnern Sie sich noch an Ihren Streit mit der Köchin vor etwa drei Wochen?«

»Und ob. Als Köchin taugt sie ja einigermaßen, aber ansonsten ist sie eine schrecklich dumme Person.«

»Inwiefern dumm, Miss Buchan?«

»Sie glaubt allen Ernstes, daß jedem Übel der Welt mit ordentlichen, regelmäßigen Mahlzeiten beizukommen ist. So nach dem Motto: Iß nur immer richtig, dann regelt sich der Rest wie von selbst.«

»Eine recht kurzsichtige Einstellung. Weswegen haben Sie sich bei dieser speziellen Gelegenheit gestritten, Miss Buchan?«

Ihr Kinn wanderte ein wenig nach oben.

»Wegen Master Cassian. Sie meinte, ich würde das Kind völlig durcheinanderbringen, wenn ich ihm sage, seine Mutter wäre keine böse Frau und würde ihn nach wie vor von ganzem Herzen lieben.«

Alexandra saß derart still auf der Anklagebank, daß sie nicht einmal zu atmen schien. Ihre Augen ruhten nahezu unbeweglich auf Miss Buchans Gesicht.

»Das war alles?«

Miss Buchans flache Brust hob und senkte sich unter einem tiefen Atemzug. »Nein. Sie sagte außerdem, ich würde dem Jungen auf Schritt und Tritt folgen und ihn nicht eine Sekunde allein lassen.«

»Sind Sie ihm auf Schritt und Tritt gefolgt, Miss Buchan?«

Sie zögerte nur eine Sekunde. »Ja.«

»Warum?« erkundigte Rathbone sich bewußt ausdruckslos, als wäre die Frage relativ nebensächlich.

»Um nach Kräften zu verhindern, daß man ihm weiterhin Schaden zufügt.«

»Schaden, Miss Buchan? Wurde er schlecht behandelt? Auf welche Weise?«

»Ich glaube, der genaue Ausdruck dafür ist widernatürliche Unzucht, Mr. Rathbone.«

Ein kollektives Keuchen erschütterte den Saal, als Hunderte von Mündern nach Luft schnappten.

Alexandra bedeckte ihr Gesicht mit den Händen.

Die Geschworenen versteinerten auf ihren Plätzen, die Augen entsetzt aufgerissen, die Gesichter kreidebleich.

Oben, in der ersten Reihe auf der Galerie, erstarrte Randolf Carlyon zur Salzsäule. Felicias verschleierter Kopf zuckte ruckartig hoch, während ihre Fingerknöchel auf dem Geländer vor ihr weiß hervortraten. Edith, die wieder neben den beiden saß, sah aus, als hätte man sie geschlagen.

Selbst der Richter wurde ganz steif und wandte sich nach Alexandra um. Lovat-Smith stierte Rathbone schlicht fassungslos an.

Der ließ mehrere Sekunden verstreichen, ehe er das Wort von neuem ergriff.

»Irgendein Hausbewohner nötigte das Kind zu widernatürlicher Unzucht?« fragte er sehr leise, doch dank der eigentümlichen Eindringlichkeit seiner Stimme sowie seiner exzellenten Aussprache war jedes Wort selbst im hintersten Winkel der Galerie deutlich zu verstehen.

»Jawohl«, bestätigte Miss Buchan, den Blick fest auf ihn geheftet.

»Woher wollen Sie das wissen, Miss Buchan? Haben Sie es mit eigenen Augen gesehen?«

»Nein, diesmal nicht – aber früher, als Thaddeus selbst noch ein kleiner Junge war. Ich kannte die Anzeichen. Ich kannte diesen Gesichtsausdruck: die verschlagene Genugtuung, die mit Frohlokken gemischte Angst, das Kokettieren und die Scham; den übergangslosen Umschwung von perfekter Selbstbeherrschung zu grenzenlosem Entsetzen bei der Vorstellung, die Liebe der Mutter zu verlieren, falls sie davon erfährt; der Haß darauf, ein Geheimnis wahren zu müssen, und der Stolz, eins zu haben. Und dann das ewige Weinen in der Nacht, die Unfähigkeit, mit irgend jemandem darüber sprechen zu können... diese totale, alles vernichtende Einsamkeit...«

Alexandra hatte den Kopf wieder gehoben. Ihr Gesicht war aschgrau, ihr Körper vor Schmerz wie gelähmt.

Auch die Geschworenen saßen bleich, erschüttert und reglos da.

Der Richter warf Lovat-Smith einen fragenden Blick zu, doch der nahm ausnahmsweise einmal keinen Gebrauch von seinem Recht, gegen ihren überaus anschaulichen und durch keinerlei Beweise gestützten Bericht Einspruch zu erheben. Seine scharfen Züge schienen unter dem Schock wie aufgeweicht.

»Miss Buchan«, fuhr Rathbone freundlich fort, »sie scheinen eine recht lebhafte Vorstellung davon zu haben, wie so etwas sein muß. Wie kommt das?«

»Weil ich es schon von Thaddeus – General Carlyon – her kannte. Auch er wurde als Kind von seinem Vater sexuell mißbraucht.«

Diesmal war die Empörung im Gerichtssaal so anhaltend, das Protestgeschrei derart laut, daß sie gezwungen war, eine Pause einzulegen.

Oben auf der Galerie stolperten die Zeitungsschergen über Beine und verfingen sich in den weiten Röcken der Zuschauerinnen, als sie sich hinauszuquetschen versuchten, um die unglaublichen Neuigkeiten in Windeseile zu den jeweiligen Pressestellen zu befördern.

»Ruhe!« befahl der Richter, wobei er heftig mit seinem Hämmerchen auf das Pult eindrosch. »Ruhe! Oder ich lasse den Saal räumen!«

Nach und nach kehrte Ordnung ein. Die Geschworenen hatten sich gesammelt umgedreht, um Randolf ins Visier zu nehmen. Nun wandten sie sich wieder Miss Buchan zu.

»Das ist eine sehr gravierende Anschuldigung, Miss Buchan«, sagte Rathbone ruhig. »Sind Sie absolut sicher, daß Ihre Behauptung der Wahrheit entspricht?«

»Natürlich bin ich das!« Zum ersten und einzigen Mal enthielt ihr Ton eine Spur Bitterkeit. »Ich arbeite seit meinem vierundzwanzigsten Lebensjahr im Haus der Carlyons, als man mich einstellte, um Master Thaddeus zu betreuen. Das liegt über vierzig Jahre zurück. Ich kann jetzt nirgends mehr hin – und sie werden kaum bereit sein, mir nach alldem in meinem Alter noch ein Dach über dem Kopf zu geben. Denkt vielleicht irgend jemand, ich hätte es mir nicht genau überlegt?«

Rathbone warf nur einen ganz flüchtigen Blick auf die Mienen der Geschworenen und entdeckte dennoch die erwarteten widerstreitenden Gefühle: Grauen, Abscheu, Wut, Anteilnahme und komplette Verwirrung. Sie war eine Frau, welche die Wahl hatte zwischen dem Verrat an ihren Brötchengebern und allen für sie damit verbundenen, nicht wiedergutzumachenden Konsequenzen oder dem Verrat an ihrem Gewissen und an einem Kind, das keinen anderen Fürsprecher besaß. Die Geschworenen zählten zur dienstbotenhaltenden Klasse, sonst wären sie keine gewesen. Ein paar von ihnen konnten sich sogar eine Gouvernante leisten. Sie waren hin und her gerissen zwischen Loyalität, gesellschaftlichem Ehrgeiz und herzzerreißendem Mitleid.

»Ich bin mir dessen bewußt, Miss Buchan«, versicherte Rathbone mit dem Schatten eines Lächelns. »Ich will lediglich dafür sorgen, daß es dem Gericht ebenso ergeht. Fahren Sie bitte fort. Sie waren also über die widernatürliche Unzucht, zu der Colonel Randolf Carlyon seinen Sohn Thaddeus nötigte, im Bilde. Und Sie entdeckten die gleichen Anzeichen für sexuellen Mißbrauch bei dem Kind Cassian Carlyon, woraufhin Sie Angst um ihn bekamen. Ist das korrekt?«

»Jawohl.«

»Haben Sie auch gewußt, von wem er mißbraucht wurde? Bemühen Sie sich bitte um Präzision, Miss Buchan. Ich meine wirklich *wissen*, mit Spekulationen oder Schlußfolgerungen ist es nicht getan.«

»Dessen bin ich mir bewußt, Sir«, entgegnete sie steif. »Nein, ich wußte es nicht. Da er aber, wie das so üblich ist, bei seinen Eltern wohnte und nicht bei Randolf und Felicia Carlyon, nahm ich an, daß es sein Vater Thaddeus sein müßte. Ein Vater, der seinem Sohn das gleiche zufügt, was ihm als Kind selbst angetan worden ist. Außerdem hielt ich es für den einzig plausiblen Grund, warum Alexandra Carlyon ihn umgebracht hat. Sie muß dahintergekommen sein.«

»Und diese sexuellen Übergriffe hörten nach dem Tod des Generals auf? Weshalb fanden Sie es dann nach wie vor erforderlich, den Jungen zu beschützen?«

»Weil mir die Beziehung zwischen ihm und seinem Großvater auffiel, die Blicke, die Berührungen, die Scham und die innere Erregung. Es war haargenau dasselbe wie damals. Ich hatte Angst, daß sich das Ganze wiederholt.«

Im Saal herrschte Totenstille. Man konnte beinahe das Ächzen der Korsetts hören, wenn die Damen Atem holten.

»Ich verstehe«, sagte Rathbone leise. »Sie versuchten also nach Kräften, den Jungen davor zu bewahren. Warum haben Sie sich niemandem anvertraut? Wäre das nicht eine wesentlich wirkungsvollere Lösung gewesen?«

Ein spöttisches Lächeln streifte ihr Gesicht und machte sich sogleich wieder davon.

»Wer hätte mir wohl geglaubt?« Für den Bruchteil einer Sekunde wanderte ihr Blick zur Galerie, wo die reglosen Körper von Randolf und Felicia saßen, dann richtete sie ihn wieder auf Rathbone. »Ich bin eine Hausangestellte, die einen stadtbekannten und geachteten Gentleman eines der barbarischsten Verbrechen beschuldigt. Man hätte mich aus dem Haus gejagt, und dann wären mir vollends die Hände gebunden gewesen.«

»Was ist mit Mrs. Felicia Carlyon, der Großmutter des Jungen? Hätte Sie nicht eine rettende Idee haben können? Warum haben Sie es ihr nicht erzählt?«

»Sie sind wirklich naiv, Mr. Rathbone«, gab Miss Buchan müde zurück. »Falls sie keine rettende Idee gehabt hätte, wäre sie außer sich gewesen, hätte mich auf der Stelle vor die Tür gesetzt und dafür gesorgt, daß ich untergehe. Sie hätte es sich nicht leisten können, mich eine neue Anstellung finden zu lassen, denn dann hätte ich die Anschuldigung womöglich gegenüber ihren Standesgenossen oder gar Freunden wiederholt. Und falls sie selbst Bescheid wußte, hat sie sich offenbar entschlossen, es für sich zu behalten, um den guten Ruf der Familie zu retten. Sie hätte mir niemals erlaubt, ihn zu ruinieren. Wenn sie sich schon entschieden hat, damit zu leben, würde sie auch alles menschenmögliche tun, zu halten, wofür sie einen derart hohen Preis zahlen mußte.«

»Ich verstehe«, sagte Rathbone noch einmal und schaute erneut in Richtung Geschworenenbank. Dort waren die meisten Hälse zur Galerie emporgereckt, die Gesichter finster und voll Abscheu. Dann richteten sich die Blicke auf Lovat-Smith, der mittlerweile ruhig und kerzengerade dasaß und tief in Gedanken versunken schien. »Sie blieben folglich in Carlyon House«, fuhr Rathbone fort, »und behielten es für sich, versuchten das Kind jedoch so gut wie möglich zu beschützen. Ich denke, wir alle können Ihre schwierige Lage begreifen – und bewundern Sie für den Mut, heute vorzutreten. Herzlichen Dank, Miss Buchan.«

Lovat-Smith erhob sich schwerfällig. Er machte einen zutiefst unglücklichen Eindruck.

»Ich bedaure es zutiefst, Miss Buchan«, begann er mit so viel Aufrichtigkeit, daß sie beinahe fühlbar war, »aber ich muß Sie doch etwas stärker unter Druck setzen, als mein verehrter Herr Kollege es getan hat. Die von Ihnen erhobene Beschuldigung ist abscheulich. Sie darf keinesfalls unangefochten im Raum stehen bleiben – es würde eine ganze Familie zerstören.« Er neigte den Kopf in Richtung Galerie, wo nun hin und wieder ein ärgerliches Gemurmel erscholl. »Eine Familie, die in der ganzen Stadt geschätzt und bewundert wird, die sich ganz in den Dienst der Königin und ihrer Interessen gestellt hat, nicht nur hier, sondern auch in den abgelegensten Winkeln des Empires.«

Miss Buchan starrte ihn schweigend an, den mageren Körper gerade aufgerichtet, die Hände im Schoß gefaltet. Zerbrechlich sah sie plötzlich aus und sehr, sehr alt. Rathbone verspürte ein unbändiges Verlangen, sie vor künftigen Schwierigkeiten zu bewahren, doch er konnte jetzt nicht das mindeste für sie tun. Worüber er sich von Anfang an im klaren gewesen war, genau wie sie.

»Miss Buchan«, fuhr Lovat-Smith in uneingeschränkt höflichem Ton fort, »Sie wissen vermutlich, was widernatürliche Unzucht bedeutet, und gehen nicht leichtfertig mit dem Begriff um?«

Sie wurde rot, wich seinem Blick aber nicht aus.

»Ja, Sir. Ich weiß, was es bedeutet. Wenn Sie mich dazu zwingen, kann ich es Ihnen gern beschreiben.

Er schüttelte hastig den Kopf. »Nein – nichts läge mir ferner. Woher wissen Sie, daß dieser unaussprechliche Akt an General Carlyon vollzogen worden ist, als er ein Kind war? Und bitte keinerlei Spekulationen, Miss Buchan, wie gut begründet sie Ihrer Ansicht nach auch sein mögen.« Er blickte abwartend zu ihr hoch.

»Ich gehöre zum Hauspersonal, Mr. Lovat-Smith«, entgegnete sie würdevoll. »Wir haben eine sehr sonderbare Position: nicht direkt Mensch, nicht direkt Möbelstück. Wir nehmen oft an den ungewöhnlichsten Szenen teil, weil man uns einfach ignoriert. Es macht den Leuten nichts aus, wenn wir Dinge hören oder sehen, die ihren Freunden um jeden Preis verborgen bleiben müssen – sonst wären sie zu Tode gedemütigt.«

Einer der Geschworenen blickte betroffen drein und fing schlagartig an zu grübeln.

»Es ergab sich eines Tages, daß ich unerwartet ins Kinderzimmer zurückkam, weil ich etwas holen wollte«, erzählte Miss Buchan weiter. »Colonel Carlyon hatte versäumt, die Tür abzuschließen, und so sah ich ihn mitten im Akt mit seinem Sohn. Er merkte es nicht. Ich war vor Entsetzen wie gelähmt – obwohl ich das nicht hätte sein sollen. Ich wußte längst, daß etwas ausgesprochen Merkwürdiges vorging, aber ich wußte nicht was – bis zu diesem Tag. Ich blieb mehrere Sekunden wie angewurzelt auf der Schwelle stehen und verschwand dann so lautlos, wie ich gekommen war. Meine Erinnerung daran ist sehr real, Sir.«

»Sie wurden Zeugin dieses brutalen Akts und unternahmen nichts?« Lovat-Smiths Stimme triefte vor Unglauben. »Das fällt mir schwer zu glauben, Miss Buchan. Galt im Rahmen Ihrer Aufgabe Ihre erste Pflicht nicht dem Wohl des Kindes, Thaddeus Carlyon?«

Sie ließ sich nicht beirren.

»Ich konnte, wie gesagt, nicht das geringste tun.«

»Noch nicht einmal seine Mutter in Kenntnis setzen?« Er wies mit dem Arm auf die Galerie, wo Felicia saß wie in Stein gemeißelt. »Wäre sie nicht entsetzt gewesen? Hätte sie ihr Kind nicht beschützt? Sie scheinen stillschweigend von uns zu erwarten, Ihnen abzunehmen, daß Alexandra Carlyon« – er deutete mit einer weiteren theatralischen Geste in deren Richtung – »eine Generation später von derselben Erkenntnis geplagt ihren Ehemann lieber ermordete, als es weitergehen zu lassen! Und dennoch behaupten Sie, Mrs. Felicia Carlyon hätte nichts dagegen unternommen?«

Miss Buchan schwieg.

»Sie zögern«, stellte Lovat-Smith provokativ und um einiges lauter fest. »Warum, Miss Buchan? Gehen Ihnen plötzlich die Antworten aus? Fallen sie nicht mehr so leicht?«

Doch Miss Buchan blieb stark. Sie hatte bereits alles riskiert und, ganz ohne Zweifel, nicht weniger verloren. Ihr Einsatz war verspielt, jetzt galt es nur noch, die Selbstachtung zu bewahren.

»Sie sind zu oberflächlich, junger Mann«, entgegnete sie mit der unsäglichen Autorität einer guten Kinderfrau. »Frauen können genauso unendlich verschieden voneinander sein wie Männer. Das gleiche gilt für ihre Loyalität und Wertvorstellungen wie für die Epochen und Umstände, in und unter denen sie leben. Was könnte eine Frau in einer solchen Situation schon tun? Wer würde ihr glauben, wenn sie einen allseits beliebten Mann eines derartigen Verbrechens beschuldigt? Die Leute denken so etwas nicht gern von ihren Idolen, und Idole waren sie beide, sowohl Randolf als auch Thaddeus, jeder auf seine Weise. Falls man ihr nicht geglaubt hätte, hätte die feine Gesellschaft die Betreffende als verabscheuungswürdiges Weib ans Kreuz genagelt, falls doch als käuflich und indiskret. Sie wäre sich natürlich darüber im klaren gewesen und hätte versucht, das zu behalten, was sie besaß. Miss Alexandra beschloß, ihr Kind zu retten oder es wenigstens zu versuchen. Bleibt abzuwarten, ob sie sich umsonst geopfert hat oder nicht.«

Lovat-Smith öffnete den Mund, um dies anzuzweifeln, sie von neuem zu attackieren, warf jedoch einen Blick auf die Geschworenen und besann sich eines Besseren.

»Sie sind eine bemerkenswerte Frau, Miss Buchan«, sagte er mit einer winzigen Verbeugung. »Bleibt abzuwarten, ob Ihre extravagante Sicht der Dinge durch weitere Fakten erhärtet wird, aber zweifelsohne sind Sie davon überzeugt, die Wahrheit zu sprechen. Ich habe keine Fragen mehr an Sie.«

Unter allgemeinem Aufruhr vertagte sich das Gericht über die Mittagszeit.

Die erste Zeugin nach der Verhandlungspause war Damaris Erskine. Auch sie war blaß und hatte dunkle Ringe unter den Augen, so als hätte sie sich in den Schlaf geweint, aber nur wenig Erholung gefunden. Ihr Blick schweifte unentwegt zu Peverell ab, der sehr gerade neben Randolf und Felicia ganz vorn auf der Galerie saß, geistig jedoch so weit von ihnen entfernt schien, als befänden sie sich in zwei verschiedenen Räumen. Er ignorierte die beiden total und schaute niemand anderen an als Damaris. Seine Brauen waren zusammengezogen, der Mund konnte sich offenbar nicht recht zu einem Lächeln durchringen. Vielleicht befürchtete er, es würde ihm eher als Unbekümmertheit denn Ermutigung ausgelegt.

Monk saß unten im Gerichtssaal zwei Reihen hinter Hester. Er hatte sich absichtlich nicht neben sie gesetzt, da er von der Begegnung mit Hermione noch zu aufgewühlt war. Im Grunde sehnte er sich danach, allein zu sein, doch die Umstände machten dies unmöglich, und so hatte er sich unter die anonyme Menge gemischt, die wenigstens ein gewisses Maß an Abgeschiedenheit garantierte. Um sich abzulenken, versuchte er seinen Geist und seine Gefühle so weit wie möglich auf das Drama zu konzentrieren, das sich vor seinen Augen abspielte.

Rathbone begann in dem sanften, überaus vorsichtigen Ton, den er nach Monks Wissen immer dann an den Tag legte, wenn er in Kürze zum tödlichen Hieb auszuholen gedachte. Es war ihm zwar eigentlich zuwider, doch nach sorgfältigem Abwägen der Fakten hatte er seine Entscheidung unwiderruflich getroffen.

»Mrs. Erskine, Sie befanden sich an dem Abend, als Ihr Bruder ermordet wurde, im Haus von Mr. und Mrs. Furnival und haben uns den Ablauf der Ereignisse bereits geschildert, wie er Ihnen in Erinnerung geblieben ist, richtig?«

»Ja«, kam es kaum hörbar zurück.

»Was Sie dabei allerdings ausgelassen haben, war der für Sie persönlich wohl verheerendste Teil des Abends, das heißt, bis Dr. Hargrave verkündete, Ihr Bruder hätte keinen Unfall erlitten, sondern wäre ermordet worden.«

Lovat-Smith beugte sich stirnrunzelnd vor, hielt sich mit einem Einspruch jedoch zurück.

»Den Aussagen mehrerer Personen zufolge«, fuhr Rathbone fort, »befanden Sie sich in einem Zustand größter, an Hysterie grenzender Beunruhigung, nachdem Sie von Ihrem Besuch bei Valentine Furnival zurückgekehrt waren. Würden Sie uns bitte den Grund für diesen Stimmungswandel nennen?«

Damaris war eifrig bemüht, den Blicken von Randolf und Felicia aus dem Weg zu gehen, und schaute auch Alexandra nicht an, die bleich und bewegungslos auf der Anklagebank saß. Sie brauchte einige Sekunden, um sich zu wappnen. Rathbone drängte sie nicht.

»Ich hatte Valentine... erkannt«, sagte sie schließlich mit belegter Stimme.

»Erkannt? Was für ein sonderbares Wort, Mrs. Erskine. Bestanden Ihrerseits je Zweifel an seiner Identität? Schön, ich weiß, daß Sie ihn nicht oft gesehen haben, zwischendurch sogar mehrere Jahre nicht, als er auf dem Internat war – aber es war doch wohl nur ein Junge an jenem Abend anwesend?«

Sie schluckte krampfhaft und warf ihm einen derart flehenden Blick zu, daß ärgerliches Gemurmel laut wurde. Felicias Oberkörper schoß nach vorn, richtete sich aber sogleich wieder auf, als Randolf ihr eine Hand auf den Arm legte.

Peverell nickte kaum merklich.

Damaris hob das Kinn.

»Er ist nicht das leibliche Kind der Furnivals; er ist adoptiert. Vor vierzehn Jahren, lange vor meiner Heirat, habe ich einen Sohn zur Welt gebracht. Jetzt, wo er fast ausgewachsen ist – ein junger Mann fast, kein Kind mehr – da...« Sie brauchte eine kurze Pause, um ihre Fassung wiederzuerlangen.

Ihr gegenüber auf der Galerie lehnte Charles Hargrave sich ein wenig vor. Sein Gesicht war angespannt, die rotblonden Brauen düster zusammengezogen. Seine Frau Sarah neben ihm blickte verwirrt und ein wenig besorgt.

»Sieht er seinem Vater plötzlich sehr ähnlich«, führte Damaris den Satz zu Ende. »So frappierend ähnlich, daß ich auf einmal wußte, er kann nur mein Sohn sein. Sehen Sie, damals war der einzige Mensch, den ich um Hilfe bitten konnte, mein Bruder Thaddeus. Er brachte mich eine Weile von London weg und sorgte dafür, daß das Kind adoptiert wurde. Als ich Valentine gegenüberstand, traf mich die Erkenntnis wie ein Donnerschlag. Dort hatte er meinen Sohn also hingebracht.«

»Waren Sie böse auf Ihren Bruder, Mrs. Erskine? Nahmen Sie es ihm übel, daß er Ihr Kind den Furnivals überlassen hatte?«

»Nein, überhaupt nicht! Sie waren...« Sie schüttelte heftig den Kopf. Tränen liefen ihr über die Wangen, und ihre Stimme versagte ihr nun doch den Dienst.

Der Richter beugte sich mit zutiefst betroffener Miene vor.

Lovat-Smith sprang auf. Sein strahlendes Selbstvertrauen hatte sich davongemacht und nacktem Entsetzen das Feld geräumt.

»Ich hoffe, mein verehrter Herr Kollege versucht nicht, den Streitpunkt zu verschleiern, indem er diese arme Frau sinnlos quält?« Er wandte sich von Rathbone zu Damaris um. »Der Tatbestand zeigt eindeutig, daß nur Alexandra Carlyon Gelegenheit hatte, den General zu ermorden. Welche Motive Mrs. Erskine auch gehabt haben könnte – wenn überhaupt –, sie hat das Verbrechen nicht ausgeübt.« Er drehte sich abermals um, so daß er nun halb zur Menge stand. »Diese gefühllose Zurschaustellung eines sehr privaten Unglücks ist doch wohl überflüssig?«

»Wenn das so wäre, würde ich es nicht tun«, stieß Rathbone mit glühenden Augen zwischen zusammengebissenen Zähnen hervor. Er wirbelte auf den Hacken herum und zeigte Lovat-Smith seine Kehrseite. »Mrs. Erskine, Sie haben gerade gesagt, Sie hätten es Ihrem Bruder nicht verübelt, daß er Ihren Sohn in die Obhut der Furnivals gab. Dennoch hatten Sie sichtlich Schwierigkeiten, sich unter Kontrolle zu halten, als Sie wieder hinunterkamen, und legten Maxim Furnival gegenüber unvermittelt eine Feindseligkeit an den Tag, die fast an Mordgier grenzte. Sie widersprechen sich doch!«

»Ich – ich – habe . . .« Sie kniff die Augen so fest zusammen, daß sich ihr ganzes Gesicht verzog.

Peverell löste sich ein Stück von seinem Platz.

Edith preßte beide Fäuste gegen den Mund; ihre Fingerknöchel traten weiß hervor.

Alexandra sah aus wie eine Marmorstatue.

Monk spähte zur Galerie hinauf und entdeckte Maxim Furnival. Steif und starr saß er da, das dunkle Gesicht in grüblerische, dem Begreifen nahe Falten gelegt. Louisa an seiner Seite machte keinen Hehl aus ihrer wütenden Erbitterung.

Monks Blick wanderte weiter zu Hester. Er sah ihre tiefe geistige Konzentration, als sie sich kurz zur Seite drehte, ohne Damaris aus den Augen zu lassen. Ihr Gesicht spiegelte eine solch starke innere Betroffenheit und Anteilnahme wider, daß ihm die Vertrautheit und zugleich Fremdartigkeit dieses Ausdrucks einen schmerzhaften Stich versetzten. Er versuchte, sich Hermione vorzustellen, doch ihr Bild begann bereits zu verblassen. Es fiel ihm schwer, sich an ihre Augen zu erinnern, und als es ihm schließlich doch gelang, waren sie strahlend und leer, absolut unfähig zu echtem Schmerz.

Rathbone trat einen Schritt näher an Damaris heran.

»Ich bedaure außerordentlich, Sie derart belasten zu müssen, Mrs. Erskine, aber es hängt zu viel davon ab, als daß mein Mitgefühl für Sie mich dazu verleiten dürfte, meine Verpflichtung gegenüber Mrs. Carlyon – und Cassian – zu vernachlässigen.«

Damaris hob den Kopf. »Ja, ich verstehe. Ich wußte, daß mein Bruder Thaddeus als Kind sexuell mißbraucht worden ist. Wie Buckie – Miss Buchan – habe auch ich es einmal zufällig mitangesehen. Ich konnte diesen Ausdruck in seinen Augen, sein ganzes sonderbares Benehmen, nie mehr vergessen. Das gleiche entdeckte ich in Valentines Gesicht, und mir war auf der Stelle klar, daß auch er mißbraucht wird. Damals dachte ich, von seinem Vater – seinem Adoptivater Maxim Furnival.«

Ein neuerliches Keuchen fuhr durch den Raum wie das Rascheln vom Wind geschüttelter Blätter.

»Großer Gott! Nein!« schrie Maxim mit halb erstickter Stimme und sprang auf. Er war weiß wie die Wand.

Louisa saß da wie eine Wachsfigur.

Maxim fuhr herum und starrte sie an, doch sie behielt ihre erstarrte Haltung unerbittlich bei.

»Sie dürfen sich meines aufrichtigen Mitgefühls sicher sein, Mr. Furnival«, sagte der Richter über den steigenden Geräuschpegel hinweg, »aber Sie müssen dennoch von Unterbrechungen absehen. Nichtsdestotrotz schlage ich Ihnen vor, juristischen Rat bezüglich dessen einzuholen, was immer sich hier noch ereignen wird. Nehmen Sie nun bitte wieder Platz, oder ich sehe mich gezwungen, Sie vom Gerichtsdiener entfernen zu lassen.«

Wie betäubt und völlig geschlagen setzte Maxim sich hin; er wandte sich hilfesuchend an Louisa, die jedoch keinerlei Reaktion zeigte, als wäre sie zu entsetzt, um einen Ton herauszubringen.

Oben auf der Galerie packte Charles Hargrave das Geländer; er schien große Lust zu haben, es in seine Einzelteile zu zerlegen.

Rathbone richtete seine Aufmerksamkeit wieder auf Damaris.

»Sie haben in der Vergangenheitsform gesprochen, Mrs. Erskine. Sie *dachten* damals, Maxim Furnival wäre der Täter. Ist irgend etwas geschehen, was Sie Ihre Meinung ändern ließ?«

»Ja.« Ein schwacher Widerhall ihrer früheren Schlagfertigkeit kehrte zurück, und der Hauch eines Lächelns streifte ihr Gesicht. »Meine Schwägerin hat ihren Mann ermordet. Und ich glaube, sie tat es deshalb, weil sie dahintergekommen ist, daß ihr Sohn – wie meiner vermutlich ebenfalls – von ihm sexuell mißbraucht wurde. Einen Anhaltspunkt hat sie mir dafür allerdings nicht geliefert.«

Lovat-Smith blickte zu Alexandra hoch, dann stand er, wenn auch widerstrebend, auf.

»Das ist eine reine Mutmaßung der Zeugin, Euer Ehren, kein Fakt.«

»Er hat recht, Mr. Rathbone«, meinte der Richter ernst. »Die Geschworenen werden Mrs. Erskines letzte Bemerkung aus dem Gedächtnis streichen. Es war ihr persönlicher Rückschluß, sonst nichts; sie kann die Situation völlig mißverstanden haben. Sie dürfen es nicht als Tatsache zur Kenntnis nehmen. Und Sie, Mr. Rathbone, haben Ihre Zeugin absichtlich dazu verleitet. Sie sollten es eigentlich besser wissen.«

»Ich bitte vielmals um Entschuldigung, Euer Ehren.«

»Fahren Sie fort, Mr. Rathbone, und bleiben Sie beim Thema.«

Rathbone neigte gehorsam den Kopf.

»Mrs. Erskine, *wissen* Sie, wer Valentine Furnival mißbraucht hat?«

»Nein.«

»Sie haben ihn nicht gefragt?«

»Wo denken Sie hin! Natürlich nicht!«

»Haben Sie mit Ihrem Bruder darüber gesprochen?«

»Nein! Mit niemandem.«

»Auch nicht mit Ihrer Mutter oder Ihrem Vater?«

»Nein – mit keiner Menschenseele.«

»Waren Sie sich bewußt, daß Ihr Neffe Cassian Carlyon mißbraucht worden ist?«

Sie errötete schuldbewußt und sagte mit leiser, gepreßter Stimme. »Nein. Es hätte mir eigentlich auffallen müssen, aber ich dachte, es läge an der Trauer um seinen Vater – und an der Angst, daß seine Mutter dafür verantwortlich war und er sie vielleicht auch noch verlieren würde.« Sie warf Alexandra einen bedrückten Blick zu. »Ich habe mich nicht soviel um ihn gekümmert, wie ich hätte tun sollen. Dafür schäme ich mich sehr. Er schien lieber mit seinem Großvater oder meinem Mann allein sein zu wollen. Ich dachte – nun, ich dachte, das lag daran, daß seine Mutter seinen Vater umgebracht hatte und er Frauen gegenüber ...« Sie brach niedergeschlagen ab.

»Verständlich«, bemerkte Rathbone ruhig. »Aber wenn Sie mehr Zeit mit ihm verbracht hätten, hätten Sie wahrscheinlich bemerkt, ob er ebenfalls ...«

»Einspruch!« rief Lovat-Smith prompt. »Dieses ganze Gerede über sexuellen Mißbrauch entspringt bloßen Vermutungen. Wir wissen überhaupt nicht, ob mehr dahintersteckt als die krankhafte Phantasie einer altjüngferlichen Hausangestellten und eines unreifen Mädchens in der Pubertät, die beide das, was sie da gesehen haben wollen, total mißverstanden haben können und aufgrund ihrer blühenden, naiven Vorstellungskraft zu diesem scheußlichen Schluß gekommen sind. Und das völlig zu Unrecht.«

Der Richter seufzte. »Mr. Lovat-Smiths Einspruch ist buchstäblich korrekt, Mr. Rathbone.« Sein entnervter Tonfall machte indes mehr als deutlich, daß er die Ansicht der Staatsanwaltschaft nicht einen Moment teilte. »Seien Sie in Zukunft bitte in der Wahl Ihrer Worte etwas vorsichtiger. Sie dürften sehr wohl in der Lage sein, Mrs. Erskines Befragung ohne derartige Fehler durchzuführen.«

Rathbone neigte abermals gehorsam den Kopf.

»Hat Ihr Ehemann, Peverell Erskine, viel Zeit mit Cassian verbracht, seit er im Haus der Carlyons wohnt?«

»Ja. Das hat er.« Ihr Gesicht war totenblaß, ihre Stimme kaum mehr als ein Flüstern.

»Danke, Mrs. Erskine. Ich habe keine weiteren Fragen an Sie, aber bitte behalten Sie Platz. Vielleicht hat Mr. Lovat-Smith noch etwas auf dem Herzen.«

Damaris blickte den Staatsanwalt an.

»Vielen Dank, Herr Kollege«, gab dieser zuckersüß zurück. »Haben Sie Ihren Bruder getötet, Mrs. Erskine?«

Erschütterung machte sich im Saale breit. Der Richter runzelte finster die Stirn. Einer der Geschworenen begann zu hüsteln. Irgendwo auf der Galerie stand jemand auf.

Sie war fassungslos. »Nein – selbstverständlich nicht!«

»Hat Ihre Schwägerin diesen angeblichen, verdammenswerten Mißbrauch Ihnen gegenüber irgendwann einmal erwähnt, egal ob vor oder nach dem Tod Ihres Bruders?«

»Nein.«

»Haben Sie irgendeinen Grund zu der Annahme, daß ihr je etwas Derartiges in den Sinn gekommen ist? Ich meine selbstverständlich andere, als Ihnen mein verehrter Herr Kollege Mr. Rathbone in den Mund gelegt hat?«

»Ja. Hester Latterly wußte davon.«

Nun war Lovat-Smith doch überrascht.

Es raschelte und murmelte im Saal. Felicia Carlyon beugte sich weit vor, um auf die Stelle hinunterzustarren, wo Hester saß – kerzengerade und bleich. Selbst Alexandra drehte sich um.

»Ich fürchte, ich verstehe nicht ganz«, sagte Lovat-Smith, der seine Geistesgegenwart in Windeseile zurückgewann. »Und wer ist bitte diese Hester Latterly? Haben wir den Namen im Verlauf des Prozesses schon einmal gehört? Ist sie eine Verwandte? Oder eine Hausangestellte vielleicht? Ach ja, ich erinnere mich – sie ist die Person, bei der Mrs. Sobell sich nach einem Anwalt für die Angeklagte erkundigt hat. Wären Sie wohl so freundlich, uns zu verraten, woher besagte Miss Latterly ihr Wissen über dieses absolute Familiengeheimnis bezog, von dem nicht einmal Ihre Mutter Kenntnis hatte?«

Damaris wich seinem Blick in keiner Weise aus.

»Ich weiß es nicht. Ich habe sie nicht gefragt.«

»Aber Sie haben es für bare Münze genommen?« Lovat-Smiths Körper drückte von Kopf bis Fuß seine Ungläubigkeit aus. »Ist sie eine Expertin auf dem Gebiet, daß Sie sie beim Wort nehmen ohne auch nur den geringsten Beweis? Einfach auf ihre bloße Behauptung hin, gegen besseres Wissen, trotz aller Liebe und Loyalität Ihrer Familie gegenüber? Das ist wahrlich bemerkenswert, Mrs. Erskine.«

Aus der Menge löste sich ein leises Grollen. Jemand rief vernehmlich: »Verräter!«

»Ruhe!« befahl der Richter grimmig, dann lehnte er sich zum Zeugenstand vor. »Mrs. Erskine? Es bedarf wirklich einer Erklärung. Wer ist diese Miss Latterly, daß Sie ihr bezüglich einer solch ungeheuerlichen Anschuldigung blindlings glauben?«

Damaris sah erst ihren Mann an, ehe sie antwortete, und als sie es tat, richtete sie das Wort an die Geschworenen, nicht an Lovat-Smith oder den Richter.

»Miss Latterly ist eine gute Freundin, der die wahren Hintergründe dieses Falls sehr am Herzen liegen. Sie sprach mich auf die Entdeckung an, die ich an dem Abend gemacht habe, als mein Bruder starb – die mich sehr mitgenommen hat, was zu keiner Zeit in Frage gestellt worden ist. Sie dachte, es wäre etwas anderes gewesen, etwas, das jemandem großes Unrecht zugefügt hätte, also war ich um der Gerechtigkeit willen gezwungen, ihr die Wahrheit zu sagen. Da sie mit ihrer Annahme bezüglich Cassians Mißbrauch recht hatte, sah ich keinen Grund, es zu leugnen, und fragte sie auch nicht, woher sie es wußte. Es war mir viel zu wichtig, ihren ersten Verdacht zu zerstreuen, um überhaupt auf die Idee zu kommen.«

Sie richtete sich etwas mehr auf und sah plötzlich, vielleicht zum erstenmal, unfreiwillig kämpferisch aus. »Und was die Loyalität meiner Familie gegenüber betrifft – wollen Sie mir etwa zum Lügen raten? Hier, an diesem Ort, unter Eid vor Gott? Um sie vor dem Gesetz und den Konsequenzen ihrer Untat an einem hilflosen, verwundbaren Kind zu bewahren? Soll ich eine Wahrheit verschleiern, dank welcher Alexandra womöglich Gerechtigkeit widerfährt?«

Lovat-Smith blieb nichts anderes übrig, als den Rückzug anzutreten, und er tat es mit Würde.

»Selbstverständlich nicht, Mrs. Erskine. Wir haben Sie lediglich um eine Erklärung gebeten, und die haben Sie uns gegeben. Vielen Dank – ich habe keine weiteren Fragen an Sie.«

Rathbone erhob sich halb von seinem Platz. »Ich auch nicht, Euer Ehren.«

»Sie dürfen den Zeugenstand verlassen, Mrs. Erskine«, sagte der Richter.

Das ganze Gericht verfolgte, wie sie die Stufen hinuntertrat, den winzigen Freiraum vor den Tischen der Anwälte durchquerte, sich ihren Weg durch die Sitzreihen zur Galerie hinauf bahnte und ihren Platz neben Peverell wieder einnahm, der automatisch aufsprang, um sie in Empfang zu nehmen.

Ein langgezogener Seufzer erscholl, als sie sich hinsetzte.

Felicia ließ sie mit Absicht links liegen. Randolf schien jenseits von Gut und Böse. Edith streckte einen Arm aus und drückte beruhigend ihre Hand.

Der Richter blickte auf die Uhr.

»Haben Sie viele Fragen an Ihren nächsten Zeugen, Mr. Rathbone?«

»Ja, Euer Ehren. Von seiner Aussage könnte eine Menge abhängen.«

»Dann wird die Verhandlung auf morgen früh vertagt.«

Monk kämpfte sich durch die drängelnde, aufgeregte Menge hinaus, vorbei an schubsenden Reportern, Neugierigen, für die kein Platz mehr im Gerichtssaal gewesen war und die nun Fragen in den Raum brüllten, und unzähligen kleinen Grüppchen, in denen hektisch debattiert wurde. Das Stimmengewirr war unbeschreiblich.

Auf der Treppe vor dem Gebäude angelangt, war er unschlüssig, ob er auf Hester warten oder ihr aus dem Weg gehen sollte. Er hatte nichts zu sagen und wäre doch gern in ihrer Gesellschaft gewesen. Oder auch nicht. Bestimmt hatte sie den Kopf voll mit der Verhandlung, mit Rathbones Brillanz. Sicher, er war brillant. Inzwischen war sogar vorstellbar, daß er den Prozeß gewann, was immer das bedeuten mochte. Sie hatte in letzter Zeit eine wachsende Zuneigung zu Rathbone entwickelt, wie ihm jäh und mit einiger Überraschung klar wurde. Der Gedanke kam ihm zum erstenmal; er hatte es zwar registriert, aber nicht in den bewußten Teil seines Verstandes vordringen lassen.

Jetzt war er betroffen und wütend, weil es weh tat.

In einem plötzlich Energieausbruch stürzte er die Stufen hinab auf die Straße hinaus. Es wimmelte von Menschen: Zeitungsjungen, Gemüsehändler, Blumenverkäufer, Männer mit Handkarren voller Sandwiches, Pasteten, Süßigkeiten, Pfefferminzsoda und Dutzenden anderen Speisen. Man schubste und schrie, brüllte nach Droschken.

Das Ganze war absurd. Er mochte beide, Hester und Rathbone – er sollte sich für sie freuen.

Ohne sich dessen bewußt zu sein, rempelte er einen feschen, schwarzgekleideten Herrn mit elfenbeinbeschlagenem Spazierstock an und stieg vor ihm in einen Hansom. Er hörte nicht einmal sein aufgebrachtes Protestgeschrei.

»Grafton Street«, befahl er dem Kutscher.

Warum war er bloß so deprimiert, warum dieses Gefühl, auf ganzer Linie versagt zu haben?

Es mußte an Hermione liegen. Die sie betreffende Ernüchterung schmerzte bestimmt noch eine ganze Weile; das war nur natürlich. Er hatte geglaubt, Liebe, Güte, Süße gefunden zu haben – verdammt! Was für ein Quatsch! Er wollte keine Süße! Sie klebte ihm zwischen den Zähnen, lähmte seine Zunge. Gott im Himmel! Wieviel mußte er über sein eigenes Wesen vergessen haben, um glauben zu können, daß Hermione sein Glück bedeutete. Und jetzt machte er sich immer noch etwas vor, indem er deswegen rührselig wurde.

Bis zu dem Moment, als die Kutsche ihn in der Grafton Street absetzte, hatte der bessere, ehrlichere Teil seines Ichs es geschafft, sich einzugestehen, daß es durchaus einen Platz für Zärtlichkeit gab. Für Liebe, die über Fehler hinwegsieht, die Schwächen zuläßt und anerkennt, die die eigenen Bedürfnisse auch einmal hinten anstellen kann und gibt, selbst wenn der Dank nur zäh oder gar nicht eintrifft. Ein Platz, in dem der Geist großzügig und das

Lachen frei ist von Hinterhältigkeit und Schadenfreude. Und er hatte immer noch keinen Schimmer, wo er das finden sollte – nicht mal in sich selbst.

Der erste Zeuge am folgenden Tag war Valentine Furnival. Trotz seiner Größe und den bereits breiter werdenden Schultern wirkte er ausgesprochen jung, und auch der hoch erhobene Kopf vermochte nicht über seine Furcht hinwegzutäuschen.

Über der Menge schwebte ein aufgeregtes Summen, während er die Stufen zum Zeugenstand hinaufschritt und sich dem Gericht zuwandte. Hester drehte sich beinahe der Magen um, als sie sein Gesicht sah und dasselbe entdeckte, was Damaris aufgefallen sein mußte: das völlige Ebenbild von Charles Hargrave.

Sie drehte instinktiv den Kopf, um festzustellen, ob Hargrave sich wieder auf der Galerie befand und das gleiche empfand, nun da er wußte, daß Damaris die Mutter des Jungen war. Sobald sie ihn erspähte – die fahle Blässe, den entsetzten, fast ziellosen Blick – war ihr klar, daß er begriff. Sarah Hargrave saß neben ihm, jedoch ein wenig abgesondert. Sie fixierte erst Valentine, dann ihren Mann; Damaris Erskine auszumachen versuchte sie gar nicht erst.

Gegen ihren Willen spürte Hester Mitleid in sich hochsteigen. Für Sarah war es leicht, aber an ihm mußte es zerren und nagen, weil es von Wut überschattet war.

Der Richter fragte Valentine, ob ihm die Bedeutung der Vereidigung klar wäre, und gab ihm dazu einige Hinweise. Dann forderte er Rathbone auf zu beginnen.

»Hast du General Thaddeus Carlyon gekannt, Valentine?« erkundigte er sich im Plauderton, als befänden sie sich allein in irgendeinem Salon, nicht von schimmerndem Holz umgeben vor Hunderten von Augen und Ohren in einem Gerichtssaal.

Valentine schluckte, um seine trockene Kehle zu befeuchten.

»Ja.«

»Gut?«

Ein leichtes Zögern. »Ja.«

»Lange? Weißt du noch, wie lange?«

»Ja, ungefähr seit ich sechs war, das macht also sieben Jahre.«

»Folglich hast du ihn schon gekannt, als er sich die Schnittverletzung am Oberschenkel zuzog? Es geschah doch bei euch zu Hause?«

Im Saal war es totenstill. Niemand rührte sich, keiner sagte einen Ton.

»Ja.«

Rathbone trat einen Schritt näher an ihn heran.

»Wie ist das passiert, Valentine? Oder vielleicht sollte ich besser fragen, warum?«

Valentine starrte ihn wortlos an. Er war so blaß, daß Monk fürchtete, er könne jeden Moment in Ohnmacht fallen.

Damaris lehnte sich mit völlig verzweifeltem Blick über die Brüstung der Galerie. Peverell drückte ihre Hand.

»Du kannst uns die Wahrheit ruhig erzählen«, sagte Rathbone freundlich. »Das Gericht wird dich beschützen.«

Der Richter machte Anstalten zu protestieren, schien dann jedoch abzusehen.

Lovat-Smith hüllte sich in Schweigen.

Die Geschworenen saßen wie zu einer einzigen Person festgefroren.

»Ich habe auf ihn eingestochen.« Valentines Worte waren kaum zu verstehen.

Vorn in der zweiten Reihe schlug Maxim Furnival die Hände vors Gesicht. Louisa nagte an ihren Fingernägeln. Alexandra preßte eine Hand auf ihren Mund, als wollte sie einen Schrei ersticken.

»Du mußt einen sehr guten Grund für eine solche Tat gehabt haben«, fuhr Rathbone fort. »Die Wunde war ziemlich tief. Wenn eine Arterie verletzt worden wäre, hätte er verbluten können.«

»Ich ...« Valentine schnappte entsetzt nach Luft.

Rathbone hatte sich verschätzt. Er hatte dem Jungen zuviel Angst eingejagt und sah es sofort.

»Aber das war natürlich nicht der Fall«, sagte er schnell. »Es war lediglich peinlich – und mit Sicherheit schmerzhaft.«

Valentine bot ein Bild des Jammers.

»Warum hast du es getan, Valentine?« fragte Rathbone überaus sanft. »Dich muß etwas ganz Entsetzliches dazu getrieben haben, wenn das der letzte Ausweg für dich war.«

Valentine stand kurz vor einem Tränenausbruch. Er brauchte einen Moment, um sich wieder zu fangen.

Monk litt mit ihm. Er dachte an seine eigene Jugend zurück, an das verzweifelte Ringen nach Würde eines Dreizehnjährigen, für den das Mannsein so nah war und doch unendlich weit entfernt.

»Mrs. Carlyons Leben kann von deiner Aussage abhängen«, drängte Rathbone.

Diesmal zogen ihn weder der Richter noch Lovat-Smith wegen Regelwidrigkeit zur Rechenschaft.

»Ich konnte es nicht mehr ertragen«, erwiderte Valentine heiser und so leise, daß die Geschworenen sich gewaltig anstrengen mußten, um ihn zu verstehen. »Ich habe ihn angefleht, aber er wollte einfach nicht aufhören!«

»Also hast du dir in deiner Verzweiflung selbst geholfen?« Rathbones klare, tragende Stimme durchschnitt die Stille wie Glockenschläge, obwohl er sie gesenkt hatte, als wäre er mit Valentine in einem kleinen Raum allein.

»Ja.«

»Damit was aufhörte?«

Der Junge gab keine Antwort. Sein Gesicht begann zu glühen, als ihm das Blut in die Wangen stieg.

»Darf ich es für dich aussprechen, falls dir die Worte schwerfallen?« fragte Rathbone. »Hat der General dich zum Geschlechtsverkehr gezwungen?«

Valentine nickte kaum merklich. Er bewegte seinen Kopf lediglich um drei, vier Zentimeter nach unten.

Maxim Furnival stieß einen erstickten Schrei aus.

Der Richter wandte sich an seinen Stiefsohn.

»Du mußt sprechen, damit kein Zweifel an deiner Antwort aufkommen kann«, sagte er warm. »Ein schlichtes Ja oder Nein genügt. Hat Mr. Rathbone recht?«

»Ja, Sir.« Es war nur ein Flüstern.

»Ich verstehe. Danke, Valentine. Ich versichere dir, daß du wegen des tätlichen Angriffs gegen General Carlyon mit keinerlei Folgen zu rechnen brauchst. Es war Notwehr, kein Verbrechen im Sinne des Gesetzes. Jeder Mensch hat das Recht, sein Leben oder seine Tugend zu verteidigen, ohne sich dadurch in irgendeiner Form schuldig zu machen. Wir alle hier fühlen mit dir. Wir sind schockiert über das, was dir angetan worden ist.«

»Wie alt warst du, als es anfing?« fuhr Rathbone nach einem kurzen Blick auf den Richter und einem Nicken von dessen Seite fort.

»Sechs, glaube ich«, gab Valentine zurück. Zum zweitenmal fuhr ein langgezogener Seufzer durch den Raum, gefolgt von spannungsgeladenem Zornesbeben. Damaris lag schluchzend in Peverells Armen. Von der Galerie her ertönte ein langsam anschwellendes Grummeln, und einer der Geschworenen stöhnte laut auf.

Rathbone schwieg einen Moment, er schien zu angewidert, um gleich weitersprechen zu können.

»Sechs Jahre«, wiederholte er schließlich für den Fall, daß es irgendwem entgangen war. »Und was geschah, nachdem du den General mit dem Messer angegriffen hast? Ging es dann immer noch weiter?«

»Nein. Er – er ließ mich in Ruhe.«

»Sein eigener Sohn muß zu der Zeit etwa ... wie alt gewesen sein?«

»Cassian?« Valentine schwankte und mußte sich an der Brüstung festhalten. Er war leichenblaß.

»Ungefähr sechs?« Rathbones Stimme klang wie ein Reibeisen.

Der Junge nickte, und diesmal forderte ihn niemand auf zu sprechen. Sogar der Richter war weiß wie die Wand.

Rathbone drehte sich um und ging ein paar Schritte, die Hände tief in den Taschen vergraben, dann fuhr er herum und blickte wieder zu Valentine hoch.

»Sag, Valentine, warum hast du deinen Eltern nichts von diesem grauenhaften Mißbrauch erzählt? Warum bist du nicht zu deiner Mutter gegangen? Wäre das für ein kleines Kind nicht völlig normal gewesen, wenn es verletzt worden ist und Angst hat? Weshalb hast du das nicht sofort getan, anstatt jahrelang zu leiden?«

Valentine senkte todunglücklich den Blick.

»Hätte deine Mutter dir nicht helfen können?« beharrte Rathbone. »Der General war schließlich nicht ihr Vater. Es hätte sie zwar seine Freundschaft gekostet, doch was ist das schon, verglichen mit dir, ihrem Sohn? Sie hätte ihm wenigstens das Haus verbieten können. Und dein Vater hätte ihn dafür bestimmt mindestens auspeitschen lassen, oder nicht?«

Valentine schaute den Richter an; seine Augen schwammen in Tränen.

»Du mußt antworten«, sagte der ernst. »Hat dein Vater dich ebenfalls mißbraucht?«

»Nein!« Die ehrliche Betroffenheit in seiner Stimme und sein bestürztes Gesicht sprachen Bände. »Nein! Nie!«

Der Richter atmete auf und lehnte sich zurück. Um seinen Mund spielte der Hauch eines Lächelns.

»Warum hast du dich dann nicht an ihn gewendet, damit er dich beschützt? Oder an deine Mutter? Sie hätte doch bestimmt etwas unternommen.«

Die Tränen liefen über und rannen ihm in Strömen die Wangen hinab.

»Sie wußte es.« Er mußte würgen und rang mühsam nach Luft. »Sie hat gesagt, ich dürfte es niemandem erzählen, vor allem nicht Papa. Es – es würde Schande über ihn bringen und ihn die Stellung kosten.«

Tosendes Wutgeschrei schlug über dem Saal zusammen. Jemand brüllte außer sich: »An den Galgen mit ihr!«

Der Richter schwang seinen Hammer, verlangte nach Ruhe und Ordnung und mußte einige Minuten warten, ehe er fortfahren konnte. »Seine Stellung?« Er runzelte die Stirn und sah Valentine verständnislos an. »Welche Stellung?«

»Er verdient sehr viel Geld mit Armeeverträgen«, erklärte Valentine.

»Beschafft von General Carlyon?«

»Ja, Sir.«

»Das hat deine Mutter gesagt? Vergiß nicht, daß du dich ganz präzise ausdrücken mußt.«

»Ja – genauso hat sie's gesagt.«

»Und du bist absolut sicher, daß deine Mutter wußte, was der General mit dir trieb? Du hast ihr alles erzählt?«

»Aber ja! Ich hab's ihr erzählt! Wirklich!« Er schluckte heftig, konnte seine Tränen jedoch nicht mehr unter Kontrolle halten.

Der im Raum schwelende Zorn war derart stark, daß er beinahe Gestalt annahm.

Maxim Furnival saß kerzengerade da, das Gesicht zu einer Totenmaske erstarrt. Louisa bewegte keinen einzigen Muskel, mit glühendem, stählernem Blick stierte sie vor sich hin, die Lippen zu einem schmalen, haßerfüllten Strich zusammengepreßt.

»Gerichtsdiener!« sagte der Richter in gefährlich leisem Ton. »Nehmen Sie Louisa Furnival in Gewahrsam. Es werden einige Entscheidungen hinsichtlich Valentines künftigen Verbleibs vonnöten sein. Vorläufig ist es wohl das beste, er bleibt bei seinem Vater, der ihm soviel Trost wie möglich spendet.«

Gehorsam eilte ein hünenhafter Mann mit glänzenden Knöpfen herbei und zwängte sich durch die Reihen bis zu dem Platz, wo Louisa saß. Ohne viel Federlesens und die geringste Spur Barmherzigkeit packte er sie, zog sie hoch und schleifte sie durch die Reihe zurück und über den schmalen Durchgang zum Saal hinaus; sie stolperte, vergeblich nach ihren Röcken greifend, hinter ihm her.

Maxim wollte aufspringen, wurde sich dann aber der Fruchtlosigkeit jedweder Bemühung jäh bewußt. Es war ohnehin eine leere Geste. Seine ganze Haltung drückte seinen Ekel vor ihr aus, verriet die Erkenntnis, daß alles zerstört war, was er besessen zu haben geglaubt hatte. Seine einzige Sorge galt Valentine.

Der Richter seufzte. »Mr. Rathbone, haben Sie noch weitere Fragen an den Zeugen, die unumgänglich sind?«

»Nein, Euer Ehren.«

»Mr. Lovat-Smith?«

»Keine Fragen. Danke, Euer Ehren.«

»Du kannst jetzt gehen, Valentine. Das Gericht dankt dir für deine Ehrlichkeit und deinen Mut und bedauert zutiefst, daß es dir diese Tortur auferlegen mußte. Es steht dir frei, zu deinem Vater zurückzukehren, damit ihr euch gegenseitig soviel Unterstützung wie möglich geben könnt.«

Unter allgemeinem Stoffrascheln und gemurmelten Mitleidsbekundungen stieg Valentine still die Stufen hinunter und marschierte geradewegs zu der geschlagenen Figur, die sein Vater war.

»Haben Sie noch weitere Zeugen, Mr. Rathbone?« erkundigte sich der Richter.

»Ja, Euer Ehren. Ich könnte den Stiefelburschen der Furnivals aufrufen, der früher einmal Trommler bei der indischen Armee war. Er wird erklären, weshalb er die Wäsche fallen ließ und panikartig die Flucht ergriff, als er General Carlyon am Abend der Dinnerparty unvermutet im Hausflur der Furnivals gegenüberstand ... falls Sie das für erforderlich halten. Ich würde es allerdings lieber nicht tun – ich nehme an, das hohe Gericht versteht warum.«

»Das tun wir, Mr. Rathbone, das tun wir«, versicherte ihm der Richter. »Rufen Sie ihn nicht auf. Wir dürfen wohl die Schlußfolgerung ziehen, daß er entsetzt und aufgewühlt war. Wird Ihrem Anliegen damit Genüge getragen?«

»Vollkommen, Euer Ehren. Vielen Dank.«

»Wollen Sie dagegen Einspruch erheben, Mr. Lovat-Smith? Möchten Sie den Jungen in den Zeugenstand rufen, um ihm eine genaue Erklärung abzuringen – und zwar eine andere, als sie den Geschworenen zwangsläufig in den Kopf kommen wird?«

»Nein, Euer Ehren«, sagte Lovat-Smith sofort. »Wenn die Verteidigung einverständlich außer Frage stellt, daß der fragliche Junge erwiesenermaßen im selben Regiment wie General Carlyon gedient hat.«

»Mr. Rathbone?«

»Ja, Euer Ehren. Wir haben seine Armeeakte aufgespürt. Er diente ohne jeden Zweifel in derselben Einheit wie General Carlyon.«

»Dann besteht kein Anlaß, ihn aufzurufen und einer Prozedur auszusetzen, die ausgesprochen schmerzhaft für ihn sein muß. Fahren Sie mit dem nächsten Zeugen fort.«

»Ich bitte das hohe Gericht inständig, mir zu gestatten, Cassian Carlyon in den Zeugenstand zu rufen. Er ist acht Jahre alt, Euer Ehren, meiner Meinung nach hochintelligent und durchaus in der Lage, Wahrheit und Lüge voneinander zu unterscheiden.«

Alexandra sprang auf wie von der Tarantel gestochen. »Nein!« schrie sie fassungslos. »Das – das können Sie nicht tun!«

Der Richter musterte sie mit einer eigentümlichen Mischung aus Erbitterung und Mitleid.

»Setzen Sie sich, Mrs. Carlyon! Als Angeklagte sind Sie zwar befugt, während der Verhandlung anwesend zu sein, jedoch nur, solange Sie sich angemessen verhalten. Falls Sie die Absicht haben, den Prozeßverlauf zu behindern, werde ich Sie entfernen lassen müssen. Es täte mir leid, bitte, zwingen Sie mich nicht dazu.«

Zitternd und ganz langsam ließ sie sich zurücksinken. Rechts und links von ihr nahmen zwei graugekleidete Wärterinnen je einen ihrer Arme, allerdings mehr um zu helfen als um sie zu bändigen.

»Rufen Sie ihn auf, Mr. Rathbone. Ich werde entscheiden, ob er zu einer Aussage fähig ist, und die Geschworenen sollen seinen Worten den Wert beimessen, der ihnen angebracht erscheint.«

Ein Vollzugsbeamter begleitete Cassian bis zur vordersten Zuschauerreihe, doch das letzte Stück legte er allein zurück. Der Junge war etwa einen Meter zwanzig groß, sehr schmal und dünn, hatte ordentlich gekämmtes, hellblondes Haar und ein erschreckend weißes Gesicht. Er erklomm den Zeugenstand und spähte über die Brüstung erst auf Rathbone, dann auf den Richter hinab.

Wieder murrte und seufzte es im Saal. Ein paar der Geschworenen drehten ihre Köpfe zu Alexandra um, die wie versteinert auf der Anklagebank saß.

»Wie ist dein Name?« fragte der Richter Cassian freundlich.

»Cassian James Thaddeus Randolf Carlyon, Sir.«

»Weißt du, weshalb wir hier sind, Cassian?«

»Ja. Um meine Mutter aufzuhängen.«

Alexandra biß sich auf die Fingerknöchel, und plötzlich rannen Tränen über ihr Gesicht.

Ein Geschworener schnappte nach Luft.

Irgendwo in der Menge schluchzte eine Frau hysterisch auf.

Der Richter hielt den Atem an und erbleichte.

»Nein, Cassian, das sind wir nicht! Wir sind hier, um herauszufinden, was an dem Abend geschah, als dein Vater starb, und warum es geschah. Danach müssen wir tun, was das Gesetz von uns verlangt, um Gerechtigkeit zu üben.«

»Wirklich?« fragte der Junge erstaunt. »Großmutter hat gesagt, ihr würdet meine Mama aufhängen, weil sie eine böse Frau ist. Mein Vater wäre ein guter Mann gewesen, und sie hätte ihn einfach totgemacht.«

Des Richters Gesicht wurde hart. »Nun, du wirst eine Weile vergessen müssen, was deine Großmutter oder sonst jemand gesagt hat, und uns nur erzählen, was du selbst sicher weißt. Verstehst du den Unterschied zwischen der Wahrheit und einer Lüge, Cassian?«

»Na klar. Lügen ist was sagen, das nicht stimmt, und das ist gar nicht ehrenhaft. Ein Gentleman lügt nicht – und ein Offizier gleich dreimal nicht.«

»Auch nicht, um jemanden zu schützen, den er sehr gern hat?«

»Nein, Sir. Es ist die Pflicht eines Offiziers, die Wahrheit zu sagen – oder für immer zu schweigen, wenn es der Feind ist, der fragt.«

»Wer hat dir das erklärt?«

»Mein Vater, Sir.«

»Damit hatte er völlig recht. Wenn du gleich den Eid gesprochen und vor Gott geschworen hast, die Wahrheit zu sagen, möchte ich, daß du nur das sagst, was ganz bestimmt wahr ist, oder für immer schweigst. Willst du das tun?«

»Ja, Sir.«

»Schön, Mr. Rathbone, Sie dürfen Ihren Zeugen vereidigen.«

Es wurde vorschriftsmäßig über die Bühne gebracht, dann begann Rathbone mit der Befragung. Er stand direkt vor dem Zeugenstand und blickte freundlich zu Cassian hoch.

»Du hast deinem Vater sehr nahe gestanden, Cassian, nicht wahr?«

»Ja, Sir«, antwortete das Kind mit perfekter Haltung.

»Stimmt es, daß er vor ungefähr zwei Jahren damit anfing, dir seine Liebe auf eine neue und ganz andere, eine sehr private Art zu zeigen?«

Cassian blinzelte. Außer Rathbone hatte er bislang niemanden angesehen, weder seine Mutter gegenüber auf der Anklagebank, noch seine Großeltern oben auf der Galerie.

»Es kann ihm jetzt nicht mehr schaden, wenn du die Wahrheit sagst«, meinte Rathbone beiläufig, als wäre es nicht weiter wichtig. »Und für deine Mutter ist es äußerst wichtig, daß du ehrlich zu uns bist.«

»Ja, Sir.«

»Hat er dir seine Liebe vor zwei Jahren auf eine neue und sehr körperliche Weise gezeigt?«

»Ja, Sir.«

»Auf eine sehr intime Weise?«

Ein kurzes Zögern. »Ja, Sir.«

Von der Galerie ergoß sich bitterliches Weinen. Eine Männerstimme stieß eine leidenschaftliche Verwünschung aus.

»Tat es weh?« fragte Rathbone todernst.

»Nur am Anfang.«

»Aha. Wußte deine Mutter darüber Bescheid?«

»Nein, Sir.«

»Warum nicht?«

»Papa hat mir gesagt, Frauen würden so was nicht verstehen, deshalb sollte ich es ihr besser nicht erzählen.« Er holte tief Luft, und seine Haltung schwand plötzlich dahin.

»Das war alles?«

Cassian schniefte. »Er hat gesagt, sie hätte mich nicht mehr lieb, wenn sie es weiß. Aber Buckie meint, sie liebt mich trotzdem.«

»Ja, Buckie hat vollkommen recht«, beeilte Rathbone sich zu bestätigen, der nun selbst seltsam heiser klang. »Keine Frau kann ihr Kind mehr lieben. Da bin ich ganz sicher.«

»Ehrlich?« Cassians Blick klebte unverwandt an Rathbones Gesicht. Er schien sich standhaft zu weigern, die Anwesenheit seiner Mutter zur Kenntnis zu nehmen, damit er am Ende nicht zu ihr hinsah und entdeckte, wovor er sich sosehr fürchtete.

»O ja! Ich kenne deine Mutter nämlich ganz gut. Sie hat mir gesagt, sie würde lieber sterben als zuschauen, wie man dir weh tut. Sieh sie an, dann weißt du es auch.«

Im Zeitlupentempo drehte Cassian sich zu seiner Mutter um und sah sie zum erstenmal an.

Alexandra zwang sich zu dem Hauch eines Lächelns, doch der Schmerz in ihrem Gesicht war grauenhaft.

Cassians Blick kehrte zu Rathbone zurück.

»Hat dein Vater damit weitergemacht, mit dieser neuen Sache, bis zu seinem Tod?«

»Ja, Sir.«

»Gab es noch jemanden anderen, der es getan hat? Ein anderer Mann?«

Abgesehen von einem schwachen Seufzen im hinteren Teil der Galerie war es mucksmäuschenstill.

»Wir wissen, daß es mehrere Männer gab, Cassian«, meinte Rathbone. »Bisher bist du sehr tapfer und sehr ehrlich gewesen. Bitte, lüge uns jetzt nicht an. Hat es noch jemand getan?«

»Ja, Sir.«

»Wer, Cassian?«

Der Blick des Jungen wanderte zum Richter und wieder zurück zu Rathbone.

»Das kann ich nicht sagen, Sir. Ich hab' geschworen, daß es mein Geheimnis bleibt, und ein Gentleman ist kein Verräter.«

»Das stimmt«, erwiderte Rathbone im Ton einstweiliger Kapitulation. »Sehr schön. Lassen wir es erst einmal gut sein. Ich danke dir. Mr. Lovat-Smith?«

Lovat-Smith stand auf und nahm Rathbones Platz vor dem Zeugenstand ein. Offen und ruhig, von Mann zu Mann, sprach er auf Cassian ein.

»Du hast es vor deiner Mutter geheimgehalten, sagst du?«

»Ja, Sir.«

»Du hast ihr nie etwas davon erzählt, auch nicht ein kleines bißchen?«

»Nein, Sir.«

»Glaubst du, sie wußte es trotzdem?«

»Nein, Sir, von mir nicht. Ich hab versprochen, nichts zu verraten!« Er beobachtete Lovat-Smith genauso scharf wie zuvor Rathbone.

»Ich verstehe. Fiel es dir schwer, dieses Geheimnis vor ihr zu bewahren?«

»Ja, Sir – aber ich hab's geschafft.«

»Und du bist ganz sicher, daß sie dich nie darauf angesprochen hat?«

»Ja, Sir. Nie.«

»Danke, Cassian. Und nun zu diesem anderen Mann. War es einer, oder waren es mehr? Du brauchst mir keine Namen zu nennen, bloß die Anzahl. Dadurch verrätst du niemanden.«

Hester spähte zu Peverell hinauf. Sie entdeckte Schuldbewußtsein und abgrundtiefes Bedauern in seinem Gesicht. Aber galt dieses Schuldbewußtsein seiner Mittäterschaft oder lediglich seinem Unwissen? Bei dem Gedanken, daß ersteres der Fall sein könnte, wurde ihr richtiggehend schlecht.

Cassian dachte einen Moment nach, ehe er antwortete.

»Zwei, Sir.«

»Zwei andere?«

»Ja, Sir.«

»Danke, Cassian. Das war alles. Rathbone?«

»Im Moment keine weiteren Fragen, danke. Ich möchte mir allerdings das Recht vorbehalten, ihn noch einmal aufzurufen, falls es für die Identifizierung dieser beiden Personen notwendig werden sollte.«

»Einverstanden«, sagte der Richter hastig. »Danke, Cassian. Du darfst erst einmal gehen.«

Mit zitternden Knien kletterte Cassian vorsichtig die Stufen hinunter, wobei er nun ein einziges Mal ins Stolpern geriet, dann marschierte er in Begleitung des Vollzugsbeamten hinaus. Allgemeine Unruhe entstand, und jemand schrie ihm etwas nach. Der Richter schoß vor, doch es war bereits geschehen und hatte zudem Ermutigendes zum Inhalt gehabt. Es war zwecklos, jetzt noch zur Ordnung zu rufen oder den Übeltäter ausfindig machen zu lassen.

»Ich rufe Felicia Carlyon in den Zeugenstand«, dröhnte Rathbones Stimme laut durch den Saal.

Lovat-Smith erhob keinen Einspruch, obwohl ihr Name nicht auf Rathbones ursprünglicher Zeugenliste gestanden hatte und sie infolgedessen während der gesamten Verhandlung anwesend gewesen war.

Spannung lag in der Luft, doch die Einstellung der Menge hatte sich vollkommen gewandelt. Man fieberte ihr nicht länger mit Mitgefühl entgegen, sondern mit drohender Verdammnis.

Stolz und steif, mit hoch erhobenem Haupt und wütendem Blick nahm sie ihren Platz im Zeugenstand ein. Der Richter verlangte, daß sie den Schleier lüftete, was sie widerstrebend, aber gehorsam tat. Dann sprach sie mit klarer, klingender Stimme den Eid.

Rathbone baute sich vor ihr auf und begann: »Sie erscheinen auf keine Vorladung hin, Mrs. Carlyon. Die bisherigen Zeugenaussagen haben Sie verfolgt. Sind Sie sich ihrer bewußt?«

»Ja, das bin ich. Alles boshafte und hinterhältige Lügen! Miss Buchan ist eine alte Frau, die seit über vierzig Jahren bei meiner Familie im Dienst ist und aufgrund ihres Alters anscheinend den Verstand verloren hat. Ich kann mir beim besten Willen nicht vorstellen, wie eine unverheiratete Frau auf derart schmutzige Gedanken kommt.« Sie machte eine angewiderte Handbewegung. »Ich könnte es mir höchstens so erklären, daß ihre normalen weiblichen Triebe in falsche Bahnen geraten sind, nachdem sie sich vergeblich an die Männer herangemacht hat. Und das ist dann dabei herausgekommen!«

»Und Valentine Furnival?« erkundigte sich Rathbone süffisant. »Ihn kann man schwerlich als ältliche, abgewiesene Jungfer bezeichnen. Auch ist er kein betagter und abhängiger Dienstbote, der es nicht wagt, schlecht von seinen Dienstherren zu sprechen.«

»Ein Junge mit den sexuellen Phantasien eines Jungen eben! Wir wissen doch alle, daß Heranwachsende eine zum Teil recht fiebrige Vorstellungskraft besitzen. Wahrscheinlich hat man ihn wirklich auf die von ihm bestätigte Art und Weise mißbraucht, wofür er selbstverständlich mein vollstes Mitgefühl hat. Aber es ist verantwortungslos und gemein von ihm, zu behaupten, mein Sohn sei derjenige gewesen. Vermutlich war es sein eigener Vater, und nun will er ihn beschützen, indem er einen anderen Mann beschuldigt, einen Toten, der sich nicht mehr verteidigen kann.«

»Und Cassian?« Rathbones Stimme enthielt einen drohenden Unterton.

»Ach, Cassian!« gab sie mit Todesverachtung zurück. »Ein gequälter, verängstigter Achtjähriger. Gott im Himmel! Sein über alles geliebter Vater wurde ermordet, seine Mutter ist auf dem besten Wege, dafür gehängt zu werden ... Und Sie zerren ihn in den Zeugenstand und erwarten, daß er in der Lage ist, die Wahrheit über die große Liebe seines Vaters zu ihm zu erzählen. Ja, sind Sie denn von allen guten Geistern verlassen, Mann? Er wird doch sagen, was immer Sie aus ihm herauspressen. Ich würde keinen Pfifferling darum geben!«

»Dann ist Ihr Ehemann vermutlich ebenso unschuldig?« hakte Rathbone sarkastisch nach.

»Eine Antwort darauf erübrigt sich wohl von selbst.«

»Aber Sie behaupten es?«

»Und ob ich das tue.«

»Mrs. Carlyon, warum hat Valentine Furnival Ihren Sohn Ihrer Meinung nach in den Oberschenkel geschnitten?«

»Das weiß doch ich nicht! Der Junge muß verrückt sein. Durchaus verständlich, wenn sein Vater ihn jahrelang mißbraucht hat.«

»Schon möglich«, pflichtete Rathbone ihr bei. »Das würde viele Menschen verändern. Warum, glauben Sie, war Ihr Sohn in Valentines Schlafzimmer und hatte keine Hosen an?«

»Wie bitte?« Ihre Miene gefror zu Eis.

»Soll ich die Frage für Sie wiederholen?«

»Nein! Das ist doch absurd! Wenn Valentine so etwas tatsächlich behauptet, lügt er. Warum, ist nicht mein Problem.«

»Aber diese Wunde an seinem Oberschenkel, meine verehrte Mrs. Carlyon, muß stark geblutet haben. Obwohl es sich um einen ziemlich tiefen Schnitt handelte, war seine Hose weder zerrissen noch blutbefleckt. Er kann sie nicht getragen haben.«

Sie starrte ihn abweisend an, die Lippen fest zusammengepreßt.

Ein schwaches Murmeln erfaßte die Menge, ein leichtes Herumrutschen, ein aufgebrachtes und sofort unterdrücktes Flüstern, dann kehrte wieder völlige Stille ein.

Felicia sagte immer noch nichts.

»Wollen wir uns nun Ihrem Ehemann, Colonel Randolf Carlyon, zuwenden«, fuhr Rathbone fort. »Er war ein hervorragender Soldat, nicht wahr? Ein Mann, auf den man stolz sein kann. Und er hatte ehrgeizige Pläne für seinen Sohn: auch er sollte ein Held werden, wenn möglich einen noch höheren Rang bekleiden – den eines Generals sogar. Und es ist ihm geglückt.«

»Ja. Es ist ihm geglückt.« Sie hob das Kinn, starrte mit weit aufgerissenen, dunkelblauen Augen auf ihn hinab. »Er wurde von allen, die ihn kannten, geliebt und bewundert. Er hätte noch wesentlich mehr erreicht, wäre er nicht in der Blüte seines Lebens ermordet worden. Ermordet von einem eifersüchtigen Weib.«

»Eifersüchtig auf wen, auf ihren eigenen Sohn?«

»Werden Sie nicht albern – und vulgär«, spie sie ihm ins Gesicht.

»O ja, vulgär ist es tatsächlich«, bestätigte Rathbone. »Aber wahr. Ihre Tochter Damaris wußte davon. Sie hatte die beiden einmal zufällig zusammen gesehen . . .«

»Unsinn!«

»Und die Anzeichen bei ihrem Sohn Valentine wiedererkannt. Lügt sie auch? Genau wie Miss Buchan? Und Cassian? Oder sind sie alle dem gleichen verrückten und abartigen Irrglauben aufgesessen? Jeder in seiner privaten kleinen Hölle, ohne vom Los des anderen etwas zu ahnen?«

Sie zögerte. Allein die Vorstellung war durch und durch lächerlich.

»Und Sie hatten keine Ahnung, Mrs. Carlyon? Ihr Mann hat Ihren Sohn jahrelang sexuell mißbraucht, vermutlich bis Sie ihn auf die Kadettenschule geschickt haben. Mußte er deshalb so früh von zu Hause weg – um vor den Begierden Ihres Mannes in Sicherheit zu sein?«

Die Atmosphäre war wie aufgeladen. Die Geschworenen schauten drein wie eine Phalanx von Henkern. Charles Hargrave sah krank aus. Der Körper seiner Frau Sarah saß zwar neben ihm, ihr Herz indes weilte offensichtlich sonstwo. Edith und Damaris kauerten Seite an Seite neben Peverell.

Felicias Gesicht war hart, ihre Augen glitzerten unheilvoll.

»Jungen sind immer sehr jung, wenn sie zur Armee kommen, Mr. Rathbone. Aber das ist Ihnen vielleicht nicht bekannt?«

»Was hat Ihr Mann dann gemacht, Mrs. Carlyon? Hatten Sie keine Angst, er würde dasselbe tun, was Ihr Sohn tat, nämlich den Sohn eines Freundes mißbrauchen?«

Sie glitzerte ihn wortlos an.

»Oder haben Sie ihn mit einem anderen Kind versorgt, einem Stiefelburschen beispielsweise?« fuhr Rathbone gnadenlos fort. »Der sich nicht wehren konnte, der ungefährlich war? Keinen Skandal heraufbeschwören würde und . . .« Er brach ab und sah sie an. Sie schien am Rande eines Zusammenbruchs zu stehen, so weiß war sie geworden. Ihre Hände umklammerten die Brüstung, ihr Körper begann zu wanken. Die Menge gab ein gedehntes Zischen von sich, es war ein scheußlicher Laut, randvoll mit Haß.

Lovat-Smith stand auf.

Randolf Carlyon würgte einen dumpfen Schrei hervor und lief dunkelrot an. Er begann zu röcheln, woraufhin seine rechten und linken Nachbarn entsetzt und ohne jedes Mitleid von ihm abrückten. Ein Gerichtsdiener ging zu ihm und lockerte ihm unsanft die Krawatte.

Rathbone hatte nicht die Absicht, den Moment ungenutzt verstreichen zu lassen.

»Genau das ist es, was Sie getan haben, nicht wahr, Mrs. Carlyon? Sie besorgten Ihrem Mann ein anderes Kind. Vielleicht sogar eine ganze Serie Kinder – bis Sie ihn endlich für zu alt hielten, um noch eine Gefahr zu sein. Aber Ihren Enkelsohn haben Sie nicht beschützt. Sie ließen zu, daß auch er mißbraucht wurde. Warum, Mrs. Carlyon? War der Ruf Ihrer Familie all die Aufopferung, so viele zerstörte Kinderseelen wirklich wert?«

Sie beugte sich ihm über die Brüstung entgegen und schleuderte ihm ihren Haß ins Gesicht.

»Ja! Ja, Mr. Rathbone, er war es wert! Was hätte ich Ihrer Ansicht nach tun sollen? Meinen Mann der öffentlichen Demütigung ausliefern? Eine glänzende Karriere zerschlagen? Einen Mann vernichten, der andere gelehrt hat, im Angesicht des Feindes nicht den Mut zu verlieren, der erhobenen Hauptes in die Schlacht zog, egal wie aussichtslos es schien, der andere inspiriert hat, über sich hinauszuwachsen? Und weswegen? Wegen eines Triebes? Männer haben nun einmal Triebe, das war schon immer so. Was hätte ich tun sollen – es in die Welt hinausschreien?« Ihre Stimme bebte vor leidenschaftlicher Verachtung. Das Ziehen und Zähnefletschen in ihrem Rücken ließ sie vollkommen kalt.

»Wem hätte ich es überhaupt erzählen können? Wer hätte mir geglaubt? Wo wäre ein Platz für mich gewesen? Eine Frau hat keinerlei Rechte bezüglich ihrer Kinder, und Geld besitzt sie auch keines. Wir sind Eigentum unserer Männer. Wir dürfen nicht einmal ohne ihre Erlaubnis ausziehen, und die hätte er mir ganz gewiß nie gegeben. Und noch weniger hätte er mir erlaubt, meinen Sohn mitzunehmen.«

Der Richter schwang seinen Hammer und verlangte nach Ruhe im Saal.

Felicias Stimme wurde vor Zorn und Bitterkeit zunehmend schriller. »Oder hätte ich ihn lieber umbringen sollen – wie Alexandra? Würde Ihnen das besser gefallen? Sollte jede Frau, die einen Verrat oder eine Erniedrigung durch ihren Ehemann hinnehmen muß, deren Kind verletzt, herabgesetzt oder gedemütigt wurde, ihn kurzentschlossen ermorden?«

Sie beugte sich noch weiter vor. Ihre Stimme war nun grell wie eine Sirene, ihr Gesicht eine häßliche Fratze.

»Es gibt so viele andere Arten von Grausamkeit, Mr. Rathbone. Mein Mann war gut zu seinem Sohn; er verbrachte viel Zeit mit ihm, hat ihn nie geschlagen oder ohne Essen ins Bett geschickt. Er hat ihm eine ausgezeichnete Schulbildung zukommen lassen und ihm den Weg zu einer phantastischen Karriere geebnet. Er hat ihn stets mit Liebe und Respekt behandelt. Wären Sie zufriedener, wenn ich das alles durch eine wüste, abscheuliche Anschuldigung zunichte gemacht hätte, die mir ohnehin nicht geglaubt worden wäre? Oder wenn ich auf der Anklagebank und am Strick geendet hätte – wie sie dort?«

»Gab es nichts dazwischen, Mrs. Carlyon?« fragte Rathbone ruhig. »Keinen sanfteren Kurs? Nur Hinnahme oder Mord?«

Sie schwieg und sah plötzlich sehr alt aus, wie sie so mit grauem, verbittertem Gesicht über ihm stand.

»Ich danke Ihnen.« Rathbone lächelte düster. »Zu dem Ergebnis bin ich auch gekommen. Mr. Lovat-Smith?«

Die Menge stieß seufzend den angehaltenen Atem aus.

Die Geschworenen wirkten erschöpft.

Lovat-Smith stand schwerfällig auf, als wäre er selbst zu müde, um noch einen Sinn in der Fortsetzung des Ganzen zu sehen. Er ging zum Zeugenstand, bedachte Felicia mit einem langen, aufmerksamen Blick und senkte dann die Augen.

»Ich habe keine Fragen an die Zeugin, Euer Ehren.«

»Sie sind entlassen, Mrs. Carlyon«, sagte der Richter kalt. Er wollte noch etwas hinzufügen, ließ es jedoch bleiben.

Felicia stieg unbeholfen wie eine alte Frau die Stufen hinab und schritt von stummer und totaler Verdammnis verfolgt zur Tür.

Der Richter blickte fragend zu Rathbone.

»Haben Sie noch weitere Zeugen, Mr. Rathbone?«

»Ich würde Cassian Carlyon gern noch einmal in den Zeugenstand rufen, Euer Ehren, wenn Sie nichts dagegen haben.«

»Ist das wirklich erforderlich? Sie haben Ihr Anliegen bereits bewiesen.«

»Noch nicht ganz, Euer Ehren. Dieses Kind ist von seinem Vater, seinem Großvater und noch jemandem sexuell mißbraucht worden. Ich denke, es sollte uns auch interessieren, wer dieser dritte Mann war.«

»Schön, decken Sie seine Identität auf, Mr. Rathbone, wenn Sie können. Ich werde Sie allerdings sofort unterbrechen, sollten Sie dem Kind unnötige Qualen zumuten. Habe ich mich klar genug ausgedrückt?«

»Ja, Euer Ehren, absolut.«

Wenig später stand Cassian zum zweitenmal im Zeugenstand, schmal und blaß, doch wieder vollkommen gefaßt.

Rathbone trat vor.

»Cassian – deine Großmutter hat gerade eine Aussage abgelegt, aus der eindeutig hervorgeht, daß dein Großvater dich auf dieselbe Weise mißbraucht hat. Du brauchst zu diesem Punkt nichts mehr zu sagen. Es ist uns aber bekannt, daß da noch ein dritter Mann war, und wir müssen unbedingt wissen, wer.«

»Nein, Sir. Das darf ich Ihnen nicht sagen!«

»Ich kann deine Gründe verstehen.« Rathbone wühlte in seiner Tasche und brachte ein elegantes Federmesser mit schwarzemailliertem Griff zum Vorschein. Er hielt es in die Luft. »Besitzt du ein Messer, das so aussieht wie dieses hier?«

Cassian starrte ihn mit rotfleckigen Wangen an.

Hester richtete einen Blick zur Galerie. Peverell wirkte verwundert, mehr nicht.

»Vergiß nicht, wie wichtig die Wahrheit ist«, mahnte Rathbone. »Hast du so ein Messer?«

»Ja, Sir«, gab Cassian unsicher zu.

»Einen Uhrenanhänger zufällig auch? Einen goldenen mit den Waagschalen der Justitia darauf?«

Cassian schluckte. »Ja, Sir.«

Rathbone zog ein seidenes Taschentuch hervor.

»Und ein Taschentuch aus Seide?«

Der Junge war kreidebleich. »Ja, Sir.«

»Woher hast du das alles, Cassian?«

»Ich...« Er schloß die Augen und begann heftig zu blinzeln.

»Darf ich dir helfen? Hat dein Onkel Peverell Erskine dir die Sachen geschenkt?«

Peverell sprang auf. Damaris zog ihn so unsanft zurück, daß er das Gleichgewicht verlor.

Cassian schwieg.

»Es stimmt, nicht wahr?« Rathbone ließ nicht locker. »Mußtest du ihm versprechen, daß du niemandem etwas davon erzählst?«

Cassian gab immer noch keine Antwort, doch plötzlich stürzten Tränen aus seinen Augen und liefen in Sturzbächen seine Wangen hinab.

»Cassian – ist er der andere Mann, der Liebe mit dir gemacht hat?«

Auf der Galerie ertönte ein entsetztes Japsen.

»Nein!« schrie der Junge mit hoher, vor Verzweiflung schriller Stimme. »Nein, er war es nicht! Ich hab die Sachen genommen. Ich hab sie gestohlen, weil – weil ich sie wollte.«

Alexandra begann zu schluchzen. Die Wärterin nahm sie mit unvermuteter, linkischer Sanftheit bei den Schultern und stützte sie.

»Weil sie hübsch sind?« fragte Rathbone ungläubig.

»Nein. Weil er – weil er nett zu mir war«, weinte Cassian. »Er war der – der einzige, der das nicht mit mir gemacht hat. Er war einfach mein – mein Freund. Ich...« Er schluchzte hilflos. »Er war mein Freund.«

»Ach ja?« Rathbone heuchelte nach wie vor Skepsis, obwohl der Schmerz in seiner Stimme nicht zu überhören war. »Dann war Peverell Erskine also nicht der dritte Mann? Sag es mir, und ich glaube dir!«

»Dr. Hargrave!« wimmerte der Junge. Er brach völlig zusammen und ließ sich von Weinkrämpfen geschüttelt an der Innenwand des Zeugenstands hinabgleiten. »Dr. Hargrave! Er war's! Er war's! Ich hasse ihn! Laßt ihn nicht weitermachen! Laßt ihn nicht! Onkel Pev, mach, daß sie aufhören!«

Auf der Galerie entstand ein Riesentumult. Zwei Männer hatten

Hargrave gepackt und hielten ihn fest, ehe der Vollzugsbeamte überhaupt einen Finger rühren konnte.

Rathbone erklomm den Zeugenstand, half Cassian hoch und legte ihm einen Arm um die Schulter. Dann brachte er ihn, mehr tragenderweise, nach unten, wo ihm Peverell Erskine entgegenkam, der sich an den Gerichtsdienern vorbeigekämpft und die Tische der Anwälte bereits hinter sich gelassen hatte.

»Nehmen Sie ihn um Gottes willen mit und kümmern Sie sich um ihn«, stieß Rathbone aufgewühlt hervor.

Peverell hob den Jungen hoch, nahm ihn auf den Arm und trug ihn an den Gerichtsdienern und der gaffenden Menge vorbei aus dem Saal; Damaris folgte ihm auf den Fersen. Von einem tiefen Seufzen begleitet fiel die Tür hinter ihnen ins Schloß, dann kehrte wieder Totenstille ein.

Rathbone blickte den Richter an.

»Damit ist meine Beweisführung abgeschlossen, Euer Ehren.«

Die Zeit schien außer Kraft gesetzt. Niemand kümmerte sich darum, wie spät es war, ob Morgen, Mittag oder Abend. Keiner machte Anstalten, seinen Platz zu verlassen.

»Selbstverständlich hat niemand das Recht, einem anderen Menschen das Leben zu nehmen«, begann Rathbone, während er sich zum Schlußplädoyer erhob, »egal wie stark die Provokation oder wie groß das Unrecht. Und doch: was blieb dieser armen Frau übrig? Sie hatte gesehen, wie sich dasselbe Muster ständig wiederholte, bei ihrem Schwiegervater, ihrem Ehemann und zuletzt ihrem Sohn. Sie konnte es nicht länger ertragen. Das Gesetz, die Gesellschaft – *wir!* – ließen ihr keine Alternative, als es weiterhin geschehen zu lassen, in endloser Erniedrigung und Qual über die Generationen hinweg, oder zur Selbsthilfe zu greifen.« Seine Worte galten nicht nur den Geschworenen, sondern auch dem Richter, und der Klang seiner Stimme ließ nicht den geringsten Zweifel an der Überzeugung offen, mit der er sein Anliegen vertrat.

»Sie bat ihren Mann aufzuhören. Sie flehte ihn an – und er beachtete sie nicht. Vielleicht konnte er nicht anders, wer weiß? Aber Sie haben gesehen, wie viele Menschenleben durch diese

Greueltat zerstört worden sind, durch das Ausleben eines Triebes unter völliger Mißachtung der anderen Person.«

Er betrachtete die blassen, aufmerksamen Gesichter.

»Sie hat es nicht leichtfertig getan. Sie leidet – sie wird von Alpträumen heimgesucht, die Höllenvisionen gleichkommen. Sie wird niemals aufhören, im tiefsten Innern für diese Tat zu bezahlen. Sie fürchtet Gottes Verdammung, aber das wird sie ertragen, weil sie ihr über alles geliebtes Kind davor bewahrt hat, auch noch den letzten Rest seiner Unschuld zu verlieren und später – wie sein Vater – ein Erwachsenendasein zu fristen, das von Schuld und Grauen geprägt ist. Sie hat ihren Sohn davor beschützt, ein Mann zu werden, der sein eigenes Leben und das seiner künftigen Kinder zerstört, Generation um Generation, bis der Himmel weiß wann!

Bitte, fragen Sie sich einmal sehr sorgfältig, meine Herren, was sie sonst hätte tun sollen. Den leichteren Weg gehen wie ihre Schwiegermutter? Fände das Ihre Billigung? Das Grauen fortfahren lassen, weiter und immer weiter? Nur an sich selbst denken und ein bequemes Leben führen, weil der Mann auch seine guten Seiten hat? Gütiger Gott...« Er mußte eine Pause einlegen und bekam seine Gefühle nur schwer wieder unter Kontrolle. »Auf daß die nächste Generation dasselbe durchmachen muß wie sie? Oder aber den Mut aufbringen, sich selbst zu opfern, damit das Ganze ein Ende hat?

Ich beneide Sie nicht um Ihre Aufgabe, Gentlemen. Sie stehen vor einer Entscheidung, die keinem Menschen abverlangt werden sollte. Aber sie wird Ihnen abverlangt, und ich kann sie Ihnen nicht abnehmen. Geben Sie und fällen Sie Ihr Urteil. Tun Sie es im Gespräch mit Gott, mit Anteilnahme, mit Verständnis und mit Ehrgefühl! Danke.«

Lovat-Smith trat vor, um die Geschworenen mit ruhiger Stimme über das Gesetz zu belehren. Sein Ton war gedämpft und voll Mitgefühl, aber, so meinte er, Recht und Ordnung müßten aufrechterhalten werden, sonst regiere schon bald die Anarchie das Land. Mord dürfe niemals die Lösung sein, egal wie groß die Kränkung.

Nun fehlte nur noch die Zusammenfassung durch den Richter, die er denn auch mit ernsten und prägnanten Worten gab. Dann schickte er die Geschworenen zur Beratung hinaus.

Um kurz nach fünf am frühen Abend kehrten sie zurück. Ihre Gesichter waren bleich und abgespannt, zu keinerlei Gefühlsausdruck mehr imstande.

Hester und Monk standen Seite an Seite ganz hinten im überfüllten Saal. Ohne sich dessen richtig bewußt zu sein, nahm Monk ihre Hand und spürte, wie ihre Finger sich um seine schlossen.

»Sind Sie zu einem einstimmigen Urteil gelangt?« fragte der Richter.

»Das sind wir«, gab der Obmann in ehrfürchtigem Tonfall zurück.

»Jeder von Ihnen hat dazu beigetragen?«

»Jawohl, Euer Ehren.«

»Und wie lautet das Urteil?«

Der Mann stand da wie eine Eins, das Kinn hoch, der Blick offen und direkt.

»Wir befinden die Angeklagte, Alexandra Carlyon, des Mordes für nicht schuldig, Euer Ehren – jedoch schuldig des Totschlags. Und wir möchten Sie bei allem Respekt bitten, das Strafmaß so gering wie möglich zu halten.«

Die Galerie explodierte in donnerndem Applaus und stürmischem Beifallsgeschrei. Jemand klatschte enthusiastisch für Rathbone, und eine Frau warf Rosen.

Vorn in der ersten Reihe fielen sich Edith und Damaris um den Hals. Dann wandten sie sich gleichzeitig zu Miss Buchan um und umarmten auch sie. Im ersten Moment war sie zu verwundert, um überhaupt reagieren zu können, doch schließlich verbog sich ihr Mund zu einem breiten Lächeln, und dann gab sie die Umarmung mit der gleichen Herzlichkeit zurück.

Der Richter wölbte kaum merklich die Brauen. Es war ein Fehlurteil. Sie hatte eindeutig einen Mord begangen – zwar in der Hitze des Augenblicks, aber Mord blieb Mord.

An einem Geschworenen-Schuldspruch war jedoch nicht zu rütteln. Sie hatten ihn einhellig gefällt, und da standen sie nun, Mann neben Mann, und schauten ihn unerschütterlich an.

»Ich danke Ihnen«, sagte er denn auch sehr, sehr leise. »Sie sind von Ihrer Pflicht entbunden.« Dann wandte er sich an Alexandra.

»Alexandra Elizabeth Carlyon, eine Geschworenenriege von Gleichgesinnten hat Sie des Mordes für nicht schuldig, jedoch für schuldig des Totschlags befunden und mich gebeten, in Ihrem Fall Milde walten zu lassen. Es ist zwar ein Fehlurteil, aber eines, für das ich vollstes Verständnis aufbringen kann. Ich verurteile Sie hiermit zu sechs Monaten Haft und dem gesetzlich geforderten Verzicht auf Ihren gesamten Besitz und alle weltlichen Güter. Da der Großteil von General Carlyons Vermögen ohnehin Ihrem Sohn zufällt, dürfte das für Sie allerdings kaum von Bedeutung sein. Möge Gott Ihnen gnädig sein, und mögen Sie eines Tages Frieden finden.«

Alexandra stand abgemagert und wie ausgepumpt vor der Anklagebank. Endlich flossen ihre Tränen über und rannen in süßer, abgrundtiefer Erleichterung ihre Wangen hinab.

Auch Rathbones Augen drohten jeden Moment überzulaufen. Er brachte keinen Ton mehr heraus.

Lovat-Smith stand auf und schüttelte ihm die Hand.

Hinten im Saal rückte Monk näher an Hester heran.